十四行体中国化论稿

NATURALIZATION OF SONNETS

ON THE

IN CHINA

许霆 著

中国社会科学出版社

图书在版编目（CIP）数据

十四行体中国化论稿/许霆著.—北京：中国社会科学出版社，2017.12
ISBN 978-7-5203-0079-7

Ⅰ.①十… Ⅱ.①许… Ⅲ.①十四行诗—诗歌研究—中国 Ⅳ.①I207.2

中国版本图书馆 CIP 数据核字（2017）第 060556 号

出 版 人	赵剑英
责任编辑	郭晓鸿
特约编辑	席建海
责任校对	朱妍洁
责任印制	戴 宽

出　　版	中国社会科学出版社
社　　址	北京鼓楼西大街甲 158 号
邮　　编	100720
网　　址	http://www.csspw.cn
发 行 部	010-84083685
门 市 部	010-84029450
经　　销	新华书店及其他书店
印　　刷	北京明恒达印务有限公司
装　　订	廊坊市广阳区广增装订厂
版　　次	2017 年 12 月第 1 版
印　　次	2017 年 12 月第 1 次印刷
开　　本	710×1000　1/16
印　　张	31.25
插　　页	2
字　　数	409 千字
定　　价	128.00 元

凡购买中国社会科学出版社图书，如有质量问题请与本社营销中心联系调换
电话：010-84083683
版权所有　侵权必究

目 录

绪 论 十四行体中国化的若干问题 ……………………… 1
  一 十四行体中国化的历史分期 ……………… 2
  二 十四行体中国化的两对概念 ……………… 8
  三 十四行体中国化的研究价值 ……………… 16

第一章 十四行体中国化的历史进程 ……………… 22
  一 十四行诗的早期输入 ……………………… 22
  二 十四行诗的规范创格（1）………………… 26
  三 十四行诗的规范创格（2）………………… 32
  四 十四行诗的变体探索（1）………………… 37
  五 十四行诗的变体探索（2）………………… 44
  六 十四行诗的多元发展 ……………………… 49
  七 十四行诗的创作繁荣 ……………………… 55

第二章 十四行体中国化的转借环节 ……………… 62
  一 十四行体转借的三环节 …………………… 62
  二 移植转借中的作品翻译 …………………… 69

三　移植转借中的理论争鸣 …………………………… 77
　　四　移植转借中的作品创作 …………………………… 87
　　五　世纪之交的新媒体传播 …………………………… 93

第三章　十四行体中国化的理论探索 …………………… 100
　　一　早期输入期的理论探索 …………………………… 100
　　二　规范创格期的理论探索 …………………………… 105
　　三　探索变体期的理论探索 …………………………… 109
　　四　多元发展期的理论探索 …………………………… 114

第四章　十四行体中国化与翻译 ………………………… 129
　　一　翻译与输入新诗之精神 …………………………… 129
　　二　翻译与创新诗固定形式 …………………………… 136
　　三　翻译与汉语十四行创格 …………………………… 143
　　四　翻译与新诗语言的完善 …………………………… 151
　　五　翻译与题材范围的拓展 …………………………… 158
　　六　翻译与世界名著的传播 …………………………… 165
　　七　翻译十四行诗的启示录 …………………………… 173

第五章　十四行体中国化的自由体式 …………………… 178
　　一　世界十四行诗的自由变体 ………………………… 178
　　二　中国十四行诗的自由变体 ………………………… 183
　　三　自由变体十四行诗的探索 ………………………… 192
　　四　自由体式十四行诗的评价 ………………………… 203

第六章 十四行体的规范与反规范 ································ 208
一 十四行体式的审美规范 ································ 208
二 十四行体式的规范功能 ································ 214
三 规范与题材双向互动 ·································· 223
四 十四行体式的现代转化 ································ 233

第七章 十四行体中国化的节奏转化 ···························· 242
一 新诗的顿诗节奏系统 ·································· 242
二 音顿节奏的十四行诗 ·································· 250
三 行顿节奏的十四行诗 ·································· 258
四 意顿节奏的十四行诗 ·································· 267
五 音质音律的节奏作用 ·································· 275
六 十四行诗的诗行长度 ·································· 282

第八章 十四行体中国化的乐段移植 ···························· 293
一 音乐段落：十四行体的形式要素 ························ 293
二 中国诗人对段式的移植 ································ 299
三 中国诗人对韵式的移植 ································ 305
四 中国诗人对结构的移植 ································ 314

第九章 十四行体中国化的诗组创造 ···························· 319
一 诗组：十四行诗体制特征 ······························ 319
二 第一类诗组结构的例析 ································ 326
三 第二类诗组结构的例析 ································ 329

四　第三类诗组结构的例析 …………………………………… 334
　　五　第四类诗组结构的例析 …………………………………… 338
　　六　第五类诗组结构的例析 …………………………………… 342

第十章　十四行体中国化的中文译名 ………………………………… 347
　　一　关于英文译名 Sonnet ……………………………………… 347
　　二　关于中文音译商籁体 ……………………………………… 353
　　三　关于中文意译十四行体 …………………………………… 360
　　四　关于译名的理论争鸣 ……………………………………… 366

第十一章　十四行体移植与新诗体建设 ……………………………… 374
　　一　移植十四行体之于新诗诗体建设 ………………………… 374
　　二　移植十四行体与新诗体建设互动 ………………………… 381
　　三　移植十四行体与建构新诗律成果 ………………………… 385
　　四　移植十四行体与完善新诗语成果 ………………………… 390

第十二章　十四行体中国化的三大课题 ……………………………… 396
　　一　需求：中国化的动力因素 ………………………………… 397
　　二　归化：中国化的价值目标 ………………………………… 405
　　三　创作：中国化的核心途径 ………………………………… 417

第十三章　比较文学视野中的十四行体 ……………………………… 426
　　一　十四行体与中国传统律体的契合性 ……………………… 426
　　二　十四行体与中国传统律体的差异性 ……………………… 436

三　中国诗人移植十四行体的创造性 …………… 445
　四　移植诗体中的"可接近性"原理 …………… 462

参考文献 ……………………………… 470
后　记 ………………………………… 488

绪论　十四行体中国化的若干问题

　　中国十四行诗发展的历史，就是十四行体中国化的进程。十四行体是欧洲的格律抒情诗体，伴随着新诗发生，中国诗人开始关注并移植十四行体。经过百年探索，十四行体中国化取得重要进展。对于十四行体中国化的文化意义，屠岸有过精彩评价。他说：这种欧洲抒情诗体"到了二十世纪，它又在亚洲——中国的汉语土壤里扎根、发芽、开花、结果。汉语十四行诗的诞生，使十四行诗的流行范围突破了印欧语系的范畴，进入到了汉藏语系的领域。这，我以为，标志着十四行体已经成熟为世界性的诗歌体裁；同时，也标志着十四行体自身实现了又一次历史性飞跃！""作为中国新诗一部分的中国十四行诗早已立足于中华大地，也就是立足于世界之上。也许今天它们还没有受到外国朋友们足够的重视，但这不是中国十四行诗自己的过错！这是历史造成的隔阂，也是某些偏见造成的隔阂。我深信，包括中国十四行诗在内的中国新诗，总有一天将会以自己绚丽的民族风采、非凡的艺术特色和深沉的哲学内涵赢得全世界读者的赞叹！"[①] 我们坚信，这种充满自信的评价必将会被历史证明。

[①] 屠岸：《中国十四行体诗选·序言》，许霆、鲁德俊编著《中国十四行体诗选》，人民文学出版社1996年版，第2、3页。

一 十四行体中国化的历史分期

十四行体由原产地向世界各国流播，这既是十四行体世界化的过程，同时也是十四行体国别化的过程，这两个过程双向互动，从而使得十四行体成为一种流传广泛的世界性抒情诗体，也成为一种丰富多彩的本土性民族诗体。十四行体之所以能在世界多国持续地生根发展，根本原因是该诗体具有审美规范性和创作自由性的有机统一特征，即它有一个完整的精美的传统体制，但在建行方式、节奏方式、构思段落和用韵规律等方面都允许变化，从而为创作提供了充分的探索空间，为各国实现诗体本土化提供了可能。

十四行体本土化、民族化最为典型的是十四行体的英国化进程。16 世纪 20 年代，随着英国文艺复兴的兴起，十四行体被引入英国并在其后大约 150 年的时间里，从形式到主题表达都发生了很大的变化，形成了英国式的十四行诗。这一演变过程被称为十四行体英国化进程。"依照时间的顺序和从形式到内容以及主题表达上发生的变化，十四行诗英国化的进程大致分作三个阶段，即：引进与模仿阶段；学习与改造阶段；发展与创新阶段。这期间诗人辈出，佳作纷涌，呈现出英国抒情诗从诞生到繁荣不断高涨的景象。华埃特和萨里伯爵，锡德尼、斯宾塞和莎士比亚，邓恩和弥尔顿分别是这三个阶段的代表人物。"[①] 华埃特（Sir Thomas Wyatt the Elder）和萨里（Henry Howard，Earl of Surrey）是最早引进与模仿写作十四行诗的英国人，他们开启了十四行体英国化进程。他们从意大利引进十四行诗，重在解决两大问题：一是

---

① 陈尚真、赵德全：《十四行诗的英国化进程》，《燕山大学学报》2001 年第 4 期。

十四行诗的形式要适应英语语言；二是十四行诗表达的内容要英国化。经过努力，他们的创作在格律上、结构上和修辞上表现出与意大利体越来越多的差异，但在主题表达上仍然遵循传统做法。他们善于融化并改造外国诗式，给了英语十四行诗一种新的格律。其后十四行诗在英国一度为人冷落，直到1557年出版的《杂集》中收录了华埃特和萨里的诗，才重新引起人们注意。又由于锡德尼（Sir Philip Sidney）等宫廷诗人的写作，十四行诗才在英国得到较大发展，形式上的大胆学习和改造从而推进其英国化进程，使之成为伊丽莎白王朝重要的抒情诗体。这时期代表性的诗人是锡德尼、斯宾塞（Edn und Spenser）和莎士比亚（Shakesp eare）。他们在十四行诗表现能力上的探索，完成了英国十四行诗格律的定型，为后人创作提供了可资借鉴的形式。在英国十四行诗式趋于成熟之后，约翰·邓恩（John Donne）和弥尔顿（John Milton）把注意力更多地放在主题突破上。邓恩采用新奇的比喻、突兀的格律和口语的节奏，抒写世俗的肉体的情爱，把新科学、新知识和新思想带入十四行诗；弥尔顿的十四行诗写出了他对现实社会生活的感受，尤其是用它来表达革命激情与宗教热忱。这种创新，使得十四行体英国化进程得以在他们的时代完成。"综观十四行诗英国化的进程可以看出，英国的诗人们吸收外国特别是意大利十四行诗的长处，又立足本国实际，创造出英国式的十四行诗，并使英国十四行诗比意大利十四行诗、特别是英国诗人效仿的彼特拉克十四行诗形式更为丰富，主题更为广泛。另一方面，英国诗人们的十四行诗不仅与彼特拉克有很大不同，他们自己之间的差异也比较明显。这种差异造成英国十四行诗形式和主题上的丰富和变化，为后代诗人表达思想提供了更多的选择和借鉴。"① 十四

---

① 陈尚真、赵德全：《十四行诗的英国化进程》，《燕山大学学报》2001年第4期。

行体英国化进程中始终贯穿着的是语言形式和主题形态的演进和发展。

应该说,十四行体英国化进程在世界十四行体发展史上具有典型意义,它体现着一种诗体移植并使之本土化的一般规律。其实,我国十四行诗的发展史也就是该诗体的中国化过程。"人类各民族的文化是相互影响相互包容相互吸取相互促进而发展起来的。汉民族的文化从历史的长河看是一种开放的文化。它是开放的,所以它具有长久的生命力。民族闭关主义只能导致自身的退化和枯萎。中国新诗的诞生是在打开封闭的大门之后中国文学史上的创举。十四行体就在这一创举中迈进了中国的国门"[①]。百年以来,中国诗人输入十四行体,"同时在创造中国新诗体,指示中国诗的新道路"[②],即推进十四行体中国化进程。十四行体中国化的进程呈现着十四行体英国化进程的一般规律,当然也有着自身的某些特殊规律。我们把十四行体成功移植中国的过程划分为四个时期。

第一个时期为早期输入期,这也是中国新诗发生的时期。就十四行体移植中国史来说,本期当属于无意阶段,诗人只是在增多诗体的要求下写作新诗。新诗运动初期的口号是打破旧诗形式束缚,让丰富的材料,精密的观察,高深的理想,复杂的感情跑到诗中。打破旧诗形式以后,刘半农等面对新诗无体状态而主张增多诗体,包括自造、输入他种诗体和新增无韵诗。于是,我国诗人多途径借鉴诗体,在这种情况下,流行于欧美的十四行体被人注意就不足为奇了。这时期我国一些诗人开始输入十四行体,如胡适、郑伯奇、闻一多、郭沫若、李金发、冯乃超、穆木天、戴望舒等都有十四行诗创作,其对于新诗

---

① 屠岸:《〈中国十四行体诗选〉序言》,许霆、鲁德俊编著《中国十四行体诗选》,人民文学出版社1996年版,第1页。
② 朱自清:《诗的形式》,《朱自清全集》(二),江苏教育出版社1988年版,第397—398页。

发生意义和新诗体建设的意义是：提供了新的语言范本、新的诗体范本和新的思想范本。初期汉语十四行诗格律并不严格，除了全诗十四行和分段以外，大多诗行长短不一，用韵随便。这是创作的随意阶段，类似于十四行体英国化进程中的引进阶段。

第二个时期为规范创格期，这也是中国新诗创格的时期。初期新诗创作的自由随意造成了严重的非诗化倾向，到20世纪20年代中期，新诗发展由向旧诗进攻阶段转变为建设新诗阶段，建设在诗质和诗体两个向度展开。在诗体建设方面表现为整整10年的新诗创格运动。新月诗人把新韵律运动推向高潮；继起的京派诗人推动新形式运动继续为新诗创格。汉语十四行诗在这期间的发展线索是从节律创格到诗体创建。在节律创格阶段，新诗创格与十四行体创格双向互动，汉语十四行诗创作数量较少，做出贡献的是孙大雨、闻一多和徐志摩等人；1928年以后进入诗体创格阶段，汉语十四行诗创作讲究格律规范，并迎来了创作的丰收期，主要诗人是30年代初的饶孟侃、李唯建、朱湘、柳无忌等，接着有梁宗岱、罗念生、曹葆华、邵洵美、丽尼、徐訏、金克木等。从节律创格到诗体创建，初步完成了汉语十四行体由随意到规范的发展过程，其本质是现代汉语对应移植印欧语系的十四行体式。这一过程类似于十四行体英国化进程中的模仿阶段，也即是一个异域化的过程。

第三个时期为探索变体时期，这是在规范创格后寻求新突破的阶段。其新突破，从形式方面说是在格律规范基础上向着自由方向寻求变体，从题材方面说是在抒写传统题材基础上向着多途径反映现实方向寻求新变，基本选择就是面向现实和民族形式。就创作来说，之前作者主要是留学英美的诗人，他们坚持不懈为汉语十四行诗规范创格，之后作者则扩大到各种风格的诗人，他们在规范基础上寻求十四行诗的新变；之前的诗人重在为十四行诗创格，因此用律规范，题材多采传统，之后的诗人重在创十四行诗变体，因此用律变化，题材多有拓展。十四行诗从输入至此的发展线索，用柳无忌的话说就是："我们最先感觉到传统文学的陈腐，我们有意要革新它而创造新的有生命的文学，于是我们第一步应做的是破坏，第二步应做的是模仿，经过了破坏与模仿尔后我们达到了最后的一步，真正的建设与创造。"① 输入期、规范期相当于破坏期和模仿期，之后就是建设和创造期，是探索变体的时期，其目标是创造十四行诗的民族形式。重要诗人从抗战时期至新中国成立前有卞之琳、吴兴华、刘荣恩、郭沫若等，有九叶诗人群体，尤其有冯至的变体创作；在新中国成立后有雁翼、陈明远、林子、孙静轩、肖开等，尤其有唐湜的变体创作和王力的商籁专论。这个时期从20世纪30年代后期延续到新中国成立后相当长一段时间，类似十四行体英国化中的学习与改造阶段。

第四个时期为多元繁荣期，这是汉语十四行诗探索多元和创作繁荣期。进入新时期以后，在民歌和古典基础上发展新诗的传统观念被打破，诗人的形式意识真正觉醒。在此社会文化语境中，众多诗人共同营造了汉语十四行诗多元发展的局面，其最为显著的成果就是题材和主题形态的拓展而呈现多样景象，格律的、变格的和自由的十四行诗的创作并存竞争而呈现繁荣局面。以上题材、主题尤其是三种诗式的探索又表明十四行体中国化进程发展到一个全新阶段。这时期的重要现象是题材拓展、组诗创造、理论研究、媒体传播、海外研究、港台创作等，重要诗人有屠岸、吴钧陶、钱春绮、张秋红、罗洛、唐祈、郑敏、岑琦、骆寒超、白桦、王端诚、张枣、江弱水、邹建军、马安信、苗强、沈泽宜、陈陟云、马莉、金波等。这一时期汉式十四行诗的自觉探索使得部分诗人认为：若能突破其他语种的规则，结合中国古典律诗传统，在现代汉语语境下，在诗美发现与诗意构想基础上进行创造，汉语十四行诗必将会有光明前途。在以上多元的探索

---

① 柳无忌：《为新诗辩护》，《文艺杂志》第1卷第4期（1932年9月）。

中，尽管有的题材和体式受到质疑，但它却充分展示了十四行体中国化的实绩和繁荣。

对于十四行体中国化的评价，历来是有不同声音的。谭桂林的基本观点是：第一，十四行体中国化是十四行诗在中国立足的必然，就十四行而言，英国有英体，法国有法体，中国也应有中体；第二，现代诗坛的十四行体中国化试验不尽如人意，部分诗人的探索成绩斐然，但部分诗人的作品只是破相的、致残的十四行；第三，王力、屠岸等曾对十四行体格律的基本要素做了细致分析和规定，这是从"西方数百年里发展出来的定规成例"中提炼出来的，是西方各种体式十四行共同拥有的。中体十四行只要遵循这些基本格律原则，无论怎样"破法""变体"，无论怎样体现汉语本位的精神，十四行依旧是十四行，不会"枉担十四行虚名"[①]。这种观点是能够为我们所接受的。在此基础上，我们需要补充的是：在十四行体中国化的进程中，我国诗人创作中出现了不少变格的甚至自由的十四行诗，这样就有一个重要话题提了出来，即如何把握十四行体规范的宽严标准问题。确实，十四行体是一种格律诗体，形式界定历来存在宽和严两种标准。在此问题上，我们同意屠岸的观点，即"还是宽严相济好一些"：如果我们过于强调规范的严谨，会使许多人望而生畏，不利于汉语十四行诗发展，许多变体就无法被接纳进来，就会因此失掉许多真诗、好诗，也会制约诗人对诗体的多元探索。[②] 其实，在十四行体英国化进程中，就出现了大量的变体，尤其是接受现代诗运动影响，西方诗人大多采用破格变体写十四行诗。十四行体英国化如此，十四行体中国化更应如此，因此，我们采用宽严相济的标准、肯定规范基础上的变体应该是有利于中国十四行诗发展的。在此前提下，我们同样主张汉语十四

---

① 谭桂林：《论现代诗学中十四行体式的理论建构》，《广东社会科学》2007年第5期。
② 吴思敬、屠岸：《关于十四行诗的对话》，屠岸《幻想交响曲——屠岸十四行诗240首》，（香港）雅园出版公司2014年版，第318页。

行诗需要具备十四行体原本精神,需要倡导格律的和变格的十四行,主张慎写自由的十四行,在移植十四行体中创建具有中国特色的十四行诗。

二 十四行体中国化的两对概念

研究十四行体中国化,需要准确认识和使用两对概念,一对是"十四行体"(商籁体)和"十四行诗"(商籁诗),另一对是"十四行体在中国"和"十四行体中国化"。

"十四行体"(商籁体)和"十四行诗"(商籁诗)是两个不同的概念。前者指"体",确切地说是"诗体",后者指"诗",它是诗人创作的诗。在诗体学中,这两个概念所指分别是明确的。托多罗夫说:"在一个社会中,某些复现的话语属性被制度化,个人作品按照规范即该制度被产生和感知。所谓体裁,无论是文学的还是非文学的,不过是话语属性的制度化而已。"[①] 这是关于"文体"的界定,在这个界定中就明确了"文体"与"作品"的分别。由此我们可以推论出"诗体"的若干基本特征:一是诗体的"本体"是话语属性。诗体是一种在自己的声音中有序化的语言,这是一种与口头语言和其他文体语言不同的"诗家语",在音韵、句法、词汇、结构上都呈现出有序性。二是诗体的话语属性是被制度化的。它是在长期的创作实践中逐步形成的普遍公认的一些形式规范,从而使得诗的话语属性制度化。三是诗体话语秩序的内涵。诗体的话语属性所形成的文本体式,从表层看是诗歌的语言秩序、语言体式,从里层看则负载着社会的文

[①] [法]托多罗夫:《巴赫金:对话理论及其他》,蒋子华等译,百花文艺出版社2001年版,第27页。

化精神和诗人的精神品质，诗体形式规范折射出现代人的精神结构、审美品格、体验方式和思维方式。四是诗体话语秩序的复现性。诗体本体的话语属性是可以不断地复现的，它在创作中是被作为一种"规范"对诗人创作起着有意或无意的支配作用。这就是诗体的"体"的内涵。而根据托多罗夫的界定，诗人创作的具体诗篇的"诗"，就是个人作品，它是按照诗体规范即语言制度创作而产生和被感知的。这里的"产生"就是创作成形，"感知"就是被人所认知。有人可能会提出，具体的诗歌作品其实也包括形式和内容，也可以有自己的诗体形式。这是对的。我国学者周晓风把诗体区分为一般诗体和具体诗体，具体诗体就是诗人个人作品的诗体，体现了诗体的具体性。他认为诗作的具体诗体形式是由三方面因素协调构成：一是诗人的主观审美倾向，它在很大程度上决定了诗人的主观作风及其对于表现材料的选择；二是诗人所选取的题材、主体的审美品质，如讴歌爱情与怀念乡土的题材或主题就具有不同的审美品质；三是诗人所运用的言语结构，它既是一首诗作所要表现的思想情感内含的载体，它本身所形成的文体风格又是作品总体美学风格的重要构成因素。以上三方面因素通过诗人的个性创造而结合而凝定，便构成了具体诗作的"诗体"。毫无疑问，我们可以根据以上思想，参考诗学教授王珂的有关理论，把诗体区分为两种，一种是指任何一首诗都具有的外在形态及表面形体，一种是指非个人化的、具有普遍性的常规诗体。诗体概念更多是指约定俗成的诗的常规形体。后种就是托多罗夫概括的文体意义上的"诗体"，也就是我们所要说的"诗体"。因此，我们所说的"十四行体"是指非个人化的文体意义上的诗体，具体就是发端于普罗旺斯地区，后来流播到世界各地的一种格律抒情诗体，是具有自身独特形式规范即语言属性制度化的诗体。而"十四行诗"则是指按照十四行体形式规范创作并融入了诗人个人的言语和审美所形成的具体诗歌作品，其诗体表征则是具体的形式特征。这里的理论阐述似乎有点烦琐，但在实践中其实是不难加以区分的。

胡茂盛认为我们关注十四行的"体"或十四行的"诗"是不同的，其关涉到重要的价值取向。他认为在五四前后发生的诗歌革新运动，其原因在于前代诗歌的"烦冗"和"古质"限制了"当代之理想"的"自由发挥"，即古诗之形式无法适应"转型期"当时之人心。这里涉及两层意思：一是"当时之人心"表明了一种内在的需求，二是"古诗之形式"表明了一种外在的限制。在此情形下，诗人就开始突破古诗体而创新诗体。但是长期形成的拟古心态使得诗人难以忘却传统诗体，这也反映在接受西方新诗体的行动中。"在拟古话语驱使下接受者会过分强调本体既有诗歌的特征并期冀外来诗歌在本土诗歌框架下落脚，这样极容易忽略外来诗歌作为诗本身的特性，不利于外来诗歌的接受。"[①] 胡茂盛认为，可惜的是我国接受十四行体时没有很好地区分"体"和"诗"，这可以从命名中看出。译名为"十四行诗"，结果就犯了心为形役的"以体代诗"的毛病，因为以数字形式命名就是直接拿诗歌的行数或字数等形式特征代替诗歌本身，无形中剥夺了诗当中更重要的东西；而译名为"商籁体"，结果则犯了心为形役的"以音代诗"的毛病，抛开商籁最初作为西人话语选择背后的深刻内心动机而让它在中国"律体"等话语框架下生存，最终也失去了它作为诗的意义。不管这种论证是否精当，但胡茂盛要求我们在移植十四行的过程中，注意区分"体"与"诗"两个概念，即诗人按"体"创作时应该更加关注"诗"，或诗人引进"体"时要重视"诗"的输入，这种观点是极其珍贵的。我们借用胡茂盛的论述，主要想要说明的是，谈论"十四行"诗，区分"十四行体"和"十四行诗"不仅是个概念明晰的问题，而且是个价值取向的问题。当然，"体"和

---

① 胡茂盛：《心为形役：拟古话语下的商籁和十四行诗之名》，《唐山学院学报》2013年第2期。

"诗"也是有着密切联系的,有时确实也难以明确分开,但是我们在论述或思维中应该尽量加以辨析,尤其在研究问题时则更应有所侧重,否则就会影响研究的科学性。

事实上,我国诗人既有在严格界定概念的基础上使用"十四行体"和"十四行诗"的,也有两个概念混淆不分使用的情形。如闻一多在说到浦薛凤的《给玳姨娜》时,说"这里的行数、音节、韵脚完全是一首十四行诗",使用的是"诗"而不是"体"。在写给陈梦家的《谈商籁体》信中,开头说"商籁体读到了,印象不太深",这里就存在误用问题(即应该说"商籁诗"而说了"商籁体"),而以下说"关于商籁体我早想写篇文章谈谈",这就准确地使用了"体"的概念,而且以下都是从"体"方面谈的,概念始终都用"商籁体",这是严谨的。屠岸在论文中非常注意区分"体"和"诗",他的重要论文《关于十四行诗形式札记》,从文章内容看是谈"体",标题上使用了"十四行诗形式"概念,应该也是非常准确的。废名在论冯至《十四行集》时,也非常严格地区分"体"和"诗",强调诗人创作应该讲究"诗",不要过分倚重"体",他甚至对冯至使用"十四行集"这名称产生过反感。他说:"我请大家只看诗写得好不好就是了,不必问十四行体好不好,因为十四行体不能保护一切。我们可以用十四行体写新诗,但最好的新诗或者无须乎十四行体。"① 钱光培在1990年出版《中国十四行诗选(1920—1987)》时,使用的是"中国十四行诗选";许霆和鲁德俊后来重新选编了中国十四行诗,在出版时卞之琳建议在书名上增加一字即"体",从而成了"中国十四行体诗选",屠岸大加肯定,认为卞之琳这建议是"一字之师"。但是,也确实有人在此"体"和"诗"问题上相混,遭到学者指责。如胡适在日记中介绍了自己创作的英文十四行诗,然后说:"此体名'桑纳'体(Son-

---

① 废名:《新诗十二讲——废名的老北大讲义》,辽宁教育出版社2006年版,第207页。

net)，英文之'律诗'也。"对此，胡茂盛就指出："当胡适说'此体名商籁体'的时候他无意中以'体'代诗，将诗缩减为体。"① 我们的论题是"十四行体中国化"，所论的是诗体中国化和本土化的问题，所以尽可能严格地区分"体"和"诗"的界限而使用"体"的概念。与以上概念辨析相关，还有"汉语十四行诗"和"汉语十四行体"、"中国十四行诗"和"中国十四行体"的概念。我们认为，从理论上说，"汉语十四行体"和"中国十四行体"是指中国诗人创造出世界公认的Sonnet的"中体"，以现代汉语为形式本位，它是我们推进十四行体中国化所期望的创体目标。而"汉语十四行诗"和"中国十四行诗"两个概念在常态下内涵基本相同，所以有时我们会相混使用，在需要强调某一侧面时，就会选用相应的概念。但严格来说，这两个概念还是不同的，"中国十四行诗"是指中国诗人写作的十四行诗，其中包括中国诗人用汉语也包括英语或其他外语写作的十四行诗。在新诗史上，胡适就写有英语十四行诗，朱湘也写有英语十四行诗。张秋红、邹建军等人都同时写有英语和汉语十四行诗，他们还把自己的创作在两种语言之间互译。这是我们需要注意的。

我们的论题是"十四行体中国化"，与此相关的另一个提法就是"十四行体在中国"，这是我们需要说的第二对概念。应该说，两个提法都是谈十四行体在中国。但两者的区别是明确的，"在中国"强调的是地域即立体的空间概念，而"中国化"则强调的是趋势即线性的时间概念。"十四行体在中国"由于内涵限制较少，所以其所指的外延极大，包括所有在中国空间中有关十四行体的内容，因此是个泛指概念；而"十四行体中国化"所指极其明确，内涵限制较严，外延相对较小，因此是个专题概念，又由于此概念中的"中国"与前重合，

---

① 胡茂盛：《心为形役：拟古话语下的商籁和十四行诗之名》，《唐山学院学报》2013年第2期。

所以"十四行体中国化"是被包含在"十四行体在中国"之中的。这是显而易见的。"十四行体中国化"是个有着特定指向、特定内涵和特定外延的概念,它为我们课题研究划出了相对稳定而清晰的边界。"化"的词典意义是:"后缀,加在名词或形容词之后构成动词,表示转变成某种性质或状态。""十四行体中国化"主词是"十四行体",这是一种西方的世界性格律抒情诗体,"中国化"即向中国的十四行体转变,或转变成中国的十四行体,强调的是汉语本位。其"中国化"大致包括三个重要问题:一是"化"的过程,也就是十四行体中国化的历史进程。百年十四行体中国化大致分为早期输入期、规范创格期、探索变体期和多元繁荣期。二是"化"的工作,也就是十四行体的转借环节,主要是原作传播、原作翻译、理论探讨、新体创作等。三是"化"的结果,建立起"中体"十四行或十四行的中体,即在十四行诗的英体、法体、俄体等以外建立"中体"。以下就第三个方面谈点想法。

屠岸在20世纪80年代使用过"中国十四行"的概念,同时以"外国十四行"为参照物,并且从行数、韵式、节律和构思等方面阐述了"中国十四行"诗形式所必备的基本条件。十四行体中国化的结果,就是产生与外国十四行对应的"中国十四行",即汉语"中体"十四行。我国古代就有"橘逾淮而为枳"的说辞,即:"橘生淮南则为橘,生于淮北则为枳,叶徒相似,其实味不同。所以然者何?水土异也。"(《晏子春秋》)林庚就以"移植与土壤"来谈十四行体从西方到东方的移植。这种移植由于文化土壤和气候的差异,必然产生变异,最终结果就是结出不同于西方的中国化果实。十四行体中国化最终产生中体十四行的"结果",参照十四行体英国化的经验,大致包括四个方面:第一,题材风格的丰富性。这个结果的本质是十四行体与中国人的现实生活、思想情感和民族审美契合,在表达的题材、主题和风格等方面本土化。第二,语言体制的汉语化。这个结果是十四行体与中国人的现代汉语、诗体规则和音律体系契合，在形式的段式、节律和韵式等方面本土化。第三，在以上两个方面本体化的过程中，创作出数量众多的汉语十四行诗变体，就像英国十四行体一样，不仅与彼特拉克式意体有很大不同，而且它们自己之间的差异也比较明显。因为只有这样，才能达到题材风格的丰富性和创作文本的多样性，迎来中国十四行诗的繁荣和多元发展局面。第四，在此基础上形成中体十四行的"正式"即定型的典型格式。只有变式而没有正式，只有多样性而没有固定形，这就表明这种诗体尚未达到成熟的境地。英国的莎士比亚式是英体十四行的正式，其他与此相关的英体十四行就成为变式，从而形成正式和变式相互依存的格局，这才最终完成了十四行体英国化的进程，实现了十四行体在英国的开花结果。我国诗人百年来移植十四行体，早期的输入期是把域外诗体视为范本，主要强调的是通过学习和吸收来改善中国新诗体；创格的规范期是模仿创作，对应移植十四行体规范，在这一过程中寻求中国十四行诗的可能形式规范，因此创作的汉语十四行诗仍然被称为"意体"或"英体"等；变体的探索期是在意体或英体基础上，结合中国现实生活和汉语特征进行新的创造，使之本土化、民族化和现实化，这是中国化的全新阶段，创作了大量中国式的十四行诗，也积累了中国化的创作经验。立足于以上三期发展基础，在思想解放的新的历史时期，我国十四行诗创作出现了繁荣和多元探索的新局面，这是十四行体中国化进程加速发展的重要标志。应该说，百年十四行体中国化取得了丰硕成果，十四行体已经初步实现了从欧洲到中国的转徙，十四行体已经在中国扎根，但是客观地说，中国化的最终目标尚未实现，任务仍然艰巨，主要问题是我们尚未在多元探索的基础上建立中体十四行的"正式"，即得到普遍认同的典型范式。十四行体英国化经历了大致150年的历史，才建立起得到世界公认的"英体"，这里有两项重要的经验，一是在华埃特和萨里手中就开始写作四四四二的英国式十四行诗,并在乐段、建行、诗韵和构思等方面作了有效探索,以后多人沿此路径继续进行创作和探索,从而获得了人们的普遍认同;二是莎士比亚以自己无与伦比的艺术才能,从形式上使前人探索英体十四行的形式固定下来,同时对传统十四行诗的主题进行创新,并创作出了数量众多的优秀英国十四行诗,产生了巨大影响,模仿者蜂起,最终得到世界普遍认同成为英体正式,这就是莎士比亚式。这两条经验应该得到我们重视。我国需要产生中国十四行诗的典型格式,首先就是诗人要有自觉的创体意识,继续探索多种中国十四行诗的变体,因为只有在更多变体的基础上才能逐步地进行选择和加以定型;其次要有创立中体的自觉意识,吸引更多的诗人进行有效的方向一致的探索,包括理论研究、创作实践和总结经验等;最后是在大量变体探索的基础上建立起中国十四行诗的典型格式,经过实践和时间的检验获得世界公认。我们应该对这种"结果"充满期待,因为我们其实已经有了长期的经验积累,其中有一理论值得我们注意,这就是梁实秋在《谈十四行诗》中所说的:"中国的白话和古文相差太多,英国的白话与文言相差没有这样的多。所以伊丽莎白时代诗人惯用的十四行体,到了华次渥资手中仍然使用。而律诗到了我们白话诗人手中便绝不使用,其故在此。""律诗尽可不作,不过律诗的原则并不怎样错误。十四行诗尽管作,不过用中文作得好与不好,那另是一个问题。"[①] 按照这一思路,即吸收中国传统诗歌的审美原则,借鉴十四行体的独特优势,在此基础上写出优秀的作品,我们就可能建立起符合现代生活和现代汉语的新诗体。我国在推进十四行体中国化的进程中,许多诗人就已经进行了大量的理论探讨和创作实践。邹建军在说到创立新格时就说:"(目前)比较公认的结论是:只要研习英语以及其他十四行诗的艺术规律,比如说韵式构成的方式、艺术结构上的方式、语调的雅致

---

① 梁实秋:《谈十四行诗》,《偏见集》,(南京)正中书局1934年版,第271—272页。

与含蕴等，与中国古典律诗对于诗艺格律的探讨相结合，就可以形成汉语十四行的特点。"① 对此，我们应该有着足够的信心，期待着十四行体中国化结出更加丰硕的果实，期待中体十四行自立于世界艺术之林。

三 十四行体中国化的研究价值

经过近百年持续不断地移植创作，我国诗人初步完成了十四行体由欧洲向中国的转徙，诞生了数以万计的汉语十四行诗。这对于新诗研究者来说，是个颇具诱惑力的课题。

20世纪80年代我与鲁德俊在高校从事中国现代文学教学，接触到大量的现代格律诗，深感历来人们的忽视，就不自量力地开始了对我国新格律诗的研究工作，写作了《新格律诗研究》（宁夏人民出版社1991年版）。在这过程中，我们读到了不少精美的中国十四行诗，先是感到惊喜，再是爱不释手而细细品味，后来就把中国十四行诗的发展作为现代格律诗发展的一个组成部分来研究，写成了"十四行体的移植"和"十四行体的新成果"两节，编入《新格律诗研究》著作。然后又在此基础上写成长篇论文《十四行体在中国》（刊《中国现代文学研究丛刊》1986年第3期）。在论文导语中，我们提出了研究这一课题的重要意义：

> 欧诗格律最严格的十四行体，被新诗人移植到中国并使之绵延整个新诗史，这是现代文学史上一个重大文学现象。对这一现象，有责难，有褒扬，同样延续至今，始终没有定评。为了促进

---

① 覃莉：《关于汉语十四行诗的写作与翻译问题——邹建军先生访谈录》，邹建军网站"中外文学讲坛"。

绪论 十四行体中国化的若干问题

新诗的发展，探讨十四行体是怎样被移植到中国来的，其发展轨迹如何，为什么十四行诗能在新诗史上绵延不绝等问题，无疑是极有意义的。

这段文字写于1985年，表明了当初我们的认识，即把研究中国十四行诗视为研究现代文学史重要现象的课题，视为研究新诗史的一个组成部分，试图通过对十四行体在中国这一文学现象的研究，来弥补新诗史研究的不足，纠正一些人对中国十四行诗的偏见。无疑，从20世纪20年代初至今，十四行体在整个新诗史上绵延不绝，过去治新诗史者有意无意地有所忽视，这是完全不应该的。从这一意义上说，我们的研究是有价值的。

但是，这种认识还是肤浅的。随着我们集中精力研究中国十四行诗以后，我们发现，新诗人写作中国十四行诗，从滥觞期就确立了一个观念，那就是：建设新诗体需要从异域吸取营养，汉语十四行诗创作是中西诗歌交流的产物。在1989年，我们写成了论文《十四行体的借鉴与改造》（载《江海学刊》1990年第2期），就对十四行体在中国的课题获得了一种新认识，那就是：十四行体是一种彼时彼地的诗体，我国诗人进行了跨语系移植，在这过程中既有借鉴更有改造。我国诗人认为，移植十四行体"必须根据各国不同的语言特点而加以规定和变通"；"世界上有意大利式颂内体（Sonnet的音译）、英吉利式颂内体、俄罗斯式颂内体……目前，是到了确立中国式颂内体的时候了"①。这体现了中国诗人的开放意识，更体现了中国诗人的民族意识，而这正是致力于中西文化交流应有的态度。中西诗式的移植是特别繁难的工作，因为它涉及的是两种诗性语言的转换问题。但我国诗人经过百年持续不断的实践探索，初步完成了十四行体由欧洲向本土

---

① 陈明远：《郭沫若与"颂内体"》，郭沫若、陈明远《新潮》，中国文联出版公司1992年版，第302页。

的转借,从而对世界十四行诗的发展做出了贡献,为世界各国间的文化交流提供了经验。这是中西文化交流的重大事件。我们研究十四行体在中国这一课题,有助于中西文化交流规律性的探讨。基于这样的认识,我们开始写作理论著作《十四行体在中国》,其内容框架包括"总论""史论""专论"和"资料"四编。在"总论"编的开始写下了这样一段话:"中国诗人完成了十四行体由欧洲向中国的转徙,这是中西文化交流的卓越成果;中国诗人移植十四行体,积累了丰富的历史经验和有益启示。"而且在"资料"编开始也写下了这样一段话:"十四行体在中国的发展,汇入了中西文化交流的时代潮流,成为中国现代精英文化积累的成果,这是中国诗人对世界文化所作出的重要贡献。"由此可见,我们当时是基于中西文化交流成果来认识研究这一课题重要意义的。

但是,近年当我们考虑写作《中国十四行诗史稿》时,接触到更多的十四行体在中国的资料,对此课题价值获得了新的认识,那就是朱自清在20世纪40年代发表《诗的形式》时对我国诗人写作汉语十四行诗的评论,始终着眼于新诗的现代化和民族化。朱自清说:"闻(一多)、徐(志摩)两位先生虽然似乎只是输入外国诗体和外国诗的格律说,可是同时在创造中国新诗体,指示中国诗的新道路。"又说:冯至的《十四行集》"可以说建立了中国十四行的基础,使得向来怀疑这诗体的人也相信它可以在中国诗里活下去。无韵体和十四行(或商籁)值得继续发展;别种外国诗体也将融化在中国诗里。这是摹仿,同时是创造,到了头都会变成我们自己的。"[①] 朱自清论述强调的是:我国诗人创作十四行诗指示着中国新诗发展的新道路,其过程实质是十四行体中国化的进程,其成果实质是十四行体中国化的果实。这样的论述使得我们豁然开朗。十四行体被引入英国并在其后大约

---

① 朱自清:《朱自清全集》(二),江苏教育出版社1988年版,第397—398页。

绪论 十四行体中国化的若干问题

150年间,从形式到内容以及主题表达都发生了极大的变化,形成了英国式的十四行诗。这一过程被称为十四行体英国化的过程,包括引进与模仿阶段、学习与改造阶段和发展与创新阶段三个时期。其实,十四行体被输入中国的发展史同样是该诗体中国化的进程,这一进程同十四行体英国化有相似之处。而正是在这一进程中,十四行体完成了从欧洲向中国的转徙,诞生了大量的中国式十四行诗,推动了我国整个新诗体建设。其间不仅包含着中西诗式交流交融的丰富经验,而且这种交流交融能够为我所用。这其实也就是中国诗人对于世界十四行体发展做出的杰出贡献。

这样,我们写作《中国十四行诗史稿》就有了一条贯穿始终的线索,那就是十四行体中国化,通过这一线索达到材料和观点的有机结合,历史研究、审美研究和理论研究的结合也就真正找到了纽结。这种思考获得了国家基金评审专家的充分肯定,在《中国十四行诗史稿》国家基金项目立项时,专家认为:"从上个世纪20年代至今,关于十四行与中国新诗关系的探讨一直绵延不断,既有相当多的也相当精彩的创作实践成果,也有大量的体现着中国新诗理论水平的十四行的研究论文与评论的发表,毫无疑问,十四行与中国新诗的关系充分体现着中国新诗的世界性,也体现着中国新诗的现代化与民族化的结合发展的历程。对这一关系及其研究成果的梳理集成,其学术价值和理论意义是很重要的。"在此认识基础上,我们在写完《中国十四行诗史稿》后,又开始从"论"的角度撰写《十四行体中国化论稿》。在"史"和"论"的写作过程中,我们努力在原有研究基础上进行新的理论创新,推进十四行体中国化的理论研究。新的理论创新大致包括:

(1)成果把中国诗人百年移植十四行体史概括为中国化进程,在考察十四行体英国化历程后揭示中国化进程的自身规律,提出十四行体中国化进程包括早期输入、规范创格、探索变体和繁荣多元四个时期,肯定中国诗人在推动世界十四行体发展方面做出的贡献。

（2）成果在论述中国十四行诗史时，揭示文学样式跨语系移植的转借环节即原样式拿来、中介物沟通、新样式诞生，具体体现为四个途径，即原作传播、理论介绍、作品翻译和新诗创作，成果紧扣转借环节和途径去揭示中国十四行诗的发展演进及其规律。

（3）成果重视十四行体移植与新诗体发展的双向互动研究，揭示汉语十四行诗发展对于我国新诗建设的三重意义，即作为固定形式的新诗体建设意义，作为探索过程的新诗创格意义，作为创格成果的诗语转型意义，揭示汉语十四行诗创作流贯新诗史的深层原因。

（4）成果提出中西文化交流的"可接近性"原则，即西方十四行体与中国传统诗体的相似相近性和相异相距性，强调移植中的"借鉴中改造"和"改造中创新"规律，从主题形态、节奏方式、内在结构、诗行格式和音韵模式等方面分析十四行体中国化的要素演进。

（5）成果提出十四行体中国化进程中欧化和归化始终并存的理论，任何汉语十四行诗创作行为必然同时包含着欧化和归化两种因素，但某个创作行为中欧化和归化并非等量齐观，而是呈现着多样的复杂的情形，因此需要精细的具体分析。

（6）成果总结十四行体移植中国的艺术经验积累，提出了音步的对应移植、建行的三套体系、诗行的长度格式、段式的变体定位、韵式的对应移植、诗组的体制创新，从中概括出中西诗体音律体系的差异性特征与转化性规律。

（7）成果分析十四行体移植中国的文化建设意义，并把它渗透在诗人诗作的分析之中，包括移植中的动力因素分析、接近因素分析、扬弃因素分析、实践作用分析、欧化因素分析和功能扩展分析等。

（8）成果归纳了十四行体独特的审美规范，探讨了这种规范的积极审美意义，由此从形式规范与题材主题的双向互动关系中，论述十四行体的规范与反规范的问题，论述了十四行体式的现代转化问题，揭示了十四行体在中国现实条件下的生存和发展规律。

（9）成果探讨了百年十四行体中国化的历史经验，认为首先是需求，提供十四行体中国化的动力因素；其次是归化，明确十四行体中国化的价值目标；最后是创作，实现十四行体中国化的根本途径。以上三者有机结合勾连成一过程，由动机到目标再到实践，从而使得十四行体中国化由理想转变为现实。

（10）成果提出了汉语十四行诗的分类概念，包括格律的十四行诗、变体的十四行诗和自由的十四行诗。具体分析三类诗的基本特征，包括单篇的十四行诗和诗组的十四行诗两种体制。同时在此基础上强调用宽严相济的观点评价汉语十四行诗，重点论述了自由的十四行诗的探索及其评价问题，强调创作中保持十四行体原本精神的必要。

（11）成果提出十四行体成功移植中国是诗质、诗语和诗体三者互动的结果，提出十四行体中国化与现代化结合的观点，认为中国十四行诗的发展方向是：在现代生活和现代汉语语境下，根据汉语的特质，在新诗的诗美发现与诗意构想基础上进行诗体探索。

（12）成果总结了移植十四行体对于完善我国白话诗语表达的意义，十四行诗的翻译和模仿创作，给予白话诗语的贡献是化句为行的跨行方式、盘旋聚散的对等原则、诗行结构的延展进展、用字规范的有效拓展和陌生精致的文句组织等。

第一章　十四行体中国化的历史进程

十四行体（Sonnet），是欧洲格律严谨的抒情诗体，近现代大批十四行诗成为欧洲文学的重要组成部分。十四行体又是一种世界性诗体，数十个国家、民族用不同的语言转借这一诗式。中国诗人从20世纪初开始移植十四行体，数代诗人创作了大批汉语十四行诗，完成了十四行体由欧洲向中国的转徙，这是中西文化交流的丰硕成果。诗式移植难度极大。十四行体在欧洲发展数百年，同欧人的审美和语言契合，把它完整地移植过来，远比对西方其他艺术方法的借鉴来得艰难。汉语十四行诗近百年的发展历程，是十四行体中国化的过程。

一　十四行诗的早期输入

现在我们见到的中国诗人写得最早的十四行诗，是胡适为纪念世界学生会成立十周年写的英文十四行诗，时间为1914年12月。据胡适说，"此诗为第三次用此体"，前两次用英体，"以其用韵少稍易也"[①]。虽然这不是我们所要讨论的汉语十四行诗，但是值得重视。首先，胡适最早有十四行英体和意体创作，而且用律严格。其次，胡适最早给予Sonnet以中文译名"桑纳"，虽然后来并不流行。最后，胡

---

① 《胡适留学日记》（二），商务印书馆1947年版，第501页。

适具体介绍"此体之限制"即格律,并强调自己是按律写的。1915 年 1 月,胡适再次写作英文十四行诗,题为《告马斯》。当然,胡适的英文十四行诗及其诗论,在当时并未发表,所以没有影响。我国诗人写作现代汉语十四行诗并最早公开发表的是郑伯奇的《赠台湾的朋友》,载《少年中国》第 2 卷第 2 期(1920 年 8 月 15 日),署名"东山",写于"1920 年 5 月 2 日 9 时夜京都"。诗采用了彼特拉克式四四三三分段,倾注了诗人对台湾同胞的感情,今天读来仍受感染。第二首汉语十四行诗是浦薛凤发表在《清华周刊》第 210 期(1921 年 3 月 4 日)上的《给玳姨娜》。这是题画诗,感情真挚,"作品里有些地方音节稍欠圆润;不过这是他初次试验这种体式,已有这样的结果,总算是难能可贵了"①。接着闻一多试写十四行诗《爱底风波》,发表在《清华周刊》第 220 期,收入《红烛》时改题《风波》,文字修改较大。此后写作汉语十四行诗的有多位诗人。郭沫若翻译雪莱的十四行诗《西风颂》,同时创作了多首汉语十四行诗,如在诗集《女神》中有《太阳礼赞》,在诗集《星空》中有《暗夜》和《两个大星》。其中译作《西风颂》和创作《暗夜》《两个大星》,均载 1923 年 2 月出版的《创造季刊》第 1 卷第 4 期。1923 年 7 月,上海亚东图书馆出版陆志韦的《渡河》,收入《青天》《瀑布》《动与静》《梦醒》四首汉语十四行诗。

这一阶段的汉语十四行诗作品数量较少,就十四行体移植中国史来说属于随意的早期输入阶段。首先,初期创作汉语十四行诗大都偶然为之,往往不加标明,因此并不为人注意。闻一多虽说《爱底风波》"本想也用这个体式",有诗体创造的自觉意识,但此话发表在影响颇小的《清华周刊》,而且自己又承认"试验是个失败"②。其次,

---

① 闻一多:《评本学年〈周刊〉里的新诗》,原载《清华周刊》第 7 次增刊(1921 年 6 月),《闻一多论新诗》,武汉大学出版社 1985 年版,第 6 页。

② 同上。

初期汉语十四行诗格律并不严格,表现在除了全诗十四行和分段以外,大多诗行长短不一,没有形成整齐的音顿概念,用韵随便。以上特征的存在,是因为早期输入十四行体正处在五四新诗运动的"诗体解放"阶段。这时期诗人一方面主张冲破旧诗体旧诗则,另一方面面对新诗"无体"状态提出增多诗体。而增多诗体,刘半农等主张自造、输入他种诗体、于有韵诗外别增无韵诗体。可见这既是旧诗体的破坏期,也是新诗体的建设期。正是在此社会文化语境中,十四行体就自然地被介绍到中国。李思纯当时发表《诗体革新之形式及我的意见》介绍欧诗,认为分为律文诗和散文诗两种,其中律文诗就特别提到了十四行诗,而且称其为"美丽的十四行体"①。他的介绍代表着中国诗人在新诗发生期输入域外诗体包括十四行体的期待,"借鉴范本以供创作的参考"是十四行体早期输入我国的根本动因,其本意并非移植或创造汉语十四行体。因为那时的新诗运动还处在破坏旧体增多新体阶段,并未提出新诗创格的历史要求。同时,因为那是一个诗体解放的年代,是追求思想自由和形式自由的年代,所以移植十四行体自然也就染上了自由诗体的色彩,在格律运用方面就必然表现为随意自由的特征。输入是一种为我所用的有意识、有目的的选择,所以必然要与新诗发生期核心诗学观念即诗体解放论契合。这是无法超越的历史局限。尽管如此,最初的汉语十四行诗还是进行了诗节、诗行、音节、诗韵等方面的探索。郑伯奇的《赠台湾的朋友》是较为谨严的意体,闻一多认为浦薛凤《给玳姨娜》的"行数、音节、韵脚完全是一首十四行诗",自己则以实验精神写作十四行诗。当然,那时我国诗人多途径尝试新诗体,主要是欧美的自由体和散文诗,所以早期十四行体的这些有意义尝试不能产生重

---

① 李思纯:《诗体革新之形式及我的意见》,《少年中国》第 2 卷第 6 期(1920 年 12 月 15 日)。

要影响也是自然的事。

20世纪20年代中期的初期象征诗派，针对初期新诗体自由化倾向，正面提出了"诗的形式力求复杂"的观念。所谓"诗体复杂"，包括诗体样式多样和诗体形式复杂两个方面。这反映在创作中就是既有散文式诗体，也有纯诗式诗体，其纯诗式中就有数量较多的十四行诗。李金发《微雨》集中有《戏言》等10多首，《食客与凶年》集中有《Sonnet 二首》，《为幸福而歌》集中有《春》等。穆木天《旅心》集中有《苏武》，王独清《死前》集中有《Sonnet 五章》，冯乃超《红纱灯》集中有《岁暮的 Andante》和《悲哀》等。这批汉语十四行诗，充分体现了诗人对新诗音律的新追求，都给人一种新奇的音律感受。历来人们对于初期象征诗人的汉语十四行诗评价不高，认为其徒有十四行体名称而不守传统的格律。其实我们应该肯定象征十四行体的探索，因为它不仅在诗中引入了西方的象征意象，而且把西方现代诗的新韵律引入新诗，开辟了汉语十四行体发展的道路。我国象征诗人熟悉西方包括波特莱尔的十四行诗体特征，而且抱着严肃的态度加以尝试，所以轻易否定不是严肃的态度。初期象征诗人的诗体探索直接影响了20世纪30年代现代诗派的诗律论。戴望舒的《十四行》是优秀的象征诗篇，在新诗史首次冠以"十四行"名称，列《我的记忆》集《旧锦囊》末首，属诗人的早期作品。该诗收入《望舒诗草》时作了修改，在诗的构思、意象和寓意方面并未修改，改动的仅是诗行组织，即把诗行修整得长短大体相当，节奏基本匀称。若联系闻一多把《爱底风波》改成《风波》时，同样把诗行修整得大体整齐，音顿排列大体均衡，它告诉我们，用新韵律写汉语十四行诗，在不影响情绪律动的前提下，尽量把字句组织得大体整齐，使内在和外在的音乐性相得益彰，应该是个重要规则。戴望舒等的创作指示了汉语十四行诗发展的新道路。

五四时期早期汉语十四行诗，虽然用律随意，不守传统格式，但它却表明西方十四行诗已经被输入中国，新诗已经有了自己的现代汉语十四行诗，初期诗人在特定的社会文化语境中对汉语十四行诗创作进行了初步的尝试和探索。

二 十四行诗的规范创格（1）

　　初期十四行诗的创作尚属无意，即无意用汉语来创造中国十四行体，诗人只是在增多诗体的要求下写作中国的新诗，这是因为那时的新诗运动并未提出新诗创格的要求。到20世纪20年代中期，这种创格要求就提出来了。新诗运动初期片面强调打破旧诗制限，结果就把诗的真元误解和抹杀了，给新诗成长带来危机。这时诗人认识到新诗还需在打破旧体后解决好诗的感情、想象和音律等艺术问题。这样，我国新诗发展的历史，就由向旧诗进攻阶段转变为建设新诗阶段，建设在内容扩充和形式创格两个向度展开。新诗创格运动史称新韵律运动，到新月诗人那儿达到高潮，直接为十四行体移植中国创造了条件。其目标是"要任何种类的感情、意境都能找到它的最妥切的表达形式。这各种的表达形式，或是自创，或是采用，化成自西方，东方，本国所既有的，都可以——只要它们是最妥切的"[1]。由当时文化氛围所决定，主要途径是从国外输入新诗体。"这是欧化，但不如说是现代化。"[2] 当时输入的域外格律诗体包括无韵体、三叠令、俳句、巴俚曲、图兜儿等，最重要的是欧洲影响最大的十四行体。

　　新韵律运动最为重要的新诗创格任务，是解决新诗的节奏体系问题。而这一问题的解决恰巧是同十四行体中国化同步的，具体说

---

[1] 朱湘：《"巴俚曲"与跋》，《青年界》第4卷第5期（1932年12月）。
[2] 朱自清：《真诗》，《朱自清全集》（二），江苏教育出版社1988年版，第386页。

是新诗创格与汉语十四行体创格双向互动，因为十四行中国化当时面临的重要问题也是建立节奏模式的问题。华埃特（Sir Thomas Wyatt Elder）最早尝试写作英语十四行诗。1527年，他因公去意大利，被彼特拉克十四行诗抒情之美深深吸引，开始翻译和创作十四行诗。他当时需要解决的问题是十四行体如何适应英语。英语与意大利语相比有很大不同。在英语传统中，抑扬格是主要的节奏模式，这也与英语的自然节奏一致，这使华埃特再现意大利十四行诗的十一音节诗句几乎成为不可能。所以他采用了一行十音节的五步抑扬格的基本节奏，做了适合英国语言自然节奏的努力，同时调整诗韵结构以适合英语之用。接着的萨里（Henry Howard, Earl of Surrey）更是把十四行分成四四四二结构，增加韵脚数目，同时配以五音步的抑扬格诗行。正是华埃特和萨里的创格，奠定了英语十四行诗的格律基础。汉语同意大利语和英语差异很大，其特点是"独体单音"，不似西方的拼音语言可因字母拼合而有音节多少和轻重变化。欧诗把节奏单元称为音步，大致有长短相间式音步、轻重相间式音步和音节停顿式音步三种。中国诗人移植十四行体首先就遇到了如何移植印欧语系诗体最小节奏单元的问题。这时的孙大雨经过探索认准新诗的节奏单元是"音组"，在1926年3月17日写出了一首含有整齐音组的十四行诗《爱》（载4月10日《晨报副刊》1376号）。孙大雨在诗中用每行整齐的音组（五个）去改换十四行体整齐的音步。每个音组构成不靠轻重、长短等，而是我国语言中"所习以为常但不大自觉的、基本上被意义或文法关系所形成的、时长相同或相似的语音组合单位"[①]。以后他又写《诀绝》《老话》《回答》等十四行诗，仍然采用音组对应移植印欧语诗的音步。与此

---

① 孙大雨：《新诗的格律》，原载《复旦学报》1956年第2期，1957年第1期，《孙大雨诗文集》，河北教育出版社1996年版，第142页。

同时，闻一多在探索中把诗的节奏单元称为"音尺"（后人也称音组），并根据每个汉字一般是一个音节及现代汉语以双音节、三音节词为主的特点，创造性地把音尺与字数联系起来，并首先在《死水》诗的创作实践中获得成功。在此探索基础上，闻一多创作的十四行诗就同早期的不同，讲究起音尺的整齐排列。正如卞之琳所说，闻先生是较早基本上按照他的基本格律设想而引进西方十四行诗体的，那就是《死水》诗集第二首《收回》和第三首《"你指着太阳起誓"》。孙、闻探索的共同成果是：音组是新诗的节奏单元，而音组是时长相同或相似的语音组合单位，从字数着眼；音组内字数以二三字为主，但并不限死；音组排列成诗行，再发展成诗节诗篇。这种探索体现了汉语十四行诗创格和新诗创格的双向互动，孙大雨是用音组说创作十四行诗，然后扩展到翻译和其他新诗创作中；闻一多是在写作新诗中采用音组说，然后扩展到写作汉语十四行诗中。当然，孙、闻两人的音组说也有不同，孙氏强调的是每个诗行限定音组数而不限音组的音数和诗行的音数，而闻氏的《死水》形式却是每个诗行既限定音组数又限定音组的音数和诗行的音数（如《死水》规定每行三个"二字组"和一个"三字组"），这就成为以后新诗包括汉语十四行诗的两种同样基于音组说的节奏模式。

虽然孙大雨的《爱》提供了汉语十四行诗的形式规范，但在新韵律运动高潮中发表的大量新格律诗，却极少是汉语十四行诗，也无人专题介绍十四行体。对此现象的合理解释是：新月诗人创格主要是探索新诗的韵律节奏，即使孙大雨写作的正好是十四行诗，本意也是着眼整个新诗诗体建设。这种现象的改变发生在1928年前后，这时新韵律运动高潮已过，新诗格律体已为多数诗人接受。这时诗人不仅可以自如地写作新诗格律体的"自度曲"，也可以自如地引进外国固定形诗体包括十四行体。1927年李金发《食客与凶年》集中有《Sonnet二首，王独清《死前》集中有《Sonnet 五章》；1928年1月，闻一多《死水》集出版,内有《收回》等四首十四行体,5月在《新月》发表十四行诗《回来》;1929年戴望舒《我的记忆》集中有《十四行》。这些诗都在标题上公开冠明十四行体,实际是向人宣示:这是用汉语写成的"sonnet",十四行体作为一种新诗体的观念呼之欲出。此时另一重要事件,就是闻一多翻译白朗宁夫人的爱情十四行诗,连续两期在《新月》杂志发表,定名"商籁体",这无疑给诗人提供了一个极其成熟的模仿范本。更重要的是,徐志摩在《新月》杂志同时发表长文《白朗宁夫人的情诗》,较为具体地介绍了西方十四行诗的发展,并明确地说:"当初,槐哀德与石磊伯爵既然能把这原种从意大利移植到英国,后来果然开结成异样的花果,没现在,在解放与建设我们文学的大运动中,为什么就没有希望再把它从英国移植到我们这边来?"由此他认为闻一多的翻译是"一件可纪念的工作"[①]。徐志摩介绍十四行体,已经超越了模仿创作问题,而是主张把它作为新诗的一种诗体加以创作。正是出于建设新诗体的要求,后来徐志摩创作了多题十四行诗,并把《云游》作为自己诗集的献诗。他在接着编辑《诗刊》时,多次推荐汉语十四行诗发表,尤其是认为孙大雨的三首商籁体的发表,为我们钩寻中国语言的柔韧性乃至探检语体文的浑成、致密及字的音乐的可能性提供了方便。

  正是在此背景下,1928年以后到20世纪30年代初,我国十四行诗创作出现了一个丰收期,《诗刊》《现代》《文艺杂志》《人间世》《文学》《青年界》《申报·自由谈》等都发表十四行诗。就新月诗人创作来说,创办于1931年的《诗刊》,创刊号上发表了孙大雨的《诀绝》《老话》《回答》,还有饶孟侃的《弃儿》和李唯建的《祈祷》两首,同时有徐志摩编辑语的推荐。在《诗刊》第2期,发表了陈梦家的《太湖之夜》和林徽因的《"谁爱这不息的变幻"》,还发表了徐志

---

① 徐志摩:《白朗宁夫人的情诗》,《新月》第1卷第1期(1928年3月10日)。

摩关于十四行体的言论。《诗刊》第3期又发表了卞之琳的《望》、方玮德的《古老的火山口》和徐志摩的《云游》《在病中》《你去》；第4期发表了饶孟侃、朱湘悼念徐志摩的两首十四行诗。1931年陈梦家编辑出版了《新月诗选》，编入孙大雨等人的十四行诗，并做了点评。这时的林徽因和卞之琳另有多首汉语十四行诗发表。朱湘在1934年出版《石门集》，其中有汉语英体十四行诗17首，汉语意体十四行诗54首，大多写于1930年至1933年间。李唯建在1933年出版了长篇组诗《祈祷》（包括70首汉语十四行诗），据诗人说是写于1929年年初，诗集是献给徐志摩的。以上仅是新月诗人的汉语十四行诗创作罗列，可见这确实是一个汉语十四行诗创作的丰收期。

20世纪30年代初新月诗人的创作，推动十四行体在中国化方面继续创格规范。一是格律形式规整化。从诗行看，有按孙大雨设计、每行限定音组而不限音数的，如卞之琳、林徽因的创作；有按闻一多设计、每行同时控制诗行音组数和音数的，如方玮德的创作；在用韵方面一般用正式，或用有国外创作先例的变式。如张鸣树的《弃妇》押韵采用了英国李雷的 AABBCCDDEEFFGG 式，韵脚密集，表明我国诗人对英式变体的关注。方玮德的《古老的火山口》全诗诗行整齐，均由12音组成，节奏匀整。诗前八行采用 ABBAABBA，是两个抱韵，后六行的韵是 CDECDE，这是最为普遍采用的意体韵式，济慈的《蝈蝈和蛐蛐》即用此式。闻一多还对陈梦家《太湖之夜》构思、用语、行句和押韵不够规范提出批评。二是创新节奏模式。在孙、闻节奏模式基础上，徐志摩的十四行诗如《云游》采用等音诗行建行，其中有十二行是11言，有两行是10言，内部不限音组数，在诗行的意义上形成新的韵律节奏；饶孟侃的《飞——吊志摩》，诗行以四个音顿为主，允许个别五个音顿诗行存在，以二字三字音顿为主，也有单字音顿，但每行统一为10音。朱湘在此基础上探索，终于建立起了汉语十四行诗第三种节奏模式，并且创作了大量严格均行等音的十四行诗，获得很大成功。三是移植组诗体制。彼特拉克和莎士比亚的十四行都是组诗，由或多或少的一点点故事串着，并不完全独立。白朗宁夫人的情诗也是有着故事发展线索的组诗。就在闻一多译出并发表、徐志摩介绍并推荐白朗宁夫人的十四行情诗后不久，李唯建就开始写作《祈祷》组诗由新月书店出版，包括 70 首十四行诗（另加八行序诗）。对上帝祈祷——追求真理的艺术构思，在全诗中贯彻始终，成为串联组诗情思发展的线索。《祈祷》诗行音数没有采用彼特拉克式的 11 音，而是改用了法国亚历山大体的 12 音，使得诗行语言组织更有弹性；没有按照孙大雨、闻一多的音组理论建行，而是根据诗行音数等量建行。四是诗体样式多样。汉语十四行在 20 世纪 20 年代多用意体，英体偶有所作。到了 20 世纪 30 年代初，不仅意体继续被广泛采用，而且英体也有较多创作，不仅英体正式，还有英体变式。朱湘《石门集》中明确地分"英体"和"意体"两类编排。"中国的十四行诗，从它以不具名形式悄悄地出现于诗坛，到它正式获得'商籁体'的名称——这是一大进步；再从单一的意体十四行的创作，发展到意体和英体两种十四行的概念——这更是一大进步。而在完成这一进步的过程中，诗人朱湘是作出了重大贡献的。"① 其中 17 首英体十四行诗，有 14 首是按照标准的莎士比亚式写成的，即采用了四四四二的结构和 ABAB CDCD EFEF GG 的韵式，有两首借取了斯宾塞式的连环扣韵法，而《英体之 6》只有 10 行，这在英体中也有先例。

新月诗人的创格实践，推进了十四行体中国化的探索实践，即把域外诗体对应移植到中国，并建立汉语十四行体的形式规范。在诗式上引进了多种十四行体，在建行上建立了三种节奏模式，在用韵上坚持了对应移植韵式，在体制上开始了组诗尝试。正是这些创格规范，

---

① 钱光培：《中国十四行诗的历史回顾（下）》，《北京社会科学》1991 年第 2 期。

奠定了中国十四行体发展的坚实基础。正是新诗的创格要求，确立起中国新诗需要进行形式建设的观念，而这种观念又推动着汉语十四行诗由随意创作发展到诗体创格规范。

三 十四行诗的规范创格（2）

紧接着新月诗人推动十四行体中国化进程的是 20 世纪 30 年代前期的京派诗人，他们有着共同的文学趣味，主要人物如梁宗岱、柳无忌、罗念生、周作人、叶公超、卞之琳、何其芳、朱自清、曹葆华、梁实秋、林徽因、朱光潜等。他们在新月式微后继续新诗形式探索，史称"新形式运动"。梁宗岱在《大公报》"诗特刊"发表《新诗底十字路口》，提出"发现新音节，创造新格律"口号，成为新形式运动的宣言。在 20 世纪 30 年代前期，围绕着新诗创格问题，京派诗人展开了卓有成效的新诗体包括十四行体的探索，巩固和发展着新月诗人的探索成果。柳无忌说到他们与闻一多等关系时认为："与新月走着相并的，但不是同一的路途的有文艺杂志社诸人。在最近的几期出版品内，他们一面写着关于英诗体裁有相当了解的论文，一面做着种种新诗的试验，以期为诗的形式开辟新的领土。"① "相并"指他们都主张借鉴西方的格律诗体，但是也存在着分歧，就是"不是同一的路途"，这是对的。

首先，京派诗人正面肯定十四行这种固定形诗体。提倡十四行体在当时的争论是：新诗抛弃了传统固定形式如律绝体，为何还要接受十四行体束缚。梁实秋在《谈十四行诗》中对此作了正面回答。首先是"十四行诗因结构严整，故特宜于抒情，使深浓之情感注入一完整

---

① 柳无忌：《为新诗辩护》，《文艺杂志》第 1 卷第 4 期（1932 年 9 月）。

之范畴而成为一艺术品，内容与形式俱臻佳境。所以十四行诗的格律，不能说是束缚天才的镣铐，而实是艺术的一些条件。没有艺术而不含有限制的。"其次是"中国诗里，律诗最像十四行体。现在做新诗的人不再做律诗，并非是因为律诗太多束缚，而是由于白话不适宜于律诗的体裁。所以中国白话文学运动之后，新诗人绝不做律诗。"梁实秋具体分析了中外语言的差异，结论是"律诗尽可不作，不过律诗的原则并不怎样错误。十四行诗尽管作，不过用中文作得好与不好，那另是一个问题"①。这种论证为新诗人创作汉语十四行诗找到了理论根据。当时的罗念生发表了长篇专论《十四行体》，在新诗史上首次全面介绍西方十四行体形式规范和发展历史，对于汉语十四行诗创作具有直接指导意义。邵洵美在《诗二十五首》集"自序"中，强调"形式的完整"的思想，说自己在接触中感到"'十四行诗'是外国诗里最完整最精炼的体裁"，"它比中国的'绝诗'更多变化"，因此"故意地去摹仿它们的格律"②。在理论倡导下，京派诗人创作了数量颇多的汉语十四行诗。如1931年7月出版的《文艺杂志》第2期上，就发表了罗念生的《十四行体（诗学之一）》论文，发表十四行诗创作的有朱湘的《女鬼》、柳无忌的《春梦（连锁十四行体）》9首、曹葆华的《你叫我》、罗念生的《十四行》9首、啸霞（柳无忌）的《十四行》5首、柳无忌的《译十四行》4首。这是十四行体输入中国后，介绍和实践这种诗体最为集中的一次。京派诗人的重要十四行作品，包括柳无忌《抛砖集》中的21首十四行诗，梁宗岱《芦笛风》集中的《商籁六首》，罗念生《龙涎》集中的10多首，曹葆华《寄诗魂》和《落日颂》集中的20多首，《林徽因诗集》中的《"谁爱这不息的变幻"》，金克木《蝙蝠集》集中的《更夫》和《春意》，邵洵美《诗

---

① 梁实秋：《谈十四行诗》，《偏见集》，（南京）正中书局1934年版，第272页。
② 邵洵美：《〈诗二十五首〉自序》，上海时代图书公司1936年版，第9页。

二十五首》集中的《在紫金山》和《天和地》,何其芳的《夏夜》和《欢乐》等。

京派诗人创格的立足基点是"彻底认识中国文字和白话底音乐性",因为每国文字的音乐性不同,逆性而行,任你有天大本事也不会成功。正如梁宗岱所说,我国"二三千年光荣的诗底传统——那是我们底探海灯,也是我们底礁石——在那里眼光守候着我们","据我底私见,已不是新旧诗底问题,而是中国今日或明日底诗底问题,是怎样才能够承继这几千年底光荣历史,怎样才能够无愧色去接受这无尽藏的宝库底问题"。① 我国新诗运动以来借鉴域外诗体,推动着新诗欧化倾向,新月诗人为汉语十四行体创格采用对应移植,也存在语言欧化现象。西诗往往用有助于逻辑推理的连接词以及明确语法关系的介词,去明确形象间的逻辑结构和诗情发展的连接关系,为了保证诗的逻辑和语法关系的明确性而又不破坏格律,就不惜打破诗行在意义上的独立性。京派诗人针对这种情况,主张在新月创格基础上进一步推动汉语十四行体中国化。推进的主要成果表现在:

一是发展音顿节奏理论。梁宗岱、叶公超和朱光潜认为,"中国文字底音节大部分基于停顿",所以"中国文底音乐性,在这一层,似乎较近法文些"。② 中国的独体单音字差不多每字都有它的独立而相同的音的价值,所以汉诗就自然形成了诗句吟诵时接近法诗的节奏顿挫(停顿)特征。因此京派诗人如梁宗岱、罗念生、曹葆华等多数诗人的十四行诗,采用了"音组(顿)说"。但是,梁宗岱的贡献是把孙大雨和闻一多的两种具体的节奏模式综合起来,即既限诗行的音顿又限诗行的音数,但是不限行内音顿的类型,从而建立了汉语十四行诗的第四种节奏模式,他的商籁诗全部采用这种节奏模式,每行五个

---

① 梁宗岱:《论诗》,《诗刊》第 2 期(1931 年 4 月 20 日)。
② 同上书,第 121—122 页。

音顿12音，各音顿的字数（音数）不等。曹葆华诗的节奏模式类似梁宗岱式，即诗行既限定音顿数又限定音数，诗行追求齐言，全首或10音，或12音，或13音。这种节奏方式对于诗人写作来说挑战性特别强，为了实现这种诗律追求，曹葆华大量地运用了跨行，甚至达到全诗诗句连绵不断的程度。

二是发展诗行节奏模式。徐志摩、朱湘借鉴西方十四行体均行的格律，通过诗行等音来建构节奏模式，因为朱湘《石门集》出版在1934年，大量诗行等音节奏模式的十四行诗面世，产生了重要影响。朱湘通过行的独立与行的匀配来建立十四行诗节奏，从语言来说确实呈现着自然自由的特点，抒情情调和语调自然流畅。当时相当数量诗人欣然接受这种模式，同时在新的探索中使得基于汉语特征又借鉴西诗经验的诗行节奏模式趋向成熟，其代表就是朱湘、柳无忌和曹葆华的十四行诗。柳无忌撰写长文《为新诗辩护》，总结了这种模式特征："他们主张新诗还不如从本国的旧诗那边学一点乖，每行可有一定的字数，每诗有个整齐的格律。这就成了有名的所谓'豆腐干诗体'。这类诗并不像一般人所想象的那样拘束与单调，因为作者可以自由地鉴定每行的字数，依照着诗中的情感或思想而变化着。同时，作者不一定一行内写着一句，他可以在一行内写着几短句，或者可把一长句带到另一行内结束。在这里面尽有很多的自由，可以免去拘束，有很多的变化，可以免去单调与生硬。"[①] 接着，他具体举出了朱湘的《女鬼》和自己的《决心》来对这种模式进行肯定性评价。

三是发展韵式探索成果。十四行体的重要特征是韵式繁复，换韵频繁。从意体到英体，段式结构发生变化，韵式同时发生变化。我国诗人认为"中国韵极宽；用韵不是难事，并不足以妨碍词意"[②]。所以

[①] 柳无忌：《为新诗辩护》，《文艺杂志》第1卷第4期（1932年9月）。
[②] 闻一多：《致吴景超》（1922年9月24日），闻铭等编《闻一多书信选集》，人民文学出版社1986年版，第62页。

在为汉语十四行体创格时采用对应移植方式,即在对应位置用韵,使用相同韵式,大多用正式或有例变式。京派诗人基本沿此规则创作,但也开始按照汉诗用韵规则加以改造。如朱湘《石门集》中意体后六行有意增加变化,这"虽然搅乱了原有的西方十四行的秩序,但仍然是符合十四行诗的'原本精神'的"①。柳无忌的《屠户与被屠者》用英体四四四二结构,韵式为 ABABCBCBADADBB,仅四个韵,属大变式。京派诗人还主张通过平仄来加强新诗音乐性。如梁宗岱不满孙大雨《诀绝》的音韵,认为"平仄也太不调协了"②。他说自己的《商籁第五首》"前八行所用的韵'上唱响想'和'红风钟融'全是响亮开朗的,后六行底'徊偎''晴清''入月'则全是低沉幽闭的,和全诗底意境由明亮而亲密正暗合"③。这就使他的十四行诗音韵更加靠近汉诗传统。

四是发展构思探索成果。十四行体的另一个重要特征是结构精美,闻一多在《律诗底研究》中说其构思圆满类似中诗律体,在 20 世纪 30 年代初评论陈梦家《太湖之夜》时就批评诗"不讲起承转合"。但是,对于十四行体这种构思特征的高度重视,还是始于京派诗人。梁实秋在《谈十四行诗》中,引用帕蒂孙的话具体介绍十四行体的构思特征:其一是单纯性,必须是一个(仅仅一个)概念或情绪的表现;其二是严整性,虽然西方十四行体有许多变化,"然其起承转合之规模,大致不差"。④ 罗念生在《十四行体(诗学之一)》中同样强调十四行体容情的单纯性、进展的有序性、构思的完整性和题材的规定性等。邵洵美在《诗二十五首》"自序"中认为,十四行体

---

① 钱光培:《现代诗人朱湘研究》,北京燕山出版社 1987 年版,第 223—224 页。
② 梁宗岱:《论诗》,《诗刊》第 2 期(1931 年 4 月 20 日)。
③ 梁宗岱:《试论直觉与表现》,原载《复旦学报》(文史)第 1 期(1944 年 10 月),黄建华主编《宗岱的世界·诗文》,广东人民出版社 2003 年版,第 376 页。
④ 梁实秋:《谈十四行诗》,《偏见集》,(南京)正中书局 1934 年版,第 269 页。

"是外国诗里最完整最精炼的体裁,正像中国的'绝诗'一样,'麻雀虽小,五脏俱全',它自身便是个完全的生命,整个的世界。去记录一个最纯粹的情感的意境,这是最适宜的"①。这就有效推进了汉语十四行诗的构思圆满,京派诗人创作大多体现了诗的单纯性和完整性。

五是拓展诗体题材范围。十四行体英国化的重要标志就是题材和主题的拓展。京派诗人的十四行诗在题材和主题拓展方面取得初步进展。如罗念生的《自然》《罪恶与自然》《力与美》《天象》等诗正面抒写自然宇宙。罗念生接续了五四科学精神,不但写了宇宙,而且表达了对宇宙世界和人类命运的关切和思考。《自然》和《浪费》则表达了诗人对西方现代文明的批判,西方现代文明对自然的破坏、对物质的挥霍,深深地触发了他对人类命运的忧心。柳无忌的《伦敦的雾》《择偶节》《纽约城》《题维纳斯石像》等诗作,以独特的现实眼光,第一次大规模地把表面绚丽多彩,但内部却丑陋不堪,甚至令人厌恶的城市生活写进了诗章,丰富了中国十四行诗的表现领域。《病中》《爱与家国》《屠户与被屠者》触及了抗战现实题材,研究者钱光培激动地说:"我可以骄傲地向人们说了:在我们民族危亡的关键时刻,我们中国的十四行诗尽了自己的职责,发出了自己的声音!"②

四 十四行诗的变体探索(1)

新韵律运动与新形式运动是两个连续的新诗创格阶段,经过从节律创建到诗体创格的过程,取得了丰硕的成果,已经为汉语十四行体较好地解决了构思、节奏、音义、格调和音韵等方面的规范,从而为

---

① 邵洵美:《〈诗二十五首〉自序》,上海时代图书公司1936年版,第9页。
② 钱光培:《中国十四行诗的历史回顾(下)》,《北京社会科学》1991年第2期。

诗体新的发展奠定了坚实基础，开辟了广阔道路。20世纪30年代后期至新中国成立，汉语十四行体发展面临两大课题，一是抗战以后新诗趋向内容的现实精神和形式的自由诗体；二是民族战争中展开的新诗民族化道路探索。在新的社会文化语境中，汉语十四行诗面临着加速推进民族化和现代化进程的现实课题。这期间汉语十四行诗发展在两个方面展开：翻译十四行诗领域更加扩大，创作十四行诗寻求新的突破。就创作来说，首先是之前的创作者主要是留学英美的诗人，他们在理论和创作上为汉语十四行诗规范创格，之后的创作者则扩大到各种新诗流派和风格的诗人，他们在规范基础上寻求新的突破；其次是之前的诗人主要是为十四行诗创格，因此诗歌用律较为规范，之后的诗人主要是创十四行诗变体，因此诗歌用律变化较多。它所串联起的发展线索，移用柳无忌所说就是："我们最先感觉到传统文学的陈腐，我们有意要革新它而创造新的有生命的文学，于是我们第一步应做的是破坏，第二步应做的是模仿，经过了破坏与模仿而后我们达到了最后的一步，真正的建设与创造。所以中国新诗运动是跟随着自然的步骤而发展着，一点也没有错儿，我们与其悲观，不如乐观。"[1] 如果说十四行体早期输入属于破坏期，创格规范属于模仿期，那么20世纪30年代后期开始就进入创造期。这种创造的基本特征就是寻求在规范基础上的变体。从世界范围十四行体流播史看，每传入一国必然产生新的变体。"因为西方十四行诗发展的历史表明：作为它最为固定的因素，只是那'十四'的行数（偶然超过或不足此数的，是罕见的例外），至于诗组的结构和韵脚的安排，都是可变的。"[2] 十四行体的优势不仅在于它本身是种精美的诗体，而且在于它自身存在自由生长性，它既有我国传统律绝体美质，又比律绝体更多变化。"每首

---

[1] 柳无忌：《为新诗辩护》，《文艺杂志》第1卷第4期（1932年9月）。
[2] 钱光培：《现代诗人朱湘研究》，北京燕山出版社1987年版，第223—224页。

十四行,有固定的诗节形式、韵律形式和韵脚安排",同时又是"一种异常灵活的诗歌形式。它变化无穷,为诗人提供了在一定程度内进行独创和发明的巨大可能性"。这种诗体体现的是限制与自由的统一。① 因此,在创格规范以后,诗人们寻求突破,创造新的变体,这是中国十四行诗的重要发展阶段。

新的发展时期十四行诗中国化的线索有多条,主要包括:一是以卞之琳、冯至为代表的现代诗人的探索。卞之琳《慰劳信》集中的十四行诗和冯至《十四行集》等,代表着中国十四行诗发展的高峰。二是以吴兴华、刘荣恩为代表的沦陷区诗人的探索。吴兴华的《西珈》组诗和刘荣恩的《十四行八十首》等,反映了华北沦陷区现代派诗人"沉思的独语"。三是以郭沫若、丽尼为代表的革命派诗人的探索。郭沫若在20世纪20年代末的《牧歌》和《夜半》,在40年代中期的《参观斯大林城酒后抒怀》和《思叶挺》,呈现着诗人在特定历史阶段的思想情绪。四是以唐祈、郑敏、陈敬容为代表的九叶诗人的探索,体现了十四行体在新诗现代化进程中的贡献。综合各方探索,十四行体中国化新进展主要体现在以下方面。

一是题材的新拓展。华埃特和萨里最早推动十四行体英国化,但在题材和主题拓展方面贡献不大。莎士比亚的十四行诗题材创新主要是泛化爱情主题而更贴近现实。邓恩把新科学、新知识、新思想和新时代气息带入十四行诗,弥尔顿写出了他对社会生活方方面面的感受,表达革命激情与宗教热情,针砭世事,终于在他们的时代完成了十四行体英国化的进程。汉语十四行体的中国化同样包括题材和主题拓展。卞之琳在战前有《望》《一个和尚》《音尘》《灯虫》《淘气》等十四行诗,题材传统,格律严谨。战后有《慰劳信集》创作,其中

---

① [美]理查德·泰勒:《理解文学要素》,黎峰等译,四川大学出版社1987年版,第204、201页。

《〈论持久战〉的著者》《给委员长》《一位"集团军"总司令》《一位政治部主任》《空军战士》等属于变体十四行诗，接受了奥登十四行组诗《战时》的影响，正面抒写抗战生活和抗战人物。诗人给诗注入的新因素，在内容方面是面向现实的精神，抒写重大题材，拓展新诗领域，在表达方面就是视野开阔，概括力强，寓严肃于轻松，体现表达客观化特色。唐祈写作了组诗《辽远的故事》和《仓漾嘉错》等，这批诗把十四行体严谨曲折长处与西北少数民族风情和悠扬韵律糅合起来，被称为新边塞诗。诗人在对"游牧人"命运的关注中，敏锐地意识到他们对生活的热爱和生存环境的酷烈之间的强烈反差，这与汉唐以来诗人笔下的边塞风情一脉相承。冯中一认为，唐祈的十四行诗风致旷达，韵味自然，既合法度，又无矫饰的痕迹，比过去所读的十四行诗熨帖娴熟得多，给人以时代的、民族的审美愉悦，是中国味的十四行诗，为运用舶来的形式抒发民族情感树立了切实有益的典范。①

二是形质的现代性。十四行诗的结构呈纵向进展，全篇起承转合，是个三百六十度的圆形。卞之琳和九叶诗人在此基础上，探索十四行诗内涵的立体结构，即在诗的表层基础上呈现诗的高层意蕴，体现现代诗歌的新思维。九叶诗人的诗学主张是强调现代诗的现实、象征和玄学的综合传统，接受奥登、里尔克等人的当代英美现代诗学，体现诗思的复合化和表达的戏剧化。袁可嘉、杜运燮、杭约赫、郑敏、陈敬容等诗人"自觉地担负起了新的历史使命，致力于寻求新诗现代化的历史性综合"②，诗中包容种种矛盾和混乱张力。正如陈敬容所说："所谓诗的现代性（Modernity），据我个人的理解，是强调对

---

① 冯中一：《中国味的十四行诗——致唐祈同志》，《新诗品》，山东教育出版社1995年版，第141—142页。
② 吴晓东：《战争年代的诗艺历程》，《中国新诗总集（1937—1949）》，人民文学出版社2009年版，第31页。

于现代诸般现象的深刻而实在的感受:无论是诉诸听觉的,视觉的,内在和外在生活的。"① 由诗质综合性决定,九叶诗人的诗体语言和形式呈现繁复特征:打破叙体通常遵循的时空自然秩序,代之以诗的艺术逻辑;避免平铺直叙,采取突然进入,意外转折,以扰乱常规带给读者的迟缓感;在感情色彩上复杂多变,思维跳跃,节奏相对加快;语言结构复杂,形成介于口语与书面语之间的文体,在审美上不追求和谐委婉,走向句法复杂,语义多重;强调在客观凝聚中发挥主观的活力,深刻的主观通过冷静的客观放出能量;离开外形模仿的路子,强调对表现中的客观进行艺术解释与改造,重新组合,以表现其深层实质。这种新的诗质和诗语,使九叶诗人探索的十四行变体具有复杂的结构、语言和形式特征,体现了汉语十四行诗的现代化趋向。

三是异体的新格式。同为西南联大学生的王佐良有《异体十四行八首》,这里的"异体",即"变体"的意思,主要指诗行(节奏)和用韵(韵式)越出了传统十四行规则。九叶诗人中除杭约赫外,其余诗人的十四行诗格式基本类似,因此也都可以称为"异体十四行诗",即使杭约赫的诗相对规范,但他自己也称为"不完整的十四行体"(没有严格按照它的格律写)。九叶诗人大多学习外国文学,师从冯至、卞之琳、燕卜荪等创作十四行诗,但却不约而同地采用格律疏松的异体,这应该视为自觉追求。我们早就指明九叶诗人追求诗质的综合传统,诗语和形式呈现繁复特征,因而写作十四行诗采用较为自由自然的形式,主要表现为诗行既不限音数又不限音组的自由建行。有人对此不以为然。其实,十四行体的最大特点正是其规范性和自由性的平衡,从而为创作提供了自由空间。罗念生介绍西方十四行体,就大量地介绍变体;王力列举西方十四行体,也排列大量变体。尤其是

---

① 陈敬容:《真诚的声音——略论郑敏、穆旦、杜运燮》,《诗创造》第12辑(1948年7月)。

受现代诗运动影响,相当数量的西方诗人采用破格变体写十四行诗,有的甚至写作自由的十四行诗。因此当中国诗人在十四行体规范创格后发展多种变体,推动变体同特定诗质契合,其探索意义应该得到肯定。

四是语言的新探索。十四行体英国化过程中,重要环节是解决好诗语和意象的本土化。新诗成长时语言存在欧化现象,汉语十四行体创格主要是模仿创作和对应移植,所以语言同样欧化,王力在《汉语诗律学》中直接把它称为欧化诗。创格阶段虽然也有如饶孟侃《弃儿》追求"土白入诗",也有戴望舒、朱湘十四行诗语承受了古典风姿,但总体来说诗语和意象缺乏民族风格。到了新的发展时期,卞之琳、刘荣恩尤其是吴兴华的创作,则自觉地追求诗语的民族性。吴兴华的诗具有新古典主义风格,组诗《西珈》(16首)不露痕迹地将十四行体转化为雅典的现代汉语诗歌,并用冷峻的节奏深切地表达个人的生命体验。他自觉探索现代汉语诗歌形式的规律,诗虽讲究"节的匀称和句的均齐",却没有生硬与拘谨,林以亮认为这是"蜕化"和"提炼"中国传统的绝句和五古的结果。吴兴华的创作融合了中国传统诗歌的意境、汉语言文字的特质和西洋诗歌的体格,在实现中国古诗的现代转化方面做出了可贵的探索。"从他的作品里,读者会看出,他和旧诗,和西洋诗深谛的因缘;但他的诗是一种新的综合,不论在意境上,在文字上,新诗在新旧气氛里摸索了30年,现在一道天才的火花,结晶体形成了。"①《西珈》中的意象就具有这种特征,如第一首化用了"蓦然回首,那人却在阑珊处"的意境,第五首化用了孟郊"中夜登高楼,忆我旧星辰"的意境,第八首就化用了韦庄词"炉边人似月,皓腕凝霜雪"的意境。这是十四行体中国化的重要收获。

---

① 周煦良:《介绍吴兴华的诗》,《新语》1945年第5期。

五是冯至的变体探索。1942年5月，冯至出版了《十四行集》，"几乎全都是优美的中国式的十四行诗"，标志着中国十四行诗创作的成熟。它"建立了中国十四行的基础，使得向来怀疑这诗体的人也相信它可以在中国诗里活下去"①。冯至说："我写十四行，并没有严格遵守这种诗体的传统格律，而是在里尔克的影响下采用变体，利用十四行结构上的特点保持语调的自然。"② 里尔克在说明创作《致奥尔弗斯的十四行》动机时说："我总称为十四行。虽然是最自由、所谓最变格的形式，而一般都理解十四行是如此静止、固定的诗体。但正是：给十四行以变化、提高、几乎任意处理，在这情形下是我的一项特殊的实验与任务。"冯至受此影响"才放胆写我的十四行"，"我只是尽量不让十四行传统的格律约束我的思想，而让我的思想能在十四行的结构里运转自如"。③ 移植十四行体格式涉及两点：其一是表达的工具——语言的运用，其二是定形的规律——格律的安排。而所谓"成熟"，是指这两方面体现着中国化。《十四行集》的变体特征是：段式用意体，并注意段间起承转合，构思圆满而完整；韵式采用变式，其中有些是很独特的创造；基本固定每首诗行的音数和节拍数，同时又不拘泥，在整体诗行长度、诗内各行长度、各行节拍数等方面灵活变化；每行有12音、8音，甚至6音的，还采用奇音行如11音、9音和7音的，诗行长短与诗的含情多寡有关；适当采用对称性进展诗行，使诗更具民族风格；充分发挥汉诗语言单纯、精练、弹性、悦耳的优势，诗行组织追求自然流畅，语调自然，适当使用跨行，但不用多重关系的复杂结构句。

---

① 朱自清：《诗的形式》，《朱自清全集》（二），江苏教育出版社1988年版，第398页。
② 冯至：《诗文自选琐记》，《新文学史料》1983年第2期。
③ 冯至：《我和十四行诗的因缘》，《世界文学》1989年第1期。

五　十四行诗的变体探索（2）

　　1937年以后，在抗日民族战争背景下大众诗歌运动兴起，运动中广泛地展开了关于新诗民族形式的讨论。新中国成立以后，诗界又多次进行新诗形式问题的讨论，其目标是为新诗适应新的时代生活寻找新的形式，主导倾向仍是新诗的民族形式。何其芳在1959年撰文说："十年来关于新诗形式问题的讨论和争论"，"主要是围绕着这样一个中心问题进行的：我国新诗如何民族化群众化的问题"①。1958年，毛泽东说："我看中国诗的出路恐怕是两条：第一条是民歌，第二条是古典，这两面都要提倡学习，结果要产生一个新诗。……将来我看是古典同民歌这两个东西结婚，产生第三个东西。形式是民族的形式，内容应该是现实主义与浪漫主义的对立统一。"② 这一意见在相当长的时期里成为新诗发展的主导理念。这就是新中国成立后十四行体的生存环境。这种社会文化环境，对十四行体发展的直接影响如下。第一，基于新诗发展基础是中国古典和民歌的普遍要求，人们就自然地排斥向西方借鉴创作汉语十四行诗，认为做十四行诗背离了中国的传统，更有人把十四行体称为"洋八股"，把移植十四行体称为"逆流""西风派"；当然，这一时期仍有人坚持写作十四行诗。第二，诗人必然受到当时诗学观念和主流诗潮的影响，自然地在创作时探索着十四行体民族化、群众化的道路。而这种探索在本质上仍然是沿着上一阶段的探索路数，即通过探索变体来推进十四行体中国化的历史进程。抗战开始后至20世纪40年代和新中国成立以后至"文化大革

---

① 何其芳：《再谈诗歌的形式问题》，《文学评论》1959年第2期。
② 毛泽东：《建国以来毛泽东文稿》第1册，中央文献出版社1993年版，第124页。

命"结束,这是两个在同一方向上连续推进的探索过程,其共同点就是在新月派和京派诗人创格规范的基础上探索变体,写作民族化的汉语十四行诗,即在规范基础上探索"中国式的十四行诗"。如果说1937年以后至新中国成立期间探索变体主要是在现代化和民族化两个方向推进,取得重要进展的话,那么新中国成立以后,变体探索更多的是在特定社会文化环境中向着民族形式方向推进,终于取得重要实绩。如果我们把这两个过程联系起来,就能清楚地看到十四行体中国化新的历史进程特征。在后一过程中,诗人更多地采用"改造"的态度进行探索,认为"这种外来的旧形式,运用时自然应该考虑到我国诗歌固有的特点,在形式上、韵律上给予一定的改造,使之服从于成立社会主义新诗歌的要求"[1]。这种探索贯穿在新中国成立以后至"文化大革命"结束期间我国十四行体中国化的进程之中。

新中国成立以后到"文化大革命"结束,汉语十四行诗写作主要采用两种方式,一是转入地下创作,成为潜文本写作;二是寻找新的方式,采用迂回提倡。前种创作是在社会舆论普遍反对的情况下进行的,显示了十四行体的巨大吸引力和顽强生命力。这一时期参与创作者有雁翼、郭沫若、陈明远、孙静轩、公刘、蔡其矫、肖开、林子、唐湜、钱春绮、吴钧陶等,其创作也有公开发表的,如雁翼的十四行诗、艾青的《西湖》等发表时则没有标明是十四行诗。后者主要是翻译出版了一批国外的十四行诗集,从而"创造了一种游离于官方话语以外独特文体,即'翻译文体',60年代末地下文学的诞生正是以这种文体为基础的"[2]。尤其是王力出版《汉语诗律学》,"白话诗与欧化诗"章具体介绍商籁体,而且大量地采用了汉语十四行诗实例。王力在怎样建立现代格律诗的问题上,提出了两个原则:一是格律应具有

---

[1] 修文:《从"十四行"说开去》,《四川文学》1962年第10期。
[2] 唐晓渡:《我一直在写作中寻找方向》,《诗探索》2003年第3—4期。

民族特点和时代特点，重视传统诗歌声律所积累的艺术经验；二是新的格律诗应该具有高度的音乐美。他论商籁体始终联系新诗创格实践，联系中国诗律传统，就是要使十四行诗中国化，使之成为汉语诗律学的重要组成部分。这从我们的论题来说，就是推动汉语十四行体中国化（民族化）。

从探索十四行体民族形式的视角来说，这时期有以下一些创作值得重视。

一是孙静轩等的诗体探索。弥尔顿在十四行体英国化过程中的特殊贡献，在于突破传统题材，大多涉及当时重大事件或人生重大问题，格调严肃庄重，诗韵背离传统，诗行依据意识流动采用变格，节奏呈现雄伟风格和雄辩力度。"文公大革命"中陈明远的花环诗和孙静轩的变格体也是相似的变体十四行诗，诗人在特定时空中，用超越性创作追求着人性美，不仅表达了对现实世界的诘问和疑问，更以底层世界悲天悯人的苦难意识充满了对人自身存在、命运归宿及民族未来的沉重思考，呈现强烈的思辨特征，体现着潜在写作特有的精神价值。孙静轩的《昆明街头》《阿诗玛》《群牛石雕》《苦果》等，没有遵守传统十四行诗格律，但存有诗体的原本精神，诗行勾连绵延不绝，浑然一体，诗意曲折起伏，充满着庄严激越的风格，节奏呈现着愤激思辨风格。诚如诗人自述，他本是无意于写作十四行诗，希望搞一点中国特色的十四行诗。这些诗在思想价值和诗体探索上都与弥尔顿的诗相似，是涌动在地底深处的流火，表明中国知识精英在特定年代里坚守人文主义和人道主义话语的抗争精神。

二是雁翼等人的诗体探索。在十四行体普遍受到冷落的年代，雁翼先后写下《黄河船队》《雪山野火》《在钢铁厂》《写在宝成路上》等组诗，其中《写在宝成路上》组诗六首公开在《诗刊》（1957年12月）发表。这些诗的基本特征是：从思想内容上说，描写祖国大规模的经济建设；从诗行结构看，采用长行抒发饱满情绪；从用韵方式看，采用相邻音通押方式，一般双行用韵，一韵到底；从内部结构看，采用四四四二结构，但多数不分节。这种变体十四行诗创作受到当时诗界的批判，《红岩》（1958年12月）甚至发表《雁翼同志是怎样走上了歧路》，把十四行体说成"已经僵死的西欧贵族和资产阶级的诗歌形式"。其实，雁翼进行的是立足我国现实的民族形式探索，他所要表现的是气势磅礴的火热建设生活，是建设者豪情壮志的精神风貌。雁翼自己说："我把西方的十四行诗体和惠特曼、聂鲁达、泰戈尔的自由奔放的长句子拿来糅合在一起，再生出《黄河船队》《宝成路上》《在钢铁厂》等一百多首十四行诗，虽然立即受到了严厉的批评，但我并不后悔，至少我用实践完成了一项探索和试验，即把长于抒发纯个人感情的诗体充实改造成描写工业建设生活的诗体。"① 这种探索的得失可以讨论，但诗人在特定年代探索十四行体民族形式的精神应该肯定。面对批判，当时的修文提出了几个重要观点：十四行体应该成为新诗多样化中的诗体存在和发展；十四行体写作对于新诗民族化可以起到推动作用；十四行体应在创作中探索中国化道路。这些观点对于十四行体中国化具有启示作用。

　　三是陈明远等的诗体探索。在20世纪50年代后期，陈明远同郭沫若一起将郭的旧体诗改写成新体诗，一般先由陈改译，再由郭修正，1992年汇编成《新潮》出版，其中第一辑中有80多首是十四行诗，大多翻译自郭沫若的五言七言律诗。这种旧诗新译有着明确的思想指导，即"确立中国式颂内体（Sonnet）"。他们认为，中国律诗在建行原则、语音节奏、辞藻形象和结构章法等方面同十四行体有着相通契合之处，但中外两种诗体又各有自身的形式规定，所以翻译不能死搬硬套，必须根据我国语言特点而加以变通，写作中国式十四行

---

① 雁翼：《诗形体小议》，《女性的十四行诗》，花城出版社1991年版，第110页。

诗。郭、陈通过翻译旧诗来打通中外律诗形式，探索十四行体的民族形式，其诗体特征首先采用了词曲的格调，译诗简洁明快，音调铿锵，注意词与词间的延续和跳跃、短句和长句的交错和组合。其次采用了词曲音节，译诗尽力少用散文式句子结构，读来音韵绵密，叮咚作响，改变了西诗结构复杂的句子结构。再次注意了整齐中错综，"以大体整齐的音步建行，类似于律诗；以长短相间的音步建行，类似于宋词元曲"①。最后改造了音韵方式，少用抱韵，更多继承传统诗的韵式，采用单交韵、双行用韵、两行换韵、一韵到底等。

四是唐湜等的诗体探索。唐湜从20世纪60年代初开始大量创作十四行诗变体。他的十四行抒情短诗，以音顿排列建行，采用沉稳平静的进展节奏，把外在纯熟自然的声韵节奏同真淳的内在情愫和沉静的旋律节奏融化起来。他写有多首十四行体抒情长诗，如《幻美之旅》包括54首十四行诗，写于1970年那"中国最黑暗的暗夜里"。"幻美之旅是一个精神巡礼的行程，一次生命航行的悲剧，那是个歌人对美的幻想，对生命的诗的不断的追求，经历了一连串不幸的苦难而到达那最后的幸福的奋飞。"②尤其是他的叙事长诗《海陵王》，用近百首变体十四行诗写成。诗以导致海陵王兵败身亡的采石之战为切口，在临战前到战败后的时间框架内，交织着两条线索的叙事，一是激动人心的采石之战，二是大起大落的海陵王一生，呈现出中华民族一个种族的人性悲剧。用十四行体写叙事长诗是一种创体探索，屠岸认为这样的诗不是典型的十四行诗。诗在构节方面采用了五五四结构，在构句方面采用跨行跨段方式，在用韵方面采用自由变化方式，在句式方面多用排比和对称方式，诗人在诗中努力探索着十四行体的

---

① 陈明远：《郭沫若与"颂内体"》，郭沫若、陈明远《新潮》，中国文联出版公司1992年版，第301页。
② 唐湜：《幻美之旅》附记，《幻美之旅 十四行诗集》，宁夏人民出版社1984年版，第162页。

民族形式。

五是林子等的诗体探索。20世纪50年代,林子创作的抒情十四行诗原是只提供恋人胡正阅读而未准备发表的,所以具有强烈的个人性、私密性和纯情化,后来有感于我国当时真正的爱情诗缺乏,诗人才把部分作品送给刊物发表,以后结集出版《给他》,包括两辑86首十四行诗。这些诗虽然受到白朗宁夫人情诗影响,但自有其自身特点,诗人是以两人爱情生活的"情节点"来写作十四行诗,然后再把若干情节点组合成组诗,而所有诗的连贯线索则是爱的情感,正如诗人所说,"抒发的却是中国女性自己的感情",建构的只是属于她自己的、独特而又完整的爱情世界。原本就不是供发表的创作,所以诗人采用的是一种自由的变体,写得较为随意,无论在用韵、建行和段式方面都没有遵循传统格律。结构特点的"情节化"体现在:第一,情感是动态发展的,诗情在行间不是静止而是流动的,呈现迂回曲折、盘旋而下的状态;第二,情感是情节展示的,诗人让情感穿上多彩外衣,并以想象和心理的行为,在内心情绪中展开抒情情节;第三,情感是对话交流的,诗人在内心独白中,常假设对象就在自己的对面,采用诉说和交流的方式,从而使诗情更加真切动人。这种结构特征,较好地体现了中国传统诗词的情景交融结构,较好地体现了中国传统审美的内倾含蓄风格。

六 十四行诗的多元发展

1979年第6期《延河》发表杨大矛的《历史,公正的法官》,是"文化大革命"结束后第1首公开发表的十四行诗,比反思小说更早地对新中国成立后尤其是"文化大革命"的错误进行深刻的反思,富有强烈的政治色彩。1979年第11期发表唐祈《悲哀——缅怀诗人何其芳》，首次公开注明"十四行诗"，在思想和体式上都引起人们关注。1980年1月的《诗刊》发表林子的11首十四行爱情诗，冲击了传统主流题材。这些作品开启了新时期十四行发展崭新的一页。新时期十四行诗的理论、翻译和创作是极其繁荣的，发展呈现着多元化。这是同特定的社会文化背景相关的。在新的历史时期，社会意识形态逐渐淡化，市场经济体系逐渐确立，文学审美格局逐渐多元，文学包括诗歌发展形成一个新的格局和走向，这就是陈思和所概括的由共名时代走向无名时代，由各种个人立场写作构成了日益丰富而喧哗的多元格局。这种局面，正是十四行诗创作繁荣和多元发展的社会文化生态环境。因为作为一种域外移植的诗体要想得到繁荣发展，就需要开放的自由的思想文化环境，新时期提供了这样一种生态环境。

在新的环境中，以下因素对十四行诗繁荣局面形成具有重要意义：一是新诗形式意识的自觉性。新中国成立以后始终在讨论新诗形式问题，但主导思想是在民歌和古典基础上发展新诗的民族形式。这成为一个共名的话题，所以从诗美出发的真正的形式意识始终被压抑着。新时期探讨新诗形式呈现百家争鸣局面，出现了新诗史上第三个新诗形式探索的自觉时期。正是在这种思想指导下，更多的诗人参与到创作十四行诗队伍中来，也更多地从理论上讨论新诗形式包括十四行体问题。二是国外诗歌翻译的开放性。十四行体的移植离不开域外诗歌翻译，在新时期，大量经典的精美的域外十四行诗被反复地翻译介绍，其往往使读者由阅读而接受，由接受而欣赏，由欣赏而模仿创作。同时，许多翻译家如卞之琳、屠岸、吴钧陶、钱春绮、张秋红、江弱水、张枣、赵毅衡等，又是创作十四行诗的重要诗人，他们的创作往往艺术质量高、格律规范，成为读者学习创作十四行诗的范本。三是大量创作积累的影响性。汉语十四行诗创作有着数十年的历史积累，但由于特定的社会背景、传播条件和不公评价，真正能同读者见面者甚少，影响有限。新时期将过去大量创作重新发表或进行介绍，引起读者广泛注意。如孙大雨、卞之琳、朱湘、罗念生、柳无忌、李唯建等的十四行诗，过去都难以见到，现在得以重新出版，这对新时期十四行诗的研究和创作起着重要的推动作用。四是宽严相济的包容性。传统观念把十四行诗格律规定得严格，从而有意无意地使得这种诗体成为孤家寡人，曲高和寡。新时期采用宽严相济结合的原则，适当放宽对十四行体的限制，这无论从创作还是研究来说都有利于十四行体的多元发展。

新时期十四行诗的创作繁荣和多元发展，主要表现在以下方面。

一是参与创作的诗人众多，既有老一代诗人，也有新中国成长起来的诗人，还有更年轻一代的诗人。他们用不同的歌喉，汇聚起来创造了十四行诗的繁荣局面。从创作看大致分成两类，一类是学贯中西、深谙西方十四行体格律的学者或诗人，他们翻译作品，进行理论介绍和模仿创作，一般都比较严格地遵守十四行体的格律规则；另一类诗人则是靠翻译过来的作品及从前人试作中了解了十四行诗，并由此产生兴趣开始创作，一般都主张在原有诗式基础上更多地融入自己的形式追求。一般来说，老一代诗人的创作格律较为严谨，年轻一代的创作格律较为疏松。值得注意的是一批港台诗人发表了十四行诗，如纪弦有《一片槐树叶》，彭邦桢有《悲雪》《咏松》等，张默有《给赠十四行》，席慕蓉有《一棵开花的树》《雨后》等，余光中有《当我死时》《中秋月》等，张错有《错误的十四行》组诗，王添源有《十四行一百首》出版，等等。这些诗基本特征是用律疏松，写来自由，因此被称为"错误的十四行"。当然，在港台诗人中也有用律严格的，如童山的《爱情是一首诗》，就采用了严格的英体，四四四二分段，每行四个或五个音组，构思起承转合。尤其是杨牧有《十四行十四首》《旅人十四行》《再见十四行》《出发十四行》等组诗，都是十四行体的规整之作。

二是题材选择的着意拓展。新时期十四行诗发展的重要成果就是主题形态的拓展，除了传统题材外，出现了一些过去很少涉及的题材领域。如现实政治题材方面，杨大矛、杨汝炯、梁南的诗最早对"文化大革命"进行反思。罗洛有《七一之歌》组诗和《十月之歌》组诗，开创了用十四行体写作政治抒情诗的先河。金波写作了大量的儿童十四行诗，被屠岸评价为"在十四行诗史上又是一次世界范围的突破"。如山水风情题材方面，诗人把中国传统山水诗和西方沉思体结合，创造了独特的中国式十四行诗。新时期主要有孙静轩的西南边塞诗，唐祈的西北组诗，武兆强的边疆十四行，蔡其矫的内蒙古行组诗。邹建军创作了大量的山水十四行组诗，诗人以越溪的青山绿水为"地理坐标"，以故乡作为坐标起点，辐射到祖国各地和世界各处，人们评价他建立了当代中国的自然山水学派。在面向世界的开放格局中，新时期出现了一批国际游历诗，重要诗人如顾子欣、屠岸、钱春绮等。顾子欣出版了《在异国的星空下》，包含相当数量的十四行诗，这些诗讴歌友谊和平，寄托友人怀念，充满着异国情调。如经济建设题材方面，雁翼有《深圳的十四行》，反映深圳的改革开放；罗洛有《写给宝钢的十四行诗》组诗，正面反映大型钢铁基地的建设；万龙生写作了一批矿工题材的诗，探索了十四行体反映经济建设的新路。如军旅生活题材方面，新时期有相当多的军旅诗人参与创作，其中重要诗人就是曾凡华，他的《士兵维纳斯》集包括相当多的军旅十四行诗作。

三是诗体格式的多种实践。我国诗人在新时期采用多种体式创作，无论是意体、英体、法体、俄体都有试作，几乎世界各国诗人用过的如抒情长诗、叙事长诗和花环诗体等都有创作，推动了十四行体的中国化改造。从段式看，20世纪80年代以来的中国诗人大量地采用莎士比亚式和史本塞式，接近新诗中的半格律体和诗节形式。另外如孙文波的《十四行诗组》分段法是五五四，前两段匀称，第三段变化，整齐中见错综，更接近新诗中的均行诗。这种分段法欧洲虽有但却少见。郑铮的《给》等，用三三三三二分段法，韵式为 ABB ACC DED FEF GG，刻意追求"回旋华尔兹舞"效果。在建行方面，80年代以来的创作多数采用卞之琳、冯至等的建行方式予以变化，即大体限音组。有的诗有严格的格式，如屠岸、吴钧陶的诗多为五个音组，而唐湜等则认为"四个顿最恰当"；有的诗每行音组或音数虽有格式但不严格，常以一种方式为主穿插着其他方式。按照徐志摩、朱湘等开创的行顿节奏写作十四行诗的也是大有人在，如张秋红、岑琦、钱春绮、邹建军等都通过诗行等音在行顿层次形成整齐节奏效果。如杨汝絅发表在《红岩》1983年第2期的《惊喜》（同时发表的《今天》，格式相同），每行均占11格（在语流中占时相同），标点符号同样占格，这就是诗行等量音节的节奏模式。类似这种建行方式在新诗格律体中大量存在，是典型的行顿节奏方式。在用韵方面，80年代以来，中国诗人在借鉴十四行体韵式基础上加以变化，使之接近我国新诗用韵规律。如唐祈的《天鹅》是AABAAA-CABAAABA，饮可的《十四行诗草》3首诗的用韵是AAAABAAACD-DAAA，AABAAACAAABAAA和AAAAAAAAABAAA，以上韵式同中国四行诗双句押韵和一韵到底等形式大致相同。在组诗方面，品种多样的组诗超越了传统组诗结构，其中倾注了我国诗人的改造创新。沃尔夫冈·凯塞尔曾经说过："在考察了各种不同的时代当中，同时我们发现，走向诗组的趋势在近代变得越来越强，在现代简直是抒情创作的一个标志。赋予他的作品一种重要的'书籍性质'，对于现在的抒情诗人好像是一个特别的野心。"[①] 这一趋向是我们研究我国十四行需要特别加以注意的问题。事实上，我国诗人已经在组诗创造方面积累了重要的创作经验和丰硕的创作成果。

四是媒体传播的多元并存。新时期十四行体多元发展的重要标志是传播渠道的有效拓展。我国诗人出版十四行集众多，有专集，有合

[①] ［瑞士］沃尔夫冈·凯塞尔：《语言的艺术作品》，陈铨译，上海译文出版社1984年版，第226页。

集，有选集，有全集，各类报刊发表十四行诗，还有民间诗刊对十四行诗的关注，如《东方诗风》《现代格律诗坛》等民刊就载有相当的汉语十四行诗。尤其值得注意的是网络传播，推动着十四行诗的繁荣和多元发展。网络传播主要包括：（1）链接传统媒体相关资料。如各种报刊和出版的数据库，就保存了大量历史的和现实的十四行诗原始资料，为阅读和研究中国十四行诗提供方便。（2）建立各种网络学术平台。这种平台有诗人开辟的，也有学者开辟的，有个人设置面向公众开放的，也有社团设置面向社会开放的，还有师生设置主要用于教学科研的。（3）编辑多媒体集成专辑资料。充分利用网络自身的优势，自由地把各种音像的平面的资料集合在一起，形成专题在网络以最快速的最广泛的方式传播，造成重要的社会影响。（4）开设博客进行创作交流研讨。诗人通过博客，快速地把自己的创作发布到网络，然后即时听取意见，开展双向、多向交流与切磋，这是传播和提升十四行诗的重要方式。（5）借助网络推荐传播新的创作，这是尤为重要的，"中国格律体新诗网""东方诗风论坛网站""中国韵律诗歌网"就在网站介绍了许多诗人的十四行诗，"中国青年网站"就有石子赵阳发帖《一百首十四行诗串成一支悲歌》等作品发表。

五是理论成果的大量发表。新时期参与理论研究的除了诗人、学者外，还有一般读者和高校学生，金波的部分十四行诗入选多种中小学语文、音乐教材，一些学生阅读以后开始对十四行诗产生兴趣，在课堂和网络上就有探讨十四行诗的言论发表。就理论研讨的形式来说，既有诗人写作的创作谈，有各种专题研究论文，还有理论研究专著，甚至还有高校研究生的学位论文，这些理论成果汇聚形成了前所未有的研讨风气，推动着中国十四行诗的发展和繁荣。理论研究的话题更是多元化，基本的话题是十四行体的中国化和现代化，主导的倾向是鼓励多元探索和创作繁荣，这种理论研讨为十四行体中国化进程创造了良好的社会文化环境。

七 十四行诗的创作繁荣

　　立足十四行诗中国化进程的视角,新时期十四行诗发展最为核心的特征,就是创作的繁荣和多元,具体来说是格律的十四行诗、变格的十四行诗和自由的十四行诗并存竞争,百花齐放。所谓"格律的十四行诗",主要指诗人在写中国十四行诗时,对西方十四行体式进行对应模仿,讲究音步安排、诗行安排、音步整齐和韵式采用等,格律严格;所谓"变格的十四行诗",主要指诗人对西方十四行诗式略加改造,大体按照十四行的段式、建行和韵式写作,多用变体,甚至在一些地方出格;所谓"自由的十四行诗",主要指诗人写作仍受西方十四行诗形式的影响,但各首在分段方式、音组安排、建行排列、诗韵方式的采用方面比较自由。大致来说,在十四行体中国化进程中,规范创格时期的十四行诗讲究格律规则,创作大多属于"格律的十四行诗";探索变体时期的十四行诗寻求变体形式,创作大多属于"变格的十四行诗"。虽然格律疏松的"自由的十四行诗"在中国化进程中始终存在,但大量出现或自觉写作却存在于新时期。这里就呈现出一个研究十四行体中国化进程的重要现象,即历史上规范创格期主导创作的格律十四行诗、探索变体期主导创作的变格十四行诗和新时期大量出现的自由十四行诗,到了新时期则三类十四行诗同时并峙诗坛,百花齐放,从而迎来了汉语十四行诗发展的繁荣景象和多元局面。应该明确,格律的十四行诗、变格的十四行诗和自由的十四行诗,都是中国诗人在移植西方十四行体过程中,根据汉语的语言特点和诗歌规律进行改造、扬弃后所获得的汉语十四行诗,只是这种改造存在着对应移植、局部改造和根本改造的差别,再进一步说,以上三类移植方式的诗都是我国诗人推进十四行体中国化进程中的创作成果。正因为历史上往往只是某类移植方式的诗主导，而新时期则是三类移植方式的诗并峙，这就是新时期创作繁荣的表征，也就是新时期多元发展的内涵。需要说明的是，新时期诗人立足历史传统，既注意继承前人探索十四行体中国化的成果，又在改革开放的社会文化环境里大胆前行，继续着格律的、变格的和自由的十四行诗的新探索，从而有效地推动了十四行体中国化历史的新进程。因此，格律的、变格的、自由的十四行诗并存诗坛，绝不是简单地重复过去的创作体式，而是在继承中有新的探索。这种局面的出现固然根植于新时期的社会文化环境，但其中的根本原因是诗人创造中国式十四行体的自觉意识，这是十四行体中国化历史进程中从未有过的。汉式十四行诗的自觉探索使得部分诗人认为：若能突破其他语种的规则，结合中国古典律诗传统，在现代汉语语境下，根据汉语的基本素质，在诗美发现与诗意构想基础上进行创造，汉语十四行诗才有前途。新时期很多诗人都提出创建中国式十四行体的目标追求，这里以邹建军的论述为例。针对有人认为没有按照英语十四行诗规则来写作，就不能算是十四行诗的观点，邹建军认为这是"可笑而似是而非的认识"。他的论证是：第一，在西方，十四行诗也有多种多样的语言进行创作；第二，就是用英语创作的十四行诗，也存在多种多样的体式，我们不能说他们的诗都不是十四行诗；第三，汉语与英语的构成要素是完全不同的，用汉语是无法按照英语的要求来写十四行诗的，因此只能有所变通；第四，我国诗人写作十四行诗取得成功，公认的结论是，只要研习英语以及其他十四行诗的艺术规律，在艺术精神上相通也就可以了；第五，诗人的创造对于诗歌写作来说是特别重要的。在这种论证后邹建军说："每一个时代的诗人都需要有自己的创造，在十四行诗的格律上也都要有自己的突破。只要是真正的艺术探索，都要有更大的容纳的空间。对于汉语十四行诗写作，没有必要怀疑，更没有必要反对，相反我们要有坚定的自信，中国诗人用汉语写十四行诗是一种创造，并且可以是全新的创造。因为这种真正的艺术探索，也许可以为中国新诗开创出一条新路。"① 这是一种值得我们重视的理论创见，其核心观点是移植十四行体就需要推进十四行诗体中国化，而诗体中国化就需要我们自己的创造，而自己创造应该能有更大的容纳空间，其结论必然就是：应该允许诗人根据自己的理解进行多元探索，或者创作格律的十四行诗，或者创作变格的十四行诗，或者创作自由的十四行诗。

以下对新时期三类中国十四行诗体的探索情况作一简单描述。

第一种是"格律的十四行诗"。如屠岸的十四行诗，或用意体或用英体格律规范，作品多由整齐的五音组诗行构成，恪守意、英段式和韵式，用律严格。他以创作证明了"一种严谨精致的诗歌形式尽管'束缚思想'，然而在限制中仍可显出身手，法则也会给人以创造的自由"②。钱春绮在2009年出版《十四行诗》集，诗作严守西方十四行体格式要求，丰富的文史知识和蕴蓄的哲理思考融为一体，多用每行12音的法国亚历山大体，每行统一音步，每步限定二三字，形式整齐。邹绛也写格律的十四行诗，认为既然十四行诗是格律诗，就得按照格律的要求去写，他的诗严格按照三二二三原则建行。胡乔木的《窗》，构思精巧，起承转合流畅自然，是一首格律的十四行诗。全诗虽然没有分段，但诗行高低排列方式，自然地表明它是意体十四行，结构呈四四三三，韵式为 ABBACDDCEFGEFG，韵式与诗行排列相应。每行统一限定五拍，每拍严格规定为二字或三字，不取一字或四字。这样的严格限定，目的是使节拍在语流中占时大致相等，从而达到节奏简单、鲜明和整齐。王端诚的新诗创作讲究格律的严格性和音

---

① 覃莉：《关于汉语十四行诗的写作与翻译问题——邹建军先生访谈录》，邹建军网站"中外文学讲坛"。

② 杨匡汉：《诗人琴弦上的 Sonnet 变奏——〈屠岸十四行诗〉读后》，《读书》1987年第12期。

韵的谐和性，较多地吸收古典诗词的音律方式，用纯净的现代汉语写作，在规范格式中传达出深邃的古典意境。他重视诗行的音步（顿）和音（言）数，基本采用音步（顿）和音（言）数的整齐式，且在《秋韵集》《枫韵集》中的十四行诗都明确标明音步（顿）数和音（言）数，我们把它称为"步言十四行诗"。《秋韵集》中有四步八言十四行诗，如《回乡》《峨眉》，即每行四顿八言；有四步九言十四行诗，如《每当》《锦江》《写在武王伐纣会盟处》，即每行四顿九言；有四步十言十四行诗，如《大地》《乐山》，即每行四顿十言；有六步十二言十四行诗，如《旧居》，即每行六顿十二言。

第二种是"变格的十四行诗"。如吴钧陶的诗式特点是："以五顿诗行为主，每顿二至三字；每首诗按四、四、四、二结构安排；使用规范的现代汉语，避免跨行、跨诗节、断行、加括号等西式章法；用汉语读者喜闻乐见的韵式。这种新的诗体虽源于西方，却植根于中国文化，有着明显的中国特色。"① 岑琦有汉式十四行诗 500 余首，大多写在 20 世纪 90 年代。他开始以欧式来写，并不顺利，后来就以汉诗格律来写。他的诗重视的是诗行间音组数的划一或对应的划一，诗节格式严格规定诗行容量，二行三行四行都可以，但在诗节间必须是均齐的或对应均齐的，以造成诗章节奏的大致和谐。用韵不受西方十四行体束缚，有一韵到底，也有适度转韵，却无西方韵式的复杂。变体使岑琦的诗在约束与自由之间处理得颇有分寸。邹建军的十四行诗格式是：一般采取 ABAB ABAB ABAB CD 这样的韵式，但也有变化，有时采用 ABCA ABCA ABCA AA，这与中国古典律诗的押韵方式比较接近；诗行音节不是划一的，如果句子比较长，则音节多些，如果句子比较短，则音节少些，但在同一诗中，每行的音节数是基本相等

---

① 王宝童：《吴钧陶的诗和译诗评析》，吴钧陶《幻影》，河北教育出版社 2001 年版，第 431 页。

的；结构追求起承转合、曲折反复的效果，诗中存有反复的句式或词语，以形成一种回环往复的艺术结构，形成层层上升又层层下降的曲线。骆寒超说自己"爱在这个容量里翻出种种新花样——用各种章法各种声韵节奏来写我的十四行"，这就是他的"汉式的十四行"本质含义的核心。骆寒超不仅提出了创造"汉式十四行诗"的目标，而且在创作中较好地遵循了十四行体的原本精神，立足在此基础上进行变体创作。骆寒超的汉式十四行创作无论章法、句法和构思如何变化，始终遵循着诗的抒情进展的圆满精神。这也正是十四行体中国化始终坚持的诗体基本要素。在坚持基本精神的基础上，骆寒超等人对于十四行体的段式、行式和韵式进行了有效的改造，用各种章法结构、各种声韵节奏来写汉式十四行诗，探索十四行体中国化的发展道路。金波的儿童十四行变体探索集中在韵式上，重在把西方十四行体的韵式同中国传统诗歌的韵式糅合起来，既借用西式用韵的多变呼应，形成错落曲线，又渗透传统用韵的惯用习惯，努力把西方诗体改造成能为中国小读者接受的新诗体式。其用韵方式达数十种之多，如《薄荷香》《走近雨季》《一场雪又一场雪》等诗，全诗用了四个韵，分别用在四段中，换段换韵，这是移用了西方十四行体韵式的成果，但在段内用韵却采用的是传统诗体的韵式，即前面三段四行分别都是第一、二、四行押韵，第四段采用两行同韵。尤其是，第一段无韵行的"B"成为第二段的韵，而第二段无韵行的"C"成为第三段的韵，第三段无韵行的"D"又成为第四段的韵，从而造成了一种连环交错而又逐层推进的诗韵结构，充分显示了汉语十四行诗的声韵魅力。

第三种是"自由的十四行诗"。这种诗格律自由，是诗人的自觉创造。如叶延滨在1987年10月22日《文学报》"百家新诗别裁"专栏中，发表了《叶延滨诗六首》，均是自由的十四行诗，每首的格式都不一样，诗行组织也是很不规范，押韵方式也很自由。后来叶延滨又创作了数量较多的这类十四行诗，如《春的定义》。叶延滨写的十四行诗多为素体，段式类似莎士比亚体，音步和韵脚都不讲究。但构思新颖，用语精警，诗意盎然。白桦、叶延滨等的十四行诗在当时被称为"自由的十四行"，其共同特点：（1）借用每首十四行数，有时也借用分段法；（2）借用十四行容情和固情的特点，大多写得单纯，诗意绵延而下；（3）诗行的长短和音组数或音数均不限，自由为之；（4）诗韵随意，有时甚至写无韵的十四行诗。新时期一批年轻的诗人，如李彬勇、曾凡华、王添源等都采用了自由体音律写作十四行诗。如颜烈的《蝴蝶梦——人生十四行诗》，收入了99首十四行诗，诗人自述"有意给自己留下'美中不足'以自省自策"。诗人说这些诗是自己"漫漫人生体验的结晶，是弯弯溪流中的九十九圈涟漪；也是我回报生活、献给钟爱的人的九十九朵玫瑰"。从形式来说，诗人吸收了欧洲十四行体某些形式，但不是全部照搬硬套。具体表现在：结构多为三个四行和一个两行组，也有例外的"四四三三""五五四""六六二"等，并且是以标点隔开而不空行分节。在音节处理上，则根据汉语特征和表现特定语言环境，灵活变通，不是按照欧式每行五个轻重格音步拘死，而表现为诗行长短自由建行；在表现内容上，从莎士比亚单纯的爱情表现扩展、延伸到人生，并学习英体注重结末两行，力求写出警句式哲理味。① 面对现代语词困境（陷阱），陈陟云和马莉的写作采用了自由诗的表达语言，在灵动自由的诗语中开拓诗意空间。其自由诗语的特征有三：一是不以音顿而以行顿为节奏基本单位；二是不以连续排列而以自由对等排列构成复现节律；三是不以行内而在行间形成诗行复现节奏。

新时期格律的、变格的和自由的三类汉语十四行诗并存竞争，这里自然就有一个如何认识我国诗人创作中出现了不少变格的甚至自由的十四行诗的问题，由此就有一个重要话题提了出来，即如何把握十

---

① 颜烈：《〈蝴蝶梦——人生十四行诗〉后记》，成都出版社1994年版，第107页。

四行体规范的宽严标准的问题。传统的观念，是把十四行诗的格律要求规定得很严格，从而有意无意地使得这种诗体成为孤家寡人，曲高和寡。新时期采用宽严结合的原则，适当放宽对十四行体的限制，这无论对创作还是研究来说都有利于该诗体多元发展。其实，在十四行体英国化的进程中，就出现了大量的变格体，尤其是近代以来受现代诗运动影响，相当数量的西方诗人采用破格变体写十四行诗，有的甚至写作自由的十四行诗。我们采用宽严相济的标准，肯定在规范基础上的变体应该是有利于中国十四行诗发展的。在坚持以上基本态度的基础之上，我们主张汉语十四行仍然需要具备十四行体的原本精神，需要大力倡导格律的十四行和变格的十四行，主张慎写自由的十四行。

  从早期输入到创格规范，再到探索变体，然后又迎来创作繁荣和多元发展的局面，这就是十四行体中国化历史进程的基本线索。十四行体中国化的进程始终与中国新诗发展双向互动，早期输入与新诗发生、创格规范与新诗韵律运动、探索变体与新诗民族化同步共进，在新时期汉语十四行体又与中国新诗同时迎来了创作繁荣和多元发展阶段。十四行体中国化进程丰富了汉语诗歌的表现形式，为中国诗人吸收外来文化积累了成功经验，对于新诗建设的意义是多方面的。这就是作为固定形式的诗体建设意义，作为探索过程的新诗创格意义，作为创格成果的诗语转型意义，因此十四行体中国化的历史性贡献是不容忽视的。

第二章 十四行体中国化的转借环节

在中西文化交流的过程中,诗式的借用和移植是最为艰难的。因为"每一国诗都有些历代相承的典型的音律形式","这种音律的基础在各国诗歌里都有相当大的普遍性和稳固性……有了音律上的共同基础,在感染上就会在一个集团中产生大致相同的情感的效果。换句话说,'同调'就会'同感',就会'同情'"。① 我国诗人经过百年努力,终于初步完成了十四行诗式由西方到东方的转徙,留下了丰富的历史经验和有益启示,十四行体中国化的途径借取就是中西文化交流经验的重要内容。

一 十四行体转借的三环节

一种文学样式的跨语系移植,一般要经过以下三个转借环节:原样式拿来,中介物沟通,新样式诞生。就十四行体移植中国来说,原样式拿来就是直接接受西方的十四行体形式。中国近代以来,尤其是五四以后,在面向世界开放的思潮鼓动下,一批文人学者跨出国门,接触了西方的现代文明,同时也接受了西方十四行体形式,并对这种诗体产生了浓厚兴趣。1910年后,胡适在留学期间试作英文十四行

---

① 朱光潜:《新诗从旧诗能学习得些什么》,《光明日报》1956年12月24日第3版。

诗，就是个明证。初期输入十四行体，原样式拿来起着重要作用，郭沫若翻译《西风颂》、李金发翻译波特莱尔的诗、闻一多翻译白朗宁夫人情诗时都把原诗附在译作之后发表。这对国人熟悉西方十四行诗发挥着重要作用。但是，虽然原样式拿来后也可以模仿创作，由于深谙西方语言和诗律者毕竟不多，因此要使十四行体真正移植到中国，还需要借助于中介物沟通，这就是对西方十四行体的理论介绍和诗作翻译。当然，最初直接模仿西方十四行体的创作同样起着转借中介的作用。20世纪20年代初的一些十四行诗创作，当然也在该诗体的移植中起着某种传播作用。正是依靠着这种中介沟通，更多的诗人得以熟知十四行体，并开始了新一轮的转借工作，包括模仿创作、扬弃改造、探索新路、写出精品，使十四行体移植中国成为现实。由此可见，转借的三个环节就其移植而言共有四个途径，即原作传播、理论介绍、作品翻译和新作创作。

　　在百年十四行体中国化的历史上，许多诗人都参与了这四个途径的移植。有人主要是从某一途径参与，有人从两个途径参与，也有人从三个或四个途径参与。正是由于他们的不懈努力，才使得特别繁难的诗式移植成为现实，汉语十四行诗已经成了我国新诗的重要品种。在多途径的移植过程中，对十四行体中国化做出重要贡献的集中在若干诗人群体或新诗流派身上，这是一个非常有趣也是值得研究的历史现象。这种现象的出现，是同百年新诗发展趋向有关的。中国新诗运动是以诗体解放为旗帜的，诗体自由成为新诗发生和发展的基本趋向。而十四行体恰巧与之相反，是一种西方的格律抒情诗体，它的移植必然同整个新诗发展主流倾向相悖，因此必然不是所有诗人都会参与进来。能够积极参与十四行体转借工作的诗人大都具有开放意识、形式趣味和诗美取向，共同的审美追求使他们结合起来形成独特的文人群体，从而往往成为新诗史具有现代倾向的诗人群体或新诗流派。这种群体或流派，按照十四行体中国化进程排列，大致是：早期输入期的《少年中国》诗人群和初期象征诗人群，规范创格期的新月诗人群和京派诗人群，变体探索期的九叶诗人群，多元发展期的翻译家诗人群和新格律诗人群。以下对这些诗人群体和流派在多途径转借方面的工作进行概括。

《少年中国》诗人群。这是新诗发生期追求诗艺诗美的诗人群体。他们在诗体解放的语境中有着自觉的形式意识。田汉在《诗人与劳动问题》中把诗定义为："诗歌者有音律的情绪文学之全体。"认为"诗的内容以情感为生命！诗的形式与韵律相联属！"① 宗白华在《新诗略谈》中把诗定义为："用一种美的文字——音律的绘画的文字——表写人底情绪中的意境。"② 周无认为诗是有节韵的，它"是诗歌形式的本质特征，如果失去这个特征，诗歌也就失去形式上质的规定性"③。解志熙在追溯后来的"新形式运动"发展过程时，强调了《少年中国》诗人群在新诗形式探讨方面的贡献。④《少年中国》诗人强调面向世界开放。他们重视译介世界现代诗歌，如《少年中国》发表了12篇介绍法国象征主义诗歌的理论文章，"他们从'解放诗的格律'的象征主义那里发现了一种不拘于传统格律的'音韵'或'音律'，这种偏向音调、格调或情调的'音律'，似乎更契合白话—自由诗为起端的新诗在形式方面的吁求。"⑤ 因此，郑伯奇公开发表了第一首汉语十四行诗《赠台湾的朋友》，田汉译介了波特莱尔十四行诗《应和》，李思纯在写给宗白华的信中说："我对于新诗的意见，除了劝国内作诗的人，留意诗人的修养外，其次便是输入'范本'，多译和多读欧美诗人模范的名作。"⑥ 所以他在《少年中国》连续两次发表论文，

---

① 田汉：《诗人与劳动问题》，《少年中国》第1卷第8、9期（1920年2、3月）。
② 宗白华：《新诗略谈》，《少年中国》第1卷第8期（1920年2月）。
③ 周无：《诗的将来》，《少年中国》第1卷第8期（1920年2月）。
④ 解志熙：《"和而不同"：新形式诗学探源》，《文学评论》2001年第4期。
⑤ 张桃洲：《语词的探险》，社会科学文献出版社2012年版，第12页。
⑥ 见《少年中国》第2卷第3期"会员通讯"（1920年9月）。

提出输入包括十四行体在内的欧美诗体，以此作范本来改善新诗体。田汉、周无、李璜、吴弱男等，也正面提出输入外国诗体，为十四行体输入中国提供了理论和思想基础。同《少年中国》诗人交往密切的郭沫若这时有十四行诗创作，也有西方十四行诗《西风颂》等的翻译发表。

初期象征诗人群。这是一个面向世界开放的新诗流派。李金发在《食客与凶年》"自跋"中说："余每怪异何以数年来关于中国古代诗人之作品，既无人过问，而一意向外采辑，一唱百和，以为文学革命后，他们是荒唐极了的，但从无人着实批评过，其实东西作家随处有同一之思想、气息、眼光和取材，稍为留意，便不敢否认。余于他们的根本处，都不敢有所轻重，惟每欲把两家所有，试为沟通，或即调和之意。"① 这种沟通、调和的重要方面就是创作汉语十四行诗。法国汉学家洛瓦夫人认为李金发与王独清是中国象征派最早使用十四行诗体的诗人②，如李金发就写过两首以法文"Sonnet"为题的诗，收入诗集《食客与凶年》，王独清的《死前》集中也有五首题为《SONNET》的诗。李金发《微雨》集有《戏言》《卢森堡公园》《丑》《作家》《七十二》《给圣经伯》《丑行》《呵……》《一二三至千百万》《给Charlotte》《给女人X》等，《食客与凶年》集有《Sonnet 二首》，《为幸福而歌》集有《春》等。穆木天《旅心》集（1927 年）有《苏武》，冯乃超《红纱灯》（1928 年）有《岁暮的 Andante》《悲哀》等。穆木天认为："譬如黑雷地亚（Jose Maria de Heredia）的诗形式非十四行（Sonnet）不可似的。我们对诗的形式力求复杂，样式越多越好，那么，我们的诗坛将会有丰富的收获。"③

---

① 李金发：《食客与凶年·自跋》，原载（上海）北新书局 1927 年版，陈绍伟编《中国新诗集序跋选（1918—1949）》，湖南文艺出版社 1986 年版，第 183 页。
② 转引自金丝燕《文学接受与文化过滤》，中国人民大学出版社 1994 年版，第 268 页。
③ 穆木天：《谭诗》，《创造月刊》第 1 卷第 1 期（1926 年 3 月 16 日）。

新月诗人群。这是新诗史上首个集合起来为新诗创格的诗人群，他们掀起了新韵律运动，主张新诗在"内容及形式双方表现出美的力量"。新月诗人为新诗同时也为汉语十四行诗创格。孙大雨是在写出汉语十四行诗《爱》时发现新诗"音组"的，然后用音组理论写作了多首十四行诗，创作了更多的新诗，翻译了莎士比亚的诗歌。陆志韦首先提出新诗创格和创体的设想，并躬身创作了多首汉语十四行诗。闻一多在写作《死水》时发现了新诗节奏单元"音尺"，后以"音尺"理论写作多首十四行诗，后来又翻译了白朗宁夫人十四行情诗，在《新月》介绍十四行体的构思特征。徐志摩创作汉语十四行诗，并撰写长文介绍闻一多翻译的白朗宁夫人十四行情诗一事，提出了为新诗创体的要求，在编辑《新月》和《诗刊》时注重介绍十四行体。朱湘翻译西诗包括十四行诗，写作英文十四行诗，在《石门集》中收有创作的十四行意体和英体70多首。李唯建创作了连缀近千行的十四行组诗《祈祷》。饶孟侃、张鸣树、刘梦苇、陈梦家等都有汉语十四行诗发表。梁实秋、胡适、梁宗岱、闻一多、徐志摩在《新月》和《诗刊》发表关于十四行体的理论文章。朱自清对于新月诗人的探索给予高度评价："闻、徐两位先生虽然似乎只是输入外国诗体和外国诗的格律说，可是同时在创造中国新诗体，指示中国诗的新道路。""格律运动实在已经留下了不灭的影响。"①

京派诗人群。京派诗人在新月诗派式微后继续进行新诗形式探索，史称"新形式运动"。他们的新诗创格理论与新月诗派有所不同，如果说新月诗人是通过转借西诗来模仿创作，那么京派诗人则主张通过中西融合来改造创新。他们从认识汉诗语言特征入手，主张新诗的顿歇节奏，主张诗的形质融合，主张诗体形式完整，为十四行体中国

---

① 朱自清：《诗的形式》，《朱自清全集》（二），江苏教育出版社1988年版，第397—398页。

化做出重要贡献。京派诗人转借是通过翻译、理论和创作三个途径进行的。从翻译来说，诸多西方诗歌包括相当数量的十四行诗被翻译过来，其中的梁宗岱、卞之琳、柳无忌、曹葆华、罗念生等都有重要译作发表。从创作来说，梁宗岱、柳无忌、曹葆华、卞之琳、何其芳、林徽因、邵洵美、金克木等都有或多或少的汉语十四行诗发表。尤其是他们有人"写着关于英诗体裁有相当了解的论文"，较为系统地介绍了西方十四行体形式规范，如罗念生的《十四行体（诗学之一）》和梁实秋的《谈十四行诗》，都是十四行体中国化进程中的重要论文。稍后的吴兴华接受京派诗人影响，创作了《西珈》等有重要影响的十四行诗，刘荣恩创作了数量众多的具有现代风格的十四行诗。徐迟稍后发表《诗的元素和宪章》，认为十四行体"实在是人类的感情，不论是一种精巧的，或雄浑的，或诙谐的，或忧郁的，无不容纳在十四行里面，恰恰正好，如许多著名的十四行诗已经证明的"[①]。这是对十四行诗创作的正面肯定。

九叶诗人群。九叶诗人尤其是几位西南联大学生，在20世纪40年代创作了较多的十四行诗。该流派刊物《诗创造》创刊号的"编余小记"提出了编辑方针，说"象商籁诗，玄学诗派的诗，及那些高级形式的艺术成果，我们也该一样对其珍爱"[②]。他们的诗体现了新的综合传统，是新诗现代化的范例，也是我国新诗经过20多年探索走向成熟的重要标志。九叶诗人面向当代英美现代诗潮，一方面翻译和介绍艾略特、里尔克、奥登的诗学和诗作包括十四行诗，另一方面自觉接受他们影响创作十四行诗。九叶诗人创作的诗质、诗体和语言都呈现繁复特征，从而形成了汉语十四行诗的变体。杜运燮有《草鞋兵》《赠友》《悼死难的"人质"》《给我的一个同胞》《盲人》《对于灭亡的

---

① 徐迟：《诗的元素和宪章》，《生命的火焰》，桂林集美书店1942年版，第22页。
② 《诗创造》于1947年7月创刊，由诗创造社编辑。

默想》等。袁可嘉创作了一组讽刺社会的十四行诗,有《上海》《南京》《出航》《孕妇》《北平》等,在独特题材中显示了自身的价值意义。杭约赫的《誓》《知识分子》《噩梦》《拓荒》《哭声》《题照相册》《摇》《掇》等,有着鲜明的现实性,唐湜把它们称为"政治抒情诗"。穆旦的《智慧的来临》以丰盈的意象呈现理念,《诗四首》展现人们感到陌生的浩瀚的精神空间。郑敏写出了一组具有沉思品格的十四行诗,包括《濯足》《歌德》《死》《献给贝多芬》《贫穷》《二元论》《鹰》《荷花》《兽》《Renoir少女的画像》《最后的晚祷》等。王佐良有《异体十四行诗八首》,是现代爱情诗的经典之作。此外,唐湜、唐祈在40年代也有十四行诗创作。

翻译家诗人群。在新中国成立后到新时期的十四行诗创作队伍中,活跃着多位国内著名的翻译家。他们一手翻译域外经典诗作,另一手从事新诗包括十四行诗创作,两者相互印证,相得益彰。由于他们能够直接接触西方优秀十四行诗,相对而言熟悉域外十四行体的演进历史,所以自身的创作往往起点较高,能够较好把握汉语十四行体的格律,同时以翻译和创作引领和影响汉语十四行诗的发展。如屠岸翻译出版了《莎士比亚十四行诗集》,新中国成立之前至今保存下来的十四行诗大都收在《哑歌人的自白》集中。后期包括20世纪70年代末至今的作品,数量可观,出版诗集有《屠岸十四行诗》和《幻想交响曲——屠岸十四行诗240首》等。钱春绮翻译出版了波特莱尔《恶之花》、里尔克《哀歌与十四行诗》等作品,出版了《十四行诗》诗集,他说创作汉语十四行诗是为了译好西方十四行诗,以便掌握诸多变体和押韵方式。如罗洛出版的《法国现代诗选》和《魏尔伦诗选》中也有十四行诗的译作。

新格律诗人群。在20世纪80年代以后,一批诗人集合起来,利用网络平台发表理论和译作,从事新格律诗创作,其中就有大量汉语十四行诗。如"东方诗风论坛网站",创办于2005年,骨干是万龙生、王端诚、周拥军、孙则鸣、齐云等,编有《东方诗风》纸质杂志。如"中国格律体新诗网",于 2005 年由诗人余小曲创办并任站长,骨干有任雨玲、马德荣、李长空、张先锋等,创办《格律体新诗》网络刊物。如"中国韵律诗歌网",2009 年 6 月建站运行,10 月 12 日《中国韵律诗歌网刊》创刊,骨干是于进水、贺启财等。以上三个网站的骨干诗人互有交叉。在这些倡导格律体新诗的网站或网刊上,发表了大量的汉语十四行诗。近期由马德荣整理的资料显示,共有 50 多人发表了数百首十四行诗。这些诗的基本追求是冲破"意体""英体"的分类,把创作大致分为"整齐体""参差体""复合体"三种体式,明确地把那种不依从任何格律规范而只是十四个诗行成首的自由诗排除在外。

二　移植转借中的作品翻译

中国新诗的发展始终伴随着世界优秀诗作的翻译。朱自清、卞之琳都论述过域外十四行诗翻译对于汉语十四行诗创作的贡献。如卞之琳说:"译诗,比诸外国诗的原文,对一国的诗创作,影响更大,中外皆然。"① 事实上,中国十四行诗的成形、进化和成熟,都与翻译欧洲十四行诗有关。翻译是十四行体中国化的中介。在我国,翻译比创作更早地接触到欧洲的十四行诗。2003 年日本关西大学重印了由西方传教士麦都思于 1853 年在香港出版的一部中文月刊《遐迩贯珍》。在 1854 年第 9 期上登载了一首汉译的英国诗人弥尔顿的十四行诗《论失明》。在同期刊物目录上的英文说明是:"有关诗人弥尔顿的简介,以及他十四行诗《论失明》的译文。"这首汉译以四字短句为单位,形

---

① 卞之琳:《译诗艺术的成年》,《人与诗:忆旧说新》,生活·读书·新知三联书店 1984 年版,第 196 页。

式整齐，语言凝练，一气呵成，显示出了相当精湛的汉语功底。而且在译诗之前，译者还简要回顾了英国诗人弥尔顿的生平与创作，以及他在英国文学中的崇高地位。有学者考证其译者即为麦都思。有人由此认为"最早的汉译英诗应是弥尔顿的《论失明》"，尽管对此目前尚有争论，但这是我们现在能够见到的最早的十四行诗译作则是可以肯定的。这诗不仅是诗人个人境遇的抒怀，而且阐述了他的失明不是上帝对自己的惩罚，以此来回击论敌对他的攻击，具有强烈的社会意义。虽然传教士的翻译是布道，但此诗的内容和形式都使国人能够正面接受西方十四行诗的影响。

  当然，真正从输入十四行体要求出发从事翻译的，还在五四新诗运动以后。面对新诗发生以后自由诗一统天下的局面，李思纯发表了《诗体革新之形式及我的意见》①，指出了新诗在诗体方面存在的问题，那就是"太单调""太幼稚""太漠视音节"，他除了强调加强诗人修养外，就是主张多译西诗作为范本。这里所说的"西诗"就包括十四行诗，他直接称为"美丽的十四行体"。理由如下：一是通过译诗在观念上表明欧诗既有非律文诗，也有律文诗。"欧洲现在的诗人，仍是律文散文并行的时候。我们的新诗，是否还有创律文的必要呢？这也是当研究的问题。"而十四行体正是律文诗之一种。二是通过译诗在艺术上提供诗人创作的范本。新诗人"一面凭天才的创作，一面输入范本，以供创作者的参考及训练，也是最要的一件事。""多译欧诗，输入范本，竟是一定不易的方法。可怜的中国人，莎士比亚、弥尔顿、许俄哥德闹了二十年，至今还莫有看见他们著作的完全译本哩！"三是通过译诗在诗体上创造新诗体。"新诗创造的事，形式的艺术，与艺术的形式，确是其中一个问题。我们不希望诗体的改

---

① 李思纯：《诗体革新之形式及我的意见》，《少年中国》第 2 卷第 6 期（1920 年 12 月 15 日）。

革，永远为幼稚粗浅单调的新诗。而希望他进步成为深博美妙复杂的新诗。"这种对于译诗的呼唤，不仅在当时而且在整个新诗发展途中都是具有指导意义的。正是在此呼吁下，自觉翻译十四行诗拉开序幕。在五四新诗运动中，就有胡适英文十四行诗创作，并有汉语翻译和理论介绍。在 1925 年以前，《少年中国》是介绍法国象征主义的主要阵地，金丝燕概括为"介绍具有学术性研究的特点"和"重在文学史的发展介绍"。田汉在《少年中国》第 3 卷第 4、5 期（1921 年 11、12 月）发表《恶魔诗人波陀雷尔的百年祭》，认为"象征诗者把自己神经上所起的情调，藉冷龙的符号（文字），传之于人，使之起同一情调之诗之谓也"。然后田汉在文章中翻译了波特莱尔的十四行诗《感应》（Correspondances，后梁宗岱译成"契合"，戴望舒译为"应和"）来论述波特莱尔《恶之花》的审美特征。田汉紧接译诗说："这一首诗就确是受了麻醉剂 hashish 的影响而成的。此诗便成了后来象征诗的椎轮，很有历史价值。"在李金发《微雨》集中有两首波特莱尔《恶之花》中的十四行译诗，李金发在翻译中承袭了象征派的诗意转换，但没有接受象征派十四行诗的严谨形式。如他翻译的波特莱尔的《七十二》，首段为交韵的"ABAB"，此为法语十四行诗古典形式，特点在于每行由十二音节组成，为促成鲜明的节奏感，在第六音节与第七音节之间有一顿挫，即所谓"半逗律"。"通过传统格律的操作，一方面得以将荒诞、晦涩的内容、意象释放出来；另一方面，诗体在'现代诗意——古典音律'并存下，达到不谐和音（dissonanz）的效果。而除了段式与行数符合十四行诗的定律，半逗律、音节乃至韵式等这些古典形式的痕迹在李金发的汉译中并未译出。换言之，译者摆脱了格律的束缚，直接进行诗意本身的译码。"[①] 田汉译波特莱尔的《应和》

---

① 曾琮琇：《汉语十四行诗的现代转化——以李金发、朱湘、卞之琳为讨论对象》，《汉语言文学研究》2015 年第 4 期。

同样具有如此特点，这也就是早期翻译的基本特征。

到了中国十四行诗的创格规范时期，翻译的目的性就更为明确，即通过翻译转借来规范创格。在1925到1926年间，徐志摩翻译了沙孟士（阿瑟·西蒙斯）的十四行诗 Amoris victima 两首，通篇采用偶韵，江弱水认为西洋十四行这样押韵不是没有，但毕竟出格。这一翻译影响着徐志摩随后的十四行诗创作，如发表在《诗刊》第3期上的《你去》《在病中》和《云游》。本期翻译由于重在规范创格，所以更多的翻译则尽量保持原作的格律形式。如朱湘最早翻译莎士比亚十四行诗，收入译诗集《番石榴集》，在一定程度上传达出原诗的韵味，但数量太少，影响不大。产生重要影响的，如闻一多在1928年第1、第2期《新月》杂志发表了20多首白朗宁夫人十四行情诗的译作，尽量保存原诗的格律，有时甚至牺牲了意义的明白。对此，朱自清说："创造这种新的格律，得从参考并试验外国诗的格律下手。译诗正是试验外国格律的一条大路，于是就努力地尽量地保存原作的格律甚至韵脚。""这个试验是值得的；现在商籁体（即十四行）可算是成立了，闻先生是有他的贡献的。"① 不仅是在译诗中呈现十四行体的形式规范，而且是通过译诗提出建立中国新诗体的问题。这是徐志摩在发表闻一多译诗时提出的，具体说就是"引起文学界对新诗体的注意"。徐志摩对于闻一多的翻译态度充分肯定，说"一多这次试验也不是轻率的，他那耐心先就不易，至少有好几首是朗然可诵的。""开端都是至微细的，什么事都得人们一半凭纯粹的耐心去做。"② 这里的耐心，即知难而进，采用了对应翻译保留原诗格律，因为这是对译者耐心的重要考验。白朗宁夫人的十四行诗，沿用意大利式十四行诗格律，韵脚排列是 ABBAABBACDCDCD，限于在四个韵中回旋反复，

---

① 朱自清：《译诗》，《朱自清全集》（二），江苏教育出版社1988年版，第373—374页。

② 徐志摩：《白朗宁夫人的情诗》，《新月》第1卷第1期（1928年3月10日）。

比起可七次换韵的莎士比亚式十四行诗来，技巧上的难度显然更大些。这些译作的发表，对于正在寻求十四行体规范中的诗人来说，具有创作范本的价值意义。在这以后还有创格的诗人翻译十四行诗，如卞之琳、吴兴华、柳无忌、罗念生等。柳无忌的翻译同样遵循十四行体规则，如他发表在《文艺杂志》第1卷第2期的《译十四行诗》，同样保存了原作的格律规则。

进入20世纪30年代后期，十四行体中国化进程进入探索变体的发展阶段，也就是在规范的基础上更好地面向现实、面向本土，探索汉语十四行诗的新形式。柳无忌在《为新诗辩护》中，正面提出了注意英国诗体的问题："英国诗有它特有的音律，正像中国诗有它自己的音律一样；所不同者，就是英诗中有很多的体裁，无穷的变化，充分的自由，那些我们的旧诗中没有或不许的。"① 在此文化语境中，诗人们就从更多途径翻译域外十四行诗，翻译更多域外诗人的十四行诗，从而为诗人创作变体提供更多的借鉴。我国最早全译莎士比亚十四行诗的梁宗岱，40年代初在《民族文学》上发表的十四行诗译作，严格遵循原诗的格律，准确地传达了原诗的精神，推动了中国十四行诗的进化成熟。英语诗人奥登的十四行诗，尤其是他在30年代亲历中国抗战写下的著名十四行诗组《战时》，卞之琳、穆旦等人都有翻译，对于抗战时期十四行诗创作产生了重要影响。奥登出色的战争诗其实就是十四行诗的变体，无疑为那时的中国诗人提供了创作样本和形式模仿，开启了另一条新的战争诗歌写作路向。奥登的远距离客观化视角，在杜运燮、袁可嘉、辛笛的诗中有所表现，穆旦、郑敏则接受了奥登沉思的一面，袁可嘉则接受了他写实的一面，九叶诗人中西南联大出身的诗人普遍接受了奥登的人格面具理论。卞之琳则模仿奥登创作了《慰劳信集》中一批优秀的政治抒情诗。1936年，冯至与卞

---

① 柳无忌：《为新诗辩护》，《文艺杂志》第1卷第4期（1932年9月）。

之琳、梁宗岱、戴望舒等共同创办《新诗》月刊,主持了"里尔克逝世十周年祭特辑",其中翻译了《里尔克诗钞》六首,包括名诗《豹》。20世纪40年代,冯至一方面把里尔克的《致奥尔弗斯的十四行诗》介绍给中国的读者,另一方面像里尔克那样使用变体十四行抒写人生的感受,获得巨大成功。而40年代后期十四行诗创作又一次热闹的局面,就同当时的翻译有关。那时的穆旦翻译了《拜伦抒情诗》《雪莱抒情诗选》、普希金的《欧根·奥涅金》等。陈敬容在《中国新诗》和《诗创造》上翻译发表了一批里尔克的诗,其中包括十四行诗。这时期的十四行诗有个重要特点,就是抒情客观化,甚至趋向新诗戏剧化,诗人的创作转向沉静。而这又是同里尔克、艾略特、奥登以及法国波特莱尔、魏尔伦、马拉美等人的诗作翻译有关。那时,穆旦翻译了《艾略特和奥登诗选》,梁宗岱、卞之琳、沈宝基、陈敬容等都译过波特莱尔的诗,包括十四行诗。1947年,戴望舒出版了《〈恶之花〉掇英》,收诗24首,包括《美》《异国的芬芳》等11首十四行诗。这些译诗无一例外地依照原诗的音数与韵式加以对译,结果如王佐良所说,"首首是精品"。戴望舒说:他翻译的主要目的是"试验","来看看波特莱尔的质地和精巧的纯粹的形式,在转变成中文的时候,可以保存到怎样的程度"。"波特莱尔的商籁体的韵法并不十分严格,在全集七十五首商籁体中,仅四十七首是照正规押韵的,所以译者在押韵上也自由一点"①。戴望舒的译作既严格遵循十四行体格式要求,同时又把原诗的轻松幽默和自然流畅尽数传达,把原诗的"质地和精巧纯粹的形式"在转变为中文时得以完美保存。袁可嘉在1948年写《新诗戏剧化》论文,概括了当时我国新诗戏剧化的三个不同方向,分别举出了欧诗的影响,第一类是里尔克式的,第二类是奥登式

---

① 戴望舒:《〈恶之华〉掇英·译后记》,《戴望舒诗全编》,浙江文艺出版社1989年版,第213页。

的,第三类是诗剧。他在说明奥登式方向时,就全文引用了卞之琳翻译的奥登十四行诗《小说家》。袁可嘉说卞之琳的译文,不但字字推敲,句句磨琢,将原作的精神表达无遗,且在韵律方面,很有独到之处。数十年来,我国诗人翻译西方十四行诗,最为重要的特点是采用"切近"原诗的形式,即利用两种语言形式的共同点或格律对应性,尽量保留原诗形式美的某些因素,使译诗的形式尽量靠近原诗的形式,从而更多地再现原诗的艺术特点。

在新中国成立后的10多年间,由于受到错误诗学观的干扰,所以十四诗处于蛰伏阶段。但是,这时期十四行体中国化仍在进行,主要采用了两种方式,一是转入地下成为一种潜文本写作,一是迂回提倡寻找一种新的方式。前种创作是在社会舆论普遍反对的情况下进行的,这显示了十四行诗所具有的巨大吸引力和顽强生命力。后者主要是在20世纪50年代前后翻译出版了一批国外的十四行诗集。其中最为重要的是屠岸翻译出版了《莎士比亚十四行诗集》(1950年初版),方平翻译出版了白朗宁夫人情诗的《抒情十四行诗集》(1955年初版);这些译本都受到了读者的欢迎,数度重印。正如北岛所言:"1949年以后一批重要的诗人与作家被迫停笔,改行做翻译,从而创造了一种游离于官方话语以外独特文体,即'翻译文体',60年代末地下文学的诞生正是以这种文体为基础的。"①

20世纪80年代以后,我国文艺面向世界开放,中西文化交流频繁,世界更多的十四行诗被翻译过来,同创作同样呈现着繁荣多元的景象。这时期的翻译适应着人民群众多种文化需求,适应着十四行体中国化的探索要求,呈现着这样一些特点:一是西方各种十四行诗被翻译过来,除了著名的十四行诗人外,还有一般诗人的十四行诗。如吴钧陶的《剪影》《幻影》《心影》中都收有十四行诗,除了译有富勒

---

① 唐晓渡:《我一直在写作中寻找方向》,《诗探索》2003年第3—4期。

《十四行诗》外，还翻译了更多诗人的十四行诗，如在《幻影》中就保留了萨里（英）、斯宾塞（英）、锡德尼（英）、德瑞滕（英）、邓恩（英）、华顿（英）、华兹华斯（英）、柯尔律治（英）、罗塞蒂（英）、霍普金斯（英）、王尔德（英）、罗宾孙（美）、弗罗斯特（美）、佩恩（美）奥登（美）等人的十四行诗。这些翻译基本上都是遵循原作格律，采用"以顿代步"的替代办法安排节奏。二是西方十四行名著有着多种版本。如莎士比亚十四行诗，至今已经有了近10个全译本，这是史无前例的。70年代以前，莎氏十四行诗的中文全译本仅有梁宗岱和屠岸的两个；70年代以后，莎氏十四行诗就更多地翻译过来，其中重要的是梁实秋译本和施颖洲译本的出版。目前华语世界已经有了五套莎士比亚全集的译本，第一套编入人民文学出版社1978年出版的，以朱生豪译本为主体，由章蕴、黄雨石等补齐的十一卷本；第二套编入梁实秋翻译1967年在台湾出版的四十册本；第三套是1957年台湾世界书局出版的以朱生豪原译为主体，由虞尔昌补齐的五卷本；第四套编入译林出版社1998年出版的，以朱生豪翻译，索天章、孙法理、刘炳善、辜正坤补译的八卷本；第五套编入上海译文出版社2014年出版的，由方平主译，屠岸、阮珅、汪义群、张冲、吴兴华、覃学岚、屠岸等参译的《新莎士比亚全集》10卷本。如方平译白朗宁夫人十四行情诗，除了有50年代多次重印的《抒情十四行诗集》外，1997年又出版了新版的《白朗宁夫人爱情十四行诗集》。三是相同原作出现了多种译笔的版本，有的遵循原作格律，有的译成变体诗作，有的用律自由。如弥尔顿的《论失明》其后就有屠岸、殷宝书、朱维之和金发燊四个译文。在译诗形式上，都没有如19世纪匿名汉译那样，试图以整齐的格律诗句去翻译，以求匹配原诗中抑扬格五音步的格律诗体。只有屠岸译本较好地保留了原作韵式，朱译是一韵到底，金译基本是隔行一韵。即使是诗题也有不同，《遐迩贯珍》的汉译没有对应标题，只写了"西国诗人语录一则"。金译追随朱译为"失明抒怀",殷译为"哀失明",屠译为"我的失明"。这种种的译本丰富了读者阅读选择,拓展了读者思维空间。

西方十四行诗的翻译对我国十四行诗发展的贡献大致可以从三方面考察。一是那些学贯中西、深谙西律的诗人,一方面翻译十四行诗,另一方面又在翻译的基础上自己模仿创作,这种创作一般都较严格地遵守十四行格律。二是一些中国诗人由于阅读了翻译的十四行诗,由倾慕诗的意境、诗的语言、诗的表达、诗的格律,从而开始模仿创作。三是一些中国诗人为了寻求新诗的体式而注目十四行诗,他们一般都是通过阅读十四行译作,从中借鉴了自己所要的东西,写作自己的十四行或把它移植到其他新诗体的创造中。

三 移植转借中的理论争鸣

理论建设是十四行体中国化的重要途径,它在中国十四行诗发展中的作用主要表现为:理论介绍,通过介绍域外和国内十四行诗创作,输入和倡导十四行诗;理论研究,通过十四行体中国化进程中重要问题的研究,为中国十四行诗发展提供理论指导;理论批评,通过对于具体作家作品的分析评论,引导中国十四行诗健康发展;理论争鸣,通过十四行体中国化进程中重要问题的讨论,解决中国十四行发展中的理论观念。应该说,以上数端理论建设贯穿整个十四行体中国化的进程。在早期输入期,重点是理论介绍,强调输入范本;在规范创格期,重点是理论批评,引导建立规范;在变体探索期,重点是理论讨论,鼓励探索变体;在多元发展期,重点是理论研究,推动创作繁荣。在百年十四行体中国化的理论建设过程中,有五次讨论(争鸣)极其重要,我国诗人、学者在这种讨论(争鸣)中大致解决了十四行体中国化的四个重大问题。

第一个问题是：我国新诗是否需要自己的固定形式。美国诗学教授劳·坡林在《怎样欣赏英美诗歌》中，把现代诗体分成三类，一是连续形式，这是形式图案成分较少的诗体，诗人创作有着较大的形式自由；二是诗节形式，诗人把诗节作为重复单位，它具有固定诗行量数，相同的节奏模式，这种诗节或者是诗人选来某种传统的，或者是自己根据诗意发明的；三是固定形式，这是应用在整首诗中的传统体式，"英语里虽有人试验过法国诗人的各种体式，但取得巩固地位的却只有两种，即打油诗和十四行诗"①。我国新诗发生的目标追求，就是打破传统的五七言律绝体这类固定形式，从域外输入而创作自由诗这类连续形式，因此，当闻一多在评论浦薛凤十四行诗《给玳姨娜》时，一方面表示自己的意见是在赞成一边，另一方面又说"这个问题太重要，不能在这里讨论"。这一"太重要"的问题其实就是新诗是否还需要自己的固定形式，如十四行体。因为闻一多此论发表在1921年，当时正是传统的固定形诗体被推翻而自由的连续形诗体发生之时，因此完全没有条件讨论这太重要的问题。由于五四新诗运动把绝对自由作为号召，所以新诗走向了非诗化道路。在此背景中，20世纪20年代中期以后，新月诗人提倡新诗格律，写作新格律诗。而此时探索的仅是"新诗律"，创作的仅是诗节形格律诗，闻一多在《诗的格律》中回应有人对新月诗派探索的指责时就说，"律诗永远只有一个格式，但是新诗的格式是层出不穷的。这是律诗与新诗不同的第一点"；"律诗的格律与内容不发生关系，新诗的格式是根据内容的精神制造成的，这是它们不同的第二点"；"律诗的格式是别人替我们定的，新诗的格式可以由我们自己的意匠来随时构造。这是它们不同的第三点"。"有了这三个不同之点，我们应该知道新诗的这种格式是复

---

① ［美］劳·坡林：《怎样欣赏英美诗歌》，殷宝书译，北京出版社1985年版，第175—179页。

古还是创新，是进化还是退化。"① 这里闻一多强调的是固定形式与诗节形式的区别，始终在撇清的是探索新诗格律不是要写作固定形而要写作诗节形诗体。事实上，新月诗人大量创作都是诗节形格律诗，固定形包括十四行诗没有任何提倡，即使偶有创作也不注明。因此，此时人们还是无法接受冲破了传统固定形式还需要新的固定形式。当新月诗人推动的韵律运动获得社会普遍认同以后，深埋在部分诗人心中的固定形式问题就正面提出来了。当闻一多翻译了白朗宁夫人十四行情诗后，徐志摩就借此撰写了长文，提出了建立新诗的固定形式问题。徐志摩在《白朗宁夫人的情诗》中肯定了十四行体是抒情诗体中最美、最庄严、最严密亦最有弹性的一格，然后说："当初槐哀德与石磊伯爵既然能把这原种从意大利移植到英国，后来果然开结成异样的花果，我们现在，在解放与建设我们文学的大运动中，为什么就没有希望再把它从英国移植到我们这边来？开端都是至微细的，什么事都得人们一半凭纯粹的耐心去做。"他说自己写作此文，"为要一来宣传白夫人的情诗，二来引起我们文学界对于新诗体的注意。"② 这里的两层意思很明确，一是当时虽然已经有中国十四行诗的创作，但是还没有引起人们对"新诗体"的注意；二是在解放与建设我们文学的运动中，应该把十四行体移植过来建立我国新诗的固定形式。这种提倡正当其时，因为当时确实已经具备提出建立新诗固定形式的条件了，首先是汉语十四行诗已有初步创作经验了，其次是闻一多又用现代汉语翻译了白朗宁夫人十四行诗，最后是新月诗人探索新诗格律已经得到普遍认同。这种理论争鸣意义重大，由此引来了更多的创作，也出现了罗念生和梁实秋对于十四行体的正面提倡。尤其是梁实秋认为，古代律诗是建立在古汉语基础之上的，而十四行体可以建立在现代汉

---

① 闻一多：《诗的格律》，《晨报副刊·诗镌》第7号（1926年5月13日）。
② 徐志摩：《白朗宁夫人的情诗》，《新月》第1卷第1期（1928年3月10日）。

语基础之上,"所以现在我们的新诗人不肯再做律诗而肯模仿着做十四行诗,若说这是'才解放的三寸金莲又穿西洋高跟鞋',这似是不大相符的。""律诗尽可不作,不过律诗的原则并不怎样错误。"① 这里,"律诗的原则"其实就是固定形式的代名词,梁实秋从理论上阐明了新诗需要也可能有自己的固定形式。他还在文章中引了华兹华斯的商籁诗:"别看不起'商籁';批评家,你忘了/它的光荣所以才皱眉;用这把钥匙,/莎士比亚打开了他的心房;这小小的/琵琶声韵曾安抚了皮特拉克的苦恼;/用这笛子塔索曾奏过千遍的音调;/卡模盎在流囚中也用它来消遣;/但丁的柏冠覆在他的冥想的额前,/'商籁'也曾在那柏叶之间照耀了/一片欢乐的叶子;是萤火的微光,/鼓舞了风流斯宾塞,把他从仙境唤醒,/来和疾苦奋斗;一旦无情的沮丧/包围了米尔顿的前程,在他的掌中/这'商籁'竟成了喇叭;他藉以吹叫/惊心动魄的音调——嗳呀,可恨太少。"梁实秋说:"这是最有名的一首拥护十四行诗的十四行诗。"由此显示出梁实秋在此问题上的鲜明立场,他是带有强烈的感情色彩来肯定十四行体的。

第二个问题是:用中文写 sonnet 是否永远写不像。1931年1月20日,梁实秋在新创刊的《诗刊》发表《新诗的格调及其他》,说到这样一句话:"用中文写 Sonnet 永远写不像";接着胡适就写了给徐志摩的《通信》,后来发表在《诗刊》第4期(1932年7月),信中直接引用以上梁实秋的话,然后说:"其实不仅是写的像不像的问题。Sonnet 是拘束很严的体裁,最难没有凑字的毛病。我们刚从中国小脚解放出来,又何苦去裹外国小脚呢?"由此,不少人都认为梁实秋和胡适反对中文写作十四行诗。其实不然。梁实秋那段话完整的就是:"现在新诗的音节不好,因为新诗没有固定格调。在这点上我不主张模仿外国诗的格调,因为中文和外国文的构造太不同,用中文写 Son-

---

① 梁实秋:《谈十四行诗》,《偏见集》,(南京)正中书局1934年版,第271—272页。

net 永远写不像。唯一的希望就是你们写诗的人自己创造格调,创造出来还要继续的练习纯熟,使成为新诗的一个体裁。"这就非常清楚了,梁实秋其实并不反对中国诗人写作商籁诗,只是反对仅仅是模仿,因为中文和外国文的构造大不同,他是希望通过中国化来创造这个新诗的体裁。这样提出问题是有背景的,即梁实秋在文章中所说,就是新月诗人创格,考虑汉语特征不够,有着模仿外国诗格调的倾向。他说:"《诗刊》诸作类皆讲究结构节奏音韵,而其结构节奏音韵又显然的是模仿外国诗。我想这是无庸为讳的,志摩,你和一多的诗在艺术上大半是模仿近代英国诗,有时候我能清清楚楚的指出哪一首是模仿哈地,哪一首是模仿吉伯龄。你们对于英国诗是都有研究的,你们的诗的观念是外国式的,你们在《诗刊》上要试验的是用中文来创造外国诗的格律来装进外国式的诗意。我恐怕这几年来你们努力的方向都是在这一点上。你们试验过用中文写 Sonnet 了,你们试验过用中文写 Blank Verse 了。还有许多别的诗的格式由别人试验过了。"这种批评虽然有些过分,但大致指出了新月诗人在移植外国诗式包括商籁体时存在的问题,因此,梁实秋在这种情形下提出要注意中西文字的不同构造,通过探索创造自己的格调,写作中国式的十四行诗,这实质提出了一个在模仿以后创造的中国化道路问题。胡适的《通信》是为了回应梁实秋文章而写作的。关于模仿外国诗体问题,胡适说自己始终抱有的基本观念是:"中国文学有生气的时代多是勇于试验新体裁和新风格的时代,从大胆尝试退到模仿与拘守,文学便没有生气了。"胡适对于十四行体的态度总体来说是建立在此观念之上的,即他同梁实秋同样并不否定新诗接受外国诗体影响,但反对简单地模仿与拘守。胡适同梁实秋同样认为需要在借鉴中创造中国的"新诗",具体说是:"用现代中国语言来表现现代中国人的生活、思想、情感的诗,这是我理想中的'新诗'的意义——不仅是'中文写的外国诗',也不仅是'用中文来创造外国诗的格律来装进外国式的诗意'

的诗。"这里没有否认新诗对于外国诗包括外国诗律的借鉴，但是这种借鉴应该建立在现代中国语言基础之上，绝不能简单地模仿和拘守，包括十四行体的移植。以上梁实秋和胡适关于十四行体中国化的观念极其重要。新诗发展应该尝试移植外国诗体，移植十四行体不能简单模仿西方诗律；新诗创格应该建立在现代中国语言基础上，应该表现现代中国人的生活、思想、情感；移植十四行体应该合于中文的诗的格调，创造理想的中国式新诗体。这些观点无疑是新诗发展也是中国十四行诗创作的珍贵意见。因为两信是寄给徐志摩的，所以徐志摩就正面作了回应："大雨的商籁体的比较的成功已然引起了不少响应的尝试。梁实秋先生虽则说'用中文写 Sonnte 永远写不像'，我却以为这种以及别种同性质的尝试，在不是仅学皮毛的手里，正是我们钩寻中国语言的柔韧性乃至探检语体文的浑成，致密，以及另一种单纯'字的音乐'（Word－music）的可能性的较为方便的一条路：方便，因为我们有欧美诗作我们的向导和准则。"①

第三个问题是：中国诗人写作十四行诗是否走错了路。20世纪30年代以后，我国新诗在社会矛盾激化的环境里强烈地面向现实，在大众诗潮推动下强调民族形式，因此有人对十四行诗进行了武断指责，认为创作十四行诗走错了路途。中国诗歌会诗人说："创造新形式，定型律的形式，我们早就深恶痛疾的了，即近来什么十四行，以及每节四句的样式，我们不要他。"② 左联诗人说十四行诗是"西洋布丁和文人游戏，中国的大众不需要"。任钧在《新诗的歧路》中说："不论是过去和现在，都有着不少的诗人在那里大做其西洋风的什么体或是什么格的诗歌；于是，结果，就产生了不少所谓十四行诗、'方块诗'等等。很明显的，这乃是一种想要把新诗格律化、定型化

---

① 《诗刊》第2期徐志摩撰写的"前言"，1931年4月20日。
② 王训昭编：《一代诗风——中国诗歌会作品及评论选》，华东师范大学出版社1996年版，第351页。

的企图;也就是新诗运动上的一种堕落和复辟,一种新的锁链和镣铐。"① 面对种种指责,40 年代初期多位诗人作了回应。朱自清在《新诗杂话》中肯定闻一多、徐志摩等新月诗人的十四行诗,并认为冯至《十四行集》标志着中国十四行诗的成熟。朱自清如下的话是有着强烈针对性的:"《十四行集》可以说建立了中国十四行的基础,使得向来怀疑这诗体的人也相信它可以在中国诗里活下去。"② 李广田和废名发表文章评论卞之琳和冯至的十四行诗,肯定其艺术探求和创体功绩。徐迟在《诗的元素和宪章》中明确地说:"这商籁体的十四行诗在中国是受到凌辱的。我认为十四行诗实在是很合理的诗的一种形式。""一个诗人是人类感情的大师,不仅不会发生十四行诗短少一行或多出一行的事,而且总能处理得每一段每一行诗,至每一个字,情感的浓厚,色彩的明暗与声调的抑扬,恰如其分。"③ 两种观点泾渭分明,多人对于武断指责的回应都是具有鲜明针对性的。

但是同样的争论延续到新中国成立以后。如在 20 世纪 50 年代末"新诗歌的发展问题"的讨论中,有人把十四行体称为"洋八股",把移植十四行体称为"逆流""西风派",认为"这种形式已经没有一点生命力,它已经随着产生它的时代和阶级一去不复返了",这就把艺术创作包括形式探索同政治话语联系起来了。50 年代雁翼发表了十四行变体,有人就说他"妄图和无产阶级争夺诗歌领导权",是"穿着西装下农村的老爷"。于是,1958 年 12 月的《红岩》杂志,发表了安旗文章《雁翼同志是怎样走上了歧路》,批评了雁翼诗歌思想倾向问题后,把矛头对准了"摹仿西欧的'商籁体'"。安旗说:"至于十四

---

① 任钧:《新诗的歧路》,《中国新文学大系(1927—1937)·文学理论集一》,上海文艺出版社 1987 年版,第 502 页。
② 朱自清:《诗的形式》,《朱自清全集》(二),江苏教育出版社 1988 年版,第 398 页。
③ 徐迟:《诗的元素和宪章》,《生命的火焰》,桂林集美书店 1942 年版,第 22 页。

行诗,那更是已经僵死了的西欧贵族和资产阶级的诗歌形式。'五四'时代新月派的诗人曾经企图使它借尸还魂,但后来的事实证明,这种形式已经没有一点生命力,它已经随着产生它的时代和阶级一去不复返了。"这是一种极其武断的指责,但在特定背景中没有引起争论。1962年第10期《四川文学》,发表了修文的《从"十四行"说开去》,谨慎地肯定了中国诗人的十四行诗创作,引来了一场关于十四行体移植问题的争论。修文想要辨明的是:"十四行"有着怎样的一段历史,它现在是否已经僵死?一种艺术形式本身有无阶级属性?在今天强调新诗民族和群众化的时候,还应不应该考虑一下诗歌形式的多样性的问题?容不容许诗人作多种尝试?批评家在这种情况下的职责在什么地方?这些问题都是非常尖锐的,具有强烈的现实针对性。修文大致得出三个结论:一是认为十四行体作为诗歌的一种形式,它并没有僵化;在世界诗歌历史的长河中,它尽管是一条支流,但毕竟没有断流,其存在和发展是客观的,并非可以轻易否定的。二是认为诗人"写十四行体,也并非没有好处。至少可以在韵律上、语言上做到精炼些","近几年,新诗歌已向民族化群众化前进了一大步,这是很值得可喜的。但形式上不够多样化,也还是一个值得注意的问题"。三是认为十四行这种诗体,诚然是一种外国诗体,这种外来的旧形式,在运用时自然应该考虑到我国诗歌固有的特点,在形式上、韵律上给予一定的改造,使之服从于建立社会主义民族新诗歌的要求。《四川文艺》1962年第12期又发表了安旗"答修文同志"的文章《从"十四行"说到多样化——答修文同志》,文章开头承认自己批评的态度和方法不好,但还是对于中国诗人移植十四行体取否定态度。这场争论最终没有什么结论,但修文提出的观点具有鲜明的现实意义,对于十四行体中国化具有启示作用。面对有人指责我国诗人写作十四行诗的言论,据陈明远说,郭沫若在60年代说过这样的话:"有人痛骂它(指颂内体即十四行体)是资产积极的、腐朽的、没落的,但是全世界的诗人都照样在写,中国诗人为什么就不可以写?除非你把但丁、彼德拉克、莎士比亚、勃朗宁夫人、普希金、聂鲁达……这些诗人的颂内体诗集全部一把火烧光!你就是把它们烧个精光大吉,我敢说将来还是有新的诗人们出来写新的颂内体!"这是一种激愤的也是有说服力的回击。当然,"当时这些话,也只能关起门来讲"①。

第四个问题是:如何评价十四行体中国化的探索。北塔发表《论十四行诗式的中国化》,认为:"即使从最宽的尺度来衡量,中国也没有多少首十四行可以真正说得上成功;相反,我们在各种印刷品上看到的,大多是些被破相的、被致残的十四行。说中国已经让十四行发扬光大,说中国十四行已有许多的精品,说十四行的重心已由欧洲移到了中国,未免是一种夸大其词。"② 得出这种结论的根据是北塔认为多数创作存在非格律化倾向,没有严守十四行规则。江弱水在《商籁新声:现代汉诗的十四行体》中肯定闻一多、徐志摩、卞之琳、戴望舒的十四行诗,同时又说中国十四行诗总体"成绩很差",原因是"有很多作者认为,应该对十四行诗的形式加以变通,这样才叫中国化"。中国化存在的问题一是坚持古典诗的传统做法,如偶行押韵,如一韵到底,二是出现了自由的十四行诗。江弱水引了弗朗西斯·约斯特的话说:"虽然诗人在许多问题上可能都显得灵活善变,但对于十四行诗他却寸土不让。"③ 其实,北塔和江弱水都是主张十四行体中国化的,他们只是期待着这种诗体能够保持独特性和纯粹性。如江弱水在文章中说:"现代汉诗究竟需不需要定型的形式,这完全要看未来人们将持有何种文学观念,甚至

---

① 陈明远:《郭沫若与"颂内体"》,郭沫若、陈明远《新潮》,中国文联出版公司1992年版,第284页。
② 北塔:《论十四行诗式的中国化》,《中国现代文学研究丛刊》2000年第3期。
③ 江弱水:《商籁新声:现代汉诗的十四行体》,《中西同步与位移——现代诗人丛论》,安徽教育出版社2005年版,第168—170页。

社会思想观念。如果一个相对稳定的社会渴望一些相对稳定的诗的形式,以作为这个社会共同体成员之间相互交流思想与情感的工具,则歌德所说的'限制'与'规律'的艺术品质还会为人们所珍视,定型的诗体亦将再度为诗人所用。这种情况一旦成为现实,那么我们可以肯定,十四行诗作为最典型的格律诗体,作为拥有极为丰富的审美可能性的诗歌形式,在现代汉诗的未来发展中一定会占有重要的地位并且大放异彩。"这是我们极为赞同的理论观点。当然对于如何评价中国化的探索,这也是需要人们继续探讨的。我们也同意这样的观点:"十四行体的中国化这是十四行诗在中国立足的必然。一种世界性的诗体由它的本土移植到别的国度,想要保持它的形式与格律的纯粹性,几乎是不可能的。每一个国度的诗人都必然地会根据自己的文化传统对之进行相应的改造,这已被世界诗歌发展的历史所证明。"[①] 十四行体中国化其本质就是同传统诗式的融合,同现代丰富的生活契合。我们也同意邹建军这样的论述:"汉语与英语的构成要素是完全不同的,比如说汉语平仄在英语中是不存在的,英语中的音尺在汉语中是不存在的;汉字是单音独体的,而英语是一种典型的多音节词汇;英语的押韵与汉语的押韵方式也是不一样的,因此,凡是从事过创作的人都知道,用汉语是无法按照英语的要求来写十四行诗的,因此只有在原来的基础上有所变通。""(中国)的一流诗人,是不是按照英语的十四行诗来写自己的汉语十四行诗呢?显然不是,他们甚至直接强调利用汉语的音韵构成形式,来改造西方的十四行诗体,为中国新诗创立一种新格。比较公认的结论是,只要研习英语以及其他十四行诗的艺术规律,比如说韵式构成的方式、艺术结构的方式、语调的雅致与含蓄等,与中国古典律诗对于诗艺格律的探讨相结合,就可

---

① 谭桂林:《论现代诗学中十四行体式的理论建构》,《广东社会科学》2007年第5期。

以形成汉语十四行的特点。"① 这种结论其实正是十四行体中国化的途径和方向。

四 移植转借中的作品创作

十四行体中国化，最重要的工作就是作品创作。由于百年来诗人的努力，中国十四行诗数量很多，果实累累，其样式之繁多，变体之丰富，都证明了从欧洲移植十四行诗到中国的成功。实践证明，中国诗人已经让这种诗体闯进了广阔的生活和情感领域，十四行体移植中国已经成为世界十四行诗发展史上的重要篇章。综观我国十四行诗创作，大致可以分成三大类。一是格律的十四行诗：诗人在写中国十四行诗时，对西方十四行体式进行对应模仿，讲究诗行安排、音步整齐和韵式采用等，格律严格；二是变格的十四行诗：诗人在写中国十四行诗时，对西方十四行体略加改造，大体按照十四行的段式、建行和韵式写作，多用变体，甚至在一些地方出格；三是自由的十四行诗：诗人在写中国十四行诗时，虽然仍受西方十四行体形式的影响，但各首在分段方式、各行的音组安排、诗韵方式的采用等方面比较自由。从创作成员来看，写作三类中国十四行诗的大致有两种，一种是学贯中西、深谙西方十四行体格律的学者和诗人。他们通过翻译作品、理论介绍和模仿创作，把十四行体从域外输入中国，其功不可没。另一种诗人，则是靠翻译过来的作品及从前种学者和诗人的试作中了解到十四行诗，并由此发生兴趣，开始模仿创作，力图把这种诗体改造成自己的十四行诗。从具体创作看，前一种人，一般都比较严格地遵循

---

① 覃莉：《关于汉语十四行诗的写作与翻译问题——邹建军先生访谈录》，邹建军网站"中外文学讲坛"。

西方十四行体的格律形式，写作格律的或变格的十四行诗。而后一种人，一般都不愿意严格遵守西方十四行体的格律形式，主张在初步了解十四行体的基础上融合自己的追求，写作变格的或自由的十四行诗。正是以上这些学者、诗人的创作实践，才使十四行体移植中国成为现实，才使中国十四行诗流贯整个新诗史。

格律的、变格的和自由的三类中国十四行诗，从共时态来说，往往是三类诗同时存在于十四行体中国化进程的每个时期，这是因为共时态的多位诗人存在着对于十四行体的不同理解和不同追求，它都会通过创作的作品得以呈现，这样也就必然会出现各不相同的作品面貌，包括对于格律形式的不同呈现。就历时态来说，往往是以一类诗为主导存在于十四行体中国化的某个时期，这是因为每个时期都有十四行体中国化的某个特殊课题，它能够形成一种共同的审美趋向制约着诗人群体的创作，从而呈现出作为主导的创作倾向。只有把共时态的创作和历时态的创作结合起来，才能准确地描述中国十四行诗的创作基本面貌。

早期输入期。本期汉语十四行诗创作较少，其中有较为严格地遵循西方十四行体式规范的作品，如胡适的英文十四行诗就较为严格地遵循着诗体格律，翻译成中文诗作后也同样有着严格的格律规范。郑伯奇的《赠台湾的朋友》和戴望舒的《十四行》同样是稍有出格的变格十四行诗。但是，这时期的主要创作是初期象征诗人群的十四行诗，如李金发、穆木天、王独清、冯乃超等人的十四行诗，还有浦薛凤的《给玳姨娜》、闻一多的《爱底风波》、郭沫若的《暗夜》《两个大星》等，这些诗的基本特征就是格律疏松，倾向自由。自由的十四行就成为这时期创作的主导性特征。新诗发生期的文化语境决定了十四行体早期输入的历史必然，也决定了早期汉语十四行诗的审美特征。因为那是诗体解放的年代，是追求思想自由和形式自由的年代，所以移植十四行体自然地也就染上了自由色彩，呈现着自由开放的特质。输入本身是一种选择，是一种为我所用的有意识的选择，所以其选择就必然要与新诗发生期的核心诗学观念契合，同样体现着当时诗界的诗体解放要求，其结果必然出现用律自由、格式随意的审美特征。自由体诗在国外不用传统韵律而用新的韵律，被称为"第三种韵律"，但我国诗人介绍时却有意误读，强调其完全自由的特征。同样，十四行体是欧洲格律严格的诗体，但我国早期诗人有意或无意地"误读"，即把这种诗体的复杂用韵、变体较多误读为格律随意自由的诗。这是一个有意思的现象。总体上来说，新诗发生期诗人创作汉语十四行诗往往偶然为之，往往并不标明是十四行体，往往同其他新诗混杂在一起，因为诗人的本意不是创造汉语十四行诗体。同时，初期汉语十四行诗格律疏松，表现为除了全诗十四行和按格分段外，大多诗行长短不一，没有形成整齐音步概念，用韵特别随便，因此严格意义说还不是真正的汉语十四行体诗，而这又是同那时新诗韵律研究水平和实践水平极低状况相应的。初期创作无意创造汉语十四行体，诗人只是在增多诗体的要求下写作中国新诗，在引入西方诗体中增加诗体解放的品种。这反映了中国新诗发生发展特定阶段的历史要求。

规范创格期。本期出现了十四行体中国化的创作高潮，出现了一批优秀的汉语十四行诗人。就中国十四行的三类体式来说，自由的十四行诗极少。如金克木主张诗形随内容而定，这就有了自由的十四行诗《更夫》《春意》等；徐訏是20世纪30年代的散文家和诗人，十四行诗多发表在《人间世》，如《女子的笑涡》《独游》《暮霞》等也是自由的十四行诗。郭沫若发表在30年代初的《夜半》《牧歌》属于自由的十四行诗。徐志摩生性好动，所以他的创作只能算是变格的十四行诗。此外的创作基本都可列入格律的十四行诗范畴。孙大雨、闻一多、饶孟侃、李唯建、朱湘、柳无忌、梁宗岱、罗念生、曹葆华、张鸣树、林徽因、邵洵美等的作品，甚至包括丽尼的作品《梦恋（sonnet）八章》都是格律的十四行诗，这就同前一时期形成了鲜明对照。这就是新诗史上从新月诗人到京派诗人连续10年的新诗创格探索。在创格运动中,新诗的创格与十四行诗的创格是双向互动的。20世纪20年代中期的新韵律运动创格,开始阶段重在探索新诗的节律问题,其重要成果有孙大雨、闻一多等创立的音顿节奏和徐志摩、朱湘等创立的行顿节奏,其间诗人创作并规范汉语十四行诗,重在通过引入西方诗体来解决新诗的节律问题。进入20年代末的新诗创格运动,已经把输入新诗体作为一个重要目标,它同节律输入成为两个同样重要的问题。它表明移植十四行诗进入到一种诗体建设自觉的境地,人们就开始着眼输入域外的诗体来创作汉语十四行诗了。在创律和创体两个阶段,诗人对新诗也包括十四行诗的节奏单元、建行方式、诗韵方式、构思艺术等都进行探索并取得重大突破。这时期的特征如下:一是诗体样式多样化。中国诗人写作十四行诗,在20年代中期以前多用意体,英体偶有所作,但在30年代初意体和英体都有大量创作,不仅有意体和英体正式,还有意体和英体变式。二是格律形式规整化。应该说除了孙大雨以外,在20年代中期以前的汉语十四行诗格律不够严格,即使是闻一多的新格律诗也是合律不够。到了30年代初,汉语十四行诗开始自觉向着规整的方向努力。三是诗的题材多样化。诗人有意地拓展新的题材,出现了一些在诗质上颇具特色的诗,如饶孟侃的《弃儿》写下层劳动人民的生活,柳无忌的组诗涉及西方文明的价值问题,罗念生的《自然与罪恶》涉及人类保护环境问题,等等。这些诗的出现,标志着汉语十四行诗正在走向成熟。

探索变体期。这一时期可以分成抗战至新中国成立,再到20世纪70年代末两个阶段。前一阶段有革命诗人如艾青、温流、麦浪、袁水拍、杨明等少量自由的十四行诗,也有梁宗岱、邹绛、查显琳等数量不多的格律的十四行诗,其余创作都可归入变体十四行诗范畴。包括以下之琳、冯至为代表的现代诗人的探索,以吴兴华、刘荣恩为代表的沦陷区诗人的探索,以郭沫若为代表的革命派诗人的探索,以及唐祈、郑敏、陈敬容、袁可嘉、杭约赫等九叶诗人的探索。后一阶段除雁翼、孙静轩等有自由的十四行诗、钱春绮等有格律的十四行诗外，林子、唐湜、吴钧陶、郑铮、陈明远等的创作都可以归入变体的十四行诗。这两个阶段变体十四行诗大量出现，是同社会文化语境和十四行体中国化课题结合着的。抗战以后新诗的趋向是内容的现实精神和形式的自由诗体，这就是十四行诗发展所处的新的生存环境，它转化为一种时代审美风尚和主导诗学观念，牵引着十四行诗在规范基础上向着自由方向寻求变体，由面向诗人内心世界抒写向着多途径反映现实方向寻求新变。这种寻求突破由于受到主流诗潮影响，所以基本的选择目标是现实性和民族化的方向，十四行体中国化由此发展到一个全新的阶段。尤其是新中国成立以后，我国诗坛多次讨论诗的形式问题，其目标是为新诗适应新的时代生活寻找新的形式，其价值趋向是在民歌与古典诗歌基础上建设新诗的民族形式。这又成为一种强大的牵引力量引导着十四行诗在规范基础上探索民族形式。以上两个阶段的中国化呈现着共同的目标追求，大致都体现着面向现实的现代性和面向本土的民族化，但相对而言，前一阶段中的探索更加多元，后一阶段中的创作相对单调。这是社会文化语境对于该时期十四行体中国化提出的课题。而从中国十四行诗的发展来说，十四行体英国化就曾经出现过规范以后的变体创作阶段。柳无忌就这样说："我们最先感觉到传统文学的陈腐，我们有意要革新它而创造新的有生命的文学，于是我们第一步应做的是破坏，第二步应做的是模仿，经过了破坏和模仿而后我们达到了最后一步，真正的建设与创造。所以中国新诗运动是跟随着自然的步骤而发展着的，一点也没有错儿，我们与其悲观，不如乐观。"[1] 如果说十四行体早期输入可以视为破坏期，创格规范属于引进域外诗体的模仿期，那么，20 世纪 30 年代后期就开始

---

[1] 柳无忌：《为新诗辩护》，《文艺杂志》第 1 卷第 4 期（1932 年 9 月）。

进入创新和建设期。这是十四行体中国化的三个连续进展过程。

多元发展期。十四行体中国化进程的重要现象，即早期输入期主导创作的是自由的十四行诗，规范创格期主导创作的是格律的十四行诗，探索变体期主导创作的是变格的十四行诗，到了20世纪80年代以后就进入多元发展期，其从创作来说，最为重要的现象就是格律的、变格的和自由的三类中国十四行诗并峙诗坛，百花齐放，百家争鸣，从而迎来了前所未有的创作繁荣和多元发展局面。应该明确，三类汉语十四行诗都是中国诗人在移植十四行体过程中，根据汉语特点和汉诗规律进行改造、扬弃后所获得的中国十四行诗，只是这种改造存在着对应移植、局部改造和根本改造的差别，再进一步说，以上三类移植方式的诗都是我国诗人推进十四行体中国化的创作成果。正因为十四行诗发展的前三个时期只是以某类移植方式的诗为主导，而新时期则是三类移植方式的诗并峙，这就是新时期创作繁荣和多元发展的深层原因，也就是新时期汉语十四行诗多元发展的核心内涵。新时期诗人立足历史传统，既注意继承前人探索十四行体中国化的成果，又在新的社会文化环境里继续着新的探索，从而有效地推动了十四行体中国化的历史进程。因此，格律的、变格的、自由的十四行诗并存诗坛，相互竞争发展，绝非简单地重复过去的创作体式，而是在继承后进行的新探索。这种局面的出现固然根植于新的社会文化环境，但根本原因是诗人创造中国式十四行体的自觉意识。传统的观念，是把十四行诗的格律要求规定得很严格，从而有意无意地使得这种诗体成为孤家寡人，曲高和寡。新时期采用宽严结合的原则，适当放宽对十四行体的限制，这无论对创作还是对研究来说都有利于该诗体多元发展。邹建军说："每一个时代的诗人都需要有自己的创造，在十四行诗的格律上也都要有自己的突破。只要是真正的艺术探索，都要有更大的容纳的空间。因为这种真正的艺术探索，也许可以为中国新诗开创出一条新路。"① 这是非常值得我们珍视的理论创见,其核心观点是移植十四行体就需要推进诗体中国化,而诗体中国化就需要诗人创造,而推进创造就应该给诗人创作提供更大的空间,其结论必然是:应该允许诗人进行多元探索。

五　世纪之交的新媒体传播

新时期中国十四行诗繁荣和多元发展,其重要标志就是传播渠道的拓展。20世纪80年代以来,我国诗人出版十四行诗集众多,有的是专集并在书名冠以"十四行",如《屠岸十四行诗》《白桦十四行抒情诗》,钱春绮《十四行诗》,唐湜、岑琦、骆寒超《三星草　汉式十四行诗三百首》,雁翼《女性的十四行诗》,王添源《十四行一百首》,李彬勇《十四行诗集》,唐湜《幻美之旅　十四行诗集》《遐思——诗与美　十四行诗集》《蓝色的十四行》,瞿炜《命运的审判者:瞿炜爱情十四行诗选》,金波《我们去看海——金波儿童十四行诗》,段卫洲(自诩为"最后一位乡村诗人")《太阳花:54首十四行诗》,邹建军《邹惟山十四行抒情诗集》,韩少武《自由十四行》,沈泽宜《西塞娜十四行》,肖学周《北大十四行》,熊俊桥《当代诗小令十四行》,万龙生《十四行诗、八行诗百首》,董培伦《蓝色恋歌十四行》,颜烈《蝴蝶梦——人生十四行诗》,马莉《金色十四行》,陈陟云《新十四行:前世今生》等。还有些诗集则是大部或分辑为十四行诗,如吴钧陶《剪影》《幻影》、顾子欣《在异国的星空下》、曾凡华《士兵维纳斯》、屠岸《哑歌人的自白》、陈明远《爱情的代价》《唐湜诗卷》(上、下)、杨牧《海岸七叠》等。公

---

①　覃莉:《关于汉语十四行诗的写作与翻译问题——邹建军先生访谈录》,邹建军网站"中外文学讲坛"。

开出版的文学刊物发表了大量十四行诗,包括一些报纸也有十四行诗,如《人民日报》发表胡乔木《窗》,《北美日报》发表陈明远《圆光》,《中国文化报》发表陈勇的《假日》和《桂香》,《文汇报》发表罗洛《十月之歌》,《解放日报》发表罗洛《泰国诗笺》,《文汇报》介绍苗强《沉重的睡眠》并发表两首十四行诗等。

除了传统出版物(著作、刊物和报纸)外,民间诗刊对于十四行诗也是相当关注。如《东方诗风》上就有大量十四行诗发表。成立于1991年的深圳中国现代格律诗学会,其会刊《现代格律诗坛》基本上每期都有十四行诗。如第一期就发表了钱春绮用斯宾塞体写成的《岳阳之旅》9首,发表了骆寒超十四行诗《北国草》等5首,发表了熊俊桥的当代十四行诗小令一组8首,发表了邹绛一组五首十四行诗。

尤其值得重视的是,伴随着网络诗歌的蓬勃发展,网络逐步成为十四行诗的重要传播渠道,微博、网站、讲堂、网页等传播方式从以下方面推动着我国十四行诗的发展。

一是链接传统媒体相关资料。我国十四行诗的发展有了近百年的历史,不少重要的资料已经难以寻觅。网络利用自己的数字化优势,建立了报刊和古今书籍数据库,保存了大量十四行诗原始资料,为阅读和研究提供了方便。而且这种数据库广泛采用链接方式,可以在任何时间任何地点进行查找。新时期一些最新的著作出版和报刊发表十四行诗的信息,以及对于十四行诗的研究动态,大多可以通过网络查询获得。如内蒙古剧作家白马在20世纪80年代创作的一百多首十四行诗,后结集为《爱的纪念碑》出版,富于感性、悟性、情趣、哲理,适合各层面的读者阅读欣赏。但是《爱的纪念碑》目前难以在书店找到,却在网络中很容易找到关于该诗集的介绍,网络同时链接了12首白马的十四行诗,也可以找到关于白马基本创作情况的介绍。

二是建立各种网络学术平台。在网络中有一批关于诗歌的专门平台，或包含诗歌的综合平台，这种平台有诗人开辟的，也有学者开辟的，有个人设置面向公众开放的，也有社团设置面向社会开放的，还有师生设置主要用于教学科研的。如华中师范大学教授邹建军在培养研究生过程中创建的师生学术交流平台"中外文学讲坛"，已经创办了9年多，包括多个学术与文学栏目。因为邹建军近年来创作了大量的抒情十四行诗，所以讲坛中包括大量的十四行诗。平台设有两个创作栏目，一是"邹师十四行诗集"，二是"邹师十四行代表作"，其中有"洞庭二章""流浪七章""大隐七章""九凤神鸟组诗""天问九章""时间之思六首""空间七首""五行与世界五首""读《离骚》六首"等，有的诗作已经结集出版或公开发表，更多的尚未在传统媒体发表。在"邹师访谈系列"中，就有两篇关于十四行诗的创作访谈，一篇是《关于汉语十四行的写作与翻译问题——邹建军先生访谈录》，另一篇是《十四行诗：美丽的圆环与神秘的声音——邹建军教授访谈录》。在邹建军的"中外文学讲坛"上，我们还读到了博士与硕士生热议"邹惟山先生汉语十四行抒情诗"的讨论发言，以探索的精神对邹建军的自然山水诗进行多角度的解读，传递了最新的学术信息。

三是集中编辑相关研究专题资料。网络充分利用自己的优势，可以较为自由地把各种文章及时汇总编辑，形成若干专题在网上快速地传播，影响深广。如苗强突发脑溢血后患失语症，医生最乐观的诊断是：恢复两三年以后，可能会借助手势表达一些简单的意思。但是，令人吃惊的是，在得病一年零八个月后，他开始了诗歌创作，在不到一年时间内，用每周两首的速度写出了102首十四行诗，后组合编辑成《沉重的睡眠》，出版后成为诗界激动人心的事件。2002年6月21日，在北京召开了苗强作品研讨会，诸多学者出席。仅隔两天的6月23日，终点网就独家推出了"苗强作品专题"，报道了会议简况，汇集了一组研讨会的专题论文。也包括苗强的文章和作品：《我在屋里行走，就像一只甲虫》《一种疾病早就在我的生活里》《我刚从虚无的中心返回》《下着雪　天地异常阴暗　没有风》《一座二十五层高楼也没什么了不起》《一口棺材收殓着我的语言》《像梵高燃烧着的丝柏一样》《失语症与语言炼金术》等，还收入了《〈沉重的睡眠〉研讨会在京举行》《〈沉重的睡眠〉封面》《〈沉重的睡眠〉研讨会会场》等资料，专题还收入了《苗强履历》、背景材料《认识失语症》、《谢冕与苗强》的报道，以及苗强作品研究论文《病痛使他回到诗歌的家园》（北塔）、《诗歌与失语症》（肖鹰）、《把诗留在黑暗里》（周翼虎）、《在失语症和言说之间》（周国平）等。这就使得苗强及其十四行诗得到了最迅速、最广泛的传播。

四是开设博客进行创作交流研讨。我们在诗人博客中，可以读到一些十四行诗的创作，诗人通过这种博客方式，快速地把自己的创作发布到网络，然后即时听取意见，开展双向、多向的交流和切磋。这是十四行诗传播和研讨的一种新形式。如"东方诗风"的王端诚先生创作了新诗总是先在网络发布，然后会有诗友跟帖评说。在编辑诗集《枫韵集》时，王端诚就把读者的评说同时编入。他在封底"后记"中这样写道："本书收入诗作大多早经网络传播及相关刊物发表，读者爱我，赐教者众。金玉良言，岂可弃之？遂于结集时将其选录于每首诗之后，对于格律分析亦在注释中略加申述，故曰'微斋格律体新诗诸家评注'。评论者无论专家学者，诗人作家，抑或旧友新朋，率皆网中人物。凡知其真名姓者存其实名，无从请教尊讳者，只好录其网名了。他们都活跃于《东方诗风》《中国格律体新诗网》《都市家园——原创文学》及《忆石中文——五十在线》等论坛，有心者搜索可得。在此，作者谨向诸位论者致以深切的谢意！"[①] 如在《秋日黄昏》后的评论是："好一首富于中国气派的十四行诗，不独意境、意象是中国气派的，而且韵律、修辞以及作风和整体风韵也都是中国式

---

① 王端诚：《枫韵集》，（香港）世界文化艺术出版社2010年版，书底后记。

的。如何借鉴外诗？这就是诸多范例中的一种。"（程文评）在《谢座》后有这样的评论："岁月流逝，难免伤感，但最后落笔在思索和颂歌。可见诗人的情怀，永远是那么多思、多感，又不失明朗、积极。"（一了山人评）① 这两个评注从意境、诗体和语言上评价作品，言简意赅，它对于诗人创作和读者阅读都会产生重要作用。程文著有《汉语新诗格律学》（与程雪峰合作），在"触网"以后，就在博客发表《网上诗话》，2010 年在世界文化艺术出版社出版《网上诗话》，包括 78 则诗话。他的体会是："用'诗话'来普及新诗格律，宣讲'现代的完全限步说'，要比板着面孔长篇大论地讲述或报告，效果好得多。"② 在这些诗话中，也有关于十四行体中国化的论述。如其中的第 36、37 则是谈骆寒超融古今中外于一体的"七七式参差体十四行诗"，具体解剖了骆寒超的探索成果，他说："从形式的角度说，包括'七七式参差体十四行诗'在内的各种诗体的定型，都还需要经历一段相当长的历史时期，现在正处在走向成熟的过程之中。但是，我相信'七七式参差体十四行诗'的实践是有榜样意义、值得学习和借鉴的成功实践，不仅无愧于古人、洋人，而且也对得起今人以及后人。"③ 这种评论在网络传播，对于探讨十四行体的多样化是有意义的。

五是借助网络推荐传播新的创作。这是网络传播十四行诗的主要功能。相当多的网站和个人微博都有十四行诗作发表，甚至有开设"十四行诗吧"的。如"东湖社区"中的涂鸦童子发表了"十四行诗五首《望夫岩》"，发帖时间是 2011 年 4 月 28 日。"作家网"发表浮石的《青春祭（十四行诗）》，时间是 2014 年 5 月 7 日。我们来读 2014 年 5 月 8 日发表在"诗歌报论坛"上的《十四行诗·流星雨》，作者是奚秀琴，写作时间是 2006 年 11 月 20 日。这诗写得格律严谨，

---

① 王端诚：《枫韵集》，（香港）世界文化艺术出版社 2010 年版，第 36、37 页。
② 程文：《〈网上诗话〉自序》，（香港）世界文化艺术出版社 2010 年版，第 6 页。
③ 同上书，第 173 页。

意象丰盈，颇有十四行体的格局和语风。"中国诗歌网"有更多的十四行诗发表，其中不乏格律严谨的优秀之作。如2006年8月22日发表了诗人海俊的《胡同》，就是一首意象飞扬、意蕴丰富、讲究格律的中国十四行诗，诗人在行后加上拼音，说"别无他意，只是在写的时候，让自己注意格律罢了"。董桃福创作于1997年10月4日至16日的十四行集《旷世情觞》，先在网络发表，在经过多年的网络传播后，于2005年在云南民族出版社出版，包括200首十四行诗。他的另一诗集《秋声菊影》也包括200首十四行诗，同样首先在网络发表传播。这些诗都写得格律规整，是格律的十四行诗。

当然，在网络上更多地发表汉语十四行诗的，是倡导新格律诗体的一些网站。如"东方诗风论坛""中国格律体新诗网""中国韵律诗歌网"等。近期由马德荣整理的资料显示，这些网站共有50多人发表了数百首十四行诗，如贝西、李治国、思无邪、刘贵宝、刘善良、宋煜姝、严希、张先锋、汪常、万龙生、王世忠、王民胜、王端诚、芳草斜阳、邓佚、一江秋水、尹国民、余小曲、周琪、魏萍、齐云、龙光复、成蹊居士、李长空、周拥军、芳草、雨时、路人、江阳才子、可人、梦飘飘、刘年、孙逐明、迟海波、任雨玲、马德荣等。这些诗人的创作有的已经选入纸刊发表，大部分仅在网络传播。如马德荣的《失血》采用意体，写得很有情趣，其中充满着现代反讽意味，格律严格，是一首规整的汉语十四行诗。余小曲（笔名晓曲）偏重定行体格律新诗尤其是十四行诗创作，如《读湖十四行》把主观和客观融为一体，使用整齐音组建行。在其他网站上也有十四行诗发表，如"中国青年网"在2013年8月29日，就有石子赵阳发帖《一百首十四行诗串成一支悲歌》，上传了其中的18首。这是一组有着内在联系持续进展的组诗，抒唱了类似柏拉图式爱情的悲歌，充满着种种矛盾张力，类似于穆旦《诗八首》，当然矛盾纠结密度要比《诗八首》来得低，节奏更加舒展徐缓。全诗采用四四三三分段。在这组诗发帖后不到四小时,就有"帝之影"跟帖:"诗歌的意象都比较完美地融入情感之中,对于情感或深,或浅,或明,或暗都表现丰满而朴实。可以作为一完整的诗组系列,建议每篇单独命名,正好用意象命名。"

在网络上发表十四行诗,最应该引起我们重视的是,诗人往往把自己的探索性作品放在网络上,听取网友的意见。如 2014 年 1 月 4 日,"诗酒自娱的个人空间"推荐王端诚的十四行译宋词三首,诗酒自娱是万龙生的网名。推荐按语说:"这是王端诚以整齐体移植宋词的尝试,译诗与原词相得益彰,读之如饮琼醪。"推荐包括王端诚用十四行体翻译的宋词三首:辛弃疾的《水龙吟·登建康赏心亭》、周邦彦的《解连环》和姜夔的《扬州慢并序》,包括原文与译诗。这是王端诚极有意义的尝试,即用西方诗体成功移植古代诗词,网络推荐以最快的速度扩大了这种尝试的影响。2013 年 9 月 23 日,湘西刁民在"北京文艺网"发帖,内容是十四行系列组诗《司空图二十四品意想》,每品 4 首,合计 96 首。具体包括唐代司空图《二十四品》原文,以及《司空图二十四品意想(古典篇四十八首)》和《司空图二十四品意想(现代篇四十八首)》。如之一的"雄浑",古典篇是:《雄浑(甲篇)》《雄浑(乙篇·岑参意想)》;现代篇是《雄浑甲篇(荷马〈伊利亚特〉〈奥德赛〉)意想》《雄浑乙篇(蔡利华〈天择〉意想)》。如之二十四的"流动",古典篇是:《流动甲篇(宋玉意想)》《流动乙篇(张若虚〈春江花月夜〉意想)》;现代篇是:《流动甲篇(帕斯〈太阳石〉意想)》《流动乙篇(阿拉贡〈艾尔莎的眼睛〉意想)》。这批诗创作的时间,按照诗后注明是 2012 年 4 月至 10 月。全部 96 首十四行诗多数用四四三三分段,少数用四四四二分段,诗行大体整齐,采用中国传统韵式,基本形式一致。当然,从十四行体诸多格律包括构思要求来说,这种探索仅仅是初步的,还需要解决诗体和语言方面的诸多问题。尽管如此,湘西刁民在诗中体现的探索精神却是值得肯定的,汉语十四行诗能有这样形式的探索应该是令人高兴的事。

第三章　十四行体中国化的理论探索

在十四行体中国化进程中，理论探索和理论建设始终与创作相伴而行。理论探索和理论建设不仅是十四行体中国化的推动力量，而且也是十四行体中国化的重要成果。据粗略统计，在百年十四行体中国化的进程中，大约公开发表了200多篇论中国十四行诗的论文，有的是创作总结，有的是诗作批评，有的是诗人评述，有的是宏观综论，有的是诗人笔谈。许霆和鲁德俊出版了《十四行体在中国》（1995年）。汉学家汉乐逸出版了《中国十四行诗：一种形式的意义》（*The Chinse Sonnet：Meaning of a Form*）（2000年）。百年来出现了一批对于十四行体中国化作出重要理论贡献的诗人、学者。

十四行体中国化理论探索的重要特点就是，理论探索始终与整个中国化进程相联系，与各时期中国化课题相结合，或以理论指导推动中国化进程，或以理论概括提升中国化成果，从而使得这种理论探索和理论建设成为十四行体中国化的有机组成部分。

一　早期输入期的理论探索

十四行体早期输入期正是中国新诗发生期。这时期的诗学核心观念就是"诗体解放"论，具体说就是"把从前一切束缚自由的枷锁镣铐，一切打破：有什么话，说什么话；话怎么说，就怎么说"①。诗体解放以后，新诗坛就出现了无体状态，新诗人需要为新诗寻找到新的体式，这就出现了刘半农关于"增多诗体"的理论主张，其增多途径就是自造、输入他种诗体、于有韵诗外别增无韵之诗。这里就包含"输入他种诗体"即从域外借鉴诗体。其实，刘半农提出"增多诗体"论的依据恰巧正是对于英法两国诗歌发展历史的考察。刘半农认为，英国诗体极多，且有不限音节、不限押韵之散文诗，故诗人辈出，而法国之诗，则戒律极严，诗人之成绩，绝不能与英国比。这种理论，为十四行体输入中国提供了充分依据，即在打破旧体以后需要建设新体，而新体可以通过借鉴域外诗体来增益。正是在此理论影响下，新诗发生期诗人从域外借来了散文诗体、自由诗体、格律诗体，当然也包括十四行体。

在此背景下，一些诗人开始从理论上为十四行体输入中国张目。其中最为重要的是胡适、闻一多、李思纯和郭沫若。他们的理论主要从两个方面影响着十四行体的早期输入。

首先是介绍十四行体的审美特征。胡适在《留学日记》（1914年12月22日）中，对十四行体的格律作了具体介绍②。一是首先给予Sonnet以汉语译名"桑纳体"，表明中国诗人开始关注西方十四行体。二是具体而准确地介绍了十四行诗的诗体特点，诸如行数、节奏、音调、段法、韵法等，为我国移植十四行体提供了最基本的格律法则。三是强调了十四行体有着种种体裁限制，并把该诗体称为英文之"律诗"。四是把十四行体的格律形式同传统诗体形式联系起来，尤其是引入了西诗基本节奏单元"音尺"的概念，并把它同我国古典诗歌的分逗概念联系起来，这为中国诗人以后解决新诗的节奏问题提供了思路。

---

① 胡适：《〈尝试集〉再版自序》，安徽教育出版社1999年版，第29—30页。
② 胡适：《留学日记》卷八，《胡适全集》第27卷，安徽教育出版社2003年版，第590—592页。

李思纯在《少年中国》第2卷第12期（1921年6月15日）发表《抒情小诗的性德及作用》，文中认为十四行体与中国的民歌绝句都具有抒情小诗之性德。他说："欧洲的抒情小诗，大约以'十四行体'（sonnet）及其他小作品为主。中国的抒情小诗，以民歌绝句及词曲之一部为主。总以单简的诗体，发抒深厚的灵感，真挚的性情，为特具的性德。又以直线的刺激：能造成深切的印象，为特具的作用。形式是单纯的，精神是复杂的，都是绝好的抒情小诗。"① 这是我国最早公开介绍西方十四行体的特点，包含着有意输入十四行体的思想。

闻一多在蜜月中写成的《律诗底研究》（1922年）中，三次提到了十四行体，把它译成"商勒"，都是在与中国传统律体的比较中使用的概念。闻一多认为："抒情之诗，无论中外古今，边帧皆极有限，所谓'天地自然之节奏'，不其然乎？故中诗之律诗，犹之英诗之'十四行诗'（sonnet），不短不长实为最佳之诗体。""律诗实是最合艺术原理的抒情诗体。英文诗体以'商勒'为最高，以其格律独严也。""律体的美——其所以异于别种体制者，只在其艺术。……英诗'商勒'颇近律体。"② 这些论述透露出闻一多对十四行体审美特征的认识。它是一种合乎艺术原理的抒情诗体，突出地表现在其格律方面；它与中国律诗在审美方面相近，是最佳之诗体；它同律体都是固定形诗体，饱含民族的审美意识和审美理想。

其次是提倡输入十四行体作为范本。李思纯发表《诗体革新之形式及我的意见》（1920年12月15日），认为欧诗分为律文诗和散文诗两种，其中律文诗有民谣、无定韵律文诗、抒情歌、讽刺体诗、十四行诗、十二言诗等；非律文诗有散文诗和自由句。对律文诗他具体介绍了十四行诗："十四行诗，是短诗之一种。大约分诗体为四段，前

---

① 李思纯：《抒情小诗的性德及作用》，《少年中国》第2卷第12期（1921年6月15日）。
② 闻一多：《律诗底研究》，《神话与诗》，华东师范大学出版社1997年版。

两段每段四行，后两段每段三行，合为十四行体。莎士比亚、弥而敦（John milton，1608—1674）大家的集中，也有许多美丽的十四行体。"李思纯的观点是："中国的新诗运动，不消说是以散文诗自由句为正宗。但欧洲现在的诗人，仍是律文散文并行的时候。我们的新诗，是否还有创律文的必要呢？这也是当研究的问题。"他还明确地提出为新诗创体，需要"多译欧诗输入范本"："一面凭天才的创作，一面输入范本，以供创作者的参考及训练，也是最要的一件事。"[①] 这种观点代表着新诗发生期对移植域外诗体包括十四行体的期待，即"借鉴范本以供创作的参考"：

> 在诗体未革新以前，古代的诗歌，便是艺术训练的范本，诗体既已革新，一般作者，既鄙弃旧式的作品，又未读欧美的诗歌。既无范本的供给，自然缺乏艺术的训练。所以新体创作的基础，便非常薄弱。莫要说天才不必需范本，因为艺术训练之必需范本，是一定不易的事。
>
> 从这样看来，多译欧诗，输入范本，竟是一定不易的方法。[②]

这种观点出现在新诗发生期是历史的必然，为十四行体输入中国开辟了道路。与李思纯同为"少年中国"诗人群的田汉、周无、李璜等人，当时也提出过输入外国诗体。如黄仲苏在《少年中国》第3卷第3期发表《一八二零年以来法国抒情之一斑》（1921年9月）说："目前中国新诗的发展是十分幼稚，然而伟大的将来已经在许多创作中有些期望的可能，隐隐约约的表示出来，但新诗之完成所需要的元素太多，我们当从各方面着手，例如外国诗之介绍——不仅译述诗家之创作，尚须叙论诗的各种派别、某派的主义、某诗家

[①] 李思纯：《诗体革新之形式及我的意见》，《少年中国》第2卷第6期（1920年12月15日）。

[②] 同上。

的艺术,都值得我们精微的研究——放大我们对于诗的眼光,提高我们对于诗的概念,都是刻不容缓的工作。"① 这里的重要思想就是从补救初期新诗幼稚的问题出发,需要介绍译述外国诗,不仅是一般地介绍作品创作,而且要精微地研究艺术,这里的"艺术"无疑是包含诗体形式的。

五四时期的郭沫若认为只要具备新的时代精神,那么不管什么形式(自由体或格律体)都可以采取。1922 年郭沫若在《雪莱诗选》"小引"中说:"做散文诗的近代诗人 Baudelaire,Verhaeren(波特莱尔和维尔哈伦——引者),他们同时在做极规整的 Sonnet(商籁体——引者)和 Alexandrian(亚力山大体——引者)。……谁说既成的诗形是已朽骸骨?谁说自由诗体是鬼画桃符?诗的形式是 Sein(存在)的问题,不是 Sollea(应该)的问题。"② 这话的意思就是,像极规整的十四行体这样既成的诗形,不是什么"已朽骸骨",是诗人可以自由采用的一种诗体形式。郭沫若在此时翻译了雪莱的十四行组诗《西风颂》,除了输入新诗之精神外,其实也把西方十四行体的诗式输入中国。

介绍十四行体的审美特征,正面提倡输入诗体以作范本,对于早期十四行体输入意义重大。虽然这一时期诗人输入十四行体仍然处于无序和随意阶段,但这种输入为早期新诗创作提供了新的语言范本,提供了新的诗体范本,提供了新的思想范本。

---

① 黄仲苏:《一八二零年以来法国抒情之一斑》,《少年中国》第 3 卷第 3 期(1921 年 9 月)。
② 郭沫若:《〈雪莱的诗〉小引》,《创造季刊》第 1 卷第 4 期(1923 年 2 月),收入 1926 年 3 月上海泰东图书馆版《雪莱诗选》。

二 规范创格期的理论探索

新诗运动的诗体解放，造成了新诗语言的散文化和大白话，这种非诗化倾向导致新诗发展中落。为了继续推进中国新诗发展，从20世纪20年代中期以后就掀起了新诗的格律运动，历时十年经历了新月诗人的韵律运动和京派诗人的形式运动两个过程。在两个过程中，新诗的创格始终与十四行体创格紧密联系双向互动，即新诗的创格带动了十四行体规范建设，而十四行体规范又为新诗创格提供了借鉴。十年的规范创格运动，从十四行体中国化进程来说分成前后阶段，前一阶段是创律，即探索中国新诗和十四行诗的韵律节奏形式，这阶段基本没有关于十四行体建设的理论成果。后一阶段是创格，即探索中国新诗固定形式，通过移植建立中国十四行诗体，这阶段重要理论成果就是徐志摩、罗念生和梁实秋的论文。他们的论文正面肯定十四行体移植对于新诗体建设的意义，正面提倡诗人写作中国十四行体，并期望在创作中确立汉语十四行诗在新诗体中的地位。

1928年年初，闻一多翻译了20多首白朗宁夫人的十四行诗并在《新月》发表，主编徐志摩即写了《白朗宁夫人的情诗》长文同时发表①。徐文具体剖析了白朗宁夫人情诗的思想内容，阐明其思想意义和社会意义，结合介绍十四行体的审美特征，由衷地赞美说："商籁体是西洋诗式中格律最谨严的，最适宜于表现深沉的盘旋的情绪，像是山风，像是海潮，它是圆浑的有回响的音声。在能手中它是一只完全的弦琴，它有最激昂的高音，也有最呜咽的幽声。"徐志摩文章最为重要的价值是肯定了闻一多的翻译做了一件"可纪念的工作"，其

---

① 徐志摩：《白朗宁夫人的情诗》，《新月》第1卷第1期（1928年3月10日）。

意义是为新诗创体,即在移植的基础上创建汉语十四行体。徐志摩明确地说:"当初槐哀德与石垒伯爵既然能把这种原种从意大利移植到英国,后来果然开结成异样的花朵,没现在,在解放与建设我们文学的大运动中,为什么就没有希望再把它从英国移植到我们这边来?"这种理论自信是有充分根据的。徐志摩希望人们在推进十四行体中国化时保持足够的耐心,认为"开端都是至微细的,什么事都得人们一半凭纯粹的耐心去做"。徐志摩竭力介绍十四行体,意在提倡移植十四行体创作汉语十四行诗。这种倡导的落脚点实现了从移植为新诗创律到为新诗创体的重要转变。这是十四行体中国化进程中的伟大事件。新诗发生是以打破传统固定形诗体而创连续形自由体为标志的,新月诗人早期创格写诗节形格律诗,在此期间诗人无法正面提出新诗建立固定形诗体这一敏感话题。但新诗还是要有自己的固定形诗体,本来或过去不合时宜无法提出这样的敏感话题,在新诗格律体普遍为人接受的情形下,则已经具备条件正面提出来了。正是在此关键节点上,闻一多所译白朗宁夫人十四行情诗发表,徐志摩顺应历史趋势,借题发挥提出建立新诗固定形的课题,这是历史的必然。不久,徐志摩编辑《新诗》,连续发表汉语十四行体,同时针对人们的怀疑态度发表了这样的观点:"大雨的三首商籁是一个重要的贡献!这竟许从此奠定了一种新的诗体。"[①] 继续在理论上推动中国十四行诗创作。

京派诗人编辑的《文艺杂志》发表了不少汉语十四行诗,同时也发表了罗念生的重要十四行体诗论,这就是《十四行体(诗学之一)》[②]。文章重点介绍彼特拉克体和莎士比亚体,同时兼及意体和英体的其他多种变式。其特点一是注重十四行体的历史沿革,采用考证方法说明各种诗体间的传承关系,理清各种体式间的来龙去脉,便于

---

① 徐志摩:《〈诗刊〉序语》,《诗刊》第 1 期(1931 年 1 月 20 日)。
② 罗念生:《十四行体(诗学之一)》,《文艺杂志》第 1 卷第 2 期(1931 年 7 月)。

读者从整体上理解十四行体的各种变体规则；二是注重十四行体的格律规范介绍，对各种格律规范介绍都举出创作实例进行分析（以外语十四行诗为主，也有汉语十四行诗），指明其成功或失误之处，便于读者正确地理解和借鉴规范；三是注重十四行体的审美分析，介绍中重视分析各种体式的审美特征，尤其重视某时期具有特点的诗体介绍。罗念生不仅介绍格律形式规范，还有主题题材方面的介绍："意大利体的内容；通常的十四行都在表明一种，只是一种思想或情感，这种题材要是很尊严的，精细的，和沉思的。""用意不能太晦涩，要求单纯与明白；用字不能太粗俗，不可一味形容堆砌。全诗的音调要合一，韵的隔离，使诗形更加细致。十四行诗的题材以爱情为主，后来渐渐推广到各种题材，甚至解说与论政都借用这种形式。"这种对十四行体内容和形式的说明极其精到，对于我国诗人创作汉语十四行诗具有切实指导意义。

梁实秋的《谈十四行诗》，收入1934年由南京正中书局出版的《偏见集》。文章介绍了十四行体在西方的流播历史，并引帕蒂孙编弥尔顿《十四行诗集》"序"中对十四行体的定义来简明地概括诗体的审美特征，特别强调了诗体的容情单纯性和结构圆满性。这种介绍对于诗人创作汉语十四行诗大有益处，尤其是明确地指明莎士比亚式是"改变后的一种十四行体"，结果"另有其新鲜之滋味"，这对于推进十四行体中国化具有方法论意义。梁实秋一方面具体说明改变之处均不合于古法，另一方面说明这种改变"起承转合之规模，大致不差"，其实这正是十四行体中国化所要追求的境界。在这种介绍的基础上，梁实秋有两点阐发在当时具有现实针对性。一是创作十四行诗需要注意的问题，这就是"一忌晦涩，二忌平淡"。这种特别的提醒切中了当时某些汉语十四行诗创作的弊端。二是评价十四行诗需要特别注意的问题。写作十四行诗在当时存在争议，焦点就是新诗诞生即抛弃了传统固定形式，如律绝诗体，为何还要重新接受新的固定形格律的束缚。对此,梁实秋是从两个方面去论说的,首先是:"十四行诗因结构严整,故宜于抒情,使深浓之情感注入一完整之范畴而成为一艺术品,内容与形式俱臻佳境。所以十四行诗的格律,不能说是束缚天才的镣铐,而实是艺术的一些条件。没有艺术而不含有限制的。情感是必须要有合乎美感的条件的限制,方有形式之可能。"① 这是梁实秋一贯倡导的诗学原则。其次是:"中国诗里,律诗最像十四行体。现在做新诗的人不再做律诗,并非是因为律诗太多束缚,而是由于白话不适宜于律诗的体裁。所以中国白话文学运动之后,新诗人绝不做律诗。"梁实秋分析了中外语言的差异,认为英国的白话与古文相差不多,所以伊丽莎白时代诗人惯用的十四行诗,到了后来的华兹华斯手中仍然适用;而我国的白话与文言相差很大,所以律诗到了我们白话诗人手中便绝不适用,这样就导致了新诗人不肯再做律诗而肯模仿着做十四行诗。梁实秋认为:"律诗尽可不作,不过律诗的原则并不怎样错误。十四行诗尽管作,不过用中文作得好与不好,那另是一个问题。其成功的机会也许是和用白话文做律诗之成功的机会一样的多!"② 这种论证为新诗人创作汉语十四行诗找到了理论根据,这就是十四行体这种固定形体式可以建立在现代汉语基础之上,它同建立在古汉语基础之上的旧律诗有着本质区别;这种论证也为新诗人创作汉语十四行诗指明了方向,这就是十四行体这种固定形诗体创造是传统诗式原则的现代转化。这种论证对于十四行体中国化进程具有极大的指导意义。

---

① 梁实秋:《谈十四行诗》,《偏见集》,(南京)正中书局1934年版,第269页。
② 同上书,第272页。

三 探索变体期的理论探索

经过连续十年的创律和创体,中国十四行诗的基本规范得以初步确立。在此基础上推进十四行体中国化的重要工作,就是要使之更好地切合我国的现实生活和现代汉语,因此从 20 世纪 30 年代末期开始,十四行体中国化进程就在规范的基础上进入探索变体的新阶段。由这一时期中国新诗发展的特殊语境所决定,十四行变体探索的基本方向是现代化和民族化。抗战开始至新中国成立以后一段时间里,新诗趋向是内容的现实精神和形式的自由诗体,这就是十四行诗新的发展阶段所处的社会文化环境,这种环境转化为一种时代审美风尚和主导诗学观念,牵引和推动着中国十四行诗在规范基础上向着自由方向寻求变体,由面向诗人内心世界抒写向着多途径反映现实方向寻求新变。这种寻求突破的基本选择是现代化和民族化的方向,也就是十四行体中国化的方向。在这时期的理论探索中,重要者是李广田、朱自清和王力。

在十四行体中国化变体探索过程中,出现了许多优秀的诗作。卞之琳《十年诗草》中的十四行诗和冯至《十四行集》中 27 首十四行诗是其中最为重要的创作收获。由此引来了诸多评论。梁宗岱在 1944 年写《试论直觉与表现》,说《十年诗草》和《十四行集》"最投合我趣味",认为它们同《尝试集》《草儿》相比"可以量度这中间的距离"。梁宗岱说:"这两部诗集大体上都是卸却铅华的白描:前者文字底运用和意象底构成似乎更活泼更流丽更新巧,后者则在朴素的有时生涩的形式下蕴藏着深厚的人生体验和自然的观感或二者底交融。新诗能够拥有这样的诗人,这样的作品,还有什么可以阻止它光明的前途呢?"① 李广田在1944年出版了《诗的艺术》,其中《诗的艺术——论卞之琳的〈十年诗草〉》和《沉思的诗——论冯至的〈十四行集〉》两篇长文涉及中国十四行体创作的一些重要问题。一是肯定十四行体的创作价值。在论冯至《十四行集》时,李广田提出的问题是"诗人为什么完全采用了'十四行体'呢"? 结论是十四行体能够帮助诗人情思定形,他引了冯至的第27首诗来予以说明。李广田说:"像一个水瓶,可以给那无形的水一个定形,像一面风旗,可以把住些把不住的事体。而十四行体,也就是诗人给自己的'思,想'所设的水瓶与风旗。"② 这就从创作规律上对于十四行体格律使用的意义作了充分论证。二是肯定十四行体的审美意义。李广田在文章中对十四行体的审美特征作了论述,这就是:"十四行体,这一外来的形式,由于它的层层上升而又下降,渐渐集中而又渐渐解开,以及它的错综而又整齐,它的韵法之穿来插去"③,因此它是一种极具审美价值的诗体。李广田使用非常艺术的语言充分揭示了十四行体的审美特征,综合了前人真知灼见,对于引导创造变体期诗人准确把握十四行体的特征具有重要意义。三是肯定卞之琳、冯至的探索意义。他认为卞之琳诗采用多种格式与韵法是与诗的内容相应的。即使同样是十四行诗,"也没有任何两首是完全相同的,就以那叶韵的方法而论,八首诗就有八种韵法"。"此外还有一些虽不是严格的十四行诗,但也可以说是偶合于十四行体或十四行的变体。"他还认为冯至的诗式与诗情是完全契合的。他说:十四行体"本来是最宜于表现沉思的诗的,而我们的诗人却又能运用得这么妥帖,这么自然,这么委婉而

---

① 梁宗岱:《试论直觉与表现》,《复旦学报》(文史)第1期(1944年10月),黄建华主编《宗岱的世界·诗文》,广东人民出版社2003年版,第328—329页。
② 李广田:《沉思的诗——论冯至的〈十四行集〉》,原载《诗的艺术》(开明书店1944年版),《李广田全集》(四),云南人民出版社2010年版,第270页。
③ 同上。

尽致"。这既是对卞之琳、冯至的十四行诗创作的肯定,也是对 20 世纪 30 年代后期更多的变体十四行体诗的肯定。四是肯定十四行体的变格意义。在肯定卞、冯探索变体的基础上,李广田提出了移用十四行体的一个方法论,这就是既要遵守诗体的原有格律,还要根据需要进行变化。这是一个更具普遍意义的话题。他还引用 W. B. Yeats 的话说,"韵律用一种迷人的单调使我们静默,同时又用各种变化使我们醒着"。引用 L. Macneice 的话说,"一经有了格式,这格式愈有变化则愈能感人"。①

20 世纪 40 年代初,徐迟不满戴望舒、艾青等的散文美理论,写作了《诗的诞生》,包括四章,依次为"诗的元素与宪章""抒情诗论""从民谣到叙事诗、史诗""论剧诗与机关布景"。其中"诗的元素与宪章"收入 1942 年出版的《生命的火焰》。文章认为诗有两个要件,一是诗的元素,二是诗的宪章即格律,艾青等所说的诗的"散文美",其实就是诗的"元素美"而不是"诗"。在此基础上,徐迟介绍了孙大雨的音组理论,同时发表了他对于十四行体的看法。首先,他认为十四行体"实在是人类的感情,不论是一种精巧的,或雄浑的,或诙谐的,或忧郁的,无不容纳在十四行里面,恰恰正好,如许多著名的十四行诗已经证明的"。其次,他说"这商籁体的十四行诗在中国是受到凌辱的。我以为十四行诗实在是很合理的诗的一种形式"。最后,他指出十四行体分为四节,把诗的元素分为四个段落来表述,恰恰正好,"一个诗人是人类感情的大师,不仅不会发生十四行诗短少一行或多出一行的事,而且总能处理得每一段每一行诗、至每一个字,情感的浓厚,色彩的明暗与声调的抑扬,恰如其分"②。徐迟在中国十四行诗遭到现实主义诗人大加鞭笞的艰难时期,正面肯定十四行

---

① 李广田:《诗的艺术——论卞之琳的〈十年诗草〉》,《李广田全集》(四),第 239 页。
② 徐迟:《诗的元素与宪章》,《生命的火焰》,桂林集美书店 1942 年版,第 22 页。

体的审美价值，同时也肯定中国诗人创作十四行诗的探索，其重要意义不容忽视。

　　对于十四行体中国化的探索，朱自清有个基本点，那就是十四行体中国化，就是建设中国新诗体，就是指示中国新诗发展的新道路。朱自清在《新诗杂话·译诗》中认为新诗的大部分受外国的影响，翻译的作用便很大。他以新诗格律探索为例，认为"创造这种新的格律，得从参考并试验外国诗的格律下手。译诗正是试验外国格律的一条大路。于是努力的尽量的保存原作的格律甚至韵脚"。在这个试验中，闻一多翻译白朗宁夫人的商籁二三十首意义重大。其意义就在于："他尽量保存原诗的格律，有时不免牺牲了意义的明白。但这个试验是值得的；现在商籁体（即十四行）可算是成立了，闻先生是有他的贡献的。"[①] 朱自清《新诗杂话·诗的形式》论新诗形式，把十四行体中国化作为新诗形式重大课题予以论述。他认为闻一多、徐志摩输入外国诗体和外国诗的格律说，"可是同时在创造中国新诗体，指示中国诗的新道路"。他论冯至的《十四行集》，认为"这集子可以说建立了中国十四行的基础，使得向来怀疑这诗体的人也相信它可以在中国诗里活下去。无韵体和十四行（或商籁）值得继续发展；别种外国诗体也将融化在中国诗里。这是摹仿，同时是创造，到了头来都会变成我们自己的"。[②] 这里所有的指向都是建设中国新诗体。除了诗的形式外，朱自清还认为，移植域外诗体的翻译，对于整个中国新诗成长都具有重要意义，即"译诗对于原作是翻译；但对于译成的语言，它既可以给我们新的语感，新的诗体，新的句式，新的隐喻"[③]。这种理

---

　　① 朱自清：《译诗》，《朱自清全集》（二），江苏教育出版社1988年版，第373页。
　　② 朱自清：《诗的形式》，《朱自清全集》（二），江苏教育出版社1988年版，第398页。
　　③ 朱自清：《译诗》，《朱自清全集》（二），江苏教育出版社1988年版，第374页。

论探索出现在中国十四行诗发展的艰难时期，它对于十四行体中国化具有切实的指导价值，对于中国诗人继续写作汉语十四行诗则是一种重要的鼓励。

王力大致在1947年春完成《诗法》写作，在20世纪50年代出版时改名为《汉语诗律学》。其中第五章对白话新诗和汉语十四行诗作了细致探讨，举例大多是汉语十四行诗。由此可见，在新诗创格过程中，移植商籁体发挥着极其重要的作用；在新诗格律探索过程中，大量成果积淀在汉语十四行诗中；汉语十四行诗的创作，是新诗创作的重要组成部分。王力首先明确商籁体创作在新诗发展中的特殊地位："在白话诗的初期，诗人们刚从文言诗的束缚里解放出来，大家倾向于自由诗。等到1926年《晨报副刊·诗镌》出版，闻一多等提倡诗的音步和韵脚，于是诗人们渐渐接受了西洋诗的格律。从此以后，有些诗人更进一步而模仿西洋诗里最重要的而格律又最严的一种形式——商籁（the sonnet）。这样，汉语的欧化诗似乎走向一条由今而古的道路，虽然直到现代还有许多诗人在写自由诗。"[①] 这里的论述明确了接受西洋诗律对于新诗创格的意义，明确了模仿商籁对于新诗创格的意义。王力商籁体专论的重要特点是全面介绍西方十四行体格律，全面总结汉语十四行体创作经验。他论商籁体始终联系新诗创格实践，联系中国诗律传统，就是要使十四行诗中国化，使之成为汉语诗律学的重要组成部分，从我们的论题说就是推动汉语十四行体中国化进程，并把它纳入中国现代诗律的总体框架之中。王力在《汉语诗律学》中有三节专论即《商籁》上中下三篇，上篇列出意大利和英国正式，从分段、音数和韵式三方面予以论述；中篇介绍变式中的"小变"，下篇则介绍变式中的"大变"。在介绍中明确了十四行体若干重要问题。第一，明确了商籁体的格式。王力指出，商籁体可分为正式

---

① 王力：《现代诗律学》，中国人民大学出版社2004年版，第104页。

和变式两种。所谓正式,大致是指最常见的形式而且为名家所采用的形式而言。凡不合正式者就是变式。又前八行多用正式,后六行可用变式,于是前正后变者可称为正中之变。如果前八行用变式,则后六行无论用什么韵式,都是纯粹的变式。第二,王力指出,全篇音数完全相同的诗行,叫作"等度诗行",但"非等度诗行"也可以造成整齐的局面。第三,王力指出,跨行法乃是欧化诗最显著的特征,较复杂的跨行法是汉语旧诗所没有的,跨行法可以造成诗句的连绵不断,其作用是求节奏的变化,具有凸显意义的价值。第四,王力指出,在英诗中也有不拘音步的一致,而只求节奏的一致的情况。这样,只论音步的多少,不论音步的性质,那么,字数不整齐的诗行,若以音步的数目而论,却很整齐。这些论述是精到而细致的,对于中国诗人创作十四行诗具有重要的指导意义。

四 多元发展期的理论探索

20世纪80年代以来,是我国十四行诗多元发展和创作繁荣的时期。十四行体中国化在经过了早期输入、创格规范和变体探索三个阶段以后,开始走上平稳、健康的发展之路。各异格式的诗、各种题材的诗、不同风格的诗、多种载体的诗,开拓着我国十四行诗发展的全新境界。伴随着我国十四行诗创作的繁荣,多元期十四行体理论研究成果丰硕,理论建设与创作实践相向互动,推动着十四行体中国化的历史进程。理论研究在三方面展开:一是介绍和评价域外的十四行诗,其中突出的是莎士比亚十四行诗的翻译和研究;二是探讨外语十四行诗的汉译研究,呼应十四行诗汉译的中外语言转换要求;三是阐发十四行体中国化的话题,直接推动创作的多元繁荣。就后一方面来说,其理论成果表现在:有的论文正面论述十四行体中国化的理论课题，揭示中西文化交流的普遍规律；有的论文侧重评价现实的十四行诗创作现象，展示十四行体移植中国的重要成果；有的论文重在探索性创作中的体会总结，大多以诗集前言或后记或序言方式呈现；有的论文重在十四行体在中国的历史叙述，呈现其中国化的历史发展轨迹。

1987年，钱光培出版了《现代诗人朱湘研究》，其中有专章论述朱湘在《石门集》中的十四行诗。1990年，钱光培出版《中国十四行诗选（1920—1987）》，共选中国十四行诗58家270首及叙事长诗片断一章，在各家诗选前对其创作做了简评。诗选之后附有六位诗人关于十四行体的诗论。这是我国首部中国十四行诗选，"为使读者能更好地了解中国十四行诗发展的历史面貌，更好地欣赏诗作，编者编写了《中国十四行诗的昨天与今天》的长序"，又在《文艺报》发表《交代与自白——写在〈中国十四行诗选〉出版时》，这就把我国十四行诗的基本面貌向国人作了一次全面的展示。尤其是，钱光培在《北京社会科学》1991年第1、2期发表了《中国十四行诗的历史回顾》（上）（下）的长文，评价了多位对于我国十四行诗发展做出重要贡献的诗人创作。

1986年，许霆、鲁德俊在《中国现代文学研究丛刊》第3期发表长文《十四行体在中国》。论文分期叙述了中国十四行诗的发展历史，从审美意识、形式规律和节奏特点等方面进行十四行体同传统诗歌的比较。1991年，许霆、鲁德俊出版了《新格律诗研究》，其中第五章第二节是"十四行体的移植"，叙述新中国成立前的中国十四行诗创作，第九章第六节是"十四行体的新成果"，叙述新时期中国十四行诗创作概况。1995年，许霆、鲁德俊出版了《十四行体在中国》的理论专著，包括总论、史论、专论和资料四编。1996年，许霆、鲁德俊出版了《中国十四行体诗选》，收入中国十四行诗120家295首，附有中国十四行诗发展历程的叙述。屠岸在撰写的"序"中说："我认为这部书是七十年来中国十四行诗发展历程的一次检阅，一个总结；它既有文献性，又有可读性。"① 在以上论著和诗选出版前后，许霆、鲁德俊在国内刊物公开发表了一组关于汉语十四行诗的论文，包括重要诗人诗作的评论。

新时期十四行诗理论研究论著主要围绕以下重要问题展开。

一是十四行体与传统诗体的比较研究。最早进行十四行体与中国传统诗体比较的是闻一多。在1922年写出的《律诗底研究》中，闻一多通过比较肯定了两种诗体具有单纯、精严、音律的艺术特征，沟通了中西两种格律诗体的审美特征。以后许多诗人谈论十四行体时，也强调其与中国传统诗体的共通之处，多元期多有这方面的论述。如曾凡华就认为："十四行，它本是洋格律，其起承转合、音步、韵脚，是依着产地的语言规律而形成的，不可死搬硬套。但是经过精心琢磨之后还是可以找到共通之点的。"② 如林庚强调了十四行体建立在以四行为一段这一普通的土壤上，"这乃是整个世界诗坛上共同的最普遍的一种分段法"③。在比较研究时，有人把十四行体与传统的词曲进行比较，侧重在诗的抒情性，如茅于美的《十四行诗与中国的词》；有人把十四行体与传统的乐府进行比较，侧重在诗的音乐性，如朱国荣的《十四行诗和南朝乐府》；有人把十四行体与传统律绝体进行比较，侧重在诗的格式性，如李静、王华民的《英汉格律诗的结构与意义——五、七言律诗与十四行诗的对比研究》；还有人把十四行体与传统诗律进行比较，侧重诗的格律性，如刘开富的《试论中国近代诗体与西方十四行诗格律》。这种比较引出的结论是不同的，有人从比

---

① 屠岸：《中国十四行体诗选·序》，许霆、鲁德俊编《中国十四行体诗选》，人民文学出版社1996年版，第4页。
② 曾凡华：《〈北方十四行诗〉开头话》，《解放军文艺》1987年第3期。
③ 林庚：《新诗断想：移植与土壤》，《新诗格律与语言的诗化》，经济日报出版社2000年版，第2页。

较中引出"建立新诗格律的必要"的结论,有人引出"西方十四行诗或源于中国律诗"的结论,有人引出十四行体完全可以移植用来创作汉诗,有人引出十四行体"容易为中国诗人所接受"的结论①。在比较中,有人重在肯定两种诗体的相同性,有人重在分析两种诗体的相异性。许霆、鲁德俊则把相似性和相异性结合起来,认为相同性主要表现在审美意识、形式规律和节奏特点方面,相异性在于"它不像我国律绝体那样戒律森严,它不讲平仄对仗,每行十二音,也可增减,音步数也不定死,音步的长度可根据内容需要自由掌握,这就给新诗人创作提供了极大的方便。而且,十四行体的诗行数不是四行或八行,而是十四行,每行也不是五言七言,而是可长至十多言,音组也不是三个四个,而是可以自由掌握,调式也不是三字尾的吟咏式,而主要是双字收尾的说话式,用韵也不呆板,而是呈现着既有规律又灵活自由,这就更适合于表达现代复杂的生活内容,也更符合于现代口语的语言特点"。结论如下:相同性能够说明新诗人移植十四行体的可能性,相异性能够说明新诗人移植十四行体的必要性。②屠岸对此一问题持有相似观点。这种理论研究成果,较好地解释了十四行体移植中国的必要和可能,又较好地提出了移植中对十四行体改造的必要和必然,这种态度为多数十四行诗人所持,也成为十四行体中国化的基本指导原则。

二是十四行体中国化方法论研究。最早从理论上提出十四行体中国化这一重大课题的是朱自清。朱自清在20世纪40年代的《诗的形式》中提出,新月诗人"输入外国诗体和外国诗的格律说,可是同时在创造中国新诗体,指示中国诗的新道路"③这种理论宣示使得十四行体中国化成为自觉行为。郭沫若和陈明远明确地说:"诗歌是语言

---

① 谭桂林:《论现代诗学中十四行体式的理论建构》,《广东社会科学》2007年第5期。
② 许霆、鲁德俊:《十四行体在中国》,《中国现代文学研究丛刊》1986年第3期。
③ 朱自清:《诗的形式》,《朱自清全集》(二),江苏教育出版社1988年版,第397页。

艺术,所以,不同的语言就相应地产生不同的诗律特点,也正因为如此,世界上有意大利颂内体、英吉利颂内体、俄罗斯颂内体……目前,是到了确立中国式颂内体的时候了。"他们称赞中国式十四行诗:"这才是现代中国的民族形式!这才达到了闻一多几十年前提出的要求:既表现了时代精神,又蕴含了地方色彩。"① 陈明远的创作就体现了这种追求。唐湜创作十四行诗采用变体,他说:"十四行由意大利移植到英国时,既然可以有一些变化,我们的语言与欧洲语言距离那么远,也该有一些变化吧!"② 借鉴基础上的变化,是实现十四行体中国化的途径。许霆、鲁德俊概括了实现十四行体中国化的两项原则,这就是坚持"借鉴中创造"的原则和坚持"可接近性"原则。邹建军则提出了十四行体中国化的理论原则,回答了汉语十四行诗创作和发展中若干重要问题。(1)当代中国诗人首先还是要用自己的母语来进行创作,以体现作为一个中国人的责任和使命。(2)用汉语创作十四行诗,则可以不按照或不完全按照英语十四行诗的规则。因为西方十四行诗也用多种语言进行创作;英语十四行诗也存在多种体式;语言差异决定了汉语无法按照英诗要求来写十四行诗。(3)中国诗人创作汉语十四行诗取得成功,都是强调利用汉语音韵特征来改造十四行体的结果。公认的结论是,只要研习十四行体的艺术规律,比如说韵式构成方式、艺术结构方式、语调的雅致与含蓄等,与中国古典诗艺格律的探讨结合,就可以形成汉语十四行的特点。(4)诗人的创造对于诗歌写作特别重要,亦步亦趋只能写出不伦不类的作品,若能突破其他语种十四行诗的艺术规律,结合中国传统诗艺质素,在现代汉语语境下,在诗美发现与诗意构成基础上进行创造,汉语十四行诗才有前途。(5)每个时代诗人都需要有自己的创造,在十四行诗体形式上也

---

① 郭沫若、陈明远:《新潮》,中国文联出版公司1992年版,第302、305页。
② 唐湜:《〈幻美之旅 十四行诗集〉前记》,宁夏人民出版社1984年版,第4页。

要有自己的突破。只要是真正的艺术探索,都要有更大的容纳空间。对于汉语十四行诗写作,没有必要怀疑,更没有必要反对,相反要有坚定的自信,中国诗人用汉语写十四行诗是一种创造,并且可以是全新的创造。①这种真正的艺术探索,也许可以为中国新诗开创一条新路。有人更是认为,中国的诗词,欧洲的十四行诗,都是世界文化百花园中的奇葩。

三是十四行体基本特征的研究。闻一多在20世纪20年代初期就揭示十四行体的审美特征是精美、圆满和音律,以后人们对此多有阐发。伴随着十四行诗创作繁荣,80年代以来更多的研究集中在诗体审美特征方面,这种研究对于提高汉语十四行诗以至新诗的艺术水平具有重要意义。研究包括四个方面:第一,十四行体的抒情特征。茅于美在《十四行诗与中国的词》中认为,十四行体与中国词的最本质特征是抒情性。两种诗体都是容量较小,格律严格,精练含蓄,字字珠玑。"每首作品中通常只写一种心情,或因景触情,或怀人感事,从此铺叙,渲染深化,层层推进,自成佳篇。它们容量虽小,但表现复杂曲折之感情生活,具有其他诗体所难有的灵活和精巧。"②冯至的《我和十四行诗的因缘》认为:"十四行与一般抒情诗不同,它自成一格,具有其他诗体不能代替的特点。它的结构大都是有起有落,有张有弛,有期待有回答,有前提有后果,有穿梭般的韵脚,有一定数目的音步,它便于作者把主观的生活体验升华为客观的理性,而理性里蕴蓄着深厚的感情。"③不少诗人写作十四行诗,就是看中其篇幅短小、精美含蓄的抒情特征。如肖学周就说:"我写的十四行并不是西方意义上的十四行,我只不过看重了它的行数、结构与韵律感这几项。我

---

① 覃莉:《关于汉语十四行诗的写作与翻译——邹建军先生访谈录》,邹建军网站"中外文学讲坛"。
② 茅于美:《十四行诗与中国的词》,《文艺研究》1982年第6期。
③ 冯至:《我和十四行诗的因缘》,《世界文学》1989年第1期。

相信叶赛宁说的诗歌抒情的力量应该凝聚在二十行以内,十四行恰好合适。中国的律诗只有八句,就显得有些少。不过它们具有相同的结构:都是四部分,结构上往往是起承转合(当然事实上会有许多变化)。"① 第二,十四行体的结构特征。闻一多和梁实秋在20世纪30年代概括了十四行体呈现着的起承转合结构,以后卞之琳、唐湜、屠岸、曾凡华等都有新的阐发。如卞之琳就说:"十四行体,在西方今日似还有生命力,我认为最近于我国的七言律诗体,其中起、承、转、合,用得好,也还可以运用自如。"② 陈明远也认为,中国律诗结构(章法)由四联构成,"欧洲各种颂内体的结构,也由四段组成:第一段'起',第二段'承',第三段'转',第四段'合'。都是一个完美的圆形,具有立体的建筑美"③。结构适合抒情,是十四行体的奥妙之处,中国诗人创作特别注意构思圆满,如孙静轩、雁翼、白桦等人创作没有严守诗体格律,但都存有十四行体精神,即诗行与诗行的绵延不绝,诗意曲折起伏进展。第三,十四行体的格律特点。这方面研究成果很多,如屠岸在《十四行诗形式札记》中,具体分析了十四行体的形式特点,包括行数、韵式和建行规则,并指出其意义:"十四行诗由于其形式的严谨,也会'束缚思想',但也是至今还有人在写。我想,这是由于律诗和十四行诗这类诗形式有其不可代替的某种功能。""一首有严格的格律规范的十四行的短诗,往往能够包含深邃的思想和浓烈的感情,往往能体现出饱满的诗美,这不能不说也与形式对内容所起的反作用有关。"④ 第四,十四行体的审美特征。谭桂林从分析赞同引进十四行体的理由入手,揭示了诗体的三方面审美特征:其一是十四行体最适宜于表达盘旋的情绪;其二是十四行体是最

---

① 肖学周(程一身):《〈北大十四行〉自序》,中国文联出版公司2004年版,第2页。
② 卞之琳:《〈雕虫纪历〉自序》,人民文学出版社1984年版,第17页。
③ 郭沫若、陈明远:《新潮》,中国文联出版公司1992年版,第302页。
④ 屠岸:《十四行诗形式札记》,《暨南学报》1988年第1期。

适宜于表达沉思的诗体;其三是十四行体与中国旧诗体格律有相同之处。① 钱光培在比较中揭示诗体特征。他认为:"'十四行诗',是一种民间诗体","中国'词'有一个从民间词到文人词的过程;普罗旺斯的 Sonnet 也有一个从民间 Sonnet,到文人 Sonnet 的过程。"又说:"'十四行诗'……是为歌唱而作的抒情诗体。因为要入乐、要歌唱,就不得不对行数、音步、韵脚等有所规范,以形成一套严谨的格律,同中国的'词'的情况很相近"② 从起源、演进和内外律关系上揭示了十四行体的审美特征。这种研究,对于我国诗人创作具有重要的导引作用。

在十四行体基本特征研究中,我国相当多的人都看重诗体的段式结构。而对段式结构进行精彩分析的是北塔。他在《论十四行诗式的中国化》中认为,十四行体四段式结构与近体律诗的章式有暗合之处,如律诗的四联正好包含了一个起、承、转、合的思维过程。在这过程中,起比较容易,承也不难,难的是转和合。北塔对"转"和"合"作了具体分析。关于"转",北塔主张在理解上放宽些,不必要求转一定是向相反方向转,"其实在更多的情况下,'转'指偏向,只要不再沿着原来的方向前进,哪怕只有些微的分岔,也是'转',如从景到情是'转',从物到人也是'转',从说明到证明,从叙事到议论,从证明到反证,从立证到驳论,从一种句型到另一种句型,从一种人称到另一种人称,都可视为'转'。'转'的幅度可大可小,当然越大越好,越巧越好;不过,也不能硬转,不管第二段的陈述有没有到位,在第三段的开头必定要来个'但是',未免是一种武断的、懒惰的做法。这样做是对思维的一种强加,很容易导致思维的消极和中断,从而影响诗句在读者心目中的自然流动。它犹如一道坝,突然地

---

① 谭桂林:《论现代诗学中十四行体式的理论建构》,《广东社会科学》2007年第5期。
② 钱光培:《中国十四行的昨天和今天——〈中国十四行诗选〉序》,《中国十四行诗选》,中国文联出版公司1988年版,第3页。

将思流遏住"。这种阐述，包含着作者自己的理解，其实倒是较为符合实际的，更加符合我国十四行诗"转"的复杂情形。北塔总结说："真正成功的'转'应既出乎读者的意料之外，又在读者的意料之中，在事理上是可能的不可能，但在情理上必是不可能的可能，即要体现出一种反逻辑性，诗美就是在这种张力结构中产生的。"以上是从积极的意义上探讨"转"，还可从消极的方面探讨。北塔认为，如果把十四行的四段比作四支军队，前面八行是两支军队会合，并力进攻第四支军队。如果没有转的话，第四支军队必然被前两支军队打垮，现在有了转，第三支军队揭竿而起，反叛前两支军队，并与第四支军队并肩作战，"那么，它就会在一定程度上消解联军的冲击力，从而减轻第四支的压力，起到保护防线的作用，而且两方的战斗也更猛烈，对峙也更长久，能充分地延长读者的诗美体验；如果没有'转'的阻击，防线一下子就会被打得落花流水，读者的诗美体验会转瞬即逝。事实上，如果没有'转'的话，很难谈得上'合'。有些十四行一泻千里，连防线都不存在，整首诗内没有冲突，没有戏剧效果，也没有张力，很难给读者以诗美的体验"[①]。从积极的意义和消极的意义两个向度来具体分析十四行体的结构特征，具有开创性的理论贡献，也有利于我国诗人在创作时更好地理解和实践这种具有独特审美意义的结构特征。

四是十四行体扎根中国的研究。对于十四行诗在中国扎根的问题，屠岸的观点是两个：一是十四行体是一种世界性诗体，其"广泛流传并不是中国独特的现象"，"除了在地域上的普及外，十四行诗也折服了诸多文学家"[②]；二是"十四行诗有这么顽强的生命力，这恰恰与中国的律诗相近"。赵元在《西方文论关键词：十四行诗》中引用

[①] 北塔：《论十四行诗式的中国化》，《中国现代文学研究丛刊》2000年第3期。
[②] 吴思敬、屠岸：《关于十四行诗的对话》，屠岸《幻想交响曲——屠岸十四行诗240首》，（香港）雅园出版公司2014年版，第316—317页。

邓恩的诗,把十四行诗比喻为一个"精致的瓮",适合"最伟大的骨灰","西方大诗人中没写过十四行诗的屈指可数,它的魅力可见一斑";同时,"十四行诗难写是其魅力经久不息的原因之一",更重要的是"诗人不仅可以'跟着干',还可以'对着干'",即"十四行诗并非一成不变的死板格式或'普罗克汝斯忒斯之床',诗人可以发挥其创造性和想象力,改造十四行诗的形式,使其呈现新的面貌"。① 北塔在《论十四行诗式的中国化》中提出问题:中国诗人接受十四行这种纯粹的舶来品,是出于新鲜好玩,抑或有更为深刻的原因?为什么十四行一再被中国诗人所用?他们又是如何使用十四行的?他认为十四行体早期输入是"出于寻找的冲动,出于好奇的心理",但是后来在那些精于诗艺的诗人手中,"随着消化功能的加强,随着对十四行的渐渐适应,他们对它有了一定的吸收,在这整个过程中,他们表现出了新诗史上罕见的耐心",其深刻的原因就在于对于传统诗歌的审美定式。他进行了十四行体与我国传统律诗体的比较,在此基础上的理论阐述是:"一种诗歌的传统,如果分而述之的话,有二大套,一是诗意,一是诗式。以往我们不重视新诗与旧诗传统的相承性,现在有点儿重视了;但大多关注的是诗意上的相承性,而不是诗式上的相承性。其实后者与前者一样根深蒂固,一样无法回避;因为两者根本上是不可分的,两者的结合就构成汉诗的审美定势。审美定势是在一种诗歌语言发展到顶峰时所确定的,具有充分的经典性。后世诗人只要还在这种语境里感受、思索,只要还用这种语言写作,就应该向这种定势尽可能地靠拢,而不是偏离,更不是背离。"② 正因为十四行体与中国传统诗体的契合性,在这种审美定势的深层心理影响下,人们也就乐意移植它,这也是十四行体中国化的深刻根源。许霆则从十四

---

① 赵元:《西方文论关键词:十四行诗》,《外国文学》2010 年第 5 期。
② 北塔:《论十四行诗式的中国化》,《中国现代文学研究丛刊》2000 年第 5 期。

行体与我国传统诗体的比较中,认为两者具有契合性和差异性,符合诗体移植的"可接近性"原则,所以我国诗人乐意并能够把这种诗体移植到中国来。

五是十四行体移植的文化意义研究。所谓文化意义研究,指的是把十四行体移植中国作为个案,由此揭示中西文化交流的普遍意义和基本规律。许霆、鲁德俊在《十四行体在中国》中认为:"中国诗人完成了十四行体从欧洲向中国的转徙,这是中西文化交流的卓越成果;中国诗人移植十四行体,留下了丰富的历史经验和有益启示。"吴奔星在序言中说:"这是中西文化交流史上,尤其是中国新诗史上,值得大书特书的一页。"[①] 十四行体移植中国无法避免的一个话题,就是它的中西文化交流意义的研究。这方面的成果较多,许霆、鲁德俊在《十四行体在中国》中提出了一些重要的理论概括,如移植途径中的"四环节"理论,题材拓展中的诗体反规范理论,中西诗体的可接近性理论等。许霆发表《十四行体移植中的文化分析》,揭示其移植中国的文化学意义包括:(1)动力因素分析。认为,中西文化交流移植总有其动力因素,这就是需要。正是为新诗创格的需要,决定了十四行体移植中国的动机,并决定了移植的指向性、促动性以及最终结果。(2)接近因素分析。认为,可接近性是中西文化交流的重要条件,也是十四行体移植中国的条件。可接近性包含:被移植对象内在地包含着各民族相同的东西;移植对象外在地具备为他民族借用的东西。十四行体能被移植中国,就在于它对我们来说具有这种可接近性。(3)扬弃因素分析。认为,诗式移植是文化交流中最为繁难的工作,十四行体能在欧美各国流行,在于它在传播中各国诗人的扬弃性改造。我国诗人移植十四行体也坚持了扬弃原则。(4)实践作用分

[①] 吴奔星:《〈十四行体在中国〉序言》,许霆、鲁德俊《十四行体在中国》,苏州大学出版社1995年版,第1—3页。

析。认为，实践在中西文化交流中的作用：通过实践把有用的东西拿来，依靠实践贯彻扬弃原则，借助实践展示移植成果。在十四行体移植中，我国诗人始终以创作的实绩来证明十四行体移植的可能性；始终以探索的态度来对待移植中的得失；始终以创造的精神去追求新的成功。(5) 欧化因素分析。认为，我国诗人移植十四行体一种情形是模仿较多，又结合汉语特点予以适当改造，另一种情形是改造较多，又吸取十四行体审美特质予以横移。以上移植中都存在欧化成分。中西文化交流，在本土化中包括异域化因素，在异域化中注入本土化因素，这是基本规律。本土化和异域化对立统一，才使移植具有必要和可能。离开了本土化，就不能为我接受，离开了异域化，就不能予我所需。(6) 功能扩展分析。认为，把十四行体整体移植过来写作中国十四行诗，这种移植是必要的，但中西文化交流中还有种移植，即只从对象中分解出一些要素，用它来补充和发展我们自己的东西。新诗的节奏基础是"音组"，新诗创格遵循"均齐""匀称"原则，新诗韵式应该繁富，这些新诗形式因素探索受惠于十四行体移植。它要比新诗人整体移植十四行体意义更大，因为它的功能意义扩展到了整个新诗形式发展，使我国新诗在中西诗艺的基础上有着广阔的发展前景。①

　　六是十四行移植与新诗体建设研究。解志熙认为："新诗与旧诗在节奏建行问题上的根本差异就在这里——旧诗之音组成行成句是以文言句式或者说韵文文句为准的，新诗的音组成行成句是以口语或散文的句法为准的！"② 新诗采用现代汉语写作，容易造成新诗诗语的传统意蕴情调和传统韵律音调丧失，为新诗创格就是要立足现代汉语基础恢复诗的意蕴和音律特性。由此人们注意到十四行体的移植，因为西方十四行体的意蕴和音律都是建立在白话基础之上的，这是中国

---

① 许霆：《十四行体移植中国的文化分析》，《诗探索》1998 年第 4 期。
② 解志熙：《序言：精心结算新诗律》，刘涛《百年汉诗形式的理论探求——20 世纪现代格律诗学研究》，人民出版社 2013 年版，第 10 页。

诗人移植十四行体最为深刻的动因，也是最大成果之所在。最早看到这点的是徐志摩，他倡导十四行诗的理由是："正是我们钩寻中国语言的柔韧性乃至探检语体文的浑成、致密，以及别一种单纯的'字的音乐'（Word-music）的可能性的较为方便的一条路：方便，因为我们有欧美诗作我们的向导和准则。"① 以后更多的诗人从诗语角度讨论十四行体移植问题。20世纪80年代以后，不少论文着眼十四行体移植与新诗诗体建设关系研究。如刘立军、王海红《十四行诗与中国新诗体系的历史建构》认为：第一，十四行诗延展了中国新诗的诗行结构，"中国格律诗的每一行皆为一句，并要完整地表达一个含义。而西方十四行诗为了凑足每小节相同的行数以及每行相等的音步数来获得节奏感，可以将两个甚至三个句子放在一行，或者将一个句子分成若干行。这在一定程度上便于诗人更加自由地驾驭语言来传情达意。汉语十四行诗继承了西方十四行诗跨行和跨段的做法，并在某些地方对传统中国诗歌作了大胆创新"。第二，十四行诗拓展了中国新诗的用字规范，"在某种意义上讲，西方十四行诗的译介使得中国诗歌略显呆板的对仗规则大有改观"。第三，十四行诗丰富了中国新诗的音韵模式，"十四行诗体在音韵的处理上既有一定的限制性，又在一定程度上和范围内有一定的灵活性。这对于中国新诗音韵的构建是很有借鉴意义的"。由此可见，"十四行诗为建构中国新诗体系起到的重大的历史作用是磨灭不掉的"。② 这里概括了十四行体移植在建构新诗体式中的重要意义，是符合新诗发展历史史实的。许霆则认为十四行体移植对于新诗体建设的意义表现在三个层面：作为固定形式的诗体建设意义，作为探索过程的新诗创格意义，作为创格成果的诗语转型意义。并认为对于诗语转型的意义表现在两个方面：表现在语言结

---

① 徐志摩：《诗刊》前言，《诗刊》第2期（1931年4月20日）。
② 刘立军、王海红：《十四行诗与中国新诗体系的理论建构》，《河北学刊》2009年第4期。

构和诗行结构方面，表现在诗语节奏和音韵方面。

七是中国十四行诗创作成果的评价研究。中国十四行诗创作众多。由于十四行体在发展中既有正式，更有变式，还有大量现代变体，也由于我国诗人的诗学理想和中国十四行诗的想象差异，使得汉语十四行诗的创作成果呈现着多元状态。这就有了对于这种成果的评价研究问题。许霆、鲁德俊把众多中国十四行诗分为三类，即格律的十四行诗（对应移植西方体式，格律严格）、变格的十四行诗（局部改造西方体式，采用变体）和自由的十四行诗（根本改造西方体式，用律随意）。并认为：三类诗"都是中国诗人根据汉语特点和诗歌规律进行改造、扬弃后所获得的中国十四行诗，只是这种改造存在着对应改造、局部改造和根本改造的差别。从总体上说，我们应该肯定我国诗人在改造中所做的努力，但更加应该倡导的是格律的或变格的十四行诗"[①]。吕进在《论新诗的诗体重建》中肯定了这种概括。他说："十四行有意大利式、英国式、法国式、俄国式等，经过中国诗人的长期努力，也有了中国式。据许霆、鲁德俊著《十四行体在中国》一书的归纳，中国诗人对西方十四行的对应改造，创造了格律的十四行；对西方十四行的局部改造，创造了变格的十四行；对西方十四行的根本改造，创造了自由十四行。（当然，'自由的十四行'的'自由'度，也许是一个重要课题。）中国诗人依据汉语的语言特点和汉诗的特点对西方十四行的本土化改造，给'向外国诗体借鉴'留下了许多宝贵的艺术经验。"[②] 黎志敏在《中国新诗中的十四行诗》中则认为，十四行体在中国经历了一个"引进—磨合—结果"的完整过程，产生了"自由类"和"严谨类"两种十四行诗。并认为十四行体在中国的本土化过程，在创作上体现为中文十四行诗从严谨派走向自由

---

① 许霆、鲁德俊：《十四行体在中国》，苏州大学出版社1995年版，第20页。
② 吕进：《论新诗的诗体重建》，《诗刊》1997年第10期。

派,从意式、英式的"摹本"走向中国诗人的"自由体"。他的结论是:在自由派的作品之中,十四行诗体被融化、消解;在严谨派诗歌之中,十四行诗体得以较好本土化,并将在一定范围内存在下去。①在中国十四行诗创作成果的评价研究中,分歧较大的是对于自由的十四行诗的评价,有人认为创作自由的十四行诗是中国化的误区。这里涉及评价中国十四行诗的标准问题。屠岸研究过这一标准,结论是:"十四行诗的界定应该有宽、严两种标准。1984年我和钱光培讨论此事时,我采用的是严标准,他用的是宽标准。我觉得还是宽严相济好一些。如果我们过于强调规范上的严谨,就会因此失掉许多真诗、好诗。""从严格意义上讲,十四行诗应该具有它独特的形式规范和内容上的相应要求,但如果以宽泛的标准判断,只要有十四行诗的基本样式感觉和蕴含就可以被接纳到该体式中来。"② 这种评价标准有利于推进十四行体中国化进程,有利于中国十四行诗创作的多元繁荣。但是,也有一些研究成果对于中国十四行诗创作不满,认为"即使从最宽的尺度来衡量,中国也没有多少首十四行可以真正说得上成功;相反,我们在这种印刷品上看到的,大多是些被破相的、被致残的十四行"。其原因,就是缺乏理论的深入研究:"中国十四行之所以没能取得多少成功,主要就是理论的匮乏和短视;新诗诗论中,多的是无聊的捧场,少的是理性的批评,而且仅有的理论也多半是粗线条的,不切实际的,多半是假借西方为要务,而不努力与自己的传统相沟通。"③ 这种看法虽然我们并不同意,但其中提醒我们应更加注重创作质量,更加注重理论建设的意见却也是值得重视的。

---

① 黎志敏:《中国新诗中的十四行诗》,《外国文学研究》2000年第1期。
② 吴思敬、屠岸:《关于十四行诗的对话》,屠岸《幻想交响曲——屠岸十四行诗240首》,(香港)雅园出版公司2014年版,第318—319页。
③ 北塔:《论十四行诗式的中国化》,《中国现代文学研究丛刊》2000年第3期。

第四章　十四行体中国化与翻译

奥克泰维欧·派茨（Octavio Paz）论述过翻译诗歌对译语诗歌的促进作用："西方诗歌最伟大的创作时期总是先有或伴有各个诗歌传统之间的交织。有时，这种交织采取仿效的形式，有时又采取翻译的形式。"① 卞之琳则认为："译诗，比诸外国诗原文，对一国的诗创作，影响更大，中外皆然。"② 中国十四行诗是从西方移植过来的，它的成形、发展以至成熟，更是同翻译西方的十四行诗有着密切关系。我国百年新诗发展史上，诸多诗人大量地、持续不断地翻译西方十四行诗。这种翻译对于中国新诗形式的影响，主要表现在两个方面，一是译诗推动了十四行体中国化进程，二是译诗作为中介影响了中国新诗形式建设。以下我们就从这两个方面谈谈我国诗人翻译十四行诗的基本情况。

一　翻译与输入新诗之精神

在诗界革命中，梁启超在《新民丛报》中将渊实翻译文章收录在刊物中以示众人，倡导"新诗之精神"。此精神的实质就是转型期中

---

① Octavio Paz, Translation：Literature and Letter. 参见王克非编《翻译文化史论》，上海外语教育出版社1997年版，第354页。
② 卞之琳：《人与诗：忆旧说新》，生活·读书·新知三联书店1984年版，第196页。

国诗歌革新的精神。这种精神与世界现代诗运动直接呼应。刘延陵早在 20 世纪 20 年代初就说:"新诗'The New Poetry'是世界的运动,并非中国所特有。中国的诗的革新不过是大江的一个支流。"① 刘延陵在《美国的新诗运动》中,认为惠特曼不但是美国新诗的始祖,也是世界新诗之开创之人,这是因为,他既是"打破诗之桎梏的人",也是"灭熄旧的精神燃起新的精神之人"。美国新诗"有两个特点:形式方面是用现代语,用日用所常之语,而不限于用所谓'诗的用语'Poetic Diction,且不死守规定的韵律;内容方面是选择题目有绝对的自由,宁可切近人生,而不专限于歌吟花、鸟、山、川、风、云、月、露"。"把形式与内容的两个特点总括言之,一则可说新诗的精神乃是自由的精神,因为形式方面的不死守规定的韵律是尊尚自由,内容方面的取材不加限制也是尊尚自由。再则新诗的精神可说是求适合现代求适合于现实的精神,因为形式方面的用现代语用日常所用之语是求合于现代,内容方面的求切近人生也是求合于现代。"② 接受了西方现代诗运动影响的我国五四时期新诗同样具有这种精神:破坏旧的,创造新的,追求心灵自由和形式自由,充满着浪漫的和现代的气息。"你们知道创造者的孤高?你们知道创造者的苦恼?你们知道创造者的狂欢?你们知道创造者的光耀?"郭沫若为《创造季刊》写的卷头语《创造者》就充分显示了这种精神风貌。这一时期的十四行诗翻译同样在鼓动着"新诗之精神",传播着"新诗之精神"。而这种鼓动和传播着"新诗之精神"的十四行诗翻译,不管是有意还是无意,都为中国诗人接触西方十四行诗创造了条件,也为中国诗人学习西诗范本来提高新诗艺术提供了条件。

我国最早翻译的西方十四行诗,现在一般认为是 1854 年第 9 期

---

① 刘延陵:《美国的新诗运动》,《诗》第 1 卷第 2 号(1922 年 2 月)。
② 同上。

登载的汉译英国诗人弥尔顿的十四行诗《论失明》。同期刊物目录的英文说明是:"有关诗人弥尔顿的简介,以及他十四行诗《论失明》的译文。"这首汉译诗以四字短句为单位,形式整齐,语言凝练,一气呵成,显示出了相当精湛的汉语功底。弥尔顿在此诗中抒写了自己失明不是上帝对自己惩罚的思想,以此来回击论敌对他的攻击,具有强烈的社会意义,但这首诗是传教士用来布道的。其意义如朱自清所说:"这种翻译也只是为了宗教,不是为诗。近世基督《圣经》的官话翻译,也增富了我们的语言,如五四运动后有人所指出的,《旧约》的《雅歌》尤其是美妙的诗。但原来还只为了宗教,并且那时我们的新文学运动还没有起来,所以也没有在语文上发生影响,更不用说在诗上。"① 最早在五四新诗运动中翻译的十四行诗,出现在田汉论文《恶魔诗人波陀雷尔的百年祭》里,这就是翻译的波特莱尔十四行诗《感应》(Correspondances),田汉的译诗如下:

"自然"是一个大寺院,那里的话柱
　　时时吐朦胧的语。
人逍遥于象征之森林,
　　而内观以亲热的眼。
好像远处来的悠长的反响,
　　混合着阴森深远的太极。
夜一样、光明一样的广大,
　　香色,和音与他相答。
那种香,像小儿的肉一样的鲜丽,
像木笛一般的悠婉,牧场一般的油碧。
　　——其他则为腐败的,丰富而凯旋的香气,

---

① 朱自清:《译诗》,《朱自清全集》(二),江苏教育出版社1988年版,第372页。

备一切事物的膨胀：
　　像琥珀、乳香、安息香和麝香似的，
对灵魂与官能的法悦。

田汉紧接着说:"这一首诗就确是受了魔醉剂 hashish 的影响而成的。此诗便成了后来象征诗的椎轮，很有历史价值。"田汉认为象征文学"或谓之神经质的文学，此派的文人大都神经敏锐，官能纤利的人，同一音也，在他们的耳中或异于常音。同一色也，在他们的眼中或幻为他色"。他以《感应》来揭示这种纤细官能在视觉、听觉、音与色之间如何转换，造成微妙的颤动。① 这种介绍是极其精当的。田汉译诗采用了较为自由的形式翻译，但又通过分行排列、缩格变化等呈现了意体十四行的基本格式，采用了变化的韵式，化句为行显示了诗行的柔韧性，语言流畅富有音律，诗情流贯浑然一体。从内容上说，梁宗岱曾认为:"在这短短的十四行诗里，波特莱尔带来了近代美学的福音。后来的诗人，艺术家与美学家，没有一个不多少受他底洗礼，没有一个能逃出他的窠臼的。"② 因此，该诗具有强烈的现代性。《感应》阐发的象征要义，即"近代人的生活是非常复杂的生活，心与物之间有许多神异的交互的影响，所以单单刻画外物而忘记内心绝不足以表现近代人的生活，而且客观界虽然美丽而繁复，主观界则尤其神秘而丰富"。"近代与现代的精神是自由精神。……表现于文艺，就生出派别底繁兴与格律底解放；而自由诗与象征主义就是一例。"③ 由此可见，田汉翻译波特莱尔《感应》在双重意义上，即现代审美和诗律自由两方面体现了西方现代诗运动的精神，而这也就是五四时期对于

---

① 田汉:《恶魔诗人波陀雷尔的百年祭》,《少年中国》第 3 卷第 4、5 期（1921 年 11、12 月）。
② 梁宗岱:《象征主义》,《诗与真·诗与真二集》，外国文学出版社 1984 年版，第 73 页。
③ 刘延陵:《法国诗之象征主义与自由诗》,《诗》第 1 卷第 4 号（1922 年 7 月）。

"新诗之精神"的弘扬和鼓吹。

接下来的重要翻译作品,就是郭沫若在 1922 年 12 月翻译了雪莱的十四行诗《西风颂》。雪莱最富艺术生命的十四行诗,是紧紧围绕"反暴政、盼自由"的主题展开,充满着革命的浪漫气息,所以在五四时期引起郭沫若关注。郭沫若翻译的雪莱《西风颂》组诗与其他几首雪莱译诗发表在 1923 年 2 月出版的《创造季刊》第 1 卷第 4 期。这是《西风颂》第一首:

> 哦,不羁的西风哟,你秋神之呼吸,
> 你虽不可见,败叶为你吹飞,
> 好像魍魉之群在诅咒之前逃退,
> 黄者,黑者,苍白者,惨红者,
> 无数病残者之大群:哦,你,
> 你又催送一切的翅果速去安眠,
> 冷冷沉沉的去睡在他们黑暗的冬床,
> 如像——死尸睡在墓中一样,
> 直等到你阳春的青妹来时,
> 一片笙歌吹遍梦中的大地,
> 吹放叶蕾花蕊如像就草的绵羊,
> 在山野之中弥漫着活色生香:
> 不羁的精灵哟,你是周流八垠;
> 你破坏而兼保护者,你听哟,你听!

这是面对西风的抒唱。诗人突出了西风"破坏而兼保护"的"不羁"性格。破坏旧的,催生新的,这是雪莱《西风颂》的双重主题。雪莱是一个革命的乐观主义者,他不仅看到西风席卷落叶的破坏威力,而且也看到它吹送种子的建设作用,《西风颂》组诗贯穿着这个矛盾统一的主题思想。这在第一首中就开门见山地把它点明了,从而为后面诗的发展提供了中心线索。面对秋风败叶，雪莱的诗展现了蓬勃向上的激情，呈现了自由奔放的精神，这就同五四时期那种既是破坏又是创造的精神完全一致。郭沫若译《西风颂》组诗的末首有这样几行：

　　严烈的精灵哟，请你化成我的精灵！
　　请你化成我，你个猛烈者哟！
　　请你把我沉闷的思想如像败叶一般，
　　吹越乎宇宙之外徂起一番新生。

这更是郭沫若等人五四时期的精神面貌象征。雪莱的十四行诗节奏急迫，抒写手法炽烈流畅，所以往往突破十四行体的传统格律。从段式来说，诗分成五个乐段，分别为三三三三二；从韵式说，采用了"三行套韵体"的押韵方式，最后两行同韵，即 ABA BCB CDC DED EE。郭沫若在翻译时没有按照原有格式进行，而是采用新诗发生期的自由诗体，每首十四行，诗行长短不齐，用韵较为随意，没有能够准确地传达出原诗的诗体特征。郭沫若翻译《西风颂》，从十四行体中国化的历史来说，除了翻译十四行诗外，还向国人介绍了十四行组诗形式。一般的十四行体适宜于表现一个完整、单纯的观念或情绪，因此往往独立存在，或者构成组诗，但各首仍有独立性。像《西风颂》这样把五首十四行体紧密地结合起来组成一首抒情诗，各首之间密切依赖而不可分割的并不多见。而郭沫若翻译《西风颂》，主要的还是输入"新诗之精神"，来为五四时期的精神自由解放张目，鼓吹破坏创造的狂飙突进的时代精神，同时也在通过翻译输入西方的十四行体。根据现有资料，郭沫若在1925年翻译了屠格涅夫的小说《新时代》，并写了长篇序言。《新时代》的翻译在郭沫若一生的思想发展上产生过重要影响。《新时代》中有一主题歌性质的诗即十四行诗《遗言》，郭沫若一直珍爱这首诗，并多次改译吟诵。因此，陈明远认为："他和闻一多,可说是我国五四以后最早介绍并翻译颂内体的两位引路人。"① 这概括虽然并不准确,但郭沫若翻译十四行诗的贡献却是应予肯定的。

接着的重要翻译者是李金发,他是我国第一个象征主义诗人。在他于1925年出版的诗集《微雨》中有多首汉语十四行诗,尤其还有两首译自波特莱尔《恶之花》的十四行诗,创作和翻译同时进行,相互影响,产生了我国最早的十四行体象征诗。李金发的翻译,没有接受十四行诗的严谨形式,而是重在承袭象征派的诗意转换。如他所译波特莱尔《七十二》一段:

在满生蜗牛的腻地上,
我愿自己挖下一深深的沟,
哪里我可以安插我的老骨
和安睡着如小犬在浪里

这首诗原来采取亚历山大体,是法语十四行诗的古典形式。李金发的翻译如孙玉石所说,正处在我国诗歌从关注"格律成分"转入"意义中心"阶段,"这是一种新诗现代性的进步",而意义的载体来自意象的发明。从形式看,翻译"除了段式与行数符合十四行诗的定律,半逗律、音节乃至韵式等这些古典形式的痕迹在李金发的汉译中并未译出,换言之,译者摆脱了格律的束缚,直接进行诗意本身的译码"。从精神内容看,"借用鲁迅曾疾呼的'只要一叫而人们大抵震悚的怪鸱的真的恶声在哪里',在格律破坏以及隐晦的意象揭示现实之恶的同时,李氏在诗体结构下直接将语言符号的断裂、扭曲裸露于读者眼

---

① 陈明远:《郭沫若与"颂内体"》,郭沫若、陈明远《新潮》,中国文联出版公司1992年版,第285页。

前，相互震动，以反抗浪漫主义的伟美之声。"① 这就是一种具有鲜明现代性的精神品质，是我国五四时代的民主和科学的精神。李金发的译诗中格律的自由解放和精神的个性张扬两者相互结合着，同时传达出新诗的创造精神和现代意识。诗体解放在美国新诗来说就是需要冲破传统体裁而反映现实生活，在法国象征主义来说就是需要获得表达复杂的现代人生，尤其是现代人的心灵世界的自由。"新诗的精神可说是求适合于现代求适合于现实的精神，因为形式方面的用现代语用日常所用之语是求合于现代，内容方面的求切近人生也是求合于现代。"②

从《少年中国》的田汉翻译，到创造社的郭沫若翻译，再到象征派的李金发翻译，共同的特征就是呼应着世界现代诗运动的走向，张扬个性，追求自由精神和民主意识，在形式自由和精神自由两个向度来与五四时代精神契合，来张扬"新诗之精神"。

二 翻译与创新诗固定形式

在新诗发生期，刘半农就提出了"增多诗体"的主张，其"增多"途径之一就是从域外输入诗体，他乐观地认为，翻译诗歌的形式可以在形式和精神两个方面推进中国新诗的发展："在形式一方面，既可添出无数门径，不复如前此之不自由。其精神一方面之进步，自可有一日千里之大速率。"③ 从后来新诗的发展看，外国诗歌的翻译确实给我们输入了多种诗体，中国新诗形式的丰富性超过旧诗就是明

---

① 曾琮琇：《汉语十四行诗的现代转化——以李金发、朱湘、卞之琳为讨论对象》，《汉语言文学研究》2015年第4期。
② 刘延陵：《美国的新诗运动》，《诗》第1卷第2号（1922年2月）。
③ 刘半农：《我之文学改良观》，《新青年》第3卷第3号（1917年5月15日）。

证。后来的梁宗岱也认为翻译外国诗歌可以为中国新诗输入新鲜的文体形式，诗人可以通过翻译来试验新诗体。对此，朱自清在《新诗的出路》中说得极其具体：翻译外国诗歌"可以试验种种诗体，旧的新的，因的创的；句法，音节，结构，意境，都给人新鲜的印象（在外国也许已陈旧了）。不懂外国文的人固可有所参考或效仿，懂外国文的人也还可以有所参考或效仿；因为好的翻译是有它独立的生命的。译诗在近代是不断地有人在干……要能行远持久，才有作用可见。这是革新我们的诗的一条大路。"[①] 梁宗岱也说："试看英国诗是欧洲近代诗史中最光荣的一页，可是英国现行的诗体几乎没有一个不是从外国——法国或意大利——移植过去的。翻译，一个不独传达原作底神韵并且在可能内按照原作底韵律和格调的翻译，正是移植外国诗体的一个最可靠的办法。"[②] 考察中国十四行诗体能够确立其新诗体地位，我们觉得翻译所起的作用是决定性的。

虽然十四行诗早在新诗发生期就已经开始被翻译到中国，但那时主要在于输入范本来参考，从而提高新诗创作水平。这是有深刻背景的。主要是中国新诗运动的标志就是打破传统的固定形式如律绝体，而引进世界的连续形式如自由体。到20世纪20年代中期新韵律运动兴起，诗人集合起来为新诗创格，陆志韦、徐志摩、孙大雨、闻一多、张鸣树、刘梦苇等都有汉语十四行诗创作。但令人费解的是，孙大雨在1926年发表了较为成熟的汉语十四行诗，却并未引起人们的讨论兴趣，理论和创作都没有任何呼应；新月诗人推动新格律诗创作，但《诗镌》11期上仅发表了个别匿名十四行诗，没有诗论提及十四行体；部分新月诗人虽有十四行诗发表，但不约而同都不标示十四

[①] 朱自清：《论中国诗的出路》，《朱自清全集》（四），江苏教育出版社1990年版，第293页。

[②] 梁宗岱：《新诗底纷纭歧路口》，《诗与真·诗与真二集》，外国文学出版社1984年版，第172页。

行诗。这看似意外现象其实有迹可循。首先是新月诗人在理论和创作上为新诗创格,主要是在探索新诗韵律体系,即使孙大雨恰巧写出的是意体十四行诗,但其意不在十四行体本身,而是着眼于整个新诗体和新诗律建设;其次是新月诗人提倡新格律诗是主张创建诗节形诗体,强调的是相体裁衣,并非如十四行体之类的固定形。这时李金发的《食客与凶年》集(1927年)中虽有《Sonnet 二首》,王独清的《死前》(1927年)中虽有《SONNET》五首,但那只是用此诗体来写作象征自由诗。总之,那时的诗坛尚未真正把移植十四行诗体的课题提上议程。

历史的转机出现在1928年3月10日,徐志摩等主编的《新月》创刊号发表了闻一多翻译的一组白朗宁夫人的十四行情诗,4月10日的《新月》第2期上继续发表闻一多的白朗宁夫人十四行情诗的译作。闻一多的译诗尽量地保留原诗格律,有时不免牺牲了意义的明白。因为当时新月诗人探索新诗格律已经有了较多成果,闻一多也已经在节奏、建行、构节和诗韵方式方面形成了较为系统的新诗格律理论,这就为他对应移植白朗宁夫人的诗体格律提供了可能条件。这样,在新诗史上第一次出现了那么多按照格律规范翻译的西方十四行诗,其在诗坛引起的震动可以想见。而且,闻一多在发表时,把每首汉语译诗放在上半页,英文原诗放在下半页,甚至形成上下半页诗行的对照格式,这种原文和译文上下平行对应对照格局,给读者阅读形成了巨大的视觉冲击,从而为读者理解西方十四行形式和汉语十四行译作提供了极大的方便。如第一首诗的原文:

> I, thought once how Theocritus had sung
> Of the sweet years, the dear and wished for years,
> Who each one in a gracious hand appears
> To bear a gift for mortals, old or young:

And，as I mused it in his antique tongue,
I saw，in gradual vision through my tears,
The sweet，sad years，the melancholy years,
Those of my own life，who by turns had flung
A shadow across me. Straightway I was'ware,
So weeping，how a mystic Shape did move
Behind me，and drew me backward by the hair;
And a voice said in mastery，while I strove,
"Guess now who holds thee?" "Death." I said. But，there
the silver answer rang，"Not Death，But love."

闻一多的汉语译诗如下：

我想起昔年那位希腊诗人，

唱着流年的歌儿——可爱的流年，

渴望中的流年，一个个的宛然

却手执着颁给世人的礼品：

我沉吟着诗人的古调，我不禁

泪眼发花了，于是我渐渐看见

那温柔凄切的流年，酸苦的流年，

我自己的流年，轮流掷着暗影，

掠过我的身边。马上我就哭起来，

我明知道有一个神秘的模样，

在背后揪着我的头发往后掇，

正在挣扎的当儿，我听见好像

一个厉声"谁掇着你，猜猜？"

"死，"我说。"不是死，是爱，"他讲。

这里基本是格律对应翻译。(1) 原诗与译诗的诗行相同，均为十四行；(2) 英诗基本是每行 10 个音节，闻译基本都是每行 11 音和 12 音；(3) 原诗的韵脚是 ABBABAABCDCDCD，闻译基本也是如此的韵式；(4) 原诗每个诗行五个音步，闻译以二字或三字的五音尺诗行为基准。

当时正在主持《新月》编辑的徐志摩读到闻一多的译诗后，以敏锐的感觉意识到这组译诗发表的意义，因此就撰写了长文《白朗宁夫人的情诗》，与闻一多的译诗同时在《新月》创刊号发表。徐志摩借题发挥，提出了移植十四行体并使之成为中国新诗体的重大课题。他说自己自告奋勇地写作此文，一来是宣传白朗宁夫人的情诗，二来引起我们文学界对于新诗体的注意。这里正面提出了"对于新诗体的注意"的问题。徐文主要内容是：

第一，具体剖析白朗宁夫人情诗的审美价值。徐志摩介绍了白朗宁夫人情诗的思想内容，又介绍了白朗宁夫人情诗的写作和发表，阐明其社会意义和审美价值，认为"在这四十四首情诗里白夫人的天才凝成了最透明的纯晶"。同时，他选出其中 10 首进行了具体作品分析，并在《新月》第 2 期继续发表闻一多译诗。这样就把白朗宁夫人情诗之美较为完整地呈现在读者面前，为创体中的新诗人提供了一个十四行诗较为成熟的文本。

第二，由衷肯定十四行体的艺术魅力。徐志摩在新诗史上首次具体地介绍十四行体发展史，突出地介绍了意大利的彼特拉克体和英国的莎士比亚体。他赞赏地说："商籁体是西洋诗式中格律最谨严的，最适宜于表现深沉的盘旋的情绪，像是山风，像是海潮，它的是圆浑的有回响的音声。在能手中它是一只完全的琴弦，它有最激昂的高音，也有最呜咽的幽声。"这种介绍是完全准确的，对于后来诗人把握十四行诗体特征起着提示作用。

第三，充分肯定闻一多译诗的重要意义。徐志摩认为"一多这次试验也不是轻率的，他那耐心先就不易"，自己的介绍文章仅是"在一多已经锻炼的译作的后面加上这一篇多少不免蛇足的散义"。他认为闻一多翻译"是一件可纪念的工作","因为'商籁体'(一多译)那诗格是抒情诗体例中最美最庄严、最严密亦最有弹性的一格"。

第四,主张在移植基础上创建汉语十四行体。徐志摩明确地说:"当初槐哀德与石垒伯爵既然能把这种原种从意大利移植到英国,后来果然开结成异样的花朵,没现在,在解放与建设我们文学的大运动中,为什么就没有希望再把它从英国移植到我们这边来?"这种理由是充分的。徐志摩希望人们在移植中保持耐心,即"开端都是至微细的,什么事都得人们一半凭纯粹的耐心去做"。希望年轻诗人学些商籁体以锻炼自己的文字控制能力。

总归起来说,徐志摩介绍十四行体,意在提倡移植十四行体创作汉语十四行诗。这里的介绍超越了个别模仿创作,也超越了新诗创格要求,而是主张把它作为一种诗体加以移植,在此基础上建设我国的新诗体。这种倡导实现了从输入十四行体无意创体到有意创体的转变,从移植为新诗创律到为新诗创体的转变。它标志着十四行体中国化的大幕正式拉开,而开启者是当时诗坛闻、徐两员大将联袂,其场面有声有色。这是新诗发展中的重要篇章,更是十四行体中国化进程中的伟大事件。徐志摩在新诗发展的特定阶段提出建立固定形新诗体这一课题意义重大,它体现着一种思想解放。美国学者劳·坡林归纳世界现代诗体包括连续形、诗节形和固定形三类。连续形没有固定的外在结构,图案的格律成分较少,按其性质说是自由诗体;诗节形以诗节作为重复单位,而诗节可以借用传统旧的或自创新的,按其性质说即新月诗人创造的新格律诗;固定形指的是"应用在整首诗中的传统体式"①。我国律诗与西方十四行体均属固定形诗体。新诗发生是以

---

① [美]劳·坡林:《怎样欣赏英美诗歌》,殷宝书译,北京出版社1985年,第175—179页。

打破传统固定形而创连续形自由体为标志的，前期新月诗人探索的是诗节形诗体。在此期间诗人无法正面提出新建固定形诗体这一敏感话题，这是因为人们不愿打破律绝体后再受固定格律束缚。但新诗还要有自己的固定形诗体，因为它是新诗体成熟的标志。本来不合时宜无法提出的敏感话题，在新诗格律体普遍为人接受的情形下，则已经具备条件正面提出来了。正是在此关键点，闻一多所译白朗宁夫人十四行情诗发表，徐志摩顺应历史趋势，借题发挥提出了建立新诗固定形的课题，这是历史的必然。新诗探索固定形诗体主要是输入和自创两途，既然十四行体是一种世界性抒情诗体，所以在移植基础上创造新诗固定形诗体就是一个必然选择了。

徐志摩提出移植十四行体来创建新诗固定形诗体，引起了当时的新诗坛共鸣。闻一多在《新月》第3卷第5、6期（1930年5—6月）发表给陈梦家的信，专论十四行体形式特征。罗念生在《文艺杂志》第1卷第2期（1931年7月）发表长文《十四行体（诗学之一）》，专论十四行体形式规范和发展历史，并认为孙大雨的汉语十四行诗是典范之作。梁实秋发表《谈十四行诗》（1934年7月），精细地介绍十四行体的审美特征，认为新诗人不作律诗而作十四行诗，这绝不是"才解放的三寸金莲又穿西洋高跟鞋"，是因为律诗是建立在古汉语基础之上而十四行体建立在现代汉语基础之上。这种论证为我国诗人创作汉语十四行诗找到了理论根据，这就是十四行体这种固定形可以建立在现代汉语基础之上，它同建立在古汉语基础上的旧律诗有着本质的区别。在产生理论共鸣的同时就是汉语十四行诗的创作丰收。1928年以后到20世纪30年代初，《诗刊》《现代》《文艺杂志》《人间世》《文学》《青年界》《申报自由谈》等都发表汉语十四行诗，着实造成了一个前所未有的热闹局面。如1931年7月出版的《文艺杂志》第2期，发表了罗念生《十四行体（诗学之一）》论文，发表汉语十四行诗如朱湘《女鬼》、柳无忌《春梦（连锁十四行体）》9首、曹葆华

《你叫我》、罗念生《十四行》9 首、啸霞《十四行》5 首，还有柳无忌《译十四行》4 首。柳无忌后收入《抛砖集》中的 21 首十四行诗，基本都发表在这个年代。曹葆华《寄诗魂》在 1930 年出版，《灵焰》和《落日颂》于 1932 年出版，总计有近 50 首十四行诗，不少曾在刊物上发表过。这时的卞之琳也有多首十四行诗发表。朱湘在 1934 年出版《石门集》，其中 70 来首十四行诗大多写于 1930 年至 1933 年间。李唯建在 1933 年出版《祈祷》，包括 70 首十四行诗，诗人自述写于 1929 年年初。以上初步罗列，就可以看到这确实是个汉语十四行诗创作的丰收期，是一次集体亮相的十四行创体行动。

应该说，从闻一多在 1928 年年初发表翻译的白朗宁夫人十四行情诗，到 20 世纪 30 年代初期汉语十四行理论和创作出现高潮，实际上已经确立起作为新诗体的汉语十四行体。而十四行诗成为我国新诗的体式，这是同西方十四行体的翻译紧密地联系着的。

三　翻译与汉语十四行创格

中国现代译诗在形式上存在多种价值取向："由于外国诗歌多数是讲求格律的，因此译诗形式存在着格律化的取向；由于翻译的难度和出于更好地传达原诗情感的需要，译诗形式常常有自由化和散文化的价值取向；也由于民族审美心理和挥之不去的诗歌传统美学观念的影响，译诗形式也具有民族性色彩。"[①] 这三种取向在我国十四行诗翻译中是同时存在的。如闻一多对译者提出的要求之一就是在翻译外国诗时，要尽量保持原作的形式，"在求文字的达意之外，译者还有余

[①] 熊辉：《外国诗歌的翻译与中国现代新诗的文体建构》，中央编译出版社 2013 年版，第 126 页。

力可以进一步去求音节的反复。……译者应当格外小心,不要损害了原作的意味"①。因此新月诗人最初的翻译目的虽然不是保存其固有形式(拿来固定形诗体),只是为了试验自己从外国借鉴过来的格律形式(如孙大雨),但最终却造成了他们的译诗文体形式基本保存了"原诗的格律甚至韵脚"。如闻一多译白朗宁夫人情诗就是如此,如朱湘译英国十四行诗等都保存了原诗形式因素。出于更好地传达原诗情感的需要而带有自由化倾向的翻译同样不少,如前所说早期翻译十四行诗的郭沫若就不主张按照原文的格律形式翻译,李金发更是突破原作格律作自由安排。这种翻译对于读者同样发生着重要的影响。还有一种翻译就是结合着民族诗律传统,对原作格律形式作民族化的改造,使得译诗具有民族性色彩。如穆旦译作就是如此,他在翻译普希金作品时说:"不能每行都有韵;因为如果要每行都有韵,势必使译文艰涩难行,文辞不畅,甚至因韵害意,反而不美。而且,我国律诗的传统,和西洋诗不同:行行都韵似乎不是我们的习惯。"②他在20世纪40年代翻译的雪莱、普希金、奥登诗都取向于此。冯至翻译里尔克的十四行诗也是采用变体,以更好地切合内容的表达。正是由于人们在格律形式翻译中的多种取向给读者呈现了丰富的诗体形式,使得我国诗人创作也有了多元选择的条件,中国十四行诗才产生了格律的、变格的和自由的十四行诗。

但是,我们在此需要重点说的还是严格按照原作格律规范翻译,因为这种翻译为中国读者提供西方十四行体的范本(译作本身也是汉语十四行诗范本),让读者知道诗体的正式是什么,变体是如何来的,然后就能根据创作需要进行变化。这种翻译对于我国十四行体规范的建设意义更大。事实上,我国更多的诗人就是按照这一取向来进行翻

---

① 闻一多:《英译李太白诗》,《北京晨报·副刊》1926年6月3日。
② 查良铮:《关于译文韵脚的说明》,海岸编《中国诗歌翻译百年论集》,上海外语教育出版社2007年版,第121页。

译的。尤其是在为十四行创律创体的阶段。从20世纪20年代末到30年代初，这是我国十四行诗确立自己规范成为新诗体的关键时期，这一时期的新月诗人和京派诗人翻译了数量众多的十四行诗，基本的取向即对应移植，更好地呈现原产国家十四行体的形式特征。正是这种翻译，才最终确立了中国十四行诗的形式规范。后来的诗人翻译十四行诗，同样更多地注重保留原作的格律规范。但需要说明的是，这一时期主要的翻译集中在意体，包括产生重要影响的闻一多翻译的白朗宁夫人情诗也是意体，因而我国十四行诗较早建立形式规范的也是意体。以至到了王力写作《汉语诗律学》的40年代，在说到意体及其变体时大量列举汉语十四行诗，而在说到英体及其变体时却举例很少。王力甚至还在著作中说："莎士比亚体和史本赛体，中国诗人似乎都没有模仿过，无例可举。此外还有薛德耐（Sir Philip Sidney，1954—1986）的商籁，韵式是 abababab cdcd ee，似乎也没有模仿的例子。"① 这就明确地告诉我们，相对意体来说英体汉语十四行诗创作较少，包括英体著名格式似乎都无模仿，而这是与翻译较少直接相关的。其实，从世界十四行体发展历史看，英式确实仅是意式传入英国后的一种变体，而从世界十四行体发展影响看，英式十四行体与意式十四行体都是正式，各自都有很多变体并构成自身丰富的体系。由于我国在很长时间里的误解，人们较多地模仿意体创作或在意体基础上写作变格，造成了英体及其变体创作数量较少。这种状况的改变还是需要依靠翻译解决。其实，朱湘在20年代中期倒是有英体十四行诗翻译，且翻译中保留了原诗形式，如他所译的莎士比亚十四行诗《归来》，每行有十个音节，韵式为 ABABCDCDEFEFGG，虽然全诗没有分节，但通过诗韵自然分成四段，前三段多为陈述，最后一段的两行结题，是典型的英体十四行诗。译诗如下：

---

① 王力：《现代诗律学》，中国人民大学出版社2004年版，第142页。

请不要埋怨我变过心肠，
别离虽似乎冷去点温情，
要知道我宁愿身躯灭亡，
也不愿抛开你我的灵魂；
你是我的家，我虽曾远游，
不过如今我又回了家园，
我未在他乡的花下淹留，
我带回了圣水，洗涤前愆；
我虽然无异于一班的人，
有时候受点外来的诱惑，
但我希望我们这次离分，
更能增加复会时的亲热。
我如今知道了，宇宙皆空，
除非有你的情充实其中。

读到这首诗的格式，我们马上想到的就是朱湘在 20 世纪 30 年代创作的《石门集》的英体十四行诗。无论是采用行顿节奏方式，也无论是诗行排列方式，也无论是诗的用韵方式，还是句式内部结构和外部延展方式，甚至语体风格，朱湘的创作其实都源自这种翻译。也就是说，诗人的翻译给自己创作提供了范例，诗人是自觉地按照这种对应移植方式去写作自己的英体十四行诗的。这就是翻译对于创作影响的典型实例。当然这一翻译尤其是等长诗行常常遭人诟病，所以影响了这些诗的传播，也就在一定时期里影响到我国诗人英体十四行诗的创作。接着，卞之琳翻译英体十四行诗，尤其是翻译了奥登的英体十四行诗，而这些翻译就坚持了格律的对应翻译，以更好地呈现出英体十四行诗的原本形式规范。他说："我照例试用我们今日汉语说话的自然规律的基本单位'顿'（小顿）或称'音组'（短音组）以符合英诗每行长短的基本节拍单位'音步',并照原诗脚韵排列来译这几首诗,而且多数是十四行体诗,无非是使我国读者,不通过原文,也约略能看见原诗的本来面貌。"① 这些译诗用汉诗的音顿对应移植英诗的音步,参照原诗的脚韵来安排韵式,从而在格律层次上呈现了原诗的本来面貌。

莎士比亚的诗成为英式十四行诗的经典文本,也成为理解英式十四行体真谛并把握各种英式变体的关键。朱湘以后还有十来位诗人翻译过莎氏十四行诗,但都没有能够全译,"他们都是用中国新诗体,极力模仿原诗音步、韵律,但人们读了之后,并不能产生'十四行诗是有严整格律的西方流行的抒情诗'的感觉"②。莎士比亚十四行诗包括 154 首,它用不同的旋律组合成一部大型的交响乐,表现了英国文艺复兴时代人文主义精神,对诗人翻译提出了重大挑战。到了 20 世纪 40 年代,梁宗岱开始有计划地翻译莎士比亚全部十四行诗。根据现有资料,大致在 40 年代初翻译就基本完成,部分译作在当时的《民族文学》杂志公开发表。卞之琳说:"梁宗岱先生译莎士比亚十四行体诗,则试按法国格律诗建行算'音缀'即今我国语言学改称的'音节'(syllabe),也就是汉语的单音字,探求诗行的整齐,这又合闻先生主张的整齐、匀称的一个方面。"③ 余光中认为要翻译莎士比亚的十四行诗必须克服三重困难,即格律、韵脚和节奏,"大致说来,梁译颇能掌握原文的格律"④。如梁宗岱翻译的《莎士比亚十四行诗》第一首前四行原文和译文对照如下:

---

① 卞之琳:《重新介绍奥登的四首诗》,《卞之琳文集》(下卷),安徽教育出版社 2002 年版,第 576 页。
② 周启付:《谈莎士比亚十四行诗的翻译》,《外语学刊》1983 年第 1 期。
③ 卞之琳:《完成与开端:纪念诗人闻一多八十生辰》,《人与诗:忆旧说新》,生活·读书·新知三联书店 1984 年版,第 13 页。
④ 余光中:《锈锁难开的金钥匙——序梁宗岱译〈莎士比亚十四行诗〉》,《井然有序》,(台湾)九歌出版有限公司 1996 年版,第 235 页。

> From fairest creatures we desire increase,
> That thereby beauty'S rose might never die,
> But as riper should by timedecease,
> His tenderheir might bear his memory:

> 对天生的尤物我们要求蕃盛,
> 以便美的玫瑰永远不会枯死,
> 但开透的花朵既要及时凋零,
> 就应把记忆交给娇嫩的后嗣。

该译诗具备了英体十四行诗所有形式要素。梁宗岱译文"既求忠于原文又求形式对称,译得好时不仅意到,而且形到情到韵到……人常说格律诗难写,我看按原格律译格律诗更难。凭莎氏之才气写一百五十四首商籁尚且有几首走了点样(有论者谓此莎氏故意之笔),梁宗岱竟用同一格律译其全诗,其中一般形式和含义都兼顾得可以,这就不能不令人钦佩了。"[①] 梁宗岱等人翻译英体十四行诗的价值是,以整体的面貌展示了莎士比亚式十四行诗的美妙,也以格律的形式呈现了英体十四行诗的规则,它吸引着国人阅读欣赏,也吸引着诗人模仿创作。这样就使得英体十四行诗在我国获得了广泛的影响。正如翻译家吴钧陶所说,英体相比意体来说,在格律的诸多方面同汉语传统诗歌有更多的契合之处,较易移植模仿。这样看来,汉语十四行体朝着民族化方向发展到一定的历史阶段,就必然会提出了一个重要的问题,就是需要更多地介绍了英国式十四行体,以使中国十四行体有更加丰富的体式,更好地探索十四行体的民族形式。正是在此背景下,我国一批诗人较多地介绍了英式十四行诗,而这种介绍的结果,就使得我

---

① 钱兆明:《评莎氏商籁诗的两个译本》,《外国文学》1981年第7期。

国新时期出现十四行诗创作繁荣时,更多的是模仿英式十四行体的创作。

其实,翻译中变体十四行诗同样对我国十四行诗发展做出重要贡献。我们可以冯至为例。冯至首次与十四行体发生关系,是由于1928年的一个偶然机会翻译了一首法语十四行诗,原诗作者是阿维尔斯,收入他的第二部诗集《北游及其他》。诗人说这次翻译只是对诗中那"凄婉的心情"深有同感,并不是要介绍十四行体,所以译诗没有遵循格律,但在诗体结构上却保持了原形。诗人后来承认,他"译"出的这首十四行诗的形式与他创作的叙事诗《蚕马》中开始的八行有相似之处。冯至在1929年写《暮春的花园》,包括3首十四行诗,均未恪守意体十四行的格律,也未标明是十四行体。20世纪40年代初,他写作了《十四行集》,包括27首变体十四行诗。这一方面发自内心的表达要求,另一方面是直接受到里尔克《致奥尔弗斯的十四行》诗集的启迪。里尔克的诗集分两部分,共55首,是诗人几天内一气呵成的。他于1922年2月23日把誊清的十四行诗稿寄给出版家,寄稿信中说:"我总称为十四行。虽然是最自由、所谓最变格的形式,而一般都理解十四行是如此静止、固定的诗体。但正是:给十四行以变化、提高、几乎任意处理,在这情形下是我的一项特殊的实验与任务。"里尔克的这部十四行集中最自由、最变格,甚至可以说是超出十四行范畴的是其中第二部分关于呼吸的那首诗,冯至把它译出,而且译得更加自由。虽然格律并不严格,但冯至通过翻译以后感悟到的是:"觉得诗的内容和十四行的结构还是互相结合的。诗人认为,人通过呼吸与宇宙交流,息息相通,人在宇宙空间,宇宙空间也在人的身内。呼吸是人生节奏的摇篮。"这种感悟对于冯至理解十四行体特征有着重要意义。里尔克在十四行里抒写了死亡的悲哀,又转到对生命本质的思考,如全集的第9首这样抒唱:"只有那在幽冥界中/谈过弦琴的人,/才能把无穷的赞美/叙说给阳间听。//只有与死者一起/

尝过罂粟滋味的人，/才不会再度遗失/那最轻柔的歌声。"里尔克不只歌咏了死，更多的是在赞颂了生，他观看宇宙万物都互相关联而又不断变化，在全集最后一首的最后三行中这样写道："若是尘世把你忘记，/就向静止的地说：我流。/向流动的水说：我在。"冯至说："读到这样的诗句，使人感到亲切，感到生动，不是有固定格律的十四行体所能约束得住的。"① 这又是一种读诗的感悟，而这种感悟也充分体现在冯至接着的创作之中。正是基于阅读里尔克变体十四行诗和翻译里尔克变体十四行诗的切身感受，在接受了里尔克变体十四行诗创作的"特殊的实验"启示后，冯至说自己"才放胆写我的十四行，虽然我没有写出像'呼吸'一诗那样'最自由、所谓最变格的形式'；我只是尽量不让十四行传统的格律约束我的思想，而让我的思想能在十四行的结构里运转自如。"正如冯至在《十四行集》的最后一首中表示的那样："向何处安排我们的思，想？/但愿这些诗像一面风旗/把住一些把不住的事体。"这就是冯至关于变体十四行探索的因缘。对于这种"因缘"，冯至后来说："我不迷信，我却相信人世上，尤其在文艺方面常常存在着一种因缘。这因缘并不神秘，它可能是必然与偶然的巧妙遇合。"② 冯至与里尔克在十四行诗创作方面的因缘，就是这种"偶然的巧妙遇合"。冯至在里尔克影响下的探索应该说是极其成功的，它体现的是十四行体中国化的探索成果。冯至的变体十四行诗翻译和创作，对于20世纪40年代九叶诗人的创作产生了重要影响，可以这样说，九叶诗人也翻译了数量众多的包括里尔克等域外诗人的十四行诗，同时由模仿创作了大量变体十四行诗。而这一切，都与当时的翻译以及模仿创作有关。

---

① 冯至：《我和十四行诗的因缘》，《世界文学》1989 年第 1 期。
② 同上。

四 翻译与新诗语言的完善

我国新诗采用现代汉语写成,而现代汉语是在晚清到五四时期的白话运动中最终形成的,它同我国的新诗发生是同步的。用白话代替文言的正宗地位,不仅是一个语体革新的问题,而且是一个创新语义系统的过程,其目的是适应变迁了的现代社会以及与世界交流的需要。因此,"现代白话文实际上就是在传统的白话文基础上吸收了西方语言系统的语法、词汇特别是思想词汇,继承了一定的传统思想而形成的,它本质是一种新的语言系统。"① 在新诗发生期诞生的现代诗语是幼稚的。俞平伯在《社会上对于新诗的各种心理观》中,分析了社会上反对白话诗的原因,自觉地对白话诗语反躬自责,提出的观点是:"我觉得在现今这样情形之下,白话实在是比较最适宜的工具,再寻不到比他更好的工具;但是一方面,我总时时感用现今白话做诗的苦痛。白话虽然已比文言便利得多,但是缺点也还不少呵,所以实际上虽认现行白话为很适宜的工具,在理想上却很不能满足。"② 尤其是,新诗采用了现代汉语,这种语言本质上是一种散文语言,它会使得诗性部分丧失。五四时期最终成形的现代汉语是相对于文言的白话语言,这种语言以口语化、精确性、界定性为基本特征,传统文学语言所具有的模糊性、多义性、喻意象性、声韵特征等诗性功能有所削弱。尤其是现代汉语多音节词增加、语法复杂和成分结合紧密,造成了诗歌音律建构困难。所以新诗发生初期,人们一方面倡导白话写诗,为白话诗争取生存空间,另一方面要说现行白话不是作诗的绝对

---

① 高玉:《现代汉语与中国现代文学》,中国社会科学出版社 2003 年版,第 100 页。
② 俞平伯:《社会上对于新诗的各种心理观》,《新潮》第 3 卷第 1 期(1919 年 10 月)。

适宜工具。新诗发生后存在的非诗化其实都同初期白话质素有关。所以，新诗发生以后始终在改善着白话诗语，重点解决的是形象加工和声音加工。这是新诗发展中的一个重大而复杂课题。完善诗语需要广阔的空间，包括在世界范围内寻求资源。现代汉语本就包含欧化因素，充分发挥十四行体移植的扩展功能去改善新诗语言是历史提出的必然要求。"在语言资源匮乏和古文言弃绝的语境下，很多译者要求五四时期的翻译文学使用一种不同于白话文或文言文的偏重于原语色彩的第三种语言，这在主观上是为了给中国新诗输入更多的语言表达方式。"① 新诗发展到20世纪30年代，完善诗语的任务仍然极其艰巨，而其重要取向还是接受外国的影响即欧化。朱自清在20世纪30年代这样说：欧化是一种现代化，"我们接受了外国的影响，'迎头赶上'的缘故。这是欧化，但不如说是现代化。"② 使用欧化文法句式成了中国现代诗歌创作的一种时尚和潮流。正是在此背景下，徐志摩在《诗刊》第2期"前言"中正面提出通过移植十四行体改善新诗的诗语的课题：

> 大雨的商籁体的比较的成功已然引起不少响应的尝试。梁实秋先生虽则说"用中文写Sonnte永远写不像"，我却以为这种以及别种同性质的尝试，在不是仅学皮毛的手里，正是我们钩寻中国语言的柔韧性乃至探检语体文的浑成，致密，以及别一种单纯"字的音乐"（Word－music）的可能性的较为方便的一条路：方便，因为我们有欧美诗作我们的向导和准则。③

这里提出的是一个新诗发展中的重大问题，即新诗语言的现代化问

---

① 熊辉：《外国诗歌的翻译与中国现代新诗的文体建构》，中央编译出版社2013年版，第64页。
② 朱自清：《真诗》，《朱自清全集》（二），江苏教育出版社1988年版，第386页。
③ 徐志摩：《〈诗刊〉前言》，《诗刊》第2期（1931年4月20日）。

题。推动新诗语言现代化，较为"方便"的路是把"欧美诗作我们的向导和准则"，而联系上下文表述，我们可以认为这里的欧美诗虽然是个广义概念，但首先是指十四行体。这是新文学运动以来"真心的先去模仿别人"思想的充分体现，也是朱自清关于"语言的'欧化'实在该称为语言的现代化"①的思想，徐志摩主张借鉴欧美诗来改善诗语同样体现着新诗的现代化取向。

对徐志摩以上"前言"中论述的理解分为相互关联的两个层次。第一个层次是对于孙大雨商籁体和梁实秋诗论的评价。孙大雨的诗不仅采用意体正式和音组节奏形成诗语格律美，而且在语言表达的细密和浑成方面取得成功。孙大雨曾说到自己诗语的追求，即"要挣脱文言文的句法结构及惯用的辞采，而且还应当博采我们日常生活中的行动、思维、快意、感受、悬念、企盼和可能想象到的一切，凝练成一个个语辞单位，加以广泛运用，以充实我们的表现力。并且应该，也完全可以借鉴外国诗歌文学的格律机构，作为参考，以创建我国的白话新诗的格律"②。孙大雨是通过研究西方十四行诗语言而发现新诗"音组"概念的，接着又用音组理论去创作十四行诗，去翻译莎士比亚戏剧的。这些创作和翻译就在语言上获得新的品格，梁宗岱就肯定孙大雨十四行诗《诀绝》"把简约的中国文字造成绵延不绝的十四行诗，作者底手腕已有不可及之处"③。孙大雨的十四行诗语言的这一特点成为徐志摩立论的依据。梁实秋认为新月诗人创格是模仿外国诗的，而自己则"不主张模仿外国诗的格调，因为中文和外国文的构造太不同，用中文写 Sonnet 永远写不像"④。这种观点在常理上说并没有错，因为梁实秋并不否定移植十四行体，只是希望诗人"创造新的

---

① 朱自清：《新语言》，《朱自清全集》（八），江苏教育出版社1993年版，第294页。
② 孙大雨：《格律体新诗的起源》，《文艺争鸣》1992年第5期。
③ 梁宗岱：《论诗》，《诗刊》第2期（1931年4月20日）。
④ 梁实秋：《新诗的格调及其他》，《诗刊》第1期（1931年1月20日）。

合于中文的诗的格调"。但其过分看重中外语言构造差异，对于移植十四行体诗语改善新诗语言的意义认识存在偏差，尤其是没有认识到朱自清所说的欧化因素融合后会变成我们自己的东西。在此问题上，徐志摩倒是有清醒的认识。因此，他的"前言"一方面肯定了孙大雨的探索，另一方面用"我却以为"否定了梁实秋的观点。这种肯定或否定在当时具有强烈的现实针对性，实际上是巧妙地正面回应了当时对移植十四行体改善诗语的不同看法，导引十四行体中国化进程的推进。

在"前言"论述的第二层次里，徐志摩正面提出移植十四行体扩展功能的内涵：一是钩寻中国语言的柔韧性乃至探检语体文的浑成，致密；二是寻求别种单纯"字的音乐"。前者关涉诗语表达素质问题。新诗采用现代汉语写作，而现代汉语天然缺乏古代汉语那种含蓄性、音乐性和精练性，即诗性。欧诗语言采用日常散文结构，细密富有弹性，情意表达曲折。后者关涉诗语韵律节奏问题。新旧诗在节奏建行问题上的根本差异在于："旧诗之音组成行成句是以文言句法或者说韵文句法为准的，新诗的音组成行成句是以口语或散文的句法为准的！"① 既然新诗采用存在欧化因素的现代汉语创作，所以其诗语完善向域外诗语借鉴就是一种"方便"的选择。新诗语无论在表达或音律方面的完善，向外借鉴不仅必要而且可能，但徐志摩在"前言"中又强调"在不是仅学皮毛的手里"，这是善意的提醒，也是真诚的要求。这里阐发的思想其实是徐志摩关于译诗的一贯想法。早在1924年，徐志摩就在《小说月报》发表《征译诗启》，希望人们用"解放后"的文字去翻译外国诗歌。他说："我们所期望的是要从认真的翻译研究中国文字解放后表现致密的思想与有法度的声调与音节之可能；研

---

① 解志熙：《序言：精心结算新诗律》，刘涛《百年汉诗形式的理论探求——20世纪现代格律诗学研究》，人民出版社2013年版，第10页。

究这新发现的达意的工具究竟有什么程度的弹力性、柔韧性与一般的应变性；究竟与我们旧有的方式是如何的各别。"① 这里同样提出通过译诗来改善新诗语言，包括表达的致密性、弹力性、柔韧性和声韵的音乐美。这能够帮助我们理解徐志摩关于输入十四行诗改善诗语的论述。

实践证明，徐志摩关于借鉴西方诗体的语言来改善新诗语的观点是完全正确的。这里的借鉴，具体应该包括两个方面，一是翻译欧诗，二是模仿创作。我国现代译诗中早就有人主张把西方诗语照直翻译过来的观点。这种翻译就决定了译诗语言不可避免地会出现欧化："任何从事过翻译的人，都清楚翻译时'译文腔'几乎是无可避免的，把外语（主要是欧洲语）作品翻译成中文，最显著的'译文腔'便是'欧化'，也就是译者自觉或不自觉地借用外语的句式和句法，这是因为中西语文在语式句法等各方面都有明显差异的缘故，译者过于讲究直译，'欧化'的情形便自然而然地出现。"② 对这种"欧化"，五四时期诸多学者是充分肯定的，新月诗人和京派诗人也是肯定的，正如徐志摩所说，是改善我国诗语的方便途径。梁宗岱也说："我有一种暗昧的信仰，其实可以说迷信：以为原作的字句和次序，就是说，经过大诗人选定的字句和次序是至善至美的。如果译者能够找到适当对照的字眼和成语，除了少数文法上地道的构造，几乎可以原封不动地移植过来。"③ 这是十四行诗翻译的一个重要话题。梁实秋在《谈十四行诗》中就说过，西方诗人创作的十四行诗是用白话写成的，它的语言可以移植过来创作现代汉语十四行诗，中国诗人可以不创作旧诗，因

---

① 徐志摩：《征译诗启》，《小说月报》第15卷第3号（1924年3月10日）。
② 王宏志：《"欧化"："五四"时期有关翻译语言的讨论》，《翻译的理论建构与文化透视》，上海外语教育出版社2000年版，第131页。
③ 梁宗岱：《〈一切的顶峰〉序》，《梁宗岱译诗集》，湖南人民出版社1983年版，第276页。

为旧诗是建立在古汉语基础之上的，但可以创作十四行诗，因为十四行诗可以建立在现代汉语基础之上。

我国诗人在翻译十四行诗过程中就提供了改善新诗语言的契机。如柳无忌发表在《文艺杂志》第1卷第2期（1931年7月）上的一首斯宾塞十四行诗译作：

> 这是甚么技巧，那黄金的卷发，
> 　　她竟真的梳理在金丝的网结；
> 用巧妙手艺，这般奇狯的妆着，
> 　　将金丝与金发混得难以分出
> 　　是否男子的迷眼，钉视得太急，
> 她可以缠络在这金织的网里；
> 　　待缚住了，她又可狡巧地探得
> 他们软弱的心肠，当未曾留意！
> 为此，留神些，我的眼，自今日起
> 　　别在冒失地凝视此狯网了，
> 在那里倘你一被笼住了缚去，
> 　　你将无法再摆脱出她的圈套。
> 这总是大愚大憨，既是自由人，
> 还要希求链铐，虽用黄金造成。

这是一首格律严格并按照原本格式翻译的十四行诗，四四四二段式，若照原译标点并不占格，应该是排列成一方块，使用了传统诗韵方式。就此译诗的诗语说，有三个重要的特征：第一，如果按照原来译文标点不占格，则全部诗行都是12言占12格，也就是说所有诗行都等长，使用了行顿节奏方式；第二，这里有两个诗句采用了跨行，即第七、九行的分句跨入了第八、十行，这可以方便地从行末标点使用看出，虽然此诗跨行数量不多，但却明确无误地表明：这是一首行句分裂或曰化句为行的诗，已经突破了传统的行句一致的建行；第三，这里的诗行建构也非传统的，而是在一行诗中可以有一句，也可以有两句，还可能有三句，而且句和句之间使用标点符号分隔，虽然每行等长，但内部句式结构却绝不相同，写来自由，建行变化，毫无生硬和单调之感，改变了等长诗行容易出现呆板的节奏效果。这些特征都是同我国传统诗语存在差异的，是我国诗行欧化的重要方面。我国十四行诗以至我国新诗语言欧化，就增加了它的弹性和韧性，而且增加了诗语音乐性。包括十四行诗在内的西诗跨行甚至跨段情况较为普遍，通过翻译移植到新诗语言中，其好处王力认为就是求节奏的变化，是把重要的词的价值显现出来。沃尔夫冈·凯塞尔认为：诗行有规则的重复会使人厌倦，避免单调的"最简单的方法就是'跳行'（上句牵入下句）：意义从一行跳入下一行，因而放松了行列的严格性"[1]。另外就是诗行字数等量和行内化句为行，这对于诗语革新意义同样很大，柳无忌在《为新诗辩护》中有过精辟的论述：这类所谓的"豆腐干诗体"，"并不像一般人所想象的那样拘束与单调，因为作者可以自由地界定每行的字数，依照着诗中的情感或思想而变化着。同时，作者不一定一行内写着一句，他可以在一行内写着几短句，或者可把一长句带到另一行内结束。在这里面尽有很多的自由，可以免去拘束，有很多的变化，可以免去单调与生硬。"他认为，十四行诗很容易受束缚而变成单调与生硬的体例，但是这些诗却一点儿也没有那些弊病。[2]这是对的。柳无忌所肯定的这种诗语结构、诗行组织和节奏效果，是同引进西方诗包括十四行诗有关的，是同在翻译中对等翻译句式以及模仿创作有关的。瞿秋白早就说过："翻译——除出能够介绍原来的内容给中国读者之外——还有一个很重要的作用：就是帮

---

[1] ［瑞士］沃尔夫冈·凯塞尔：《语言的艺术作品》，陈铨译，上海译文出版社1984年版，第105页。
[2] 柳无忌：《为新诗辩护》，《文艺杂志》第1卷第4期（1932年9月）。

助我们创造出新的中国的现代汉语。"① 翻译语言对于新诗语言的影响表现在两个层面,一是翻译的过程译语产生新的语言和新的句法,二是译诗语言相对于民族语言的"陌生"成分逐渐进入目标语而成为其新鲜的构成要素。就改善诗语表达素质说,移植十四行体时化句为行,通过自由地分行、跨行和并行延展了诗行结构;移植十四行体超越形式文法组织诗语,增加语言的朦胧性和暗示性,章句构成法流动、活软;移植十四行体在打破传统诗词粘对的同时,采用对等原则组织诗语,借鉴诗体持续进展构思,形成"层层上升而又下降,渐渐集中而又解开,以及它的错综而又整齐"的诗语美。以上移植成果的翻译增加了新诗语言的柔韧性、浑成性和致密性。就探寻诗语音乐性说,新诗节奏基础是"音组",新诗创格遵循"均齐""匀称"原则,新诗的韵式丰富多变,这些新诗格律探索虽然受惠于多种途径,但接受了十四行体的重要影响却是不容置疑的。

五 翻译与题材范围的拓展

十四行体英国化的重要成果,就是抒写的题材不断地丰富。唐湜对于西方十四行诗的由衷赞美就是因其抒写题材的丰富性。唐湜说:"十四行是迷人的,是高浓度的抒情,我们可以奉行鲁迅先生的拿来主义,把它拿过来,或如佩特拉克样以温柔的色调、节奏抒写深挚的恋情,或如莎士比亚样加深、扩大它的思想主题,描画他那个新时代,或如密尔顿拿它作振奋人心的革命号角,'弑君者'的匕首,或如拜伦、雪莱样抒写革命的政治抒情诗。"② 同时,唐湜又从十四行体

---

① 瞿秋白:《瞿秋白关于翻译致鲁迅》,罗新璋编《翻译论集》,商务印书馆1984年版,第266页。
② 唐湜:《迷人的十四行》,《东海》1987年第2期。

优美、典雅的风格中吸取营养，使得自己的诗更多地呈现美。"我是用诗的语言来建议一个与现实既对立又相联系的诗的世界"，"我是积极地追求永恒的人性之美的，常常考虑该如何以永恒的美来抒发永恒的主题，拿一种朴素而又纯真的语言，闪耀着含蓄的幽幽光彩的语言来抒写"①。十四行诗的题材与风格紧密结合着的，因此题材的拓展往往同风格的变化是同时发生的。而要充分借鉴西方十四行诗的题材和风格，离不开的重要工作是翻译，尤其是忠于原作主题和风格的翻译。王佐良就提出，翻译外国诗歌或中国诗歌，不仅要在音韵和节奏等形式因素上接近原作，而且应忠实原作的风格和"传达原诗的新鲜和气势"。他自己的英译十四行诗就朝着这一目标实践。穆旦的翻译，在用词、语气和节奏上都更合乎现代诗人的说话方式，都回应了本雅明在谈翻译时所提出的那个重要命题："抓住作品永恒的生命之火和语言的不断更新。"穆旦和王佐良的翻译更注重赋予那些诗魂们在汉语中重新开口说话的姿态、语调和活生生的力量。

英国十四行诗最典型风格就是莎士比亚诗的"甜美"，但英国十四行诗也在发展，有着新的创造，及时地加以翻译传播对于中国诗人跟踪世界诗潮是极为重要的。我们在这里以奥登《战时》组诗翻译为例。奥登是继艾略特之后最重要的英语诗人，对于现实生活的关注极大地丰富和发展了现代主义诗歌。他曾在西班牙服役，1938 年春天以战地记者身份访问中国，于 1 月 19 日出发，6 月底回国，在中国旅行四个月之久，亲历了中国的抗日战争并写下了著名的十四行组诗《战时》。在汉口，奥登在 4 月 21 日的茶话会上为中国知识分子朗诵了一首对战争中死去的士兵基于明显同情和尊重的十四行诗：

他被使用在远离文化中心的地方，/又被他的将军和他的虱

---

① 唐湜：《在现实与梦幻之间》，《诗刊》1990 年 2 月号。

子所抛弃,/于是在一件棉袄里他闭上眼睛/而离开人世。人家不会把他提起。

当这场战役被整理成书的时候,/没有重要的知识在他的头壳里丧失。/他的玩笑是陈腐的,他沉闷如战时,/他的名字和模样都将永远消逝。

他不知善,不择善,却教育了我们,/并且像逗点一样加添上意义;/他在中国变为尘土,以便在他日/我们的女儿得以热爱这人间,/不再为狗所凌辱;也为了使有山、/有水、有房屋的地方,也能有人烟。

1938年4月22日,《大公报》(汉口版)以三分之一的篇幅报道了英国诗人奥登受到中国文艺界人士接待的消息。报道中附有奥登的一首题为《中国兵》的十四行诗手迹和译文。1939年,奥登发表《战地行》一书,其中除了日记式的报道外,还有两组十四行诗(后更名为《来自中国的十四行诗》保留在诗集中)。《战时》组诗"是三十年代奥登诗歌中最深刻、最有创新的篇章,也许是三十年代中最伟大的英语诗篇"[①]。《战时》组诗记载了诗人作为战地记者在中国抗战中的见证,同时又是诗人对人类文明发展进程的沉思。就组诗内容说,包括了对当时中日战争局势的概括,对抗战中的一些重大事件的介绍,对抗战中普通民众的描摹,也包含着他对于抗日战争以至人类战争的思考。奥登这组出色的战争诗,无疑为20世纪30年代末期深处战争环境的中国诗人,尤其是九叶诗人带来了启示,既在对现实的关注上,也在写作手法上,它为九叶诗人新的战争诗歌写作和反映现实生活提供了新的路径。九叶派的主要阵地《中国新诗》在第二集上发表了卞之琳所译奥登《战时》的其中5首诗,在译者"前言"中,卞之

---

① 赵文书:《W. H. 奥登与中国的抗日战争——纪念〈战时〉组诗发表六十周年》,《当代外国文学》1999年第4期。

琳称奥登的诗"亲切而严肃,朴实而崇高",对于当时还仅仅习惯于欣赏浪漫派的"夜莺""玫瑰"和象征派的"死叶""银泪"的一般读者,这些诗甚至被指为非诗。卞之琳还翻译了奥登的其他十四行诗,其中《小说家》被袁可嘉在《新诗戏剧化》文章中全文引用,以此说明奥登式戏剧化方向的特征,发表在《诗创造》第12期(1948年6月)。此外,穆旦翻译《艾略特和奥登诗选》。吴兴华也有奥登诗的翻译。奥登在1940年出版了《再来一次》,但人们在评论中则认为奥登退步了:他的诗忽然变得流利易解起来,而流利易解的诗作在现代是不大受欢迎的。吴兴华则说:"我个人看不出奥登有什么退步。至少在技巧方面,他有着使人惊异的发展。几首十四行诗是最好的例证,在他的手里,不管多么生硬的诗体和格律都变得活跳起来。"[①] 这是对现代英诗及奥登诗创作有广泛而深入理解基础上的真知灼见。杜运燮说到奥登的诗对于九叶诗人的吸引力:第一,奥登的时代感或"当代性"。奥登受"左"倾思潮影响,着力抒写同时代人的独特历史经验,呈现新的历史条件下新的现实及新的感受。第二,奥登的新古典主义和现代主义结合的表现技巧,使得他的诗观察敏锐,视野开阔,综合概括力很强。第三,奥登的社会批判诗所常用的辛辣而含蓄的讽刺,常能寓严肃于轻松,使诗富有多层次的幽默感,不致流于油滑和滑稽。[②] 杜运燮还说:"奥登等人的诗,特别是他的名作《西班牙,1937》和《战时》等,使我们开了新的眼界,使我看到反映重大现实的诗,也可有另一种新写法,而且他们那种写法也适合像我这样的知识分子的口味:在反映重大社会现实的同时,也抒写个人的心情,把个人抒情与描绘现实结合起来,或者也可通过抒写个人心情来表达对

[①] 吴兴华:《再来一次》,北京大学中国新诗研究所编《新诗评论》2007年第1辑(总第5辑),北京大学出版社2007年版,第40页。
[②] 参见马永波《九叶诗派与西方现代主义》,东方出版中心2010年版,第187页。

重大社会问题的看法。"① 从奥登诗获得启示，卞之琳、杭约赫、袁可嘉、杜运燮写出了一批十四行诗。这里以卞之琳和杜运燮所接受奥登诗的影响来说。

抗战爆发以后，卞之琳离开上海，经武汉到成都，1938年8月从成都到延安。这就有了仿效奥登《战时》而创作的《慰劳信集》。其中《〈论持久战〉的著者》《给委员长》《一位"集团军"总司令》《一位政治部主任》《空军战士》是十四行诗。卞之琳欣然接受奥登《战时》这类诗的影响，他说："从这些诗里，我们可以看出，尽管通过翻译，不用风花雪月也可以有诗情画意；不作豪言壮语也可以表达崇高境界；不用陈腔滥调，当然会产生清新感觉，偶尔故意用一点陈腔滥调，也可以别开生面，好比废物利用；用谨严格律也可以得心应手、随心所欲而表达思想、感情；遣词造句，干脆凝练，也可以从容不迫；出语惊人，不同凡响，固然也应合情合理，语不惊人，也可以耐人寻味；冷隽也可以抒发激情。诸如此类，破除旧习，不难领会。"② 这是卞之琳通过阅读和翻译领会了奥登诗的现代性，然后就模仿创作了《慰劳信集》。我们引十四行诗《一位"集团军"总司令》：

> 竟受了一盒火柴的夜袭，
> 你支持北方的一根大台柱！
> 全与你发挥的理论相符，
> 热炕是群众，配合了这一击。
>
> 你不会受惊的，也无大碍：
> 只烧了皮大衣、毯子、棉军服。

---

① 杜运燮：《我和英国诗》，《海城路上的求索》，中国文学出版社1998年版，第274页。
② 卞之琳：《重新介绍奥登的四首诗》，《卞之琳文集》（下卷），安徽教育出版社2002年版，第576页。

然而这是你全部的长物,
难怪你部下笑话着"救灾"。

请原谅爱护到过火的热心——
我们群众宁愿这样想,
看你檐头的冰柱有多长!

仿佛冬寒里不缺少春信,
意外里你有意外的微笑。
愿你能多多重复"有味道"。

此诗客观叙述、细节刻画和幽默情调统一,诗人情感自然流露,呈现着新诗戏剧化的特征。《慰劳信集》是时代流行合唱中的声音之一,但是,它的声音具有独特的素质。卞之琳借鉴奥登《战时》组诗的诗质和诗形来写作《慰劳信集》,融入了更多的文化意义和沉思寓意,也就超越了应时应景的政治抒情诗格局而获得了现代抒情诗的品质,这是一次成功的诗质和诗形的双重移植。尽管历来人们对于《慰劳信集》的评价存在分歧,但其新变还是得到多数诗人的充分肯定。杜运燮曾经回忆《慰劳信集》对自己及周围人的影响,他说:"在卞先生到联大之后不久,校内冬青文艺社请他做过一次题为《读诗与写诗》的演讲。那晚听众很多,记得我在致开场白时特别提到他不久前去过解放区并发表过《慰》集……我们都感受到《慰》集的影响。他的'变',在为广大人民而写方面给我们提供了方向性的启示,在如何反映现实方面,提供了另一种写法的实例。"[①]

杜运燮在20世纪40年代创作的十四行诗,有《草鞋兵》《赠

---

① 杜运燮:《捧出意义连带着感情》,《海城路上的求索》,中国文学出版社1998年版,第280—283页。

友》《悼死难的"人质"》《给我的一个同胞》《盲人》《对于灭亡的默想》等。还有的诗直接抒写为中国抗日战争做出最大牺牲的战士，经历过最大痛苦的中国农民，如《狙击兵》《游击队歌》《无名英雄》《号兵》等。这些诗的写作直接接受了奥登式戏剧化创作的影响，即诗人通过心理的了解，利用机智、聪明并运用文字的特殊才能进行客观化叙述，诗人对对象的同情、厌恶、仇恨、讽刺都只从语气及比喻中得到部分表现。如《草鞋兵》抒写肩负民族苦难和期望的农民：

你苦难的中国农民，负着已腐烂的古传统，
在历史加速度的脚步下无声死亡，挣扎：
多少种权力升起又不见；说不清"道"怎样变化；
不同的枪，一样抢去"生"，都仿佛黑夜的风

不意地扑来，但仍只好竹杖一般摸索，
任凭拉夫，绑票，示众，神批的天灾……
也只好接待冬天般接受。终于美丽的转弯到来，
被教会兴奋，相信桎梏的日子已经挨过，

仍然踏着草鞋，走向优势的武器，
像走进城市，在后山打狼般打游击，
忍耐"长期抗战"像过个特久的雨季。

但你们还不会骄傲：一只巨物苏醒，
一串锁链粉碎，诗人能歌唱黎明，
就靠灰色的你们，田里来的"草鞋兵"。

拿这首诗与卞之琳《慰劳信集》中一些正面抒写抗日战争人物的诗比

较，就能见出两者之间的相通之处。唐湜认为这诗写得"最单纯痛快，最透彻露骨"①，诗人在这儿学着奥登的嘲笑风格尖锐地揭示了历史运动的本质，即"一只巨物苏醒，一串锁链粉碎"，黎明快要来到了，广大人民要由灰色的来自土地里的草鞋兵来解放。《草鞋兵》如穆旦的名作《一个民族已经起来》，都在那特定年代抒写了中国农民的苦难，肯定了农民在中国革命战争中的历史性贡献。这诗写得似乎并不"优雅"，也不合十四行体正规，"可深刻的讥笑却也似当时木刻的刀刃样刻下了深深的历史行迹，有点儿粗糙，有时也许会叫人毛骨悚然。可辩证的矛盾的机智确是奥登式的现实主义——现代主义"②。这就是奥登最新动向的诗影响的重要表征，也是翻译对于中国十四行诗发展的重要表征。

六　翻译与世界名著的传播

世界范围的十四行诗发展已经有了近800年的历史，其间产生了数量众多的优秀作品，可以这样说，西方大诗人中没写过十四行诗的屈指可数。这样，就为世界文化宝库留下了很多世界经典名著。翻译，是传播十四行诗世界经典著作的基本途径。通过翻译名著，能使我们融入世界文化，站在世界文学立场开展文化交流和对话，也能使读者接受世界名著熏陶，满足人们对于优秀精神产品的需求。我国百年间已经翻译了大量的世界优秀十四行诗，有些世界名著已经有了多种译本，有的译本不断地再版发行，有的译本精益求精不断推出新版。同世界其他诗体的翻译相比，精美的十四行诗翻译更多，受众更

---

① 唐湜：《九叶诗人："中国新诗"的中兴》，上海教育出版社2003年版，第99页。
② 同上书，第100页。

多。我国诗人和译界基本都能抱着虔诚的态度来从事翻译,尽力保持世界十四行诗的形质特性。如波特莱尔的作品在我国翻译较多,但在20世纪40年代戴望舒还是倾尽全力翻译《恶之花》,其虔诚的态度令人感动。他在1947年出版了翻译波特莱尔的《〈恶之花〉掇英》,收诗24首,有11首是十四行诗。戴望舒无一例外地依照原诗音数与韵式加以对译,结果做到了王佐良所说的"首首是精品"。对于戴望舒来说,翻译波特莱尔的首要意义是:"这是一种试验,来看看波特莱尔的质地和精巧纯粹的形式,在转变成中文的时候,可以保存到怎样的程度。"戴望舒在"译后记"中说到了这一翻译的艰难:"为了使波特莱尔的面目显示得更逼真一点,译者曾费了极大的、也许是白费的苦心。两国文字组织的不同和思想方式的歧异,往往使同时显示质地并再现形式的企图变得极端困难。然而,当作试验便是不顾成败,只要译者曾经努力过,那就是了。"[①] 这种呕心沥血传播经典的精神令人钦佩。

著名翻译家方平的翻译重视世界经典的普及。早在20世纪20年代,闻一多就翻译了20多首白朗宁夫人的情诗并发表,但白朗宁夫人的《葡萄牙人十四行诗集》总共包括44首情诗。方平则译出了全部白朗宁夫人的情诗,并于1955年出版,从而以完整的面貌把这部世界经典呈现在中国读者面前。出版以后译者说:"因原名生涩,改称《抒情十四行诗集》。没有想到这个小册子在我当时出版的几种译本中,印数最大,最受欢迎。"译作连续再版。这是经典的魅力,也是读者的选择。虽然在民族浩劫的十年动乱中,由于越来越可怕的精神控制而早已绝版的这个诗集,也没有被读者遗忘,当年仍在读者中流传,甚至还有根据手抄本的转抄本,成了备受珍惜的"地下文

---

① 戴望舒:《〈恶之华〉掇英·译后记》,《戴望舒诗全编》,浙江文艺出版社1989年版,第213页。

学"。"当时被紧闭在精神沙漠里的男女青年们从没有机会在文学作品中接触到这样美好的精神世界,这情诗集对于他们就像一片绿洲,是惊喜的发现。"① 20 世纪五六十年代的文学青年很少有没读过这一翻译作品的。如 50 年代初,林子与胡正一起在昆明上中学相识,以后进入相思的恋爱中。白朗宁夫人十四行情诗打动了他们的心,升华了他们的感情,传递着他们的心声。林子说:"一九五八年初他寄给我一本《白朗宁夫人抒情十四行诗集》,一下子就把我迷住了。我也开始写起十四行诗来。把我心中满溢的爱,陆续寄给了他,也是信的一部分。虽然我吸取了外来的形式,但抒发的却是一个中国女性自己的感情。"② 这些诗的一部分,在 1980 年 1 月《诗刊》上刊登以后,引起了读者的热爱和共鸣,并获全国中青年诗人优秀新诗奖,人们称林子为"中国的白朗宁夫人"。以后林子整理出 1952—1959 年写的 52 首十四行诗,再加上 1978—1983 年写的 34 首,总题名为《给他》在香港出版。后又加入 4 首,在上海文艺出版社出版,连印两版,都被一抢而空。这就是世界名著翻译传播产生重要影响的范例。方平译作的成功是与他有意进行普及世界经典的翻译行动有关的。我们以 1997 年新版本所涉问题为例。第一,精心翻译,力求准确地传达世界经典的诗质和诗形,而且再版时多次修改。在出最新版时方平改书名为《白朗宁夫人爱情十四行诗集》,并对部分译作进行了修订。同时,紧接译作附有 44 个注解,对作品所涉的相关事迹和典故作了具体的注释说明。第二,介绍诗人及其作品。方平投入较大精力搜集资料,就是想为白朗宁夫人写出一个比较翔实可靠的传记,向爱好这十四行情诗集的读者有个交代。方平说:"为了撰写传记,我平时积累了一些读书札记,有选择地阅读了女诗人和白朗宁的两卷本情书集,以及女

---

① 方平:《〈白朗宁夫人爱情十四行诗集〉新版序言》,上海译文出版社 1997 年版,第 8—9 页。
② 林子:《谈谈〈给他〉》,《给他》,(香港)华南图书文化中心 1983 年版,第 105 页。

诗人的一些佳作。"在初版本中就附有"情书选译"一辑，在新版本中又增选了一些富有情趣的书信。方平说："女诗人的情书可以和她的情诗对照阅读，有助于我们了解那一段不平凡的爱情的曲折发展的过程，也多少可以从另一侧面看到女诗人的气质和才华。她的情书不仅文笔清丽潇洒，而且渗透着一种特有的风趣和幽默感，这在她的情诗中却是很少看到的。"第三，方平在新版本中附有自己精心写作的"情诗赏析十二首"，在介绍诗集的基本特点以后，选择了具有代表性的诗篇进行鉴赏性的解读，文字优美，分析到位。这使人联想到闻一多译作发表的同时，徐志摩不仅撰写长文介绍推荐，而且附有 10 首诗的具体解读。这是中国诗人向读者推荐世界经典的重要举措。第四，尽量做到图文并茂。新本版采用了艺术家迈尔（F. Mayer）为情诗集所作的剪影插图 45 幅，插图富有装饰风格，每诗一图，为读者增添欣赏的情趣。封面设计，清新典雅，是著名设计家曹辛之的精心之作。以上种种的精心设计和周密考虑，就使得白朗宁夫人十四行情诗这一经典的翻译出版，能够更好地走向读者，更好地传播世界十四行经典。

通过翻译推动十四诗经典作品传播，另一特点就是多种优秀译本并存。有的是单篇作品，如波特莱尔的 *Correspondances*，在十四行中国化的每个阶段都有大家译作发表，田汉译作"感应"，梁宗岱译成"契合"，戴望舒译为"应和"等，每个译本各有特色，不同版本从多角度为读者呈现了作品魅力。从十四行诗集的翻译来说，莎士比亚"十四行诗集"的翻译就有多个版本。到目前为止，已经出版了近 10 个全译版本，多数是精品译作。其中以梁宗岱、屠岸、施颖洲的三个版本尤为突出。梁宗岱的翻译以直译为主，除了少数的例外，不独一行一行地译，并且一字一字地译，所以其特色是用字典雅，文笔流畅，既忠于原文，又形神兼备。如《莎士比亚十四行诗集》的第 33 首，原诗如下：

第四章 十四行体中国化与翻译

Full many a glorious morning have l seen

Flatter the mountain-tops with sovereign eye,

Kissing with golden facemeadows green,

Gilding pale streams with heavaealy alchemy;

Anon permit the basest clouds to rife

With ugly rack on his celestial face,

And from the forlon world his visage hide,

Stealing unseen to west with this disgrace;

Even so my sun one earlymorn did shine

With all triumphant splendour on my brow;

But , out , alack! he was but one hour mine,

The rehion cloud hath mask'd him from me now,

Yet him for this my love no whit disdaineth;

Suns of the world may stain when heavn's sun staineth.

梁宗岱把以上诗作翻译成：

多少次我曾看见灿烂的朝阳

用他那至尊的眼媚悦着山顶,

金色的脸庞吻着青碧的草场,

把黯淡的溪水镀成一片黄金：

然后蓦地任那最卑贱的云彩

带着黑影驰过他神圣的霁颜,

把他从这凄凉的世界藏起来,

偷移向西方去掩埋他的污点；

同样，我的太阳曾在一个清朝

带着辉煌的光华临照我前额；

但是唉！他只一刻是我的荣耀，

下界的乌云已把他和我遮隔。

我的爱却并不因此把他鄙贱，

天上的太阳有瑕疵，何况人间！

梁宗岱在翻译中把原诗10音五个抑扬音步改成了12音五个音组，其余则都按照原有格律翻译，包括跨行方式："原诗首尾十四行，译诗也是十四行；原诗每行十个音节，译诗每行十二个字，原诗前十二行间隔押韵，最后两行单独押韵，译诗也一样。至于用词与比喻，译文与原作也几乎完全对应，尤其'Flatter'一词译作'悦'，颇为妥帖。最后一行'Suns of the world may stain when heavn's sun staineth.'译作'天上的太阳有瑕疵，何况人间！'虽然句式有变，可更合汉语习惯，言简意明，一语概括了全诗的中心。"① 这是极其不容易的。香港评论家璧华认为："这点，只有杰出的诗歌翻译家才能做到。'五四'运动以来，除梁氏外，仅有朱湘、戴望舒、卞之琳等少数几个能达到这个水准。正是因此，梁氏的寥寥几十首译作，对诗歌翻译工作者来说，具有极高的借鉴价值。"② 这是对梁译十四行诗的高度评价。

屠岸的《莎士比亚十四行诗集》是花了七八年时间译完的，每次出版都有修订，可谓是精益求精。屠岸译作的风格是着意明朗，平易清顺，虽求形式与原作接近却不拘泥于等同，译文更加接近现代口语，文体也更加自由洒脱。同样的第33首，屠岸的译作是：

多少次我看见，在明媚灿烂的早晨，

那庄严的太阳用目光抚爱着山岗，

用金色的面颊去亲吻一片绿茵，

把灰暗的溪水照耀得金碧辉煌；

---

① 钱兆明：《评莎氏商籁的两个译本》，《外国文学》1981年第7期。
② 转引自徐剑《神形兼备格自高——梁宗岱翻译述评》，《中国翻译》1988年第6期。

> 忽而他让最低贱的乌云连同
> 丑恶的云片驰上他神圣的容颜，
> 使寂寞的人世看不见他底面孔，
> 同时他偷偷地西沉，带着污点：
> 同样，我底太阳在一天清晨
> 把万丈光芒射到我额角上来；
> 可是唉！他只属于我片刻光阴，
> 世上的乌云早把他和我隔开。
>
>   我爱他的心却丝毫不因此冷淡；
>   天上的太阳会暗，地上的，当然。

屠岸的译诗节奏仍是原诗的五音步，但音数则从 12 音到 14 音都有，显得较为自由。"屠译与梁译的明显差别是后者按格律译商籁诗，保持原作的风格；前者却带自由节奏的散文代替'抑扬格'，每行十三、四字中包含的五个发音单位代替'五音步'，同样体现了原诗的风格。如'多少次我看见，在明媚灿烂的早晨'这一行内就包含了五个发音单位，每个单位先重后轻"，"至于韵脚，屠译也用心摹原诗的间隔韵，但作得却比梁译宽泛。如'晨'与'茵'，'晨'与'阴'在他也算一韵。其根据是莎士比亚本人用韵也不十分严格，他原诗中就有不少'视韵'（Sight－rime）。"① 屠译同样保持了原文的思想、风格和形式。在谈到翻译文学时，李赋宁则认为："翻译家不要拘泥于语言细节（例如词序、句子结构、句型等），但必须对原文总的特点牢记在心。也就是说对原文要窥全豹，要胸有成竹，然后把原文投入到翻译家的语言炼金炉中，加以融化、分解、重新组合、再创造，结果

---

① 钱兆明：《评莎氏商籁的两个译本》，《外国文学》1981 年第 7 期。

产生出最自然、最通顺的译文。"① 屠岸的莎译就具有在尊重原文基础上体现了意译的特点。

施颖洲的译本初成于 1973 年，2011 年由译林出版社出版英汉对照本。关于译诗，施颖洲所取的态度是："'翻译只有一个标准，就是完全忠实于原作'，译诗的字句、节奏、音韵、体裁、风格、情调、神韵，都应该力求忠实于原作。"② 如他翻译的第 33 首：

> 好多次我看见朝晨辉煌
> 以至尊的明眸抚爱山尖，
> 金色脸靥亲吻青青牧场，
> 以天工将淡淡溪流镀金；
> 蓦然他让最下贱的云翳
> 丑恶的阴霾驰上他天颜，
> 藏起脸庞，遗下凄凉人世，
> 负此污辱悄悄沉落西边；
> 我的太阳一天早晨如此
> 万丈光芒照耀我的头额；
> 但它走了，唉！只属我一时；
> 层云如今将他与我遮隔。
> 　　但我爱他并不因此稍衰；
> 　　天上太阳会黯，人间也会。

这里采用的也是对应翻译的方法。施颖洲说："莎士比亚声籁，每首十四行，每行十音，分为五抑扬音步；前十二行隔行押韵，最后两行

---

① 转引自郭成《莎士比亚第 8 首十四行诗的两种翻译之比较》，《北方文学》2011 年第 12 期。
② 施颖洲：《译诗的艺术——中译〈莎翁声籁〉自序》，《莎士比亚十四行诗集》，译林出版社 2011 年版，第 2 页。

押韵。体裁上，这种十四行诗，可说是四段构成的：前三段是四行诗三节，最后一段是两行的偶句一节。译诗既然必须完全忠实于原作，那么，对这种节奏，对这种押韵，对这种体裁，中译便须忠实于原作。"① 因此，施颖洲的对译就是保持 10 音五顿，每行等音均齐，音顿对译音步，多数诗行采用两字一顿方式。由于施颖洲的译诗行要比梁宗岱、屠岸来得短，所以句子结构更加紧凑精练，甚至趋向书面化和古典化，如上引的第 33 首译诗中就出现了"朝晨""至尊""明眸""脸靥""阴霾""天颜""云翳""层云""稍衰"等大量的古语词汇，当然也就不如屠岸、梁实秋等的翻译来得灵动活泼口语化了。但这种翻译确实也使得作品的语言风格更为典雅，也在一定程度上更好地传达出原作的高贵品质。

七　翻译十四行诗的启示录

朱自清《新诗杂话》中包括两篇与中国十四行诗翻译有关的文章，一是《诗的形式》，二是《译诗》。两文的篇幅都不大，但是观点精警。两文虽然不是完全的专题论述十四行诗翻译，但却始终拿出十四行诗翻译为例。我们把它作为我国十四行诗翻译的经验总结。这里涉及的基本观点包括以下若干方面：

一是诗可不可以译或值不值得译，这要看保存的部分是否能够增富用来翻译的那种语言。这是检验翻译可不可以或值不值得的一种尺度，从而它也就成为译诗的出发点和归宿处。因为一切翻译比较原作都不免多少要有所损失，面对这种"损失"，朱自清要求我们视角从关注原作转向关注译作，看译作对于所译语言的增富程度。因为面对

---

① 施颖洲：《译诗的艺术——中译〈莎翁声籁〉自序》，《莎士比亚十四行诗集》，译林出版社 2011 年版，第 2 页。

无可回避的"损失",如果没有新的增富,翻译的价值确实也是大成问题了。这一思想是从翻译与语言的关系着眼的,是从为我所用的立场出发的。我国现代白话较为幼稚,需要西方语言的侵略,因此强调"增富"的评价尺度极其重要,而这种增富,其实就是以翻译来改善我国的诗歌语言。我国翻译十四行诗,基本的追求正是通过翻译来增富和改善新诗的语言,徐志摩谈移植十四行诗就着重考虑它对于我国新诗语言的改善,即改变新诗语言的单调和局限,使得新诗语言更加富有弹性和韧性,更具音乐性能,因而普遍的追求就是在顾及译语表达习惯的基础上尽量保留原作的语言特色。通过这种保留,"可以帮助我国语文的改进。中国语文固然优美,但是认真使用起来,就感到语法的不够用了,做翻译工作的人都会体会到这一点的。通过翻译,我们可以学习别国语言的构成和运用,采取它们的长处,弥补我们的短处"①。

二是"译诗对于原作是翻译;但对于译成的语言,它既然可以增富意境,就算得一种创作"②。朱自清认为,清末的译诗语言不解放,所以保存原作的意境是有限的,能够增加的新的意境也是有限的。新文学运动解放了文字,有条件多创造新的意境,而要实现这种"创造",就要译诗。而"将新的意境从别的语言移植到自己的语言里而使它能够活着,这非有创造的本领不可"③。正是在此意义上,朱自清说译诗也就是创作。朱湘认为优秀的译诗应该在民族诗歌语言形式的向度上体现出创造性特质。译诗的所谓创造性品格主要体现在诗形式、语体或诗歌情感等诸多方面。我国十四行诗人大多以虔诚严肃的态度从事翻译,其译作具有创作的形式,能够得到广泛的传播。诗歌翻译属于艺术性翻译,而艺术性翻译本来就是创造性的翻译。朱湘的

---

① 郭沫若:《谈文学翻译工作》,《人民日报》1954 年 8 月 29 日。
② 朱自清:《译诗》,《朱自清全集》(二),江苏教育出版社 1988 年版,第374 页。
③ 同上书,第 373 页。

翻译则富有创造性特征,罗念生曾说"朱湘的翻译手法有时近于创作"①,冯至也接受自己有的译诗具有创作的性质的观念。译诗语言虽然在语体形式上采用的是译语,但由于它要顾及原文的语言思维风格,所以语言的翻译体相对于原民族语言来说肯定会增添一些异质的东西,而该异质成分不见融合在民族语言中,潜移默化地给民族语言带来了新的变化。这就是优秀的翻译也是创作的基本含义。

三是译诗不仅可以增富意境,还可以给我们新的语感,新的诗体,新的句式,新的隐喻。这里说的是译诗的多种功能,诗人在翻译时应该考虑整个诗的质素,尽量多地保留,尽量多地输入,拿戴望舒译《恶之花》的追求来说,就是力求形质俱佳,"看看波特莱尔的质地和精巧纯粹的形式,在转变成中文的时候,可以保存到怎样的程度"②。我国新诗的诗体、句式、意象、语感等需要不断改善,而改善的重要途径就是翻译。从总体来说,我国十四行诗创作的水平相对较高,而这完全是同我国移植十四行诗过程中不断地进行翻译有关。我国十四行诗的翻译对于我国新诗及我国十四行诗的创作影响,上文从六个方面进行了具体论述,其中就涉及了翻译与输入精神,输入语言,输入诗体,输入格律,输入题材,输入经典等多个层面的内涵,这是十四行诗翻译持续不断,始终吸引诗人热情和读者兴趣的原因,也是十四行诗翻译作品呈现丰富多彩的原因。

四是译诗"尽量保存原诗的格律,有时不免牺牲了意义的明白。但这个试验是值得的"③。诗有自身的特殊形式规范,或者说诗之为诗的特征就是它的语言形式,如果完全抛弃了这些规范形式,所译成的

---

① 罗念生:《〈朱湘译诗集〉序》,湖南人民出版社1986年,第5页。
② 戴望舒:《〈恶之华〉掇英·译后记》,《戴望舒诗全编》,浙江文艺出版社1989年版,第213页。
③ 朱自清:《译诗》,《朱自清全集》(二),江苏教育出版社1988年版,第373页。

诗就不是"诗"。闻一多发表《莪默伽亚谟之绝句》，借着评郭沫若翻译谈译诗的再创造性和译诗语言的诗化本质。闻一多认为，译者就像是一个术士一样把原本开放在异质文化土壤中的花朵移植到译语文化中，优秀的译者更是把原作者创造的花瓣在新的文化语境中拼凑成美丽动人的花朵，而"术士"使用的魔法就是译语的诗化。① 这是一个重要的观点，我国翻译十四行诗，除了早期翻译外，诗人都强调了尽量保存原诗的格律，呈现十四行体原本精神，因此在翻译时或者对应直译，或者适当变通，或者换套方式，大多能够保持原作的诗体形式，诗的译诗成为"诗"，这是值得充分肯定的。

五是"虽然（翻译）似乎只是输入外国诗体和外国诗的格律说，可是同时在创造中国新诗体，指示中国诗的新道路"②。这是一个重要思想。翻译一方面是输入，一方面是创造，两个方面最终都应该落脚在推动中国新诗发展上，借他山之玉来指示中国新诗的发展道路。我国十四行诗翻译和创作，既是输入域外新诗体，又是创造中国新诗体，其指向都是发展中国的新诗，繁荣我们的诗坛。因此我们套用朱自清的话作出结论："无韵体和十四行（或商籁）值得继续发展；别种外国诗体也将融化在中国诗里。这是摹仿，同时是创造，到了头都会变成我们自己的。"③ 从 20 世纪 20 年代闻一多进行十四行体与中国律诗比较后，提出两者都是最合艺术原理的抒情诗体，到 30 年代徐志摩正面提出借鉴十四行体创中国新诗体和新诗语，到 40 年代朱自清提出借鉴十四行体，最终会变成我们自己的，到王力在分上中下三章介绍商籁以后，强调"咱们应该吸收西洋诗律的优点，建立咱们自己的新诗律"，再

---

① 闻一多：《莪默伽亚谟之绝句》，《创造季刊》第 2 卷第 1 期（1923 年 5 月）。
② 朱自清：《诗的形式》，《朱自清全集》（二），江苏教育出版社 1988 年版，第 397 页。
③ 同上书，第 398 页。

到 50 年代郭沫若和陈明远提出"目前,是到了确立中国式颂内体的时候了",从而清晰地画出了一条我国诗人提出创建中国十四行体的线索。这是中国诗人自觉创体意识的表征,也是中国诗人进行创体实践的总结。

第五章　十四行体中国化的自由体式

十四行体中国化最为重要的标志，就是主题丰富性和形式多样性。就诗体来说，有格律的十四行诗、变格的十四行诗和自由的十四行诗，还有各种结构的组诗；就格律来说，无论是意体、英体、法体、俄体等都有正式和变式的试作。对于这些多样化多层次的探索，一般论者都持肯定的态度，因为主题的丰富性和形式的多样性，也正是十四行体英国化的重要经验。但是，其间也始终存在一种争议性意见，即对于那些自由的十四行诗持有不同意见，有人用宽容态度来包容它，也有人用怀疑态度来否定它。所谓自由的十四行诗，指的是那些在分段方式、音组安排、诗韵方式上都较为自由的中国十四行诗。这些诗在百年十四行体中国化进程中是大量存在的，对于这类诗的评价是一个需要加以认真对待的重要课题。

一　世界十四行诗的自由变体

如何认识中国十四行诗的自由变体，首先需要考察世界十四行诗体的状况。应该直截了当地明确，自由变体诗在世界十四行体发展史中是普遍存在的，王力就认为十四行体是一种古典的诗式，具有谨严的古典格律规范，但在十四行体从古代到近代再到现代流播世界的过程中，产生了大量的变体，其中也包括一些相当自由的变体诗。尤其是进入现代社会以后,世界现代主义诗潮兴起,诗体形式出现了新的发展趋势。刘延陵在《法国诗之象征主义与自由诗》中说:"近代与现代的精神是自由精神。它表现于政治,表现于道德,表现于文艺。表现于政治,就生出十八世纪以来一切政治的波涛;表现于道德,就生出现代名位、阶级、礼教、先训底败坏;表现于文艺,就生出派别底繁兴与格律底解放,而自由诗与象征主义就是一例。"① 受此现代诗潮影响,现代十四行体创作同样呈现着自由变化的态势,甚至开始融入了自由诗创作的思想,出现了一些自由变格的十四行诗作。

屠岸在《关于十四行诗的通信》中说,在欧洲也有自由的十四行诗,如美国现代重要的意象派诗人威廉·卡洛斯·威廉斯(William Carlos Whilliams)就写过一组三首题为 Sonnet 的诗。这三首诗除了在构架上类似意大利式前后两段外,无任何格律可言,而且行数也是十三行而不是十四行。这甚至可以说是三首自由诗,但作者明确标明它们为"十四行诗"。这种情形在英国也存在。如英国当代著名诗人乔治·格兰维尔·巴科(George Granville Barker)在 1940 年 1 月航海赴日本时,在太平洋中部目击一次暴风雨使两名年轻水手落海身亡的事故,事后他写了一组三首诗,名为《十四行体悼诗三首》,成为他的代表作。该诗除了构架上作八六分段外,没有韵式,没有"格",没有一定的音步数。屠岸认为这是一种十四行诗的变种。他说:"十四行诗从意大利移植到英国并在英语世界发展变化,这个过程没有结束。'比较定型的英国十四行诗体'存在着。同时,十四行诗在某些英语诗人笔下似乎继续在发生变异。变异可以有各种各样,有的变异是一种形式的发展;有的变异是一种形式的取消;有的变异可能成为一种'名存实亡'的现象。"②

---

① 刘延陵:《法国诗之象征主义与自由诗》,《诗》第 1 卷第 4 号(1922 年 7 月)。
② 屠岸:《关于十四行诗的通信》,《诗探索》1998 年第 4 期。

吴兴华对于里尔克的诗有着深刻的精神理解,他译过里尔克的诗歌,写过里尔克的论文,编过《黎尔克诗选》。他充分了解并肯定里尔克的自由变体十四行诗。在《〈黎尔克诗选〉译者弁言》中,他说里尔克的有些诗如《在寺院里》及《圣马利亚的一生》中的几篇,原作本是不规则的,他自己在翻译时也就索性翻译成了自由诗。选自《新诗》甲乙集里数量颇多的自由十四行诗,吴兴华的翻译是"希望能令读者领会到诗人对于这艰难的形式灵活的运用"①。这里强调的是"对于这艰难的形式灵活的运用",这种运用就是采用自由的变体。英国现代派诗人奥登在 1940 年出版了诗集《再来一次》(Another Time),第二年吴兴华写了诗评,认为奥登在技巧方面,有着使人惊异的发展,几首十四行诗是最好的例证,"在他的手里,不否认许多生硬的诗体和格律都变得活跳起来"。吴兴华举出实例说:"这首与其他别的许多十四行诗都不能算真正的十四行,诗人只不过借用了十四行的韵脚和音节,不过这个情形在现代是颇为普通的。"② 吴兴华充分肯定奥登对于诗体和格律的突破("活跳"),奥登的许多十四行诗自由变化甚至达到了"不能算真正的十四行"的地步,但这种情形在现代是颇为普通的现象。这就指明了现代诗人对于十四行体突破现象存在的客观普遍性。

冯至自述自己写作十四行诗"并不曾精雕细刻,去遵守十四行严谨的格律",这样做的原因,一方面是发自内心的表达要求,另一方面是受到里尔克《致奥尔弗斯的十四行》诗集的启迪。里尔克的诗集分两部分,共 55 首,是诗人在几天内一气呵成的。他于 1922 年 2 月 23 日把誊清的十四行诗稿寄给出版家,寄稿信中说:"我总称为十四

---

① 吴兴华:《〈黎尔克诗选〉译者弁言》,北京大学中国新诗研究所编《新诗评论》2007 年第 1 辑(总第 5 辑),北京大学出版社 2007 年版。
② 吴兴华:《再来一次》,北京大学中国新诗研究所编《新诗评论》2007 年第 1 辑(总第 5 辑),北京大学出版社 2007 年版。

行。虽然是最自由、所谓最变格的形式,而一般都理解十四行是如此静止、固定的诗体。但正是:给十四行以变化、提高、几乎任意处理,在这情形下是我的一项特殊的实验与任务。"里尔克的这部十四行集中最自由、最变格的诗名为《呼吸》,冯至把它译出,而且译得更加自由。虽然格律并不严格,但冯至却感悟道:"诗的内容和十四行的结构还是互相结合的。诗人认为,人通过呼吸与宇宙交流,息息相通,人在宇宙空间,宇宙空间也在人的身内。呼吸是人生节奏的摇篮。"这种感悟对于冯至理解十四行体特征意义重大。冯至说:"读到这样的诗句,使人感到亲切,感到生动,不是有固定格律的十四行体所能约束得住的。"① 正是基于对里尔克自由的十四行诗的这种真切感受,在接受了里尔克变体十四行诗创作的实验启示后,冯至说自己"才放胆写我的十四行,虽然我没有写出像'呼吸'一诗那样'最自由、所谓最变格的形式';我只是尽量不让十四行传统的格律约束我的思想,而让我的思想能在十四行的结构里运转自如"②。

  以上数例,说明域外现代十四行诗创作也有自由变体诗。这种情形的出现,首先基于十四行体本土化的选择。不同语言国度对于十四行体的移植,都有一个本土化的过程,而在这过程中必然出现变体。由意大利式到英国式,其变化体现在音步性质、音节数量、建行方式、段式结构和诗韵方式等方面,其变异真是巨大,而正是这种变异才完成了十四行体英国化的过程。英式十四行诗不仅有正式,而且有大量的变式,这些变式相对于英体正式或意体正式来说也是变化巨大,因此也就有了"大变"的概念。十四行体英国化是在邓恩和弥尔顿手上完成的,而其完成就在于自由变体的创作。从形式上说,弥尔顿的"诗句连绵不断,一贯而下,没有四行一顿,八行一节,自然分

---

① 冯至:《我和十四行诗的因缘》,《世界文学》1989 年第 1 期。
② 同上。

做前八行和后六行两部分的做法。句子跨行,全篇从头至尾一气呵成,无法分割,情感流注其间,没有起因、承接和结尾的痕迹"。从语言上说,邓恩的诗是"新奇的比喻,突兀的格律和强烈的口语节奏"。"邓恩用简洁有力的语言,强烈夸张的意象,打破了彼特拉克传统惯用的甜美诗句,使得抒情诗回归到更加贴近自然。"从题材上说,弥尔顿"用十四行诗歌功颂德,针砭世事,讽刺规谏,哀怨兴叹,叙事抒情,在他手里十四行诗题材广泛了,作用扩大了,风格也畅晓了,或激越豪迈,感人泪下,或缠绵悱恻,情真意切,没有半点前人十四行诗的矫饰"。①

其次基于现代诗律观的变迁。黑格尔在《美学》中曾经探讨了现代诗律的变化,概括起来大致有三个方面:一是更加突出诗的思想意义。黑格尔告诫我们,在考虑现代诗的节奏时,应该记住:"比字和音节在诗律的地位更重要的是字和音节从诗的观念(思想内容)方面所获得的价值。正是这种文字和音节本身所固有的意义才使诗律中那些因素的效果显出不同程度的突出,如果没有意义或是音义不大,音律因素的效果也就要减弱。"② 这样,黑格尔就把仅仅考虑语言节奏拉回到既要考虑语言节奏也要考虑思想意义节奏的路上。二是重视诗的音质音律。黑格尔认为近代浪漫诗一般都着重感情的"心声","专心致志地沉浸在字母,音节和字的独立音质的微妙作用里;它发展到对声音的陶醉,学会把声音各种因素区分开来,加以各种形式的配合和交织,构成巧妙的音乐结构,以便适应内心的情感"③。其实,黑格尔所说的重视内在的"心声"表达呈现在所有的现代诗中都是存在的。三是注意节奏音律与音质音律的结合。黑格尔认为现代诗着重精神(包括思想、情感等意义)的传达,甚至发展到精神意义统治节奏的

---

① 陈尚真、赵德全:《十四行诗的英国化进程》,《燕山大学学报》2001 年第 4 期。
② [德] 黑格尔:《美学》第三卷下册,朱光潜译,商务印书馆 1991 年版,第 78 页。
③ 同上书,第 83 页。

地步，所以往往会突破传统诗律束缚，精神方面的自由限制了节奏的时间段落的独立形态。在此情形下，就需要节奏外的其他音律来弥补这个缺陷。以上现代音律的变化趋势，要求现代诗创作建立新的节奏规则、凸显诗的音质音律和发现意义节奏功能。而这种要求对于现代十四行诗的自由变体创作起着重要的导引作用。

二 中国十四行诗的自由变体

我国从十四行体初期输入时期始，就有自由的十四行诗创作，这是同那时的诗体解放论影响有关的，是诗体解放论背景下的十四行诗创作。而这种创作，确实又同接受了世界现代诗运动的诗学观念有关。早期写作自由的十四行诗的，主要是 20 世纪 20 年代中期我国的初期象征诗人，如李金发、穆木天、王独清、冯乃超等。法国汉学家洛瓦夫人认为李金发和王独清是中国象征派最早使用十四行诗体的诗人。金丝燕在《文学接受与文化过滤》中分析了李金发《Sonnet》诗后认为"无论音数、韵式，均不符合商籁规则"，是"套在十四行诗里的自由诗"。① 但学者又认为："我们可以从中看出弥尔顿和莎士比亚素体十四行诗和法国现代主义诗歌对他的影响。"② 进入创格规范期后，中国诗人创作自由的十四行诗较少，这同诗人的自觉创格意识有关。到了探索变体期以后，诗人写作自由的十四行诗就多起来了，尤其是在一些革命诗人的笔下出现了更多的自由变体诗。到了多元发展期，诗人们自觉地探索中国十四行诗的多种体式，包括写作了大量自由的十四行诗。这些诗有的明确标明"十四行"，有的并不标明

---

① 金丝燕：《文学接受与文化过滤》，中国人民大学出版社 1994 年版，第 271 页。
② 朱徽：《中英十四行诗》，《诗探索》1998 年第 4 期。

"十四行"。由于这些诗类似自由体诗,这就出现了一个如何界定的争议问题。有人认为如果作者自称是"十四行诗",我们就认它为十四行诗,作者自称为自由诗,我们就认它为自由诗。屠岸认为这样不妥,因为分类学不能在这里屈从于主观随意性。相对而言,具有西方诗学素养的诗人尤其是一些翻译家创作的十四行诗,一般讲究格律规范,而一些年轻的诗人尤其是一些现代派诗人的十四行诗,一般不讲究格律规范。但是也有交叉的现象,如张枣是一位中西诗学兼长的学者型诗人,但他的十四行诗格律就显得自由。这就是中国自由的十四行诗创作的种种复杂情形,它给我们的界定和评价都带来了诸多的困难。

研究这种复杂现象,首先需要注意到一个重要现象,那就是一些诗人是熟悉十四行诗传统规则的,但是也大胆地写作自由的十四行诗,而且自称这是"自己的十四行诗",这是"自由的十四行诗",这是"个人的十四行诗"。明确表明这是诗人的一种自觉追求,或者干脆说是有意为之的。而这种追求又存在种种复杂情形。我们还是先从现象说起。

初期象征诗人李金发、穆木天、王独清等是我国早期十四行诗作者。就李金发来说,他在诗集《微雨》中就附录了几首翻译法文诗,包括波特莱尔的十四行诗,而且他又在自己的十四行诗上冠以"Sonnet"题,直接标明诗体。可见,他是对于西方十四行诗的特质包括格律规范有着充分了解的。但是他的创作却是典型的自由的十四行诗。台湾学者曾琮琇在分析以后说,李金发是自觉地把中西"将两家所有,试为沟通。或即调和之意"。"李金发的十四行体在格律诗体的传统底下,尤其能表现其'恶声',除不按格律外,异国语言、欧化语言、文言与类文言的交混并置,标点符号、倒装、跨行与跨段的变形异位,造成其语言的断裂。""然而,这些或阻碍或扭曲的意象、文法、生命能量,正是通过语言形式表现出来,这种形式就是十四行诗。由此观之，李金发的十四行诗显然不应排除在传统之外，因为不可否认，其已形成汉语十四行诗的模式之一了。"李金发"以其多首十四行诗而言，开拓了汉语十四行诗的视野，对现代汉诗的发展亦深具影响。"①

九叶诗人的十四行诗都是变体，有相当多作品则是自由的变体诗。杭约赫的十四行诗具有鲜明的政治倾向，有着一定的语言格律，但诗人自己把这些作品称为"不完整的十四行"，即没有严格地按照它的格律规范来写。王佐良把自己的十四行诗称为"异体"即变体，有《异体十四行诗八首》。其变异在于：第五、第八首段式为四四三三式，其余各首为四四六式；诗行长短不一；每行的顿数不一；自由地运用跨行跨段；整首诗并不押韵。这种诗体确实越出了传统十四行体规范。其他九叶诗人的十四行诗大致也是这种"异体"。因为九叶诗人大多学习外国文学，多位诗人在西南联合大学师从冯至、卞之琳、燕卜荪等，他们极其熟悉和理解西方十四行体，但在创作中却又是不约而同地采用格律疏松的异体，这应该视为他们的一种自觉追求。我们早就指明九叶诗人追求新诗综合传统，在诗中体现种种矛盾和混乱张力的有效综合，由诗质现代综合性所决定，他们的诗体语言和形式都呈现繁复的特征，从而使他们的新诗创作不用格律体而用自由体，在借用十四行体创作时，也采用较为自由自然的形式。九叶诗人在20世纪40年代所进行的十四行变体诗的探索，荷兰汉学家汉乐逸对此作了高度评价，认为其是十四行体中国化进程中的重要成果。

20世纪50年代我国十四行处于蛰伏状态，创作诗人寥若晨星。孙静轩的十四行诗创作，写得极为自由。他本是无意写十四行诗的，因为他认为"真正的十四行诗是有极严格的特定的定义的"。面

---

① 曾琮琇：《汉语十四行诗的现代转化——以李金发、朱湘、卞之琳为讨论对象》，《汉语言文学研究》2015年第4期。

对那时十四行诗的冷落局面,他希望搞一点有"中国特色"的十四行诗。①他的诗没有遵循传统格律,但着实有着十四行诗体精神。这时的雁翼试作十四行诗。他自己说:"我不是形式主义者,但我知道我离不开形式,我的存在就是一种形式,而且,总是不断的为自己无形的思维活动感情活动寻找和制造着一定的形式。因此,便有了我尝试着写的这些十四行诗。"②但是他的十四行诗无论是前期还是后期创作,都属于自由的变体。对此,雁翼是自觉的追求:"十四行这种形式是从西方借来的,是西方的诗人们为自己无形的心灵活动制造的一种形式,但我只是借来了它的行数。它的型体结构方法、行与行节与节之间的关系,以及它的语言组织等等我没有完全的借来,因为我是一个中国诗人,我的文化背景我的语言系统我的血质我的使命感都不允许我全盘照搬。"基于此,他说自己这时期的十四行诗:"只是一个混血儿,一个脱离母体而存在的新生命,一种叫做雁翼的十四行诗的十四行诗。"③

台港诗人的十四行诗大多写得随意自由,这其实也是一种有意为之的变体创作。台湾作家张错有《错误十四行》组诗(7首),其中之一就说:

　　苦就苦在开始了第一行,/就知道只剩下十三行,/从第一到第十四,/中间是不三不四,/乱七八糟的倒叙。

　　像一幅设计好的山水,/从主峰到飞瀑,/白云什么时候飘来,/秋天什么时候落叶;/我们的恋歌

　　已写到最后第四行,/是否还要押一个险韵,/或者按平仄的

---

① 参见钱光培编《中国十四行诗选(1920—1987)》"附文",中国文联出版公司1990年版,第255页。

② 雁翼:《诗形体小议》,《女性的十四行诗》,花城出版社1991年版,第109—110页。

③ 同上。

规矩行事，唉，/反正是错误的十四行。

"错误的十四行"是"自由的十四行"的代名词。这首诗透露出部分台港诗人的汉语十四行特点：一是诗人们其实对于十四行体格式是极其了解的，如行数、段式、韵式等，他们之所以写得较为自由，完全是有意为之；二是诗人注意的是诗情诗意的安排，让诗"像一幅设计好的山水，/从主峰到飞瀑，/白云什么时候飘来，/秋天什么时候落叶"，通过精心构思建构全诗的有序整体，合乎诗体规律；三是诗只是借用了十四行体的形式，并不去拜倒在它的脚下受其束缚，当诗情诗意（"恋歌"）表达不宜用律时，就顺其自然；四是诗人把十四行诗理解成诗人手中的奴仆，不求正式，要写变式（即"错误的十四行"）。即使这是一些所谓"错误的十四行"，但是诗人却极其钟情于它，《错误十四行》组诗之五开头两节是："即使这样爱了一生还是错误，/我们永不反悔/来世同样的错误——//反正前生是错定了。最后的一次、也是最初的一次。"这里透露出诗人对于这种自由十四行诗的钟爱和忠诚。

　　进入新时期以后，更多的诗人写作自由的变体十四行。著名诗人白桦是较早使用自由形式来写作的诗人，对此呼应的诗人有李彬勇、叶延滨等。这批自由的变体被称为"自己的十四行"，其共同特点：（1）借用每首十四行数，有时也借用分段法；（2）借用十四行容情和固情的特点，大多写得单纯，诗意绵延而下；（3）诗行的长短和音组数或音数均不限，自由为之；（4）诗韵随意，有时甚至写无韵的十四行诗。他们不是为了创作方便自由，而是有意建立自己的十四行诗。采用自由十四行体写作而获重要成果的诗人颇多。如颜烈的诗集《蝴蝶梦——人生十四行诗》，收录了99首十四行诗，诗人自述"有意给自己留下'美中不足'以自省自策"。从形式来说，诗人吸收了欧洲十四行体某些形式，但不是全部照搬硬套。具体表现在：结构多以三个四行和一个两行组成,也有例外的"四四三三""五五四""六六二"等,并且是以标点隔开而不空行分节。在音节处理上,则根据汉语特征和特定语言环境灵活变通,不是按照欧式每行五个轻重格音步,而表现为诗行长短自由建行;在表现内容上,从莎士比亚单纯的爱情表现扩展、延伸到人生,并学习英体注重结末两行,力求写出警句式哲理味。① 韩少武写作十四行诗,主要是想用这种诗体来节制一下诗的长度,抒情上加一点密度,思想性上追求一下深度,他也清楚:"这种舶来的商籁体其行数、节奏、段法、韵法的要求极为严格",但是他没有按照规则写作,而是写作了自由的十四行诗,并把自己的诗集题名为《自由十四行》,但他的诗都能符合十四行体的构思和讲究节奏整齐的要求。

  以上列举了一些自觉写作自由的十四行诗的情形。这些诗人其实非常清楚十四行体格律规范,也有艺术手腕按照格律规范写作,但是他们都有意为之地写作自由的变格体,甚至想以此来建立个人的或自己的或中国式的十四行诗。因此,我们无法简单地用传统观念去评价这些诗人的探索,也不能简单地否认他们的十四行诗。我们认为,这些诗虽然没有遵循传统的诗体格律规范,但却都有着十四行体的原本精神,是一类可以探索的自由十四行诗。人们常常容易这样认为:"一首十四个诗行的无格律诗,不论作者是否接受十四行诗的影响(如构架),严格地说,只能算作自由诗,不能算作十四行诗。或者进一步说,也只能算作十四行诗的变种。"② 这是屠岸的"曾经认为",后来他对此想法有所修正。但这种看法较为普遍存在,我们不同意把这类诗称为自由诗,而主张把它们称为"十四行诗的变种"。其实,雁翼、曾凡华、李彬勇、肖学周等都写自由的十四行诗,而其自述也

---

① 颜烈:《〈蝴蝶梦——人生十四行诗〉后记》,成都出版社 1994 年版,第 107 页。
② 屠岸:《关于十四行诗的通信》,《诗探索》1998 年第 4 期。

是从形式感出发写作的，而且明确自己写作的是十四行诗，即保留了十四行体的基本审美精神品质。

这里就需要重新思考十四行体的原本精神问题。传统格律规范固然是十四行体的重要标志，但仅限于此其实是不够完整的。我们列举一些关于十四行体原本精神的解说。

梁实秋在《谈十四行诗》中引帕蒂孙编弥尔顿《十四行诗集》"序"中关于十四行诗的定义。认为"十四行诗，如其他艺术品一般，必有其单纯性。必须是一个（仅仅一个）概念或情绪的表现"。这一概念或心绪于前四行中即须交代，在第二个四行中必须让读者明白，接着的三行须转回到原有概念或情绪而更进一步，结尾须总括全诗。这种定义概括了十四行体的单纯性和流畅性，梁实秋认为"这几点说明非常透彻，可谓道尽了十四行诗的奥妙"。

梁实秋在此基础上强调十四行体"是一完整的单体"，起承转合极有章法，"因结构严整，故特宜于抒情，使深浓之情感注入一完整之范畴而成为一艺术品，内容与形式俱臻佳境"。这里突出了诗的完整性和圆满性。梁实秋在《文学的纪律》（1928年）中提出了一个全新的观念：

> 形式的意义，不在于一首诗要写作多少行，每行若干字，平仄韵律等等，这全是末节，可以遵守也可以不遵守，其真正之意义乃在于使文学的思想，挟着强烈的情感丰富的想象，使其注入一个严谨的模型，使其成为一有机的整体。亚里士多德论悲剧，说悲剧必须有起有讫有中部，实在是说一切的文学都要有完整的形式。近代的文学常常以断片为时髦（Vogue of the fragmentary），正和这形式的原则相反。①

---

① 梁实秋：《文学的纪律》，《新月》创刊号（1928年3月）。

这里提出的问题是：重视具体的诗行、音节和平仄等固然重要，但更重要的是使思想、情感、想象等注入一个严谨模型，成为有机整体。而这种有机整体的模型也就是诗体，包括有起、有讫、有中部的完整形式。梁实秋说："我所谓的'形式'，是指'意'的形式，不是指'词'的形式。所以我们正可在词的形式方面要求尽量的自由，而在意的方面却须严守纪律，使成为一有限制的整体。"① 这种观念为当时许多诗人接受。邵洵美谈新诗形式，"并不只指整齐"，而是指与本身品性谐和的整体秩序，他提倡十四行体则是因为它"是外国诗里最完整最精炼的体裁，正像中国的'绝诗'一样，'麻雀虽小，五脏俱全'，它自身便是个完全的生命，整个的世界。去记录一个最纯粹的情感的意境，这是最适宜的。它比中国的绝诗更多变化，用它来练习新诗的技巧，可以得到极好的成绩"②。朱光潜也说："诗要尽量地利用音乐性来补文字意义上的不足，七律、商籁体之类的模型，是发挥文字音乐性的一种工具。"③ 这里说的音乐性"模型"也就是诗体。

李广田论十四行体，有个影响很大的论述。这就是："十四行体，这一外来的形式，由于它的层层上升而又下降，渐渐集中而又渐渐解开，以及它的错综而又整齐，它的韵法之穿来插去。"④ 因此它是一种极具审美价值的诗体。李广田使用非常艺术的语言充分揭示了十四行体在构思、韵式、行式等方面的审美特征，综合了前人众多真知灼见，这对于引导诗人准确把握十四行体创作具有重要意义。翻译出版《白朗宁夫人爱情十四行诗集》的方平也说："一首好的十四行诗一般往往要求能表现出一个思想感情的转变过程，或者发展过程；这和我国旧体诗的

---

① 梁实秋：《文学的纪律》，《新月》创刊号（1928年3月）。
② 邵洵美：《诗二十五首·自序》，上海时代图书公司1936年版，第9页。
③ 朱光潜：《给一位写新诗的青年朋友》，转引自高恒文《京派文人：学院派的风采》，上海教育出版社2000年版，第74页。
④ 李广田：《沉思的诗——论冯至的〈十四行集〉》，《李广田全集》（四），云南人民出版社2010年版，第270页。

七绝、五绝有些相类似。绝句讲究构思布局,要求在四行诗句中写出起承转合,这样,诗歌就有一个深度,就有回味,耐人咀嚼。十四行诗体同样讲究构思布局,要写出层次、写出深度、具有饱满的立体感;开头第一行诗句和最后的结句不应该处于同一个思想感情的平面上。从起句到结句,已经历了一个起承转合的过程。"① 这里概括了十四行体的构思圆满和抒情秩序的审美特征,常常为人引用阐述。

罗念生在《十四行体(诗学之一)》中,这样介绍十四行意体的内容特征:

> 通常的十四行都在表明一种,只是一种思想或情感,这种题材是要很尊严的,精细的,和沉思的。意大利体的前四行先起一个引子,多半是说明一种灵感,(lyrical stimulus)第二个四行发挥那个意思,引到顶点;后六行的前三行把意思一转,(turn)这一转要承接着上面,使原意流入后半截,并预备结论,在第二个三行里才总结全诗,点明作者的主要意思,这是全诗的重要部分,要写得很动人。这就像一个 plot 的起落。全诗的连络和诗行的限制已经是很难的事;还要求十分完全,那是说要表明那种思想或情感的全部演化。用意不能太晦涩,要求单纯与明白;用字不能太粗俗,不可一味形容堆砌。全诗的音调要合一,韵的隔离,使诗形更加细致。十四行诗的题材以爱情为主,后来渐渐推广到各种题材,甚至解说与论政都借用这种形式。②

这种对十四行体的内容说明极其精到,包括容情单纯性、进展有序性、构思完整性和题材规定性等,准确地揭示了诗体独具的美学意蕴。

以上的种种介绍具有相当的典型性和权威性,它明白地告诉我

---

① 方平:《情诗赏析》,《白朗宁夫人爱情十四行诗集》,上海译文出版社1997年版,第116页。
② 罗念生:《十四行体(诗学之一)》,《文艺杂志》第1卷第2期(1931年7月)。

们：十四行体的独特审美品格（原本精神）绝不仅限于传统语言格律规范，而是有着更多的审美内涵。正因为如此，宗白华要这样说：十四行体"这节奏，这旋律，这和谐等等，它们是离不开生命的表现，它们不是死的机械的空洞的形式，而是具有内容，有表现，有丰富意义的具体形象"①。明白了这点，我们对于那些诗人有意为之写作自由的变体十四行诗就能够理解了。他们虽然没有遵循传统的格律规范，但还是愿意冠名十四行诗写作，愿意接受十四行体限制，是因为他们在诗中自觉地追求十四行诗的原本精神，或是努力地实践着十四行体的审美品格。

三 自由变体十四行诗的探索

在以上论述的基础上，我们想对自由的十四行诗重新进行定义（界定）。这个定义（界定）应该包括两层相互关联着的特征性内涵；

一是自由的十四行诗突破了传统的诗律规范。人们普遍认为王力在《现代诗律学》中关于商籁特质的表述权威性地概括了诗体的诗律规范。这就是：

商籁之所以成为谨严的格律，因为它具有下列的集中特质：

（一）每一首商籁必有十四行，无论分为四四三三，或八六或四四六，或四四四二，或不分段，十四行的总数决不至于有变化。

（二）商籁每行的音数或音步是整齐的。譬如第一行是十二音，以后各行都是十二音。十音九音八音以下，都由此类推。音

---

① 宗白华：《艺境》，北京大学出版社1987年版，第222页。

数不整齐的只是极少数的例外。

（三）商籁的韵脚也是整齐的，特别是正式的商籁。譬如前八行的第一段是抱韵，第二段决不会是交韵或随韵；如果第一段是 abab，第二段也决不会是 abba，或 cddc，或 acca，或 aabb，等等。①

这里的概括涉及十四行体传统语言体式的三个方面，即段式、行式和韵式。这确实是意大利体和英国体的十四行诗体的格律规范，当然这仅是基本的（正式的）规范，在创作中还存在着大量的变体（大变与小变），而意体和英体十四行诗创作也是丰富多样的。我国诗人创作的所有汉语十四行诗，在语言形式方面也是立足于此基础，是在这种基础上进行中国化的改造，从而形成了格律的十四行诗、变体的十四行诗和自由的十四行诗。这三种中国式的十四行诗对于以上传统的诗体音律规范的改造是完全不同的，它们正是基于对诗体传统诗律的不同改造从而确立自身类别的。格律的十四行诗，即诗人在写中国十四行诗时，对西方十四行体式进行对应模仿，讲究段式规则、诗行整齐、音步整齐和韵式采用等，格律严格，可以屠岸、吴钧陶的创作为代表；变格的十四行诗，即对西方十四行诗式略加改造，大体按照十四行的段式、建行、音步和韵式写作，多用变体，甚至在一些地方出格，可以冯至和唐湜的十四行诗为代表；自由的十四行诗，即仍受西方十四行诗形式的影响，但各首在分段方式、各行的音组安排、诗韵方式的采用等方面比较自由，可以白桦、雁翼的十四行诗为代表。以上三类诗的划分依据就是遵循诗体格律的不同，或曰改造传统格律的不同。因此，这已经明确了，"自由的十四行诗"其重要特征正是不讲究传统的格律形式，因此我们没有必要再用传统格律规范去要求

---

① 王力：《现代诗律学》，中国人民大学出版社 2004 年版，第 142 页。

它,也不能以是否遵循传统规范去评价它。

需要补充的是,我们以上界定始终使用的是"传统的诗律规范"概念,因为按照黑格尔的理论,现代音律呈现着新的发展趋势。自由的十四行诗按照传统眼光看是没有或不守格律的,但按照现代观念看则还有音律。具体来说就是:相对地弱化节奏整齐的音律效果,更多地强化音质音律的音律效果,更多地采用思想节奏的音律效果。如历来人们对于初期象征诗人的汉语十四行诗评价不高,认为其徒有十四行体名称而不守传统格律。其实象征诗人不仅在诗中引入了西方象征诗的自由精神,而且把西方现代诗运动中的新韵律引入新诗。波特莱尔是法国诗歌最大的文体创造者,其重要贡献就是创造了折中严谨和自由的新韵律,用此韵律创作的十四行诗同样受到世界的尊崇。这种新韵律"弃而不用现成的韵律,这对读者的已经习惯的感受方式无异于釜底抽薪,并迫使他们形成新的阅读速度、语调和重读方式,其结果使得读者能更充分地体会诗歌产生的心理效果和激情。"① 这种新韵律在新诗发生期引入我国诗坛,推动了自由诗体建设。法国象征诗派是诗律现代化的探索者,他们参与了最早的世界自由诗体创造,也创造了最早的自由式十四行诗;他们有意放松诗歌创作中的节奏格律,同时又有意强化诗歌创作中的音质音律;他们相对忽视诗的节拍节奏,更加重视诗的意义节奏;这种种探索开启了世界诗歌发展的现代潮流。我国初期象征诗人接受了世界自由诗运动的思潮影响,既熟悉传统的又深谙西方象征的诗体特征,而且始终抱着严肃态度进行汉语十四行诗体探索,所以对于他们的探索轻易地加以否定绝对不是严肃的态度。纵观世界十四行诗发展,到了现代也有诗人对于十四行体传统诗律进行否定,如庞德就指责十四行诗造成了"格律创造的衰落",

---

① [英] 罗吉·福勒:《现代西方文学批评术语词典》,袁德成译,四川人民出版社1987年版,第113页。

罗特克称十四行诗为"一个供你挖鼻孔的伟大形式"①。英国诗论家弗林特在"不要嘲笑十四行诗"中说:"所有我知道的使用自由体形式的人,都写过十四行诗和三诗节的诗,我认为,这是因为一些旧情调在呼唤这些形式。更微妙的情绪需要更自由的形式。"② 其实这些论述都提出了对于传统诗律突破的课题。我国诗人的探索顺应了诗律这种现代发展趋势。当然,我们这样说只是说自由的十四行诗存在着突破传统诗律的现象,并非否定了创作十四行诗仍然可以遵循传统的音律规范,如格律的十四行诗和变格的十四行诗大多还是采用着传统的音律方式。这正好印证了赵元先生在《西方文论关键词:十四行诗》中的精彩论述,即"约翰·多恩在一首诗里把十四行比喻为一个'精致的瓮',适合'最伟大的骨灰'。('Canonization')西方大诗人中没写过十四行诗的屈指可数,它的魅力可见一斑"。"总而言之,十四行诗是一种小中见大、传统性与当代性并存的独特诗体。"③

二是自由的十四行诗保存了诗体的原本精神。这种原本精神可以从多方面概括,当然首先确实是王力先生概括的三点格律规范。但自由的十四行诗放弃了这一规范,却自觉地保留了十四行体其他原本精神,如抒情的单纯性、构思的圆满性、情绪的流畅性、形质的和谐性、形式的完整性和主题的沉思性等。一方面是放弃,另一方面是保存,这就是十四行体中国化的重要成果,它也是十四行体流播世界成为许多国家诗体的基本经验。从世界十四行体流播史看,每传入一国必然产生新的变体,丰富多样的变体出现才是十四行体本土化的最高境界。"西方十四行诗发展的历史表明:作为它最为固定的因素,只是那'十四'的行数(偶然超过或不足此数的,是罕见的例外),至

---

① 赵元:《西方文论关键词:十四行诗》,《外国文学》2010年第5期。
② [英] F. S. 弗林特:《不要嘲笑十四行诗》,李国辉《自由诗的形式与理念》,知识产权出版社2016年版,第134页。
③ 赵元:《西方文论关键词:十四行诗》,《外国文学》2010年第5期。

于诗组的结构和韵脚的安排,都是可变的。只要变得妥切就行。如果不是这样,就不可能由意体变出英体十四行来;如果不允许这样,在英体十四行中,就不会有什么'斯宾塞式'、'莎士比亚式'的区分。——十四行诗,从西方的意大利到西方的英国,都发生了这么大的变化;现在要它从西方到东方,到一个用方块字作为语言符号的国度里来,怎么会不发生更大的变化呢?"① 相比其他域外诗体来说,十四行体的优势不仅在于它本身是一种精美的诗体,而且在于它自身存在自由生长性的可能,它既有我国传统律绝体美质,又比律绝体有着更多变化。这种诗体的诗行容量较大,诗行长短、音步多寡、用韵方式都有很大的伸缩腾挪空间,而它自身又是个完全的有生命的完整世界。每首十四行,有固定的诗节形式、韵律形式和韵脚安排,又是一种异常灵活的诗歌形式。它变化无穷,为诗人提供了在一定程度内进行独创和发明的巨大可能性。这种诗体内在地体现着规范限制性与创作自由性的统一,这是该诗体能够成为一种世界性诗体的最为重要的原因。意大利人创造的十四行,到英国产生了多种变体,也就成了英国最为流行的诗体,并产生了一批经世不朽的作品,甚至给人造成一个印象,"十四行体"仿佛本来就是英国本土的。因此,十四行体移植在经过了创格规范期以后,我国诗人们寻求新突破,创造新的变体形式,这是十四行体中国化进入新的历史阶段的标志。

只有把以上两点结合起来,才能窥见自由的十四行诗的特征。其实其命名也已经体现了以上两点的结合,一方面是"自由的",这就是对于传统诗律规范的放弃,另一方面是"十四行诗",这就是对于诗体原本精神的保留。明确了这一点,我们就不会简单地否定自由的十四行诗,简单地把它赶出中国十四行诗的家庭。现在需要继续探讨的是,中国诗人是如何在自由的十四行诗中保留诗体的原本精神。这

---

① 钱光培:《现代诗人朱湘研究》,北京燕山出版社1987年版,第223—224页。

里的情形更为复杂,我们大致梳理如下。

一是保留诗体的主题风格特征。但丁用拉丁文写成的《论俗语》中,用来指称十四行诗的拉丁词是 sonitus,而在中世纪拉丁文中,sonitus 最早出现在 817 年的法律和教宗的公文中,意思是"低语""柔声"或"轻柔的噪音"。由于这种诗体的情思呈现"层层上升而又下降,渐渐集中而又渐渐解开,以及它的错综而又整齐,它的韵法之穿来插去"特征,所以诗的"题材要是很尊严的,精细的,和沉思的",一般用来写缠绵情思和沉思独白。我国相当多的诗人就采用十四行诗来写作这种题材和主题。九叶诗人的自由的变体就较好地保留了诗体的这种原本精神。如性格内敛的郑敏通过对物的观察而实现对人类历史与生存经验的透视,并借助这种方法创作十四行诗,表现出静中见动的雕像之美。如《濯足》:

深林自她的胸中捧出小径/小径引向,呵——这里古树绕着池潭,池潭映/着面影,面影流着微笑——/像不动的花给出万动的生命。

向那里望去,绿色自嫩叶里泛出/又溶入淡绿的日光,浸着双足/你化入树林的幽冷与宁静,朦胧里/呵少女你在快乐地等待那另一半的自己

他来了,一只松鼠跳过落叶,/他在吹哨,两只鸟儿在窃窃私语/终于疲倦将林中的轻雾吹散/你梦见化成松鼠,化成高树/又化成小草,又化成水潭/你的苍白的足睡在水里

在这首诗中,郑敏抒发了亲近自然的强烈情感,体现的是她对人的生命和存在的一种沉思。这沉思中包含着打破自我之樊笼,与自然化合为一的愿望。里尔克认为要想恢复人与自然在原初状态下的亲密无间关系,让文明遮蔽的存在重新敞开,就必须让物成其为物,把自身化为存在物的一分子,终止对物的功利性判断。郑敏在《濯足》中所表

达的就是这种生存哲理,"你梦见化成松鼠,化成高树/又化成小草,又化成水潭/你的苍白的足睡在水里"。郑敏"以物观物"的态度使"你"与自然化合为一,作品呈现出沉思的静穆和坚实的雕塑感。

二是保留诗体的构思圆满特征。十四行体结构工巧,讲究构思和布局,要求层次和深度,情思的流动自然圆满,呈现语言逻辑和情思逻辑的有机融合。我国诗人创作大都保留这种圆满构思。曾凡华发表了数量众多的军旅十四行诗,他在发表《北方十四行诗》时,曾写有开头的话:"只有规律能给我自由",说他自己人到中年找到了一副"镣铐",这就是十四行,"这本是洋格律;其起承转合、音步、韵脚是你看产地的语言规律而形成的,不可死搬硬套"①。明明他是强调遵循十四行规则的,但我们见到的是诗句长长短短,不讲音步等量,不讲诗行整齐,不用押韵正式。其实他着重讲究的是十四行诗的构思,是保留了诗体的圆满结构。如《出山——题伊木河哨卡一位老兵》,在表现手法上是同卞之琳的《慰劳信集》中的十四行诗一脉相承的,即诗人并未正面去描写军人的军旅生活,而是采用刻画性格突出人物的手法。在刻画人物时仅选取了一个片断,即一位哨卡戍边三年的老兵退伍走出深山老岭。这是一个富有诗意的片断,也是一个具有单纯品格的片断,思想内容同形式规范比较契合。虽然诗人写的只是一个片断,但这片断却写得构思圆满:第一个四行是起,写老兵走出天高地远的"原始部落";第二个四行写出山后的感受,眼花缭乱,手足无措,是承;第三个四行是转,写士兵的义务和职责;末两行是结论,莫要笑话戍边者。读者通过这一生活片断,就能够深刻地感受到守卫在祖国边防线上战士的军事生活,并自然对戍边者投以敬意。

三是保留诗体的容情单纯特征。十四行体要求只写一个情绪或思想的发展过程,但这过程要写得曲折、委婉、动人。爱德华·托马斯

---

① 曾凡华:《北方十四行诗》开头话,《解放军文艺》1987 年 3 期。

说:"十四行恰好长得足以发展一个单独的主题,又短得足以验证诗人言简意赅的天赋。十四行诗最了不起的地方在于,诗人克服了形式的限制(从一般意义上讲,所有的形式都是强制),将自己繁富多变的语言、声调、心境服服帖帖地安排到一套相当严格的规矩里去。"①这正是不少诗人写作十四行诗的追求。韩少武出版了《自由十四行》,收入100多首自由的十四行诗。诗人在"后记"中说:"学习十四行,完全出于好奇。翻检自己以前的诗作,感觉不是写得太长,就是诗体散文化;不是平淡无奇,就是晦涩难懂。于是,想找个'冷门',用十四行节制一下诗的长度,抒情上加一点密度,思想性上追求一下深度。"②马莉的十四行诗具有直觉玄思和内敛纯诗等特征,它使得诗人的创作超越了一般意义上的感性审美层次,进入到智性写作层次,成为一种既内敛节制又自由独白的艺术行为。基于这种独特的创作姿态和风格,诗人选择了十四行体作为诗的躯壳。作家荆歌认为:"十四行,是她为自己找到的一个最合适的长度。她的恍惚,她的冥想,她的柔软的呻吟,她孩子般的搜寻,在这样一个独特的长度里得到最适可而止的完成。这个长度,对马莉的诗思来说,是最富有弹性的。不管它是空间意义上的,还是时间的概念,它都是一双最精确舒适的鞋。"③马莉自运用十四行体起,创作进入黄金时期:才思喷涌,佳作迭出,她感到"特别自由,创作的空间和张力突然扩大了"(马莉语)。朱子庆这样说:"自由在表面上固然去除了约束,但在本质上却不是一种建构性的力量。适度的形约不仅仅有如趁手的工具,它更具有反弹的张力,'你把它张开来,你把文字全装进去,然后你收紧它,你收不紧就会空空荡荡,你收得太紧就会撑裂'(马莉语)。这是'有

---

① 转引自江弱水《商籁新声:现代汉诗的十四行体》,《中西同步与位移——现代诗人丛论》,安徽教育出版社2005年版,第149页。
② 韩少武:《〈自由十四行〉后记》,吉林人民出版社2007年版,第121页。
③ 荆歌:《金色马莉——读马莉诗集〈金色十四行〉》,《文汇读书周报》2008年5月7日。

难度的写作'——马莉就总在不断重临这一困境,但每一次的收紧和放松都会带给她更大的自由空间和快意享受。"① 这表明马莉的自由式同样承受了十四行体审美特征的约束。肖学周的《北大十四行》包括111首十四行诗。诗人在"自序"中说:"我写的十四行并不是西方意义上的十四行,我只不过看中了它的行数、结构与韵律感这几项。我相信叶赛宁说的诗歌抒情的力量应该凝聚在二十行以内,十四行恰好合适。中国的律诗只有八句,就显得有些少。不过它们具有相同的结构:都是四部分,结构上往往是起承转合(当然事实上会有许多变化)。但是我舍弃了它们严谨的格律,而是尽可能地讲究节奏和韵律。所以,我写的都是变体十四行,是综合西方十四行与中国律诗的产物。"② 这就阐述了诗人选择十四行体的基本追求,即在单纯的结构里呈现抒情的音律美和结构美。

四是保留诗体的音质音律特征。十四行体的音律具有音乐美,这种美主要是通过音质的音韵组织来获得的。唐湜在《迷人的十四行》诗中由衷地赞美说:"水泉能弹出淙淙的清冷,/是因为穿过了崖谷的窄门。/十四行能奏出铮铮的乐音,/去感动爱人们颤抖的耳唇,/是因为通过诗人的匠心,/安排了交错、回环的尾韵!"自由的十四行一般保留了诗韵,或者根据中国传统音韵方式进行改造,其追求都是诗的声韵音乐美和组织整体美。有些诗人似乎用韵较为自由,但却根据现代诗强化音质音律的趋向,在更高层次上呈现诗的音乐美。如初期象征诗人接受了法国象征派诗的审美追求,着重感情的"心声",专心致志地沉浸在字母、音节和字的独立印制的微妙作用里,并发展到对声音的陶醉,学会把声音各种因素加以配合和交织,构成巧妙的音乐结构,以便适应内心的情感律动。九叶诗人对于十四行体的音乐性

---

① 朱子庆:《读马莉的〈金色十四行〉诗歌札记》,《诗歌月刊》2007年12月下半月刊。
② 肖学周(程一身):《〈北大十四行〉自序》,中国文联出版公司2004年版,第2页。

也有独特追求。荷兰汉学家汉乐逸对此的精细分析是：他们有时使用行内韵来建立行与行之间的纵向联系，有时同时利用行末押韵与行内押韵，在同一首诗中创造出两种不同诗行长度叠加的效果。如陈敬容《寄雾城友人》韵式为 AABB CCDD EFG EFG，同时存在行内韵。第1行中，逗号前的"景"字，不仅与该行结尾的"生"字押韵，而且与第四行中相似位置逗号前的"魂"押韵，或准押韵。这些声音也与第二行结尾的"人"相联系，从而使第一诗节形成一个紧密结合的结构体。第一、四行的行内韵有助于形成一个完整的诗节，同时又与尾韵押韵结构 AABB 形成反差。第二诗节与第一诗节一样，前面两行的尾韵得到第八行行内逗号前音节"里"的回应，其行内韵在诗的末行中逗号前的"息"字上得以重复，换句话说，该诗中后六行的最后一行回应了前八行的最后一行。最后两个诗节不仅拥有相同的 EFG 尾韵结构，而且第十行中逗号前的"重"字与第十二行中的"空"字押韵，从而使两个诗节紧密联系。第十二、十三行开头的句法结构相似，即"的"字后面紧跟一个行中名词词组，把第十三行中的"中"字拖进与前一行"空"字更加紧密的联系之中。九叶诗人不仅利用十四行诗传统的诗行布局和用韵，而且通过诗中其他声音关系的微妙韵律加强了诗行建构和音乐美感。

五是保留诗体的整齐节奏特征。传统意义上认为整齐节奏是由等度诗行形成的，但王力指出非等度诗行在特殊条件下也能形成整齐节奏。具体来说就是，"非等度诗行"也可以造成整齐的局面，因为一首诗往往分为若干"诗段"，每段的行数又往往相同，这样，如果各段的长短行的排比方式是一致的，就造成了不整齐之中的整齐了。如陈明远《爱的旋律》：

把我僵直的脊椎/做成吉他的弦柱/迸发 桂花香味/明月轮中伴舞

这根细腻的弦索/搜寻 微小的幸福/这根粗旷的弦索/应和命运的严酷

还有一根弦索/我不忍心拨弄/是古木盘结藤萝/缥缈而又沉重/缠绕我的心窝/牵连你的影踪

此诗构思精巧，想象奇特，"把我僵直的脊椎做成吉他的弦柱"，从而创造了诗的美妙形象。它是诗的主体形象，全诗围绕它写了一组意象。这诗的诗行并不等度，行内音组数量不等，但仍然具有节奏的美感。主要在于：第一，诗人运用词曲的语句，诗行较短，简洁明快，音调铿锵，传达出一种轻巧、精警、凝练的格调。词与词、句与句、行与行之间的连续和跳跃结合，是经过提纯化的现代汉语，读来富有音乐美感。诗人通过行间空白指示停顿，承受了传统词曲的音节，写出了清新流畅、语调自然的中国式新诗。第二，每行三个音组，诗行均齐，但是音组整齐中有错综，运用多种对句，如第三、四行音组交叉对称，第五、六行与第七、八行间隔对称，第十三行和第十四行连续对称。在对称诗行以外，诗人多用散句，在全诗层次上形成错综和对称的结合。如李章斌总结现代诗人通过词语或意象生长来形成音律所说："如果说论文来自一个观点或者一个概念的话，那么诗歌则往往来源于一个意象，或者一个词。一首诗歌就是从这个萌芽中生长出来的，就是一个意象或者词语在一片情感的土壤中生根、生长的过程。多多、杨炼、海子诗歌中的意象、词语的重复，就是一首诗生长的'动力学装置'，比如海子的《十四行：王冠》、多多的《归来》等等。这是当代诗歌一个很明显的趋向。"[①]

[①] 李章斌：《在语言之内航行：论新诗韵律及其他》，人民文学出版社2014年版，第261页。

四 自由体式十四行诗的评价

以上我们概括了自由式十四行诗的特征，这些特征同时也对自由的十四行诗作了重要界定。其内涵就是突破了传统的音律规范，保存了诗体的原本精神。这不仅揭示了自由的十四行诗自身独有的审美内涵，而且揭示了诗人写作自由十四行诗的深层原因，还揭示了十四行体中国化过程中多种格式追求的必然结果。赵元在《西方文论关键词：十四行诗》中概括了世界十四行诗魅力长存的原因。他说："要把思想情感在不多不少的十四行内表达清楚，而且必须遵循一定的格律要求，这并非易事。毋庸置疑，十四行诗难写是其魅力经久不衰的原因之一。十四行诗受到喜爱的另一个原因恐怕是，诗人不仅可以'跟着写'，还可以'对着干'。十四行诗并非一成不变的死板格式或'普罗克汝斯忒斯之床'，诗人可以发挥其创造性和想象力，改造十四行诗的形式，使其呈现新的面貌。换言之，一首诗是不是十四行诗并不能仅从行数和韵式判断。十四行诗早已是陈旧的形式，然而不论过去还是现在，不论诗人的思想是保守还是激进，它似乎总是受到偏爱。"[①] 这里概括了十四行诗受人偏爱的两个方面，一是格律严格，形成对诗人的挑战，吸引着诗人去征服；二是可塑性强，形成对诗人的诱惑，吸引着诗人去创新。有的诗人选择前者，也有的诗人选择后者，这就有了十四行体中国化过程中的格律的十四行、变格的十四行和自由的十四行并存格局。

通过揭示特征内涵来界定自由的十四行诗，我们就获得了一个尺度或标准，借此可以明确自由的十四行诗边界。这对于正确评价自由

---

① 赵元：《西方文论关键词：十四行诗》，《外国文学》2010 年第 5 期。

的十四行诗,对于探讨十四行体中国化课题,都是极为重要的。因为只有明确了什么是自由的十四行诗,什么不是自由的十四行诗,才能真正对于自由的十四行诗做出恰当的价值评价。在此问题上,江弱水从捍卫十四行诗体纯粹性立场出发,对于十四行体中国化提出了一些重要看法,具有相当的代表性。其中有个关涉到写作自由的十四行诗的看法。他指出了十四行体中国化过程中这样一种现象:有很多作者认为应该对十四行诗的形式加以变通,这样才叫中国化。他们拿十四行诗进行试验,却似乎只以这特定的行数作为唯一的约束,结果呢,"我们在各种印刷品上看到的,大多是些被破相的、被致残的十四行"。江弱水说:"如果一首十四行体只需要符合一个条件,即写满十四行就成,岂非弱智?"① 以上论述中引号内的话,是江弱水转引北塔在《论十四行诗式的中国化》中说的话。北塔在文章中分析了我国自由的十四行诗创作情形后说,目前"许多人根本不懂诗体为何物,只闻十四行的名,不究十四行的实,不懂不知也无可厚非,但他们偏要装懂,偏也要写作'十四行',来充高雅,结果将端正的十四行弄得非驴非马,他们不仅在以写作自由诗的方式来写作十四行,而且在以非诗的方式来写作十四行,这对十四行来说,是一场浩劫。"② 这里涉及对于自由的十四行诗的评价问题,我们展开来具体谈一些商榷性的看法。

首先,我们应该承认的是,目前确实有一些诗人把十四行诗当作自由诗来写,也就是这些诗从诗体来说仅仅符合一个条件,即写满了十四行,是"只以这特定的行数为一的约束",因此它们只是十四行的诗。但是目前确实有人也把它称为十四行诗,有的甚至直接冠以"十四行诗"发表。这些诗不仅突破了十四行体传统格律规范,而且

---

① 江弱水:《商籁新声:现代汉诗的十四行体》,《中西同步与位移——现代诗人丛论》,安徽教育出版社 2005 年版,第 168、169 页。
② 北塔:《论十四行诗式的中国化》,《中国现代文学研究丛刊》2000 年第 3 期。

抛弃了十四行体所有的原本精神,因此这些诗绝对不是十四行诗,也不是我们所说的自由变体,而只能算作自由诗,因为它不符合我们关于自由的十四行诗的两个特征概括。这些十四行的诗其实不应进入我们关于十四行诗讨论的范畴。正如屠岸所说,我们这样说,"对它丝毫也没有贬意。一首诗的价值决不在于它是或不是十四行诗!"① 在此意义上,我们认为北塔的忠告也是有道理的,这就是:"如果有人要写十四行,我倒有个劝告:在对十四行缺乏基本的了解之前,不要在自己随便乱写的东西上冠以十四行的名号。"②

其次,我们认为江弱水引用北塔的话所指的"被破相的、被致残的"诗,需要做出具体分析,因为其中确实有些诗抛弃了十四行体传统诗律,但仍然保留着十四行体原本精神,它确实体现了在十四行体中国化过程中,"对十四行诗的形式加以变通",我们应该予以肯定。它是十四行体中国化进程中创作的十四行诗,确切地说是自由的十四行诗。既然命名已经界定了它不是格律的也不是变格的十四行诗,而是"自由的"十四行诗,那么,我们何必一定要用传统格律要求去指责或排斥它呢?其实,十四行体最为基本的规则就是十四行,但无论西方还是我国确实又都存在多于十四行或少于十四行的十四行诗,既然这种特例的诗也可算十四行诗,那么符合自由的十四行诗两个特征的算作十四行诗也就不算过分。在此意义上,我们对北塔的如下意见持有保留,即"40年代,诗人们不太严守西式十四行,但能汲取旧诗的审美定势,对十四行加以改装,也能收到良好的效果;但更多的诗人写作十四行时,根本不在乎格律,有时格律一下,也是偶然的;这对十四行来说,未免是一种伤害,不过,他们还是将十四行作为诗来写,只不过是作为一般的诗来写罢了"③。这里所指的大致就是我们所

---

① 屠岸:《关于十四行诗的通信》,《诗探索》1998年第4期。
② 北塔:《论十四行诗式的中国化》,《中国现代文学研究丛刊》2000年第3期。
③ 同上。

说的变格的十四行和自由的十四行，我们认为他们是十四行体中国化的重要成果，并不主张不加分析地一概排斥自由的甚至变格的汉语十四行诗。

最后，我们认为自由的十四行诗是十四行体中国化的必然产物，其探索应该充分肯定，但相对而言，我们更加主张诗人写作格律的或变格的十四行诗，因为十四行体毕竟是一种格律谨严的诗体，我们已经有了对应移植和变格移植的经验，所以在现有基础上更加或适当注意发挥原有诗体格律因素的审美作用，对于中国十四行诗的健康发展是有意义的。事实上，在"自由的十四行诗"这样一个总体范围内，格律运用又是存在较大差异性的，有的完全不讲音律，有的较多突破音律，有的较多保留音律，有的追求新的音律节奏。尤其是优秀的自由变体都有自己的音律追求。诗是精纯的语言艺术，音律有益于提升诗的审美品格，优秀的自由诗也有自己的音律节奏，因此写作十四行诗讲究音律应该不是一种苛求。在此意义上，我们非常同意北塔的真诚呼吁，即"近一个世纪以来，新诗一直在偏离格律的方向上发展，很多人以反格律为英雄。十四行几乎是唯一一种没有被废弃的格律诗体，也是格律诗体的典范之一。""我只想对十四行的写作者说：让你的十四行是中国的十四行，因为你在用汉语写作；让你的十四行是完美的十四行，因为诗是要求完美的。"[①]

总括来说，在对待自由的十四行体问题上，我们同意屠岸提出的"宽严相济"的原则性意见。屠岸的意见总体来说是："现在有些诗人在青睐十四行诗的同时又感到它过于束缚，就只写十四个诗行，我们可以把这种诗视为十四行诗的变体。"虽然他们不是纯粹的十四行诗，但这种变体可以存在，可以自由发展。[②] 这里所指联系上下文应该就

---

① 北塔：《论十四行诗式的中国化》，《中国现代文学研究丛刊》2000年第3期。
② 刘玮整理：《十四行诗为什么能在中国扎根——与诗人屠岸对话》，《屠岸诗歌创作研究会论文集》（2010），见"中国重要会议论文全文数据库"。

是指自由的十四行诗，而不是仅写满十四行的诗，屠岸指出了这种创作存在的必然性和合理性，认为可以使之作为一种变体存在和发展。这就是一种宽容的态度。接着，屠岸又说，对于中国十四行诗在形式方面的界定可以有宽和严两种标准。他说："1984年我和钱光培讨论此事时，我采用的是严标准，他用的是宽标准。现在我觉得还是宽严相济好一些。如果我们过于强调规范上的严谨，会使许多人望而生畏。""由我作序，许霆、鲁德俊选编的《中国十四行体诗选》在1995年出版，卞之琳先生还做了为该书起名的一字之师：为了与钱光培选本的署名区分，他提出多加一个'体'字的建议。这个选本从宽容、团结、多收好诗的角度出发，收录了许多'变体'的十四行诗，体现了标准的宽泛性。严格意义上讲，十四行诗应该具有独特的形式规范和内容上的相应要求，但如果以宽泛的标准判断，只要有十四行诗的基本样式感觉和创作意向就可以被接纳到该体式中来。"[①] 屠岸是当代创作十四行诗的大师，他发表了诸多论述是新时期十四行体理论建设的重要成果。以上关于宽严相济的原则意见是屠岸在多种场合阐发的观点，而这种观点也就是我们在本文中反复加以论证的基本结论。

---

① 刘玮整理：《十四行诗为什么能在中国扎根——与诗人屠岸对话》，《屠岸诗歌创作研究会论文集》（2010），见"中国重要会议论文全文数据库"。

第六章 十四行体的规范与反规范

每种成熟的诗体都有自身独特的审美规范。这些规范是诗人创作实践的抽象概括,是主客体意蕴构建转化的"生命的形式"和"艺术的记忆",即如克莱夫·贝尔所说的是"有意味的形式"。它具有范式的意义,具有自身的系统规律和相对稳定性。当某种诗体形式从生命母体中脱胎后,就具有了独立的审美价值。作为诗体形式规范所具有的稳定机制和自洽性质,就同丰富的生活内容发生矛盾,它同任何一种内容基本上都不能直接地、准确地重合。这就有了诗体的规范与反规范的矛盾运动。诗体的移植借用过程,一方面需要接受诗体规范即异化,另一方面需要突破诗体规范即归化,这从诗体范式来说也就是规范与反规范的矛盾运动。十四行体中国化的重要课题就是诗体的规范和反规范的问题。

一 十四行体式的审美规范

每种诗体规范都有自己的独特规范,这种规范是与其表达的意义处在诗歌统一的结构整体之中,因而各种诗体都有自身的表达界域。我国学者吕惠正认为:诗体形式是有意义的,中国的五绝诗主要表现了永不停息的生命之流本质,形成对生命的"本质主义"观照。七律诗由于其流动性大于滞动性,往往造成刹那间的感觉印象,形成诗体的"印象主义"。律诗最值得注意的是中间四句,那是由四个印象构成,但其又构成两组对句,因其有两两相对的整齐性,印象在它们的"熔铸"下被限制在某一框架中,因此就有了某种"固定"性,从而又接近绝句的"本质主义"境界。因此"律诗正是结合中国人本质主义与印象主义的最佳形式"①。这种分析揭示出诗体规范与意义表达间的隐秘关系,成为分析十四行体规范与反规范的方法论,因为十四行体规范的本质问题也就是规范与意义的关系问题。

十四行体作为西方一种广泛流播的经典抒情诗体,当然也有其规范与意义的特殊关系,也有其具有普遍价值的审美规范特性。在此问题上首先需要明确的是,十四行体是一种有着悠久历史的古典诗体。我国诗人为新诗创格,王力认为"有些诗人更进一步而模仿西洋诗里最重要的而格律又最严的一种形式——商籁(the sonnet)。这样,汉语的欧化诗似乎走向一条由今而古的道路"②。这里的"由今而古"的概括非常重要,首先我们要明确的是十四行体是一种古典诗式,其次就是需要对它进行现代转化,两者结合就是明确规范和突破规范的关系。思考十四行体规范的关键词是"古典型"。其审美规范可以取梁实秋在《谈十四行诗》中的论述。梁实秋引了帕蒂孙编弥尔顿《十四行诗集》所写的"序"中对十四行诗的定义:

(一)十四行诗,如其他艺术品一般,必有其单纯性。必须是一个(仅仅一个)概念或情绪的表现。

(二)此唯一之概念或心绪必须于前数行中露其端倪;严格的说,在前四行里即须交代明白;在第二个四行里必须使读者能完全明了。

(三)前八行之后,须有一停顿,然又不可有割裂之痕,此

---

① 吕惠正:《抒情传统与政治现实》,华中师范大学出版社2011年,第24页。
② 王力:《现代诗律学》,中国人民大学出版社2004年版,第104页。

停顿不是话已说完无从翻转之意,而须是低徊沉思准备更进一步之姿态。

(四)后六行,严格的讲后六行中之前三行,须转回到原有概念或情绪而更进一步,使逼近于结尾。

(五)结尾须总括全诗,将前数行之暗示的总和一笔绾住,恰似山中之小湖将狭小坡上的流水汇为池沼一般。

(六)结尾处须留完整圆满之意味,而又须避免格言警句之类。所以十四行诗与警句(Epigram)又绝不相同。警句是全靠结尾一句画龙点睛;以前各行仅是为了衬托临尾一句而用,恰似论理学中之三段论的前提,无非是为了造成结论而假设的罢了。在十四行诗中,虽不能说全篇自首至尾的都是聚精会神的,其语势是差不多平均分布的,只是在中腰处略现紧张。十四行诗不可逐渐进展以至于焦点,亦不可截然而止,须逐渐消逝,了无痕迹。

这是对意体十四行体的精细介绍。梁实秋接着说:"这几点说明非常透彻,可谓道尽了十四行诗的奥妙。十四行体输入英国以后,便生了变化,变化的趋势是由严整而趋于自由,韵脚的布置既有更动,内容的结构亦大有出入。例如莎士比亚体,便是改变过后的一种十四行体,有时且变成十五行,有时临尾处缀以警句,凡此种种,均不合于古法,而另有其新鲜之滋味。然起承转合之规模,大致不差。"① 我们依据这段论述,归纳十四行体的审美规范与意义融合的特征。

一是情思的单纯性。十四行体是短小的抒情诗体,其容情具有单纯性的特征,即"必须是一个(仅仅一个)概念或情绪的表现"。十四行诗讲究单纯,容纳不下多少复杂的意义,就是稍微繁复一点的比

---

① 梁实秋:《谈十四行诗》,《偏见集》,(南京)正中书局1934年版,第269—270页。

喻也施展不开。写十四行诗，不独要保持它的固定形式，还要肆力于内容之精练。梁实秋特别关照，十四行诗忌晦涩，"十四行诗篇幅较短，宜于抒情，而不宜于说理，因为情绪在紧张的时候绝不能延长多久，一定是要刹那间即灭的。所以以十四行去写一刹那的情绪，是正好长短合度的"。"十四行恰好长得足以发展一个单独的主题，又短得足以验证诗人言简意赅的天赋。"① 在这点上类似于我国的绝句律诗。闻一多认为："抒情之作，宜短练也。比事兴物，侧托旁烘，'不着一字，尽得风流'，斯为上品。盖热烈之情感，不能持久，久则未有不变冷者。形之文词其理亦然。""抒情之诗旨在言情，非为眩耀边幅，故宁略其词以浓其情。"由单纯引出短简，再进而引出紧凑："抒情之作，宜紧凑也。既能短练，自易紧凑。王渔洋说，诗要洗刷得尽，拖泥带水，便令人厌观。"② 这既是形式的又是内容的，是内容与形式结合着的审美规范。

二是构思的完整性。单纯性在诗中要有一个完整的进展秩序，这就是诗的构思圆满。按照以上定义，单纯性的观念或情绪必须在前数行中露其端倪，即在前四行中须要交代，第二个四行内要让读者明白；前八行后有个停顿；后六行须得先转回到原来概念而逼近结尾；然后结尾须总括全诗，将前数行之暗示绾住；最后须留完整圆满之意味。这种结构也就是起承转合，也就是正反合，也就是层层上升而又下降，渐渐集中而又渐渐解开，也就是"它的结构大都是有起有落，有张有弛，有期待有回答，有前题有后果……它便于作者把主观的生活体验升华为客观的理性，而理性里蕴蓄着深厚的感情。"③ 这种抒情

---

① 江弱水：《商籁新声：现代汉诗的十四行体》，《中西同步与位移——现代诗人丛论》，安徽教育出版社2005年版，第149页。
② 闻一多：《律诗底研究》，《神话与诗》，华东师范大学出版社1997年版，第302—303页。
③ 冯至：《我和十四行诗的因缘》，《世界文学》1989年第1期。

结构的重要特征就是圆满。闻一多认为这种圆满正是古典诗体的重要特征,而"圆满底感觉是美底必要的条件。圆满则觉稳固,稳固则生永久底感觉,然后安心生而快感起矣。韩惕(Holman Hunt)与艾谋生(Emerson)之论诗皆以圆形比之"①。圆满不仅是形式结构的秩序完整,而且更是情绪和概念发展的秩序结构,在圆满的构思中情感起落、思维进展都辩证地注入整体之中。

三是音律的均齐性。十四行体是音乐性和抒情性完美结合的格律诗体。均齐,是十四行体外在形式的黄金律,从诗的节奏单元到诗行,再到诗节诗篇,处处呈现着均齐的特质。王力概括其语言形式的总体特征就是整齐,分段是整齐的,音数或音步是整齐的,韵脚也是整齐的。"十四行诗最了不起的地方在于,诗人克服了形式的限制(从一般意义上讲,所有的形式都是强制),将自己繁富多变的语言、声调、心境服服帖帖地安排到一套相当严格的规矩里去。"② 但是,十四行体又不是死板的均齐,而是整齐中变化,变化求均齐,如韵式,如段式,如行式等。如"意大利体十四行体,特别是四四三三结构的那种,前面两个四行,偶数显得整齐;后面两个三行,奇数显得变化,天然具有整齐与参差的对比,凝定与松动的统一"③。闻一多认为:"抒情之作,宜整齐也。""情感有时达于烈度至不可禁。至此情感竟成神精之苦累。均齐之艺术纳之以就矩范,以挫其暴气,磨其棱角,齐其节奏,然后始急而中度,流而不滞,快感油然而生矣。"④ 由此看来,均齐特质同诗的抒情结合竟是如此紧密。

情思的单纯性、构思的完整性和音律的均齐性,是十四行体的基

---

① 闻一多:《律诗底研究》,《神话与诗》,华东师范大学出版社1997年版,第314页。
② 江弱水:《商籁新声:现代汉诗的十四行体》,《中西同步与位移——现代诗人丛论》,安徽教育出版社2005年版,第149页。
③ 同上书,第151页。
④ 闻一多:《律诗底研究》,《神话与诗》,华东师范大学出版社1997年版,第305—306页。

本特质。这些特质是相互结合着的，从不同方面反映着规范与意义的融合。这也就是梁实秋所说："十四行诗因结构严整，故特宜于抒情，使深浓之情感注入一完整之范畴而成为一艺术品，内容与形式俱臻佳境。所以十四行诗的格律，不能说是束缚天才的镣铐，而实是艺术的一些条件。没有艺术而不含有限制的。情感是必须要合乎美感的条件的限制，方有形式之可能。"① 梁宗岱认为模仿格律严格的诗体创作对诗人来说意义重大，他说："一般人都觉得步韵束缚性灵，窒塞情思。我底经验却正相反。我以为对于内心生活丰富的人，这束缚反足增长他底自由与力量。因为原作底精美或崇高固可以一方面为我们树立一个努力的标准，另一方面由于消极的限制又可以指给我们那应该用力或运思的方向。"② 邵洵美在《诗二十五首》的"自序"中，强调了他自己的"形式的完整"的中心思想，提出"一个真正的诗人一定有他自己的'最好的秩序'"，"只有能与诗的本身的'品性'谐和的方是完美的形式"的观点。他认为"'十四行诗'是外国诗里最完整最精炼的体裁"，"它自身便是个完全的生命，整个的世界。去记录一个最纯粹的情感的意境，这是最适宜的"。③ 十四行体的审美特质积淀了诗人长期探索的成果，它在长期发展途中出现了诸多变体，但作为基本的审美特质却始终保存。正是依靠着这些审美特质，十四行体区别于其他诗体，产生了经久不衰的艺术魅力，获得了人们喜爱，吸引着各国众多诗人进行创作。

---

① 梁实秋：《谈十四行诗》，《偏见集》，（南京）正中书局1934年版，第269—270页。
② 梁宗岱：《试论直觉与表现》，《复旦学报》（文史）第1期（1944年10月），黄建华主编《宗岱的世界·诗文》，广东人民出版社2003年版，第344页。
③ 邵洵美：《〈诗二十五首〉自序》，上海时代图书公司1936年版，第9页。

二 十四行体式的规范功能

当诗体规范成型以后，它除了少数情形外，总是固执地将诗的内容改造成一种特定形状，使内容屈从于它的审美规范，成为克罗齐所说的"形式化了的内容"。有的诗人自觉地意识到这一功能，他们主动接受某种诗体规范，去加工和改造生活，完成诗美追求；有的诗人并未意识到这一功能，诗体规范潜在地制约着创作。应该明确，诗体规范是束缚，是限制，是条件，但它并非毫无意义，它将生活内容和诗人情思改造成特定形状，将最大限度地呈现其内在意义，并使其获得艺术审美的生命力。十四行体作为"固定形式"，是"应用在整首诗中的传统体式"。"乍看起来，我们会觉得奇怪：诗人为什么要把自己限制在毫无道理的十四行的体式内，受到固定的节奏与脚韵计划的限制。"劳·坡林指明了三个原因：第一是"继承传统；我们都只为某种传统本身而继承，不然的话，为什么我们要在圣诞节摆一棵小树在室内呢？"第二是"十四行诗好像能够有效地处理某种题材与情思。这一领域的实用虽不像打油诗那么窄狭与严格，它却能对爱情的题材进行严肃处理，而且也适宜于处理悼亡、宗教、政治等相关的题材。"第三是"它以高难度向诗人的技术挑战。差的诗人当然时常遭遇失败：他不得不用不必要的词语来填补诗行，或为押韵而使用不妥当的字词。可是好诗人却在挑战中感到英雄有用武之地；十四行诗能使人想到在其他情况下不易想到的概念与意象"。① 黑格尔在《美学》中也说到了诗体规范的两重意义，一是"要把思想表现得回旋荡漾，时而凝练，时而波澜壮阔，这种强制性的音律要求还能激发诗人'因文生

---

① [美]劳·坡林：《怎样欣赏英美诗歌》，殷宝书译，北京出版社1985年版，第185页。

情'，获得新的意思和新的独创，如果没有这种冲击，新的东西就不会来"。二是诗体规范在严肃的内容之外添上一个特色，通过它"内容的严肃就立即显得仿佛推远（或冲淡）了，使诗人和听众都摆脱这种严肃的束缚，置身于一种超越严肃内容之上的更高更优美的境界"。① 黑格尔肯定了诗体规范对于伸展思想、安排情思的积极功能，也肯定了诗体规范美化诗人情思的积极功能，都着眼于规范与意义的关系。我国诗人创作十四行诗受制于规范，但这种规范也能产生如黑格尔所说的新的意思和形式。如肖学周就这样写道："一九九五年一月五日，我开始写十四行诗，并于 2004 年出版了诗集《北大十四行》，其中有些诗用了意体十四行的格式。由于一首诗的中心往往位于后面，而且从四行变成三行感觉很异样，似乎不再那么周全平正了，因此写的时候格外用心，反而能产生奇崛的句子。"② 这是一个重要的创作经验。下面分述十四行体规范的积极审美功能。

一是定位功能。冯至似乎是在偶然中起手写十四行诗的。20 世纪 40 年代初一个冬日下午，冯至走在山径田埂间进城上课，望着几架银灰色的飞机在蓝得像结晶体一般的天空飞翔，想到古人的鹏鸟梦，就随着脚步的节奏，信口说出一首有韵诗，回家写出是首变体十四行。③ 唐湜在《幻美之旅 十四行诗集》"前记"中说："十多年前的一个除夕，我在孤寂的夜里合不上眼，听着远处飘来一声、两声呜咽的箫声，过去的年华忽儿一齐在眼前涌现，孕成了朦胧的意象向我飘来；我于是拧开灯，在一个小本子上涂抹起来，向自己欢乐的青春梦幻告别，呼唤歌诗的星辰来照耀我的梦床。"这是他在 20 世纪 60 年代后

---

① ［德］黑格尔：《美学》第三卷下册，朱光潜译，商务印书馆 1991 年版，第 70 页。
② 肖学周（程一身）：《答木朵问：有何新意可言?》，新浪博客 http://miniyuan.com/read.php? tid=769。
③ 冯至：《诗文自选琐记》，《新文学史料》1983 年第 2 期。

创作的第一首十四行诗《断思》。① 以上两例似乎说明诗情诗意选择着诗体,其实,却是因为诗人把握了十四行体对内容的规范法则,或者说是因为十四行体形式同诗人心理形式恰巧处于同构关系中,因而它潜在地规范着诗人对素材的取舍和诗情的控制,说到底是诗体对内容的积极选择,是诗体规范对于情思的形式定位。十四行体格律严谨,形式精美,其节奏、旋律、和谐等,都离不开生命的表现,不是死的机械的空洞的形式,而是有内容、有表现、有意义的诗式。正如艾略特所说,十四行诗并不仅是如此这般的一种格式或图形,而是一种恰是如此思想感情的方式。十四行适宜表达某种深沉的或静思性的思想感情,若用来抒写一刹那的情绪,其长短正好合度。冯至的十四行诗是沉思型的,正与十四行体的"思想感情的方式"相契合。《断思》的抒情基调是恬静沉思的,而这又同十四行体构成"合式"的关系。唐湜写《断思》前,读了大量莎士比亚、雪莱和里尔克的十四行诗,冯至在创作时则主要受到里尔克十四行诗的影响。正因为他们掌握和接受了十四行体的审美格式,而这格式又内含着一定的"思想感情的方式",因此当合式的思绪浮现脑际,就神差鬼使地孕育出了十四行诗。

形式有意义,而意义须进入形式,否则意义只能是游离于文体之外的非审美因素。因此,诗体形式选择着内容因素,也给内容以形式定型。冯至在一首十四行诗中抒唱:"在秋风里飘扬的风旗,//它把住些把不住的事体,/让远方的光、远方的黑夜/和些远方的草木的荣谢,/还有个奔向远方的心意。"(《十四行集》第 27 首)这风旗就是十四行体形式规范,它在创作中起着主动选择规范作用。因此冯至反复说自己创作十四行诗,无意把它移植到中国,纯粹是为了自己的方便。"只因这形式帮助了我。……它不曾限制了我活动的思想,只是

---

① 唐湜:《〈幻美之旅 十四行诗集〉前记》,宁夏人民出版社 1984 年版,第 1 页。

把我的思想接过来，给一个适当的安排。"① 陈明远和郭沫若曾经共同商量改写旧体诗。为了找到一种理想的律诗对应翻译形式，他们在诗的章法和结构上作了反复试验。最初设想用一行白话译一行旧诗，不成，白话很难容纳文言内容，也难以再现原诗"境界"，更谈不上创新；用两行白话译一行旧诗，即用十六行译八行，也不成，因为以二对一，形式单调，缺少变化。于是又改变形式，用十四行白话译八行律诗。采用这种形式，前八行作为一段大体译旧体的前四行，后六行作为一段大体译旧体的后四行，这就打破了新旧诗行的机械对应，使译者有了自由创造的空间，因而注入新的活力与生气。当陈明远把这些译作交给郭沫若时，郭说："明远，你改写的一些新体诗，实际上就是现在世界通行的十四行诗呀！真是太巧了！太好了！你无心之间，纯任天籁，却自然流露地形成了这样优美的十四行诗！"② 这又是不谋而合。他们在无意间使我国律体白话译文对应着西方十四行体，反过来说即十四行诗正好对应旧体给予其内容一个定位。诗人应懂得，他是依赖诗体形式为媒介来传达的，他有魅力的想象就生活在媒介能力里；他靠媒介来思索，来感受，媒介是他的审美想象的特殊身体，离开了媒介也就是形式规范一事无成。这就是诗体形式规范的积极审美功能。

二是整理功能。闻一多给陈梦家的信中，说十四行体总计全篇的四小段，"第一段起，第二承，第三转，第四合……'承'是连着'起'来的，但'转'却不能跟着'承'走，否则转不过来了。大概'起''承'容易办，'转''合'最难，一篇精神往往得靠一转一合。总之，一首理想的商籁体，应该是个三百六十度的圆形，最忌的是一

---

① 冯至：《〈十四行集〉序》，原载上海文化出版社1948年版，陈绍伟编《中国新诗集序跋选（1918—1949）》，湖南文艺出版社1986年版，第446页。
② 陈明远：《郭沫若与"颂内体"》，郭沫若、陈明远《新潮》，中国文联出版公司1992年版，第305页。

条直线"①。这样一种形式规范，使诗情诗思不能以随意编排和自然状态进入，而须以规范去整理。这种起承转合在创作中有多种方式，但基本规范即"一首好的十四行诗一般往往要求能表现出一个思想感情的转变过程，或者发展过程；这和我国旧体诗的七绝、五绝有些相类似。……十四行诗体同样讲究构思布局，要写出层次、写出深度、具有饱满的立体感"②。陈明远借助着诗体这种规范，在规律中翻新。如《里加湖之三》是"起—承—转合"式结构，《里加湖之六》是"起—承转—合"式结构。如《解体的灵与肉》，诗的四段从构思来说分成两部分，即前两段和后两段，每部分内部都是对称相承的，全诗形成了"起承—转合"式结构。《咏黎族姑娘》则采用了"正—反—合"式结构。虽然具体结构方式存在差异，但诗体构思的圆满不变。吴钧陶写作了许多动物诗，这些诗采用莎士比亚式，诗人把前十二行分成三段用来抒写动物本身，有层次，有深度，有曲折，有高潮，富有想象力，层层进展形成铺垫，末两行一段结论脱颖而出，形成警句式点睛之笔。正如唐湜在《迷人的十四行》中所歌咏的："水泉能弹出淙淙的清冷，是因为穿过了崖谷的窄门。"冯至曾对十四诗体规范赞美："从一片泛滥的无形的水里，/取水人取来椭圆的一瓶，/这点水就得到一个定形。"（《十四行集》第27首）作为诗的原始材料的情绪，正是依靠诗体规范的整理才得到圆满的"定形"。如果说诗人写诗时情思是复杂或芜杂的，那么当他进入创作后，就必须对此进行整理，此时诗体规范就可以出来帮助诗人整理，而且是按照着美的规律、美的构思来进行整理，它对于诗人创作是一种积极的功能。"一首有严格的格律规范的十四个诗行的短诗，往往能够包含深邃的思想和浓烈的感情，往往能体现出饱满的诗美，这不能不说也与形式对内容所起的

---

① 闻一多：《谈商籁体》，《新月》第3卷第5、6期合刊（1930年5、6月）。
② 方平：《情诗掌析》，《白朗宁夫人爱情十四行诗集》，上海译文出版社1997年版，第116页。

反作用有关。"①

　　整理功能更多的时候表现在外在的语言形式方面。外在语言形式的整理，其深层则是诗情诗思的整理。这种整理的依据就是诗体审美规范，而整理的结果就使得诗人不能什么都说什么都写了，这对于诗人来说又是一种限制，但这种限制的结果就是诗的字句或音律达到了美的境地。韩少武创作《自由十四行》是有感于自己以前的创作不是写得太长，就是诗体散文化，不是平淡无奇，就是晦涩难懂，于是就想用十四行体的规范来节制一下诗的长度，抒情上加一点密度，思想上追求一下深度。十四行体规范是限制，但吴钧陶创作的体会是："格律并不是镣铐，写诗用格律并不是带着镣铐跳舞。我觉得更恰当的比喻是按着音乐的节拍和节奏跳舞。它可以使舞姿优美。"②王添源在20世纪80年代把十四行体作为他建立文字新秩序的起点，他周旋于十四行体规范之间，终于找到了一条专属于自己的道路，他的才华通过十四行格律诗才得以显示。林燿德说："其实不论诗人自觉与否，形式对于本质会产生不可避免的渗透力，蕴酿着新秩序的曙光，直到这些意识的光芒炽热得足以融化十四行的桎梏、直到诗人不得不遗忘十四行的蜜月而去寻找新的新娘。"③ 利用诗体规范来整理字句和音律，这是征服诗语的过程，梁宗岱说："诗，最高的文学，遂不能不自己铸些镣铐，做它所占有的容易的代价。这些无理的格律，这些自作孽的桎梏，就是赐给那松散的文字一种抵抗力的；对于字匠，它们替代了云石底坚固，强逼他去制胜，强逼他去解脱那过于散漫的放纵的。"④ 接受了诗体规范以后，我们便不能什么都干了，我们便不能什

---

① 屠岸：《十四行诗形式札记》，《暨南学报》1988年第1期。
② 吴钧陶：《〈剪影〉冥想录后记》，《剪影》，花城出版社1986年版，第108页。
③ 林燿德：《诗是最苦的糖衣》，王添源《如果爱情像口香糖》，（台北）书林出版有限公司1987年版，第14页。
④ 梁宗岱：《保罗梵乐希先生》，《诗与真·诗与真二集》，外国文学出版社1984年版，第24页。

么都说了，我们必须在无力里挣扎，尝试着音与义的配合，要在光天化日中创造一个使做梦的人精力俱疲的梦魇。诗的韵律节奏规范主动对诗的内容整理加工。不管什么样的内容，只要同它结合，都得改变自己形态。但正是这样，内容才被赋予了美的形体和灵魂，才具有审美价值。对于十四行体规范的这一功能，屠岸有个精彩的归纳。他说："十四行诗，必须把诗人所要表达的思想感情及其发展变化纳入这种严谨的格式中来加以表现，这就向作者提出了作品必须凝练、精致、思想浓缩和语言俭省的要求。我们说内容决定形式，这是对的。但形式也会反过来对内容起作用。一首有严格的格律规范的十四行的短诗，往往能够包含深邃的思想和浓烈的感情，往往能体现出饱满的诗美，这不能不说也与形式对内容所起的反作用有关。"① 屠岸把十四行诗创作中的规范和反规范的关系说得极其清楚。这种诗体对于诗的情感表达具有的规范作用，植根于诗体的审美特征，植根于格律严谨的形式规范。许多诗人选择十四行体创作，就是看中了这种规范作用，以此来锻炼自己的诗情诗思。

三是美化功能。约翰·邓恩曾把十四行体比喻为一个"精致的瓮"，适合"最伟大的骨灰"。十四行诗之所以是精致的、典雅的甚至是高贵的诗，就是因为它有着经受实践考验的诗体规范，"从本质上讲，这是一种'战胜难关'的样式，它考验出一个诗人的艺术水平，衡量出他的全部专业技巧。一个包含韵脚及诗歌分行格式的框架放在诗人面前，他便去填写出来。具有一定特色的思想或情感只能被压缩在这种削足适履的模子里"②。因此，十四行体规范不仅具有定位、整理的功能，还具有美化形式和内容的功能。把诗情装入精致美丽的形式框架，自然会美化形式，这较易理解。形式美化内容则是一个复杂

---

① 屠岸：《十四行诗形式札记》，《暨南学报》1988 年第 1 期。
② [瑞士] 弗朗西斯·约斯特：《在欧洲环境中的十四行诗》，《比较文学导论》，廖鸿钧等译，湖南文艺出版社 1988 年，第 218 页。

的问题。闻一多认为诗的节奏能够改变粗糙的现实：使现实和谐、美化。他在《律诗底研究》中认为律诗的形式规范能控制热烈的情绪的赤裸裸之表现。这种作用可称为诗体形式规范对生活和感情的净化功能。自然状态的生活和感情，总是粗糙芜杂的，但通过诗体形式规范改造变形，犹如经过人工筛洗，会达到去粗存精、别芜留纯的要求，诗美得以呈现。正如朱光潜所说："情感想象本来都有几分粗野性，写在诗里，他们却常有几分冷静、肃穆与整秩，这就是音律所锻炼出来的。"① 闻一多在《律诗底研究》中说，韩愈《元和圣德诗》叙述刘辟全家就戮的情景惨不忍睹，因此苏辙批评为"少蕴藉，殊失雅颂之体"。闻一多还说："假使退之用了律体来形容这段故事，我包他不致这样的结果，令人发戴齿紧，不敢再读。因为精严的艺术能将丑恶的实象普遍化了。"② 朱光潜说，《西厢记》中"软玉温香抱满怀，春至人间花弄色"，"露滴牡丹开"，"这段词其实是描写男女私事，颇近于淫秽，而读者在欣赏它的文字美妙、声音和谐时，往往忘其为淫秽"。③ 这都说明律诗体具有美化诗情的功能。因此，晚年的唐湜对自己的要求是历史样的冷静、沉挚，艺术上更要凝练、含蓄。为此，他挑选十四行严格的格律写诗。借助于形式规范对生活和情绪进行净化，他后来写的大量诗作，"在艺术上就表现为稍稍成熟的返朴归真，从繁富渐归于朴素，从流荡渐归于宁静，从豪放渐归于凝练，一句话，'豪华洗尽见真淳！'"④ 当诗人自觉地借助诗体规范的净化，就能帮助自己创造出精纯度最高的诗歌珍品。创造一种形式并不是仅仅发明一种格式或节奏，而且是这种韵律或节奏的整个合式的内容的发觉。每种

---

① 朱光潜：《诗与散文》，《诗论》，生活·读书·新知三联书店1984年版，第120页。
② 闻一多：《律诗底研究》，《神话与诗》，华东师范大学出版社1997年版，第307—308页。
③ 朱光潜：《诗与散文》，《诗论》，生活·读书·新知三联书店1984年版，第120页。
④ 唐湜：《我的诗艺探索》，《新意度集》，生活·读书·新知三联书店1990年版，第207页。

有价值的诗体规范,都是艺术的限制,在这限制中都内含着美质,没有对情感的限制(即净化),就没有美的艺术。

我们试举数例加以说明。如1921年5月,闻一多写了《爱底风波》,发表在《清华周刊》第220期(1921年5月20日出版)。对这首诗,闻一多的自我评价是:"我作《爱底风波》,在(本)想也用这个体式,但我的试验是个失败。恐怕一半因为我的力量不够,一半因为我的诗里的意思较为复杂。"① 对《爱底风波》自判失败,我们尽可视为自谦,但这诗的意思也确实太复杂了,既有一般叙说,又用角色对话,另有括号加注,不符合这种诗体抒情单纯性的审美规范。勃利司·潘莱说过:"十四行诗好的很少,都由于它包含的思想或是过少,或是过多,不能恰好扣上十四行。思想过少的,往往勉强用繁文赘字把它扯长以凑足十四行之数;思想过多的,则又往往把足够做长歌的内容,硬塞在十四行里面。"② 因此,闻一多在把《爱底风波》收入《红烛》集改题《风波》时,就抽去了诗中原有的不少意思,使之思想内容体现出单纯的特点。林子创作了富有女性美的十四行诗,在诗中自然地披露那些纯属女性内心世界的秘密。如《给他》第1辑第33首中有这样的诗句:"只要你要,我爱,我就全给,/给你——我的灵魂、我的身体。/常青藤般柔软的手臂,/百合花般纯洁的嘴唇,/都在默默地等待着你……爱/膨胀着我的心,温柔的渴望/像海潮寻找着沙滩,要把你淹没。"应该说,这些诗句是具有"挑逗"性的,但诗人使用了十四行体规范写出,就并不使人感到突兀和难以接受,也就是获得了美感。爱情是以两性吸引为纽带的男女双方的精神共鸣,具有精神相爱和生理需求、社会性和自然性的双重属性。只要男女之间不是柏拉图式的精神恋爱,两性达到炽烈时,就有相互献身的强烈愿

---

① 闻一多:《评本学年〈周刊〉里的新诗》,原载《清华周刊》第7次增刊(1921年6月),《闻一多论新诗》,武汉大学出版社1985年版,第6页。
② [美]勃利司·潘莱:《诗之研究》,傅东华、金兆梓译,商务印书馆1923年版。

望，出现以上诗句就毫不奇怪了。朱湘的某些十四行诗写的是一些日常生活甚至普通琐事，如意体第 35 首开始八行是这样："一间房，不嫌它小，只要好安居；/四时有洁净的衣服；被褥要暖；/下雨的日子，一双套鞋，一把伞；/一顿饱餐，带水果，菜不要盐须；/旧书铺里买的，由诗歌到戏剧——/文艺以外的书籍，兴到时也看；/最重要了，写诗，作文的笔一管；/它是我的生活，也是我的欢娱。"这些都是生活琐碎的话语，理论上说是无法进入诗的，但诗人采用了整齐的诗行排列，造成整齐的音律美，同时利用了后六行的转合结构，强调衣食温饱、心灵食粮无缺，是诗意源源不断的美好想象，从而在整体构思上达到诗美，琐碎的生活话语也就得到了美的升华。

三 规范与题材双向互动

人类有一种构形的本性，构形是人类的一种基本需要，是人类天生的秩序感。人和自然生命都具有的天生的秩序感是诗人重视诗体规范的心理基础。托多罗夫说："在一个社会中，某些复现的话语属性被制度化，个人作品按照规范即该制度被产生和感知。所谓体裁，无论是文学的还是非文学的，不过是话语属性的制度化而已。"① 这里的"制度化"就是秩序化，就诗体话语秩序的内涵说，从表层看是诗歌的语言秩序、语言体式，从里层看则负载着社会的文化精神和诗人的精神品质。十四行体是诗的一种特定形式规范，它是人对秩序和构形的需要的诗化呈现。十四行体审美规范是在长期创作中形成的，同时也是在持续的创作中发展的。任何诗体都具有"赋形"的要求，而诗

---

① ［法］托多罗夫：《巴赫金：对话理论及其他》，蒋子华等译，百花文艺出版社 2001 年版，第 27 页。

人一方面根据艺术自主性要求遵循着诗体规范，另一方面又根据人的自由本能要求突破形式束缚，这就构成了规范和反规范的矛盾运动。我们肯定十四行体规范的积极审美意义，但我们也认为"一种体裁的生命力，就在于它在各种独具特色的作品中能不断地花样翻新"[①]。我国诗人在移植十四行体时，高度赞扬了这种诗体形式规范的结构和美质，认为十四行体能容纳多种题材领域。冯至把十四行体形式规范称为"椭圆的瓶"，认为它能使自己诗的题材在进入这种诗体时得到净化和定型；唐湜用十四行体组诗写抒情长诗和叙事史诗，实际上就是运用十四行体形式规范去处理史诗的素材和题材，拓展中国十四行体的题材范围。这种追求就如法国诗人保罗·瓦雷里热情赞扬诗的传统价值那样，追求"让'内容'从属'形式'"。诗体尤其是成熟的诗体，总是具有自身独特的语言秩序结构系统，同时又是在某种审美观念和审美心理作用下，经过诗人长期探索而形成的相对封闭的规范体系。它一方面使诗体呈现美质，为创作和阅读提供方便，另一方面也使诗体存在惰性，对创作和阅读产生限制。推动诗体演进，就需要对既成的规范进行冲击，在新的审美心理指导下，推动原有诗体规范有所变化即出现变体。我国诗人写作十四行诗，有人较多地遵循规范，也有人更多地突破规范。而突破主要是写作内容即题材对规范的突破。肖学周在回答"面对诗之体态（体制）与题材，你会更倾注心力于哪一个方面"的问题时，明确地说："我倾向于题材，倾向于让诗体适应题材，倾向于给题材配制一种合适的诗体。"他面对十四行体规范，说"题材，正是我革新诗体的动力。如你所说，如果诗体是'自我约束'，那么，题材就意味着对'自我约束'的突破。我对诗体的坚持和转变其实源于诗体与题材之间的和谐与冲突，可以说，它们

---

① ［苏联］米哈伊尔·巴赫金：《陀思妥耶夫斯基诗学问题》，刘虎译，中央编译出版社2010年版，第199页。

始终保持着不同程度的张力关系。我不是纯诗爱好者，不会单纯从诗体方面寻求突破，尽管我的诗体有一定的稳定性和阶段性，事实上它时刻处于变化或寻求变化的途中，从根本上说，这是基于表达不同题材的需要。"① 这是较多诗人在创作十四行诗时对于题材与规范之间关系的选择，因此我国十四行诗更多的是变体。当然，也有诗人创作强调遵循规范，如江弱水就引用弗朗西斯·约斯特的话，强调"虽然诗人在许多问题上可能都显得灵活善变，但对于十四行诗他却寸土不让"②。更有人反对创作的"随意化"，如张惠仁对十四行诗创作的"随意化"的解释是："'随意化'的表现的极端现象是丢却了'颂内体'之所以为'颂内体'的主要特征（段式、句式、韵式），只剩下连韵都不押的'十四行'行数的诗。"③ 这种极端的"随意化"确实不符合诗体移植规律。我们需要的是在主题题材和形式规范两者之间找到平衡点，从总体上说，对十四行体形式规范的利用（即"规范"），固然对拓展十四行体的题材范围有着重要意义，同时，对十四行形式规范的突破（即"反规范"），也有利于拓展中国十四行诗的题材范围。

令人欣喜的是，十四行体本身就是一种具有弹性的诗体规范。十四行体是一种既具古典性又具当代性的格律诗体，具有较大的容情弹性和可变界域。屠岸说："我更喜欢十四行诗，一方面因为它有节律有韵式，另一方面我觉得它有一种 classsical restraint，即'古典的抑制'。尽管十四行诗格律规范严格，但它也提供了极广阔的展示天地。我们可以悲壮也可以哀感，只要我们了解、掌握这个'框框'，就可

---

① 肖学周（程一身）：《答木朵问：有何新意可言？》，新浪博客 http://miniyuan.com/read.php? tid=769。

② 江弱水：《商籁新声：现代汉诗的十四行体》，《中西同步与位移——现代诗人丛论》，安徽教育出版社2005年版，第170页。

③ 张惠仁：《〈新潮〉的艺术表现和形式格律》，郭沫若、陈明远《新潮》，中国文联出版公司1992年版，第349页。

以获得最大的自由。这种在不自由中获取的、在规范中提炼出的自由，往往是真正意义上的自由。"① 卞之琳把十四行体称为"这个严格而容许有规则变化的诗体"，认为"十四行诗体在西方各国都流行，历久不衰，原因也可能就在于这点优越性"。② 十四行体形式规范的这种特点为我国诗人反规范提供了可能性。反规范的必要性和可能性结合使得十四行体现代化和中国化成为现实。

十四行体中国化的进程，其实也就是探索十四行体规范与反规范的进程。这里的反规范，其实有两个层次，首先是在遵循规范的基础上采用变体，以满足新的表现要求和阅读期待，拓展原有的题材范围和阅读视野；其次是更加大胆地冲破原有规范，依据现代生活和现代语言要求，实现汉语十四行诗的现代转化。我们这里先来论述前种反规范，即通过规范和题材双向互动、相互调适磨合的方式，来实现原有体式的变体创作。

一是沉静和跳荡。十四行体是一种沉思型的诗体。里尔克就说过，一般都理解十四行是如此静止、固定的诗体。③ 罗念生在介绍这种诗体时就说："通常的十四行都在表明一种，只是一种思想或情感，这种题材要是很尊严的，精细的，和沉思的。"④ 冯至认为"它便于作者把主观的生活体验升华为客观的理性，而理性里蕴蓄着深厚的感情"⑤。李广田在评冯至创作的十四行诗时说："本来是最宜于表现沉思的诗的，而我们的诗人却又能运用得这么妥帖，这么自然，这么委

---

① 刘玮整理：《十四行诗为什么能在中国扎根——与诗人屠岸对话》，《屠岸诗歌创作研讨会论文集》（2010 年），见"中国重要会议论文全文数据库"。
② 卞之琳：《翻译对于中国现代诗的功过》，在香港"当代翻译研讨会"上的讲稿，（香港）《八方》文艺丛刊第 8 辑（1988 年 3 月）。
③ 转引自冯至《我和十四行诗的因缘》，《世界文学》1989 年第 1 期。
④ 罗念生：《十四行体（诗学之一）》，《文艺杂志》第 1 卷第 2 期（1931 年 7 月）。
⑤ 冯至：《我和十四行诗的因缘》，《世界文学》1989 年第 1 期。

婉而尽致。"① 我国诗人的十四行诗创作大多写沉思性的情思，但也有写作军旅生活的，如卞之琳《慰劳信集》中的十四行诗，如曾凡华的《士兵维纳斯》中的军旅生活诗；有写政治题材的，如杨大矛的政治抒情诗《昨日的回顾（3 首）》等；有写边塞风情的，如唐祈的《西北十四行诗组》，蔡其矫的《内蒙行》组诗，曾凡华的《北方十四行诗》组诗等。唐湜在《断思》中抒唱："这忽儿我的生命的白帆/可离开了白浪滔天的海洋，/驶入个小小的蓝色的海湾，/眼看要进入个恬静的小港！"这诗宣告了诗人创作由白浪滔天的浪漫转向了蓝色沉静的明净。他正由丰饶的夏天转向生命萧瑟的秋天，但仍祈求着精神的"丰盈"。他在中年后写的十四行诗，"在艺术上表现为稍稍成熟的返朴归真，从繁富渐归于朴素，从流荡渐归于宁静，从豪放渐归于凝练"②。构思和意象也渐趋古典式的明朗、简洁和恬静。这是一种晚年凝重、宁静的成熟。正如诗人所说："由于年岁进入迟暮的晚景，自然而然地趋向了古典的中国美学理想：静默、肃穆或恬淡如陶渊明、孟浩然那样的风格。"③ 但他又多次说自己的十四行诗风格是多样的，不仅有柔和而宁静的抒情，也有不少豪放而雄恣的抒情，有沉静风格也有跳荡风格。如《长安之忆》写抗战之初的 1937 年冬，他在西安送别他的陶姨、桂表兄与一些同伴赴太行山打游击的那个夜晚，诗人以雄豪奔放的风格表现了他年轻时胸怀中的豪气。他这样谈自己的创作体会："华兹华斯在他的十四行诗集中说，十四行是莎士比亚打开自己心胸的钥匙，而在弥尔顿手中，则变成能激励人心的战斗号角。确实，它不仅可以抒写爱情与沉思的抒情主题，也可以抒写战斗的政治主题，弥尔顿写给清教徒将军克伦威尔与哈里法克斯的十四行，抗议

---

① 李广田：《沉思的诗——论冯至的〈十四行集〉》，《李广田全集》（四），云南人民出版社 2010 年版，第 270 页。
② 唐湜：《我的诗艺探索历程》，《一叶的怀念》，中国戏剧出版社 2008 年版，第 287 页。
③ 同上书，第 289 页。

天主教屠杀山民的十四行就都是战斗的十四行。十四行可以作为小巧而精悍的抒情与战斗的短剑使用,我感到不难掌握。"① 罗洛既有《写给黄山的十四行》组诗、《黄山之旅》组诗等静谧的诗,也有《七一之歌》组诗、《十月之歌》组诗和《写给宝钢的十四行诗》组诗,诗人说得好,诗必须忠实于自己的时代,忠实于当前的现实生活。

二是面向内心和面向现实。十四行体突出诗人主观抒情,是一种内倾式的抒情诗体,大多采用独白式抒情方式。相对而言,十四行诗的规范不善抒写场面宏大、气氛热烈、群体人物的题材。我国十四行诗却对此规范大有突破,不少诗强烈地面向现实生活,面向政治生活,尤其出现了一批抒写经济建设题材的诗。如雁翼的《写在宝成路上》《写给秦岭的十四行》《黄河船队》《在钢铁厂》,万龙生的《矿灯之什》组诗、《工地之什》组诗,罗洛的《写给宝钢的十四行诗》(6首)等。朱自清认为建设题材的诗是"现代史诗",而"现代史诗体将是近于散文的",如何把建设题材纳入十四行规范,雁翼等诗人作了探索,主要是:现代生活太复杂,多用组诗形式来写;努力避免烦琐描述,重写印象并融入情思;努力把客观过程推向背后,重在抒写建设者精神;通过对细节的抒写,来展示人物精神境界。这些探索,为我国建设题材的十四行诗写作提供了经验。如雁翼的《写在宝成路上》是为宝成铁路正式建成通车而作,歌颂了新中国铁路建设的火热场景,《黄河船队》写的是建设三门峡水电站的黄河船队与惊涛骇浪搏斗的豪迈场景。诗人在抒写过程中注意写人,写人物活动的片断,并注意在行动中刻画人物的精神面貌,诗所呈现的是激越的情调和浪漫的色彩。从诗行结构看,两诗都采用长长诗行,《写在宝成路上》之六最长的诗行19言,最短的诗行16言,《黄河船队》之一最长诗行也是19言,最短的诗行17言。从诗行内组接短语或分句情况看,

---

① 唐湜:《一叶诗谈》,广西教育出版社2000年版,第134页。

诗人是有意不使诗行长短相距过大,每个诗行保持在 6—8 个音组,收尾音组保持双字。从用韵看,诗采用相邻音通押方式,一般逢双行用韵,一韵到底,有的还首行入韵,当然也有中间换韵的(如《写在宝成路上》第 1 首),明显地烙上传统诗歌用韵的印痕。这种诗体格式只能是十四行的变体,但应该明确的是它同诗所要表达的大规模经济建设的题材,表现气势磅礴的火热建设生活,表现建设者豪情壮志的精神风貌总体上来说是契合的。

三是抒情与叙事。十四行体本质上是一种抒情短歌,其构思方式、进展秩序、语体风格和节奏模式都呈现着抒情短歌的规范特征。屠岸在《十四行诗形式札记》中举出爱尔兰诗人詹姆士·斯蒂芬斯(James Stephens)的《修麦斯·贝格》,认为从形式上看是典型的英国式十四行诗,但实际上这只是一首叙事诗而不是十四行诗,或者只能称为是十四行诗的变种。由此屠岸说:"中国十四行诗如果写成叙事诗,那么这样的诗也不是典型的十四行诗,而会是十四行诗的变种。"[①] 我国诗人用十四行体写作叙事诗的情形较多。张先锋甚至用这种诗体写出了《四姑娘山的传说》(11 首),这完全是一个民间传说故事。第一首是"序幕",末一首是"尾声",中间九首是"青春盛会""日隆决胜(两首)""草原牧歌""祸从天降""忍辱侍仇""齐心降怪""善根恶果""四女化山"。诗人采用了切割方式选取整个故事的若干片断予以铺陈,诗句不求整体统一,但求首内相对整齐,既保持节奏整齐,又获得创作自由。整体组合完整叙写传说。诗不用直接抒情方式表达,全部使用叙述语言抒写,俨然是首叙事长诗。唐湜有多首叙事十四行诗,其中最著名的是《海陵王》,由近百首组成。诗以海陵王兵败身亡的长江一战作为抒写切入点,以心理时间的构思,在临战前到战后这一较短的时间框架内凸显他丰富多变的一生。唐湜采

[①] 屠岸:《十四行诗形式札记》,《暨南学报》1988 年第 1 期。

用了意识流手法,对《海陵王》的情节发展进行了切割,并把描画的重点放在历史事变中的人物性格,基本达到了史诗内容和形式规范的契合。在构节方面,采用5+5+4结构。这就冲破了传统构思规范,使得每节增加了容量。唐湜说:这种结构中相连的两个五行段可以自由奔放地描写野心勃勃的主人公与南北数十万大军的搏斗,而四行段则往往用作小结或过渡。这种结构使得整首十四行在构思上形成两大段落(5+5)+4,甚至只成一个段落,或叙事,或抒情,酣畅淋漓,舒展自如。在构句方面,唐湜采用了跨段跨行的方式,与豪放雄奇的风格相得益彰。金波写有十四行花环《乌丢丢的奇遇》,这是一个优美的儿童成长经历的童话故事:乌丢丢因给孩子们带来快乐而获得了生命,所以他珍惜生命的可贵,并懂得用爱滋养生命,用爱回报生命。它是有着时间逻辑顺序的童话故事,又以十四行连成奇特的花环。诗人把15首十四行诗与15个童话故事片断结合起来写,每首十四行诗都是面对一个故事片断的抒唱,具有一定的故事情节,这是十四行诗组创作的重要收获。

　　四是主观化和戏剧化。西方现代派诗人在抒情表达方面存在两种倾向。一种是外向的(或曰离心的)。艾略特就说:"在文艺这种形式中,表达情感的唯一方法就是发现一个'客观对应物';换句话说,一套客体,一个情境,一系列相关的实践,它们将成为那种特殊情感的模式(formula)。"[①] 这是创作中的客观主义。与此相反,另一种是内向的(或曰向心的),如里尔克在《给一位青年诗人的信》里说:"放弃那一切吧!你正在向外看,而现在首要的是你不应该那样做。只有一条唯一的出路,进入你自身吧。"他告诉卡普斯说,诗将"来自这种向内转,来自深入你的个人世界"[②]。当代美国诗人罗伯特·布

[①] 转引自西南师范大学中国新诗研究所编《中外诗歌交流与研究》1992年第1期,第20页。

[②] 同上书,第22页。

莱在说到以上两种倾向时说:"一个国家的诗歌可以向外漂流,像它的大部分人们的生命一样,也可以投向内心,谋求获得强大的感情。"① 就十四行体审美规范来说,在以上两种倾向中是适宜于后者的,即主观式抒情的,我国多数诗人创作也取此抒情方式。但是另有人追求新诗戏剧化方向,采用客观性和间接性的抒情,逃避个性,逃避情感,呈现着非个人化倾向。这种诗就突破了十四行体规范,诗中出现了更多的意象,更多的情节,更多的场景,更多的事件,更多的人物,从而使得抒情方式和节奏方式发生变化。如闻一多的《"你指着太阳起誓"》和《收回》则是戏剧对话体,通过戏剧人物的善辩表达主题。闻一多还写作了戏剧独白诗《天安门》,用了虚拟人物进行说话,抒写者成了无言旁听者。因为是戏剧化新诗中戏剧角色在说话,因此诗人使用了土白语言,从而突破了十四行体庄严、典雅的语体,也突破了十四行体沉思、平静的诗体,呈现出全新面貌,成为新诗史上极其少见的土白诗。饶孟侃说,《天安门》标志着"土白诗又更进一层做到了音节完善的境界。这首诗发表以后不但一般读者没有认识它,忽略了它的好处,而且作者为这首诗还挨了一位大诗人的骂,真是冤枉,我很久就想把这首诗的好处介绍给大家,现在趁谈土白诗的时候略略说一点,尤其是一个很好的机会"②。饶孟侃分析了闻一多诗《天安门》土白入诗的特征,同时也揭示了汉语十四行诗在诗语的土白程度上所能达到的艺术水准。卞之琳的《灯虫》"将自身的涉事经验对象化为灯虫","展示"意味则大于"陈述"。《音尘》采用了戏剧独白和戏剧对白的方式,融抒情、叙事、戏剧于一体,表现了诗的现代性特征。《一个和尚》描写和尚念经的景象,"多用 ong(eng)韵,来表现单调的钟声,内容却全然不是西方事物,折光反映

---

① 转引自西南师范大学中国新诗研究所编《中外诗歌交流与研究》1992 年第 1 期,第 30 页。

② 饶孟侃:《新诗话·土白入诗》,《晨报副刊·诗镌》第 8 号(1926 年 5 月 20 日)。

同期诗作所表达的厌倦情调"。①

五是单篇和组诗。西方十四行诗有单篇也有组诗,组诗的采用就把十四行诗的单纯性和繁复性、简单性和复杂性较好地结合起来,从而扩大了十四行体的题材范围和表达时空。我国诗人创作也包括单篇和组诗两类,显示重要特色的是汉语十四行诗的组诗数量极多,而且结构复杂,远远超过了西方十四行组诗格局,其中多数也应该视为变体,同样体现了移植规范和突破规范的结合,成为十四行体中国化的重要标志。新时期的组诗是大量的,而且是自觉的追求。如邹建军就写有数十个十四行组诗,他说自己一经写出就是一组,有一个整体的艺术构思,"组诗的容量相当于长诗,也可以说是由一首一首短诗组合起来的长诗"②。新时期组诗有多种类型:一是诗组的各首相对独立,组合起来又是围绕一个中心点。如唐祁的《大西北诗组》,从不同侧面写出了迷人的边塞风情和人物。二是诗组的各首相对独立,组合起来形成一个具有进展秩序的思维流程。如戴战军的《心弦余韵》组诗,每首独立,但全诗组合写一失恋者的心理变化过程,情绪发展线索构成和谐整体。邹建军的《九凤神鸟》、郑敏的《诗人与死》等组诗也用这种结构。三是诗组的各首相对独立,组合形成内外结合的时间顺序。如罗洛的《七一之歌》由12首诗组成,按时间线索讴歌党的光辉历程。四是诗组的各首相对独立,组合起来是一个无法分割的思维结构。陈明远、王端诚写的"花环"体诗《圆光》和《秋菊之歌》,分别由14首十四行诗和1首尾声组成,前14首诗行首尾重叠,各首的首行再排列起来构成一首自然而合律的十四行诗。五是诗剧体。如岑琦的组诗《歌者与大地女神》,诗由两首"序曲"、七组歌者与大地女神对唱组成,每组对唱成一篇章包括4首十四行诗,全诗由

---

① 卞之琳:《〈雕虫纪历〉自序》,人民文学出版社1984年版,第16页。
② 覃莉:《关于汉语十四行诗的写作与翻译——邹建军先生访谈录》,邹建军网站"中外文学讲坛"。

30首十四行诗组成。如张枣的《跟茨维塔伊娃的对话》由12首十四行诗组成,虚拟了一个超越时空的戏剧化场景,展开了一场作为叙述者的"我"与茨维塔伊娃想象中的对话,实写俄国革命所导致的茨维塔伊娃的悲剧一生,虚写发达资本主义社会中"我"的遭遇,主线与副线交缠在一起,转好处理了一些重大主题,如诗人与时代的关系(革命的和商品的时代)、诗与生活的关系(日常的和公众的生活)、诗与现实的关系(词即是物与词不是物的二律背反)等。"主体的消解和分化,声音的多元和分裂,就成为张枣的诗的标志。呈现在这组《跟茨维塔伊娃的对话》中,便是主体分解之后双向的渴慕与思恋的呢喃,是一场轻声细语的对话。"①

四 十四行体式的现代转化

十四行体是古典式诗体,其审美规范是古典主义的奇葩。人们对于"古典"总是心存双重的心理。一方面,我们需要传统,因为传统是我们生命存在和审美追求的诗意栖息地。十四行体是人类生命的审美追求的合宜诗式,同时,这诗体与我国传统律绝体相通,而律绝体短小体积中许多美质拥挤在内,"首首律诗里有个中国式的人格在"②。但是,我国的律绝体是建立在文言基础之上的,而现代生活和语言发生了重大变化。当我们不再创作律绝诗以后,喜欢古典的十四行诗就是一种健康的文化心理。因此屠岸说过:"十四行诗有这么顽强的生命力,这恰恰与中国的律诗相近。它们在大致的规律上有着相似之处的,比如都讲押韵,都有'起、承、转、合'这个框架。七言律诗全

---

① 江弱水:《言说的芬芳:读张枣的〈跟茨维塔伊娃的对话〉》,《今天》2015年春季号。
② 闻一多:《律诗底研究》,《神话与诗》,华东师范大学出版社1997年版,第309页。

诗八句，每句七字，正好是奇偶相称；十四行诗中十四行是双数，七双对句又形成一个单数，也是奇偶相称的。而且我认为十四行诗在行数上是比较合适的，太长则冗，太短则仄。由于文言凝练，使用八句，作为律诗很恰当；而相对自由的白话选用十四行就是恰到好处了。"① 另一方面，我们需要现代，因为现代生活、现代汉语是我们面对的真实社会文化语境。新诗发生期，刘延陵就说过，"近代人的生活是非常复杂的生活，心与物之间有许多神异的交互的影响，所以单单刻画外物而忘记内心绝不足以表现近代人的生活，而且客观界虽然美丽而繁复，主观界则尤其神秘而丰富"②。"新诗的精神可说是求适合于现代求适合于现实的精神，因为形式方面的用现代语用日常所用之语是求合于现代，内容方面的求切近人生也是求合于现代。"③ 因此，当我们移植十四行体把它作为新诗体建设时，我们同样要求其现代性。我们需要传统，我们也需要现代，在采用十四行体创作时可以作分开处理，即或者接受按照传统规范写诗，或者抛弃按照新的规范写诗，但我们还可以作第三种处理，即融合传统和现代从而实现传统的现代转化。而事实上，十四行体这样一个既能给诗人以较大自由，又能给诗人以一定约束的容量，是有助于这种诗体在艺术上不断地丰富与完美的。

十四行体规范的现代转化，我们想借用曾琮琇的论文《汉语十四行诗的现代转化——以李金发、朱湘、卞之琳为讨论对象》（刊于《汉语言文学研究》2015年第4期）来加以说明。曾琮琇以李金发、朱湘、卞之琳为例来论述汉语十四行诗的现代转化，理由是："其一，在汉语十四行诗发展的过程中，三位诗人刚好对应了初期至成熟时期

---

① 吴思敬、屠岸：《关于十四行诗的对话》，屠岸《幻想交响曲——屠岸十四行诗240首》，（香港）雅园出版公司2014年版，第317页。
② 刘延陵：《法国诗之象征主义与自由诗》，《诗》第1卷第4号（1922年7月）。
③ 刘延陵：《美国的新诗运动》，《诗》第1卷第2号（1922年2月）。

的三个阶段；其二，从审美角度观之，他们的十四行诗积极在现代与格律之间取得平衡，并为传统寻找现代意义，为汉语十四行诗树立新的美学典范。"这样的理由是充分的，也是符合实际的。曾琮琇提出的三位诗人其实正好对应着我们提出的十四行体中国化进程的三个阶段，李金发是早期输入期的代表诗人，朱湘是规范创格期的代表诗人，卞之琳是探索变体期的代表诗人，而且，这三人的十四行诗又正是我们把中国十四行诗划分为格律的、变格的和自由的三类诗的创作代表。

关于李金发的创作。法国汉学家洛瓦夫人认为李金发与王独清为中国象征派最早使用十四行诗体的诗人。关于两位诗人的"十四行诗"，洛瓦夫人叹道："不幸的是我们没有这些用法文为诗题的诗，以ballade（抒情诗）和 rondel（16世纪流行的回旋诗——作者注）为诗题的诗也处同样情形。这很遗憾，因为看看这些诗人如何根据本国诗律原则对待外国诗体本该是很有意思的。"① 这段话是值得我们记取的，具体分析李金发是如何对传统十四行诗进行现代转化的确意义非凡。

曾琮琇从诗意和诗律两方面分析李金发十四行诗的现代转化。就诗意说，由于受到波特莱尔书写丑恶的影响，也受到自身孤独人格的影响，他对于现代诗意范畴中的丑陋、颓废质素产生共鸣和感应。诗人在十四行诗中描写黑暗之可怖与恐怖，用黑暗来批判现实世界的伪善；直面阴暗、丑恶的现实世界，是为了彰显纯善光明的价值；借受难悲剧引发的怜悯和恐惧，宣泄负面情绪而达到心灵净化。这是对于传统十四行体的诗意转换。就诗律说，李金发的十四行诗从关注"格律成分"转入"意义中心"阶段，承袭了象征派的诗意转换，但没有接受十四行诗抒写的严谨形式，"这是一种新诗现代性的进步"，而意

---

① 转引自金丝燕《文学接受与文化过滤》，中国人民大学出版社1994年版，第268页。

义的载体又来自意象的发明。① 具体表现在：第一，在诗体结构下直接将语言符号的断裂、扭曲裸露于读者眼前，以反抗浪漫主义的伟美之声。语言的违和与不合逻辑，惯用文法的变形、异位等，就在现代/古典、散文/诗、规则/破坏等看似相互抵触的诗素之间，找到发声位置。第二，利用标点符号、倒装、跨行（段）所造成的停顿与变化来强化诗意。曾琮琇总结说："李金发的十四行体在格律诗体的传统底下，尤其能表现其'恶声'，除了不按律格外，异国语言、欧化语言、文言与类文言的交混并置，标点符号、倒装、跨行与跨段的变形异位，造成其语言的断裂。这或多或少阻断了进一步探求的可能，导致他的十四行诗在1926年建构汉语十四行格律之后，从'恶声'转变为'异声'，渐被汉语十四行诗史所忽略。然而，这些或阻碍或扭曲的意象、文法、生命能量，正是通过语言形式表现出来，这种形式就是十四行诗。由是观之，李金发的十四行诗显然不应排斥在传统之外，因为不可否认，其已形成汉语十四行诗的模式之一了。"

关于朱湘的创作。朱湘是规范创格期的重要干将，赵景深说："我国之自新诗，能严守十四行搅匀且能作得这样多者，当以朱湘为第一。"② 这是对的，但朱湘创作有着很多变化，他是在对应移植中求变。朱湘研究专家钱光培这样说："只要变得妥切就行。如果不是这样，就不可能由意大利十四行变出英体十四行来；如果不允许这样，在英体十四行中，就不会有什么'斯宾塞诗'、'莎士比亚式'的区分。——十四行诗，从西方的意大利到西方的英国，都发生了这么大的变化；现在要它从西方到东方，到一个用方块字作为语言符号的国度里来，怎么会不发生更大的变化呢？应当说，朱湘在借鉴西方的十四行来创造新诗体的过程中，对西方的十四行采取了'变'的方针，

---

① 孙玉石：《论李金发诗歌的意象建构》，《新文学史料》2001年第2期。
② 赵景深：《朱湘的石门集》，《人间世》第15期（1934年11月）。

这是完全正确的。"① 这里的"变"即本土化和现代化的转化。

曾琮琇认为朱湘十四行诗的特征，是外在诗体与内在心体形成悖论结构。朱湘的十四行诗刻意追求规律性，其格式的形成一方面源于西方十四行诗的格律惯例，另一方面也是诗人在不同语种环境下对于"以汉语作英体/意体"方法上的想象具体化。但是在这规则的追求中，"那些骚动不安的情绪，都被纳入这种流丽、匀称而又不失变化的诗体"②，因此，朱湘对十四行诗严格要求，不仅只是西方形式的移植，而且反映抒情方式的改变——由古典浪漫的非现实走向日常节制。朱湘趋向生活化的书写内容，在书写中呈现现代人心绪，这是诗的现代性表征。曾琮琇总结说："朱湘的十四行诗不仅仅只是结构严谨、音韵铿然，朱湘的苦闷、忧郁也不止于内容的表现。诗体形式上，为求格律的齐整，不惜以倒装、断句等方式把自我送入了自我建构的牢笼；纠结的情感在牢笼中以相互矛盾、对立的意象表现出来，凸显诗人内在价值的混乱、分裂。朱湘所采用的形式越是美丽，情感越是郁结，主体的变形与异化就越发剧烈。然而，他用最工整的十四行形式提醒我们；郁结、疯狂竟也可以如此美丽。"

关于卞之琳的创作。屠岸认为，卞之琳的一些十四行诗形式"是从欧诗'引进'的，但不是欧化诗。'桔逾淮化为枳'，可摒除其贬义而取其喻。"③ 这是卞之琳汉语十四行诗的特征。在经过了早期输入和规范创格后，我国诗人通过变体来探索十四行体中国化道路。卞之琳就是其中的重要代表。"卞之琳得以在后来的汉语十四行诗中扮演先驱的角色，除了现代主义的观照，一方面是由于卞氏善于为汉语格律寻求变化而独树一帜；另一方面则是艺术手法与表达方式不拘一格，

---

① 钱光培：《现代诗人朱湘研究》，北京燕山出版社1987年版，第223—224页。
② 刘正忠：《现代汉诗的魔怪书写》，（台湾）学生书局2010年版，第95页。
③ 屠岸：《精微与冷隽的闪光——读卞之琳诗集〈雕虫纪历〉》，《卞之琳》，人民文学出版社1995年版，第289页。

为十四行诗体创造了现代诗意。"①

曾琮琇把卞之琳的十四行诗称为"现代主义式的",并从三方面进行分析。在格律问题上,卞之琳为"现代汉诗"建立了"以顿代步"的格律论,他的十四行诗的音节、押韵都相当讲究,表现出他对诗体形式的充分掌握。但他创作中也常"出格",从十四行诗的"形式"来讲,格律成为他表达情感意义的一种策略。因此,从卞之琳的创作中刚好能看见这一格律诗体在汉语语境脱离外来影响的轨迹。卞之琳接受了闻一多关于起承转合圆形结构的理论,并在自己的作品中将这种结构特征发挥得淋漓尽致。卞之琳还将去个人化的戏剧手法运用于创作,将场景、典故、对白或意象因素作有机组织,使复杂的现代感受与情感经验具象化成为可能,在意蕴丰富的召唤结构下,拓展读者的期待视野。曾琮琇总结卞之琳成功的原因是:"首先,在十四行诗的传统之下,仍能坚持'格'自己的律,不被传统格律所制约,也因为音顿说之实践,有效节制主观情感的发泄;再者,充分利用了十四行诗结构上的特色,呈现圆形的环绕,这样的安排能让诗意回旋往复,不随诗的结尾而终止;最后,卞氏的十四行诗掌握现代主义'去个人化'的特色,客观对应物、戏剧性独白、叙事性的介入等手法的引导使诗人从容出入十四行诗,始终保持客观冷静的情感距离。"

李金发、朱湘、卞之琳三人的创作是汉语十四行诗现代转型的个案,可以从中看到十四行体中国化和现代化的印痕。曾琮琇的结论是:"在汉语十四行诗现代转化的过程中,诗人无可避免地在'现代''西方''传统'等意义上探索十四行诗的可能性。"具体来说就是:

其一,格律之于汉语十四行诗,试验的意义大于生产。李金发的"恶声"表现于格律上则是破坏格律,直接将语言符号的断裂、扭曲

---

① 曾琮琇:《汉语十四行诗的现代转化——以李金发、朱湘、卞之琳为讨论对象》,《汉语言文学研究》2015年第4期。

裸露于读者眼前；朱湘意图通过意体、英体十四行诗的"美丽制服"，生产调和的音韵，为了达到此一目的，颠倒文法，并借鉴西方诗歌"回行""断句"，打破行句统一的格式；卞之琳将"以顿代步"的格律论具体应用于十四行书写，并且实践了闻一多所谓的"圆形结构"，构成回环缭绕的音乐效果。

其二，欧化语言、西方思想与汉语相互融合，是推动十四行诗成为"现代汉诗"之重要诗体的推力。李金发文言与类文言交混并置，标点符号、倒装、跨行与跨段的变形异位，是其十四行诗从"恶声"转为"异声"的重要原因；朱湘将现代事物置入其谨严的格律，抒情方式由古典浪漫走向日常节制；卞之琳深谙"去个人化"的现代技术，客观对应物、戏剧性独白、叙事性的介入等手法的引导，都使其十四行诗始终与对应之物保持客观冷静的情感距离。①

在这种反规范的现代转化中，汉语十四行诗相对于西方传统来说，更好地同我国的现代社会生活结合，更好地同我国的现代汉语结合，更好地呈现着新诗现代化倾向。

在我们借助曾琮琇的分析，来呈现汉语十四行诗对于西方古典商籁体进行现代转化的案例以后，我们需要进一步揭示一个较为深层次的问题，即中国诗人创作十四行诗在本质上体现了对于新诗现代性的追求，这种追求基于中国诗人的文化心理。台湾诗人杨牧在诗体上的看法是追求自由与限制的平衡，他说自己"一向信仰诗的自由，也能体认诗的限制"。他认为西方的十四行诗，较好地体现了自由和限制的结合。他说："商籁体本质上的严格限制，往往更通过语言的转化，产生极大的变动，收缩性加大，涵容增广，早已经不像文艺复兴时代的欧洲商籁那么严格，更自然避免了它恶性僵化的危机。""（我国）

---

① 曾琮琇：《汉语十四行诗的现代转化——以李金发、朱湘、卞之琳为讨论对象》，《汉语言文学研究》2015年第4期。

二十年代至四十年代间的诗人试验商籁体,最重要的意义,也许还不是诗体之技术移植,而是因为此移植所产生于中国的新感性和新体验。"① 也就是说,中国诗人写作商籁体,根本的追求是更好地表达现时代的新感性和新体验,是具有现代性追求的,是体现着新诗创作的现代意义的。因为商籁体本质上是西方的一种古典诗体,驳难者提出:模仿欧洲古体何不如发扬中国旧体?对此,杨牧作了深刻的解释。他说:

> 二十世纪的中国诗人如果继续写作律诗绝句,在心情感触上首先不免须无条件向古人认同,而且在典故意象的运用上,更无超越古人的可能性。一本精编丰富的"诗韵集成",不但限制了我们今天写作律诗绝句的形式规范,也足可以教我们失去创造新意象新比喻的勇气。我绝对无意批评当代继续写作律诗绝句或古典诗词的人,我自剖分析我个人艰难的体验,大略如此。然而,当一个二十世纪的中国诗人模仿欧洲商籁时,他所模仿的大抵只是商籁的形式技巧,至多仅止于韵脚的整齐和结尾收束的规则,他不必承担欧洲诗传统里定型意象和典故的包袱,出奇创新的机会倍增,可以免除人云亦云的尴尬。诗律的模仿经过语言的转化,且能化腐朽为神奇。十九世纪英国女诗人勃朗宁夫人的十四行诗充满英诗的套语獭祭,无甚可观;但她的十四行诗经过二十世纪德国大诗人里尔克译入德文之后,反而准确精深,新颖严谨,此为语言转化之功。德国人体会文艺复兴最迟,歌德以前几无新文学可言,故里尔克到了二十世纪还不但能付勃朗宁夫人的商籁以新生命,更能自制"给奥菲尔斯的十四行诗",为古典诗体寻取现代意义,从而影响了冯至,使商籁体在现代中国文学占

---

① 杨牧:《〈禁忌的游戏〉后记》,(台湾)洪范书店有限公司1980年版,第157、160、161页。

有一席之地。反观与冯至同时代的奥登，他的十四行集"战时"十四行系列当中，竟有一首毅然扯断了诗的格律限制，前后十五行。为了诗的自由表现，刚从大学毕业的奥登，目睹了中国在艰苦地抵抗日本的侵略，决定不顾诗的限制，以艺术的反抗印证他灵性充沛的中国之行。

中国诗人自从五四以来，就极端自觉地寻觅着新形式来表达他们的新感性，对于时代的理解和批判，对于社会的参考和挫折感，有时发为一泻如注的朗诵诗体，有时发为隐藏个纤巧的新颖小歌，有时模仿澎湃庞杂的史诗风格，有时则试图以十四行的商籁扩张七律五绝的天地，抢救词曲于俚巧的式微……①

这里揭示了中国诗人创作十四行诗的深层追求，那就是新诗的现代性。首先，诗人需要自由也需要格律，但若是采用传统的律绝体则容易落入无法超越古人的陷阱；其次，十四行诗这种古体形式和语言具有现代转化的可能性，通过语言的转化变动，收缩性加大，涵容量增广，能够化腐朽为神奇；再次，中国诗人创作十四行诗就能容纳进新的感性和新的体验，呈现新诗的现代性特征；最后，中国诗人创作十四行诗，完全可能在借鉴的基础上自由地创造，不必承担西方传统的种种束缚而满足现代性追求。由此反观中国诗人对于十四行体的反规范语言转化，其意义极其显豁，那就是通过反规范的语言转化，在推动十四行体中国化的进程中体现中国新诗的现代性追求，在十四行体自由与格律的平衡中表现中国诗人的新感觉和新体验。

---

① 杨牧：《〈禁忌的游戏〉后记》，（台湾）洪范书店有限公司1980年版，第161—162、169页。

第七章　十四行体中国化的节奏转化

黑格尔在《美学》中主张把诗的"音律"划分为两大体系，即由时间段落建构的节奏音律和由突出单纯的音质形成的音质音律，这两大体系也可以相互结合。① 其中节奏是诗的音律的脊椎。十四行体是一种格律抒情诗体，有着严谨的音律规范，其中最为基础也最为重要的就是节奏问题，十四行体中国化首要解决的就是西诗节奏方式的移植问题。中国十四行诗大多讲究格律，积极探索诗体节奏格律的转化，积累了丰富的经验和丰硕的成果。由于现代诗的节奏音律正在弱化，相应地需要音质音律予以补救，因此这里着重论中国十四行诗的节奏问题，同时适当考虑音质音律问题。

一　新诗的顿诗节奏系统

任何诗律都是建立在其赖以存在的语言的自然语音基础之上的，因此诗的节奏必须符合语言的民族特征。王力认为："诗的格律不是诗人任意'创造'出来的，而是根据语言的语音体系的特点，加以规范。"② 从理论上说，"以拼音文字为特征的英文、法文和意大利文在

---

① ［德］黑格尔：《美学》第三卷下册，朱光潜译，商务印书馆1991年版，第70页。
② 王力：《中国格律诗的传统和现代格律诗问题》，《文学评论》1959年第3期。

命名商籁时从拼音到读音差别不是很大,加上这些欧洲国家在地缘以及历史文化上的共通性,这种诗歌从意大利传播到英法两国并没有太多的阻碍。"① 其实,欧诗格律的语言学基础也是不同的,即使十四行体从欧洲的一国向另一国移植,虽然从拼音到读音差别不是很大,但是同样有个节律转化的问题。朱光潜在《诗论》中认为,欧诗音律有三个类型:一是以很固定的时间段落或音步为单位,以长短相间见节奏,字音的数与量都是固定的,如希腊拉丁诗;二是虽有音步单位,每音步只规定字音数目(仍有伸缩),不拘字音的长短分量;在音步之内,轻音与重音相间成节奏,如英文诗;三是时间段落更不固定,每段落中的字音的数与量都有伸缩的余地,所以这种段落不是音步而是顿,每个段落的字音以先抑后扬见节奏,所谓抑扬是兼指长短、高低、轻重而言,如法文诗。② 以上欧诗三类音律可概括为两大体系,即"英诗可代表日耳曼语系诗,法诗可代表拉丁语系诗"。因此,由意大利的十四行体移植到英国,首先就是要解决音律的英国化问题,正是通过这种转化最终形成了英体十四行诗,也就是十四行诗在英国的变体形式。

　　华埃特和萨里伯爵是最早尝试写作十四行诗的英国人,实际上他们承担了十四行体英国化的最初实践。这种实践需要解决两大问题,一是十四行诗的形式适应英语语言,二是抒情诗表达的内容要英国化,即迎合欣赏者的本土意识。其中解决诗歌形式适应英语语言问题尤为迫切。意大利诗人的十四行诗,较好地利用了自己语言的特色,如彼特拉克的十四行诗,其柔美正得益于语言的特色。元音的丰富可以使音韵节奏富于变化,韵脚缜密,每行可以有十一个音节,韵脚数目限定在4—5个,足够安排多种节奏,以表达细腻的心灵世界。但

---

① 胡茂盛:《心为形役:拟古话语下的商籁和十四行诗之名》,《唐山学院学报》2013年第2期。
② 朱光潜:《诗论》,生活·读书·新知三联书店1984年版,第157页。

这对于英国的十四行诗人却是个挑战。英语和意大利语相比有很大不同，英语辅音结尾的单词多，意大利语元音结尾的多；英语元音变化比意大利语少。在英国的诗歌传统中，抑扬格是主要的节奏样式，它与英语语言的自然节奏相一致，这就使华埃特再现意大利十四行诗的十一音节诗句几乎成为不可能，因此他必须根据英语特点进行改造。结果他就采用了一行十音节的五步轻重抑扬格的基本节奏，做了适合英国语言自然节奏的努力。这样的诗行虽不及意大利语诗行节奏上变化那么多，却易于为人接受。萨里比华埃特更进一步，他的30多首十四行诗干脆把十四行划作三节四行诗和一节互韵的两行诗，增加了韵脚的数目，多用 ABAB CDCD EFEF GG 押韵方式，配以10音的五音步轻重抑扬格诗行。正是华埃特和萨里伯爵的这种转化形式奠定了英国十四行诗的格律基础。尤其是这种节奏和音韵方式也包括分段方式，在莎士比亚的十四行诗中被固定下来，从而最终形成了同意大利体并行的英国体十四行诗，并作为一种新的诗体规范流播到世界各地。这一过程就是十四行体节奏方式的英国化过程。没有这一过程，也就没有英国十四行诗的发展和特色。

即使同样的拼音文字也有一个节奏的跨国移植转化问题。同为拼音文字的欧诗尚且如此，十四行体向中国转徙，更有一个节奏的转化问题。印欧语系和汉藏语系是两个完全不同语言体系，其文字构造和自然语音存在诸多不相兼容的问题。林庚使用"移植和土壤"来谈域外诗体的中国移植，他认为："'音步'则是建立在英语中普遍而明确的轻重音这一土壤上的。没有这一土壤，就建不成音步。音步的生命是产生在轻重音不断重复的均匀起伏上的，仿佛均匀的呼吸与催眠的节奏，给人以一种思维解放的动力，反之若没有这种均匀的起伏也就失去了这种魅力的生命。而汉语却显然缺少这种普遍而明确的轻重音，也没有类似轻重音的长短音。要在这样的土壤上建立所谓的'音步',岂不有如无米之炊吗?"① 因此唐湜在写作汉语十四行诗时就保持了清醒头脑,他说:"我想,十四行由意大利移植到英国时,既然可以有一些变化,我们的语言与欧洲语言距离那么远,也该可以有一些变化吧!"② 邹建军则明确地说:"有一种说法,好像是没有按照英语十四行诗的规则来写作,都不能算是十四行诗。这是一种可笑而似是而非的认识。""我认为如果用英语创作十四行诗,自然应按照已有的规则来进行,但也可以有自己的创造;而用汉语创作十四行诗,则可以不按照或者不完全按照英语十四行诗的规则来要求。"③ 这是完全正确的充满理性思维的观点。

要把十四行体(无论是意体或英体,其实在此是不需区分的,因为它们都是西方的诗体)的节奏方式移植到汉语诗歌中来,就有一个形式转化的问题。其前提是认识汉诗的节奏体系。经过长期研究,目前人们普遍认为汉诗是音顿而非音步节奏体系。音步节奏重点放在形成音步内部的轻重或长短或抑扬,而音顿节奏则重点考虑声音的时间段落的存在与不存在的顿歇。胡适探讨新诗的音节问题,认为"节"就是"顿挫段落",它既包括传统的"时间顿歇",还包括声音的"时间段落",这样,新诗的节奏单元就包含着两个方面的意义:"一方面指诗行中的顿歇('顿挫'),另一方面指由这种顿歇划分出的音组或单个音节('段落')。"④ 前者我们称为"音顿",后者我们称为"音组"。由于无论是"音组"(音节的持续占时存在:声音的段落)或是"顿歇"(音节的不存在或延迟:声音的顿挫),单方面都不能形成节奏,所以人们常常不去细究,简单地把二者混为一谈。周煦良就说:

---

① 林庚:《新诗断想:移植与土壤》,《新诗格律与语言的诗化》,经济日报出版社2000年版,第2页。
② 唐湜:《〈幻美之旅 十四行诗集〉前记》,宁夏人民出版社1984年版,第3页。
③ 覃莉:《关于汉语十四行诗的写作与翻译问题——邹建军先生访谈录》,邹建军网站"中外文学讲座"。
④ 陈本益:《中外诗歌与诗学论集》,西南师范大学出版社2002年版,第54页。

"其实,'顿'和'音组'虽则一般用来形容格律时没有多大区别,但事实上应当有所区别。音组是指几个字作为一组时发出的声音,'顿'是指'音组'后面的停顿,或者间歇;换句话说,'顿'是指一种不发声的状态。这种区别当然是相对的,因往往是没有顿就辨别不出音组,没有音组也就显不出顿,所以有时候毫无必要加以区别。"① 在这种"顿挫段落"的理论中,汉诗节奏单元就包含着两方面内涵,即时间存续的"音组"和时间顿挫的"音顿"。在西语中,其节奏单元的音步中音的长短或轻重是划分音步的标志,体现了二元对立的基本特征;在我国诗律中,其节奏单元同样具备对立性语音的特征,只是它的对立双方就是音组和顿歇。"正如音的长、短和轻、重都是相比较而存在的,顿歇与音组也是相比较而存在,两者不可分离;没有音组,便没有其后的顿歇;没有顿歇,那音组在语音上也标志不出来。因此,音顿在诗句中的反复,便是音组及其后的顿歇的反复,而不可能是单纯的顿歇的反复,也不可能是单纯的音组的反复。这是汉诗节奏的本质。"② 这是我们对于汉语诗律本质的基本观点。

明确了汉诗的节奏本质,我们把新诗的节奏单元归结为三种,他们都是基于顿诗节奏体系,是一个节奏系统的三种不同具体方式。

一是音顿节奏单元。这是对传统汉诗形式化节奏的直接继承,其基本节奏单元就是孙大雨所说的,"基本上被意义或文法关系所形成的、时长相同或相似的语音组合单位",以二三字为主,也存在一字和四字音顿。作为节奏单元的"音顿",有三个基本特征:音顿(音组)是语音的组合单位;音顿(音组)主要是形式而非意义的划分;音顿(音组)的时长相同或相似。其构成节奏的因素是:(1)等时性——汉字每字有大体相同的独立的音的价值,等时性决定每顿音节

---

① 周煦良:《论民歌、自由诗和格律诗》,《文学评论》1959年第3期。
② 陈本益:《中外诗歌与诗学论集》,西南师范大学出版社2002年版,第18页。

数基本相同,其在朗读语流中成为一个占时大致相等的"时间的段落顿挫"。(2)独立性——汉语每个字只是构成诗的节奏单元的元素,只有音顿才是构成诗歌节奏的最小的基本单位。(3)形式性——音顿是依据音节数量大体相同这一原则划分的,所以必然是形式化的,同词义和语法单位并不完全一致。

二是意顿节奏单元。这是对传统汉诗口语化节奏的直接继承。其基本节奏单元是通过朗读获得的自然停顿的节拍,一般是一个词组、一个短语,甚至是一个诗行,总之是在口语和意义自然停顿的基础上划分出来的节奏单元。这是根据意义相对独立和语调自然停顿划分出来的"时间的段落",它不呈现形式化,长度并不统一。赵毅衡认为"它是一个语法上紧密联系的意义单位,同时又是一个语音单位"[①]。现代汉语基本词组变长,朗读的语流速度加快,就使意顿划分变长。它同音顿的主要差别在于:连续的数个意顿并不等时,音节数差距较大,不具备等时性;意顿的划分由自然口语停顿和意义结构所决定,不呈形式化;意顿往往是通过在对应位置上的重复出现而呈现节奏形象。由于现代汉语和诗语大量使用着双音节和三音节词,大量使用着严密复杂的语法结构,大量呈现着逼近口语的自然节调,所以在音顿节奏以外努力探求意顿节奏,在形式化节奏以外努力探求口语化节奏,在齐言诗体以外努力探求非齐言诗体,在均衡复沓型节奏以外努力探求参差流转型节奏,就是势所必然的了。

三是行顿节奏单元。行顿是新诗自由体所采用的基本节奏单元,它同样植根于汉语特征即采用停顿节奏。但是,由于自由体新诗是舶来品,所以行顿接受了西方现代自由诗体的韵律方式。西方的自由诗运动,形成了对传统诗歌韵律节奏方式的破坏,但是仍然保持诗体的审美性和韵律性,追求散体与韵体和谐而生的独立韵律,有人称之为

[①] 赵毅衡:《汉语诗歌节奏初探》,《徐州师范学院学报》1979年第1期。

"第三种韵律"。主要特征在于：不用传统的程式化音步节奏，而是采用诗节意义上的诗行节奏；采用含有激情的内在节奏，但仍同语言韵律结合，主要通过对等原则组合诗行从而形成节奏。

如上所述，作为汉诗基本节奏单元的"顿"有三种类型，即音顿、意顿和行顿，其本质上都是声音的时间段落和段落间的时间顿歇的结合，都是一种音顿（语音的数量组合顿歇），都属于顿诗节奏的节奏单元。由于这三种诗的音顿的构成不同，在诗中的重复方式（规则）不同，即顿的建构方式和顿的重复方式这两个方面不同，就形成了我国新诗的三种节奏体系，它们结合起来就构成了我国新诗的节奏系统。一是音顿节奏体系。音顿节奏体系全称应该是音顿等时连续排列节奏体系。其基本特征是：（1）以音顿为基本节奏单元，它是时长相同或相似的语音组合单位。音顿以双音节、三音节为基本形式，作为特殊形式的单音节和四音节音顿可以有限制地入诗。（2）等时或基本等时的音顿连续排列成诗行，再按照均齐和匀称的原则音顿连续排列成行组、诗节和诗篇，在扩展排列的各个层次形成形式化的节拍节奏。（3）同建行、组行和构节结合着的有规律的押韵。二是意顿节奏体系。意顿节奏体系全称意顿诗行对称排列节奏体系。其基本要点是：（1）以意顿为基本节奏单元，它是在口语和意义自然停顿基础上划分出来的节奏单元。意顿一般是词组和短语，也可以是一个诗行，以四言五言为基本形式。（2）意顿自由排列成行，行内依自然口语划分顿歇，然后根据顿歇对位对称原则采用多种方式建立行间对称节奏，通过诗行的有序进展建立行组、诗节和诗篇。（3）同诗行对称排列形式相应有规律地用韵。三是行顿节奏体系。行顿节奏体系全称是行顿对等重复排列节奏体系。其基本要点是：（1）以诗行为基本节奏单元，它使诗行本身成为韵律的组成部分，使修辞句式成为节奏的重要构件。诗行内可以有顿歇，但一般来说应该是个完整的节奏单元。（2）诗行的长短变化和自由组合形成旋律节奏，在诗行扩展到行组、诗节和诗篇的过程中,把对等的原则从选择过程带入组合过程,使之成为语序的主要构成手段。(3)诗韵有效地强化旋律节奏和韵律美感。这种节奏的特征,就是基本节奏单元是"行",其韵律节奏建立在短语、句子、句群或段落上,诗节的作用取代了诗行的作用,诗行(句法单位)本身变成了韵律的组成部分,而且诗行的长短变化形成一定的节奏。卞之琳认为,新诗的节奏建设应当"循现代汉语说话的自然规律,以契合意组的音组作为诗行的节奏单位,接近而超出旧平仄粘对律,做参差均衡的适当调节,既容畅通的多向渠道,又具回旋的广阔天地,我们的'新诗'有希望重新成为言志载道的美学利器,善用了,音随意转,意以音显,运行自如,进一步达到自由"①。这就是新诗韵律节奏建设切实可行的大路。卞之琳在这里提到的三个诗歌节奏单位,就是意组、音组和诗行,它们都是诗中语言声音的时间段落,恰巧正是我们提出的新诗韵律节奏系统的三种基本节奏单元。这是一个非常有意思的现象。

这就是新诗的节奏系统,是以音顿(音顿、意顿和行顿本质来说都是"音顿",只是为了加以区分才分别冠以三个不同的名称)为基础建立起来的汉语诗歌节奏系统,即顿诗节奏系统。这一系统是经过百年探索而逐渐明确起来的,在这一过程中,新诗格律探索与中国十四行诗格律探索是互动推进的。也正是在此过程中,中国诗人终于完成了西方十四行诗节奏到汉语十四行诗节奏的转换,建构起了中国十四行诗的三种节奏方式,这就是中国十四行诗的音顿节奏、意顿节奏和行顿节奏。"语言文学的相互影响是在启发——促进——认同——消化变形——艺术表现的过程中,在语言编码和文化编码的不同层面展开的。""十四行诗移植成功的关键在于中国诗人发现了现代汉语诗

---

① 卞之琳:《奇偶音节组的必要性和参差均衡律的可行性》,《卞之琳文集》中卷,安徽教育出版社2002年版,第575页。

歌的节奏方式并用它对外国诗歌节奏进行了创造性转换。"① 这是十四行体中国化的重要成果。

二 音顿节奏的十四行诗

音顿节奏体系主要是由孙大雨、闻一多等新月诗人提出的。1925年，孙大雨从清华学校毕业以后，到浙江海上普陀山佛寺圆通庵的客舍盘桓了两个月，想寻找出一个新诗所未曾有而应当建立的格律体制，从而导引新诗进入健康发展阶段。经过苦思冥想，终于创建了他的"音组"理论。此时的孙大雨已经有意识地运用两三个汉字构成一个字的单位（字组），积五个单位成一个诗行，后来他将这样的单位定名为"音组"。什么是"音组"呢？孙大雨说："那就是我们所习以为常但不大自觉的、基本上被意义或文法关系所形成的、时长相同或相似的语音组合单位。"② "那是以二或三个汉字为常数而相应的不同变化的结构来体现的，这样的命名也是为的有别于英文格律诗中的'音步'。"③ 接着，孙大雨就把以上诗律理论探索成果付诸创作实践，写出了汉语十四行诗《爱》，诗末注明的写作时间是1926年"三月十七日晨二时"，发表在1926年4月10日北京《晨报副刊》第1376号上。这诗被称为"中国第一首用等量音组建行和意体正式用韵的十四行诗"。孙大雨在诗中用每行整齐的音组去改换十四行体诗行整齐的音步。每个音组的构成并不依靠轻重、长短等节律规律，而是我国语言中的顿挫段落。以后孙大雨又用音组节奏写了《诀绝》《老话》《回答》等汉语十四行诗。孙大雨的探索成功地用音组对应移植了十四行

---

① 张崇富：《十四行诗体的节奏移植及其语言学考察》，《东方丛刊》1999年第3期。
② 孙大雨：《诗歌底格律》，《复旦学报》1956年第2期、1957年第1期。
③ 孙近仁、孙桂始：《耿介清正：孙大雨纪传》，山西人民出版社1999年版，第17页。

体音步，实践了他的目标追求："要用以华北为首的广大地区的口语或'白话'来写作我们的新诗，当然要挣脱文言文的句法结构及惯用的辞采，而且还应当博采我们日常生活中的行动、思维、快意、感受、悬念、企盼和可能想象到的一切，凝练成一个个语辞单位，加以广泛运用，以充实我们的表现力。并且应该，也完全可以借鉴外国诗歌文学的格律机构，作为参考，以创建我国白话新诗的格律。"①

与此同时，闻一多的探索也达到了大致相当的成果。闻一多在20世纪20年代初写《律诗底研究》，就认为传统的"逗"在汉诗中最重要，他把中诗的"逗"同西诗的"音尺"联系起来。他说："大概（西诗）音尺在中诗当为逗，'春水'、'船如'、'天上坐'实为三逗。合逗而成句，犹合尺（meter）而成行（line）也。"② 这种看法，已经包含着用"逗"（即音顿或音组）去对应改换西诗音步的思想。到了20年代中期，闻一多把这种认识拿到解决新诗的节奏形式的实践中去，根据每个汉字一般是一个音节及现代汉语以双音节、三音节词为主的特征，创造性地把音尺与字数联系起来。他引证了别人的诗句，也从自己的《死水》的音尺分析入手，说"孩子们/惊望着/他的/脸色，//他也/惊望着/炭火的/红光"这两行诗，"每行都可以分成四个音尺，每行有两个'三字尺'和两个'二字尺'，音尺排列的次序是不规则的，但是每行必须还他两个'三字尺'两个'二字尺'的总数。这样写来，音节一定铿锵，同时字数也就整齐了"。他高兴地说："我希望读者注意，新诗的音节，从前面所分析的看来，确乎已经有了一种具体的方式可寻。这种音节的方式发现以后，我断言新诗不久定要走进一个新的建设的时期了。"③ 这种探索的重要性在于：直接把印欧语系诗的节奏单元概念音尺（音步）拿来，用它来概括中国新诗

---

① 孙大雨：《格律体新诗的起源》，《文艺争鸣》1992年第5期。
② 闻一多：《律诗底研究》，《神话与诗》，华东师范大学出版社1997年版，第296页。
③ 闻一多：《诗的格律》，《晨报副刊·诗镌》第7号（1926年5月13日）。

的节奏单元；同时，根据汉语的特征赋予这种音尺以全新的血肉，即把轻重尺改成二字尺或三字尺等，完全从字数着眼。这样就成功地对应移植了西诗的节奏单元。正是在此基础上，闻一多创作的十四行诗就同早期的十四行诗不同，讲究起音尺的整齐排列。正如卞之琳所说："闻先生是较早基本上按照他的基本格律设想而引进西方十四行诗体的，那就是《死水》诗集第二首《收回》和第三首《"你指着太阳起誓"》。"①

孙大雨和闻一多探索的音组排列节奏特点是：音组是时长相同或相似的语音组合单位，从字数（即音数）着眼；音组内的字数以二字和三字为主，但并不限死；音组排列形成诗行，形成整齐的节奏效果。这种探索成果符合汉语的语音特征，汉语的单字都是一个音节，由字组成的词也没有绝对的重音，因此新诗的节奏单元应从古诗的"逗"中吸取营养，以字的组合形成节奏。现代汉语中双音词出现率超过一半，单词平均长度为1.5个音，因此新诗节奏单元应该以二字组和三字组为主。同时，这种探索成果也同西方十四行体的节奏形式相应。十四行体的音步可以从两个角度分析，一是节拍，二是节律，现在孙、闻的对应移植借用了节拍而抛弃了节律，用顿歇来替代节律，这是一种扬弃的移植。孙、闻的探索成果标志着我国新诗音组（顿）排列节奏体系成形，从而为新诗也为中国十四行诗解决节奏问题找到了一条新路。以后多位诗人沿着这一道路探索，取得了丰硕成果。如卞之琳就提出了具体方案："我们用汉语说话，最多场合是说出二三个单音字作一'顿'，少则可以到一个字，多则可以到四个字。这是汉语的基本内在规律，客观规律。""由一个到几个'顿'或'音组'可以成为一个诗'行'；由几行划一或对称安排，加上或不加上

---

① 卞之琳：《完成与开端：纪念诗人闻一多八十生辰》，《人与诗：忆旧说新》，生活·读书·新知三联书店1984年版，第15页。

脚韵安排，就可以成为一个诗'节'；一个诗节也可以独立成为一首诗，几个或许多个诗节划一或对称安排，就可以成为一首短诗或一部长诗。这很简单，可以自由变化，形成多种体式。"① 我国采用音顿连续排列节奏写作十四行诗的较多，并在实践中形成了三种基本的格式。

第一式，每行限定音组（顿）数量，每个音组（顿）限定二音或三音，但不限诗行的总体音数。采用这种节奏方式写作十四行诗的诗人很多。孙大雨是最早在十四行诗《爱》中探索这种节奏方式的。他自己对诗作《爱》做过多次音组（即音顿）的划分，这里引其前八行：

> 往常的/天幕/是顶/无忧的/华盖，
> 　　往常的/大地/永远/任意地/平张；
> 　　往常时/摩天的/山岭/在我/身旁
> 峙立，/长河/在奔腾，/大海/在澎湃；
> 往常时/天上/描着/心灵的/云彩，
> 　　风暴/同惊雷/快活得/像要/疯狂；
> 　　还有/青田/连白水，/古木/和平荒；
> 一片/清明，/一片/无边沿/的晴霭；

这是我国最早按照意体格律创作的汉语十四行诗，诗人以汉语音律对应移植十四行体格律。因此他说写完《爱》以后，就"自知它是我从观摩英文名诗作品里所借鉴引进来的一首意大利或称媲屈拉克体的商乃诗（Italian or Petrachan sonnet）"②. 他后来的十四行诗都用此节奏方式写成。在这首诗中，每个音组（顿）统一为二字或三字，每个诗

---

① 卞之琳：《〈雕虫纪历〉自序》，人民文学出版社1984年版，第11页。
② 孙大雨：《格律体新诗的起源》，《文艺争鸣》1992年第5期。

行都是由五个音组（顿）构成，行内也可以分句，并不规定每个诗行的长度，所以诗行只是大体整齐而非绝对均齐。每个音组（顿）统一为二字或三字的节奏单元划分体现着规则和自由的结合。二字音组（顿），可以是双音词，也可以是单音词有前缀或词尾的两字结构；三字音组（顿）可以是三音词，还可以是前后都有结构较紧的虚词构成的词组；结构助词根据需要可以划分在上一音组（顿）或下一音组（顿），如"落日的/余晖"和"无边沿/的晴霭"，这是为了让每音组（顿）保持二音或三音相对等时的节奏。孙大雨还有意在诗中采用跨行甚至跨段方式，造成诗句通体流动、连绵不断的节奏感。后来罗念生写作《十四行体（诗学之一）》，在开头就说，"我当时曾劝孙君作一篇十四行体的介绍，他回答得很妙，说那首《爱》不就是实际的介绍吗？"① 可见孙大雨对此探索的自信。

第二式，每行限定音组（顿）的数量，但不限音组（顿）的音数，结果当然也是不限诗行的音数。采用此式写作音顿连续排列节奏十四行诗的诗人也多。如唐湜的数百首都是采用这种方式写成。他的诗每行基本控制在四个或五个音顿，每个音顿以二音或三音为主，但并不限死，诗行也不限定音数。如《夜中吟》中的两节：

森林/慢慢儿/幽暗/起来了，
白荸子的/眼睛/却更加/明亮，
昆虫们/在开着/黑暗的/夜会，
黄昏星/给他们/放射了/闪光；

这忽儿/我在/林子里/散步，
忽听到/珍贵的/友情的/足音，

---

① 罗念生：《十四行体（诗学之一）》，《文艺杂志》第1卷第2期（1931年7月）。

第七章 十四行体中国化的节奏转化

希望的/喜悦/在心上/开花，

最熟稔的/枝条/也新妍得/迷人！

由此可见唐湜十四行诗音组（顿）排列的特点。他让二字和三字音组（顿）占绝对优势，夹杂有助词的四字音组（顿）[有的诗还夹杂一字音组（顿）]。这种音组排列最易造成匀整的节奏。他自己就说："两字的一顿与三字的一顿相互交错，朗读起来就会有整齐的节奏，或活泼轻快，或沉雄有力。不过最好不要把三个或三个以上的两字顿或三字顿连在一起，那就会像古典诗词中连续是三四个平声或三四个仄声字一样，读起来非常别扭。三字顿与两字顿的使用位置，也可以有些自然的变化，使节奏更加活泼而流畅。"① 以型号大体相同的音组（顿）占优势，又让其他型号音组（顿）穿插其间，以此来追求整齐而略有参差的美。他的创作体会是："最好能在顿数相同的诗行间寻求一二个字的参差，如四行诗中最好第二、四行多一两个字，尽量不使各行相距过大，最后一行最好不要过短。"这种追求，会防止十四行诗格律容易产生的呆板流弊。

第三式，每行限定音组（顿）数量，同时又限定每个音组（顿）的音数，最终限定全部诗行的音数。这是闻一多最早探索的节奏格式。闻一多在《死水》中采用了等量音组（顿）、等量音数、等长诗行来安排节奏，即全诗每行都是九言，每行由四个音顿组成，统一限定为三个二字顿和一个三字顿。其实，这种格律主张他倒没有在自己的创作中实践，他写作十四行诗采用的是仅限诗行顿数的格式。但这种主张在其他诗人中有着较多实践。新时期东方诗风诗人写十四行诗，就既限行的顿数（他们称为"步"），又限行的音数，甚至在题下标明。如王端诚《秋韵集》中有三步六言十四行体，如《游湘西"不

---

① 唐湜：《关于建立新诗体——我的格律试验与体会》，《文学评论丛刊》第 25 辑，中国社会科学出版社 1985 年版。

二门八阵图"景区有悟》《天空故事：09.07.22》等，即每行三顿六言；有四步八言十四行诗，如《回乡》《峨眉》，即每行四顿八言；有四步九言十四行诗，如《每当》《锦江》《写在武王伐纣会盟处》，即每行四顿九言；有四步十言十四行诗，如《大地》《乐山》，即每行四顿十言；有六步十二言十四行诗，如《旧居》，即每行六顿十二言。邹绛写作十四行诗，逐渐摸索到一种音组（顿）组合规律来建立诗行。这就是每行五个音组（顿），其中三个二字组、两个三字组，自称为"三二二三"原则。他的十四行诗大多用韵，段式有用意体四四三三的，也有用英体四四四二的，也有按照"三二二三"原则建行，但没有押韵的，如《一封燃烧着的信》。这里来看《一个先死者的歌》前八行：

我想着/有一天/我从/地下/醒来
发着/无光的/眼光，/我将/抬起腿
走向/我曾/爱过又/恨过的/世代
我要/再一次/将那些/感情/回味

沉默地/我又/回到/你们/身边了
我的/亲爱的/姊妹，/亲爱的/兄弟
我想/问你们/往日/的话/怎样了
我想/再一次/呼吸/你们的/空气

这诗采用英体分段，用韵是 ABAB CDCD EFEF GG，节奏采用"三二二三"原则建行，即每行五个音组（顿），其中三个二字组两个三字组。二字组和三字组在诗行中的位置并不固定，甚至可以让三字组放在行末，这样，二、三字音组（顿）自由交错出现，就能避免音组（顿）组合诗行的单调。他说："这种建行原则虽然严格一些，但我觉得运用起来还比较顺手，写出来的诗节奏也比较鲜明。我想，这主要是因为比较符合现代汉语中双音词和三音词较多的特点。《一颗星》《给缪斯眷顾的人》《一个先死者的歌》和《最后之歌》就是按此原则写出来的。"①

以上是三种音顿连续排列节奏的具体方式,应该算是较为严格规范的格式。此外还有些也是采用这种节奏体系写作,但却显得较为自由,如有些十四行诗的诗行大致有个基本格式,但全诗并不统一。唐祈的十四行诗的节奏就具有这种特点,如《沙漠》中的几行:

沙漠用静默唤醒了我
这无言的暗黄的波涛啊
它有时轻柔得象一声云雀
黑夜才深沉如大海的寥廓

它让我加入他们的队列
去祁连山雪线上悄悄停歇
也许此刻,去罗布泊探寻神泉
而茫茫的冰川在静默中断裂

这诗大多数诗行是四个音组(顿),第二行却是三个音组(顿),第七行是五个音组(顿)。我们认为,这种移植虽然并不严格遵循十四行体节奏整齐原则,但从美学价值上说,也不失为一种有意义的追求。我们应该把这种追求作为十四行体音步移植中的一种"变格"予以肯定。

---

① 邹绛:《一点体会和一点希望》,钱光培编《中国十四行诗选(1920—1987)》,中国文联出版公司 1990 年版,第 373 页。

三 行顿节奏的十四行诗

在中国古典诗歌中，诗行既是语音的一个基本结构单位，又是语义的一个基本结构单位，因此它被称为"诗句"，不必分行书写。在西诗中，这种结构单位同文句不必一致，行只是音的阶段而非义的阶段，因此必须分行书写而称为"诗行"。采用分行书写，是在新诗发生期学习欧诗尤其是在译诗中逐步确立的，此后成为新诗的外形和内质的显著特征，甚至成为是诗不是诗的重要标志。从诗学上讲，"句"是古典诗学的理论术语，而"行"则是现代诗学的理论术语，从"句"到"行"的术语转换，其关涉的意义非同小可。瑞士学者施塔格尔认为："抒情式的诗行本身的价值在于诗语的意义及其音乐的'一'。"[①]"诗行是诗歌各个层次上能够经常形成平行结构的基本条件和诗歌的形式标志，不遵从格律也不押韵的自由体诗也受诗行的制约。"[②]诗行是诗歌文体的重要标志。从外形结构看，诗分行书写，每行占一完整的空间；每行结束有较长的停顿，所以又占独特的时间。从内部结构看，诗行的特点决定了音和顿的数量和排列方式。从有机结构看，统一的诗行组合才构成整节、整首诗的完美和谐结构，杂样的诗行组合不可能有真正意义上的诗歌结构。从朗读停顿看，行末的停顿才是真实的充分的停顿，它是"必然停顿"，其"对比度"最强且"可控性"也最强，诗行停顿是新诗有规律停顿的关键。

以上是从一般意义上论诗行，但若要把诗行作为节奏单位，并在

[①] ［瑞士］埃米尔·施塔格尔：《诗学的基本概念》，胡其鼎译，中国社会科学出版社1999年版，第5页。

[②] 黄玫：《韵律与意义：20世纪俄罗斯诗学理论研究》，人民出版社2007年版，第127页。

此基础上建立行顿节奏体系,则又会产生意见分歧。如有人就把朱湘的行顿节奏说成是进入了一个误区,是死板的形式主义。如江弱水就针对诗行字数整齐的十四行诗说:"殊不知从闻一多到卞之琳,都已经对现代汉语的基本因素进行了卓有成效的分析,探讨并总结出符合其本质规律的建行条件,奠定了以'顿'(或称'音尺'、'音步')的均齐为主要特点的现代汉诗格律基础。……事实上,这一套从理论到实践都已经相当成熟,可是还有那么多人不予理会,实在令人遗憾。"① 这是一种局限于音顿节奏的认识误解。其实,在他们所认同的音顿节奏体系外,确实还存在行顿节奏体系。"从本质上看,语言都是一维的时间语音链,如果用特大的纸张记录语言作品的真实面貌,理应是'一行'缀满了大小级别停顿的文字链,'分行留白'不过是用'空间转换'来凸显语音链上的'时间间歇'即停顿,一来以示重要;二来便于观察语言运动的节奏。"② 这说的是诗行具有节奏的意味。诗行对于新诗形成诉诸听觉和视觉的节奏意义重大,因为"诗行"本身是诗歌中的一个节奏单位(层次),诗行在朗读中是一个比音顿或意顿更显意义的音节重要存在和音节停顿单位;同时,诗行又处在行内节奏和行间节奏组织的关节点上,建行方式决定了诗行的节奏形象,诗行排列决定着诗节诗篇的节奏形象。林庚认为:"诗歌的形式问题或格律问题,首先是建立诗行的问题。"诗行是基本的,"西洋诗如果没有一定的 Metre 的诗行,如何能有十四行诗呢?建立诗行的基本工作没有作好,所以行与行的组合排列就都架了空。"③ 诗行构成节奏结构单位的要素表现在:一是组合音顿或意顿形成时间的段

---

① 江弱水:《商籁新声:现代汉诗的十四行体》,《中西同步与位移——现代诗人丛论》,安徽教育出版社2005年版,第169—170页。
② 孙则鸣:《论"分行"在新诗形式建设中的重要作用》,《东方诗风》第11辑(2013年12月)。
③ 林庚:《新诗的"建行"问题》,《问路集》,北京大学出版社1984年版,第213页。

落。节奏的构成是平均距离所标志着的时间的重新回转，诗行在诗中成为一个声音段落，它有规律地组织就生成节奏。二是诗行后面的声音段落的停顿，"汉诗的节奏是通过句读来实现的，而句读同时是语音单位和语义单位"。"由于句读同时是声音与语义的统一体，音节延续与停顿方式的变化，同时也给诗歌语义的延续与停顿带来变化空间。"① 正因为如此，西方诗歌就有12音的亚历山大式，有11音的彼特拉克式，有10音的莎士比亚式等，西方不少诗体是以诗行音数或诗行行数来命名的。这就是建立行顿节奏体系的理论依据。

在孙大雨、闻一多等人探索音顿节奏的同时，饶孟侃、徐志摩、朱湘等开始探索行顿节奏。徐志摩认为诗的秘密就是内含的音节的匀整与流动，他说："行数的长短，字句的整齐或不整齐的决定，全得凭你体会到得音节的波动性；这种先后主从的关系在初学的最应得认清楚，否则就容易陷入一种新近已经流行的谬见，就是误认字句的整齐（那是外形的）是音节（那是内在的）的担保。"② 这里指明了行顿节奏的特点是内外律融合后的波动，其所说谬见即指闻一多、孙大雨等的音顿节奏理论。朱湘的格律理论的核心就是"行的独立"与"行的匀配"，他在论徐志摩的诗时说："散文诗是拿段作单位，'诗'却是拿行作单位的。……我们要是作'诗'，以行为单位的'诗'，则我们便不得不顾到行的独立同行的匀配。"③ 所谓行的"独立"和"匀配"，即要按照自由与规律的要求来建行和组行。这种理论为一批诗人实践。在我们看来，音顿节奏固然有着无法辩驳的理论根据，但现代读诗已经把吟咏方式抛开而取朗读或说话的方式，现代读者不会再

---

① 沈亚丹：《寂静之音——汉语诗歌的音乐形式及其历史变迁》，上海三联书店2007年版，第69页。
② 徐志摩：《诗刊放假》，《晨报副刊·诗镌》第11号（1926年6月10日）。
③ 朱湘：《评徐君志摩的诗》，《中书集》，中国文联出版公司1993年版，第164页。

第七章 十四行体中国化的节奏转化

去按着节拍朗读新诗,在这种情形下,以二、三字为基础的音顿其实已经难以真正发挥节奏作用了,与其说是音顿不如说是整齐的音顿在行的基础上发挥着节奏效果。而且,汉语组合后字和字、词和词之间的黏合度是极差的,忽上忽下的情形难以避免,如上邹绛的三二二三音顿排列的诗,在具体划分中我们就常常感到难以把握(在即兴式的朗读中更是难以准确地把握音组的划分和停顿),而且对同一诗行的音组划分往往是见仁见智,莫衷一是的。面对现代人的这种现实的困惑,现代西方诗人就探索了行顿节奏体系,如《现代西方文学批评术语词典》就明确地说:"他们弃而不用现成的韵律,这对读者的已经成为习惯的感受方式无异于釜底抽薪,并迫使他们形成新的阅读速度、语调和重读方式,其结果使得读者能更充分地体会诗歌产生的心理效果和激情。这种诗歌的韵律并没有同语言材料分离开来;在这种诗歌中,诗节的作用取代了诗行的作用,诗行(句法单位)本身变成了韵律的组成部分,而且诗行的长短变化形成了一定的节奏。"① 饶孟侃、徐志摩、朱湘之后,李唯建、柳无忌、吴兴华等重要诗人继续探索行顿节奏的十四行诗,新时期则有更多的诗人写作行顿节奏十四行诗,如邹建军数百首的十四行诗创作,都是采用了行顿节奏写成的。百年探索,行顿节奏十四行诗也形成了若干基本格式。

第一式,每行固定音数,全首诗行等长,诗行的特征是行句统一。这类诗的诗句结构较为单纯,每行都是相对完整的一个句子或一个分句,行句统一,不用跨行更不必说跨段,也不用抛词方式。王力曾说过:"普通白话诗和欧化诗的异点虽多,但是跨行法乃是欧化诗最显著的特征之一。"② 因此,陈本益把这种诗行结构的诗称为"传统式",即"诗行具有完整的或相对完整的意思,即便跨行,也断在意

---

① 〔英〕罗吉·福勒:《现代西方文学批评术语词典》,袁德成译,四川人民出版社1987年版,第114页。
② 王力:《汉语诗律学》,上海教育出版社1979年版,第851页。

思相对完整的地方,也就是顿歇较大的地方"。① 以邹建军的十四行诗为例说明,如《莲花峰》的前八行:

有一个影子在眼前飘来又离去
李白未伴粉色的桃花逃进风雨
当朵朵荷花开满了少年的荷塘
温泉谷弥漫了种种迷人的诗意

潜山怀抱着唐诗里那一弯月牙
眼前青山一脉让我再一次痴迷
桂花的青山里我倾心水里莲花
永久而纯净的莲花点燃了心绪

每两行构成一个行组结构,突出地抒写一个意象。意象抒写中渗透着诗人的主体意识,这就是大胆的想象和由衷的赞叹,因而使意象呈现着诗人心象的特征。每个诗行统一规定为13字,所有诗行形成一个方正的"豆腐"。由于诗中意象丰盈,句内结构严密,所以朗读时行内音节结合紧密,无法中间插入顿逗,读者通过朗读加上自然的停顿,就会传达出一种抑扬顿挫、节奏匀整、声情并茂的抒情调性。邹建军说自己对诗的韵律节奏考虑是:"我的诗不是等同划一的,如果句子比较长,则音节多一些,如果句子比较短,则音节少一写,但在同一首诗里,每个行的音节数是基本相等的。正是在这样的讲究的基础之上,才形成了一种和谐的节奏,适合于朗诵。"他认为,在学习的基础上,与中国古典律诗对诗艺格律的探讨相结合,就可以形成汉语十四行的特点。②

---

① 陈本益:《中外诗歌与诗学论集》,西南师范大学出版社2002年版,第110页。
② 覃莉:《关于汉语十四行诗的写作与翻译问题——邹建军先生访谈录》,邹建军网站"中外文学讲座"。

第二式，每行固定音数，全首诗行等长，诗行的特征是行句分裂。每行不是相对完整的一个句子或一个分句。这是同第一式相对而言的，主要差异是行句分裂，每行可以是一个短句，也可以是两个或三个短句，多用跨行甚至跨段，诗句绵延而下，形成旋律式的节奏效果。欧诗大量采用跨行跨段，王力在《汉语诗律学》中认为，其作用一是求节奏的变化，二是把重要的词的价值显现出来。梁宗岱和唐湜认为跨行可以增加诗句的弹性和韧性，沃尔夫冈·凯塞尔认为跨行可以放松行列的严格性，避免单调。由于这种建行方式横移自西诗，所以有人把它称为"欧化诗"或"现代式"。陈本益的概括就是："诗行的意思不一定完整或相对完整，常常有割裂语句意思的跨行。"而且他认为，这种跨行本来是西化的，但在我国三四十年代的现代主义诗中运用很多，在五六十年代台湾的现代主义诗中也广泛运用，因此称为西化跨行并不适宜，而适宜称它为"现代跨行"。① 朱湘在《石门集》中，写作意体和英体十四行诗时，就大量采用了这种节奏方式。如朱湘《意体之3》就充分呈现了"现代跨行"的基本特征。该诗统一规定每行10言。首先就建行说不以诗句为单位，而以诗行为单位，实行行句分裂、化句为行的西诗方式建行。结果是：第一，有的诗句结束在诗行中间，上例中第二、三、四、五、七、八、九、十、十二行的中间都有分号或省略号或感叹号来表示断句；第二，一行中包括两个或两个以上短句，如第八、九、十一、十二行，都用标点并列分句；第三，有的诗行跨行，如第三、四、七、十一、十三行都有上行诗句跨入。化句为行增加了诗行的弹性，相比以句为行来说，给诗带来更多的自由变化，免去一些单调和生硬，同时也能确保全诗的均衡节奏和调式。其次就组行说是行的统一，音数相同。朱湘没有采用西诗通过固定音步数来建行，也未用孙大雨式固定音组（顿）数来建

---

① 陈本益：《中外诗歌与诗学论集》，西南师范大学出版社2002年版，第113页。

行,而是以每首字数(即音数)一致原则来处理诗行匀配问题,即全诗十四行的每行音数一致(当然也有少数例外)。有人认为这种节奏方式是"体式的迷误",即"朱湘未曾顾及汉语言与英语和意大利语的本质不同,单纯追求字数一致,以获取古典律诗的体式效果","字数与格律成了窒息诗思的紧身衣"。① 其实这是一种误解。朱湘的十四行诗每行规定音数就难免会出现凑字句现象,但是数量很少,他的十四行诗从语言来说总体上呈现着自然自由的特点,抒情语调自然流畅。我们认为,由闻一多、孙大雨开创的音组节奏体系和由徐志摩、朱湘探索的音数节奏体系,完全可以并行发展,事实上我国汉语十四行诗(包括整个新诗)创作中更多采用的则是后一种节奏体系。柳无忌在《为新诗辩护》中就认为新诗创格有两条线索,一条是以轻重音的分别和音组拍数来创格,另一条"主张新诗还不如从本国的旧诗那边学一点乖,每行可有一定的字数,每诗有个整齐的格律。这就成了有名的所谓'豆腐干诗体'。这类诗并不像一般人所想象的那样拘束与单调,因为作者可以自由地界定每行的字数,依照诗中的情感或思想而变化着。同时,作者不一定一行内写着一句,他可以在一行内写着几短句,或者可把一长句带到另一行内结束。在这里面尽有很多的自由,可以免去拘束,有很多的变化,可以免去单调与生硬"。然后,柳无忌以朱湘的《女鬼》即《意体之8》和自己的创作为例,认为"倘使新诗要有格律,或者被讥为'豆腐干'式的诗是个妥当的试验。这种做法是相当的吸收了西洋文学的影响;它似乎比整个的吞下了英诗的构造法,要在中文诗中用轻重音而忘却了中英文字根本不相同的一般论调为高明一些"②。柳无忌的这种观点值得重视。钱光培在《现代诗人朱湘研究》中明确地说,十四行这种诗体,不以句为单位,而

---

① 方李珍:《朱湘十四行诗:体式的迷误》,《福建论坛》1996年第6期。
② 柳无忌:《为新诗辩护》,《文艺杂志》第1卷第4期(1932年9月)。

以行为单位。诗人在一行之中,不一定只写一句,他可以在一行之内写几个短句,也可以把一个长句带到另一行内结束;同时,每行的字数多少,也可以依照诗中的情感或思想的变化而有所不同。应当说,在这些方面,它又较一般的以句为单位的诗歌自由多了,这种自由又可以给诗带来更多的变化,从而免去一些单调与生硬。①

第三式,每行固定音数,全首诗行等长,同时行内安排等量音组。有人把这类诗归入音顿节奏体系,但是由于其建行时音顿并不规定音数(往往是从一字到四字都有,而且随意位置排列),朗读时较难有效地加以划分,似乎的等量音顿在诗的节奏中作用其实是难以充分显示的,而能够充分显示的则是各个诗行等量的音数,在行顿平台上传达出整齐节奏的效果。因此我们将这种格式归入行顿节奏体系。如梁宗岱的十四行诗写得格律严谨圆融。他凭着感觉领悟到中文汉诗音乐性"大部分基于停顿,韵,平仄和清浊"。从节奏方面说,梁宗岱从汉语特征出发考虑新的规则,一是主张诗里每行应具同一节拍。"无韵诗(blank verse)和商籁(sonnet),前者因为没有韵脚底凭借,易于和散文混合,后者则整齐与一致实在是组成它底建筑美的一个重要原素,就非每行有一定的节拍不可。"② 二是主张每行各拍字数不必完全一致,但也不能够相差太大。虽然每个节拍字数允许存在差异但必须控制在适当范围内,这样在朗读中通过有规律的停顿还是能够形成节奏审美效果的。三是节拍整齐的诗体每行字数应该一致。"我们现在的节拍可以由一字至四字组成;如果字数不划一,则一行四拍的诗可以有七字至十六字的底差异。把七字的和十六字的放在一起,拍

---

① 钱光培:《现代诗人朱湘研究》,北京燕山出版社1987年版,第228页。
② 梁宗岱:《按语和跋》,《诗与真·诗与真二集》,外国文学出版社1984年版,第176页。

数虽整齐，所占的时间却大不同了。"① 四是可以适当地运用诗句跨行。《商籁六首》都能严格地遵循这些规范，即全诗每行固定为五拍12言，每拍字数并不固定。如《商籁》第3首八行：

  人的险恶曾竭力逼我向绝望
  声势汹汹向着我舞爪和张牙；
  耳边沸腾着狞笑恶骂的喧哗，
  我再听不见一丝和谐的音响：

  触目尽是幢幢的魑魅和魍魉，
  左顾是无底的洞，右边是悬崖，
  灵魂迷惘到忘了啜泣和悲嗟——
  一片光华飘然忽如从天下降：

这两节诗每行统一固定为五拍，但每拍的字数并不固定，有一拍两音和三音的，也有一拍一音和四音的。除了限定诗行节拍数外，同时又限定各个诗行的总音数，即每行统一固定为12音，全诗除去标点就排成方块，其格律追求就是在行的层次上朗读中的占时相同。梁宗岱曾经用实例说明有时一字的加减变化也有可能产生朗读中的不和谐。如《商籁》第一首第12行，原是"从你那嘹亮的欢笑，我毫不犹豫"共13字，诗人说每次读到这行，总觉得特别匆忙仓促，直到改成"和那嘹亮的欢笑，我毫不犹豫"这样的诗行才觉得自然。

  以上是行顿节奏的三种基本格式，在具体的创作中往往会出现出格，从而成为行顿节奏的变体。如徐志摩《云游》有12行，每行11音，但第二、三行是10音。徐志摩新诗建行方式不是音顿而是诗行本身，是以诗行的匀配构成诗节诗篇。这种诗行从外在语言形式看呈

---

① 梁宗岱：《按语和跋》，《诗与真·诗与真二集》，外国文学出版社1984年版，第176页。

现着整齐中的变化,从内在情调看是通过自然语调来呈现诗的情调,自有其独特审美特征。为了凑足诗行音节,不顾文法与语气的通顺,任意地增削,这是不足取的,但这并非写作均行诗的过错,事实上朱湘、李唯建、冯至、曹辛之的汉语十四行诗都写得语调自然。

四 意顿节奏的十四行诗

我国古典诗歌最为主要的节奏体系有两种,两字一拍为主,是黄河流域中原文化的节奏遗产,首先体现在上古原始歌谣之中。《诗经》由上古歌谣的二言体、三言体进展到四言体,而四言句式一般分为"2字+2字"两个节奏单位,即使是虚字也常常被纳入两字拍。"以两个字组成的音组字数的绝对定量,与以两个音组组成的诗行顿数的绝对定量相统一,完成的是'22'诗行节奏。"① 随着文字的产生、丰富及物质文明的发展,人类的文体由最初单一的诗向其他文体扩展,《诗经》稍后的 300 年正是散文的时代。我国诗歌受到散文影响导致韵律的弱化。林庚说:它"迫使诗歌进行散文化;出现了与四言诗面貌迥异的全新的诗体,那就是屈原的骚体,也就是所谓楚辞"②。"楚辞"呈现出散文化倾向,由《诗经》的四言体向多言体发展,它不仅完善了《诗经》的齐言体,还奠定了汉诗的另一种形态即非齐言的自由体。其韵律节奏特点,一是大量出现远超《诗经》的双音节词、三音节词甚至四音节的词组,同时大量起用关联词、语助词和衬字来组合成更加膨胀形的短语,诗行的长度进展到九、十言;二是突出散文化诗歌的韵律节奏,开始使用对偶句式,强化诗行组或诗节的节奏,

---

① 骆寒超:《汉语诗体论·形式篇》,人民文学出版社 2009 年版,第 10 页。
② 林庚:《谈谈新诗,回顾楚辞》,《新诗格律与语言的诗化》,经济日报出版社 2000 年版,第 99 页。

它使诗行间产生相应凝聚力,给诗行组、诗节带来匀称与和谐,大大扩展了诗行组和诗节复沓回环的功能。从本质上说,《诗经》是一种形式化的节拍节奏,而《楚辞》则是一种口语化的自然节奏,这两种节奏系统作为我国诗歌节奏的两个传统,在以后的诗歌发展中相互融合,形成了我国古代诗歌线索清晰的两种节奏体系。大致来说,古诗体以及后来定型的五七言近体主要继承的是《诗经》的形式化节奏体系,而词曲则继承了《楚辞》的口语化节奏体系。前者的主要特征,就是设限音顿的型号(二字顿三字顿)、设限诗行的顿数(齐言的二顿三顿)、设限诗行的组合(绝体律体)、严格的声调韵式;后者的主要特征,就是不限顿的字数(顿的音节容量增多加大)、不限诗行的音数(大量采用的是参差诗行)、不限诗行组合(词曲的篇章结构呈现多样化)、不限诗节结构(对称方式多样化)。从基本节奏单元来说,前者是形式化的,每顿大致固定为二三言;后者是口语化的,更多采用词组的四五言。骆寒超说:"词曲语言是趋向口语化的。所谓口语化指人际交流中所采用的语言是一种陈述性语言:它要求适应特定语境而对成分作适度增删、语序作酌量变动,但总体又不违反语法规范,使信息传递简洁明晰,语调表达生动自然。"[①] "以齐言为标志的近体诗所展示的是音组停逗均衡的复沓型节奏,以长短句为标志的词曲所展示的则是音组停逗参差的流转节奏。"[②] 这是一种相异于《诗经》开启的形式化节奏特征的另一种传统诗歌的节奏体系。

新诗的节奏单元类型也是多样的,从而形成了多种新诗节奏体系。我们认为新诗的基本节奏单元有三种,即音顿、意顿和行顿,它们分别向外发展就形成了音顿节奏体系、意顿节奏体系和行顿节奏体系。五四以来不少诗人已经在实践着一种用意顿来形成规律节奏的创

[①] 骆寒超:《汉语诗体论·形式篇》,人民文学出版社2009年版,第68页。
[②] 同上书,第67页。

作，如郭沫若、宗白华、徐志摩、朱湘、陈梦家、艾青、郭小川、严阵、纪宇等，都写出了优秀的意顿节奏的新诗。这些诗写作时并不按节拍而按口语分顿来组织安排，其节奏再现只需口语朗读，是一种朗读式节奏体系。意顿节奏单元的根本特征就是突破形式化，趋向散文化和口语化。这种探索实践的意顿节奏，恰巧正是源自楚辞，其诗体形式是对于《诗经》节奏系统的突破和解放。郭小川的《青纱帐—甘蔗林》中有这样一节诗：

　　哦，／我们的青春、／我的信念、／我的梦想……
　　无不在北方的青纱帐里／染上战斗的火光！
　　哦，／我的战友、／我的亲人、／我的兄长……
　　无不在北方的青纱帐里／浴过壮丽的朝阳！

这里的分顿是根据中央人民广播电台播音员方明的朗读唱片所加，其划分完全是按照语法和意义来进行的，完全符合自然语流的停顿。"哦"是叹词，位于句首，一顿；"我的青春"等和"我的战友"等是主语，各一顿；两个"无不在北方的青纱帐里"都是状语，一顿；"染上战斗的火光"和"浴过壮丽的朝阳"是谓语带宾语，也是一顿。意顿节奏的诗，由于诗人写作时并不按节拍而是按自然语流的意群来组织安排，那么我们通过朗读使其节奏再现时，也只需按自然的停顿方法还其自然即可，所以它是一种更加接近现代口语节奏的诵读式新诗节奏体系。其节奏构成有三个要件：第一，节奏单元是"意群"。这是根据意义相对独立和语调自然停顿划分出来的"时间的段落"，一般是一个短语，甚至是一个诗行，不呈形式化，长度并不统一；第二，意群的排列原则是"对称"。某个诗行连续排列的数个意群并不等时，音节数量差距较大，因此无法见出节奏，只是在数个诗行意群对比排列的条件下，节奏才呈现规律运动——循环、反复、再现，这种对比即意群的相对对称排列；第三，有规律地停顿。在意群相应对称排列的情况下，诗行或诗行组之间的停顿就呈现规律性。

我国诗人在汉语十四行诗创作中，也开始探索意顿节奏，尤其是 20 世纪 80 年代以来出现了许多意顿节奏的十四行诗。诗行意群对称节奏在西方十四行体中没有传统。具体来说，西方十四行体采用的是音步排列节奏，而且西方十四行体在形式上反对意群对称复沓而主张诗意回旋而下，全诗呈现弧形进展，所以不用对称对偶或排比的诗行，意群对称节奏的出现也成为不可能。但是，对称是中国传统诗歌的优良传统，而且在新格律诗的创作中，诗行意群对称节奏也直接对中国诗人的十四行诗创作产生影响。因此，中国的十四行诗也进行着诗行意群对称节奏的初步尝试，如冯至、唐湜的一些十四行诗大量采用了对称句式，尤其是陈明远的十四行诗更是有许多诗行交叉对称、诗行并列对称以及诗节相互对称的语言结构。我国诗人在创作实践中，形成了意顿节奏十四行诗的两种基本格式。

第一式，采用排比、反复的方式进行诗行的对称或宽式对称排列，从而形成行间意顿对比排列节奏。如朱湘的《英体之2》，全诗有着九行以"或者"开头的句式，通过反复或排比在诗行层次上形成意顿对称结构。如前面的八行：

> 或者要污泥才开得出花；
> 或者要粪土才种得成菜；
> 或者孔雀，车轮蝶与斑马
> 离不了瘴疠瀚然的热带；
> 或者泰山必得包藏凶恶；
> 或者并非纯洁的，那瀑布；
> 或者那变化万千的日落
> 便没有，如其并没有尘土

"该诗的主题旨在呼唤现实之于诗人的磨难，分别从生物生长、自然变化与人类文明三个不同面向，因性质相近而分别置于三个四行的意义单位，揭示宇宙万物对立而相依的关系，进而引出'世上如其没有折磨，/诗人便唱不出他的新歌'的生存信念。在此，值得我们注意的是假设句法的排比使用。诗中大量出现'或者要……才''或者没有……便……''如其……便……'等推测性连词，使得在'或者''如其'等虚词统摄之下死极复生的'理念''认知'，终究只是心中的一种'祈向'、而非'确信'，从而反衬诗人在象征逆境的'污泥''粪土''瘴疠滃然'的意象中迷惘。"① 这就告诉我们，诗中出现反复是与"性质相近而分别置于三个四行的意义单位"相关的，是与"推测性连词"使用有关的。但应该承认的是，不管出自何种原因，这首诗中多用对句或变格对句则是无法忽视的。这种对句或排比或反复在朱湘十四行诗中常能见到，这是同他这一时期关于"行的匀配"的追求联系着的。但是，我们又要看到的是，朱湘诗虽用对句构成反复或排比，但往往是穿插性的，而且注意句式的变化，所以整体诗意还是呈现盘旋而下的进展结构，也就是说符合十四行诗情思进展结构。而且在《英体之2》中，"诗人利用汉字的建筑特性，生产出均齐的音/字数，如果搁置标点符号的因素，此诗每行十字，以追步英诗传统的抑扬五音步"②。这就是说，朱湘诗中的对称句式是纳入在限定字数的诗行之中的，全诗主要是在行顿意义上呈现节奏的。这就是这类诗的节奏基本特征。与此相类的是冯至的十四行诗。对称或对仗，是我国传统诗歌的重要形式特征，他能够在语调和诗意上造成复沓咏唱；而十四行诗讲究的是诗情弧线发展，是基本朝一个方向进展流动的。冯至在《十四行集》中巧妙地吸收了以上两个方面的长处，写作了新的对称进展节奏的诗行。如第 16 首用了四组（八行）对称，但又不是

---

① 曾琼瑶：《汉语十四行诗的现代转化——以李金发、朱湘、卞之琳为讨论对象》，《汉语言文学研究》2015 年第 4 期。

② 同上。

回环式对称，而是呈前行进展的，诗情始终是向前流动的，同十四行体的构思契合。由于借用了我国传统诗的对称写法，因此就更接近于民族风格，更富有民族特色；而对句和散句结合，语言组织在对称中呈现变化，又较好地呈现着十四行体进展结构。这对于十四行体中国化不失为一种可贵的试验。

另有些诗人采用对句或排比，则更加强化了诗行的对称结构。如张秋红的十四行诗大量采用了宽式对称或复沓结构方式。如《幽兰》集第二辑的"序曲"和"尾声"的两组同样句式，如组诗"大地"题下的第8首，就连续地采用"也许"的方式结构诗行。十四行诗的构思应该是一个连贯向前发展的过程，是一个曲折推进的过程，过分多用同样句式的对称或复沓，容易造成回环结构或平行结构，如果把这种复沓或对称扩大到第三段落甚至扩展到全篇，往往就会影响到诗情诗思的"转合"，从而影响诗的层次、深度和情趣。在这一意义上说，张秋红部分诗的构思并不符合十四行体原本精神，但对称或复沓确实有助于诗的回环旋律化，而且这种结构方式同中国传统诗歌的复唱方式相应，所以张秋红的探索是应该予以鼓励的。这里的关键是准确把握好"度"，对称或复沓在十四行诗中需要防止过度使用，需要像朱湘或冯至那样通过句式变化形成情思变化。因此我们并不反对汉语十四行诗中使用对句或排比，但应该防止如张秋红《独白》式的诗句对称：

> 只有你敢于直面惨淡的人生，
> 只有你敢于正视淋漓的鲜血。
> 只有你心里装着贫困的农村，
> 只有你从未忘却曾经的浩劫。

全诗如此同样的句式一直延续到第十二行，这就是过度使用对称、排比或复沓了，完全失却了十四行体应有的规范。因为排比若延续到第十二行，就使诗情诗思始终停留在同一平面，无法沿着弧线向前发展，无法实现诗的构思起承转合，这是创作十四行诗应该加以避免的。

第二式，采用平行或交叉对称方式，形成诗行与诗行之间、诗节与诗节之间的意顿对称，从而构成诗的意顿节奏。这里对称着的"意顿"并不需要如传统诗歌那样讲究音义完全相同的词语或意象的对偶，可以放松对称意顿的结构或音义要求；而这里意顿的"对称"也不需要如传统诗歌那样严格对偶，而只要大致相同的对称，甚至只需字数相同或相似结构的相对。这就给诗人创作提供了较大方便，也给诗意的自由进展提供了可能。而且，在这种意顿节奏的诗中，往往都穿插着相当数量的散句，形成对句和散句的有机结合进展秩序，它有利于按照十四行体构思的原本精神安排情思的进展结构。我国诗人已经创作了较为成熟的意顿节奏的十四行诗。如杨树的《浪花与岩石》：

微风鼓励浪花/亲近岸畔的岩石，/浪花懒洋洋地/并不十分地情愿。

小路催促岩石/迎接腼腆的浪花，/岩石动也不动/它有颗冷酷的心。

但是，河湾里/有个青年游泳呢；/但是，岩石上/有个少女捣衣呢……

浪花高兴地扑过去，/岩石便不住地颤动着。

这首诗第一个四行是起，第二个四行是承，第三个四行是转，结末两行是合，构思相当圆满。而这种构思是同第一和第二个四行意顿对称有关的，是同第三个四行两组"但是"句式的意顿对称诗行有关，也同结末两行意顿对称诗行有关。这诗若用诗行音组排列节奏去分析，会感到诗行长短不一，音顿多寡任意，缺乏整齐节奏；若用诗行意群对称节奏去分析和朗读，就会感到有整齐优美的节奏。诗中既有严格的音义对称,也有宽松的语词对称,更有不断变化的诗行结构,诗意进展、诗行结构和节奏建构形成了有机完美的统一。

陈明远的十四行诗大都采用意顿节奏写成。其探索与杨树略有不同。如《爱的旋律》:

把我僵直的脊椎/做成吉他的弦柱/迸发 桂花香味/明月轮中 伴舞

这根细腻的弦索/搜寻 微小的幸福/这根粗犷的弦索/应和命运的严酷

还有一根弦索/我不忍心拨弄/是古木盘结藤萝/缥缈而又沉重/缠绕我的心窝/牵连你的影踪

诗构思精巧,想象奇特,"把我僵直的脊椎做成吉他的弦柱",从而创造了诗的美妙形象。它是诗的主体形象,全诗围绕它写了一系列意象。这首诗的特征是:第一,诗的意境传达出民族的色彩。"桂花香味""明月轮中伴舞""古木盘结藤萝""缠绕我的心窝"等,实际上都是中国传统的意象和意境。这里所表达的爱,是一种东方式的含蓄的爱。第二,诗的语言。诗的语言富有词曲的音节,用经过提炼的纯化的现代汉语写成,不用散文式句子结构和复杂句式,连结构助词和语气助词也尽量少用,读来叮咚作响。诗人还通过诗行间空白指示停顿,从而承受了传统词曲的音节,写出了清新流畅、语调自然的中国式新诗。第三,对称与错综的结合。诗人注意音顿整齐中的错综,具体手法是运用多种对句,如第三、四行音组的交叉对称,第五、六行与第七、八行的间隔对称,第十三行和第十四行的连续对称。在这种对称诗行以外,诗人多用散句,从而同对句形成一种对比,在全诗层次上形成错综和对称的结合。第四,全诗的韵式是 ABABCBCBCDCDCD,这是一种盘旋式韵,是在借鉴十四行体韵式基础上的改造。应该说,陈明远的这类诗具有中国味,虽然不用整齐的音顿或行顿节奏，但纯熟的意顿节奏同样获得了优美动人的节奏效果。《浪花与岩石》和《爱的旋律》这类十四行诗同欧洲十四行诗体形式存在较大差距，但它作为中国十四行诗的一种创造却应该予以肯定。因为就其格律特点说有三点：一是意群对称节奏采用口语的自然停顿，一般能体现语意的完整和语气的自然；二是意群的对称排列，是实现"匀整"的一种方法，桑塔耶纳认为"对称使一切明朗"，诗中相应意群、词与词、词组与词组的对称，给人一种音乐美和建筑美感；三是诗行和诗节的节奏作用加强，沃尔夫冈·凯塞尔认为："个别的一行诗固然引起我们一种节奏的经验……但是要成为真正的诗的性质，对于我们的感情还缺少某种东西。它需要进展、摆动、循环。……最简单的情况是把两行诗结合成为一组。"① 在对称节奏的诗中，两个或数个相同结构的诗行或诗节连续或间隔反复，就会在更高层次上形成有规律的节奏形象。由此可见，中国诗人完全可以借用这种节奏体系创造出具有中国特色的十四行诗。

五　音质音律的节奏作用

音质音律，是黑格尔概括的诗律的第二大体系，具体说就是："它要考虑个别字母是母音（元音）还是字音（辅音），也要看整个音节和整个字的音质，有时有规则地重复同一个或类似的音质，也有时按照对称的轮换原则。双声，叠韵，半谐音和韵脚等等都属于音质体系。"② 音质是语言的语音要素之一，音质音律包括两个内涵，一是突出语音本身的音质，如元音和辅音在诗中的音乐性；二是突出语音组

---

① ［瑞士］沃尔夫冈·凯塞尔：《语言的艺术作品》，陈铨译，上海译文出版社1984年版，第105页。

② ［德］黑格尔：《美学》第三卷下册，商务印书馆1991年版，第71页。

织的音质，如对等轮换的韵脚在诗中的音乐性。这在汉诗中主要是指韵脚互押、同音堆集、双声叠韵、平仄清浊等声韵。黑格尔在写作《美学》中关于诗律的文字时，西方现代诗运动已经兴起，主要是浪漫诗风盛炽。现代诗运动推动现代自由诗诞生，其诗学主张主要是自由地表达诗的情思，相应地要求诗体解放，放松格律。面对这一诗潮，黑格尔给予了充分的理解。一方面，他在《美学》中坚决否定了"对音律追求后使最美好的情感思想受到牺牲"的指责，另一方面，他在《美学》中探讨了现代诗运动兴起后的诗律建设问题。他清楚地看到，自由诗体发生使得根据语言自然因素如长短轻重等建构的节奏模式受到冲击，精神性因素正在冲破严格的传统节奏模式，诗句的节奏安排出现了自由化趋向。在这种情形下，节奏因素的损失就要求声韵因素来弥补。于是，浪漫诗人在诗中着重感情的"心声"，专心致志地沉浸在字母、音节和字的独立音质的微妙作用里，并发展到对声音的陶醉，学会把声音各种因素区分开来，加以各种形式的配合和交织，构成巧妙的音乐结构，以便适应内心的情感。黑格尔的分析是符合实际的，也是极其深刻的。它揭示了西方现代自由诗体突出音质音律的内在根据和真实图景。在西方的现代诗运动期间，不仅早期的浪漫诗，继起的意象诗、象征诗、现代诗人都把音质音律放到了突出地位，他们"之所以要求突出一种单根据音质独立形成的韵律，是因为主体内心活动要从这种声音媒介中听出它自己的运动"[①]。黑格尔在《美学》中提出了这样的问题：节奏音律和音质音律这两个体系的结合是否可能或是实际发生过呢？他的回答是："在这些近代语言里，确实有恢复节奏体系以及节奏和韵相结合的现象。"这种现象出现有着深层根据，主要是"近代语言既已发展到使精神意义上升到统治感性材料（自然的音节长短）的地位，决定字的音节价值的就不再是感

---

① ［德］黑格尔：《美学》第三卷下册，朱光潜译，商务印书馆1991年版，第84页。

性的或自然的长短，而是文字所标志的意义了。精神方面的情感自由不容许语言的时间尺度独立地以它的客观自然状态而发生作用"。① 这就是说，现代诗着重精神（包括思想、情感等意义）的传达，甚至发展到精神意义统治节奏的地步，所以往往会突破传统的诗律束缚，精神方面的情感自由限制了节奏的时间段落的独立形态。在这种情形下，就需要在节奏外的其他音律因素来弥补这个缺陷。

现在人们忽视音质音律，是同对其功能理解的局限有关的。闻一多早在1921年12月在清华文学社作《诗歌节奏的研究》报告时，就说到韵的功能包括五点②：A. "旋律"——这很容易理解，押韵使同韵音节按一定规律再现，在语流中形成某种声音的回环，它同节奏等其他语言现象配合，构成旋律。B. "组成部分的布局"——诗韵能关上粘下，把跳跃的诗行构成整体，加强结构和形象的完整性。C. "与短语的关系"——某些诗行由几个短语组成，诗韵就起了组合短语成行的作用。D. "预期效果的满足"——韵是一组（至少是两个）声音的呼应，读者读了第一个韵后，就期待着与之呼应的韵再现，韵在预期中出现，就使人获得满足，快感油然而生。E. "恢复想象力的活动"——"韵律的目的是在延长凝神观照的时间，在这个时间里我们是睡着又是醒着，这乃是创造的一段时间，它用一种迷人的单调使我们静默，同时又用各种变化使我们醒着，它把我们安放在那种真正出神的状态中，在那种状态中，灵魂脱离了意志的压力而在象征中显现出来。"③ 根据闻一多论诗韵功能的归纳，我们谈音质音律弥补节奏音律效果时，就要考虑到"韵节奏"的问题。首先提出"韵节奏"概念的是黑格尔。黑格尔认为，在现代语言里如果单靠长短音轮换交替或

---

① ［德］黑格尔：《美学》第三卷下册，朱光潜译，商务印书馆1991年版，第93页。
② 闻一多：《诗歌节奏的研究》，《闻一多论新诗》，武汉大学出版社1985年版，第21页。
③ 转引自李广田《李广田文学评论选》，云南人民出版社1983年版，第99页。

音步复现不能使诗的感性形式足够强烈时，于是韵就来助势，这样韵就起到了韵节奏的作用。我国学者陈本益认为："就汉诗的韵节奏与作为汉诗一般节奏的音顿节奏的关系看，两者是同质的，即都是声音本身及其后面的顿歇的有规律的反复。两者的不同仅仅在于：韵节奏是同一声音的反复，而音顿节奏则一般是不同声音的反复；韵节奏中那韵的反复一般是两行一反复（作为韵便是隔行押韵），是间歇性的，并且间歇很大；而音顿节奏中音顿的反复是连续的，反复的音顿之间的间歇很小。"① 这种理论是基于汉诗的语言特征。在汉语诗歌中，句是音的阶段，也是义的阶段，每句末字是义的停止点也是音的停止点，诵读汉诗时到每句最末一字都须略加停顿，甚至略加延长，它是全诗音乐最重的地方。部分新诗以行顿为节奏的基本单位，行末的停顿显得尤其重要。在这种情形下，行末如果用韵就可以起到强化诗行节奏的重要作用，韵在这种情形下也就成为节奏的一个组成部分。这就是韵节奏与音顿节奏同质的基本内涵，也是黑格尔强调节奏体系与音质体系结合的基本理由。当然，在这种情形下，韵和节奏的区别还是明确的，这就是："韵是诗中有规律的反复着的同一种声音。就反复的同一种声音而言，它是不同于诗的节奏的一种格律形式，是韵；就这种声音的有规律的反复而言，它又是一种节奏，这种节奏我们叫它韵节奏。"② 当新诗追求精神传达自由和节奏模式解放以后，诗行的长短排列必然造成部分节奏效果的流失，在此情形下强调韵节奏就显得尤为重要。

我国新诗的发展途中，诗体解放相应地使得新诗的节奏效应正在削弱，尤其是我国新诗采用欧化的散文语言，更使得严格的节奏安排面临困境。在此情况下，音质音律也就在建构新诗节奏形式时发挥着

---

① 陈本益：《汉、英诗韵的若干比较》，《中外诗歌与诗学论集》，西南师范大学出版社2002年版，第38页

② 同上。

重要弥补作用。如 20 世纪 20 年代我国初期象征诗人就从西方象征诗人那儿借来了补充节奏音律的音质音律。穆木天《苍白的钟声》第一节：

  苍白的　钟声　衰腐的　朦胧
  疏散　玲珑　荒凉的　蒙蒙的　谷中
  ——衰草　千重　万重
  听　永远的　荒唐的　古钟
  听　千声　万声

这五行 42 个字的诗中，有 22 个字含鼻腔元音。其中鼻腔元音的"ong"与钟声直接呼应，是钟声的拟声。而"ing""ang""eng""an"则是钟声沉沉的回响，在行内穿插变化，传达出一种朦胧的境界和迷茫的心情。紧接着的一节是：

  古钟　飘散　在水波之皎皎
  古钟　飘散　在灰绿的　白杨之梢
  古钟　飘散　在风声之萧萧
  ——月影　逍遥　逍遥
  古钟　飘散　在白云之飘飘

这里使用了五个相同句型重复迭现，其中始终流荡着的还是古钟的"ong"的同音堆集，增加的是"iao"音连续呈现，它同"飘散"结合，将钟声变成一种水波似的圆圈，不断地向外飘散，飘扬而去，整个基调是一种沉闷而飘扬的音乐节调。这一切都体现着穆木天关于新诗的理想追求，即诗是一个有统一性、有持续性的时空律动。

  通过音质音律来弥补节奏音律的追求在诸多十四行诗中存在。这里举出两个诗例。一是卞之琳的《一个和尚》。对于该诗，卞之琳自己就认为它是一首变体，诗行既没有严格按照等量音顿也没有按照等长诗行来组织诗的整齐节奏，在此情形下诗人就借助音质音律来发挥韵功能作用。第一，诗人自己说："我前期诗中的《一个和尚》是存心戏拟法国十九世纪末期二、三流象征派十四行体诗，只是多重复了两个脚韵，多用 ong（eng）韵，来表现单调的钟声，内容却全然不是西方事物，折光反映同期诗作所表达的厌倦情调。"① 这诗的韵式是 ABBAABBACCBCCB，其中"A"是"ian"音，"B"是"ong（eng）"音，"C"是"ui"音，全诗仅仅用三个韵必然增加了这些同韵的重复。尤其是 14 行中有 6 行的尾韵是"ong（eng）"，这韵同和尚敲钟发出的钟声音响是契合的。此外诗中有"ong（eng）"的同韵字如"钟""深""影""经""昏""沉""永""梦""涌""应""空""重""声"等穿插在诗行中间形成相互呼应。诗行内还穿插着同为后鼻音的"ang"音字，如"撞""尚""苍""香""丧""样""洋"等。同时，14 行中有 4 行的尾韵是前鼻音的韵"ian"，此外在诗行中还依次穿插着"天""年""殿""漫""残""伴""善""厌""倦""远""蜿""眠""山""算"等同韵母的字。这样，全诗就通过两个既同是鼻音又有前后之分（分别是前鼻音和后鼻音）的声音同音堆集，交叉呈现反复，从而传达出一种特殊的厌倦情调，而且依靠着这些声音的堆集呈现，造成诗的特殊的韵律节奏效果，弥补了节奏音律弱化的音律效果。

我们再来看九叶诗人的探索。九叶诗人通常使诗行和结尾的要素之间或行内要素之间形成反差或排比，他们有时使用行内韵来建立行与行之间的纵向联系，有时同时利用行末押韵和行内押韵，在同一首诗中创造出音质音律的特殊效果，从而来增强创作变体十四行诗的节奏效果。荷兰汉学家汉乐逸曾经在《中国十四行诗：一种形式的意

---

① 卞之琳：《〈雕虫纪历〉自序》，人民文学出版社 1984 年版，第 16—17 页。

义》中对此有过精细的分析。如袁可嘉的《上海》：

> 不问多少人预言它的陆沉
> 说它每年都要下陷几寸
> 新的建筑仍如魔掌般上伸
> 攫取属于地面的阳光、水分
>
> 而撒落魔影。贪婪在高空进行；
> 一场绝望的战争扯响了电话铃，
> 陈列窗的数字如一串错乱的神经，
> 散布地面的是饥馑群真空的眼睛。
>
> 到处是不平。日子可过得轻盈，
> 从办公室到酒吧间铺一条单轨线，
> 人们花十小时赚钱，花十小时荒淫。
>
> 绅士们捧着大肚子走进写字间，
> 迎面是打字小姐红色的呵欠，
> 拿张报，遮住脸：等待南京的谣言。

该诗的第一段写城市发展对人类生存环境的破坏，第二段写城市中进行着的一场绝望经济战争（即国统区的通货膨胀），第三段写上海的社会不公和市民病态丑象，第四段则点明全部问题的症结，即政府的腐败，官员的腐朽，把上海政界与南京政府的关系揭示得一针见血。诗具有强烈的批判意识和暴露色彩，诗人像奥登那样让感情和意志在字里行间自然地流露。诗用四四三三段式，但前八行未守两个抱韵的格律，后六行孤立地看似是意体正式。汉乐逸对此诗的音质音律做过分析。他认为，在《上海》中，每行的结尾字为"沉、寸、伸、分、行、铃、经、睛、盈、线、淫、间、欠、言",其韵式为 AAAA AAAA ABA BBB。其中第五行和第九行行内都有句号,句号前面的音节与该行末尾的音节押韵。第十一行和第十四行情况相似。第十一行中逗号前的词是"赚钱",其韵脚得到行末的"淫"字的回应,因为二者同属阳声,而且"赚钱"与"荒淫"中的元音相似。第十四行分号前的"脸"字与行末的"言"字完全押韵。这四行另一共同要素是:行中标点后的部分由三个节奏停顿组构成。这些共同点使得该诗拥有明显的总体循环结构,这些诗行因此处于垂直关系中,从而超越单个诗行而把全诗凝聚为整体。这种垂直聚合性又进一步得到行内韵之间的押韵关系所强化,如第五行的行内韵"影"与第九行的行内韵"平"完全押韵,第十一行的行内韵"钱"与第十四行的行内韵"脸"完全押韵。这些巧妙的押韵,加强了第二诗节开头与第三诗节开头之间的联系,也加强了第三诗节末尾与第四诗节末尾之间的联系,从而以对称方式确立了诗的垂直结构。

六 十四行诗的诗行长度

谈论中国十四行诗的节奏问题,无法回避的就是诗行的长度问题。因为诗的节奏与诗行长度密切相关,而且从根本意义上说,所有诗的节奏包括汉诗的音顿节奏、意顿节奏和行顿节奏其实都是建立在行的基础平台之上的。对于诗行及建行在新诗形式中的位置,林庚的表述是:"诗歌形式的中心问题——怎样建立诗行";"基本的问题必须先建立诗行"。对于诗行与节奏的关系,林庚在 1948 年发表的《诗的语言》中说:

> 诗不但要分行,而且行的自身也要有节奏的作用;……节奏

的作用，不妨用最简单的话，那便是"欲擒故纵"。

分了行不免要停止一下，这便是"擒"，也便是"节"；可是虽然停止却似乎没有完，我们还不能不再读下去；这便是"纵"，也便是"奏"。"节"字的本义是"止"是"制"，"奏"字的本意是"进"是"走"；我们明明要"进"要"走"，却偏偏要"制止"一下；这样便产生一种自然的姿势，那便是非跳不可！①

这里重点论述了节奏的两个重要问题：首先，节奏是"节"与"奏"的结合，即理论上所说的声音的存在与不存在的对立统一，它的依据原理不仅是外在声音的，而且是内在心理的；其次，分行就能够形成"节"和"奏"的声音和心理效果，诗行中固然可以有小顿的可能，但新诗的行才是最为真实确定的停顿。新诗采用化句为行，根本意义就是诗功能化，而诗功能的重要作用就是音律化。诗行的重要问题就是长度问题。诗行长度与节奏的关系应该考虑三个问题：一是诗行长度与音韵节奏的关系。如田间的《到满洲去》末两句切割后的诗行长度是："诅咒/帝国的疯狂，/残害奴隶，/站在/东北的哨岗。/到满洲去，/关外/招呼着/奴隶的手！"读着这些诗行，马上感到强烈的律动，犹如听到"鼓点"，"单调，但是响亮而沉重，打入你耳中，打在你心上"。② 以下长度的诗行给人的是另一种节奏感："身是这样轻盈哟，足是这样矫健，/我像一阵急切的风扑向山峦；/情是这样执著哟，心是这样迷恋，/我似一颗晶亮的雨落进水潭。"纪宇《泰山交响曲》中的长行排列，节奏舒缓优美，情声并茂。二是诗行长度与人的呼吸吐纳有关。如果诗行过长影响到人的呼吸吐纳节律，人们就会感到气急败坏，根本无法获得任何美感。尤其是，新诗包括十四行诗已

---

① 林庚：《诗的语言》，《文学杂志》第3卷第3期（1948年8月）。
② 闻一多：《时代的鼓手》，《闻一多论新诗》，武汉大学出版社1985年版，第114、112页。

经从音乐节奏中获得解放，采用说话的节奏，就更加需要同人的说话节奏和语调语气契合。因此，"对于一切语言这个原则都是有效的：一行诗越长，它越不容易作为一个统一体来发生作用。在朗诵时停顿是必要的，因此诗的扩展就有一个天然的界限"①。三是考虑传统十四行体的诗行长度。西方十四行体有自己独特的形式规范，这规范中包括诗行的长度，它也是在长期的创作实践中逐步探索而获得固化的，具有诗体独特的审美价值。西方十四行诗的正式是意体和英体，其中意体即彼特拉克式是11音，而英体即莎士比亚式是10音，虽然中西语言存在差异，无法完全对应作死板的规定，但参考西诗的诗行长度，然后对应明确我国十四行诗的诗行基本长度，应该也是一个十四行体中国化的重要问题。以上三个问题，第一是要求我们根据诗的情思来决定诗行长度，不能机械呆板；第二是要求我们从人的呼吸吐纳即朗读或说话的调子来安排诗行长度，避免影响诗的节奏；第三是要求我们在转借以后确定一个基本的长度，然后在此基础上根据情思表达需要进行变化，而且这种变化不能越度。

先来考察我国十四行诗的诗行长度的基本情形。从音顿节奏来说，中国十四行诗的音顿数以四个和五个最为普遍。如唐湜的十四行诗就基本采用四音顿诗行。他说："我觉得五个音组或者顿在中国语言里是长了一点，四个顿最恰当，我们的古典诗就有四言（二个顿）、五言（三个顿）与七言（四个顿）的传统，我就照这样传统抒写了我的四顿的十四行。"② 卞之琳也曾经说他是自觉地写作四音顿十四行诗的。他还说："在我国汉语新诗格律里，每行不超过四音组或四顿，比较自然，正如英语格律诗，从伊丽莎白时代以来，每行超过五音步

---

① [瑞士]沃尔夫冈·凯塞尔：《语言的艺术作品》，陈铨译，上海译文出版社1984年版，第100页。
② 唐湜：《迷人的十四行》，《东海》1987年第2期。

总有点勉强。"① 但是在新诗史上，写作五音顿诗行的十四行诗的诗人也很多，他们也是一种自觉的追求。如孙大雨的十四行诗都是每行五个音组（顿）。从中国诗人的实践看，每行四个音顿，如果诗行音顿的长度以二音和三音为主，那么就是 10 音，也有 9 音和 11 音的；如果诗行音顿的长度以二音和三音为主，那么每行五个音顿一般就是 12 音，也有 13 音的。从行顿节奏来说，中国十四行诗行的音数以 10—12 个最为普遍。如朱湘的十四行诗行多数为 10 音和 11 音，梁宗岱的十四行诗行是 12 音，柳无忌的十四行诗行基本都是 10 音和 11 音，李唯建的十四行诗行都是 12 音，冯至的十四行诗行以 10 言为基数的达到 9 首。由此可见，无论从音顿节奏还是行顿节奏看，我国十四行诗的诗行长度基本是在 10—12 音。这种诗行在口语朗读中大致同人的呼吸吐纳节奏相适应。因此，我们认为不仅四音顿（10 音）而且五音顿（12 音）诗行的长度都是适宜的，都是对西方十四行体诗行长度的对应移植。古代汉语基本每字都有一个意义，印欧语则几个音才合成一个意义。王力说："就普通说，汉语的七言所能表示意义比西洋七言所能表示的意义多了许多。这是就文言而论的。若就白话诗而论，加上了许多复音词和许多虚字，也就和西洋相等了。"② 根据王力先生的分析，那么，欧洲的十四行诗就诗行长度说，最重要的是两种形式，即 12 音和 10 音十四行诗。12 音一行的诗起源很古，在 12 世纪初《理查德大帝朝圣记》中就出现了，后因一首亚历山大故事诗运用了 12 音一行的格式且产生了重要影响，所以被称作亚历山大体，为意体和法体十四行体广泛使用。英诗中，亚历山大式比较罕见，也许是因为词尾的辅音太多，如用 12 音，就令人产生比罗马语系的 12 音诗行更长的感觉，所以英诗的宠儿是五音步的 10 音诗行，英式十

---

① 卞之琳：《读胡乔木〈诗六首〉随想》，《诗探索》1982 年第 4 期。
② 王力：《汉语诗律学》，上海教育出版社 1979 年版，第 841 页。

四行诗也大多用这种长度的诗行写成。我国诗人在移植十四行体时就充分注意到了这一点，并且因为12音和10音也适合于现代新诗所要表达的情思，再加上这种长度的诗行同人的呼吸吐纳节律相合，所以无怪乎我国诗人的多数十四行诗也是由10—12音的诗行写成。有些诗人的十四行诗虽然不限诗行的音顿数，但在限制诗行的音数时，也大多采用每行12音诗行或每行10音诗行。

当然，我们也看到，欧洲十四行体在诗行长度问题上，虽然较普遍使用了10—12音诗行，但在基本格律面前，也有较多变化，有长于或短于10音或12音的，既有偶音诗行也有奇音诗行，既有等度诗行也有非等度诗行。对此，我国诗人在移植西方十四行体过程中已经注意到了这一点。中国十四行诗创作的实践证明，诗行的长度是与诗情的表达有联系的。一般来说，较短的诗行容易传达轻松、急促、欢乐的情绪，而较长的诗行同悠远、舒缓、凝重的感情有关，所谓"短以取劲，长而舒之"说的就是这个意思。因此，劳·坡林在《怎样欣赏英美诗歌》中说："有种见解我们不要相信：即认为某种格律是和某种感情有秘密联系的。格律本身没有什么欢愉或惆怅之别。诗人选用什么格律不是重要的，但在他选定以后如何运用该格律却很重要。然而和其他格律比，某种格律的确快速些，某种格律的确迟缓些；和别的格律比，某些格律更轻松，某些格律更庄严。诗人可能选用一种合适的格律，或者一种不合适的格律，并由于他的处理，可能增加这种合适与不合适的程度。"① 这就告诉我们，中国十四行诗采用音顿或行顿节奏的格律形式可以表达多种感情，只是诗人在运用时可以通过诗行长短、音顿多少等格律来处理，使节奏形式更好地为表达思想感情服务。

我国诗人写十四行诗除了大多采用10音、11音和12音诗行外，

---

① ［美］劳·坡林：《怎样欣赏英美诗歌》，殷宝书译，北京出版社1985年版，第146页。

还有多种探索。

一是长诗行。如肖开的《给》，大多数诗行超过 14 音。雁翼在 20 世纪 50 年代写的十四行诗也大多用长诗行，即如他自己所说的，是"把西方的十四行诗体和惠特曼、聂鲁达、泰戈尔的自由奔放的长句子拿来糅合在一起，再生出《黄河船队》《宝成路上》《在钢铁厂》等一百多首十四行诗，虽然立即受到了严厉的批评，但我并不后悔，至少我用实践完成了一项探索和试验，即把长于抒发纯个人感情的诗体充实改造成描写工业建设生活的诗体。"① 诗行过长了，会同人的呼吸吐纳节奏相悖。在西方古代的 12 音诗里，每行常常分为相等的两个半行，其间有一个短短的停顿，叫作"诗逗"。在近代虽仍有人这样做，却也有别样的节奏。我国诗人在较长诗行里也移植了这种"诗逗"形式，如冯至的两行诗：

象初晤面时｜忽然感到前生
我永远抱着｜感激的心情

20 世纪 40 年代吴兴华写了十四行组诗《西珈》，共 16 首，每行诗都是六音顿 15 音。卞之琳对其中的一首作过节奏划分，这里引其后六行：

不能/是真实，//如此的/幻象/不能是/真实！
　永恒的/品质//怎能/寓于/这纤弱的/身体，
战抖于/每一阵/轻风，//像是/向晚的/杨枝？

或许在/瞬息/即逝里//存在/她深的/意义，
　如火链/想从/石头内//击出/飞迸的/歌诗，

---

① 雁翼：《诗形体小议》，《女性的十四行诗》，花城出版社 1991 年版，第 110 页。

>　　与往古/遥遥的/应答，//穿过/沉默的/世纪……

其节奏方式可以概括为：每行15音6个音顿，每个音组不限音数（基本的是每个音顿含有二个或三个音，使得音顿之间时长大致相等），各种音顿排列位置不作明确规定，每个诗行内安排一个半逗，大致在第二或第三个音顿之后，使得15音的长行朗读中更加契合人的呼吸吐纳节奏。如果说诗行末为大顿，音顿间的顿为小顿，那么这略长的顿就是中顿。由于安排了中顿，就把这长长的诗行切割成两个或三个部分，读起来就自然了，虽然这种"诗逗"的安排是随意的。当然，我国十四行诗也有些诗行过长，影响了节奏效果。

　　二是短诗行。在西方诗中，从七音到二音叫短行。在现代汉诗中，七言以下的诗行也可以叫短行。因为现代新诗的七言，就其所能表达的意义而论，大致相当于文言诗里的五言诗或四言、三言诗。我国诗人在十四行诗创作中有时也用短行，如冯至《十四行集》里的第25首，除了末两行外全是七言诗行。这里引其前四行：

>　　案头摆设着用具，/架上陈列着书籍，/终日在些静物里/我们不住地思虑

我国诗人也写六音诗行的十四行诗，如王端诚《枫韵集》中就有"三步六言十四行体"《戊子贱辰聚会"水泊梁山"渔庄答友人》《游湘西"不二门八阵图"景区有悟》《天空故事：09.07，22》等。冯至《十四行集》中第22首全是六音行，这是前四行：

>　　深夜又是深山；/听着夜雨沉沉/十里外的山村/念里外的市尘。

五音诗即使在西方的十四行诗中也十分罕见，但是中国诗人却有

人创作。如卞之琳在《慰劳信集》中就有《空军战士》，全诗统一使用五音行，如前四行：

要保卫蓝天，/要保卫白云，/不让打污印，/靠你们雷电。

这首诗每行五音，分成两个音顿，即前三后二音，有规律地排列，节奏虽然是整齐的，但却也显得单调。

三是长短行。毫无规则的长短行是自由诗的形式特征，中国十四行也有这种诗行，但它不是对西方十四行体的对应移植。然而，整齐的长短行却是在西方诗歌创作中也被采用的，我国诗人对此也有对应的移植。这里有数种情况：

第一种情况是一首十四行诗各段的长短行的排列方式是一致的，形成不整齐中的整齐。如冯至《十四行集》第8首，每段末用9音，其他各行都是8音，从段内看不整齐，从整首看又整齐，这是一种有意为之的创作：

是一个旧日的梦想，
眼前的人世太纷杂，
想依附着鹏鸟飞翔，
去和宁静的星辰谈话。

千年的梦像个老人，
期待着最好的儿孙——
如今有人飞向星辰，
却忘不了人世的纷纭。

我们常常为了学习
怎样运行，怎样降落，

好把星秩序排在人间，

便光一般投身空际。
如今那旧梦却化作
远水黄山的陨石一片。

第二种情况是多数诗行音数一致，但局部变格，从整体看呈现着不齐中的整齐。如冯至《十四行集》的诗行长度格式多样，从每首看有的诗行长度统一，有的诗行长度在基本长度基础上变化。每首诗的诗行等长格式，如第3首统一为9音，第11、第20首统一为10音，第13、第18首统一为12音，第24首统一为6音。其余诗都是以某种音数的诗行为主，同时穿插其他诗行，但音数多少控制在一二个以内，也就是以基本的等度诗行为主。以6音为主的诗是第7首、第22首；以7音为主的诗是第5、第25首；以8音为主的诗是第8、第15、第23首；以9音为主的是第3、第4、第6、第12、第14首；以10音为主的是第1、第2、第10、第16、第17、第19、第21、第26、第27首；以11音为主的诗是第9首。这完全可以理解为一种有意的追求。劳·坡林说过："巧妙使用格律的最佳效果实际上不是从一种节奏而是从两种节奏产生的。其一是读者期待的节奏；其二是诵读时他听到的节奏。"若两种节奏完全一致，格律就显得沉闷而单调；若听到的节奏完全脱离预期的节奏，那么诗体也将不存在什么预期节奏；只有明确了基本格律后的有意突破，才能使两种节奏彼此配合，诗体的感染力也就增强了。①

第三种情况是全诗的诗行并不等度，但对应诗行长度一致，形成整体的和谐美。如陈明远的十四行诗采用意顿节奏方式，呈现着的就

---

① [美]劳·坡林：《怎样欣赏英美诗歌》，殷宝书译，北京出版社1985年版，第144页。

是诗行参差相间的整齐美，从而追求宋词、元曲音节和谐的美妙。如《西安历朝遗址》前八行：

　　上林苑中，阿房宫
　　　　只剩下一首辞赋
　　华清池畔，长生殿
　　　　仅留传几出戏曲；

　　历代舞台，走马灯一样
　　　　匆匆轮转过帝王将相
　　精彩的表演，瞬息云烟
　　　　被那冲天的烈火送葬——

诗行简短、跳荡、错落、精警，尤其是诗行长短组合，对句不断应用，使词句呼应勾连，而句式的有意变化，避免了单调，也使诗情进展流畅，读来富有词曲意味。陈明远的诗语言精练，少用散句结构，连结构助词和语气助词也尽量少用，读来音节铿锵，叮咚作响。诗语没有照搬旧词曲的文言句式，而是运用纯化的现代汉语。

　　从以上列举的几首诗中可以看出，中国诗人在诗行长度的对应移植方面也是苦心经营的，他们的追求是扩大十四行诗表情达意的可能性，使内容和形式更好地达到和谐统一。十四行诗难写，常常由于它含有的思想或是过多，或是过少，不能恰好扣住十四行。我国诗人在诗行长度上进行的多种尝试和追求，正是为了较好地解决这些困难。如同样写"刹那亦永恒"的观念，把时间、历史看作一道永远向前的不断的流水，冯至《十四行集》的第18首采用的是12音的诗行：

　　　　我们的生命像那窗外的原野，/我们在朦胧的原野上认出来/

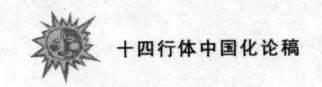

一棵树、一闪湖光，它一望无际/藏着忘却的过去，隐约的将来。

但到第 24 首，就使用了 6 音诗行来写：

这里几千年前/处处好像已经/有我们的生命；/我们未降生前

一个歌声已经/从变幻的空中，/从绿草和青松/唱我们的运命。

前一首诗仅用了四行，而后一首却用了八行。就每一行来说，前者容量大而后者容量小；就全诗来说，也是前者思想容量大而后者思想容量小。正是诗行的变化，较好地解决了写十四行诗有时思想多有时思想少而又必须扣上十四行的困难，避免了以下弊病：思想过少的，往往勉强用繁文赘字把它扯长凑足十四行之数；思想过多的，则又往往把足够做长歌的内容，硬塞在十四行里面。这就是十四行体诗行变体的价值所在。

第八章　十四行体中国化的乐段移植

十四行体是经过意大利诗人创作而定型的，意大利文写作 Sonetto，原意为声音，"意大利的十四行诗起初是合乐的，和着弦琴、歌唱，正如其他的抒情诗一样"①。传入英国后，英文写作 Sonnet，也称 Sonata，与音乐中的奏鸣曲、器乐曲同名。这些都证明，十四行体先天地具有鲜明的音乐性。因此，研究十四行体的音乐段落就成为不可或缺的必要课题。

一　音乐段落：十四行体的形式要素

十四行体的奠基人是文艺复兴时期意大利"桂冠诗人"彼特拉克。他以《歌集》中 366 首爱情十四行诗的丰富实践，使这一诗体臻于成熟，并逐渐流播欧洲各国，人们称之为"彼特拉克体"。十四行体流传到英国后，经过了多位诗人的英国化探索创作，后到伊丽莎白时代的诗人、戏剧家莎士比亚手中，通过 154 首优秀十四行诗的创作实践，终于使得英国十四行诗的形式固定下来，更适应英语同韵词少、多用辅音字母作词尾的特点，被人称为"莎士比亚体"或"英体"。彼特拉克体和莎士比亚体已经成为后来人们遵循的十四行体最

---

①　罗念生：《十四行体（诗学之一）》，《文艺杂志》第 1 卷第 2 期（1931 年 7 月）。

基本的两种体式,其他变体都是建立在这两种体式基础之上的。不管什么体式,十四行体都具有音乐段落美,而音乐段落则是十四行体内在结构的外显形式。帕蒂孙编弥尔顿《十四行诗集》的序,概括了十四行体的内在结构特点,并把意体十四行体的诗思诗情结构(即内在结构)同诗行组织结构(即外在结构)结合起来分析:在前四行中露其端倪,接着的四行中完全明了,再用三行转回原意,最后三行总括全诗。这样,就形成了诗行组织的四四三三与内在结构的起承转合的契合。①梁实秋在以上引述以后接着说:"这几点说明非常透彻,可谓道尽了十四行诗的奥妙。十四行体输入英国以后,便生了变化,变化的趋势是由严整而趋于自由,韵脚的布置既有更动,内容的结构亦大有出入。例如莎士比亚体,便是改变过后的一种十四行体,有时且变成十五行,有时临尾缀以警句,凡此种种,均不合于古法,而另有其新鲜之滋味。然起承转合之规模,大致不差。"②对于十四行体的这种结构,闻一多在给学生陈梦家的信中说得更明白:

> 最严格的商籁体,应以前八行为一段,后六行为一段;八行中又以每四行为一小段,六行中或以每三行为一小段,或以前四行为一小段,末二行为一小段。总计全篇的四小段(我讲的依然是商籁体,不是八股!)第一段起,第二承,第三转,第四合。……"承"是连着"起"来的,但"转"却不能连着"承"走,否则转不过来了。大概"起""承"容易办,"转""合"最难,一篇精神往往得靠一转一合。总之,一首理想的商籁体,应该是个三百六十度的圆形;最忌的是一条直线。③

闻一多的分析不仅说了意体也说了英体十四行诗行组织的外在结构同

---

① 梁实秋:《谈十四行诗》,《偏见集》,(南京)正中书局1934年版,第268—269页。
② 同上书,第269页。
③ 闻一多:《谈商籁体》,《新月》第3卷第5、6期合刊(1930年5、6月)。

起承转合的内在结构的契合关系。就诗行组织来说，意体十四行分成四个段落，诗行分别是四、四、三、三，英体十四行也分成四个段落，诗行分别是四、四、四、二。而四个段落又结合成两大段落，第一、二段合成一大段，共八行；第三、四段又合成一大段，共六行。因而，从更概括的层次说，意体和英体十四行都可以分成前八后六两大段落，前一大段落是起承，后一大段落是转合，两大段落之间"定规要一个停顿"，"然又不可有割裂之痕"。意大利诗论家试图对此结构做出符合逻辑的解释，如说第一个四行诗段提出命题，第二个四行诗段给出证明，后六行中的前三行进一步确定，最后三行得出结论；还有学者从三段论、古希腊合唱颂歌的诗节分布或者音乐的全音阶中寻找十四行诗的理论基础。英体十四行前三段或层层递进，或形成强烈对比，以此造成一种气势，最后结论自然脱颖而出。如莎士比亚的十四行诗集的第73首历来为人称道："主题是迟暮，莎士比亚用了三个迟暮的比喻：一年的迟暮是秋季，一日的迟暮是黄昏，一个火种的迟暮是余火或余烬。伴随迟暮现象的另一现象是消灭或安息，因此这三个迟暮的比喻都象征着人生的迟暮和死亡的即将来临，这首十四行诗的结构也加强了三个迟暮比喻的力量；每一节4行诗扩展了一个比喻，相继地为最后的一节两行诗做好准备，使全诗的主导思想更为突出：要特别珍惜不久将离开人世的爱你的人的爱情。"[①] 这里前面的三个段落就是层层推进，形成铺垫，然后末段两行点睛。

由于十四行原是一种合乐歌诗，其诗行组织段落就其本来意义说，体现的是一种音乐的分段组织，因此，我们就可以把十四行的段落称为音乐段落，简称"乐段"。具体来说，十四行体分成前八后六两大乐段；进一步划分的话，意体十四行分成四四三三共四个乐段，英体十四行分成四四四二共四个乐段。这种乐段的划分同诗的内在结

[①] 李赋宁：《英国文学论述文集》，外语教学与研究出版社1997年版，第91页。

构的起承转合的组织完全一致，是互相契合或互为表里的。当十四行诗流传于民间时，它同音乐的关系就非常密切，因此可以依靠合乐而自然地显示十四行诗的乐段变换和进展；但当十四行诗成为文人创作时，就无法继续通过合乐来显示乐段变换和进展了。在这种情况下，诗人就保留和强化了诗行韵脚在建构和呈现乐段中的作用。十四行体音韵方式同乐段组织方式相契合，并进而与诗的起承转合的内在结构相契合。闻一多曾经讨论过诗韵在"完成艺术"中的作用，见解精密。他认为，"韵的功能"有五点：旋律的功能、组成部分的布局的功能、与短语的关系、预期效果满足的功能、恢复想象力的活动的功能。其中"组成部分的布局"的功能，指的是诗韵能够关上粘下，把跳跃的诗行构成各个部分有组织的布局结构，增强诗的结构和形象的完整性。[①] 正如马雅可夫斯基所说的，没有韵脚，诗就要散落，韵脚会使人想到前一行诗，使形成一个意思的所有诗行保持在一起。[②] 这种"组成部分的布局"功能，正是十四行诗韵脚安排的美学价值。十四行诗尾韵的组织安排，使全诗十四行划分为若干乐段，并把这若干乐段再组织起来，形成整体的布局结构，从而帮助全诗显示乐段组织和内在结构。

意体十四行的前八行是两个抱韵，为 ABBA ABBA 或 ABBA BCCB，后六行为 CDE CDE 或 CDC DCD。这种韵式，使前八行和后六行各形成一大段落，即前八行和后六行韵法明显不同，因而有助于形成全诗前八后六两大乐段。只是前八行是两个抱韵，虽有共同之处，但每个抱韵内部却又呈封闭结构，即各自形成一小系统；后六行之前三行和后三行也有共同之处，可以构成一大段落，但仔细分析，却又各自成规律，也是个封闭结构。这样，韵法就在另一层次上把十

[①] 参见闻一多《诗歌节奏的研究》，《闻一多论新诗》，武汉大学出版社 1985 年版，第 21 页。

[②] 参见吕进《新诗的创作与鉴赏》，重庆出版社 1982 年版，第 78 页。

四行诗划分为四个段落,即意体的四个乐段,并与诗的起承转合结构互为表里。同样,英体的莎士比亚式是 ABAB CDCD EFEF GG,斯宾塞式是 ABAB BCBC CDCD EE,前三个四行交韵,后两行同韵,再加上诗韵的有规律变化,从而也自然地把全诗十四行划分为四个乐段,而四个乐段又正同诗的内在结构即起承转合互为表里。

乐段组织同内在结构契合,诗韵组织又建构和呈现着乐段,这是十四行体的重要的形式美特征。虽然十四行有许多变体,但基本都是建立在意体和英体之上的,因此大多注意内在结构、音乐段落和诗韵方式的借鉴。十四行体在诗行定位上有三种形式:一是用分节排列来标志乐段结构,二是借助于诗行高低排列来标志音乐段落,三是诗行连续排列不分节。尽管诗行定位方式不同,但是,由于十四行诗注意发挥诗韵在"组成部分的布局"方面的功能,因而人们只要借助于诗韵组织,就可把握十四行诗的乐段组织和内在结构。十四行体音乐段落和诗韵方式的形式美主要表现在以下几方面:

一是浑然美。唐湜说过:"诗,艺术里精纯度最高的,就是要表现精纯度最高的美,浑然的美。这种完整而又浑然的美包含着浑然一体的一切内在与外在的构成因素,辩证地相互渗透、相互依存又转化。"① 在十四行体中,作为外在的构成因素,乐段、尾韵是表现内在思想和情绪的外在的美,因此它绝不是纯形式把戏。乐段、尾韵与内在思想情绪辩证地渗透、依存和转化,从而构成全诗的浑然美。

二是整体美。十四行体的乐段和尾韵安排同诗思诗情的进展是一致的。从纵向看,十四行诗的诗思诗情进展是一个 360 度的圆形,每一诗行、每一乐段都是弧形进展中的一个段落,而诗韵则把这些段落巧妙地组织起来,让全诗成为一个整体。从横向看,由于尾韵在诗中

---

① 唐湜:《关于建立新诗体——我的格律试验与体会》,《文学评论丛刊》第 25 辑,中国社会科学出版社 1985 年版。

充分显示其音韵旋律和关上粘下功能,因此好像一张闪光的网把整首诗紧紧网住,每一句、每一意象都网在一起;或如一条彩线把所有珍珠串在一起,闪耀在一起,给人以整体美感。

三是回旋美。韵脚"表面上它在每行诗里面只占一个字,初看起来也许以为它在音节上的可能很小,其实完全不是那么一回事。它的工作是把每行诗里抑扬的节奏锁住,而同时又把一首诗的格调缝紧"①。正式的十四行诗每行的用韵,韵式采用双交韵(甚至三交韵)和抱韵,变体十四行还用随韵,再加上频繁换韵,使诗韵交错回环,穿来又插去,从而造成一种回环盘旋的艺术效果。它同乐段和诗情进展结合,产生了如下审美效果:诗的格调和诗人情思层层上升而又下降,渐渐集中而又解开。我们读一首好的十四行诗,仿佛是听一首美妙的圆舞曲,又仿佛回旋于舞池之中,是一种美的享受。

四是协和美。十四行体各乐段协调和谐,如意体前八行是由两个对等的四行组成,后六行是由两个对等的三行组成。这符合美学上对称美的原则。英体前十二行是由三个对等的四行组成,末两行由一个对句组成,也呈现着各自的对称美。就诗的整体来说,起承转合的结构、交错回环的用韵,无不呈现着协调和谐的美感。

音韵段落的形式美,是十四行诗的重要特点。当然,我们以上据以分析的是意体和英体正式,而在实际创作中,诗人除了采用正式外,还用变体,在乐段的组织和定位上呈现多种追求,在尾韵的安排和定位上更是花样翻新。如雪莱的名篇《西风颂》便是公认的一种变体。从段式说,十四行分成五个乐段,分别为三三三三二;从韵式说,采用了"三行套韵体"的押韵方式,最后两行同韵,即 ABA BCB CDC DED EE。其基本追求仍然可以概括为:(1)一首理想的商

---

① 饶孟侃:《新诗的音节》,《晨报副刊·诗镌》第 4 号(1926 年 4 月 22 日)。

籁体，应该是个三百六十度的圆形，其内在结构是抒写一个单纯概念或情绪的自然完整的发展过程；（2）十四行体的段式和韵式同内在结构的进展相契合，呈现内在和外在美的统一；（3）力求在音韵乐段上体现出浑然美、整体美、回环美和协和美。如上引《西风颂》，前两段是起承，第三、四段是转，末段是合，段式同内在结构契合，而韵式又同段式契合，段式和韵式本身的安排又体现了十四行诗形式美的追求。我国诗人在移植十四行体时，注意到了这种诗体音韵乐段的美学追求，或直接采用西方十四行体的段式和韵式，或在模仿中对段式和韵式予以变化，从而使我国十四行诗在段式和韵式经营上呈现出风采各异的局面。下面我们就从十四行诗段式和韵式的移植改造方面，谈谈我国诗人的多样化追求。

二 中国诗人对段式的移植

欧洲十四行诗意体段式主要有三种定位法：

1. 八、六式。此式表明，十四行体至少前后两部分应有所停顿和发展，后六行开始常表示转折。中国诗人饶孟侃的《弃儿》即用此式：

> 娘生下你来才三天，儿啊，过了今天
> 任是难割舍，象切了肉还连着皮，
> 母子也得分开。一把伞原经不起
> 两边有风雨！儿啊，那啾啾的是乳燕
> 在飞；一年一年，望着它们在梁间
> 兜圈子，娘不是不知道思念你那一啼
> 一笑，那百般的亲切；不知道即使为你

尝尽了辛酸，也赛过了甜蜜——万语千言

只诉说着有什么用。啊！你睡着了！也好，
你既没有烦恼，那就去碰你的造化，
免得将来看见人家有，也问娘要
父亲；也许还要恨，等认清了根芽。
这话都不提了。反正你明天得去找
新的爹妈，你我只是路人，不是冤家！

2. 四、四、三、三式。在中国采用此式者俯拾即是。这里举一首初看全诗似不分段，而实际上是用顶格、缩格排列来分段的朱湘的《悼徐志摩》：

突然你退台了，死神鼓风
　捲去了羽翼之下的词人，
《花间集》的后嗣！那些爱听
你吹笛子的有万头攒动；
他们听一缕心情从七孔
　泄漏出的时候，替你酸辛。
　也有人议论，说是你本身，
并非笛子，在那儿受搬弄。
我这台上的怎能不长叹
这率尔前来献丑的弦管，
　已是寒伧，又销沉了一个！
到明天，我们的来客定准
要受那一班去听《玉堂春》，
　看时事电影的人们冥落！

3. 四、四、六式。这是把前八行分作两段，以显示发展关系。唐湜多采用此式，这是他的《一片艳阳》：

呵，奔涌的海的波浪，
在黎明的光曦里静下来了。
有芳郁的风轻柔地吹拂着，
摇漾出一片迷人的波光；

那是片静谧的幸福之光，
倒映着岸上疏朗的枝柯，
象是空中的树林漂浮着
在奇异的湛蓝的天上飘荡；

一片朦胧的影子在摇晃，
在水波幽深的胸怀里晃荡，
耀出了一片瞅不见的爱，
在那些柔美的翠色眉黛，
像天上射下来的一片艳阳，
把忧郁的心怀照耀得发亮！

欧洲十四行英体段式也主要有三种定位：

1. 十二、二式。本式末两行单列，表明它是对前面十二行的归结。如中国诗人岑琦的《含羞草》采用此式：

含羞草，长在深山的含羞草
你害怕风的撩拨雨的轻狂
害怕阳光透过树丛偷偷窥探
更害怕陌生人注视的目光

含羞的月亮躲避在云层背后
你以扇遮脸不肯露出面影
你愈是躲藏我愈感到新奇
我渴望窥见帷幕后面的风景
我与你隔扇说话耐心地等待
你终于露出水灵灵的眉眼
你的明眸你的心灵清澈见底
啊，你藏在密林深处的清泉
含羞草，在记忆的泉边摇曳
你的姿影在碧波上激起涟漪

2. 四、四、四、二式。此式最能显示十四行体起承转合的四个层次。中国诗人采用者相当多，这里选录用高低诗行排列显示分段的杨汝絅的《惊喜》：

晦暗的世界忽又如此多姿
奇幻的云，在晴空里飞驰
嫩黄的嘴终于把厚壳啄破
清泉一样涌来醉人的空气
　　陈年的、开始发霉的果仁
　　被遗忘于冰冷板结的土地
　　终于洒降沁人心脾的喜雨
　　呼唤着新芽从润土里茁起
象花枝呼唤着知音的手掌
爱情在渺茫中苦闷地扑翼
它精疲力竭，绝望地坠落
却正落在它所寻觅的心底
　　从砂粒的形成到大山升起

有运动，就有诞生的惊喜

3. 八、六式。此式最能体现十四行体最基本的两大层次。中国诗人采用此式者如徐志摩的《云游》：

那天你翩翩的在空际云游，
自在，轻盈，你本不想停留
在天的那方或地的那角，
你的愉快是无拦阻的逍遥。
你更不经意在卑微的地面
有一流涧水，虽则你的明艳
在过路时点染了他的空灵，
使他惊醒，将你的倩影抱紧。

他抱紧的只是绵密的忧愁，
因为美不能在风光中静止；
他要，你已飞渡万重的山头，
去更阔大的湖海投射影子！
他在为你消瘦，那一流涧水，
在无能的盼望，盼望你飞回！

以上六种段式都是十四行体的正式。

不按照正式写作的十四行诗在西方不时出现，如雪莱的《西风颂》五首，是由但丁式三联韵体发展成的三、三、三、三、二变式。中国诗人也有效仿者，如穆旦的《智慧的来临》、郑铮的《给》以及台湾宋颖豪的《公转与自转》等即是。

此外，中国诗人在几十年的创作实践中，从十四行体中国化出发，不断发展和创造了各式各样的变式，兹列举如下：

1. 六、八式。这是20世纪20年代初由清华大学学生浦薛凤在《给玳姨娜》一诗中创造的。

2. 五、五、四式。蔡其矫用此式写过《神女峰》，孙文波写过《十四行诗组》，唐湜还用此式写成了近百首的叙事长诗《海陵王》，香港的张错也用此式写了《错误十四行》之一。

3. 三、三、四、四式。见于唐祈的《墓旁——从闻一多墓旁哀悼归来》，香港的张错也用此式写了《错误十四行》之五。

4. 四、四、二、四式。见于20世纪30年代禾金的《二月风景线》。

5. 二、二、三、三、二、二式。见于禾金的《静夜小品》。

6. 三、四、三、四式。见于禾金的《梦之ZIGZAG》。

7. 三、三、二、二、二、二式。见于20世纪30年代玲君的《面网》。

8. 二、二、二、四、四式。见于20世纪30年代侯汝华的《水手》。

9. 三、四、四、三式。见于20世纪40年代杭约赫的《哭声》。

10. 六、六、二式。见于20世纪40年代唐祈的《圣者——悼闻一多先生》，后叶延滨的《寂寞的日子》也用此式。

11. 二、五、四、三式。见于20世纪40年代木斧的《山之恋》。

12. 六、二、六式。见于20世纪60年代肖开的《十四行二首》。

13. 二、五、五、二式。见于叶延滨的《雪魂》。

14. 十、四式。见于叶延滨的《冬夜》。

15. 六、四、四式。见于唐湜的《逍遥游——读〈庄子〉》以及台湾痖弦的《远洋感觉》。

16. 七、五、二式。见于香港原木的《练习四章》之三。

17. 七、七式。见于美籍华人周策纵的《新商籁》。

以上种种变式追求，有的较成功，也有的并不成功。赞成者有之，反对者也有之。其创新精神固然可贵，但许多十四行诗研究专家对此颇多非议。

三 中国诗人对韵式的移植

所谓韵式，在这里是指十四行体押韵的方式和规律。押韵，就是各诗行相同位置音节元音的重复。在古希腊、拉丁文以及古英诗中，押韵还包括辅音的重复，因为它们是押头韵，像雪莱的《西风颂》的起句"O wild west wind"就还保留着头韵。英国是从1066年诺曼底人征服英格兰，把法语诗押韵的方式带进之后，英语诗才开始采用押脚韵的。今天我们所见到的无论是意体还是英体十四行诗，大都是押脚韵的。由于意体和英体段式的不同，因此我们应分别研究它们的韵式。

首先说意体（即彼特拉克体）。典型的韵式必须具备三个主要条件：第一，全诗不超过五个韵；第二，前八行用两个抱韵 ABBA ABBA；第三，后六行用韵变化有一定规律。

下面列出几种常见的后六行用韵变化的正式（前八行的两个抱韵则从略）：

1. CDE CDE 式。即第九、十、十一行各行用不同的韵，第十二、十三、十四行对应重复前韵。如英国济慈《蝈蝈和蛐蛐》即用此式。中国诗人朱湘《意体第三十六首》亦用此式：

> 火车，在夜里，呼声特别的高——
> 玄秘，朦胧的时候，虽是奔走
> 于刻板的轨道，也觉得上劲

  好象是打哈欠,偶尔叫一叫,
  轮船,蹲伏在水面,伸出舌头
  向了高飞的月亮,向了众星。

  2. CDC DCD 式。即第九、十一行同韵,第十行用另一韵,末三行对应相反相押。如英国克里丝蒂娜·罗塞蒂的《在一位画家的画室里》即用此式。中国诗人李唯建《祈祷》70首全用此式,这是其中第26首的后六行:

  我的心,我已开始了我的路程,
   一切都已准备完好,准备完好,
  前面就是战争,前面就是战争,
   时间已经不早,时间已经不早,
  我召集了我心中永胜的精兵,
   将残蚀我们心灵的蠹虫荡扫。

  3. CCD CCD 式。即第九、十行与第十二、十三行同韵,第十一行与第十四行同韵。如法国杜贝莱的《黑夜叫星星别再游荡》。中国诗人吴兴华的《西珈》第9首后六行用此式:

  这爱情更真而专一,却不能使你满足,
   你要绕我在指尖上,听我痴情的倾诉:
  ——愿作她眉上的黛绿,或是发上的芳膏,

  愿作她足下的丝履,永夜在床畔踌躇,
   愿作过时的团扇,心悸于惟一的思慕,
    来年溽暑时或许重会在玉手中颤摇。——

  4. CDD CDD 式。即第九行与第十二行同韵,第十、十一行与第

十三、十四行同韵,如欧洲现代诗前驱法国奈瓦尔的《不幸者》。中国诗人冯至的《十四行集》第 13 首后六行也用此式:

  从沉重的病中换来新的健康,
  从绝望的爱里换来新的发展,
  你知道飞蛾为什么投向火焰,

  蛇为什么脱去旧皮才能生长;
  万物都在享用你的那句名言,
  它道破一切生的意义:"死和变。"

  5. CDC CDC 式。即第九、十一、十二、十四行同韵,第十行和第十三行同韵,意大利但丁的《每个钟情的灵魂》即用此式。我国孙大雨的《遥寄》第 1 首后六行也用此式:

  我们虽东西相隔着万水千山,
   不得齐眉喜谐趣,旦夕问寒温,
    悲愁没处诉,焦思昼夜地牵连;
  但比起身亡家毁或受辱的那班
   命蹇者,毕竟还留得有花香灯影,
    品诗赏画时,隐约在天际与云间。

  根据上述三个条件产生的正式,当然不止这五种韵式。王力给"正式"的定义是:"大致是指最常见的形式而且为名家所采用的形式而言。"① 因此,所谓正式只是约定俗成,没有绝对标准。"凡不合于正式者就是变式"②,变式很多,仅王力《汉语诗律学》所列就有数十

---

  ① 王力:《汉语诗律学》,上海教育出版社 1979 年版,第 920 页。
  ② 同上。

种之多。他又分正中之变、小变、大变等。所谓"正中之变"是指韵脚不隔三行以上的各种变化；所谓"小变"是指前八行不用两个相同的抱韵，而用三个以上韵脚者；所谓"大变"是指前八行不用抱韵而用交韵或随韵者。冯至《十四行集》27首的变式押韵达19种：

1. ABAB CDCD EFG EFG（第一首，大变）；
2. ABBA ACCA DED EDE（第二首，小变）；
3. ABBA CDDC EFF EGG（第三首，小变）；
4. ABBA ACCA DEE DAA（第四首，小变）；
5. ABBA ACCA DDD DEE（第六首，小变）；
6. ABAB CDCD EEF FGG（第七首，大变）；
7. ABAB CDCD BBE EBE（第九首，大变）；
8. ABBA CCCC DDC EEC（第十首，大变）；
9. ABBA ACCA DEE DFF（第十三首，小变）；
10. ABAB CDCD EEF GGF（第十五首，大变）；
11. ABAB ABAB CDD CBB（第十六首，大变）；
12. ABAB ABAB BAB BAB（第十七首，大变）；
13. ABBA CBBC ABA CBC（第十八首，小变）；
14. ABBA CDDC EFG EFG（第十九首，小变）；
15. ABAB ACAC DDE DED（第二十一首，大变）；
16. ABAB CDCD EFF GFF（第二十三首，大变）；
17. ABBA BCCB CDE CDE（第二十四首，小变）；
18. ABBA CDDC EEE EFF（第二十五首，小变）；
19. ABBA BAAB CAC DAD（第二十六首，小变）。

中国其他诗人运用变式押韵来写作十四行诗者不乏其人，不再一一列举。

其次说英体（即莎士比亚体）。英体典型韵式为 ABAB CDCD EFEF

GG，即前三段都用交韵，末段两行用偶韵。中国诗人屠岸写了大量的英体十四行诗，严格遵循其押韵正式者甚多，《屠岸十四行诗》集中就有《新苗》《金丝网里》《春菊》《浪花》《泰山日出》《日影》《合欢》《金银花》《窗玻璃》《爱丁堡》等。这里举《金银花》为例：

> 在阴雨迷濛的早晨，走过小园，
> 眼前突然一亮，我停步一瞥
> 就看见一株金银花：倚着亭栏，
> 弯弯的藤枝托一丛浓浓的绿叶——
> 绿叶里窜出一簇簇盛开的鲜花，
> 金朵和银朵在枝头并肩挺立，
> 似黄金白玉放射出两样光华。
> 雨滴在花瓣上变为两色的珠粒。
>
> 想起日月眼——我爱的奇种小猫，
> 她左眼金黄，右眼碧蓝如湖水。
> 我曾赞叹过造化神异的创造；
> 面对金银花，却陷入深深的思维。
>
> 物种万千，不排斥同种异色——
> 人世间怎么会缺乏多元的性格！

英体的变式在欧洲诗人笔下也经常出现。现仅就英诗列举数例：ABAB ABAB ABAB AA（萨瑞）；ABAB ABAB CBCB DD（同上）；ABAB ABAB ABAB CC（同上）；ABAB ABAB CDCC DD（外阿特）；ABAB ABAB CDDC EE（同上）；ABAB BCBC CDCD EE（斯宾塞）；AABB CCDD EEFF GG（李雷）；ABAB ABAB CDCD EE（薛德耐）。俄国普希金《叶甫盖尼·奥涅金》采用 ABABCCDD EFFE GG 式，

被称为"奥涅金体"。以上这些变式，其变化多在后六行；前八行也有变化者，主要是变交韵为抱韵或随韵。

中国诗人写十四行诗，在20世纪二三十年代多用意体，英体偶有所作，所以王力在1946年写《汉语诗律学》时竟然找不到中国诗人模仿莎士比亚体和斯宾塞体的例子。40年代后期，用英体者逐渐多起来，如唐祈即用英体为主。新中国成立至今出现的十四行诗，用英体者甚至超过意体，用英体变式者尤多，可信手拈来，大致在交韵、抱韵、随韵之间变来变去。因英体较接近中国押韵的习惯，有不少诗人索性采用中国传统诗逢双句押韵的方式，当然最后是一个偶韵。还有干脆句句押韵、一韵到底的，如唐湜的《养蜂人》：

养蜂人云彩般到处游荡，
牧人样到处把蜂群牧放，
他们背负着酿蜜的蜂箱，
到处去寻找花朵的家乡；

春天里寻找油菜的花香，
夏天寻找喇叭花的声响，
秋天去到塞北的草原上，
冬天回到南方的棕榈旁；

哪儿开着花朵的诗章，
哪儿就是他们的家乡；
哪儿能酿出最甜的蜜浆，
哪儿就有着他们的希望；
有什么能挡住云彩的流荡？
养蜂人不停留在一个地方！

第八章　十四行体中国化的乐段移植

用英国李雷 AABB CCDD EEFF GG 式随韵者，如20世纪20年代张鸣树的《弃妇》：

我将要终日的盛服艳妆，
白面红嘴唇头发梳得光；
再不说什么讨厌的鬼话，
想要吃什么又想穿什么；
仍旧的爱你忠心的爱你，
不让你再为我生气着急；
好好的学乖学到那顶乖，
你腿痛腰酸我给你轻拍；
也不能让你捉住我睡觉，
我总伴着你慰你的寂寥。
直等到一天那样的一天，
我在你怀中微笑着闭眼；
那时再把我整个的遗弃，
风中的落花值不得怜惜。

屠岸的诗素以严谨著称，很有代表性。我们对整本《屠岸十四行诗》做了一个统计，除了英体正式前文已有论述外，其中英体变式押韵者共有41首，可分八类不同情况：第一类，前三段用正式交韵 ABAB CDCD EFEF，末段偶韵不用 GG 而用其他偶韵者，有7首，即《童话》《呼吸》《墨锭》《渤海日出》《文豹》《盖兹比旅店》《牛津》；第二类，前两段用正式交韵 ABAB CDCD，后两段有变化者，有11首，即《莲蓬山》《燕塞湖》《枯松》《落英》《桃花》《紫叶李》《圣伯特利克大教堂门前》《芝加哥》《银杏叶》《爱汶河畔斯特拉福镇》《伦敦，一九八四年》；第三类，前三段用抱韵（变化多端不固定），末段偶韵也有变化者，有5首，即《丹蒂莱安》《林肯纪念堂》

《长岛》《普罗米修斯》《金门大桥》；第四类，前两段用抱韵 ABBA ABBA，后两段也有变化者，有1首，即《日坛之夜》；第五类，前三段用连韵 AAAA BBBB CCCC，末段用 DD 者，有3首，即《写于安科雷季机场》《旧金山》《爱汶河》；第六类，前两段用连韵 AAAA BBBB，后两段也有变化者，有1首，即《西敏寺桥上》；第七类，用英国薛德耐 ABAB ABAB CDCD EE 式者，有1首，即《西敏寺诗人角》；第八类，其他灵活运用各种韵式者，有12首，即 AAAA BCBC DADA EE（《江流》）；ABAB BABA ABAB CC（《丁香》）；ABAB CACA DADA BB（《狗道》）；ABAB CCCC DEDE FF（《忧思》）；ABAB BCBC DEDE FF（《镜石》）；ABAB ACAC DEDE FF（《毓璜顶》）；ABAB ACAC DEDE CC（《密云》《揪心的音乐》）；ABAB BCBC DEDE DD（《一切都可能淡忘》）；ABAB ACAC DBDB AA（《野樱桃》）；ABAB ACAC DBDB EE（《潮水湾里的倒影》）；ABAB ACAC DCDC BB（《寄远友》）。以上情况表明，中国诗人运用英体韵式常常变化多端，往往因人而异，不胜枚举。

相对其他十四行体形式规范而言，我国诗人对于韵式的改造兴趣尤浓。如钱春绮说："我写十四行诗主要是学习波德莱尔和里尔克的十四行诗形式，特点是每行的字数相同，步数也相同，做到形式整齐的建筑美，至于押韵则各不相同，保持一定的自由。"[①] 如吴钧陶说："在押韵方面，我觉得外国诗的抱韵、交韵方式，如果照搬在创作里，似与我国欣赏习惯不合，不能起到预期的效果。因而我试用了'一韵到底的十四行诗'。在其他几首里，如果难以一韵到底，则采用四行一换韵等尽量合乎我国习惯的押韵方法。"[②] 王宝童统计了44首吴钧陶诗的用韵方式，AAAA 出现33次，占四行节综述的25%；AABA

---

① 钱春绮：《〈十四行诗〉序言》，上海文艺出版社2009年版，第2页。
② 吴钧陶：《外国诗影响浅谈》，《幻影》，河北教育出版社2001年版，第368页。

出现 24 次，占 18%；ABCB 出现 4 次；三式合计占 46%。还有三种过渡韵式，如 ABBB 有 16 次，AAAB 有 5 次，ABAA 有 6 次，共 27 次，占 20.5%。以上两项相加竟然达到 66.5%。① 这是一个有意思的统计，它概括了吴钧陶探索中国化用韵特色。屠岸也认为吴钧陶的十四行变体特征是用韵的探索："在韵式安排上他既不采用英国式也不采用意大利式，而是用他自己喜欢的韵式。他最常用的韵式是一韵到底的 AAAA AAAA AAAA AA，有时略加变化，如变为 AAXA AAXA XAXA AA(X 为不押韵)，这就包含了我国旧体诗中绝句或律诗的韵式成分。这种一韵到底的韵式是他的十四行诗的一个特色。他的叶韵字有时采用'邻韵'，比如：[an] 和 [ang] 用作一韵，[ai] 和 [ei] 用作一韵，以及 [o] 和 [u] 用作一韵等，这是在均齐中略含参差，也是一种美。"②

此外，西方有写十四行诗而不用韵者，如英国诗人约翰·弗里曼曾试写无韵十四行诗，题为《无韵》。拉塞尔·阿伯克隆比的《墓志铭》是轻重格的素体诗（blank verse，译作无韵诗）。受他们的影响，我国诗人也写无韵的十四行诗，较早从事这一实践的是 20 世纪 20 年代的李金发，其后是卞之琳等人。屠岸说："也许作者不认为这些诗是十四行诗，只是偶然写了总共十四行的两首自由诗罢了。"③ 80 年代以来，无韵十四行诗屡屡出现于报刊。我们觉得，十四行作为一种格律诗体，它的美妙处正在于韵律的铿锵，韵的安排同时又成为诗的音乐段落和情绪发展的标志。唐湜在《迷人的十四行》中这样抒唱："十四行能奏出铮铮的乐音，/去感动爱人们颤抖的耳唇，/是因为通

---

① 王宝童：《吴钧陶的诗和译诗评析》，吴钧陶《幻影》，河北教育出版社 2001 年版，第 431 页。

② 屠岸：《吴钧陶诗歌的视野——〈幻影〉序》，吴钧陶《幻影》，河北教育出版社 2001 年版，第 5 页。

③ 屠岸：《十四行诗形式札记》，《暨南学报》1988 年第 1 期。

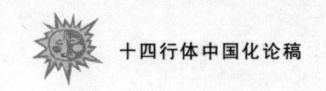

过诗人的匠心，/安排了交错、回环的尾韵！"因此，我们认为，写作十四行诗还是要用韵，无韵体只能作为例外。

四　中国诗人对结构的移植

十四行体的段式和韵式是相互关联的，它们共同构建起诗体的音乐段落，体现了诗的音乐美和建筑美特征。而且这种外在感性的诗体规范又同内在的思想情感的结构相互关联，从而形成一个内结构和外结构的和谐整体。段式和韵式的本质是思想情感的逻辑结构和抒情秩序。

十四行体的抒情结构是在长期创作中形成的，其艺术魅力吸引着人们去揭示其中不可言传的奥妙。赵元在《西方文论关键词：十四行诗》中介绍了西方学者对于十四行结构之谜的研究，他们要想说明的是：十四行诗为什么是十四行，以及十四行诗前八行加后六行这一格局的魅力究竟来自何处。现在普遍认为，最早建立十四行体制的是西西里宫廷诗派代表人物贾科莫·达伦蒂诺，每行十一音节，共十四个诗行组成，分成前八行和后六行，这是在西西里民间一种叫作strambotto的传统诗体基础上创制的。意大利的诗歌理论家试图对这种体制做出合理解释，如说第一个四行诗节提出命题，第二个四行给出证明，后六行中的前三行进一步确定，最后三行得出结论；有的学者从三段论、古希腊合唱颂歌的诗节分布或者音乐的全音阶中寻找十四行诗的理论基础。英国富勒则从作诗法的角度解释十四行体前八后六这一格局的魅力："前八行的闭合韵产生某种音乐节奏，要求重复。然而对继续这样的诗节的期待被后六行的交韵打破：后六行的组织比前八行更紧凑、更简短,因而促使十四行诗果断地收尾。"① 西方还有学者从数字关系的角度研究十四行体的起源问题。如在保罗·奥本海默看来,八和六的比例关系在十四行体创立时代具有重大意义,而十二也很重要,在早期的十四行诗和后来的彼特拉克甚至莎士比亚的十四行诗中,诗的最后两行往往构成一个独立的单位,于是前十二行也就成为一个自成一体的单位。接下来,奥本海默试图揭示 6∶8∶12 这一比例的重要意义。他发现,不仅贾科莫时代,文艺复兴时期也一样,都特别强调和谐的比例关系。这种理念可以追溯到毕达哥拉斯—柏拉图一派的数字理论。柏拉图在《蒂迈欧篇》中阐述了宇宙秩序建立在某些数字之上的理论,用数学公式表述为:$(b-a)/a=(c-b)/c$。而 6∶8∶12 正好符合这一数字关系:$(8-6)/6=(12-8)/12$。而柏拉图的这篇对话在中世纪欧洲流传甚广,像贾科莫这样的学者对这一数字绝不至于感到陌生。奥本海默相信,贾科莫极有可能"根据灵魂和天国的建筑原理构造出了它,并给它配上了天体的音乐"。然而,我们无法确知贾科莫是否确然是按照毕达哥拉斯—柏拉图的数字理论创造出十四行体的。后来的学者继续研究十四行体中数字的比例关系和象征意义,试图说明其和谐的形式特征,是和谐宇宙的一个微观反映。然而所有的这类研究都没有史料佐证,因此,十四行体的起源仍是个未解之谜。② 我国诗人对于十四行的外在结构普遍肯定,但也存在不同看法。如有人认为十四行诗比不上律诗。余光中说:"律诗的起承转合平均分配,可是十四行的结构并不平衡,因为起承占去了八行,转合的空间只剩下六行。"③ 朱徽也认为:十四行的结构"完全谈不上对称或匀称。这甚至要影响到它各部分的功能,即

---

① 赵元:《西方文论关键词:十四行诗》,《外国文学》2010 年第 5 期。
② 参见赵元《西方文论关键词:十四行诗》,《外国文学》2010 年第 5 期。
③ 余光中:《锈锁难开的金钥匙——序梁宗岱译〈莎士比亚十四行诗〉》,《井然有序》,(台湾)九歌出版有限公司 1996 年版,第 235 页。

'起承转合'之间的比例失调。如'起'的部分比较重，而'转'和'合'的部分又显得比较轻，呈现出前后失衡的现象"①。与此看法相反，江弱水则认为："意大利体十四行诗的上下不对称，非但不是缺点，反而是其优点所在。中国古典律诗为整齐的八句四联，中间两联对仗，长处当然是工整，短处免不了就会是板滞，低手写起来，结构上规行矩步，对仗时左支右绌，常常徒有体格而缺乏风姿。多亏其声音的设计妙呈连环，前后句平仄相异，上下联既相异，又相同，且复相连，一张一翕，一呼一应，方能化视觉的凝滞为听觉的流动。反观意大利体十四行体，特别是四四三三结构的那种，前面两个四行，偶数显得整齐；后面两个三行，奇数显得变化，天然具有整齐与参差的对比，凝定与松动的统一。"② 这是一种极其精当的分析。另外，我们需要强调的是，十四行体的特殊优势就是段式、韵式和结构可以随着诗的情思表达需要变化，从而可以在保持原本精神的基础上更好地达到内在结构与外在结构的和谐统一。

我国诗人在接受十四行体过程中，对于诗体的内在结构有许多研究，形成了一些重要的概括。其中最为重要的就是闻一多、卞之琳、梁宗岱、屠岸、方平、唐湜、曾凡华、陈明远等人的观点，即十四行体的结构类似于中国传统律绝体，呈现着起承转合的构思特征，可以完美地表达一个完整的抒情过程，具有完整性、有序性和圆满性特征。冯至写作十四行诗，就是看中了这种诗体的结构特征，认为其结构有起有落，有张有弛，有期待有回答，有前题有后果，便于作者把主观的生活体验升华为客观的理性，而理性里蕴蓄着深厚的感情。陈明远也认为十四行体具有起承转合和正反合的结构，他把十四行体的段式和韵式同"章法结构"联系起来，认为："章法结构，必须在整

---

① 朱徽：《中西比较诗艺》，四川大学出版社1996年，第238页。
② 江弱水：《商籁新声：论现代汉诗的十四行体》，《中西同步与位移——现代诗人丛论》，安徽教育出版社2005年版，第151页。

篇总体上成其为诗；篇章之法，须讲究前后协调，首尾呼应，抑扬交错，或语句回旋，或排比对仗；所谓'起承转合'的基本规律，诗人无论何种流派，无论写格律体或自由体，无论自觉或不自觉，总是要遵循的。"[1] 十四行体优美精致的结构，吸引着中国诗人模仿创作，同时又探索变体，在移植方面取得重要成果。

有的诗人较为规矩地遵循着意体十四行的内外结构写作。如江弱水的《瓦砾》。诗人通过抒写故乡的瓦砾，表达了对故乡的思念之情。第一段赋予古城瓦砾具象，把诗思引向悠远深广，在不经意中流露出对故乡的眷念；第二段由"死在心上的荒野"引申开去，直接抒写对故乡的怀念，连续两个问句把诗人的怀念之情表达得那么殷切动人；第三段由对故乡的怀念转写故乡生活的回忆，当自己真要离开故乡而成为"游子在天涯"时，却始终无法割断同故乡的联系，无法排除对故乡的思念。第四段直接点明天涯游子怀念着故乡，故乡那黑色的古城瓦砾在夜晚进入诗人的脑际，瓦砾如"一瓣瓣的莲花"伴随自己，给人温馨。

莎士比亚的十四行诗结构有层次，有深度，有曲折，有高潮。前三段或层层递进，或形成对比，以此造成一种气势，最后结论自然脱颖而出。因为有铺垫，结尾不仅有力，而且常常成为点睛之笔。我国诗人吴钧陶的动物诗就是莎士比亚式的典范，前十行分成三段用来抒写动物本身，如《蝴蝶》中一开始就突出了蝴蝶外表和飞舞之美，且把二者结合起来。"五彩缤纷"使人联想到蝴蝶美丽的外表，"行踪不定"使人想到蝴蝶动人的飞舞；"美丽的形状和图案"写蝴蝶的外表，"温柔地扇动""春天的气息"写蝴蝶飞舞；从而创造了一种中国传统诗画所独有的境界。"带着无声的喜悦翩翩起舞，/为鲜花把默默的相思和亲吻传送"，一连串美好意象叠加，层层渲染，使蝴蝶飞舞的动态之美达到了尽态极

---

[1] 陈明远：《新诗与真美的追求》，郭沫若、陈明远《新潮》，中国文联出版公司1992年版，第20页。

妍的地步。末二行一段结论脱颖而出，形成警句式的点睛之笔。《蝴蝶》的末两行是"尽管林莽中多的是猛兽毒虫，/你们证明美仍然在天地间繁荣"。这是在美丑对比中突出蝴蝶美的可贵。

我国诗人在借鉴十四行体结构基础上有更多创新。如陈明远的十四行诗都能做到构思的圆满、结构的立体，起承转合与音乐段落一致，但又在规律中翻新。具体表现形式很多：

第一，"起—承—转合"式。如《里加湖之三》，第一段起，由散步到谈诗发问，引起诗情诗思。第二、第三段具体回应"忽然发问"，把高山、大海、诗篇结合起来抒写。最后一段是诗意的升华和诗思的警句，类似莎士比亚式的偶行。但对前面的内容关系来说又是转，由对高山大海的抒情转入诗人心血的狂潮抒写。

第二，"起—承转—合"式。如《里加湖之六》，此诗的起在第一段，因行驶在两边楼群中，"昂首只望见一条蓝缝"引起诗人探寻和思考。第二、第三段作为一个整体写承和转，具体说第二段前两行是承，后两行开始转，第三段则是转的具体内容。第四段是合，是顿悟式的警句，点明构思凝聚点，引入一个新的哲理境界。

第三，"起承—转合"式。如《解体的灵与肉》，诗四段从构思来说分成两大部分，即前两段和后两段，每部分内部是对称相承的，全诗就形成了"起承—转合"式结构。另一诗《冥想》前两段和第三段的前两行诗意是对称相承的，应视为"起承"，而"转合"全在最后四行，也是一种"起承—转合"式结构。

第四，"正—反—合"式。如《咏黎族姑娘》是四四六段式，诗人借"黎女纹面"现象，抒写深广感情。第一段从黎母亲写起；第二段四行和第三段前四行写黎女的美丽形象，从诗情发展说是承，但若把头四行视为正面抒写的话，那么这八行则属反面抒写，最后两行"陡转即合"，使正反抒写合起来，揭示诗的主题，构成诗思的凝聚点，表达了诗人对黎女命运的关怀。全诗结构表现为正反合的三段式。

第九章 十四行体中国化的诗组创造

瑞士文论家沃尔夫冈·凯塞尔在《语言的艺术作品》中,把"诗组"作为诗的结构的重要问题提出,而在论述"诗组的结构"时始终举出的是十四行诗组。这是因为,诗组确是十四行诗的重要体制特征,它是西方诗歌中"诗组的结构"的重要问题。在西方十四行诗发展历程中,始终伴随着诗组的创作。我国诗人移植西方十四行体,也关注到十四行诗的这一体制特征,而且由欣赏到模仿再到创新,诞生了众多的中国十四行诗组,成为十四行体中国化的重要现象。中国诗人的诗组创作,不仅丰富了汉语十四行诗创作,而且对于整个新诗的诗组创作产生了重要影响。

一 诗组:十四行诗体制特征

西方十四行诗的体制应该包括两大方面,一是单篇的十四行诗体制,二是诗组的十四行诗体制。这也成为十四行体的重要形式规范,成为这种诗体与其他诗体的重要区别。诗组的大量创作,这当然同这种诗体的审美特征有关。因为十四行体是一种容情单纯的诗体,梁实秋引了帕蒂孙编弥尔顿《十四行诗集》所写的序中对十四行的定义。其第一条即"十四行诗,如其他艺术品一般,必有其单纯性。必须是一个（仅仅一个）概念或情绪的表现"①。并认为这种单纯的概念或情绪，在诗中逐步进展呈现圆满状态。十四行诗，不独要保持它的固定形式，还要肆力于内容的精练。梁实秋在这里说的是单篇的形式规范，但正是由于单篇的这种形式规范，使得表现复杂或多样的概念或情绪需要通过诗组体制来得到定型。诗人往往利用了单篇的容情单纯性和诗组的容情丰富性，从而把两者结合起来形成组诗结构，以更好地表达诗人的情思。诗人在创作时，既可以写单篇，又可以写诗组，这就扩大了这种诗体的表达领域，也就能更好地适应诗人写作的多种要求。以上这种论证是有力的，因为许多诗人正是通过单篇和诗组的各自优势，创作了流传世界的诗歌经典；但这种论证也是有缺陷的，因为世界上另有多种短小的诗体，却没有那么多的诗组出现。我国律绝体在审美规范方面与十四行体具有相通之处，但律绝体虽然也有诗组创作，如陶渊明《归园田居五首》、李白《月下独酌四首》、王维《少年行四首》、刘禹锡《竹枝词九首》等都是经典之作。杜甫《秋兴》是由八首七律构成的组诗，创作于公元766年。整个组诗以第三首为界分作两部分：前三首以近日的夔府为背景，后四首侧重于昔日的长安。中间以第四首作过渡，它是以一种循序渐进的方式实现这种过渡的：由今日夔府到今日长安，再由今日长安到昔日长安。组诗的高潮在第七首，第八首正像一部音乐作品的结尾。尽管如此，但相比而言，我国律绝体诗组的数量、品种和规模是无法与十四行体相提并论的。那么，为何十四行诗独有那么多诗组呢？我们的回答是传统。

十四行诗组大量出现的重要原因就是传统。最早的彼特拉克《歌者》就是组诗，是围绕着某个主题串在一起的抒情诗组。十四行体在16世纪上半叶传入法国，中叶的"七星诗社"为十四行诗在法国的盛行和本土化做出了重要贡献，杜贝莱的《橄榄》是第一部非意大利文

---

① 梁实秋：《谈十四行诗》，《偏见集》，（南京）正中书局1934年版，第268页。

的十四行诗组。在十四行体英国化进程中,出现了更多的诗组。"16世纪的最后二十年是十四行组诗盛行的年代。锡德尼的《爱星者与星星》(Astrophel and Stella,1591,集中的大部分作于1582年左右)给后来者树立了典范。1592年至1597年间出版了近二十部十四行组诗,其中较著名的有丹尼尔的《迪莉娅》(Delia,1592)、洛奇的《菲莉丝》(Phills,1593)、康斯特布尔的《戴安娜》(Diana,1593)和斯宾塞的《爱情小唱》(Amoretti,1595)。"[1] "莎士比亚的十四行诗集更是打破了爱情十四行诗传统。首先,集中的大部分诗是写给一个男性朋友的,而所用的语言却往往是十四行诗中常见的那种表达男子对贵夫人爱慕之情的语言。其次,第127至152首是写给一位既无貌又无德的'黑奴人'(Dark Lady)的。""19世纪下半叶是十四行组诗再度繁荣的时期,伊丽莎白·布朗宁的《葡萄牙十四行诗》、乔治·梅瑞狄斯的《现代爱情》、丹·加·罗塞蒂的《生命之屋》、克·罗塞蒂的《无名夫人》等是这一时期十四行组诗的代表作。"[2] 创作十四行诗组的传统在西方根深蒂固,许多优秀的诗人都有这种诗组流传于世,许多诗人都是依靠这种诗组而奠定自身地位的。这就成为一种传统,影响着西方十四行诗组的发展,并最终形成了十四行诗的重要体制特征。

西方诗人创作十四行诗组的传统直接影响到我国诗人的创作,它也逐渐地成为一种规范引导着我国十四行体中国化的历史进程。我国诗人早期创作的十四行诗组是连缀体,即连缀了两首或多首十四行诗。最早作此尝试的是徐志摩。他的十四行诗发表于《小说月报》第14卷第9期(1923年9月10日),题为《幻想》。这是新诗史上最早的连缀体十四行诗,28行连贯而下。这诗表现出诗人对现实人生的关注和对光明的追求。前后两个十四行的首行都以天空中长虹出之,均

---

[1] 赵元:《西方文论关键词:十四行诗》,《外国文学》2010年第5期。
[2] 同上。

用"幻"字点题，形成复沓呼应。诗语特点是重视旋律美，音步、音数并不整齐，但字句和诗行对等组织，形成回环往复的旋律，自有其诱人趣味。闻一多在 1926 年后也发表了连缀体《静夜》《天安门》。接着的十四行诗组重要成果是李唯建的《祈祷》，包括 70 首十四行诗（另加八行序诗），并在《诗刊》第 1 期（1931 年 1 月 20 日）上发表其中两首，后《祈祷》集由新月书店出版（1933 年）。接下来的重要创作，如柳无忌在 1931 年 7 月出版的《文艺杂志》发表了 9 首十四行诗，有着一个总题《春梦》，另有一个括号注明"连锁的十四行体"，这些诗相互之间内在地有着整体的关联性；丽尼的十四行诗组诗《梦恋（sonnet）八章》，发表在《文学季刊》第 1 卷第 3 期（1934 年 7 月）；梁宗岱的《商籁六首》创作于 1933 年至 1939 年，收入他的诗集《芦笛风》；唐祈的《辽远的故事》，发表在 1946 年《文艺复兴》第 2 卷第 2 期；吴兴华的包含 16 首的组诗《西珈》首刊于 1946 年 9 月 30 日《文艺时代》第 1 卷第 4 期。这些都是中国十四行史上的经典作品。如吴兴华的《西珈》组诗是十四行体中国化的重大收获，较有权威的现代文学史著作给予的评价是："'十四行诗体'也是吴兴华诗的试验的领地。他的以《西珈》为题的 16 首十四行诗是与冯至的《十四行集》遥相呼应的，共同显示了这一西方古老的诗体在 40 年代中国诗坛上所重获的艺术生命活力。"[①] 其实，冯至《十四行集》的 27 首诗也构成诗组结构，陈思和把 27 首梳理成六个乐章。第一乐章：庄严的序曲——在涅槃中永生（第 1—4 首）；第二乐章：诗神降临世俗——速写与警示（第 5—7 首）；第三乐章：诗人的精神之旅——启蒙到自救（第 8—14 首）；第四乐章：生命的颂歌——人之旷远与爱情（第 15—20 首）；第五乐章：存在之旅——狭窄中的宇宙（第 21—23 首）；第六乐章：幽远的尾声——有和无的转化（第 24—

[①] 钱理群等：《中国现代文学三十年（修订本）》，北京大学出版社 1998 年版，第 590 页。

27首）。在新时期十四行诗创作中，诗组如喷泉一样不断地涌现，多部十四行组诗著作出版，如沈泽宜的《西塞娜十四行》、颜烈的《蝴蝶梦——人生十四行诗》、瞿炜的《命运的审判者》、诺源的《远古来兮：十四行诗》（土家族民族文化大型叙事诗）、金波的《乌丢丢的奇遇》、陈陟云的《新十四行：前世今生》等。我国诗人自觉创作十四行诗组，并把它作为探索新诗体的尝试，在诗组的创作方面积累了重要经验。如邹建军就自觉地写作了数十个诗组的十四行诗，他对于自己的创作这样说：写作诗组我"从一开始就对自己提出了要求，那就是每一组诗要有自己的艺术构思与整体考量，每一组诗都力求超过前一组诗，有哪些好的句子，有哪些具有新意的意象，这组诗采取的是一种什么样的语调，是一种什么样的韵式，是以问句为主还是以叙述句子为主，要有什么样的小标题，如此等等，都考虑好了，才开始写"。这说明他的诗组都有整体性和有机性的构思，都是一个特殊的整体结构，要真正理解这种诗组的审美特征，就不能停留在一首一首的把握上，而是需要从整个诗组结构中去理解。这样就形成了他的十四行诗创作特色。正如他所说："这是我汉语十四行诗的最大特点，我没有写出过一首一首的十四行诗，一经写出就是一组，每组有着整体艺术构思。每个组诗有一个大主题，中心意象就是组诗的灵魂和核心。每一组诗在艺术结构上，都意脉相连。"他说："也许这正是我与从前的诗人们在十四行诗的创作上最大的区别。显然，组诗的容量相当于长诗，也可以说是由一首一首短诗组合起来的长诗。"[①] 诗组的创作是十四行体中国化的重要收获，在中国新诗史上尚无其他诗体有如此众多特色鲜明的诗组，它已经成为中国新诗的重要品种，拓展了中国新诗的体制建设空间。

[①] 覃莉：《关于汉语十四行诗的写作与翻译——邹建军先生访谈录》，邹建军网站"中外文学讲坛"。

虽然诗组大量出现同十四行诗创作传统有关，但现代诗人的创作却显得更为自觉，诗组在我国已经成为同单篇同样重要的体制而受到人们喜爱。沃尔夫冈·凯塞尔告诉我们，"在考察各种不同的时代当中，同时我们发现，走向诗组的趋势在近代变得越来越强，在现代简直是抒情创作的一个标志。赋予他的作品一种重要的'书籍性质'，对于现在的抒情诗人好象是一个特别的野心"①。这是符合事实的概括。我们应该重视十四行诗组的研究。

单篇和诗组作为十四行诗的两种体制，其结构特征有着相通之处。沃尔夫冈·凯塞尔在说到"诗组结构"说："从诗节到诗的关系在这里重现在较大的范围之中，即从诗到诗组的关系。通过成为一个整体的安排产生一种比纯粹加在一起还要更多的东西。"② 这里有两层意思：第一，从诗到诗组的关系，实际上是从诗节（段）到诗的关系在较大范围内的重现；第二，从诗到诗组发展成为一个整体就会获得更多的意义和价值。这里的第二层意思强调的是诗组是一个有机整体，它不是简单的单篇相加，它是一种整体性的有机结构，在这种新的结构中所表达的意义或价值要比简单的单篇相加更多，或者索性说通过诗组结构诗就获得了全新的意义或价值。这就是诗组能够同单篇并行存在的独特审美价值。这种结论完全可以通过结构主义或系统论的思想来得到证明和论证，我们在这里不再作理论阐述，在以后具体分析诗组多种结构样式时再作实例分析。我们这里将要说的是第一层意思，即单篇诗表现为从诗节到诗的结构，而诗组则表现为从诗到诗组的结构，两者在结构审美上具有相通性和可比性。

要明确从诗节到诗的结构，就要研究"诗节"（也就是十四行诗的"诗段"）。我们想在这里把诗节称为"诗节段落"（简称"节落"）。

---

① ［瑞士］沃尔夫冈·凯塞尔：《语言的艺术作品》，陈铨译，上海译文出版社1984年版，第226页。
② 同上书，第225页。

诗中的"节落"的基本特征可以这样归纳：第一，节落是个相对独立的节奏单位。从音形义理解其相对独立性，首先是个相对独立的音乐段落，其次是个相对独立的建筑形体，最后是个相对独立的意义单位。第二，节落是个相对独立的立体结构。节落具有相对闭锁的特性，它的音律节奏、建筑形体和意义单元都在自身边界内建构，从而成为一个可以独立分析和欣赏的结构体，而这结构体不是要素单一的，而是诸多要素的集合，在立体结构的意义上显示着自身的独特价值。节落的立体性要素一般包括四个方面：外在结构、节奏结构、声音结构和意义结构。这种节落在一首诗里往往表现为诗节（或称诗段），而在诗组中就表现为一首诗，后者是前者在较大范围的重现。

节落在诗中需要发展，这就是从诗节到诗篇的关系。节落在其内部有着相对独立性，它自身往往是一个相对封闭的立体结构。而就其外部关系说，则具有极大的开放性，因为诗人知道，节落的真正价值还在整个诗篇的结构中，这就有了从诗节到诗的关系。这种关系从十四行体来说就是诗的情思的进展结构，这已经有明确的归纳："一首好的十四行诗一般往往要求能表现出一个思想感情的转变过程，或发展过程"，"十四行诗体同样讲究构思布局，要写出层次、写出深度、具有饱满的立体感；开头第一行诗句和最后的结句不应该处于同一个思想感情的平面上。从起句到结句，已经历了一个起承转合的过程"。① 这是从诗节到诗篇的圆满构思，也应该是从诗篇到诗组的圆满构思，后者是前者在较大范围的重现。

以上由沃尔夫冈·凯塞尔的论述引出的一些观点，是我们研究十四行诗组的思想指导。它告诉我们，研究诗组就要着重研究由诗到诗组的关系，就像研究诗篇就要研究由诗节（段）到诗篇的关系。诗组的结构

---

① 方平：《情诗赏析》，《白朗宁夫人爱情十四行诗集》，上海译文出版社1997年版，第116页。

是由诗篇组成的，组织程度可以有差异，但始终需要显示这种组织结构的圆满性。这是研究汉语十四行诗各种诗组类型的基本前提。

二 第一类诗组结构的例析

　　这类十四行诗组的各首相对独立，组合起来又是围绕一个中心点。这是十四行诗组最为简单的结构，诗组的各首虽然围绕着一个中心点，但自身有着较强的独立性，其存在价值不必依靠其他各首获得价值显示，但各首组合起来形成新的诗组结构，可以获得比各首简单相加的东西更多。如唐祈在"文化大革命"后复出重返西北，写出了几个《大西北诗组》，诗人从不同侧面写出了迷人的边塞风情。蔡其矫在20世纪80年代走遍中国，去追寻历史文化足迹，到内蒙古后就写出了诗组《内蒙行》，从不同侧面抒写静谧幸福的边疆风情。张秋红的《祖国》诗组也是这种结构。顾子欣写《俄罗斯情结》，诗组前用丘特切夫诗句"凭理智不能理解俄罗斯，用普通尺子不能测量俄罗斯"作为总线索，包括《莫斯科的秋天》《红场》《普希金纪念碑》《沃尔龚斯卡娅故宅》《奥斯特洛夫斯基纪念馆》《加加林广场》《库尔斯克的夜莺》等诗，从不同角度抒写了自己对俄罗斯的印象和理解。如蔡其矫《内蒙行》十四行诗组，其中的一组就包括了《昭尹墓》《蒙古歌声》《花的原野》《召河》《蒙古包》《阴山下》《边墙》《塞上的云》等诗。蔡其矫在这些诗中描写了静谧幸福的风土人情，抒唱的是"一股甜香气息，反映天空的深邃"的赞歌。诗人充分利用十四行体结构圆满和长于抒情的特征，抒唱"悬空的冰山/有无数壁立危岩/驰过一队飞马/散布几朵草烟"（《塞上的云》），描写"晨雾里升起炊烟/白云飘动在天窗/阳光照亮家屋/一家人共坐欢畅/端起马奶酒/在燃烧的火坑面前"（《蒙古包》）。邹建军的十四行诗组基本都是这类结构。如邹建军《竹雨松风》的诗名出自明代傅山（1607—1684）题书斋联"竹雨松风琴韵；茶烟梧月书声"，这就是诗的中心点，是诗组各首围绕着的聚焦点，它既是内涵的，又是意象的，还是氛围的。整组诗包括了《竹雨》《松风》《琴韵》《茶烟》《梧月》《书声》《人间》七首。各首相对独立，但组合起来都是紧紧地围绕着中心点，各首统一使用着三三三三二段式，极富诗情画意。

　　有人对于这类诗组不以为然，认为无非就是相同题材的各首十四行诗进行了一次组合，各首之间没有内容上的直接联系，诗组本身也无严格的形式化和内在的逻辑结构。有人甚至认为沃尔夫冈·凯塞尔也不承认这是诗组，因为他说过："诗组这个名词不应给予一个本身是独立的十四行诗集，同样也不应当给予一个从诗集里边把一部分诗集中起来冠以共同题目的集子；就是从波特莱尔《恶之花》的选集中选出的《死亡》、《反叛》、《葡萄酒》等等诗，或者从迈尔诗集中选出的关于《爱情》、《神》、《厚颜》和《虔敬》等等诗也还不算诗组。"[①] 我们同意沃尔夫冈·凯塞尔关于诗组的边界划定，如波特莱尔的《恶之花》集中的十四行诗任意地抽出来组合，确实是不能称为诗组的。这无论从作者创作、读者阅读，还是从诗组之间的关系看，都不符合诗组结构的规定。也正是如此，我们就不能简单地从屠岸的《屠岸十四行诗》集中抽出几首诗就冠以"诗组"的名称，甚至不能简单地从林子《给他》诗集中任意抽出数首诗就称其为"诗组"，因为这些诗都不是围绕着一个中心点写作而构成有机诗组结构的。但我们以上列举的一些诗的组合却不是如此，它们是围绕着一个中心组成的有机结构，这种组合结构就使得诗组呈现出来的东西更多。这种诗组的重要特征就是"停留在纯粹抒情诗的范围之中，他们围绕着一个中心点"。"在这种情况之下诗

[①] [瑞士]沃尔夫冈·凯塞尔：《语言的艺术作品》，陈铨译，上海译文出版社1984年版，第225—226页。

组的诗仿佛是一个五颜六色的光谱,它作为反映可以使我们理解统一的光源。"① 依据这一特征概括,我们可以看到,这一类诗组就各首相对于整体来说呈现的是五颜六色的光谱向中心的聚焦,就整个诗组相对于各首来说呈现的是中心光源向四围发射热量和光谱。

  我国这类十四行诗组的量较大。我们列举唐祈的《西北十四行诗组》来分析。唐祈在20世纪40年代就发表了《辽远的故事》,包括《游牧人》《蒙海》《圣经》三首,抒写西北边疆少数民族风情,被人称为"中国新诗中的新边塞诗"(唐湜)。1978年以后,他创作了更多的《西北十四行诗组》。其中有一组包括了《放牧谣》《冬不拉之歌》《一个裕固族姑娘》《阿克苏草原夜歌》《驼队向西》《沙漠》《草原夜曲》《草原小路》《恋歌》《猎手》《天山情歌》等,单是这些题目就能勾起我们的向往之心。诗人写出了迷人的边塞风情,如《草原夜曲》几行:"我的伙伴们拎起铜酒壶,/阿里库衣唱起谣曲跳起舞。/醒来的人们结成了快乐的家族。"《烟囱》则描写了边塞的新生活:"从前,这里是塞外的漠野——/大漠孤烟直。悲凉的驼铃在黄昏中摇曳,/现在,到处升起高大的烟囱的黑树林,/把人们突然带进现代神奇的梦境。"诗人在十四行新边塞诗中展示了边塞人民的心灵和性格,如《草原小路》,注明是"一个老邮递员手记"。诗的前四行是:"我早就熟悉草原的小路,/清脆的驼铃拨开早晨的迷雾,/骆驼昂着头一上一下默默地举步,/把我驮向沙漠的深处。"边塞青年男女的恋爱更动人,也更能展示心灵,《冬不拉之歌》是这样写"一个维吾尔族歌手的心曲"的:

> 你在我的秋天里
> 射来一缕明亮的阳光
> 让我看见鲜花开放

---

① [瑞士]沃尔夫冈·凯塞尔:《语言的艺术作品》,陈铨译,上海译文出版社1984年版,第226页。

> 鸟雀在白杨树梢歌唱
> 渐渐地消失了我的忧伤
> 欢乐的血液在周身流荡
> 你无形的手指按抚在我心上
> 打开了我收摺的翅膀

这些新边塞诗中，没有古人那种"青海长云暗雪山，孤城遥望玉门关"的悲凉沙场的自然风光，也没有那"撩乱边愁听不尽，高高秋月照长城"的边愁哀肠，也没有那"房塞兵气连云屯，战场白骨缠草根"的战场厮杀场面。相反，社会主义祖国的边塞充满着欢乐、温馨，边疆人民在"歌唱，召唤雀鸟飞来家乡"，"春风灌醉了酡红的脸庞"，边塞正在日新月异地进行着社会主义建设，"烟囱，象工业的森林延伸到玉门、河西走廊，塞外披上了比'丝路花雨'更华美的新装"。在处理这些题材时，唐祈采用了"诗组"的形式，每一首都从一个侧面抒写边塞风情和边疆人民，从而同单篇的十四行体形式规范契合，写得委婉生动，层次明晰，自成一个完整的结构体。而数首诗合成组诗，又从多侧面、全方位地反映了社会主义边塞的面貌和生活。在这种诗组中，各首单篇诗是五颜六色的光谱，利用了十四行体单纯的容情特征，抒写一个侧面的边疆风情，而全部诗组的诗则汇聚到一个中心点，又利用了十四行诗组的结构特征，聚焦到边疆少数民族新生活以及新的精神面貌上。

三 第二类诗组结构的例析

这类十四行诗组的各首相对独立，组合起来就形成一个具有史诗元素的完整故事。这是十四行诗组最为常见的结构，在西方，我们从伊丽莎白·白朗宁的《葡萄牙人的十四行诗》中就见到这种结构，这取决于作为一个故事的组诗性质。唐湜认为："佩特拉克与莎士比亚的十四行都是组诗，由或多或少的一点点故事串着，并不完全独立。"① 这是对的。这类诗组中的每一首都可以独立地欣赏和分析，但离开了整体就无法从内容和形式去深刻把握；只有着眼整体结构时，读者才能较好地领悟各首自身所无法体现的结构秘密和先验框架。也就是说，只有在诗组结构的整体层面中，我们才能领会到比欣赏单篇时获得的更多东西，这就是诗组结构系统的优势所在。这种诗组结构类似于英国锡德尼（Sir Philip Sidney）的诗组《阿斯特菲尔和苔拉》，它是由一首首相对独立的十四行诗构成的更大的结构整体。诗与诗之间有机相连，流淌其间的是阿斯特菲尔连绵的思想和情感。每首诗都是情感世界的一个片断写照，各诗与各诗的组合又在表达一个思想或情感或故事的进程。锡德尼诗集的开放结构为后人表达情思开拓了新路，使这个狭小的形式得以因连缀而扩展，使得十四行诗能表达更加丰富的情感世界。我国十四行诗中，有着较多的这类诗组。李唯建的《祈祷》、吴兴华的《西珈》、梁宗岱的《商籁六首》、柳无忌的《春梦（连锁的十四行体）》等就是这种结构。新时期有郑敏的《诗人与死》、戴战军的《心弦余韵》、园静的《天鹅之死》、白桦的《送别三毛》等诗组。

这类诗组的特征，沃尔夫冈·凯塞尔在《语言的艺术作品》中有过具体分析。他说：《莎士比亚十四行诗》除了一个恋爱故事外，"当然在这个诗组中还有其他和更强烈的力量，它们可以决定结构的性质"。这些诗组也是围绕着一个中心点，"在这当中它可能是一个特定的题目，这个题目可以从各个最不同的方面来加以讨论（在这里还可能产生一种深入的了解），或者它可能是一个客观的容积，这个容积

---

① 唐湜：《〈幻美之旅　十四行诗集〉前记》，宁夏人民出版社1984年版，第4页。

可以从各个最不同的方面来加以阐明；它也可能最后是一个说不出来的秘密的中心，一个动机的先验"。① 这里的论述概括了这种诗组的三个重要特征：第一，这是一个故事性质的组合结构，但这仅仅是外部形式的；第二，这类诗组还有更重要的建构动力，它们可以决定结构性质；第三，这种动力是一个秘密的中心，一个动机的先验。正因为如此，所以贯穿这种诗组的力量较为隐秘，也就是说，其"秘密的中心"或"动机的先验"显得较为隐蔽。如1937年四五月间，卞之琳写了五首《无题》。《无题一》写深切的和不可解脱的爱；《无题二》写等待、怅惘与痴念；《无题三》写相互对爱情的珍视；《无题四》写爱如"镜花""水月"般的忧虑；《无题五》写爱的失望，从爱没有结果说到"恍然世界是空的"。连缀这五首诗的结构中心非常隐秘，连闻一多也没有看出，当面说卞之琳不写情诗。其实这是一组情诗，是以诗人与张充和一段特殊的爱情为中心的，正如诗人自述：在1937年春末，"我与友好中特殊的这一位感情上达到一个小高潮，也就特别爱耍弄禅悟把戏"②。其实，这类十四行诗组也有这种"秘密"的结构，如园静的《天鹅之死》共三首，诗中的"我"同圣洁少女有过一段纯净的恋爱史，但由于种种原因而被迫冻结，这就造成了天鹅之死。第1首写天鹅之死，第2首是对天鹅的倾诉，第3首是跪拜白天鹅。这是一首有着故事情节的哀婉、凄楚的爱情之歌，是诗人面对殉情的少女的"夜祷"。对此若不知道这"恋爱史"就无法读懂这组诗。顾子欣的《21朵玫瑰（爱情十四行诗）》由21首十四行诗组成。第一首是"序诗"，首先说明自己献上玫瑰的出发点："并非为赢得你的青睐和芳心/或以此作为我们的定情之物/不，我们的爱情啊，早已成

---

① ［瑞士］沃尔夫冈·凯塞尔：《语言的艺术作品》，陈铨译，上海译文出版社1984年版，第226页。
② 卞之琳：《人尚性灵，诗通神韵：追忆周煦良》，《卞之琳文集》中卷，安徽教育出版社2002年版，第213页。

熟/装在篮中的果实,仍溢满温馨",而是为了献上感激:"施舍不是爱,当然,感激也不是/但是啊,我的感激却日益加深/随着岁月的沉淀,年华的消逝/在我心灵的枝头有多少花蕾/(岂止21朵呢)我都愿向你献呈"。接着的20首诗就选取了爱情生活中的几个镜头抒写,构成奉献的朵朵玫瑰。整个诗组构成一个完整的故事进展结构,其中贯穿的中心线索又是鲜为人知的爱情故事。如李唯建的《祈祷》包括70首(另加8行序诗)十四行诗,对上帝祈祷——追求真理的艺术构思,在全诗中贯彻始终,诗中的上帝即真理的化身,因此爱上帝即爱真理,从对真理的爱恋进而执着地追求,它成为贯串全诗的一条红线,即一条组织结构线。诗人的自由联想和内心独白,交织成一种枝蔓式的立体结构;当然诗的发展脉络仍有轨迹可循,在交叉切入的蒙太奇组接之间,我们仍可认清其基本心理流程,即始终围绕着"追求真理"这一端点,其心理流向过程为:祈祷上帝—艰苦奋斗—来到神地—又遭破坏—生死相爱—信条不灭。这种主题的表达虽然体现在每首单篇的诗中,但是整个追求过程的心理流向以及始终不渝的追求精神却无法仅仅在单篇之中表达,只有在诗组的总体结构中才能得到体现。从这诗组的结构中,我们感受到了诗人对于真理的爱恋和执着追求。

唐湜的十四行诗组《默想》,副题是"一连串十四行诗"。诗写于1970年,诗人说那是"中国最黑暗的暗夜里"。诗组开始是一个十四行体的序诗,然后是用数字标明分割的16首十四行诗,每首都采用四四六分段方式,每行都限制在四个音顿。关于这组诗的写作,诗人这样交代:"一九七〇年左右,我在'风暴'的包围里陷于孤立,恍有契诃夫的黑衣人向我访问,只能孤芳自赏地抒写一些十四行与抒情诗来排除怕人的绝望。这一束十四行就是当时对自己命运的揣测,什么时候会到达那生命的终点?我不知道,却似乎见到了那巨大的阴影向我袭来,可最后,我还是听从了晨光的劝告,跨出了夜的幽沉,走向了光灿的阳光。"① 诗虽然写在那最为绝望的岁月，但诗人的幻美意象仍然是非常动人的。诗人想到了"死"：

> 打泥土里来，要归于泥土，
> 这就是他的最朴素的希望，
> 我自己永恒的家也该在
> 有垂杨婆娑着的水中洲渚，
> 要是有春风常常来探访，
> 那可就比什么都叫人光彩！（第6首）

> 呵，神秘的死，当孤独
> 叫我念哈洛德的意大利巡礼，
> 我可又踏着大步，向你
> 跨出了凄迷、幽独的一步！

> 是的，豪华的陵园拦不住
> 时间把王侯们化成污泥，
> 倒是沉默的亚桂村，四季
> 都有人来访问那平凡的茔墓；（第9首）

正是在这绝望中诗人默想，从而感到心灵纯净和平静："没有人来打扰我的灵魂，/来搅乱我那最后的恬静，/我会象初生的婴儿样摇晃，/在波浪的摇篮里睡得那么香，/或初放的花蕾样对着阳光/静静地张开自己的小花房！"（第5首）正当诗人绝望之时，是金色的太阳把夜露化作神奇耀眼的光彩，晨光悄悄地对诗人说："看哪，暖和的光焰叫海波/可跳跃得多么欢，多么惬意，/那远山的翠眉象蓝色的岛

---

① 唐湜：《默想》"注"，《逞思——诗与美》，漓江出版社1987年版，第152页。

屿/就罩着一片紫绛色的骤雨!"(第15首)诗人终于听从了晨光的劝告,继续在幻想中歌唱:"寂寞、孤独,却有着幻望,/有青春的花朵在枝上开放,/更有着沉思时睿智的光芒,/我可能叫火焰点起片想象,/叫我那凄迷的心儿开放,/幻化出孤芳自赏的十四行!"这是《默想》第16首的结句,它是身处绝望中的唐湜对诗美的追求。在这里,我们看到十四行诗与诗人唐湜的生命状态的一致,可以说诗人在十四行诗创作中找到了生命的依据,找到了诗人自己的位置。正是因为诗人对美的追求使他皈依了十四行,他在心里寻找他的对应形式,寻找往日的精神先导者,在一片荒凉世界中寻找那些翠色的藤蔓,诗人就是被这些生命的颜色所支持着,激动着,他也正是借此得以渡过他的生命中的茫茫暗夜。这就是《默想》的情调内涵,全诗始终隐藏着的是茫茫暗夜中默想的生命力量,它就是这个诗组的先验动机和心灵奥秘。

四　第三类诗组结构的例析

　　这类十四行诗组的各首相对独立,组合起来形成一个内在和外在的时间顺序。在这类诗组中,各首之间的结构线索是"时间"的先后顺序,也就是说加入了自然逻辑的线索,各首之间的前后次序和逻辑关系就变得更为紧密和清晰,其单篇作品往往无法单独抽出或调换顺序,它比起前两类来说,各首之间的联系更加紧密,中心更加突出,线索更加清晰。沃尔夫冈·凯塞尔说:"一个完备的整体,一个真正的诗组,只能在这种情况之下产生,那就是诗的次序适合于一个时间次序,同时这个时间次序达到一个终点。我们很容易认识,随同着这样一个在时间中行动的过程,一个史诗的元素挤进了抒情诗之中。"① 这就是说，作为抒情诗的十四行诗，在单篇组合成诗组以后，就构成一个时间次序的链，而其结构链就使得各首抒情诗构成时间中的行动，这一行动有起点也有终点，这往往也就成为了历史叙事的史诗。这类诗组在我国十四行诗创作中也较多。如邹建军的组诗《九凤神鸟》，包括围绕着楚人精神象征"九头鸟"展开的9首十四行抒情诗，这些相对独立的抒情诗通过时间顺序排列，就成了具有史诗性质的楚地文化史，被人称为"曲折多姿的当代'楚辞'"。作为楚人图腾的九凤鸟，指的是《山海经·大荒北经》中的"九凤"，诗人赋予了九凤鸟一种开拓、高蹈和忧伤的形象，这是一个人格化的强力英雄的形象。组诗开篇《以启山林》抒唱远古时代的楚国先民筚路蓝缕，以启山林，在这种抒唱渲染的背景中，九头鸟出现了，她成了楚文化的象征和图腾。第二首《刚毅居正》突出了楚人精神的刚毅，第三首《庄王问鼎》突出了楚人品行的张狂，第四首《惊采艳艳》突出了楚辞神采的恣肆，第五首《楚虽三户》突出了楚地民风的强悍，第六首《风雨莲花》抒写了楚国文化的流播，第七首《九凤之香》抒写楚人血脉的传承，第八首《彩云飞翔》抒写楚人才智的引领，第九首《东海之上》抒写了楚地文化的未来想象。在诗篇展开过程中，始终紧扣楚地的自然风光和人文精神传统，其意象涉及神话传说、历史人文和现实精神，始终张扬楚地文化对于中华文明的伟大贡献，包括文明的形成、文明的发扬和文明的延续，其间始终融注着诗人对楚人勇于进取与超越创新智慧的由衷肯定。这是一首文化寻根的抒情长诗，结构体现了楚地文化的发展线索。再如诺源的长篇民族史诗《巴国神曲三部曲》，包括第一部《远古之来兮》、第二部《开疆之国兮》和第三部《舞动之灵兮》，每部均包括了120首十四行诗，三

---

① ［瑞士］沃尔夫冈·凯塞尔：《语言的艺术作品》，陈铨译，上海译文出版社1984年版，第226页。

部曲总计有 360 首十四行诗,规模足够宏大。诗以古代巴国的历史传说为题材,采用了叙事与抒情结合的方式,尽情地抒写了富有野性色彩的民族传奇历史。诗中人神共舞,情节复杂,场面壮观,意象缤纷,充满着浪漫主义精神。为了避免写成纯粹的叙事诗,诗人采用了切割方式把传奇的历史事件的过程划分为若干片段的"点",每首十四行诗集中写一个"点",各个"点"的组合就形成了一个过程,最终形成了一部富有曲折情节的宏大华丽的民族传奇史诗。

  黑格尔在《美学》中,说"史诗"在希腊文里是"平话"或故事的意思,"一般地说,'话'要说出的是事物是什么,它要求有一种本身独立的内容,以便把内容是什么和内容经过怎样都说出来。史诗提供给意识去领略的是对象本身所处的关系和所经历的事迹,这就是对象所处的情境及其发展的广阔图景,也就是对象处在它们整个客观存在中的状态。"[①] 这说明作为史诗需要有自身相对独立的题材内容,需要把这种题材内容经过说出来,还需要提供对象本身的事迹使人能够领略。在我国十四行诗中,具有这类诗组结构的诗大多具有这样的特征。我们这里举出罗洛创作的《七一之歌》。诗组由 12 首十四行诗组成,包括:《序曲》《寻求真理》《党的诞生》《理想与信念之歌》《献给战士们的颂歌》《在烈士墓前》《开国颂》《写给普通共产党员的颂歌》《劳动颂》《失误和挫折使我清醒》《爱我中华》《团结起来走向明天》。诗人按时间线索写来,用诗笔讴歌我党 70 年来领导革命和建设过程中千回万折、走向胜利的历程,讴歌党的优秀儿女为了理想和信念的崇高献身精神,格调高昂。诗人选取我党历史的若干个"点",每点一首然后串联结构起来,形成一部政治抒情史诗。《七一之歌》的每首既是整体的组成部分,又具独立的欣赏价值。就 1 首而言,诗人重彩浓墨,抒情议论,酣畅淋漓;就 12 首而言,诗人大笔如椽,

---

① [德] 黑格尔:《美学》第三卷下册,朱光潜译,商务印书馆 1991 年版,第 102 页。

重在勾勒，开合自如。《七一之歌》为汉语十四行体政治抒情史诗写作探索了道路。下面，我们以第二首《寻求真理》为例分析：

  当失去理智的欧洲还在战争中痉挛流血
  从彼得大帝的故都传来阿芙乐尔的炮声
  十月革命的功勋是无可争辩的，它使人类
  跨入了一个以社会主义为标志的新世纪

  而在我心爱的黄浦江上空依然浓云密布
  悬挂异国旗帜的军舰用大炮夸耀着强权
  然而新兴的无产阶级已经醒来已经起来
  神圣的劳工要用双手打碎锁链扭转乾坤

  五四运动给昏沉的大地带来了清新的风
  在人们的心灵上播下民主和科学的种子
  青年们从先驱者学会了睁开眼来看世界
  即使在寻求真理的道路上还有痛苦挫折

  真理在何方，无数志士仁人在苦苦求索
  中国往何处去，历史在严峻地进行选择

诗注重情、事、理的有机结合。第一段是十月革命给中国送来了马克思主义，第二段是中国工人阶级登上历史舞台，第三段是在此基础上的五四运动，第四段是仁人志士仍在思索前进道路。这是一个有史实根据的理性结构。诗注重政治底蕴和诗歌意象结合。如诗的第二段就使用诗的意象和语言写政治内容，把社会的黑暗说成是"上空依然浓云密布"，把帝国主义的强权说成是"用大炮夸耀着强权"，把工人阶级觉醒奋斗，说成是"打碎锁链扭转乾坤"。这些意象并不朦胧,诗意并不晦涩,语言并不新奇,但却包含着社会真实和诗人见解。

五　第四类诗组结构的例析

　　这类十四行诗组的各首相对独立,组合起来是一个无法分割的思维结构。在十四行体制中,有一种特殊的诗组结构的诗,这就是十四行花环组诗。"花环"是种九曲回肠式的十四行组诗体,总共由 15 首十四行诗组成。前 14 首每首的首行和末行相扣,即后一首的首行用前一首的末行,上下衔接,第 14 首的末行用第 1 首的首行,从而勾连成环状。而第 15 首的"尾声"的十四行,则由前面 14 首的第一行按照原有次序排列而成,新组合起来的尾声同样是一首合律的十四行诗,并揭示出整首"花环诗"的主题,形式之精巧令人叹为观止。这种诗体通常内容厚重,格律森严,主要用于表现比较深沉凝重的题材。这是历史上欧洲诗人在长期监禁中反复琢磨才定型的一种诗体,具有"戴着脚镣跳舞"的特征。我国最早的十四行花环诗组是陈明远的《花环》。陈明远在大学时代就知道这种诗体,但一直写不好。"文化大革命"期间,他在牛棚中写成《花环》,并且迅速地在民间广泛地流传。陈明远的《花环》诗组,是诗的花环——诗即花环,花环即诗。诗的开始是:"你们曾教会我编结花环/花还没采全,就化为烟灰/空虚的双手,沉重地下坠/串花的红线变成了锁链"。这里出现了"你们",所指的是郭沫若、田汉、老舍、宗白华等前辈诗人,陈明远写作诗词曾受他们的教导。《花环》抒写了诗人对诗的追求和诗的信仰,他愿把那岁月中编织的诗的花环,献给这些前辈导师,留给后人作永远的追念。他在诗中说:"除了不屈的心,一无所有",但"我仍然动手描画春天/以诗的梦想、梦的诗篇"。诗充满着对自我主体精神的讴歌和对理想生活的向往："哄闹的吼叫却充耳不闻"，"花种活埋在污泥之下/再也不向神道去祈求/鲜红的记忆，迸出伤口/炽热的熔岩浇铸了铠甲"。诗人的人性没有被邪恶力量扭曲，依然保持着独立的人格。《花环》抒唱了自己的强烈愿望："希望的种子决不会长眠/只是陷入了混沌的噩梦/奴隶们背负阴冷的石砖/在山脊垒起蜿蜒的苍龙"。诗人说，哪怕我是一名死囚，面对层层骸骨也不会害怕。尽管诗人面对的环境是那么的险恶，但是诗人还是相信："由苦难喂养大的歌手，绝不可能毁灭于苦难"，"废墟总有一天会变成花园"。诗表现出知识分子恪守人格理想所具有的气节和操守，这也成为新时期文学精神的生长点。《花环》诗组的"尾声"（即第15首）是：

你们曾教会我编结花环
以诗的梦想、梦的诗篇
花种活埋在污泥之下
为迎接一个灿烂的瞬间

尽管原野上荒凉一片
希望的种子决不会长眠
新芽将要从化石中迸发
废墟总有一天重建花园

当野草装饰着青春的陵墓
请把这束诗歌献在碑前
我愿怀着深沉的爱情死去
只有这笑影，活跃人寰
祖国啊！这就是孩子的遗嘱
留给后人作永远的追念

诗中感情如环相扣,在那是非颠倒的特殊年代中,诗人心中始终存有对真善美的追求,对假丑恶的仇视,始终对于中国的未来心存期待。诗人愿意把自己对于祖国深沉的爱编成诗的花环,献在历史的纪念碑前,留给后人作为永远的追念。这首作结的十四行诗,在思想内容和情感抒发上都具有归结性和升华性,符合十四行体的构思特征。而且这一尾声的诗本身又是一首自然而又合律的英体十四行诗,头四行是第一个段落,心绪露其端倪,"为迎接一个灿烂的瞬间",更是把它交代明白;第二个四行用"尽管"转折,引出希望的种子会长出新芽,废墟会有一天重建花园,使心绪沿着同一方向发展;第三个四行开拓出一个新的境界,写重建花园后的心愿,即愿诗献在碑前,怀着爱情死去,给人间留下笑影;末两行让以上心愿升华,作为祖国孩子的遗愿,留给后人追念。这就是"尾声"圆满的整体结构和丰盈的情感线索。因为前面14首十四行诗的每一首,都是一个自成起承转合的结构,都有一个感情发展的线索,其起点和终点正好是"尾声"中的上下两行诗,如"尾声"中的第一、二行正好是第一首十四行诗的起句和结句,也就是说,"尾声"的第一、二行浓缩着的正是第一首的诗情结构和进展。根据尾声的结构,前面14首同样呈现着起承转合的进展结构。

  这类诗组虽然从理论上说单篇也是可以独立的(独立地欣赏和分析),但是它在建构花环的整体思维结构中,无论从形式(花环组诗中的一首)和内容(组诗内容中的一环)上来说其实都是无法独立的,因为一旦把它独立出来,整个花环诗组也就不存在。由此可见,这种诗组的内部结构无论从形式还是从内容来说都要比前三类来得更加紧密,所以人们常常以全诗首尾呼应、各首相互衔接、整体构思圆满和格律壁垒森严来概括花环诗组的特征,而这一些特征其实都在说明其特殊的结构精美。尽管这种诗组创作的难度极大,但是我国诗人还是有较多的花环诗组创作,如陈明远有《花环》和《圆光》,贾羽有《墓志铭》,金波有《献给母亲的花环》和《乌丢丢的奇遇》,岑琦有《没有飘带的花环》,王端诚有《秋菊之歌》和《世纪之约》,高昌有《花环》,韩品宇有《玉花环》,韩冬红有《岁月》,杨钟雄有《姑娘》,许天琦有《童年》,黄孝纪有《孤篷春旅》,草荆子有《星空十四行》,艄夫有《世事交集的滂沱》等。王端诚说:"'花环诗'是传自西欧的十四行诗中一种十分严谨的体式。它是由 15 首'十四行'合成的组诗,其中前十四首采用顶真手法,即每首的末行都是下一首的首行,而第 15 首又全部用前十四首的第一行组合而成。"他自己的花环诗《秋菊之歌》,"以秋菊为题,其中第二曲至第十三曲这十二首,是根据我在 2007 年所作的旧体七言律诗《菊花诗》,在全新的白话语境和严格的'花环'格律中采用五步十三言整齐式演绎而成。全诗大多数诗节用 AAAA(全韵),少数诗节用 BACA(偶韵)或 AA-BA(首句起偶韵)的韵式"①。可见,诗人是较为严格地遵循着十四行花环诗体形式规范进行创作的。全部 15 首是:《菊之前奏》《菊之记忆》《菊之专访》《菊之栽种》《菊之面对》《菊之瓶供》《菊之吟咏》《菊之图画》《菊之疑问》《菊之簪鬓》《菊之清影》《菊之梦幻》《菊之残篇》《菊之遗韵》《菊之回声》。诗组《秋菊之歌》在菊花中融入了诗人的精神追求,表达了对真善、高贵、纯洁的秋菊的崇敬之情,是一首跳荡着活力的生命之歌。菊花与诗人合二为一,秋菊之歌就成为诗人的人格之歌。有人分析《秋菊之歌》的特征:一是诗体结构首尾呼应。诗节之间顶针相连;二是单首诗体,以两句作结,点题点睛;三是诗句之间排比、对仗、反复等;四是句句押韵,一韵到底,也用双声叠韵;五是诗行整齐,节奏规律;六是语言通俗,古朴优雅。②诗在十四行体框架中,融入的是传统汉诗的音律审美。全诗 15 首 210

---

① 王端诚:《枫韵集》,(香港)世界文化艺术出版社 2010 年版,第 140 页。
② 赵青山:《新诗格律的成熟范本——王端诚格律体新诗诗艺简析》,《微斋咏唱录》,中国诗词楹联出版社 2014 年版,第 259 页。

行全部采用"完全限步说"建行,即严格限步又限字,而且结束的一个音组始终保持双字尾。"他的这组新作,如滔滔不绝之大河又如回环往复之太极的鸿篇巨制,自始至终都押 an,ian,uan 韵,整齐划一,盘旋而下,绵绵不绝,谋篇布局呈现古典诗词'起承转合'之结构美,吟诵荡气回肠,意境美不胜收。对菊花一往情深,借用古典诗词的意境,运用现代白话诗的语言及格律进行新的演绎,没有华丽的辞藻,没有晦涩的生僻字,于通俗易懂中给读者优雅古朴的回味,这样的诗作者理应唤作'菊花诗人'。"① 吉林省第二实验高新学校四(1)班师生,因为读了金波《献给母亲的花环》,师生合作写成《献给学校母亲的花环》花环组诗。先由老师写出《尾声》,然后选择十四位同学每人写作一首,按照尾声的诗行次序排列。这首特殊的花环诗写完后,作为班级师生共同献给母校校庆的礼物。诗不但真实地表达了师生对于母校的热爱,而且用律较为严格,结构也是完整的。

六　第五类诗组结构的例析

这类十四行诗组的各首在形式上虽可独立,但内容上无法独立,组合成一个完整的结构。这类诗组虽然还是由若干单篇十四行诗组成,但这些单篇仅仅在形式上是十四行诗,具有十四行的外部形式特征,但其内部结构就不由单篇起承转合的圆满结构来构思,而是根据整体诗组情绪或叙事进展来构思,因而无法获得自身在内容上的独立性。这类诗组中的单篇一般无法单独抽出来阅读和分析,往往只能放入整个诗组中或抽出多首合成片断来阅读或分析。这类诗组的整体特征,我们可以拿黑格尔关于史诗的有关论述来加以说明。一是"史诗

---

① 王端诚:《枫韵集》,(香港)世界文化艺术出版社 2010 年版,第157—158页。

以叙事为职责,就须用一件动作(情节)的过程为对象";二是"史诗就是一个民族的'传奇故事','书'或'圣经'";三是"一种民族精神的全部世界观和客观存在,经过由它本身所对象化成的具体形象,即实际发生的实际,就形成了正式史诗的内容和形式"。① 当然,我国十四行第五类诗组无法完全符合黑格尔的史诗要求,但却在不同层次上呈现出了这种特征。

第一种就是以叙事为职责的诗组。如张先锋的《四姑娘山的传统》,叙说的故事是:金川脚下,赞拉河边,阿巴郎依和墨尔多拉为争夺嘉绒头人的雪公主在日隆进行了一场决斗,二十年后魔王卷土重来,杀害了阿巴郎依,逼死公主。并欲强娶阿巴郎依的四个女儿。为报杀父之仇,四女假意顺从,用计制服了犀牛怪。但不慎因仁慈放松了对其的监管,以致犀牛怪在临死前撞破天河大堤,一时洪水滔滔生灵涂炭,四姑娘满怀对人间和人民的热爱手挽手跃下缺口,化成四座冰清玉洁、俊俏挺拔的雪峰,永留人间。全诗由11首十四行诗组成,第一首是《序幕》,末一首是《尾声》,中间九首是《青春盛会》《日隆决胜》(两首)、《草原牧歌》《祸从天降》《忍辱侍仇》《齐心降怪》《善根恶果》《四女化山》。诗人采用了切割方式选取整个故事的若干片断予以铺陈,诗句不求整体统一,但求首内相对整齐,既保持节奏整齐,又获得创作自由。各首之间故事情节呈现跳跃,整体组合完整叙写传说,整个故事跌宕起伏。这样的诗组其实就是一个民族的"传奇故事",具有神性的品格特征,可以"成为一种民族精神标本的展览馆"(黑格尔)。唐湜的《海陵王》也是此类诗组,是用近百首十四行诗写成的长篇叙事诗,虽然没有原始的宗教的神性,但却也是一个民族的"传奇故事",也抒写了一个具有野性人格的人物海陵王。唐

---

① [德]黑格尔:《美学》第三卷下册,朱光潜译,商务印书馆1991年版,第107—108页。

湜承认诗"不是完全依据历史来写的",但却有着真实的基础。唐湜写海陵王的传奇式性格,而且认为"女真人与他们的后来族人满洲人也是构成我们这伟大的中华民族的一个种族","这长江之战也不过是我们伟大的民族中内部的纷争,兄弟的阋墙之争而已"。① 可见,唐湜是要通过海陵王的性格以史诗方式来写民族人性的重要侧面。海陵王的性格是蛮荒的、野火似的性格,天真又残忍,粗豪又阴狠,单纯又狂放;海陵王的性格史是"麦克贝斯"式野心的悲剧史;这种性格与悲剧互为表里地结合,使得诗组具有传奇色彩和震撼人心的吸引力。

第二种就是抒写人的精神史的诗组。这种诗组同样具有"史"的框架结构,单篇的内容往往同样无法构成内容上的独立性,其构思进展同样无法形成封闭环形,因此往往无法完全独立,它的价值直接由整个诗组结构来决定。唐湜的《幻美之旅》,包括54首十四行诗。诗写于1970年那"中国最黑暗的暗夜里"(唐湜)。那时,诗人为自己,也是为像他一样的一代受难知识分子写下了《桐琴歌》,诗以蔡邕生活困顿中琴声不断为题材,喻指南归故里独居东南一隅,却能独自仰望诗的天穹而写作不断的唐湜自己。但写完此诗以后,诗人觉得还不能将那时的郁郁之思完全释放,索性完全以自己的亲身经历为素材,用十四行体写作了《幻美之旅》诗组。在泥泞中挣扎的唐湜终于有机会来抒写自己一生的旅程,他在时间的边际——早晨与黄昏拿起了笔,歌唱那人生的四季变化,寻找自己"渴望的诗之美"的道路。诗后"附记"说:"幻美之旅是一个精神巡礼的行程,一次生命航行的悲剧,那是个歌人对美的幻想,对生命的诗的不断的追求,经历了一连串不幸的苦难而到达那最后的幸福的奋飞。"② 诗从自己的大半生悲剧出发,刻画了这一代知识分子的苦难与磨炼,并"经过痛苦的历史

---

① 唐湜:《海陵王》诗后"注",《海陵王》,江苏人民出版社1980年版,第103—105页。
② 唐湜:《〈幻美之旅 十四行诗集〉前记》,宁夏人民出版社1984年版,第162页。

行程，终于跨向了阳光灿烂的希望之国"（唐湜）。诗组《幻美之旅》成为那个年代知识分子的苦难史和精神史，成为我们时代的重要思想史的化石。

　　第三种就是抒情诗剧的诗组。由于戏剧有自身的结构特征，它是以情节进展为组织结构的，单个场面或对白无法单独抽出来研究，所以这种诗组中的各首在内容上无法独立。岑琦有诗剧《歌者与大地女神》，诗由两首"序曲"、七组歌者与大地女神对唱组成，每组对唱成一篇章包括4首十四行诗，全诗合计由30首十四行诗组成。《歌者与大地女神》序曲突出了歌者与大地女神新的相聚，从而开始了新的对唱。第一个篇章是"悬崖上的呼唤"，属于诗的"起"，歌者饱受现实逼迫成为流浪者："噩梦如影追踪着我，逼我走绝路/脚下是孤独的悬崖，我往何处去"；大地女神向歌者呼唤："下来吧，到四季飘香的草地来，/悬崖上不是唱歌对话的地方"，"下来吧，葱茏的花草长在低湿处，/温柔的风会涤荡你心头的忧烦"，"下来吧，让你的灵魂飘向原野，/透明的风会化解你心头的郁结"。接着的篇章就按照历史线索，展示了歌者与大地女神心灵交流的对唱，全诗构建起一个有着特定剧情的进展结构。第二篇章是"疯狂的奔马"，基本形象是"疯狂的奔马"，这是面对20世纪50年代大跃进疯狂失控，歌者与大地女神的对唱；第三篇章是"饥饿的大地"，基本形象是"饥荒的哭泣"，这是面对60年代初饥饿哭声歌者与大地的对唱；第四篇章是"火的精灵"，基本形象是"红色的烈火"，这是面对十年浩劫歌者与大地女神的对唱；第五篇章是"血色的沉沦"，基本形象是"血色"，歌者在红色的波涛里浮沉，大地女神鼓励歌者热爱生命、保持良知；第六篇章是"女神的箴言"，基本形象是"我的觉醒"，突出的是思想的觉醒；第七篇章是"草原的梦"，基本形象是"曙光辐射"，夜色中从远方传来曙色的呼唤，歌者"寻觅，属于我的你一轮朝阳"，女神呼应"是的，当曙光辐射出万支神箭/噩梦已夹着尾巴匆匆的逃遁/魔鬼的堡垒在你的歌声中倒塌/曙色的呼唤摆脱夜色的浸淫"。以上七个篇章构成了诗的主体部分，它有着厚重的历史内涵，而且是沿着历史发展的线索展开，呈现的是歌者和大地女神的对唱，更本质的是诗人在特定的历史进程中的心灵演进史，它既是诗人个人的，又是一代群体的。诗人采用了诗剧的形式，就把心灵搏斗分解为两个角色加以具象，然后在戏剧化情节中有序推进，真实地把一代知识分子由迷茫、困惑、绝望到觉醒、振奋的思想历程展示出来，从而成为一代知识分子的精神发展史。另外如《卡夫卡致菲丽丝》和《跟茨维塔伊娃的对话》两个十四行诗组，包括了21首十四行诗，是张枣新诗创作的杰作。这两个组诗从诗题就可以见出，诗人采取的是一种角色化的手法来抒情的。这是新诗的现代化追求。在这两诗中，诗人的抒情和哲思是通过戏剧角色的对话或交流呈现出来的。这种设定如《卡夫卡致菲丽丝》诗中卡夫卡和菲丽丝两个角色，通过角色间的交流（"致"）来达到情思的表达；如《跟茨维塔伊娃的对话》通过设定"我"和"茨维塔伊娃"角色的跨时空对话来表达诗人的情思。诗中的"卡夫卡""菲丽丝""我""茨维塔伊娃"都是角色，而角色间的对话能够避免表达中的说教和滥情。这里的"对话"其实就是诗人与自己体内的另一个自己的对话。江弱水称这种表现手段为"主体分化和换位的技术"。这种诗组的结构就是一种戏剧结构，而戏剧结构是由特定的戏剧情节和戏剧人物共同推进的，所以各首之间在形式和内容上结合得更加紧密，难以从中任意抽取某首诗进行解读。应该说，这种十四行诗组无论在西方还是在我国，都是独具特色的。

第十章 十四行体中国化的中文译名

十四行体是一种既传统又现代的格律抒情诗体,自 13 世纪诞生以来,在近 800 年间已经流播世界各地,成了一种世界性的经典诗体。伴随着走向各国的流播过程,出现了各种语言的译名,并逐步形成了一种得到人们较为普遍认同的译名,这就是"这种西诗的统称 Sonnet"①,并作为英文译名而被载入权威辞书《简明不列颠大百科全书》得到广泛流行,从而标志着这一世界性诗体的经典规范确立,同时也就确立了各国译名与此的对应关系。我国从 20 世纪 20 年代初才开始移植十四行体,近百年来的十四行体中国化进程中也有对应的中文译名,考察这些中文译名包含的文化内涵,就能知道我国诗人对于十四行体的审美理解,也能把握我国诗人创作十四行诗的基本特征。

一 关于英文译名 Sonnet

赵元在《西方文论关键词:十四行诗》②中,对于十四行体流播欧洲各国过程中产生的名称作了梳理。参考其他资料,整理转引如下。十四行体源自普罗旺斯语 sonet,起初泛指中世纪流行于民间、

---

① 胡茂盛:《心为形役:拟古话语下的商籁和十四行诗之名》,《唐山学院学报》2013 年第 2 期。

② 赵元:《西方文论关键词:十四行诗》,《外国文学》2010 年第 5 期。

用歌唱和乐器伴奏的短小诗歌。十四行诗在意大利文里叫 sonetto，但贾科莫和其他早期的十四行诗人并未用过这个名称。最早用 sonetto 来指称这一新诗体的是但丁。他在《新生》里提到过这个名字，但没有给出定义或做任何描述。在他用拉丁文写成的《论俗语》中，用来指称十四行诗的拉丁词是 sonitus。根据《牛津拉丁文词典》，sonitus 在古典拉丁文中的意思是"任何种类的声音，尤指响声、噪音"，而这个名词又源自东西 sono（sonare），意为"发出噪音、声音"。在中世纪拉丁文中，sonitus 最早出现于公元 817 年的法律和教宗的公文中，意思是"低语""柔声"或"轻柔的噪音"。十四行体伴随着彼特拉克的影响传遍西欧各国乃至整个欧洲。这里所说的彼特拉克的影响，主要是指他用意大利文写的抒情诗集《歌集》的影响。诗集中的大部分都是十四行诗，即彼特拉克式或意大利式的十四行诗：采用四四三三分段，前八行的韵式为 ABBAABBA，后六行的韵式有 CDECDE、CDCDCD、CDEDCE 等多种变体，内容以爱情为主，偶尔涉及政治和宗教的主题。15 世纪中叶，十四行诗首先传到西班牙，接着又传入葡萄牙，在 16 世纪引进法国，17 世纪进入德国。法文使用的名称是 sonnet，西班牙文是 soeto，德文为 sonett。活跃于 16 世纪中叶的"七星诗社"为十四行诗在法国的盛行和本土化做出了重要贡献。

在 16 世纪 20 年代，十四行诗被带到英国，最初由怀亚特爵士和萨里伯爵进行改造，创造了英体十四行，分段方式成了四四四二，韵式为 ABABCDCDEFEFGG。接着，"十四行诗经过锡德尼、斯宾塞和莎士比亚之手，形式上趋于成熟，表现手法更为丰富，呈现出许多英国十四行诗才有的特色，为后来十四行诗人的创作提供了可资借鉴的丰富形式。"[①] 也就是说，这种体式开始正式定型，成为莎士比亚式或英国式的十四行体。怀亚特和萨里伯爵的十四行诗最早出现在《托特

[①] 陈尚真、赵德全：《十四行诗的英国化进程》，《燕山大学学报》2001 年第 4 期。

尔杂集》(1557年)中。这部由托特尔编辑出版的都铎王朝抒情诗选集在文艺复兴时期极其有名。全称为《歌与十四行诗集,已故的萨里伯爵亨利·霍德华阁下及其他人作》,这里的"歌与十四行"即"Songes and Sonettes"。在英国文艺复兴时期,使用 sonnet 一词,尤其当它与 song 成对出现(如托特尔的集名那样)时,往往指任何篇幅较短、没有明显可入乐特征的抒情诗。1575年,加斯科因首度给 sonnet 下了明确的定义:真正能称为 Sonnet 的是那些具有十四行、每行十个音节的诗。前十二行每四行为一节,押交韵;末二行押韵,结束全诗。从1575年以后,sonnet 一词基本上指的就是十四行诗了(不过 songs and sonnets 中的 sonnet 仍指任何短诗)。这样,英国的十四行诗的名称就大体确定了。如莎士比亚《十四行集》(Sonnet),诗集的第18首就是"sonnet 18";如斯宾塞《爱情小曲,十四行诗34》,就是"Am oretti Sonnet 34";多恩的《敬神十四行诗》,就是"Holy Sonnets"。Sonnet 这个词可追溯到拉丁文 sonus(声音),于是跟英语单词 sound 和 spng 的词根 son 有近亲关系。它直接从意大利语 sonetto 演化而来,也与中世纪法国南部普罗旺斯语中的 sonet(短歌)有关。简单地说,sonnet 是指一种抒情短诗。

英文"sonnet"后来就成了西诗对于十四行诗的统称。例如《不列颠大百科全书》介绍十四行体就采用了英文的 sonnet。这标志着十四行体作为一种广泛流行于西方的抒情诗体已经建立了审美的特殊诗体规范,而且这种规范已经获得较为普遍公认的定型。所谓定型具体来说,就是十四行体具有两种体式,一种是彼特拉克式即意体,另一种是莎士比亚式即英体,两种体式都有正式,也都有在此基础上的变体。其实,十四行体在欧洲流播过程中,不仅出现了英体,还有其他体式。如法体,龙萨的十四行诗试验性地使用了亚历山大诗行(alexandrine),后来成为法国十四行诗的正格。如德体,奥皮茨在《德国诗论》(1624年)里最先倡导十四行诗,制定了诗歌格律的规则,对该诗体的发展产生了作用。如俄体，被称为"俄罗斯文学之父"的普希金，创造性地制定了"奥涅金诗节"这一格律，莱蒙托夫使用这一格律写出了《叶甫盖尼·奥涅金》长诗。尽管如此，各国普遍通行的还是意体和英体，我国接受的十四行体正式也是意体和英体。尽管英国浪漫诗人更倾向于认为意体是正式，如亨特在论十四行诗的历史和变体的长篇论文中，把意大利式十四行诗称为"合法的十四行诗"，把英国式称为"不合法的十四行诗"，但是人们事实上认同英体与意体一样，是目前人们创作的范例。

我国在接受十四行体时，同样采取了这样的态度。朱湘《石门集》中的十四行诗，就包括"十四行英体"17首和"十四行意体"54首两大部分，诗后注十四行诗采用的是"sonnet"。王力在《现代诗律学》中论"商籁"，虽然兼及意体、英体和法体，但重点则仍是意体和英体，他把意体正式和英体正式放在同等地位来分析，尤其是在论述变体时更是主要从意体和英体引出。他介绍十四行诗开始就说："有些诗人更进一步而模仿西洋诗里最重要的而格律又最严的一种形式——商籁（the sonnet）。"① 可见，王力也是采用了"sonnet"这样的英文名称。孙大雨写作长文《诗歌的内容与形式》，在说到 sonnet 时，也说其韵律大致为两种，一是意大利式，二是英国式。翻译出版了《莎士比亚十四行诗集》的施颖洲在《译诗的艺术——中译〈莎翁声籁〉自序》中说："声籁是一种固定的诗体。""莎士比亚声籁通常称为英体声籁，是声籁两大体制之一；另一体制是意体声籁。"② 罗念生在《十四行体（诗学之一）》中，也把十四行体分成两种："十四行体通常分作两大种：一种是原来的意大利体，一种是英国体；此外还有许多种变体。"我国在 1986 年 11 月由中国大百科全书出版社出版

---

① 王力：《现代诗律学》，中国人民大学出版社 2004 年版，第 104 页。
② 施颖洲：《译诗的艺术——中译〈莎翁声籁〉自序》，《莎士比亚十四行诗集》，译林出版社 2011 年版，第 1 页。

的《中国大百科全书·中国文学卷》，收词条"商籁体"，注明是 sonnet。此条目由北大教授孙玉石执笔，更是直接说该体包括英体和意体两种，然后对两体作了介绍。看来，我国诗人百年十四行创作中，大体对于法体、德体和俄体也是忽视的。这反映出的是一种文化的过滤与选择。

我国诗人早期输入十四行体时，采用的基本只是英文"sonnet"这一名称。如胡适在 1914 年的留学日记中记录了自己创作的两首英文十四行诗，采用的是"sonnet"的名称，如"A NONNET ON THE TENTH ANNIVERSARY OF THE CORNELL COSMOPOLITAN CLUB"。李思纯在 1920 年发表《诗体革新之形式及我的意见》中，说到欧洲律文诗时就举出了十四行诗，采用的是"sonnet"的名称。闻一多在 1921 年 6 月发表的《评本学年〈周刊〉里的新诗》，认为浦薛凤的《给玳姨娜》是一首十四行诗，采用的也是"sonnet"，即"这里的行数、音节、韵脚完全是一首十四行诗（sonnet）。"闻一多在 1922 年的蜜月中写成《律诗底研究》，说到十四行诗时在括号中注明的还是"sonnet"，说"中诗之律体，犹之英诗之'十四行诗'（Sonnet）不短不长实为最佳之诗体"。1922 年郭沫若翻译雪莱的《西风颂》，1923 年 2 月《雪莱的诗》"小引"载《创造季刊》第 1 卷第 4 期，郭沫若在文章中说做散文诗的波特莱尔和维尔哈伦，"同时在做极规整的 Sonnet 和 Alexandrian。……谁说既成的诗形是已朽骸骨。"这大致就是十四行体输入期即新诗发生期介绍十四行体的情况，这里无一例外都是采用了英文的"sonnet"的名称。当然也有例外的情形，这就是李金发。李金发在 20 世纪 20 年代写作了多首十四行诗，这同他接受了法国十四行诗的影响有关，如他的《微雨》集中就附录了两首翻译的波特莱尔的十四行诗。他创作的十四行诗有的没有标明，有的直接在诗题标明。如他的《食客与凶年》集中有《Sonnet 二首》。在引进现代西方十四行体方面，李金发首先在诗题上正式标出

"sonnet"字样,在中国诗坛尚未形成"用汉语来创造汉语十四行诗"观念的情况下,这种标示等于向人们宣告:这是用汉语写成的sonnet。这在十四行体中国化进程中有其特殊价值。《食客与凶年》集中的"sonnet"诗题下有两首汉语十四行诗。第一首段式结构为四四三三;诗行的音数是:12+9+8+9 9+8+7+11 8+10+8 10+5+13;诗韵为ABCD ABBA BCD AEA。第二首的段式结构为四四三三;诗行音数是:7+8+11+8 11+6+9+9 8+7+8 8+10+8;韵式为ABCD CDEF HIE GEJ。两首段式结构都为法式商籁,音数和韵式完全打破了传统格律,是自由的十四行诗。由于王独清《死前》集(1927年)中也有"Sonnet五章",以至法国汉学家洛瓦夫人认为李金发、王独清为中国象征派最早使用十四行诗体的诗人,并认为李金发是从法文借来了"sonnet"的名称,"不幸的是我们没有这些用法文为诗题的诗"。在古法语中,"sonnet"意为"短歌、轻歌"。

可能是早期输入阶段,人们还没有形成关于十四行体的统一名称,所以人们就较多地直接采用外文sonnet冠名。到了这一诗体名称的汉译大致获得大家认同以后,我国十四行诗就很少再采用外文名称了。当然也有例外。这里举出三个例子。一是丽尼的创作。丽尼模仿创作十四行诗成绩最为卓著的是组诗《梦恋(sonnet)八章》,发表在《文学季刊》第一卷第三期(1934年7月)。《梦恋(sonnet)八章》无论在题材还是形式上都保持了传统十四行体特征,同规范期新月诗人或京派诗人的创作相似。诗人抒写的是一种不见于现实的梦中"恋爱"。组诗八章的第一、二、三、八章是严格的英体十四行,十四行排列不分节而是通过标点分成四个段落;而第四、五、六、七章则是严格的意体十四行,十四行排列分成前八后六两节,又通过高低诗行分成四个段落。二是吴兴华。他最为著名的十四行诗当然是《西珈》组诗,此外还写有两首以"sonnet"为题的十四行诗,规整严谨,意象丰盈,语言精美。他的诗融合了中国传统诗歌意境、汉语言文字特质和西洋诗歌形式。其中一首后来又在香港《人人文学》第 26 期（1954 年 1 月）发表（又名为《我是夏天最后一朵玫瑰》）。这是一首对应移植十四行诗体格律的规范之作，其中分段方式、建行方式和用韵方式体现了十四行体中国化的探索成果。三是梁实秋在《诗刊》第 1 期发表的《新诗的格调及其他》，文中仍用 sonnet 名称："我不主张模仿外国诗的格调，因为中文和外国文的构造太不同，用中文写 sonnet 永远写不像。"① 后来胡适在第 4 期发表《通信》，表示赞成梁实秋的这一看法，同样采用了 sonnet 的名称："sonnet 是拘束很严的体裁，最难没有凑字的毛病。"②

二　关于中文音译商籁体

最早对 sonnet 进行中文音译的是胡适。胡适在 1914 年 12 月 22 日的留学日记中记载了他创作的英文十四行诗。此诗在定稿之前，曾两次得到文学老师的指导。胡适在日记中说，"此体名'桑纳'体（Sonnet），英文之'律诗'也。'律'也者，为体裁所限制之谓也。"然后，胡适具体介绍此体之限制的五个方面：共十四行；行十音五尺；每尺平仄调；分段有两种；韵法有数种。这表明胡适对西方的 sonnet 非常熟悉，是有意为之。胡适把此体名称汉译成"桑纳"体，是"始制有名"者。从翻译看，是非常忠实原语的，"桑"字与国际音标中的清辅音 [s] 相照应，"纳"字与英文中的鼻音 [n] 相照应，"体"字也与辅音 [t] 相照应。虽然如此，胡适这一译名并没有得到应有的关注，这可能同日记在当时影响不大有关。

---

① 梁实秋：《新诗的格调及其他》，《诗刊》第 1 期（1931 年 1 月 20 日）。
② 胡适：《通信》，《诗刊》第 4 期（1932 年 7 月 30 日）。

接着对 sonnet 进行音译的应该是闻一多。闻一多在 1922 年写成《律诗底研究》长文，三次提到 sonnet，都是与其论述律诗审美特征结合着的，也就是在论我国律诗时拿西方 sonnet 来进行比较。其中两次都采用了音译，即把它翻译成"商勒"。如"律诗实在是最合艺术原理的抒情诗体。英文诗体以'商勒'为最高，以其格律独严也。"如"律体的美——其所以异于别种体制者，只在其艺术。这要译不出来，便等于不译了。英诗'商勒'颇近律体，然究不及。"因为《律诗底研究》当时没有公开发表，以后闻一多也不用"商勒"的译名，所以此音译译名也没有得到广泛的传播。到 1928 年闻一多翻译了 20 多首白朗宁夫人十四行情诗，在《新月》第 1、2 期上发表，这时的闻一多对 sonnet 采用了一个新的音译名即"商籁"体。查《闻一多书信选集》，在 1928 年 3 月闻一多在给饶孟侃的信中就使用了商籁译名："昨日又试了两首商籁体，是一个题目，两种写法。我也不知道那一种妥当，故此请你代为批评。这东西确乎不容易。正因为不容易，我才高兴做它。"① "商籁"这一名称后来得到广泛流播，成为 sonnet 最为重要的中文音译名。

在发表闻一多翻译的白朗宁夫人十四行情诗时，徐志摩欣喜地写作了《白朗宁夫人的情诗》同时发表。徐志摩充分肯定闻一多的翻译，认为"这是一件可纪念的工作"，这是"因为'商籁体'（一多译）那诗格是抒情诗体例中最美最庄严、最严密亦最有弹性的一格"。② 这里明确点明了"商籁体"这一译名是由闻一多首先使用的，是闻一多对"sonnet"的音译，而徐志摩是非常乐意接受这一译名的，直接借用了闻一多对十四行诗的音译，而且以后也从未有所变动。他在《白朗宁夫人的情诗》中介绍了白朗宁夫人情诗的写作和发

---

① 闻一多：《致饶孟侃》，闻铭等编《闻一多书信选集》，人民文学出版社 1986 年版，第 219 页。

② 徐志摩：《白朗宁夫人的情诗》，《新月》第 1 卷第 1 期（1928 年 3 月 10 日）。

表情况,介绍了十四行体的审美特征。他说:"商籁体是西洋诗式中格律最谨严的,最适宜于表现深沉的盘旋的情绪,像是山风,像是海潮,它的是圆浑的有回响的音声,在能手中它是一只完全的琴弦,它有最激昂的高音,也有最呜咽的幽声。"这种介绍中充满着由衷的赞美。

  徐志摩明确地说自己撰文一来是要宣传白夫人的情诗,二来是要引起我们文学界对于新诗体的注意。新诗发生是以打破传统固定形诗体而创连续形自由体为标志的,前期新月诗人探索的是诗节形诗体,目标是创建新诗的格律体。在此社会文化语境中,诗人无法正面提出新建固定形诗体这一敏感话题。到1928年时,过去不合时宜无法提出的敏感话题,在新诗格律体普遍为人接受的情形下,则已经具备条件正面提出来了。正是在此关键节点上,闻一多译白朗宁夫人的情诗发表,徐志摩借题发挥提出建立新诗体的课题。徐志摩意在提倡移植十四行体创作汉语十四行诗。这是十四行体中国化进程中的伟大事件。

  在此背景中出现的"商籁体"译名必然产生重要影响。这里排列出当时人们采用"商籁"音译名称的数例:

  ——1929年清华文学社发起中兴运动,朱湘、朱自清、沈从文、杨振声等参与。当年5月18日出版的《清华周刊》(总461期)预告,文学社即将出版刊物《新风雨》目录,其中就包括了朱湘、孙大雨、罗念生、李唯建的"商籁体"。

  ——闻一多在1930年《新月》第三卷5、6期合刊发表致陈梦家谈诗信,题目就是《谈商籁体》,开始就说"商籁体读到了",并明确把它说成"这体裁"。文章对陈梦家《太湖之夜》提出修改意见,并介绍十四行诗艺术规范。他说:"关于商籁体裁早想写篇文章谈谈","商籁体读到了,印象不太深,恐怕这初次的尝试还不能成功。""一首理想的商籁体,应该是个三百六十度的圆形,最忌的是一条直线。"

在此短信中，连用五个"商籁体"译名。

——1930年12月10日，闻一多致信朱湘和饶孟侃使用了"商籁"译名，信中说："本意是一首商籁，却闹成这样松懈的一件东西。也算不得'无韵诗'，那更是谈何容易。"①

——1931年1月20日，《诗刊》创刊，首期发表了数首十四行诗，编者徐志摩写的《序语》编者语中说："大雨的三首商籁是一个重要的贡献！这竟许从此奠定一种新的诗体；李唯建的两首'商籁'是他的'祈祷'全部从七十首里选录的。"

——1931年1月，沈从文在《文艺月刊》第2卷第1期发表《论朱湘的诗》说："只从商籁体或其他诗式上得到参考，却用纯粹的中国人感情，处置本国旧诗范围中的文字，写成他自己的诗歌，朱湘的诗的特点在此。"

——1931年4月20日，徐志摩在《诗刊》第2期的"前言"中又说："大雨的商籁体的比较的成功已然引起不少的响应的尝试。"

——1931年陈梦家编辑《新月诗选》出版，在"序言"中陈梦家说："十四行诗（sonnet）是格律最谨严的诗体，在节奏上它需求韵节在链锁的关连中最密切的接合；就是意义上，也必须遵守合律的进展。孙大雨的三首商籁体给我们对于试写商籁体增加了成功的指望。"②

——柳无忌写于伦敦的《为新诗辩护》，发表于《文艺杂志》第1卷第4期（1932年9月）。他在文章中说："在新月派的影响下，于是许多英国诗的体例，都介绍到新诗来。他们写成了'豆腐干'式的方块诗，他们的诗不只是一行若干字，他们的诗还有一定的行数，一定的音韵。最近很盛行的商籁体就是一个好例。"

---

① 闻铭等编：《闻一多书信选集》，人民文学出版社1986年版，第224页。
② 陈梦家：《〈新月诗选〉序言》，原载新月书店1931年版，杨匡汉、刘福春编《中国现代诗论》（上），花城出版社1985年版，第152—153页。

以上简单的罗列，我们可以看到，当时人们较为普遍地采用了"商籁体"这一中文译名，而这种情形出现在新诗创律到创体发展转变的特定阶段，所以产生了重大的影响。这样，"商籁体"这一名称也就普遍地被人采用。但是，在中文译名上影响更大的则是"十四行体（诗）"，相对而言，商籁体的译名在20世纪30年代后使用较少，产生重要影响的有这样几例。一是梁宗岱写作了"商籁六首"。梁宗岱曾经计划写作几十首商籁体诗，但后来改变主意，写出几十首玉楼春式古典词调诗编成《芦笛风》，集中仅有的六首商籁作为附录。但这并非表示梁宗岱有意忽视，只是当时的兴趣所致，他在以后诗论中多次说到十四行诗创作，还翻译了莎士比亚全部的十四行诗，说他"所试作的商籁最快也要一周以上的苦思"①。二是王力写作《汉语诗律学》，其中第五章论白话诗律，包括了三节"商籁"，分成上中下，产生了重要影响。对于商籁体的移植，王力有这样的观念："由此看来，商籁可认为西洋的'律诗'。近二十年来，中国一部分的诗人确有趋重格律的倾向，而最方便的道路就是模仿西洋的格律。纯粹模仿也不是个办法；咱们应该吸收西洋诗律的优点，结合汉语的特点，建立咱们自己的新诗律。"② 三是朱自清论十四行体中国化时较多采用商籁译名。在《新诗杂话·译诗》中，朱自清肯定闻一多的十四行诗翻译，认为他尽量保存原诗的格律，有时不免牺牲了意义的明白。"但这个试验是值得的；现在商籁体（即十四行）可算是成立了，闻先生是有他的贡献的。"③ 朱自清在《新诗杂话·诗的形式》中肯定了冯至的十四行诗创作，说"这集子可以说建立了中国十四行的基础，使得向来怀疑这诗体的人也相信它可以在中国诗里活下去。无韵体和十四

---

① 梁宗岱：《试论直觉与表现》，《复旦学报》（文史）第1期（1944年10月），黄建华主编《宗岱的世界·诗文》，广东人民出版社2003年版，第331页。
② 王力：《现代诗律学》，中国人民大学出版社2004年版，第142页。
③ 朱自清：《译诗》，《朱自清全集》（二），江苏教育出版社1988年版，第373页。

行（或商籁）值得继续发展；别种外国诗体也将融化在中国诗里。这是模仿，同时是创造，到了头都会变成我们自己的。"① 这些论述，在十四行体中国化进程中占据着重要地位。

对于把 sonnet 翻译成"商籁体"，多数诗人欣然接受（尽管使用不多）。如王轶在《小议中国商籁体诗及冯至商籁体诗浅析》中说："闻一多先生将这样一种名为 sonnet 的诗体翻译作'商籁'，让人对之不禁产生了无尽的遐想。商，宫商角徵羽之商，以其有音韵之美；籁，天籁之籁，以其使人听之如聆天籁。这样的名称仿佛也告诉世人，西方的十四行诗自 20 世纪 20 年代被引入中国，就成了中国新诗历史中璀璨的一顶金冠。"胡茂盛在《心为形役：拟古话语下的商籁和十四行诗之名》中认为："音译命名法中'商籁'二字传达了强烈声音的意象，是耳之诗与眼之诗的结合，其声音通道和意义通道产生了交集。'商籁'一词在意义通道上着眼于声音，音律作为汉诗不可缺少的部分历来都是世人公认的，它不仅得到人们的认同，而且大多数时候被摆在至高无上的位置。以是观之，用'商籁'命名所讨论的西洋诗相比之下更能为诗正名。"江弱水在《商籁新声：现代汉诗的十四行体》中认为："闻一多最早将英文的 sonnet 译为'商籁'，虽然有些人认为译音不够准确，但是音义双关，允称佳译。众声为'籁'，高秋为'商'，可见此一诗体，绝不骀荡通融似春风，而是紧张冷肃如秋气。宋人唐庚诗云'诗律伤严似寡恩'，十四行诗正是西方格律最严谨甚至苛刻的诗体。"对于译名"商籁"的这些理解，都应该能够提高我们对于十四行体审美本质的理解。

当然，也有人不采用这种音译。如徐志摩等都用商籁称颂孙大雨的十四行诗创作，但有趣的是孙大雨自己却不用商籁这一译名，他在《诗歌的内容与形式》中多次使用的是"十四行体"，在谈到自己十四

---

① 朱自清：《诗的形式》，《朱自清全集》（二），江苏教育出版社 1988 年版，第 398 页。

行诗创作时采用的译名则是"商乃诗"。如他说:我"想寻找出一个新诗所未曾而应当建立的格律制度。结果被我找到,可说建立了起来,我写得了新诗里第一首有意识的格律诗,并且是一首贝屈拉克体的商乃诗"①。菲律宾华人施颖洲把"sonnet"音译为"声籁"。他在《译诗的艺术——中译〈莎翁声籁〉自序》中说:"声籁是一种固定的诗体。声籁诗体在外国诗中的重要性正如五七言绝句律诗在我国诗中的重要性。"对此,屠岸有着不同看法。他认为"商"和"声"的声母都是 sh,而不是 s,尤其是"籁"的声母是 l 而不是 n,所以不能说很确切。他认为:"如果音译,确切些应为'索内'。(法文音译为'索内',英文音译为'索内特',德文音译为'索内特',西班牙文音译为'索内多'。看来'特''多'都可以省掉。)"同时他又认为,音译只是大体近似。"'十四行诗'这个名词已经广泛流行,我无意用'索内'来代替。"② 同时,他又认为:"'商籁'这个译法是很有中国味道的,'商'是中国古代的五音'宫、商、角、徵、羽'之一,而'籁'是音乐,声音的意思,很好地体现了这种诗体音乐上的特色。"③ 还有另一种译名,那就是 20 世纪 60 年代郭沫若、陈明远等人所译的"颂内体"。他们认为过去的译法不妥当,理由是:"'商籁体'是音译,但两个音都不正确,(闻一多的湖北方言中 sh—s 不分,l—n 不分);至于'十四行诗'的译法虽然有人采用,但是 sonnet 这种诗体的格律并不仅在于'十四行',何况莎士比亚和霍普金斯等许多诗人都写过'变体颂内'或'截尾颂内',并非十四行。又,欧洲诗体中专有另一种 guatorzain,即指不合于 sonnet 格式的'十四行诗'。"④

---

① 孙大雨:《我与诗》,《新民晚报》1989 年 2 月 21 日。
② 屠岸:《十四行诗形式札记》,《暨南学报》1988 年第 1 期。
③ 吴思敬、屠岸:《关于十四行诗的对话》,屠岸《幻想交响曲——屠岸十四行诗 240 首》,(香港)雅园出版公司 2014 年版,第 319 页。
④ 郭沫若、陈明远:《新潮》,中国文联出版公司 1992 年版,第 282—283 页。

出于这种考虑，郭沫若、田汉、宗白华等人赞同把"sonnet"改译成"颂内体"。郭沫若说："如果把诗歌比喻成音乐，那么颂内体就好比奏鸣曲；如果把诗歌比喻成舞蹈，那么颂内体就好比华尔兹；如果把诗歌比喻成时装，那么颂内体就好比西服革履。"[①] 再如林庚多用"十四行诗"这一译名，但在 80 年代写的《新诗断想：移植和土壤》中，则把它翻译成"桑籁体"，说"在新诗史上，新月派曾大力提倡'移植'英诗，特别是'桑籁体'和'音步'"[②]。王宝童在《吴钧陶的诗与译诗评析》中认为，把"Sonnet"译成商籁体太过文雅，因此建议把它改译为"骚昵体"，"这个译名也许较能反映出许多诗人喜爱用它作为抒情言志的工具这个事实，声音也与 sonnet 接近"。王宝童具体分析了吴钧陶十四行诗的形式特征，认为吴钧陶在长期创作中，已经形成了一种新的骚昵体诗式，具有明显的中国特色，因此可以仿照"莎士比亚体"或"斯宾塞体"的命名法，把这种新的诗式称为"吴钧陶体"或"钧陶式"。以上种种新的音译译名我们可以给予并存，但我们觉得"商籁体"已经通行，可以继续使用。

三　关于中文意译十四行体

相对而言，把 sonnet 翻成中文的十四行体，则更为广泛流行，尤其是在当代诗坛，基本都采用这种中文意译的名称。

胡适在 1914 年留学日记中介绍 sonnet 时，首先说的就是"共十四行"，但没有把它视为十四行体。李思纯的《诗体革新之形式及我的意见》（1920 年 12 月 15 日的《少年中国》）最早采用"十四行诗"

[①] 郭沫若、陈明远：《新潮》，中国文联出版公司 1992 年版，第 283 页。
[②] 林庚：《新诗断想：移植和土壤》，《新诗格律与语言的诗化》，经济日报出版社 2000 年版，第 1 页。

的译名。李思纯在文章中介绍了欧洲律文诗,包括民谣、律文诗、无定的律文诗、抒情歌、讽刺体诗、十四行诗、十二言诗等。认为十四行诗"是短诗之一种。大约分诗体为四段,前两段每段四行,后两段每段三行,合为十四行体。莎士比亚、弥尔顿(John Milton,1608—1674)大家的集中,也有许多美丽的十四行诗。其作用略似中国诗中的绝句体"。其介绍之目的是认为新诗体单调、幼稚、漠视音节,需要输入域外诗体以借鉴。1921年6月15日,李思纯在《少年中国》发表《抒情小诗的性德及作用》,认为十四行体与中国民歌绝句都具有抒情小诗之性德。他说:"欧洲的抒情小诗,大约以'十四行体'(sonnet)及其他小作品为主。中国的抒情小诗,以民歌绝句及词曲之一部为主。……形式是单纯的,精神是复杂的,都是绝好的抒情小诗。"① 这是我国最早公开介绍十四行体的文字,也包含着输入十四行体的思想,其采用的中文译名是"十四行体"。

闻一多在1921年6月写成《评本学年〈周刊〉里的新诗》(载《清华周刊》第7次增刊),认为蒲薛凤《给玳姨娜》在行数、音节、韵脚上完全是一首十四行诗,说:"介绍这种诗体,恐怕一般新诗家纵不反对,也要怀疑。我个〔人〕的意见是在赞成一边。"在1922年写成的《律诗底研究》中,除了使用音译"商勒"外,还使用了十四行诗译名如:"中诗之律体,犹之英诗之'十四行诗'(sonnet),不短不长实为最佳之诗体。"

戴望舒的《十四行》是新诗史上首次在诗题冠以"十四行"名称的诗。此诗在《我底记忆》(1929年)集中第一辑"旧锦囊"排在最末,应该属于他的早期新诗(后有不少改动)。诗写于1924年,收入《我底记忆》出版已是1929年3月,因此王力在《汉语诗律学》中认为"中国人模仿商籁,似乎以戴望舒为最早"并不是十分确切的,因

---

① 李思纯:《抒情小诗的性德及作用》,《少年中国》第2卷第12期(1921年6月15日)。

为即使是以写作的 1924 年为据也并非最早；但这诗构思圆满、用律有度、意象流动、情意绵长，它表明我国诗人在 20 世纪 20 年代前期已经有了较为成功的汉语十四行诗创作，而且已经在诗题上明确标明"十四行"，这是值得我们重视的。穆木天在 1926 年发表的《谭诗》中主张新诗的形式力求复杂，认为自由诗有自由诗的表现技能，七绝有七绝的表现技能，同时说到"譬如黑雷地亚（Jose Maria de Heredia）的诗形式非十四行（Sonnet）不可似的"①。

接着使用十四行体这一译名的主要是 30 年代的京派诗人。如朱湘在《石门集》中模仿西方多种诗体，其中明确表明有"十四行诗意体"和"十四行诗英体"，而且数量达到 70 多首。朱湘在给曹葆华的信中说曹的"许多首是很可爱的"，"情调丰富的《当春光重返人间》一首十四行诗，譬喻精当的'诗人之歌'"②。在 1931 年 7 月出版的《文艺杂志》第 2 期上，就发表了罗念生的《十四行体（诗学之一）》专论，还发表汉语十四行诗创作如朱湘的《女鬼》、柳无忌的《春梦（连锁十四行体）》9 首、曹葆华的《你叫我》、罗念生的《十四行》9 首、啸霞（柳无忌笔名）的《十四行》5 首，还有柳无忌的《译十四行》4 首。在一期刊物上集中发表这样多的十四行诗，而且全部标明"十四行"，这是空前绝后的举动。罗念生《十四行体（诗学之一）》，开头就是"'十四行体'（Sonnet）算是一种最美丽的，最谨严的诗体"。他说："近来借用这种形式的人渐渐多了，甚至连续的十四行已经有人在试了，听说李唯建君已经成了百余首，柳无忌君也有了几十首。我特来凑凑热闹，把这种体裁介绍一个大概，希望我们的'1590—1600'早点来到。"③ 同为京派诗人的梁实秋，这时也写作了

---

① 穆木天：《谭诗》，《创造月刊》第 1 卷第 1 期（1926 年 3 月 16 日）。
② 曹葆华：《寄诗魂》"序"，原载北平震东印书馆 1930 年版，陈绍伟编《中国新诗集序跋选（1918—1949）》，湖南文艺出版社 1986 年版，第 211 页。
③ 罗念生：《十四行体（诗学之一）》，《文艺杂志》第 1 卷第 2 期（1931 年 7 月）。

《谈十四行诗》，介绍了十四行诗在西方的流播史，并引帕蒂孙编弥尔顿《十四行诗集》"序"中对十四行体的定义，来简明地概括诗体的审美特征，引出一个重要结论："律诗尽可不作，不过律诗的原则并不怎样错误。十四行诗尽管作，不过用中文作得好与不好，那另是一个问题。"这种论证为新诗人创作汉语十四行诗找到了理论根据。罗念生的新诗集《龙涎》集于1936年由上海时代图书公司出版，其"自序"说："这集子对于体裁与'音组'冒过一番险。这里面包含有'十四行体'（sonnrt），'无韵体'（blank verse），'四音步双行体'（tetrametre couplet），'五音步双行体'（pentametre couplet），'斯彭瑟体'（spenserian stanza），'歌谣体'（baqllab metre），'四行体'，'八行体'（pttava rima）和抒情杂体。"① 邵洵美研究外国诗体，感到"'十四行诗'是外国诗里最完整最精练的体裁"，认为"它自身便是个完全的生命，整个的世界。去记录一个最纯粹的情感的意境，这是最适宜的。它比中国的'绝诗'更多变化"，因此他"曾故意地去摹仿它们的格律"②。其诗集《诗二十五首》（1936年）由上海时代图书公司出版。柳无忌在1932年发表《为新诗辩护》，文中也使用"十四行体"的译名来介绍新诗人的创作。如他评朱湘的《女鬼》时，说"十四行诗是很容易受束缚而变成单调与生硬的体例，但是这诗却一点儿也没有那些弊病，他是新诗中最可诵读的一首好的作品"③。梁宗岱在给徐志摩的信《论诗》中，三次使用了"十四行诗"，在说到孙大雨的《诀绝》时不取商籁译名而说："把简约的中国文字造成绵延不绝的十四行诗，作者底手腕已有不及之处。"④

---

① 罗念生：《龙涎·自序》，《罗念生全集》（九），上海人民出版社2007年版，第299页。
② 邵洵美：《〈诗二十五首〉自序》，上海时代图书出版公司1936年版，第9页。
③ 柳无忌：《为新诗辩护》，《文艺杂志》第1卷第4期（1932年9月）。
④ 梁宗岱：《论诗》，《诗刊》第2期（1931年4月20日）。

京派诗人这样集中地使用"十四行体"译名,其深层的文化心理因素值得思考。一个有趣的现象是,从20世纪20年代中期开始,先是新月诗人,后是京派诗人为新诗也为十四行诗创格。但是新月诗人基本全用"商籁"译名(偶尔也用"十四行诗"),而京派诗人基本全用"十四行"译名。闻一多、朱湘在30年代初寄信给京派诗人曹葆华论诗,信中使用的都是"十四行诗"的中文译名。柳无忌在《为新诗辩护》中说京派诗人"相当的吸收了西洋文学的影响,把来滋养着诗的生命,创造着新诗的形式与格律;它似乎比整个的吞下了英诗的构造法,要在中文诗中用轻重音而忘却了中英文字根本不相同的一般论调为高明一些"①。这里相比较的对象就是新月诗人,"整个的吞下"就指新月诗人移植英美诗体的态度,即梁实秋所说的"要试验的是用中文来创造外国诗的格律来装进外国式的诗意"。而京派诗人的"相当的吸收",对新诗创格来说就是要借鉴西方的诗体包括十四行体,但同时又认为"中英文字根本不相同",强调在吸收后要根据汉语特点来进行新的创造。京派诗人从汉语创作的实际出发,呈现着一条新的新诗创格线索:五四白话—自由诗学的关注点集中于表达工具即"白话"上,新月诗人把关注点由"白话"移至"诗的语言"上面,而京派诗人则要求新诗语言现代化,以恢复它的新鲜与活力。因此,京派诗人的新诗形式运动,在理论深度和学理精密方面超越了新韵律运动。从新月诗人到京派诗人体现着新诗体创格的持续进程,也体现着从模仿着创作到融化着创作的发展过程,而这同样也体现在采用了不同的 sonnet 中文译名。

从此以后,十四行体的译名就广泛地被认同和采用,尤其是新中国成立以后更是基本采用十四行体的译名。新时期大量的十四行诗创作,都用此译名,这里我们以出版的书名为例。如屠岸的《屠岸十四

---

① 柳无忌:《为新诗辩护》,《文艺杂志》第1卷第4期(1932年9月)。

行诗》、白桦的《白桦十四行抒情诗》、钱春绮的《十四行诗》、唐湜、岑琦、骆寒超的《三星草　汉式十四行诗三百首》、雁翼的《女性的十四行诗》、王添源的《十四行一百首》、李彬勇的《十四行诗集》、唐湜的《幻美之旅　十四行诗集》《遐思——诗与美　十四行诗集》《蓝色的十四行》、瞿炜的《命运的审判者：瞿炜爱情十四行诗选》、金波的《我们去看海——金波儿童十四行诗》、段卫洲的《太阳花：54首十四行诗》、邹建军的《邹惟山十四行抒情诗集》、韩少武的《自由十四行》、沈泽宜的《西塞娜十四行》、肖学周的《北大十四行》、熊俊桥的《当代诗小令十四行》、万龙生的《十四行诗、八行诗百首》、董培伦的《蓝色恋歌十四行》、颜烈的《蝴蝶梦——人生十四行诗》、马莉的《金色十四行》等。诗人在诗题上使用"十四行"大致有四种形式：一是仅仅标明"十四行"，如戴砚田的《十四行》、萍子的《十四行抒情诗》、刘原的《十四行三首》、肖开的《十四行二首》、阿斯卡尔的《十四行诗六首》等；二是十四行＋诗题，如海子的《十四行：王冠》《十四行：玫瑰花》、莫非的《十四行组诗：词句》《十四行组诗：语言》《十四行组诗之幸福》、陈陟云的《新十四行：前世今生》等；三是诗题＋十四行，如余小曲的《清明十四行》、大仙的《岁末十四行》、冰夫的《春之梦十四行》、金所军的《写给村庄的十四行诗》、董培伦的《蓝色恋歌十四行》、张默的《给赠十四行》、王添源的《心悸十四行》、张错的《错误十四行》、蔡其矫的《三峡十四行三首》、曾凡华的《北方十四行》等；四是诗题＋（十四行），如连蒲的《待题（准十四行）》、木斧的《山之恋（十四行）》、万龙生的《骊歌（十四行组诗10首）》、庄晓明的《秋兴（无标题十四行组诗）》、贾羽的《生活与苦难（花环十四行诗15首）》等。

对于"十四行"这样的中文译名，主要的争论在于，有人认为sonnet并不都是十四行的，所以译名不能准确地反映出这种诗体的特征。对此，屠岸作过中肯的分析。屠岸说：

"十四行诗"这个译名的好处就在于让人一目了然地清楚该诗体的形式,尤其是行数上的特点:十五行、十三行都不是"十四行诗"。但其实莎士比亚就写过只有十二行的十四行诗。而英国诗人霍普金斯写的《斑驳的美》只有十行半,他自己称之为"切短的十四行",瓦尔特·泰勒也将它收入《英国十四行诗》中。可见行数上并不规范的诗作也能被列为"十四行诗"。钱光培曾将卞之琳先生的一篇作品选入《中国十四行诗选》中,但卞先生说那是一首自由诗,只是恰好写了十四个诗行而已。这样看来,"十四行诗"的译名不但会让人们误解这种诗体只是注重行数上的限定,同时对于将那些超出或不足十四个诗行的作品也归入该诗体,无法从其诗体名称上做出清晰的解释。

但尽管如此,屠岸还是说:"'十四行诗'这个名词是流传已久了,大家也已经习以为常地接受了。只是我们自己心里,应该清楚这种诗体不仅在行数上有限定,韵式、节律、思想结构上也有其特点,不能简单地望文生义。"[①] 这样的观点是稳妥的,是能够为我们所接受的。我们应该知道一些十四行体在中国的译名,但也不必拘泥。即使"商籁"的译名不够准确,但在中文中音义双关,可以通行;而"十四行体诗"也已经广泛流传,也可以继续使用。

四 关于译名的理论争鸣

有意思的现象是,在十四行体中国化进程中,有些诗人往往同时采用sonnet的意译和音译名称,而且前后紧挨。如前所说的闻一多

[①] 吴思敬、屠岸:《关于十四行诗的对话》,屠岸《幻想交响曲——屠岸十四行诗240首》,(香港)雅园出版公司2014年版,第319页。

《律诗底研究》、柳无忌《为新诗辩护》以外，另有更多的实例。如孙大雨就这样介绍自己的创作："我在北京《晨报副刊·诗镌》上述日期的1367号上发表了一首意大利式的商乃诗（十四行诗）《爱》，当时署名孙子潜。"① 施颖洲在"自序"中把sonnet译成声籁，并给"自序"起名《译诗的艺术——中译〈莎翁声籁〉自序》，但封面却印着《莎士比亚十四行诗集》。闻一多在1928年时音译的"商籁"名产生了重要影响，但他在1931年致曹葆华的信中又使用了"十四行诗"译名。② 陈梦家在《新月诗选》"序言"中，短短几行表述文字中就同时使用了"十四行诗（Sonnet）"和"商籁体"。朱自清在《诗的形式》中这样说：冯至《十四行集》"建立了中国十四行的基础，使得向来怀疑这诗体的人也相信它可以在中国诗里活下去。无韵体和十四行（或商籁）值得继续发展"。陈明远一方面主张把"sonnet"译成"颂内体"，但另一方面却又同时使用着"十四行诗"的译名，如："有一次郭沫若老师约我去面谈。他把经他多次批阅修改的一本笔记《五七言律诗与颂内体（十四行诗）》的比较研究交还我手中。"③ 而此文即为陈明远所作。梁宗岱在《论诗》《象征主义》等文中多次使用了十四行诗的译名，而自己的创作则冠以商籁名称，在他编《大公报文艺》栏里《诗特刊》的按语中，他谈新诗音节时又使用了"商籁（Sonnet）"的译名。梁实秋在《谈十四行诗》中，多用"十四行诗（体）"的译名，但并不影响他在文章中多次使用"商籁"译名。屠岸基本采用的是十四行诗的译名，但也毫不吝啬地赞美商籁体的译名，肯定天籁、地籁和人籁的音译。林庚也是同时使用两个译名，如："'桑籁体'的移植没有遇到多大困难，因为'桑籁体'（即十四行诗）

---

① 孙大雨：《格律体新诗的起源》，《文艺争鸣》1992年第5期。
② 参见《闻一多致曹葆华》，《国立清华大学校刊》第278号（1931年3月30日）。
③ 陈明远：《郭沫若与"颂内体"》，郭沫若、陈明远《新潮》，中国文联出版公司1992年版，第282页。

在分段上虽有其特殊规定,但仍然主要是建立在以四行为一段这一普通的土壤上的。"① 我们还读到了任钧批评新诗人写作 sonnet 的文字,也是两个译名互用:"不论是过去和现在,都有着不少的诗人在那里大做其西洋风的什么体或是什么格的诗歌;于是,结果,就产生了不少所谓十四行诗、'方块诗'等等。……商籁体之类并非我国旧诗词的形式,而是货真价实的,道地的来路货。"②

我们之所以要特别说说以上两者互用的现象,想要表达的是:其实音译和意译两种用法在不少诗人眼里并非水火不相容,而是可以同时接受并行不悖的。它所指向的对象是同一的,所追求的创体是同一的,所理解的规范是同一的。在十四行体中国化进程中,我国诗人已经有了普遍公认的 sonnet 这种外来诗体的中文译名,一种是"商籁体"为音译名,另一种是"十四行体"为意译名,它表明我国诗人已经把 sonnet 作为一种新诗体接纳了,并确立起了基本的普遍认同的审美规范。

但是,在此问题上目前有种理论观点,即认为两种译名都存在"心为形役"的文化心态。这就是胡茂盛的《心为形役:拟古话语下的商籁和十四行诗之名》③ 所持的理论观点。胡文通过分析揭示了命名背后的文化心理,认为西诗商籁作为外来诗歌进入中国的深刻动因是"新诗之精神"指引下人心对于"型式"的呼唤。这种观点是深刻的。中国新诗发生冲破了旧诗的诗体范型,但是新诗仍然需要诗体范型加以规范,中国的"新诗之精神"发生在"人心"表达和古诗型式扼杀所产生的矛盾之下,在此"人心"必须突破古诗型式而得到满

---

① 林庚:《新诗断想:移植和土壤》,《新诗格律与语言的诗化》,经济日报出版社 2000 年版,第 1 页。
② 任钧:《新诗的歧路》,《中国新文学大系(1927—1937)·文学理论集一》,上海文艺出版社 1987 年版,第 502 页。
③ 胡茂盛:《心为形役:拟古话语下的商籁和十四行诗之名》,《唐山学院学报》2013 年第 2 期。

足,但"拟古"作为寻找出路的模式却很难忘却。正是在此特定的文化心理下,中国诗人开始接受西方格律严谨的十四行体。

正是由于这种文化心理即拟古心理,胡茂盛认为在 sonnet 译名中表现出了"心为形役"的文化心态。具体来说就是:第一,音译命名法走上了以体代诗的歧途。如胡适英文十四行诗直接用"桑纳体"作题,没有选择暗示诗歌内容的标题,而且在日记中具体介绍的是此体之五方面格律限制即型式;闻一多采用商籁(商勒)体译名,陈明远采用颂内体译名,在引入这种译名时也是介绍其格律严格,如闻一多《律诗底研究》中也是强调"英文诗体以'商勒'为最高,以其格律独严也"。"这种介绍其实与胡适的介绍很是接近,他们笔下的商籁之要义首先在于其'格律',也就格律概念上的拟古而已。"胡文认为:"闻一多所关注的商籁体正如胡适所提及的桑纳体,都与律诗有关,只是诗体的诗。不论是胡适所讲的'律诗'还是闻一多提到的'律体',都是在中国传统的拟古话语下来接受西诗商籁,因为'律诗'概念是历史性的诗歌话语,源于历史并不断地经过复制生成于历史之中。"胡文的结论就是:"在拟古话语下中国新诗界对商籁的接受忽略甚至摒弃了它作为西诗的真实,抛开商籁最初作为西人话语选择背后的深刻内心动机而让它在中国'律诗'和'格律'等话语框架下生存。商籁最终也失去了它作为诗的意义。"

这里提出的重要问题是:在命名和引入 sonnet 时要正确认识和处理好"体"与"诗"的关系,不能"心为形役"。在此问题上,我们的看法分三个层次。第一,是我国诗人引入十四行体大体上把握好了"体"与"诗"的关系,尤其是一些重要诗人更是如此。胡适在英文十四行诗上冠以"桑纳体",但有诗题"为纪念世界学生会十周年而作",诗前有个小序:"此间世界学生会(Cornell Cosmopoiiean Ciub,余去年为其会长)成立十年矣(一九〇四——一九一五),今将于正月九、十、十一三日行十周祝典。一夜不寐,作诗以祝之。"这就是

"诗意"的说明，也就是说胡适并非仅仅关注"体"，同时也关注"诗"。另一首十四行英文诗也有标题，即"告马斯——'垂死之臣敬礼陛下'"，诗人在日记中说："马斯者，古代神话所谓战斗之神也。此诗盖感欧洲战祸而作。"这也是"诗意"的具体说明。闻一多的《律诗底研究》重点是在研究律诗，拿商勒来比重点是在谈其与律体关系，这其实是极其正常的，并不存在仅仅重视"体"而忽视"诗"的问题。而他在评价浦薛凤的《给玳姨娜》时除了谈其行数、音节、韵脚完全是一首十四行诗外，首先说的是"诗"，即"我只觉得他若没有一颗宝钻的心，哪吐得出这样清光夺目，纤尘不染的宝钻的作品呢！"在发表白朗宁夫人十四行诗时，题目上没有出现"商籁体"，而是"白朗宁夫人的情诗"，这里强调的是"诗（情诗）"。徐志摩发表《白朗宁夫人的情诗》长文，前六节重在介绍白朗宁夫人情诗的创作、思想和艺术即"诗"，然后再用了一节介绍"体"。闻一多致信陈梦家"谈商籁体"，借着谈《太湖之夜》的修改，着重谈十四行诗的构思、语言、用韵和用字，关注十四行诗的艺术质量。朱自清肯定十四行体中国化，在《译诗》中着重说明翻译"给读者一些新的东西，新的意境和语感"，强调的是"指示中国诗的新道路"。因此，简单地说中国诗人介绍商籁已经陷入了"心为形役"是存在偏颇的。二是我国诗人在引入十四行诗的过程中，确实经常把这种诗体同古代的律诗进行比较，这也可以说是一种"拟古心态"，但这种对于优良传统的心仪其实是应该充分肯定的。这种"拟古"的基本面并不是主张简单地重复走老路，而是继承传统的优秀东西，即在五四新诗运动中被丢掉的诗之为诗的审美原则和审美规范，从而通过沟通中西文化在新的历史条件下实现诗体的现代转化。这是一种健康的文化心态。在新诗发展过程中，输入了多种域外诗体，其中出现了两种截然不同的结果，有的诗体落地生根，开出奇葩，有的则水土不服，凋零他乡，其中深层原因在于诗体是否具备可接受（近）性。十四行体能够在我国落地并成长，就在于它是一种生命型式，具有可接近性，其中就包括同传统诗体的某些契合性。因此这种拟古心理同开拓创新并不矛盾。三是我国在移植十四行体过程中，确也存在一些诗人仅仅注意诗体的表面格律形式，忽略了诗体的整体审美特征，存在重在模仿"体"而忽视"诗"的现象，换句话说就是存在"心为形役"的现象，无论是在理论介绍或创作实践中都有这种存在。这是需要注意的，因此胡茂盛的郑重提醒则是极其重要中肯的。

第二，数字命名走上了以形代诗的误区。胡文认为，"十四行"命名法是拟古话语之下的以形代诗，这比以体代诗更直接。汉文译名"十四行诗"，只是表出这种诗体的一个特征——行数，但这种"怪事"在中国学界已经见怪不怪了，几乎所有关于 sonnet 的文字都代之以"十四行诗"，其实十四行这个行数并不准确，因为并非所有的商籁都是十四行。胡文认为，许多诗作冠以"十四行诗"，许多译本也冠以"十四行"，都为"十四行诗"的制名起了十分关键的作用。但不论是十四行、十四行体还是十四行诗，都沿袭了中国传统的诗歌命名方式，以《三百首》《古诗十九首》和五言七言这种熟悉形式命名诗歌的做法背后暗藏着以形代诗的危机，重形式而轻内容违背了"新诗之精神"对诗人内心需要的召唤，是心为形役。结论是：以数字形式命名这种诗歌时，直接拿诗歌的行数或字数等形式特征代替诗歌本身，无形之中剥夺了诗当中更重要的内容。虽然是通过拟古对传统诗歌命名方法的继承，但在诗律日益衰微的年代这种数字形式的命名不仅于事无补，而且会走向异化诗歌的极端。

这里提出的重要问题是，在命名和引入 sonnet 时要正确认识和处理"形"与"诗"的关系，不能"心为形役"。在此问题上我们同样有三点想法。一是"十四行"的译名不能理解为"形译"而应该理解为"意译"。因为十四行诗体最为重要的诗体规范就是"行"，所有的其他形式格律规范都是建立在此基础之上的。音步建构诗行，由十四行规范而划分为四四三三或四四四二段式，与此相配合才有了整个十四行的韵式建构，才有了构思的起承转合结构，才有了整个节奏的匀整有序。在这种诗体中，"行"是所有格律形式的关节点，这是符合现代诗学理论的。"分行"是现代诗的基本特征，诗行由于处在行内节奏和行间节奏的关节点上，建行方式决定了行内节奏形象，诗行排列又决定了诗节诗篇节奏形象。林庚认为："诗歌形式问题或格律问题，首先是建立诗行的问题。"① sonnet 的诗体特征正由其诗行数量和特征决定的，所有其他格律问题都是在此基础之上的。在有个英语十四行诗选本中，编者在序言开始就引了爱德华·托马斯的话说："就我个人而言，我怕十四行。它必须是十四行，一个人若能将他的思想纳入如许限制中，他要么是个大大的诗人，要么是个冷冷的数学家。"编者接着说："十四行恰好长得足以发展一个单独的主题，又短得足以验证诗人言简意赅的天赋。十四行诗最了不起的地方在于，诗人克服了形式的限制（从一般意义上讲，所有的形式都是强制），将自己繁富多变的语言、声调、心境服服帖帖地安排到一套相当严格的规矩里去。"② 这才是十四行体的奥秘所在。二是采用"十四行体"的译名确实有着拟古即传统的文化心理。我们同意胡文这样的论断："商籁在中国被冠以'十四行'之名实属事出有因，是对古往今来诗歌命名方式的拟古"；但我们不同意以下的论断："这种拟古话语极容易将诗歌推向单极的形式而忽略诗歌的内容，拟古话语所代言的诗歌因素会暗地里作用于目标诗歌的创作而影响其发展。"因为这里的论断过于简单了，其实我国从《古诗十九首》《三百篇》到五言七言，无一不是以数字之名代替诗歌之名，这种情形在国外也是如此，如十四行体、无韵体、四音步双行体、五音步双行体、四行体、八行体、八行

---

① 林庚：《新诗的"建行"问题》，《问路集》，北京大学出版社 1984 年版，第 213 页。
② 江弱水：《商籁新声：现代汉诗的十四行体》，《中西同步与位移——现代诗人丛论》，安徽教育出版社 2005 年版，第 149 页。

叠句诗体等，就是十四行体在西方也有多种变体。这种诗体都有着自身特殊的审美规范，称其为体就是明确或接受其诗体规范，这是语言命名和表达的方式问题。至于具体创作是仅仅循体还是写诗那是诗人的事，有可能以形代诗，有可能借形写诗，也可能是形为心用，还可能是形神兼备。命名方式和创作思想两者是不能混为一谈的。三是目前中国十四行诗创作中确实存在对于数字命名理解的误区，有着两个偏向，有的诗人斤斤计较于格律形式，陷入了以形代诗的泥坑，有的诗人只是写满十四行，全然抛弃了诗体的审美规范，这都是心为形役的情形。这两个偏向都给十四行诗创造带来了危机，使得十四行诗常常遭人诟病。这是十四行体中国化进程中需要特别予以防止的，因此胡茂盛文章中的郑重提醒是值得引起重视的。

第十一章　十四行体移植与新诗体建设

近百年以来，中国诗人持续不断地移植西方的十四行体，在这过程中始终存在对于这种移植的评价问题。最早提出这问题的是闻一多。他在1921年发表的《评本学年〈周刊〉里的新诗》中评浦薛凤的《给玳姨娜》，说："介绍这种诗体，恐怕一般新诗家纵不反对，也要怀疑。""这个问题太重大太复杂，不能在这里讨论。"其实，对此的不同态度延续至今，谭桂林在2007年发表《论现代诗学中十四行体式的理论建构》，就把对十四行体移植的态度分为怀疑、否定和赞成三种。值得注意的是，闻一多认为这个问题"太重大太复杂"而难以说清。但遗憾的是，近百年来人们对此问题还是没有清晰地给予回答。十四行体移植与新诗体建设存在怎样的关系，十四行体对于新诗体建设意味着什么，这是个值得讨论的问题。

一　移植十四行体之于新诗诗体建设

还是先从闻一多的论述说起。就在评《给玳姨娜》的同时，闻一多写了《律诗底研究》，重点论说中国传统律诗。在论述时，闻一多多次把律诗同十四行诗（译名为"商勒"）作比，说："中诗之律诗，犹之英诗之'十四行诗'（sonnet），不短不长实为最佳之诗体。""律诗实是最合艺术原理的抒情诗体。英文诗体以'商勒'为最高，以其格律独严也。""律体的美——其所以异于别种体制者，只在其艺术。……英诗'商勒'颇近律体"。① 这里透露出关于十四行体的信息：它是一种合乎艺术原理的抒情诗体，突出地表现在其格律方面；它与中国律诗在审美方面相近，是最佳之诗体；它同律体都是固定形诗体，饱含民族的审美意识。毫无疑问，闻一多在这里论及十四行体，落脚点仍在律诗。但把这种论述放在五四新诗运动中，可以看到闻一多对于诗歌格律形式、对于新诗固定形式是充分肯定的。前者关涉诗律问题，后者关涉诗体问题。世界现代诗体包括连续形、诗节形和固定形三类。连续形没有固定的外在结构，其分段全由思想决定，图案的格律成分较少，按其性质说是自由诗体；诗节形以诗节作为重复单位，它们具有固定诗行量数、相同节奏模式和韵脚图案，按其形式即新月诗人创造的新格律诗；固定形指的是"应用在整首诗中的传统体式"，诗人创作须把内容纳入固定格式。② 五四新诗运动，在诗体上倡导诗体解放，推倒了旧诗体尤其是固定形诗体；在诗律上倡导自然节奏，否定了旧诗律即律绝体诗律。就在这样的社会文化语境中，闻一多肯定固定形的律体和十四行体，是不合时宜的思考，因此《律诗底研究》在当时并未公开发表。当他评析《给玳姨娜》时，肯定它在建行、音节和韵脚方面是十四行体诗，首先意识到时人"纵不反对，也要怀疑"的态度，同时表明自己在"赞成一边"；同时又意识到对此诗体的评价，关涉如何看待诗的音律问题和固定诗体问题，这问题在五四时期确实无法也没有条件去说清楚，因此就说"不能在这里讨论"。

虽然如此，当我们把闻一多当时两段谈论十四行体的论述联系起来，就清楚地看到了这个问题的重大而复杂性，因为移植十四行诗关涉新诗发展的全新课题，即如何看待诗的语言音律和如何看待固定形

---

① 闻一多：《律诗底研究》，《神话与诗》，华东师范大学出版社1997年版。
② ［美］劳·坡林：《怎样欣赏英美诗歌》，殷宝书译，北京出版社1985年，第175—179页。

诗体的问题。而中国诗人移植十四行体对于新诗建设的重大意义和深层隐含，恰巧正是通过借鉴十四行体来建立新诗的固定形诗体，来建设新诗的语言音律。这就是全部问题的本质，也正是在此意义上显示了十四行体移植的重大价值。

我国古代律绝体是一种固定形式，它首有定句，句有定字，字有定音，诗韵和平仄也有定规，甚至还讲粘对等。我国新诗发生是以打破传统固定形而创连续形为标志的，五四时期输入自由体从而实现了诗体大解放。20世纪20年代前期新月诗人为新诗创格，其探索的是诗节形诗体。在此情形下，我们为何还要把新诗的情思限制在固定形体式之中。劳·坡林的回答：一是继承传统，我们只为某种传统本身而继承，不然的话，为什么我们要在圣诞节摆一棵小树在室内呢？二是形式本身的审美，固定形能够有效地处理某种体裁和情思。① 固定形诗体以高难度向诗人技术挑战，使得在通常情况下不易想到的意象和概念入诗；固定形诗体积淀着丰富的审美因素，能将生活内容和诗人情思铸成审美形态；固定形诗体成形，标志着我国新诗体建设走向成熟。因此，在推进新诗体建设时，无法回避的问题是创造出新的固定形诗体。新诗探索固定形诗体主要是输入和自创两途，既然十四行体是一种世界性的固定形诗体，所以在移植十四行体基础上创造新诗的固定形就是一个必然的选择了。梁实秋在《谈十四行诗》中介绍十四行体的审美特征，探讨了我国诗人不作律诗却还要作十四行诗的深层原因。第一，没有艺术是不含限制的，情感是必须要有合乎美感的条件的限制，方有形式之可能，中国诗里，律诗最像十四行诗，都是固定形诗体。第二，现在作新诗的人不再作律诗，并非是因为律诗有太多束缚，而是由于白话不适宜于律诗体裁。也就是说，律诗的语言基础是文言，新诗的语言基础是白话，所以新诗运动后就不作律诗。

---

① ［美］劳·坡林：《怎样欣赏英美诗歌》，殷宝书译，北京出版社1985年，第185页。

第三，中国的白话和古文相差太多，英国的白话与文言相差没有这样多，所以英国的华兹华斯一面提倡白话文学，一面仍作十四行诗。第四，伊丽莎白时代诗人惯用的十四行体，到了华兹华斯手中仍然适用，而律诗到了我们白话诗人手中便绝不适用，所以我国新诗人不肯再作律诗而肯模仿着作十四行诗，若说这是"才解放的三寸金莲又穿西洋高跟鞋"，这是不对的。第五，律诗尽可不作，不过律诗的原则并不怎样错误。十四行诗尽管作，不过用中文作得好与不好，那另是一个问题。① 这种论证是深刻的，它揭示了新诗冲破律体后仍需十四行体的深层原因。诚如解志熙说："说了归齐，新诗与旧诗在节奏建行问题上的根据差别就在这里——旧诗之音组成行成句是以文言句法或者说韵文句法为准的，新诗的音组成行成句是以口语或散文的句法为准的！"②

我国诗人移植十四行体更加重大而复杂的意义在于，通过移植去完善成长中的新诗语言，帮助新诗创建新律。五四时期最终成形的现代汉语是相对于文言的白话语言，倡导者的目标是使中国人"可以发表更明白的意思，同时也可以明白更精确的意义"，使语言变革承载着思想文化由旧向新的历史性转换。这种语言以口语化、精确性、界定性为基本特征，传统文学语言所具有的模糊性、多义性、喻意象性、声韵特征等诗性功能有所削弱。尤其是现代汉语多音节词增加、语法复杂和成分结合紧密，造成了诗歌音律建构困难。所以新诗发生初期，人们一方面倡导白话写诗，为白话诗争取生存空间，另一方面又说"现行白话，不是作诗的绝对适宜的工具"，"缺乏美术的培养"，"容易有干枯浅露的毛病"。③ 卞之琳后来比较新旧诗后说："对中国古

---

① 梁实秋：《谈十四行诗》，《偏见集》，（南京）正中书局1934年版，第269—272页。
② 解志熙：《序言：精心结算新诗律》，刘涛《百年汉诗形式的理论探求——20世纪现代格律诗学研究》，人民出版社2013年版，第10页。
③ 俞平伯：《社会上对于新的各种心理观》，《新潮》第2卷第1号（1919年10月）。

典诗歌稍有认识的人总以为诗的语言必须极其精练,少用连接词,意象丰满而紧密,色泽层叠而浓淡入微,重暗示而忌说明,言有尽而意无穷。凡此种种正是传统诗的一种特色,也形成了传统诗艺一种必备的要素。今日的新诗却普遍地缺乏这些特质。反之,白话诗大都枝蔓、懒散,纵然不是满纸标语和滥调,也充斥着钝化、老化的比喻和象征。"① 新诗发生后始终存在散文化倾向,其实都同白话这种质素有关。所以,新诗始终在改善着白话诗语,其指向是语言的形象加工和声音加工。这是新诗发展中一个重大而复杂的课题。围绕这课题的探索需要广阔的空间和路径,包括在世界范围内寻求诗语改进的资源。现代汉语本就包含欧化因素,因此在改进诗语时借鉴欧诗包括移植十四行体就不足为奇了。徐志摩赞成汉语十四行诗创作其意在于:"这种以及别种同性质的尝试,在不是仅学皮毛的手里,正是我们钩寻中国语言的柔韧性乃至探检语体文的浑成,致密,以及别一种单纯'字的音乐'(Word－music)的可能性的较为方便的一条路:方便,因为我们有欧美诗作我们的向导和准则。"② 新诗采用现代汉语写作,而现代汉语需要在实践中不断完善。欧诗语言采用日常散文结构,细密富有弹性,情意表达曲折,移植十四行体有利于新诗语言不断改善。拿朱自清的话说:"无韵体和十四行(或商籁)值得继续发展;别种外国诗体也将融化在中国诗里。这是摹仿,同时是创造,到了头都会变成我们自己的。"③ 客观地说,我国新诗语言包括音律的诗化或现代化受益于多种途径,但其中接受了西诗影响则是毋庸争辩的事实,而接受西诗影响其中就特别地受到了对应翻译西方十四行诗和我国诗人模仿创作十四行诗的影响。这里试举一例加以说明。朱湘在《草莽》集时期创作了众多的具有东方歌调的新诗,这些新诗的语言大多是从

---

① 卞之琳:《今日新诗面临的艺术问题》,《诗探索》1981年第3期。
② 徐志摩:《〈诗刊〉前言》,《诗刊》第2期(1931年4月20日)。
③ 朱自清:《诗的形式》,《朱自清全集》(二),江苏教育出版社1988年版,第398页。

传统诗词中演化而来，采用的是传统的音节方式，也采用的是传统建行方式，行句统一，突出行的自足独立。但到模仿创作英体和意体十四行诗时，就在新语言和新音律的探索上有了全新的面貌。如张惠仁在《〈新潮〉的艺术表现和形式格律》中，就具体分析过朱湘《十四行英体 8》的语言形式，认为"朱湘这首，韵式为 ABAB，CDCD，EFEF，GG。但它又不分段。如果按我国诗歌押韵的传统来说，前十二行这种频繁换韵的'交韵'虽不多见，但由于它双行（隔行）押韵（若按四行为一段计）似乎与我国固有的双句（隔句）押韵并不相左，似乎还符合我国固有的审美习惯似的。可是，这只是从'视觉上''分析'出来的。当你念起来时，那些韵脚，根本起不到'经过一定距离的间隔之后，不断地反复出现，互相呼应，从而使全诗在音响上联结成为一个和谐的整体'的作用。这里的问题仍然是诗歌语言的欧化了的汉语造句特点与'颂内体'句式、韵式的矛盾"。还有就是诗句中出现了如第一二行"愚蠢的是人类，需要大工程／来制造雨具，衣裳，建筑房屋——"，如第三四行"鸭子能这样说，凭了那一身／羽毛不沾水，温暖的白绒服"，如五六行"尽管是法力无边、人类所崇／拜的神不曾有过一百只手——"，这样的跨行方式，张惠仁说："人们不禁要问：用这种随意切断句子甚至切开词汇来试验一种外来的格律形式，到底为了什么？它只能告诉人们：会用汉语（汉字）来'排列'出西洋人爱用的'颂内体'。但它能给诗歌增加美感吗？它有利于'颂内体'在汉语中的试验吗？"[①] 面对这种质问，其关键是如何看待我国诗人在移植十四行体诗中语言的欧化问题。我们认为，朱湘该诗的复杂用韵、跨句分行、延展诗行等语言形式，对中国新诗完善诗语是有意义的，它能够更好地适应我国新诗的散文语言，能够更好

[①] 郭沫若、陈明远：《新潮》附录四《〈新潮〉的艺术表现和形式格律》，中国文联出版公司 1992 年版，第 348 页。

地使一般语言达到"诗功能",也就是徐志摩所说的,造成新诗语言的浑成、致密和柔韧性,也营构新诗语言的"字的音乐"。又如梁宗岱把十四行体称为"极严格的几乎与中国文字底音乐性不相投合的意大利式商籁",而他自己试作就是"要用文字创造一种富于色彩的圆融的音乐"。他接着说:"我模糊地意识到白话这生涩粗糙的工具和我底信条或许是不相容的,却又没有勇气(在某些场合打退堂鼓所需要的勇气并不亚于唱进行曲)放弃我这在沉默中磨炼了二十多年的武器……"① 可见,梁宗岱就是想通过写《芦笛风》和商籁诗作等,来改变现代白话作为诗语的生涩和粗糙,追求"诗应该是音乐的"审美理想。而这也正是朱湘创作所要进行探索的课题,它正好说明移植十四行诗对于新诗语的重要意义。

在具体分析了十四行体移植对于新诗的意义以后,我们再回到我国律体与十四行体的比较上来说。首先要看到律诗与十四行诗有着诸多契合之处。第一,外形均齐,两种诗体从诗的节奏单元到诗行,再到诗节诗篇,处处呈现着均齐特质;第二,结构圆满,两种诗体的进展结构都呈现起承转合的圆形结构,诗有深度,有诗味,耐人咀嚼;第三,内容单纯,两种诗体都篇幅短小,含情单纯,合于抒情诗的特质;第四,格律精严,两种诗体都有严格的格律限制,要求诗人创作态度严谨。两种诗体积淀了东西方文化中某些共同相通的审美因素,适宜于表达沉思或静思的思想感情,正如宗白华所说,它"不是死的机械的空洞的形式,而是具有内容,有表现,有丰富意义的具体形象"②。人类生命活动相通,十四行体既是欧洲又是整个人类审美心理合式的表现。可以这样说,十四行体之所以能被移植到中国,就在于它对于我们民族来说具有可接近性。但是,如果十四行体同中国传统诗

---

① 梁宗岱:《试论直觉与表现》,《复旦学报》(文史)第1期(1944年10月),黄建华主编《宗岱的世界·诗文》,广东人民出版社2003年版,第329—330页。
② 宗白华:《艺境》,北京大学出版社1987年版,第222页。

体仅有契合之处,我国诗人也就没有必要远涉重洋去加以移植了。事实上,十四行体同律诗的差别在于:它不像律绝体那样戒律森严,既有正式,又有变式,在每行音数、音步长度、用韵规律,以及组诗运用等方面,都可以根据内容需要而自由掌握,这为创作提供了方便。同时,它的行数不是四行和八行,而是十四行,每行不是五言七言而是可长可短,音组不是三四个而是可多可少,调式主要为双字收尾说话式。这就更适合表达现代生活,更合口语特点,体现了新诗体探索方向。尤其是十四行体是基于白话的抒情诗体,所以当新诗考虑建立自身的固定形式和完善自身的诗语素质时,移植十四行体就是势所必然了。

二 移植十四行体与新诗体建设互动

创造新诗的固定形式和改善新诗的诗语质素,这两个方面都关涉我国新诗体建设。在具体指向上,移植十四行体创建中国新诗固定形诗体,其本质是十四行体中国化的问题,直接指向的是汉语十四行诗的发展;而移植十四行体助推中国新诗语言改善,其本质是新诗语言诗性化的问题,直接指向是汉诗现代诗体的建设。两者总体方向一致而具体指向不同,因此在百年新诗发展中始终存在两者双向互动持续推进的关系。

第一,新诗发生与十四行体输入。新诗发生,是中国诗歌由古典型向现代型转变,其转变同时在诗质、诗语和诗体三方面展开。在诗体转型期提出的诗学观念是诗体解放论,就是把从前一切束缚自由的枷锁镣铐打破,有什么话说什么话,话怎么说就怎么说。面对传统诗体失效的无体状态,新诗人开始着手新诗体建设。重要主张是刘半农的"增多诗体论",期望新诗体最大自由化和多样化。正是在此文化语境中,十四行体被输入我国。李思纯发表《诗体革新之形式及我的意见》指出:"中国的新诗运动,不消说是以散文诗自由句为正宗。但欧洲现在的诗人,仍是律文散文并行的时候。我们的新诗,是否还有创律文的必要呢?这也是当研究的问题。"他还提出,新诗创体需要"多译欧诗输入范本"。① 对此呼应,就有郑伯奇、浦薛凤、闻一多、郭沫若、陆志韦等汉语十四行诗创作,就有李金发、穆木天、王独清、冯乃超等汉语十四行诗创作,就有郭沫若和少年中国诗人等的十四行诗翻译和介绍。这时的输入主要有翻译和创作两途,特征是追求思想自由和形式自由,除了全诗十四行和按格分段外,用律随意。尽管如此,它在新诗体建设中的意义不可忽视,因为它在白话诗语成形时提供了新的语言范本,在新诗无体时提供了新的诗体范本,在新诗诗质变革时提供了新的思想范本。如初期汉语十四行诗的分行排列、诗行数量和按格分段,这就对新诗体建设具有借鉴意义。林庚就说过,新诗的四行分段,包括"英雄偶联"等都接受了西诗包括十四行体的影响。在诗体建设方面做出重要贡献的是象征诗人的十四行诗创作。黑格尔的《美学》告诉我们,随着语言的变化,西方近代诗律变迁的重要路向就是:理性的节奏音律逐渐淡化,现代诗"突出一种单根据音质独立形成的韵律"②。刘延陵在《法国诗之象征主义与自由诗》中,也突出了象征诗音律特征是音质音律的强化。李金发等象征诗人接受了法国象征诗影响,创作汉语十四行诗凸显着音质音律的现代趋向,采用了行句反复、叠词叠句、同音堆集、象声拟音等色音技巧,金丝燕认为这种输入是"诗歌节奏的西化与变形",它对于新诗解决新音律、完善新诗语直至探求新诗意具有重大意义。

第二,新诗创格与十四行体规范。新诗发生期创作追求形式绝端自由,引来了新诗散文化甚至非诗化。新诗在吹过了破坏狂风后开始

---

① 李思纯:《诗体革新之形式及我的意见》,《少年中国》第 2 卷第 6 期(1920 年 12 月 15 日)。
② [德]黑格尔:《美学》第三卷下册,朱光潜译,商务印书馆 1991 年版,第 84 页。

进入建设期,由解决"白话"的问题到重在解决"诗美"的问题。于是新韵律运动兴起,新月诗人集结起来为新诗创格。梁实秋认为其创格"是明目张胆的摹仿外国诗","《诗刊》诸作类皆讲究结构节奏音韵,而其结构节奏音韵又显然的是模仿外国诗"。① 其中十四行体是重要资源。孙大雨在创格中提出音组说,用每行整齐音组(五个)去改换十四行体诗行整齐音步,每个音组构成不依轻重长短而以"时长相同或相似的语言组合单位",以此写出的第一首诗就是汉语十四行诗《爱》,然后又用此节奏方式写诗和译诗。闻一多用三个二字音尺和一个三字音尺写成《死水》,认为自己发现了新的音节方式,然后就用此方式写作新格律诗和十四行诗,建立了音组排列节奏体系。饶孟侃、徐志摩和朱湘探索行的独立与行的匀配,通过诗行字数相同的均行来为新格律诗和十四行诗寻找建行新路。新诗创格和十四行创格在这时典型地体现着双向互动现象,十四行诗创作和诗节形诗创作双向推动新诗格律体系建设。到 20 世纪 20 年代末,闻一多翻译了 20 多首白朗宁夫人十四行情诗发表,对应翻译甚至牺牲了意义的明白,朱自清认为这是值得的,它具有新诗创格的意义,"创造这种新的格律,得从参考并试验外国诗的格律下手。译诗正是试验外国格律的一条大路,于是就努力的尽量的保持原作的格律甚至韵脚"。"译诗对于原作是翻译;但对于译成的语言,它既然可以增富意境,就算得一种创作。况且不但意境,它还可以给我们新的语感,新的诗体,新的句式,新的隐喻。"② 同时具有移植诗体的意义,徐志摩发表介绍文章,说要"引起我们文体界对于新诗体的注意",这种译诗和介绍已经超越了新诗创律而进入新诗建体层面,因此徐志摩认为"这是一件可纪念的工作"。③ 中国诗人移植十四行体就由为新诗创格发展到为新诗创

---

① 梁实秋:《新诗的格调及其他》,《诗刊》第 1 期(1931 年 1 月 20 日)。
② 朱自清:《译诗》,《朱自清全集》(二),江苏教育出版社 1988 年版,第 374 页。
③ 徐志摩:《白朗宁夫人的情诗》,《新月》第 1 卷第 1 期(1928 年 3 月 10 日)。

体的新阶段。这时李唯建、朱湘、徐志摩、闻一多、柳无忌、罗念生、曹葆华、丽尼等大量创作汉语十四行诗，罗念生发表《十四行体（诗学之一）》，梁秋实发表《谈十四行诗》，正面提倡移植十四行体。新诗创格与十四行体创格、新诗创体与十四行创体双向互动，新诗坛就出现了大量新格律诗，也出现了大量的汉语十四行诗，诗节形格律诗和十四行固定形诗正在规范中走向成熟。

第三，民族形式取向与十四行诗变体。1937年以后，在民族战争背景下的大众诗歌运动中广泛展开了新诗民族形式的讨论，提倡"新鲜活泼的、为中国老百姓所喜闻乐见的中国作风和中国气派"。随着新诗创格和创体的推进，进入20世纪30年代后期以后，我国诗人移植十四行体的重点则转移到语言形式的民族化和诗质内容的现代化方向。之前的诗人主要是为十四行诗创格，因此用律较为规范，之后的诗人主要创十四行诗变体，因此用律较多变化。而所谓变体探索，其要旨是更加强调从汉语特点出发，从现实生活出发。十四行体移植在经过了创格规范期以后，诗人们寻求新突破，创造新的变体形式，这是十四行体中国化进入新阶段的标志。新阶段包括抗战爆发到新中国成立再到70年代末这一时段，十四行体中国化和现代化取得进展，这是新诗体发展对于十四行体中国化的重要贡献。与此同时，移植十四行体仍然继续在推动着中国新诗体建设。尤其是梁宗岱、卞之琳、吴兴华、穆旦、戴望舒、郑敏、陈敬容、沈宝基、袁可嘉、冯至、王佐良等对应翻译和创作十四行诗对于新诗语言完善产生了重要作用。这种对应翻译和创作中包含着欧化因素，朱自清认为它指示着中国诗的发展道路，它对于探索新诗语言的柔韧性乃至探检语体文的浑成和致密意义重大。柳无忌在《为新诗辩护》中认为新诗发展经历了三个阶段，首先是破坏，其次是模仿，最后是"真正的建设与创造"，"中国新诗运动是跟随着自然的步骤而发展着，一点也没有错儿，我们与其悲观，不如乐观"。① 第三期的重要特征就是创作变体，就是民族化和中国化，这就是这一时期新诗体建设与十四行体移植双向互动的目标指向和基本特征。

第四，无名时代与十四行体多元发展。从 20 世纪 80 年代以来，受新诗形式意识觉醒、国外诗歌翻译、创作积淀的影响，中国新诗迎来了创作繁荣、发展多元的时期。新诗的创作繁荣和多元为汉语十四行诗的发展提供了机遇和条件。各异格式的诗，各种题材的诗，不同风格的诗，推动着汉语十四行体演变出多种变体并日益成熟。我国诗人在中国化进程中创造了格律的十四行诗、变体的十四行诗和自由的十四行诗，基本完成了十四行体的"中体"创造，这是我国诗人对世界诗歌发展做出的重要贡献，是中西文化交流史的重要篇章。而新时期汉语十四行诗的发展，也就成为这一时期新诗创作繁荣和多元发展的重要标志，十四行体在建行、音节、分段、结构和用韵等方面的多种探索成果潜在地影响着新诗音律建设，其在诗语结构和诗语表达方面的探索成果则更多地为先锋诗人接受，围绕着十四行体中国化的诸多话题，如审美特性、变体创作、汉语本位等，都丰富着现代新诗理论的建构和实践经验。新时期新诗多元繁荣与十四行体中国化仍然形成双向互动格局。

三　移植十四行体与建构新诗律成果

诗人需要固定形式，是因为固定形式内含的形式规则和丰富美质，能够帮助诗人完成艺术作品。固定形式的特征是有着较为稳定的格律规定，诗人创作须把自己的情思纳入这一规定中。我国诗人从新诗体建设出发，从自创和横移两方面探索新的固定形式。自创

---

① 柳无忌：《为新诗辩护》，《文艺杂志》第 1 卷第 4 期（1932 年 9 月）。

的重要成果是新九言体的探索，即立足现代汉语基础，借鉴中国传统诗歌尤其是律绝体形式，为新诗共律体成形奠定基础。我们认为，在前人探索基础上对新九言体加以规范，有可能真正建立起新诗的固定形式。横移的重要成果就是中体十四行体的探索，即通过汉语本位的中国化改造来建立新诗的固定形诗体。而这一探索成果是移植十四行诗与新诗体建设双向互动的结果。汉语十四行诗创体既接受了西方十四行体的影响，又接受了新诗创体的影响，在这双重影响下十四行体中国化取得丰硕成果，它既是新诗固定形诗体的格律探索成果，也是新诗建构诗律体系的探索成果。以下概括十四行体中国化的格律探索成果。

行数的基本规定。十四行体首先的格律规定是行数，即每首十四行，不能多于或少于十四个诗行。当然在国外也有例外，如莎士比亚组诗中第126首仅十二行，第99首有十五行；英国诗人霍普金斯的《斑驳的美》仅十二行，被称为"切短的十四行诗"，该诗被瓦尔特·泰勒收入他编的《英国十四行诗》中。我国十四行诗也有不是十四行的特例，如朱湘《石门集》中英体之六仅十行，完整地砍去了一个四行组，韵脚是ABABCDCDEE，结构和内容十分完整，韵脚安排也有规律。朱湘在《石门》集中把它列为"英体之六"。台湾诗人洛夫写有《独饮十五行》，采用了七四四分段方式。梁实秋认为，"以十四行去写一刹那的情绪，是正好长短合度的"。屠岸则明确地说："在这个小框框里，却可以包含浩瀚的外宇宙，也可以蕴涵深广的内宇宙；可以上天入地，沉思世界，也可以内视灵魂，惊泣鬼神。因为有限制，所以它要求字、词、句的精练和严谨，力戒放肆和泛滥，有如一匹野马而不脱缰绳，以自由的精神充实于字里行间。"[①] 篇幅短小从根本上说是与诗体的含情单纯和沉思诗质联系着的。我国多位诗人说到自己

---

① 屠岸：《〈幻想交响曲〉跋》，（香港）雅园出版公司2014年版，第305页。

选择十四行体创作，就是看中其篇幅短小合度。陈明远译郭沫若律诗，无意间在古汉语到现代语的转换中选择了十四行体，他说："在反复琢磨的过程中发现，对于五七言律诗，若改写成同样数量的八行新诗，显然不够；有时候，十行、十二行也不够；而改写成十六行又嫌太多。终于找到了一种十四行的形式，但当初并没有存心写成'颂内体'，没有预先拿一个'十四行'的框框去硬套，而确是自然而然形成的。"① 这是一个极为复杂的话题。

　　音步的对应移植。十四行体原本使用印欧语言，其节奏构成基础是音步或顿，英、德、俄等国十四行体利用词的重读音节在音步中的规律配置，形成抑扬的声音节奏；法诗则依靠音数相等原则建行。中国诗人移植十四行体首先碰到的是如何移植这一诗体的节奏单元问题。新诗运动初期，诗人把诗的节奏单位称为"节"，同"音"合称"音节"，普遍要求是"自然音节"。进入 20 世纪 20 年代后，我国一批诗人开始探讨新诗形式化节奏，而这探讨是同对应移植十四行体的音步联系着的。做出贡献的是闻一多和孙大雨，他们用音顿对应移植音步：音顿是时长相同或相似的语音组合单位，从字数（即音数）上着眼；音顿内的字数以二三字为主，但并不限死；音顿排列形成诗行，由于音顿字数并不限死，因此诗行长度也不限死。这种探索成果符合汉语特点，也同西方十四行体的节奏形式相应。十四行体的音步包括节拍和节律两个因素，分别是时间的分断和时间的性质。孙、闻的对应移植是借用了节拍而抛弃了节律；十四行体是以相同音步数排列成行，从而构成诗的整齐节奏，孙、闻的对应移植以等量的音顿有序排列，来解决行内和行间的节奏问题。孙、闻以及同人的探索成果标志着我国新诗音顿排列节奏体系的诞生，同时也标志着我国成功地

---

① 陈明远：《郭沫若与"颂内体"》，郭沫若、陈明远《新潮》，中国文联出版公司 1992 年版，第 305 页。

用音顿（音组）对应移植欧诗音步的节奏单元。

　　建行的三套体系。把音顿作为基本的节奏单元建行，形成了三种具体格式。第一式：限音顿，但不限音顿的音数，也不限诗行的音数。坚持这种实践的诗人较多，如卞之琳、唐湜、屠岸、丁芒等人。第二式：限音顿，又限音顿的音数，但不限诗行的音。如胡乔木等把新诗节奏单元称为节拍，并规定每拍为二字或三字。第三式：限音顿，也限音顿的音数和诗行的音数。如邹绛创作十四行诗遵循"三二二三"建行原则创作。在以音顿建行节奏体系探索的同时，我国十四行诗人又探索了以音数建行的节奏体系。这种探索把诗行作为基本节奏单元，通过行顿的有序排列来构建匀整的节奏模式。这在实践中形成三种具体格式。第一式：每首诗行音数等量，通过诗行意义上的节奏单元重复形成行顿节奏，但行句基本统一。如钱春绮的十四行诗极少用跨行跨段，每行基本一句，行句基本一致，有人把它称为行顿的"传统式"。第二式：每首诗行音数等量，通过诗行意义上的节奏单元重复形成行顿节奏，但行句分裂，一行内可包含多个短句，一长句可以跨行跨段，行和句完全不统一，有人把它称为"现代式"，如朱湘《石门集》中的十四行诗基本都是诗行音数一致，多用跨行跨段，多用行内分句。第三式：每首诗行音数等量，通过诗行意义上的节奏单元重复形成行顿节奏，行内又讲究音组的等量。这种诗的节奏主要依靠"均行"来实现。如梁宗岱认为十四行体每行应有同一数量节拍，同时他又认为节拍整齐的诗行字数应划一，即"均行"。还有一种节奏体系就是通过诗行之间的意顿对称（平行或交叉、连续或间隔等）来形成行间意顿的等时节奏效果。这种节奏方式也有两种格式。第一式：每首各个诗行长短不一，但通过对应诗行或交叉或平行的对称来建构对等的节奏模式，如陈明远的十四行诗就用此节奏方式。如骆寒超的有些十四行诗采用的是对应诗行（间隔诗行或平行诗行）之间意顿长度和结构相同，以此在行的意顿对称层面建构诗的节奏模式。第二式，采用排比、反复的方式进行诗行的对称或宽式对称排列，从而形成行间意顿对比排列节奏。如张秋红的十四行诗大量采用了宽式对称或复沓结构方式。

段式的移植定位。意体（彼特拉克式）和英体（莎士比亚式）是十四行体的两种基本体式。意体分段结构是四四三三，英体分段结构是四四四二。意体和英体四个段落又成两大段落，前两段共八行是起承，后两段共六行是转合。由于十四行体原是合约乐歌诗，其诗行组织段落体现的是音乐分段，它的划分同诗的内在结构互为表里。当十四行诗成为文人创作时，诗人就强化诗行韵脚的建构和呈现乐段中的作用。十四行体音韵方式同乐段组织契合，并进而与诗的内在结构契合。我国不少十四行诗严格地按着意体和英体正式的分段创作，但在中国化过程中也形成了较多变体。如意体段式主要有，一是八六式，此式表明十四行体前后部分之间应有所停顿和发展，后六行开始常表示转折，较早用此式的是饶孟侃《弃儿》；二是四四三三式，此式使结构层次一目了然，用此式者甚多，如朱湘《悼徐志摩》用顶缩格排列来分段；三是四四六式，此式把前八行分作两段以显示发展关系，唐湜多用此式。我国十四行诗英体段式主要有，一是十二二式，此式最后二行是对前十二行的归纳，吴钧陶的动物诗用此式；二是四四四二式，此式最能显示十四行体起承转合的层次，用得普遍，有的并不分节，仅用诗行高低排列显示；三是八六式，此式最能体现十四行体最基本的两大层次，如徐志摩《云游》。不按正式而在乐段组织上作着多种追求，也是西方十四行诗的创作常态。我国诗人创作也自创变体或移用变体，甚至写作"自己的十四行诗"。段式的变化有成功的，也有并不成功的，应该具体分析。

韵式的对应移植。十四行诗尾韵的组织安排，帮助全诗显示乐段组织和内在结构。乐段、尾韵与内在思绪辩证地渗透、依存和转化，形成全诗浑然美。十四行体用交韵和抱韵，变体还用随韵，再加上频繁换韵，诗韵交错穿插具有回环美。我国诗人注意对应移植十四行体的韵式。在用韵方面，采用灵活变化的方式，也是我国诗人的自觉追求。唐湜的《海陵王》把每首分成 5＋5＋4 三段，5 行段押 ABABA、ABABB、AABAB、AABBB、AAABB 韵，4 行段押 AABB 或 ABAB 韵。如陈明远的十四行诗，刻意用传统韵式去改换原韵式：如不换韵，一韵到底，包括"基本行行押""双（隔）行押"和"双行押兼交韵"三类；如换韵，一般以四行或四行以上为一单元，包括"换韵不交韵""环绕韵兼交韵"和"换韵兼随韵"三类。我们对变体可讨论其得失，却无法否定其创造精神。此外，西方有写十四行诗而不用韵的，受此影响，我国诗人也写素体十四行，屠岸则认为它的名称源自英文 sonnet in blank verse。而 blank verse（素体诗）虽然无韵，却是格律诗的一种，每行有规定的音步数和格。具体说需具备下列条件：（1）整首诗共有十四个诗行；（2）每行有一定的音节数；（3）每行有一定的音步数；（4）每行有一定的"格"的安排；（5）内容上大体符合"起承转合"的发展程序；（6）不押韵。① 所以，我国真正符合以上格律要求的"素体十四行诗"数量不多。

四　移植十四行体与完善新诗语成果

移植十四行体完善我国新诗的诗语同两个问题有关，一是诗语的表达能力，二是诗语的音律形式，前者即如徐志摩说的钩寻语体文柔韧性乃至浑成和致密，后者即是徐志摩说的探寻字的音乐性。新诗完善语言的途径大致是向传统诗语归化、向大众诗语俗化和向域外借鉴欧化三途，可见是多种资源共同推动着新诗语言的完善。即如向域外

---

① 屠岸：《关于十四行诗的通信》，《诗探索》1998 年第 4 期。

借鉴的诗语欧化,其实也是多种因素合力的结果,但是也应该客观地承认,移植十四行体包括对应翻译和模仿创作也起着重要作用,尤其在百年间新诗体发展与汉语十四行体移植的双向互动作用不容忽视和无法回避。以上从行数、音步、建行、分段和用韵方面概括了我国十四行诗音律探索成果,这些成果不仅建构起我国固定形诗体,而且扩展到我国新诗体建设。如十四行体复杂用韵,尤其是交韵和抱韵等,就被大量地应用于新格律诗创作。以下再从移植十四行体对于提高新诗语言表达尤其是增加柔韧性达到细密和浑成方面做些概括。

跨行方式的采用。王力认为:"普通白话诗和欧化诗的异点虽多,但是跨行法乃是欧化诗最显著的特征之一。"① 而王力所说的"欧化诗"正是指翻译和创作的十四行诗。中国传统诗讲究"行的独立",珍惜诗行意义的完足,行句一般是统一的。而近代西诗却大量运用跨行法,实行行句分裂。把十四行诗的跨行法移植过来,就形成了新诗中大量的跨行现象。十四行诗跨行法一是从甲行的中间开始,直跨到乙行末;二是从甲行的第一个词开始,跨到乙行的中间;三是某句从甲行跨到乙行,另一句从乙行跨到丙行,又另一句从丙行跨到丁行,几乎是连续不断的;四是抛词法,即只留一词抛入另一行;五是不仅跨行,而且跨段。新诗突破行句统一的观念,通过跨行完成了从句到行的现代转换,对于诗语的完善意义重大。跨行的价值不只是为了保证诗的逻辑和语法关系的明确性而不致破坏格律,而且还有其他功能。如王力认为抛词法求节奏的变化,也把重要的词的价值显现出来。梁宗岱和唐湜认为跨行可以增强诗句的弹性和韧性。如梁宗岱认为:"中国诗律没有跨句,中国诗里的跨句亦绝无仅有。""我们终觉得这是中国旧诗体底唯一缺点,亦是新诗所当采取于西洋诗律的一

---

① 王力:《汉语诗律学》,上海教育出版社1979年版,第851页。

条。"① 唐湜说："十四行内也可以跨行，分量相称的跨行，这可以说是格律内的自由或散文化，我的《海陵王》就是充分利用这种跨行的自由而痛快、流畅地抒写出来的。"② 十四行体移植包括翻译与创作对于新诗形成跨行诗语做出了重要贡献。

诗行结构的延展。传统汉诗每行皆为一句，其诗行内部结构显得单调，且限制了一些词语和复句进入，这样形成的"诗之文字"就区别于"文之文字"。而现代汉语句式复杂，句子结构严密，新诗采用现代汉语写诗，就需要解决好"文之文字"入诗的问题。这是新诗完善诗语的基本课题。解决此课题要借鉴西诗的诗行结构。西方十四行体为了凑足每段相同行数以及每行相等音步数或音数，常将两个甚至三个句子放在一行，或者将一个句子分成若干行，这样就大大延展了诗行结构，扩展了自由建行空间。徐志摩、朱湘和柳无忌等创作计音建行的十四行诗（即行顿节奏的诗），其真正的价值就是延展诗行结构。在这种诗行结构中，诗人唯一遵循的是每行相同的音数，而不管其内部结构，也不管其句式完整，而这也就在最大意义上保持了十四行体诗行整齐的特质，如意体典型诗行就是每行十一音，英体典型诗行就是每行十音。柳无忌就认为汉语十四行诗的这种建行，"是相当的吸收了西洋文学的影响，把来滋养着诗的生命，创造着新诗的形式与格律"③。诗行结构的延展，它使得"文之文字"可以自然入诗，呈现着变化灵动、浑成细密的诗语面貌。

对等原则的运用。俄国雅克布森对现代诗学的重要贡献，是提出了"诗功能"的理论。他认为，对等原则是诗语结构的基本特征，是语言的"诗歌"用法的鲜明商标。对等原则是指相邻的语言因素组合按照相似性即对等值原则进行，其相似包括语音的和语义的，而对等

---

① 梁宗岱：《论诗》，《诗刊》第 2 期（1931 年 4 月 20 日）。
② 唐湜：《迷人的十四行》，《东海》1987 年第 2 期。
③ 柳无忌：《为新诗辩护》，《文艺杂志》第 1 卷第 4 期（1932 年 9 月）。

的语言因素包括单音、词语、短语、句子或句法结构等。十四行体的重要特征是抒情构思表现出一个情思的转变过程，或发展过程，从起句到结句经历了一个起承转合的过程。这样的诗歌有深度，有回味，耐人咀嚼。中国传统诗歌可以通过分联、粘对、对偶和平仄等方式形成诗句和词语之间的对等进展结构，新诗无法继续使用这种格式，就转而向西诗借鉴。我国诗人在创作十四行诗时，几乎无一例外地注意到十四行体这一构思特征，创作大都注意这一进展结构，而相关联的就是语词和语句的对等有序进展。十四行体构思及语言对等进展的表达方式，对于新诗语言改善包括形成音律和浑成的美具有重要意义。如马莉十四行诗《一个人走动的声音》中，"一个人走动的声音"及其变格句贯穿整个诗篇，形成了一种间隔反复的节律，把所有诗行收紧拢来。诗中的"声音"一词以对等复现方式在诗中反复呈现，形成独特的音律流动感。在诗行中，"走动的声音"和"无关紧要的声音"，"无关紧要的声音"和"自己的目标"，"自己的目标"和"危险的处境"，"树与土地的尺度"和"细雨与河流的重量"，"盯视对岸"和"盯视着"，作为"盯视"对象的"另一片树林的声响"和"大鸟呼啸而过飘落在大地的羽毛"，"坚硬的世界"和"黑暗的角落"等都构成词语对等反复或变格反复节奏。行顿之间和词语之间的对等复现，就形成全诗盘旋而下的音律美。

超越文法的组织。我国新诗欧化诗语"直接用诗的思考法去思想，直接用诗的旋律的文字写出来"，并认为"因为是用诗的逻辑想出来的文句，所以他的 Syntaxe，得是很自由的超越形式文法组织法。换一句说：诗有诗的 Grammaire，绝不能用散文的文法规则去拘泥他。诗句的组织法得就思想的形式无线变化。诗的章句构成法得流动，活软，超于散文的组织法"。① 这种诗语采用陌生化技巧在语言的

---

① 穆木天：《谭诗》，《创造月刊》第1卷第1期（1926年3月16日）。

声音和形象两方面加工中超越了散文而具备诗性，一般具有朦胧性和暗示性。新诗的这种诗语形成主要得益于域外诗包括十四行诗的翻译和模仿创作。在移植十四行体过程中，翻译是持续不断的，朱自清认为它给新诗带来了新的意境，新的语感，新的句式，新的诗体，新的隐喻。五四时期郭沫若翻译雪莱的《西风颂》，助推情理结构的抒情诗风；戴望舒翻译波特莱尔的诗包括十四行诗，就给诗坛带来了暗示契合的诗学观念；九叶诗人翻译了当代英美十四行诗，给新诗提供了戏剧化的范本；梁宗岱译莎士比亚十四行诗，"新诗里创造隐喻，比旧诗词曲都自由得多"（朱自清）；等等。尤其是我国十四行重要诗人大都学贯中西，他们一般按照原来诗语结构翻译十四行诗，又对应模仿创作十四行诗，其诗语对新诗语言面向域外借鉴产生重要影响，超越文法的诗语形成朦胧和暗示风格，而这正是新诗语言需要的诗性特质。

　　用字规范的拓展。首先是十四行诗的诗行长度较为自由，强调思想内容表达的自然与和谐，多采用变体形式，所以不仅各首诗行的字数并不限定，即使同一首诗中的每行字数也可以不尽相等。如唐湜的十四行诗就坚持"每行字数大致应相近而有一二字参差，使整齐中有变化，均匀中有差别"[①]。其次是十四行诗的译介使得中国诗歌略显呆板的对仗规则大有改观，从而使新诗在用字上有着更多的自由选择。如朱湘的诗中不乏对称、反复的句式，但往往同散句自然交错地结合，从而形成了一种对称和错综的有机结构，在表达情思的进展时显得自由灵动。最后是十四行体"of"或某个物主代词使用非常自由，它的影响就使得新诗中连词典型如"的"字可以放在音顿后或前，也可放在诗行末或诗行首。如孙大雨、罗念生、胡乔木的十四行诗就是如此来处理"的"字位置的。罗念生曾有信给胡乔木说："您曾经指

[①] 唐湜：《新诗的自由化和格律化运动》，《诗探索》1980年第2期。

出'的'字一类的虚字，有时可并入下一音步，以加强音调和节奏感。孙大雨同志很早就提出这种想法，直到一九五九年才得到中国社科院文学研究所吴晓铃同志赞成。自从你指出后，已逐渐为一些诗人所接受。"[1] 这种种探索实现了新诗的诗行用字相对宽松和自由，从而使得诗人的情思表达也就来得更加自由和灵活。

---

[1] 罗念生：《罗念生致胡乔木》，《胡乔木诗词集》，人民出版社2015年版，第160页。

第十二章　十四行体中国化的三大课题

外国诗式移植中国并使之扎根，是极其艰难的事。"一个民族的典型的文学形式，要在另一民族的语文中表达得恰到好处，确是不容易的——虽然未必就是不可能。"① 十四行体在欧洲发展数百年，它同欧人的审美和语言契合，成为"彼地"的传统固定形式。要把这种诗体较完整地移植到中国，远比对西方其他艺术方法的借鉴来得艰难。但是，文化交流正是文明进步和发展最重要的因子，中西文化交流和互借，正是世界文化发展最重要的推动力。首先是需求，提供十四行体中国化的动力因素；其次是归化，明确十四行体中国化的价值目标；最后是创作，实现十四行体中国化的根本途径。以上三者有机结合勾连成一个"链"或一个过程，由动机到目标再到实践，从而使得十四行体中国化由理想转变为现实。这是百年十四行体中国化的历史经验，总结这一经验对于我们自觉地开展中西文化交流具有重要意义。

---

① 施蛰存为戴望舒译洛尔迦诗抄写的编者后记，《戴望舒诗全编》，浙江文艺出版社1989年版，第457页。

一 需求：中国化的动力因素

中西文化分属于不同的空间，其接触或移植总要有动力因素。这就是需要。需要在有机体心理活动的动力系统中居核心地位，是心理和行为活动内在的原始动力。需要产生动机，动机转化为外部活动。动机的主要特点是：具有明确的目标指向性；永远处在促动状态；其强度决定行动的强度，影响行为的结果。其实，岂止有机体，整个社会活动的内在动力也在于社会需要和人的需要。有了需要，社会行动和变革迟早总会发生。探究中西文化交流的动因，也必须去考察需要。我们认为，正是为新诗创格的需要，决定了十四行体移植中国的动机，并由此决定了移植的指向性、促动性以及最终的结果。

我们先来考察十四行体早期输入中国的需要。澳大利亚学者皮姆（Anthony Pym）致力于从社会学角度去研究翻译，他在《翻译史研究方法》中所凸显出来的一个重要理念，就是"强调用社会学的方法来研究翻译，突出翻译与整个社会诸多因素之间的互动关系"[①]。十四行体输入的根深埋在近代以来西方文化输入潮流之中。鸦片战争后，大清帝国处在内忧外患的困境中，先进的知识分子力图变革图新，中国现代化由器物到制度进而到思想文化层面，正是在中西文化汇合加剧的甲午战争后开始的，与此相应是文学现代化也在这时起步。坚甲厉兵的梦想在甲午海战中被击沉在大海，政制国体维新的希望也遭破灭，先进的中国人在反思中达成共识：应该进入一个"人心之营构"的新阶段。正如陈子展所说，第一，这个时候才知道要废八股，文人

[①] 李德超：《翻译史研究方法·导论》，[澳] 安东尼·皮姆《翻译史研究方法》，外语教学与研究出版社2007年版，第4页。

才渐渐从八股里解放出来；第二，这个时候才开始接受外来影响；第三，这个时期文坛发生了各种变化。① 五四前后是一个西潮涌动的年代，外国的社会学和文学著作伴随着"民主"和"科学"的时代精神被大量翻译介绍到中国，西方文化"逐渐敷布东土，犹之长江、黄河之水，朝宗于海，自西东流，昼夜不息，使东方固有文化，日趋式微，而代以欧洲文化"②。伴随着西潮涌入，西方诗歌通过翻译进入普通读者的阅读视野。这是十四行诗进入的背景。最早输入中国的十四行诗如弥尔顿的《论失明》、波特莱尔的《感应》等都不是作为诗体而是作为西诗输入的。

域外现代诗运动起自19世纪中叶后，先是强调人的主体性和个性解放与诗体解放的浪漫主义诗歌流行西方诗坛，再是散文诗体问世，并迅速在全球蔓延，后是现代派包括象征主义、意象派、未来主义和自由诗运动在欧美国家兴起。由于人的自我意识觉醒，追求自由的天性和文体自身的变革潜能，终于在西方爆发了一场现代诗运动。这一运动有力地冲击了传统诗体秩序，动摇了韵文的垄断地位，开始了诗由严格格律向韵律相对自由的转变过程。尤其是在这运动中出现的"自由诗"和"散文诗"，推动西方现代诗歌理论形成。

正是在以上两个重要的社会背景中，我国在19—20世纪之交启动诗歌现代化进程。先是晚清诗界革命，再是五四新诗运动，开始实现中国诗歌由传统到现代的转型。由于世界性的现代诗潮出现和发展，基本是与我国新诗的发生时限相同，而且其基本审美趋向和精神追求同新诗发生方向完全一致，所以自然被我国诗人高度重视并自觉移用。"要救国，只有维新，要维新，只有学外国"，这就是那时中国诗人学习外国诗歌的价值追求。从诗界革命到新诗运动，新诗发生的

---

① 陈子展：《中国近代文学之变迁　最近三十年中国文学史》，上海古籍出版社2000年版，第6页。
② 张星烺：《欧化东渐史》，商务印书馆2000年版，第3页。

理论和创作都接受了西方诗潮影响。我国五四新诗运动的核心价值观念是"诗体解放"论。胡适在1919年发表《谈新诗》，从国外诗体变革中引出诗体解放的主张："欧洲三百年前各国国语的文学起来代替拉丁文学时，是语言文字的大解放，十八十九世纪法国嚣俄英国华次活（Wordsworth）等人所提倡的文学改革，是诗的语言文字的解放；近几十年来西洋诗界的革命，是语言文字和文体的解放。这一次中国文学的革命运动，也是先要求语言文字和文体的解放。"① 胡适对"诗体解放"论的概括是：把从前一切束缚自由的枷锁镣铐，一切打破；有什么话，说什么话；话怎么说，就怎么说。不仅胡适而且当时所有诗人都主张"诗体解放"，其内涵从破的方面说，是冲破旧诗体和旧诗则的束缚，其中最为重要的是冲破传统诗词的语音组合结构；从立的方面说，就是提倡"自然音节"，核心内容是"诗的音节是不能离开诗的意思而独立的"。这就从诗语和诗体两方面为新诗发生开辟了道路，而根本意义是使新的思想感情能够自由地进入新诗。在"诗体解放"论指导下，发生期诗人面对传统诗律失效和现代诗体重建，从理论和实践上进行新的诗体探索。其中重要内容就是刘半农等主张的"增多诗体"论。而"增多诗体"论的理论依据恰巧正是对于英法两国诗歌发展的历史考察所获得的结论。刘半农认为，英国诗体极多，且有不限音节不限押韵之散文诗，故诗人辈出；而法国之诗，则戒律极严，诗人之成绩，决不能与英国比。因此他对于新诗的想象不像有人局限于某种诗体，而是主张像英诗那样增多诗体，方法是自造、输入他种诗体、于有韵诗外别增无韵之诗。② 面对发生期新诗"无体"的状态，先驱者从传统诗体、从民间诗体，尤其是从域外诗体中借鉴，试图为新诗创体。这就是"需要"的动力因素推动着新诗发生期

---

① 胡适：《谈新诗》，《星期评论》纪念号（1919年10月10日）。
② 参见刘半农《我之文学改良观》，《新青年》第3卷第3号（1917年5月15日）；《诗与小说精神上之革新》，《新青年》第3卷第5号（1917年7月1日）。

从域外输入诗体,包括十四行体。对此,李思纯主张多译欧诗范本,以供创作者参考及训练,其"需要"的理由说得极其透彻:"在诗体未革新以前,古代的诗歌,便是艺术训练的范本,诗体既已革新,一般作者,既鄙弃旧式的作品,又未读欧美的诗歌。既无范本的供给,自然缺乏艺术的训练。所以新体创作的基础,便非常薄弱。……从这样看来,多译欧诗,输入范本,竟是一定不易的方法。可怜的中国人,莎士比亚、弥尔顿、许俄歌德闹了二十年,至今还莫看见他们著作的完全译本哩!"① 这里的"需要"就是:旧体已经打破,新诗尚处无体,旧体不能借用,唯一选择就是输入欧诗。这就是十四行体输入的社会文化背景,它具有广阔而深刻的社会文化机缘。北塔对这种"机缘"作了形象的描述:"对于早年的反传统的新诗诗人来说,创作上有一大困难。新诗要朝背离传统的方向发展,就意味着他们不可能在诗词曲赋中挪用现成的形式;否则,就不新了,或者说,新得不够,不足与旧诗形成对抗的架势。……在二三十年代,新诗诗人大力移植外国诗体。对那时的他们来说,外的就是新的;哪怕是中世纪的,哪怕是古希腊的,也都是新的,十四行就是其中的一种。"② 这就是早期输入十四行诗的文化心态和文化选择。

我们再来考察汉语十四行诗创格规范的需要。早期输入十四行体其实并不想确立其为我国新诗的固定形式,只是借来范本以供创作参考,所以格律疏松,形式自由。而且,这时输入的域外诗体很多,可以说是饥不择食。不仅各种域外诗体都有翻译和介绍,而且在诗体解放背景中的翻译或模仿创作,都采用了自由的形式,也就是"误读"的形式。这是因为这时的新诗运动还处在破坏旧体增多新体阶段,并没有提出为新诗创格的历史要求。因此,初期十四行体诗的翻译和创

---

① 李思纯:《诗体革新之形式及我的意见》,《少年中国》第 2 卷第 6 期(1920 年 12 月 15 日)。

② 北塔:《论十四行诗式的中国化》,《中国现代文学研究丛刊》2000 年第 3 期。

作在当时影响甚微。到了 20 世纪 20 年代中期，新诗创格的要求终于提出来了。这也有着深刻的社会文化原因，其关键还是"需要"在起作用。散文化和非诗化是新诗发展初期的标志性特征，这一特点是当时以白话取代文言的文学语言变革导致的必然结果。这给新诗存在和成长带来危机，新诗人在新诗发生后就开始呼吁："要新诗有坚固的基础，先要谋他的发展，要在社会上发展，先要使新诗的主义和艺术都有长足完美的进步，然后才能够替代古诗占据文学上重要地位。"① 1923 年 5 月，成仿吾在《创造周报》发表《诗之防御战》，对初期新诗进行了尖锐批评，并由此提出了全新的文学观念："文学只有美丑之分，原无新旧之别。"新诗运动初期，反对假诗而至于鄙弃诗的因素，争论新旧而至于忽视诗的美丑，这同那时新诗发展的历史要求基本一致，当破坏的狂风吹过以后，新诗人就应该注意"诗"了，解决好诗的感情、想象、音律等问题，以谋求新诗更大的发展。这样，我国新诗发展的历史，就由向旧诗进攻、让新诗成形阶段转变到新诗全面建设阶段。正是在这样的背景下，诗界的新韵律运动开始兴起，并在新月诗人那儿达到高潮。这种因时需要而起的新韵律运动直接为十四行体移植中国的规范创格提供了条件。

　　这次新诗创格运动仍然从域外借鉴。梁实秋在《新诗格调及其他》中明确地说："我一向以为新文学运动的最大的成因，便是外国文学的影响；新诗，实际就是中文写的外国诗。""但是最早写新诗的几位，恐怕多半是无意识的接受外国文学的暗示，并不曾认清新诗的基本原理是要到外国文学里去找。所以新诗运动最早的几年，大家注重的是'白话'，不是'诗'，大家努力的是如何摆脱旧诗的藩篱，不是如何建设新诗的根基。""《诗刊》诸作类皆讲究结构节奏音韵，而

---

① 俞平伯：《社会上对于新诗的各种心理观》，《新潮》第 3 卷第 1 期（1919 年 10 月）。

其结构节奏音韵又显然的是模仿外国诗。"① 这里的意思是：早期输入外国诗体没有着眼新诗建设；新月诗人立足于新诗建设；新月诗人创格还是从外国诗中借鉴。这说法是符合新诗发展历史事实的。新月诗人和京派诗人为新诗创格，在新诗发展处在危机时通过外国诗的借鉴来建设新诗。正是在此"需要"的促动下，十四行体一方面被确立为新诗固定形式而在移植中建立规范，另一方面通过被认定为新诗语言改善捷径而得到倡导。徐志摩认为孙大雨等尝试商籁体，"以及别种同性质的尝试，在不是仅学皮毛的手里，正是我们钩寻中国语言的柔韧性乃至探检语体文的浑成，致密，以及别一种单纯'字的音乐'（Word—music）的可能性的较为方便的一条路：方便，因为我们有欧美诗作我们的向导和准则"②。

这里的另一个重要问题是：我国新诗发生期和建设期输入的域外诗体是很多的，为何独独中国十四行体得到规范建设呢？其实结论还在于"需要"。如李思纯除了介绍十四行体外，还说到了民谣（Ballad）、律文诗（Verrse）、无定韵律文诗（Blank—verse）、抒情歌（Ode）、讽刺体诗（Satire）、十四言诗（Alerandrine）等。据熊辉统计，五四时期主要刊物发表的外国诗歌译作，东方诗歌占了63%，就诗体来说，影响最大的是泰戈尔简约的小诗体、日本精练的俳句体和绝句式的鲁拜体。即使到20世纪30年代诗人为新诗创格时，采用的外国诗式也是多样的，如朱湘的《石门集》中除了十四行体外，还有四行体、三叠令、回环调、巴俚曲、圈兜儿等，罗念生的创作除"十四行体"外，还采用了无韵体（blank verse）、四音步双行体（tetra-metre couplet）、五音步双行体（pentametre couplet）、斯彭瑟体（spenserian stanza）、歌谣体（baqllab metre）、四行体、八行体（pt-

---

① 梁实秋：《新诗的格调及其他》，《诗刊》第1期（1931年1月20日）。
② 徐志摩：《〈诗刊〉前言》，《诗刊》第2期（1931年4月20日）。

tava rima）等。结果却是，十四行体一枝独秀。这是因为其他诗体难以在现代汉语中扎根，如对于小诗体或俳句体，成仿吾在《诗之防御战》中就说："我觉得俳句要成为抒情诗，至少有下面的几层困难：（1）音数既经限定，字数自然甚少，结果难免不陷于极端的点画派 Punktierkunst；（2）同时又难免不陷于极端的刹那主义 Momentalismus；（3）容积既小，往往情绪的负载过重；（4）刹那主义与点画的结果，最易流于轻浮。"[1] 不管这种理由是否充分，事实是小诗体、俳句体以后很少有人使用创作了。十四行体一枝独秀的原因也在其符合新诗创格的需要。梁实秋在《谈十四行诗》中对此做过分析。屠岸在谈到十四行体在中国扎根的问题时说："十四行诗的广泛流传并不是中国的独特现象。……除了在地域上的普及外，十四行诗也折服了诸多文学家"；"十四行诗有这么顽强的生命力，这恰恰与中国的律诗相近。他们在大致的规律上是有相似之处的，比如都讲押韵，都有'起、承、转、合'这个框架。……由于文言凝练，使用八句，作为律诗很恰当；而相对自由的白话选用十四行就是恰到好处了"[2]。不管这种理由是否充分，但事实是十四行诗得到了充分的流播。

我们接着考察汉语十四行诗变体探索的需要。大量变体探索出现在抗战爆发以后，它划出了十四行诗发展的一个新阶段。而变体的大量探索同样基于社会文化的深层原因，换句话说也还是"需要"。20世纪30年代后期到新中国成立，这是我国抗日战争和解放战争时期，特定的社会文化环境直接影响到我国十四行诗的发展方向。1938年年初，茅盾在《这时代的诗歌》中写道："中华民族正以血以肉创作空前的'史诗'，大时代的歌手由来就数诗人第一位。诗歌活跃于近日之文艺界就正是极合理的事。""现在，时代的暴风雨来了，诗歌的暴

---

[1] 成仿吾：《诗之防御战》，《创造周报》第1号（1923年5月13日）。
[2] 吴思敬、屠岸：《关于十四行诗的对话》，屠岸《幻想交响曲——屠岸十四行诗240首》，（香港）雅园出版公司2014年版，第316—317页。

风雨也跟着降临,所谓洗尽铅华,真是痛快之至。"① 从抗战相持阶段开始,新诗界开始讨论新诗的民族形式,"新鲜活泼的、为中国老百姓所喜闻乐见的中国作风和中国气派"成为基本审美选择。在这种社会文化语境中,输入十四行体被轻视或排斥,如中国诗歌会诗人说:"创造新形式,定型律的形式,我们早就深恶痛疾的了,即近来什么十四行,以及每节四句的样式,我们不要他。"② 朱自清在 20 世纪 40 年代说过,"抗战以来的新诗的一个趋势,似乎是散文化"。"从格律诗以后,诗以抒情为主,回到了它的老家。从象征诗以后,诗只是抒情,纯粹的抒情,可以说钻进了它的老家。可是这个时代是个散文的时代,中国如此,世界也如此。诗钻进了老家,访问的就少了。抗战以来的诗又走上了散文化的路上,也是自然的。""抗战以来的诗,注重明白晓畅,暂时偏向自由的形式。"③ 抗战以后诗的基本趋向是内容的现实精神和形式的自由诗体,这就是十四行诗新的发展阶段所处的社会文化环境,这种环境转化成为一种时代审美风尚和主导诗学观念,牵引和推动着中国十四行诗在规范基础上向着自由方向寻求变体,由面向诗人内心世界抒写向着多途径反映现实方向寻求新变。这种寻求突破由于受当时诗潮影响,所以基本选择的是现代化和民族化的方向,也就是在新的历史条件下十四行体中国化的方向。

从世界十四行体流播史来看,每传入一国必然产生新的变体,多种变体出现才是十四行体本土化的最高境界。十四行体传入英国以后,英国诗人也是经历了破坏和模仿阶段,才开始进入大量创作变体的新阶段,最终才以题材的丰富性和体式的多样性走完了十四行体英

---

① 茅盾:《这时代的诗歌》,《救亡日报》1938 年 1 月 26 日。
② 王训昭编:《一代诗风——中国诗歌会作品及评论选》,华东师范大学出版社 1996 年版,第 351 页。
③ 朱自清:《诗与抗战》,《朱自清全集》(二),江苏教育出版社 1988 年版,第 345—346 页。

国化的路程。我国十四行体在规范创格以后，也有一个更好地与中国的现实和汉语的特征结合起来的问题，即中国十四行诗发展到20世纪30年代后期自身面临着的新的课题，而外部的社会文化语境又以压力传递的方式促使其接受这个新课题而探索变体。社会现实的需要和自身发展的需要，推动着中国十四行诗在抗战以后发生新变。新的时期中国十四行诗创作呈现着新的特点，首先是之前的作者主要是留学英美的诗人，他们在理论和创作上为汉语十四行诗规范创格创体，之后的创作者扩大到各种新诗流派和风格的诗人，他们在规范基础上寻求新的突破；其次是之前的诗人主要是为十四行诗创格，因此用律较为规范，之后的诗人主要是创十四行诗变体，因此用律变化较多。这一时期汉语十四行诗创作人数众多，风格流派多样，其创作趋向是在规范基础上探索变体，探索民族形式，更好地面向现实，面向传统，呈现着以现代化和民族化为特征的中国化发展路径。这种新特点的出现，从总体上来说，体现着中国十四行诗的进步，显示着十四行体中国化的新进展。而正是创格期和变体期的连续探索，"建立了中国十四行的基础，使得向来怀疑这诗体的人也相信它可以在中国诗里活下去"[①]。

二 归化：中国化的价值目标

作为动力因素的需要，是指向十四行诗的，即中国现代社会条件为十四行体移植到中国创造了条件，提供了推动力；但换个角度说，需要也可以指向我国现代社会，即十四行诗满足了我国民众建设新诗

[①] 朱自清：《诗的形式》，《朱自清全集》（二），江苏教育出版社1988年版，第295页。

的需要。我国新诗史上始终注重输入域外诗体，新诗发生发展的每个时期都是吸收域外诗歌营养而获得发展动力的。有学者就这样认为，在五四时期伽亚谟的《鲁拜集》之所以得到郭沫若的翻译，就是因为其"不管是在思想情调、主题指向，还是在文体风格上，都颇能投合郭沫若此时的审美趣味，满足其审美需要"①。而《鲁拜集》得到五四时期诗人的青睐说明："翻译诗歌引入中国的部分原因以及受到中国人欢迎的原因就是因为中国诗歌自身的发展确实需要那样的异质文化的刺激和鼓动，译诗能够为中国萎靡的文坛带来新质和活力。"② 这是一个具有普遍意义的结论。我国新诗史上移植诗体始终注重满足新诗发展需要。如成仿吾在论俳谐不可模仿时陈列了两个理由：第一，"我们的新文学正在建设时代，我们要秉我们的天禀，自由不羁地创造些新的形式，与新的内容，不可为一切固定的形式所拘束了。善于模仿的小孩，长大了也是无用的，我们不可任我们的小孩模仿"。第二，"我们的新文学要有真挚的热情做根底，俳谐那种游戏的态度，我们绝不可容许"③。这是一种严肃的移植态度，也是一种为我所用的价值取向。而中国社会和中国诗人需要十四行诗，其首先的指向就是建设新诗体，也就是徐志摩在《白朗宁夫人的情诗》中所说的"引起我们文学界对于新诗的注意"；其次的指向是完善新诗语，也就是徐志摩在《诗刊》编辑语中所说的，"我们有欧美诗作我们的向导和准则"。这两个方面就是价值取向，而由此取向就决定了十四行体移植的过程就是一个中国化的过程，即建设中国的新诗体，完善中国的新诗语。

对于"中国化"，人们的理解往往存在片面性。我们所理解的

---

① 袁荻涌：《郭沫若为什么要翻译〈鲁拜集〉》，《郭沫若学刊》1990年第3期。
② 熊辉：《外国诗歌的翻译与中国现代新诗的文体建构》，中央编译出版社2013年版，第36—37页。
③ 成仿吾：《诗之防御战》，《创造周报》第1号（1923年5月13日）。

第十二章 十四行体中国化的三大课题

"中国化",应该同时包含着异域化和本土化两个方面。一方面,中国化的过程是把异质的东西拿来,然后变成我们的东西;另一方面,中国化的过程是把我们的东西融入,然后改变他们的东西;只有把两者结合起来,才能实现真正的中国化。如果仅仅理解为拿来,不去使之变成我们的东西,或如果仅仅理解为改造结果彻底抛弃他们的东西,那么所谓的中国化毫无意义。但是,人们常常在此问题上存在理解误区。一方面,有人否定移植域外诗体中的欧化现象,如有人说过:"在新诗的历史上,'十四行'之类的欧化诗所表现出来的诗风,是和民族化大众化的诗风对立的。即'十四行'之类的欧化诗是作为民族化大众化的新诗的对立物而出现的。"[①] 这里把欧化与民族化对立起来,因此欧化就要被否定。在新诗运动初期,傅斯年就主张现代白话文"直用西洋文的款式,文法,词法,句法,章法,词枝,(Figure OF Speech)一切修辞学上的方法,造成一种超于现在的国语,欧化的国语,因而成就一种欧化国语的文学"[②]。问题不在是否欧化,在于是否为我所需。其实胡适等人早就明确:"西洋的文学方法,比我们的文学,实在完备得多,高明得多,不可不取例。"[③] 另一方面,有人否定移植域外诗体坚持的归化现象。如有人说:"如果我们置西方数百年里发展出来的定规成例于不顾,率性而为的去搞种种花样,而自命为探索十四行诗的'中国特色'与'个人特色',这样的本土化与个性化,结果只能是橘逾淮而为枳,最终丧失十四行诗的本质。"[④] 这里说的是"率性而为",当然应该避免,但若认为"定规成例"都无

[①] 安旗:《从"十四行"说到多样化——答修文同志》,《四川文艺》1962 年第 12 期。
[②] 傅斯年:《怎样做白话文》,《中国新文学大系·建设理论集》,(上海)良友图书印刷公司 1935 年版,第 223 页。
[③] 胡适:《建设的文学革命论》,《中国新文学大系·建设理论集》,(上海)良友图书出版公司 1935 年,第 139 页。
[④] 江弱水:《中国同步与位移——现代诗人丛论》,安徽教育出版社 2003 年版,第 170 页。

法变动,那也就失去了移植十四行体的价值指向了。以上两种偏向始终存在于十四行诗中国化过程,而我们理解的中国化则包含异域化和本土化两者的结合。

异域化和本土化结合,一方面保存,另一方面改造,这正是十四行体英国化的宝贵经验。这种保存与改造在英国化过程中主要有两个方面,一是题材的丰富性:迎合英语读者的本土意识;二是形式的多样性:适应英国语言的格律规范。十四行体在被输入英国后,在形式方面英国化的主要内容是:(1)根据英诗节律特征,用一行10音节的五步抑扬格的基本节奏去改换意大利体每行11音节的节奏方式。这样的诗行虽不及意大利语诗行节奏上变化那么多,却易于为人接受,放在诗歌的整体之中,也还是显得新颖。(2)根据英语语音特征,用 ABABCDCDEFEFGG 去对应改造意体的 ABBAABBACDEDEC(CDCDCD 等),增加了韵脚数目,而且改抱韵为交韵,使得诗在整体上显得多变,又适合英国诗人写作。(3)根据韵式变化,把意体的四四三三段式改为四四四二段式。意体分前八行和后六行,前一部分多用于展开主题,提出疑问,抒发感情;后一部分多用于解决主题,回答疑问,分析感情或引出结论,两部分之间明显或不明显地有承转关系。英体不再有后六行对前八行的承转,而是在前三节中把一个主题尽情发挥,最后一节作结。(4)莎士比亚在此基础上,重视戏剧结构安排,有层次,有深度,有曲折,有高潮。前三节诗或层层递进,或形成鲜明对比,以此造成一种气势,最后结论自然脱颖而出。因为有铺垫,结尾不仅有力度,而且常常成为点睛之笔。莎士比亚的十四行诗充满着英国文艺复兴在伊丽莎白王朝时期特有的气息,清新,甜美,富有想象力,警言式的结尾诗节透出睿智。在题材方面英国化的主要内容是:(1)华埃特沿用了彼特拉克对爱情歌咏的做法,但却只是借题发挥,有意抒发自己的感受,那是英国诗人对英国事物的情感。王佐良就分析说:"华埃特(对彼特拉克原诗)作了精心的变动，即把意大利原诗的一般化处境变得特殊化了，其中的疲惫神情和愤世嫉俗的口气是他个人特有的。"① 萨里诗的内容虽然与华埃特相似，但多了几分优美，少了几分抑郁，境界也较为宽广。（2）锡德尼创造了一个金色的情感世界，它胜过自然，闪耀着道德的光辉。《阿斯特菲尔和丝苔拉》是由一首首相对独立的诗构成的更大有机结构整体，流淌其间的是阿斯特菲尔连绵的思想和情感，每首诗都是情感世界的一个写照，诗语串联起来又在表达一个思想和情感过程。诗集里抒情之间贯穿叙事情节，富有戏剧性。（3）莎士比亚诗的主题主要是泛化爱情主题并使之更贴近生活，用词简洁，隐喻丰富，意象新颖。（4）邓恩突破了十四行诗的传统主题，把新科学、新知识、新思想和新时代气息带入了十四行诗，他的宗教题材拓宽了抒情领域；弥尔顿写出了他对社会的种种感受，表达革命激情与宗教热诚，向往爱情，尤其是他用诗歌功颂德，针砭时事，讽刺规谏，哀怨兴叹，叙事抒情，题材广泛，风格多样。② 就是在以上形式和题材两方面英国化进程中，十四行诗体最终完成了十四行体英国化进程。

毫无疑问，十四行体中国化的主要内涵也应该是形式的多样性和主题的丰富性。首先应该说明的是，由于印欧语系和汉藏语系两者之间的差距远远大于印欧语系内部的两国语言，也由于西方审美和东方审美两者之间的差距同样大于西方两国之间的审美差距，因此，十四行体由西方移植到中国，其难度必然是更大，我国诗人需要付出的努力也就更大，这是一个方面。另一方面是中国十四行诗的变体必然更加多样，题材更加丰富，规范更加自由。这其实也是容易理解的。邹建军说："汉语与英语的构成要素是完全不同的……因此，凡是从事过创作的人都知道，用汉语是无法按照英语的要求来写十四行诗的，

---

① 王佐良、何其莘：《英国文艺复兴时期文学史》，外语教学与研究出版社1996年，第91页。
② 陈尚真、赵德全：《十四行诗的英国化进程》，《燕山大学学报》2001年第4期。

因此只有在原来的基础上有所变通。""对于汉语十四行诗写作,没有必要怀疑,更没有必要反对,相反我们要有坚定的自信,中国诗人用汉语写十四行诗是一种创造,并且可以是全新的创造。因为这种真正的艺术探索,也许可以为中国新诗开创出一条新路。"[①] 事实上,面对艰难的十四行体中国化课题,我国诗人进行了百年探索。在主题开拓和形式移植方面主要采用的是两种方式,一是对应移植,这是重在借鉴基础上的中国化,另一是突破规范,这是在改造基础上的中国化,前者重在异域化,后者重在本土化。无论哪种方式,始终都离不开异域化和本土化的有机结合。如唐湜、岑琦、骆寒超合作出版《三星草　汉式十四行诗三百首》,骆寒超在序中解说诗集冠以"汉式"的想法是:"我们越来越感到抒情诗不能写得太长,以控制在二十行之内最为理想,因此,选中了十四行体。它那十四行的容量,以及'层层上升而又下降,渐渐集中而又解开'(李广田语)的结构特征,能比较经济又比较充分地进行一段情感的意象化抒发。不过,我们绝不照搬西方十四行体的格律模式。由于语言的不同,西方也有不同格式的十四行诗,我们即使要照搬也是会弄巧成拙的。因此,除了借鉴它十四行容量和某一部分组织原则以外,我们决定按上述六点思考,去实践着走自己的路。"[②] 以上论述包含着关于十四行体中国化的一些重要思想:首先是我们需要十四行体,也能够采用十四行诗;其次是创作要遵循诗体规则,但不能照搬诗体规则;最后是我们完全可以在遵循部分原则基础上创作汉式十四行诗。这就是十四行体中国化的基本原理和价值选择。

以下我们对中国诗人在推进十四行体中国化过程中的成果进行概括总结。

[①] 覃莉:《关于汉语十四行诗的写作与翻译问题——邹建军先生访谈录》,邹建军网站"中外文学讲坛"。

[②] 骆寒超:《〈三星草　汉式十四行诗三百首〉序》,浙江文艺出版社1997年版,第7页。

在诗体方面的中国化。首先，我国诗人有个全面理解和模仿创作的阶段，这就是在 20 年代中期到 30 年代中期整整 10 年的创格。在这个阶段，诗人介绍西方十四行体，同时尽量按照对应移植方式创作，总体来说讲究规范，形式完整，大多是格律的十四行诗。对应移植包括多个方面：(1) 对应移植节奏方式，形成了音顿节奏、意顿节奏和行顿节奏三种节奏体系；(2) 对应移植押韵方式，形成了以彼特拉克式和莎士比亚式为基本的韵式，同时产生了一些变体；(3) 对应移植分段方式，多数诗作采用四四三三或四四四二分段，具体包括分段分节、高低列行和不标段落三种表现形式；(4) 诗行长度基本维持在 10 音至 12 音之间，采用了跨行或不跨行排列，体现建行整齐原则；(5) 重视诗的起承转合构思，强调诗的内在结构与外在结构的结合，突出诗的弧形进展的圆满结构。但自 30 年代后期开始，我国诗人则在规范的基础上更多地突破规范创作变体，诞生了大量的变格的十四行诗。在新中国成立以后，更多的诗人采用更加自由的方式改造诗体，创作自由的十四行诗。目前，格律的十四行诗、变格的十四行诗和自由的十四行诗并行发展，呈现着创作繁荣景象。

陈世杰在《中国十四行诗体的形式特征综述》中，概括了中国十四行诗的形式特征：(一) 韵律方面：接受约束，突破限制，十四行诗就有十四种韵式的变化，如一韵十四行、二韵十四行、四韵十四行、五韵十四行、六韵十四行、七韵十四行、素体十四行、中国律诗式十四行和自由诗十四行。(二) 行组排列：或守欧体，更愿随意而定，包括严守意体、英体的行组形式、一段到底，或做分段处理、突破限制，随意而定。(三) 音顿、音节（即汉语字数）：少守欧体，更多不一致，如从"就范"说，有的遵守欧体所定音节，也有自行规定固定音节，但更多的是每行字数无定、顿数无定。[①] 其实，这里的概

[①] 陈世杰：《中国十四行诗体的形式特征综述》，《中州学刊》1999 年第 3 期。

括并不全面。需要补充说明的，一是中国十四行诗采用了汉语由顿诗节奏出发的三种节奏方式，多数十四行诗是讲究音节、音顿或行顿节奏的。二是中国十四行诗采用的分段方式确实较多，甚至我们难以进行有效的概括归纳，但是，多数的十四行诗都注意到了诗体的构思特征即情思的进展秩序，大多在诗中追求起承转合，形成一个有序进展的圆满构思，因为这种构思同中国传统诗歌相通，所以为多数诗人自觉采用，这是对应移植西方十四行诗原本精神的重要方面。三是在诗语方面，我国诗人乐意接受西方诗语影响，即欧化语言的影响，为新诗语言"钩寻中国语言的柔韧性乃至探检语体文的浑成，致密，以及别一种单纯'字的音乐'（Word-music）"开辟了道路。如跨行方式的采用，诗行结构的延展，对等原则的运用，超越文法的组织和用字规范的拓展等方面，都对我国新诗语言改善做出了重要贡献。四是中国诗人注意到西方十四行体诗韵繁富的优势，卞之琳等则在理论上有意提倡，因此在相当多的中国十四行诗中得到对应移植。同时，我国诗人对诗体的突破往往也在韵式方面，做法就是拿传统诗韵方式去加以改造，这其实也是可以接受的，因为西方十四行诗韵式本来变化就多，既有正式更有大量变式。戴望舒在译著《〈恶之华〉掇英》的"译后记"中说："波特莱尔的商籁体的韵法并不十分严格，在全集七十五首商籁体中，仅四十七首是照正规押韵的，所以译者在押韵上也自由一点。"① 因此，现在有人以此非议中国十四行诗，这是不合适的。如吴钧陶的诗讲究规范，但却不用定型的西诗韵式，而以汉民族喜闻乐见的韵式为基础着意汉化。其《幻影》集的 46 首十四行诗主要采用了三种韵式，有明显东方特色的韵式比例上升到 66.5%。吴钧陶说："在押韵方面，我觉得外国诗的抱韵、交韵方式，如果照搬在

---

① 戴望舒：《〈恶之华〉掇英·译后记》，《戴望舒诗全编》，浙江文艺出版社 1989 年版，第 213 页。

创作里，似与我国欣赏习惯不合，不能起到预期的效果。因而我试用了'一韵到底的十四行诗'。在其他几首里，如果难以一韵到底，则采用四行一换韵等尽量合乎我国习惯的押韵方法。十四行诗发祥于意大利，传到英国便产生了变种。我想我们把它国产化也是可行的，而且是必要的。"①

在题材方面中国化。如果说形式方面中国化主要涉及民族形式和审美趣味，那么题材方面中国化主要涉及立足现实和民族心理。这里的基本观点是，十四行诗式是一种世界性诗体，具有表现广泛题材的弹性和容量，这已经由十四行体从意大利向欧洲各地流播的实践获得证明，也为十四行体英国化的题材有效拓展的实践所证明。人类的生命活动相通，十四行体既是西方人又是整个人类审美心理的某种合式的表现。当然，十四行体传统风格是沉静、节制、典雅和优美，所以它对表现题材的选择也是有限制的，尤其是西方在长期发展中形成的一些传统题材必然会对我国诗人创作产生影响，而突破这些传统题材则需要进行艰苦的探索。在题材问题上，我国诗人也是特别关注传统题材，这只要看翻译过来的作品选择就清楚了，在创作中尤其在早期创作中，我国诗人对应移植这些传统题材，呈现着传统风格面貌。当然，即使采用了同样的题材，其中也是融入了我国诗人的审美精神和审美趣味，这是中国化的基本内容。在此基础上，我国诗人注重拓展题材，把诗体表达范围扩大到更广领域，更深层面。这种拓展最为重要的则是立足中国现实，立足中国传统，反映当代生活，体现新诗现代性的追求。在这一方面，我国诗人有着强烈的自觉意识，从而为十四行体中国化及世界十四行体发展做出了重要贡献。以下着重从精神品格方面进行概括。

一是直面日常生活。琐屑的日常生活是灰色的，难以入诗，当然

---

① 吴钧陶：《外国诗影响浅谈》，《幻影》，河北教育出版社2001年版，第368页。

不是十四行诗擅长的表达领域。朱自清就曾认为"平淡的日常生活里也有诗",发现它得靠诗人的感觉,并认为卞之琳、冯至做到了,如卞之琳《淘气》《一个和尚》等。朱湘的十四行诗,"不仅只是西方形式的移植,更能反映抒情方式的改变——即由古典浪漫的非现实走向日常节制。最能够反映其改变的,莫过于趋于生活化的书写内容。"①如写失眠数数仍告无效的《意体四八》,写乘电车的《意体三六》,如写个人生活的《意体三五》等。这些诗写于朱湘自杀前不久,"那些骚动不安的情绪,都被纳入这种流丽、匀整而又不失变化的诗体"②。由于题材的新颖,诗人一般使用前八后六的构思,前八主要是铺陈,后六则点化升华,在点化中揭示日常生活的诗意思索和哲理启示。写日常生活的还有九叶诗人,如一般十四行诗并不涉足繁杂的城市生活,但袁可嘉就写《南京》《上海》等现代城市诗,采取了客观化和间接性表达方式,融入较多的生活细节和场面描叙,诗人对于对象的同情、厌恶、仇恨、讽刺都只从语气及比喻中得着部分的表现,是不可多得的社会讽刺诗。

二是直面现实矛盾。英国也有诗人写现实政治诗,我国诗人写得更多。如卞之琳《慰劳信集》,就有多首政治抒情诗。九叶诗人有大量反映现实政治生活的诗,如杭约赫写有一组具有鲜明现实性的诗,唐湜把它们称为"政治抒情诗",说"他该是最突出的政治抒情诗人"③。现实主义诗人如艾青、温流、麦浪、邓均吾、钟怀、严人杰等都有十四行政治诗。如柳无忌的《病中》,用反衬手法向奋起的抗日战士致敬,贯注诗中的忧国忧民之情令人感动。这是我们能够看到的唯一反映"九一八"事变的汉语十四行诗。与此有关,他还写《屠户

---

① 曾琮琇:《汉语十四行诗的现代转化——以李金发、朱湘、卞之琳为讨论对象》,《汉语言文学研究》2015年第4期。
② 刘正忠:《现代汉诗的魔怪书写》,(台湾)学生书局2010年版,第108页。
③ 唐湜:《曹辛之(杭约赫)论》,《诗探索》1996年第1期。

与被屠者》，那是诗人在1936年4月听到天津八里台校外日军练习枪炮声呼呼有感而作。尽管日军全面侵华战争还未打响，但诗人已经闻到了血腥侵略的气味，听到了屠杀者"霍霍的刀声，响了"。尤其是诗人说："一群被屠的羔羊，驯服、喑默，/束手等待着，漆黑黑的命运"，更是充分展示了诗人对于国家和民族面临沦亡的无比忧愤之情。诗人悲愤地呼喊："听着，霍霍的刀声，响了，愈近……/难道这群羔羊，没有一声嘶鸣？"表达了诗人对祖国、对民族命运的关切，对全民抗战的殷切期望。

　　三是直面当代话题。中国十四行诗中有对于现代文明反思的作品，如罗念生写有《浪费》《聋》等，揭露了美国现代文明在物质和精神方面的浪费，这是具有当代意识的作品。如他的《自然》《罪恶与自然》《力与美》《天象》等正面抒写自然宇宙，揭示了人与宇宙的关系，同样具有当代意识。在《自然》中，诗人借着上帝的口向人类发出警告：你们尽管去破坏自然来供自己享受，大自然总有一天要惩罚你们的。如《罪恶与自然》强调了自然自身的运行规律，而人与自然的对立必然会得到惩罚。这种诗不是一般的自然抒情诗，而是具有科学精神和哲理思维的诗，气魄宏大，思想深邃，读来另有一种格调风格。类似风格的诗还有林徽因的《"谁爱这不息的变幻"》等。

　　四是抒写中华传统。这是中国十四行诗的特有题材，用西方诗体抒写中华传统，把西方传统格式与东方古老文明融合起来。邹建军有多组咏唱传统文化的诗，如《九凤神鸟》《读〈离骚〉组诗》《读〈五公经〉》《五行与世界》等。唐湜有长篇叙事诗《海陵王》，抒写人物原始的爱情与蛮荒的野火似的性格，女真人与他们的后来族人满洲人也是构成我们这伟大的中华民族的一个种族。湘西刁民有十四行系列组诗《司空图二十四诗品意想》，每品四首即96首，通过鲜活意象呈现中华民族的审美思想。诺源有《巴国神曲三部曲》，共360首十四行诗，采用抒情与叙事结合的方式，抒写富有野性传奇色彩的民族传奇史诗，呈现中华民族开疆拓土的精神历史。王端诚有《十四行今译宋词》集，选译了80首宋词。诗人试图以西欧诗体"十四行"演绎中国宋词的主旨神韵，呈现出中华文化成熟期的审美趣味。在全新的现代汉语语境中对原作意境心领神会地意译，这是一种忠于原作的"再创作"。诗人在"凡例"中说："是书是借鉴外来诗歌体式演绎中国传统诗艺的一种尝试。译者认为，中外艺术格局特征，有其个性；然人类灵思出自相通的人性，对情感的需求与审美的取向，亦有其共性存在，继承传统与借鉴域外是可以相辅相成的。译者欲以此二者的相融，来展示当代中国人对古今中外人类文明的承袭与追求；而对于当代汉诗的诗体建设，愚亦期望有所裨益。"

五是抒写少儿题材。金波是我国著名的儿童文学作家，创作数量极其丰富。他用多种诗体写作儿童诗，最终选择了写作儿童十四行诗，他说："我把这看做是我在儿童诗创作上的一次新的起步，一次新的尝试，一次新的追求。"[①] 他在20世纪90年代写出了一批儿童十四行诗，选编出版了《我们去看海》（1998年），2010年又补充一些新作出版《常常想起的朋友》。金波的儿童十四行诗，得到学界高度评价。国家重点出版规划项目的评价是："十四行诗这种独特的诗歌体裁得以在汉语童诗创作中运用，是从金波开始的。金波在创作中，还对十四行诗的段式、韵式和节奏进行了新的创造，这不仅是他对汉语十四行诗体式的有益探索，也是他对中国新诗发展所做出的有力贡献。"[②] 屠岸在《诗刊》发表《十四行诗找到了儿童诗诗人金波》，说："现在，十四行诗又捕捉到一位中国诗人，并且宣告它进军儿童诗领地的成功。当然这是一次互动，一次双向的选择，十四行诗找到了金波，金波发现了十四行诗。我孤陋寡闻，还没有读到世界上其他国家

---

① 金波：《〈常常想起的朋友〉后记》，江苏少年儿童出版社2010年版，第153页。
② 同上书，勒口。

的儿童十四行诗。如果真的没有,那么,金波的创作在十四行诗史上又是一次世界范围的突破。"① 钱光培认为:"这是金波对中国十四行诗的奉献,也是金波对世界十四行诗的奉献,他为中国十四行诗和世界十四行诗奉献了一个新的世界并拓开了一个新的领域。"② 屠岸对于金波的儿童十四行诗特征作了这样的描述:"我确实很惊异,十四行诗形式有着如此宽泛的包容性。请看金波的十四行诗,它们如此自然地、毫不勉强地、水乳交融地接纳和承载了童心、童趣、童真以及少年儿童特有的审美体验。这些诗为我们展现出一幅又一幅儿童眼中的大自然美景,向我们流溢出一片又一片少年心中的乡情、友情和亲情,让我们听到了一曲又一曲充满天真的爱之歌、真善美之歌。谁说十四行诗只适宜于成人的成熟和深邃?请读金波的十四行诗,那里有儿童所特有的精神世界。"③ 金波的探索既是中国十四行诗的题材开拓,又是形式创新。他"对十四行诗的段式、韵式和节奏处理,做出了不少新的创造。这也是金波对汉语十四行诗体式的有益探索,是对中国新诗发展的贡献"④。

三 创作:中国化的核心途径

"需要"为十四行体中国化提供客观条件和动力因素,"目标"为十四行体中国化提供价值取向和目标指向,而真正要实现十四行体中国化,还必须要付诸创作实践。通过创作实践,把客观需要变为现实

---

① 屠岸:《十四行诗找到了儿童诗诗人金波》,《诗刊》2005年第11期。
② 钱光培:《写在中国第一本十四行儿童诗集出版之际》,金波《常常想起的朋友》"附录一",江苏少年儿童出版社2010年版,第157页。
③ 屠岸:《十四行诗找到了儿童诗诗人金波》,《诗刊》2005年第11期。
④ 同上。

行动，把理想目标变化现实成果。实践在中西文化交流中的作用表现在：通过实践把有用的东西拿来，依靠实践贯彻扬弃的原则，借助实践展示移植的成果。借鉴西方诗式，单靠理论批评或炫奇耀新，是无济于事的，需要的是踏实的实践和探索。这些年有人在借鉴西方的东西时忘记了这种学风，而是停留在大声疾呼、讽刺传统、炫耀名词上。唐湜说得好："多写点有诗味的诗，多写点好诗比打出一面旗帜或主义好得多。写出好诗自然会有人承认，这比挖空心思想新花样实际得多。"① 我们高兴地看到，在十四行体移植中国的过程中，我国诗人表现出一种可贵的实践精神，给我们以深刻的启示。

诗人创作十四行诗，需要接受这样两个现实。一是接受十四行诗的格律限制。十四行体是一种格律抒情诗体，重要特征就是格律森严，类似我国传统的律绝体。诗人创作就必须在这种格律规范内腾挪跳跃。它使部分诗人在严峻挑战中失败，但也使部分诗人在规律之中获益。瓦雷里有句话让梁宗岱印象深刻，那就是"制作底时候，最好为你自己设立某种条件，这条件是足以使你每次搁笔后，无论作品底成败，都自觉更坚强，更自信和更能自立的"。由此梁宗岱"很赞成努力新诗的人，尽可以自制许多规律；把诗行截得整整齐齐也好，把韵脚列得像意大利或莎士比亚式底十四行诗也好；如果你愿意，还可以采用法文底阴阳韵底办法"②。我国许多诗人创作十四行诗，正是看中了它的审美规范，愿意把情思纳入美的躯壳中去。二是接受十四行诗的边缘处境。正因为十四行体格律严谨，在诗体形式自由解放的年代，愿意格律束缚的诗人不多。因此有人说："曾经有一个比喻，诗歌是献给少数人的事业，我以为这个说法用来比喻十四行在中国的命

---

① 唐湜：《"新古典主义"随感》，《文艺报》1988年10月1日。
② 梁宗岱：《论诗》，《诗刊》第2期（1931年4月20日）。

运也是贴切的。"① 屠岸则说："我想，不可能出现十四行诗形式被诗人们广泛采用的局面。但是，它还始终会吸引一些诗人的兴趣。作为一条涓涓的细流，它还会不断向前流去。这种形式也会有所发展，有所变化，并且会产生优秀的作品。"② 这就是创作十四行诗的现实处境，也就是说诗人写作十四行诗是处在边缘的位置。这需要诗人能够耐住寂寞，能够自我坚持。许多诗人正是具有这种写作态度，他们不求闻达，不事张扬，坚持在十四行诗创作领域默默耕耘。虽然创作十四行诗需要面对以上两个现实，但中国十四行诗创作却始终文脉不断。我们同样坚信："在短期内，十四行不可能成为普遍被采用的形式，成为主流诗体。但还是会有一定数量的诗人投入到十四行诗的写作中，这种诗体也不会在短期内灭亡，它会在中国有长久的生命力。"③

综观中国十四行诗发展史，我们看到两个相互联系着的现象。一个现象是百年来我国诗人创作十四行诗持续不断。虽然有的时段创作数量较少，但却没有断线。在百年中出现了三个创作高潮：一是1928年到1937年大致10年，新月诗人和京派诗人掀起了新诗形式运动，在此运动中出现了大量的汉语十四行诗；二是20世纪30年代末至40年代中期，卞之琳、冯至、吴兴华、刘荣恩以及九叶诗人群体参与创作；三是80年代以来出现了格律的、变格的和自由的十四行诗创作热潮。即使在新中国成立后一段特殊的时段内，我国也有相当数量十四行诗在地下创作，唐湜、陈明远、孙静轩、林子、钱春绮、吴钧陶等都写出了优秀的十四行诗。另一个现象就是百年来我国质疑十四行

---

① 吴思敬、屠岸：《关于十四行诗的对话》，屠岸《幻想交响曲——屠岸十四行诗240首》，（香港）雅园出版公司2014年版，第318页。
② 屠岸：《十四行诗形式札记》，《暨南学报》1988年第1期。
③ 吴思敬、屠岸：《关于十四行诗的对话》，屠岸《幻想交响曲——屠岸十四行诗240首》，（香港）雅园出版公司2014年版，第318页。

诗创作的声音不断。尤其是 30 年代大众诗歌掀起和民族形式讨论后，不少人指责或打击诗人创作十四行诗，即使进入 20 世纪 80 年代后怀疑的意见还是时有发表。以上两个现象给予我们的启示是：否定的意见逐渐减少，这是正常现象，尤其是新时期以来斥责的意见极少出现，这说明文化语境变化，人们已经为十四行诗创作提供了更好的创作环境；尽管斥责和怀疑声音始终存在，但诗人创作实践始终坚持不懈，这是一种难能可贵的实践精神，值得我们充分肯定。在百年创作实践中，我国诗人积累了宝贵的创作经验。

一是始终以创作的实绩来证明十四行体移植的可能性。20 世纪 30 年代大众化运动中，瞿秋白说十四行诗"是西洋布丁和文人游戏"；中国诗歌会诗人说对十四行诗"深恶痛绝"，任钧把它说成是"新诗运动的一种堕落和复辟"；臧克家认为是"豆腐干式的欧化诗"。进入 50 年代后，郭沫若也曾认为写十四行诗"背离了中国的传统"；新民歌运动中把输入十四行体说成是"逆流""西风派"；张光年说读十四行诗"总感到别扭"；安旗更是认为它是"僵死的西欧贵族和资产阶级的诗歌形式"。以上种种言论，既有艺术见解的差别，也有政治因素的干扰。其出现有着特殊社会背景，主要是战争年代大众诗歌和新中国成立以后的民族形式取向。在这种指责的语境中，中国诗人没有正面予以反驳或争辩，而是默默地耕耘，用作品来证明其能否在中国生存。即使在五六十年代，卞之琳、唐湜、雁翼、孙静轩、林子、郭沫若等仍有十四行诗创作。尽管有些诗发表以后招来灾祸，有些诗无法发表，只能在情人或朋友间传阅，但我国十四行诗创作始终没有中断。如新中国成立以后，在格律严谨、源自西方的十四行诗遭到冷落的情况下，雁翼依据着自觉的形式意识导引，于 1956—1958 年先后写下了《黄河船队》（组诗）、《雪山野火》（组诗）、《在钢铁厂》（组诗）、《写在宝成路上》（组诗）等百余首十四行诗，其中《写在宝成路上》（八首）被认为是新中国成立以后首次公开发表的十四行组诗。

尽管这些诗从思想内容来说是紧扣时代要求的，但它的发表还是引来了批判和责难。有人说雁翼"妄图和无产阶级争夺诗歌领导权"，是"穿着西装下农村的老爷"。于是，四川诗歌界就批判雁翼为"胡风反动艺术观的翻版"，多种报刊发表文章批判。1958年12月出版的《红岩》杂志，发表了安旗的文章《雁翼同志是怎样走上了歧路》，文章在批评了雁翼诗歌思想倾向方面的问题后，把矛头对准了"摹仿西欧的'商籁体'"，认为"事实证明，这种形式已经没有一点生命力，它已经随着产生它的时代和阶级一去不复返了"。这是一种极其武断的指责。当时正值新民歌运动热潮，这种武断的批判给雁翼带来巨大压力。安旗在接着发表的《从"十四行"说到多样化——答修文同志》中，根据雁翼有段时间没有发表新作的情况，认为雁翼的创作"不为群众欢迎，而改弦易辙"。这是毫无根据的，因为雁翼并未为此中断十四行诗创作。他面对创作招来严厉批评明确地说"并不后悔"，他后来认为："可以这样说，没有二十三年前的那次冒险，也许不会有今天的这些十四行诗。"这是他在1991年出版的诗集《女性的十四行诗·代跋》中说的，该诗集就汇编了他在20世纪90年代之前写的部分十四行诗。雁翼说："这些十四行诗，是总结了二十三年前那次探索和试验之后的一次回归，一次再探索再试验，它是西方古典的十四行诗体和中国古典的词、散曲、小令糅合在一起而成，正如前面所说的它只是借来了十四行的行数，从型体的结构、语言的安排、节奏和韵脚的处理，多类似于长短句，甚至动词的使用、诗尾部警句式的语言的挑选，也多是从宋词中吸取。"[①] 以创作来进行探索，是雁翼的自觉意识，他说，我写十四行诗"是想在写作中摸熟它的规律和手法，从中吸取营养，创造完全属于自己的诗形式。因此，常有很大的研究

[①] 雁翼：《诗形体小议》，《女性的十四行诗》，花城出版社1991年版，第110页。

性","我的研究,如对十四行诗的研究一样,仍然是实践第一的"。①

二是始终以探索的态度来对待移植中的得失。在移植十四行体过程中,诗人态度严肃,时时在总结经验教训,引导十四行体在中国逐步走向成熟。闻一多在20世纪20年代初写出了他的第一首十四行诗《爱底风波》,他说:"我的试验是个失败。恐怕一半是因为我的力量不够,一半因为我的诗里的意思较为复杂。"② 对于此诗,闻一多判以失败,因为这诗的意思也确实太复杂了,句子结构也太复杂,到了收入《红烛》集时改题《风波》,闻一多认真地进行了一次修改,抽去了不少意思,改变了诗情发展急促紧张的状况,符合诗体含情单纯的规范。而且《风波》在格律方面也有新的安排,如韵式是 ABBACD-CDEEFFGG,每行大致为四顿(音组),尤其是在诗行组织时采用了多个跨行,在传达十四行体形式规范方面进行了新的探索。他接着写了五题十四行诗就较好地克服了最初创作的弊病,规范运用较为纯熟。到了20世纪30年代,他读了陈梦家《太湖之夜》后,就写信提出修改意见,并介绍十四行体形式规范,发表在《新月》杂志(第3卷第5、6期)。说:"恐怕这初次的尝试还不能算成功",主要缺点有四:第一,不讲起承转合。闻一多认为,十四行全篇分为四段,分别呈起承转合,"一首理想的商籁体应该是个三百六十度的圆形,最忌的是一条直线"。《太湖之夜》第三段三行仍沿着上面的思路发展,毫无转势,末段三行依旧写自己的忧心,全篇构思成了一条直线。全诗的进展缺乏十四行体的圆形结构。第二,有些诗句费解。闻一多指出,第二行的"太湖细细的波纹正流着泪"和第三行的"梅苞画上一道清眉",都属于此类。第三,押韵用字重复。闻一多指出:"十一、

---

① 雁翼:《十四行诗和我》,钱光培编《中国十四行诗选(1920—1987)》,中国文联出版公司1990年版,第372页。

② 闻一多:《评本学年〈周刊〉里的新诗》,原载《清华周刊》第7次增刊(1921年6月),《闻一多论新诗》,武汉大学出版社1985年版。

十四两行的韵与一、四、五、八重复，没有这种办法。第一行与第十四行不但韵重，并且字重，更是体裁所不许的。"第四，语言运用不当。闻一多指出，第七行末的"水"字之下少不得方位词，但陈梦家为了押韵起见，竟然改成了"青水"；第十二行"耽心"的"耽"字是"乐"的意思，应该使用"担心"。陈梦家参照闻一多意见，修改《太湖之夜》后重新发表。首先，在起承转合的总体结构上并无大的改观，未能改变原诗进展脉络嫌直的缺点。其次，第一行把具体形象改成一般性感叹，第二行用"撒下铅白灰"来代替"波纹流泪"，缺乏美感，第三行以浪头取代梅苞形象，含意仍是费解。修改稿的好处，是原稿过于悲伤的情调有所改善。再次，修改后的韵式克服了原来的弊病，后六行韵式成了CDECDE，而这正是意体正式。最后，陈梦家在用字上，按修改意见将"耽心"改成"担心"，效果较好。陈梦家的两首《太湖之夜》，在中国十四行体发展史上有重要的史料价值，人们借此能够了解我国诗人是如何认识十四行体特征的，了解我国诗人是如何在实践中提高十四行诗创作水平的。冯至写《十四行集》后，也是多次修改，使之完美。据学者考证[①]，《十四行集》从1942年由桂林明日社出版算起，共有四种冯至亲手编定的版本：(1)《十四行集》，桂林明日社1942年版；(2)《十四行集》，上海文化生活出版社1949年版；(3)《冯至诗选》，四川人民出版社1980年版；(4)《冯至选集》，四川文艺出版社1985年版。后三个版本的《十四行集》，冯至都做过相当改动，涉及情思表达，也涉及文字表达。这同样是我国诗人在修改中提高诗作质量的范例。十四行体中国化进程中，我国诗人多路径创格。如建行长度，孙大雨、屠岸主要写作五顿诗，吴兴华试验六顿诗，朱湘多用10音和11音，卞之琳和唐湜主张四顿但不限音，唐祈、蔡其矫的诗以基本长度诗行为主，穿插

[①] 刘勇：《〈十四行集〉版本小考》，《诗探索》2003年第3、4期。

一些其他长度诗行。虽然各人探索不同，但互相之间并不攻击和贬损，而是以宽容的态度对待别人探索，在实践中自我总结提高。这种科学的态度，促使中国十四行体逐步走向成熟。

三是始终以创造的精神来追求新的成功。我国诗人往往并不满足已有探索成果，而是坚持不断探索，努力在新的创作突破中追求新的成功。如雁翼由早期《写在宝成路上》格式到《女性的十四行》格式，就是不断突破自己的范例。如郑敏从20世纪40年代的咏物颂人的抒情短章到20世纪90年代的《诗人与死》组诗，始终坚持用十四行诗表现人的生命意识，但在形式规范方面却不断创新。张秋红躲到乡村潜心创作，连续数年，创作了《幽兰》《独白》集中数百首十四行诗。1965年元旦，唐湜在孤寂的夜里合不上眼，听着远处飘来一声、两声呜咽的箫声，过去的年华孕成了朦胧意象飘来，于是拧开灯涂抹起来，向欢乐的青春梦幻告别，呼唤歌诗星辰照耀梦床。第二天早晨写出就是十四行诗《断思》。这是唐湜诗创作新的爆发期开始。接着的岁月是混乱的，唐湜受尽折磨，但诗人精神上的幻美追求同十四行体的美学特征极其契合，十四行体美质与诗人生命状态一致，这就是唐湜与十四行诗的独特精神联系。他有数百首抒情短章，不仅有柔和而宁静的抒情，也有豪放而雄恣的抒情，采用多种变体写成。他写有连缀了近百首的叙事诗《海陵王》，"在隐隐可闻的（武斗）机枪声中，偶尔翻开一本仅存的残书，一薄本《通鉴辑览》，读到宋金采石之战一段，想起前几年曾想写一个昆剧《采石之战》，一个莎剧《马克白斯》式的英雄悲剧"[①]。因此，诗中那悲壮的气氛和人物中灌注的诗人的沉郁之气，是在重构历史和人物的创作中抒发着向往自由的浩然之气。他的《幻美之旅》，包括54首十四行诗，"抒写一个歌

[①] 唐湜：《从风土故事的素绘到英雄史诗的浮塑》，《一叶诗谈》，广西教育出版社2000年版，第206页。

人一生对幻美的追求,最初的幻灭与最后的奋飞"①。诗写于 1970 年,诗人说那是"中国最黑暗的暗夜里"。诗从自己的大半生悲剧出发,刻画了这一代知识分子的苦难与磨炼。组诗《默想》,副题是"一连串十四行诗",每首采用四四六分段的方式,每行都限制在四个音顿,长句则采用跨行方式。关于这诗的写作是:"一九七〇年左右,我在'风暴'的包围里陷于孤立,恍有契诃夫的黑衣人向我访问,只能孤芳自赏地抒写一些十四行与抒情诗来排除怕人的绝望。这一束十四行就是当时对自己命运的揣测,什么时候会达到那生命的终点?我不知道,却似乎见到了那巨大的阴影向我袭来,可最后,我还是听从了晨光的劝告,跨出了夜的幽沉,走向了光灿的阳光。"②诗虽然写在那最为绝望的岁月,但诗中幻美意象仍然是非常动人的。组诗《遐思:诗与美》,副题是"献给远方的友人",这里的"友人"即 20 世纪 40 年代的九叶诗人。组诗包括 30 首十四行诗,分成五个篇章。诗的主题是身处逆境的诗人怀念"天各一方"的友人,探索诗艺理想。篇幅相对小些的如《海娌之歌》(断片),包括 15 首十四行诗;《给辛笛勾个像——遥祝诗人八十寿辰》,包括 10 首十四行诗;《献给我们的诗艺大师——贺冯至先生八十五大寿》,包括 6 首十四行诗;《献给诗国的巨人艾青——贺诗人的八十寿辰》,包括 6 首十四行诗。各种不同形式和体制的探索,为我国十四行诗的发展做出了历史性的贡献。

---

① 唐湜:《〈幻美之旅 十四行诗集〉前记》,宁夏人民出版社 1984 年版,第 3 页。
② 唐湜:《默想》"注",《遐思——诗与美》,漓江出版社 1987 年版,第 152 页。

第十三章 比较文学视野中的十四行体

伴随着五四新诗运动,作为欧洲传统抒情诗体的十四行体(Sonnet)开始移植到我国。在近百年十四行体中国化的进程中,始终有人把这种西方诗体与我国传统诗体进行比较,在比较中获得了两种诗体存在相似性的结论,也获得了两种诗体存在相异性的结论。从比较文学视角比较两种诗体的契合性和差异性,对于我们研究十四行体中国化的课题具有重要的理论意义。这种意义主要表现在:可以深刻地理解中国诗人在域外诗体中独独青睐十四行体的审美心理,可以深刻地理解中国诗人改造十四行体的审美价值取向,可以深刻地理解中国十四行诗的审美规范特征,可以深刻地理解中国诗人移植十四行体的独特审美创造,也可以更好地理解中国十四行诗的发展前景。

一 十四行体与中国传统律体的契合性

关于十四行体与中国诗歌的关系,历来有一个争论,即十四行体与我国古诗是否存在直接的渊源关系。1979 年,杨宪益在《读书》发表文章,认为在欧洲流传甚广且在世界文学史占有重要地位的十四行体,有可能是由中国经古大食国,即今之阿拉伯国家传入意大利的。文章列举李白的《花间一壶酒》等作品予以说明,结论是:"我们当然不能肯定十四行诗这种歌谣形式是从我国经过阿拉伯人传到西方去的,但是至少这是一个有趣的假设。"① 1983年,杨宪益又在《文艺研究》上撰文说:"如果我国六朝以来兴起的新体诗歌可能受到过外来声律学的启发,我们说唐代诗歌可能影响过欧亚其他地方的诗歌形式,这个假设似乎也是可以成立的。"文章认为,西方的十四行诗最早出现在意大利的西西里岛,而西西里岛当时还是在阿拉伯影响之下,当时西欧文化远比近东一带文化落后,很多东西是从东罗马和大食文化传过去的,西西里岛则是接受东方文化的首站。当时阿拉伯势力横跨欧亚,在大食文化的东边就是强盛的中国文化。杨宪益举出李白多首古体诗,认为其体式特征"都是两个四行诗组加上末尾一个六行诗组"。结论就是:"从历史年代和地理条件来看,如果我们在唐代诗歌里找到类似十四行诗的体裁,这个假设,即不但欧洲最早的十四行诗是从阿拉伯人方面传到西西里岛的,而且其来源还可远溯到中国,似乎也是可以成立的。"② 对于这一假设,以后不少学者作过补充论证,如郑铮在《试论十四行诗的移植与继承》中,就单列"中国的'十四行诗'传统"一节,列举了从诗经到古风到律绝诗体的发展,说明"我国的'十四行诗'有着长期发展的历史和成就。初唐时,包括'十四行诗'的古风成了最普遍的诗歌体裁,后来又出现了格律更严的律诗,在整个唐、宋二朝,它们都是最流行的诗歌形式"。他认为:"由于战争,在十一到十三世纪中,中国和欧洲文化有了更多直接接触的条件,因而当时出现的法国普罗旺斯骑士抒情诗和意大利最早出现的十四行诗,有可能直接或间接地受到中国诗歌的影响。十四行诗也有从中国传入欧洲的可能,如果能证明这一点,那么在中西文化交流中,就将会增加一条有力的纽带。"③ 联邦德国《维克特博士在

---

① 杨宪益:《译余偶拾》,《读书》1979年第4期。
② 杨宪益:《试论欧洲十四行诗及波斯诗人莪默凯延的鲁拜体与我国唐代诗歌的可能联系》,《文艺研究》1983年第4期。
③ 郑铮:《试论十四行诗的移植与继承》,《上海师范大学学报》1989年第2期。

授予冯至教授国际交流中心"文学艺术奖"仪式上的颂词》里也说过:"目前甚至有种新的说法,说十四行诗也是从中国经由波斯传入西方世界的。"① 刘立军、王海红在《西方十四行诗或源于中国律诗》中认为,鉴于中国律诗和西方十四行诗在出现年代上的时间差,两种诗体的相似性以及中西文化的交流史实,西方十四行诗具有源于中国律诗的可能性。② 后来的赵元在《西方文论关键词:十四行诗》中,具体探讨了十四行体的起源问题,说道:"欧·威尔金斯曾澄清了关于十四行诗起源的诸多问题,据他猜测,这后六行也许是借鉴了阿拉伯语中被称为 zagal 的一种诗体,它的一种变体流行于当时在西西里岛生活的阿拉伯人中间,韵式为 ABCABC(Wilkins,1915:490—492),由于当时的西西里岛受阿拉伯文化影响很深,威尔金斯的推测并非没有可能。"③ 当然不少学者反对此说,认为它是十四行诗研究的"误区",如王金凯论证:从结构看,李白的《花间一壶酒》不是一首十四行诗;从语言亲缘关系看,十四行诗由中国传入意大利的可能性不大;从传播途径看,十四行诗"从我国经阿拉伯人传到西方去"的说法不可靠。他的结论是:"意大利十四行诗可能是由西西里一种最古老的、叫做 Str—ambotto 的诗歌发展而来的。"④

我们无意介入这种争论。我们认为,正如我国许多学者已经证明的,十四行体与我国古代的律绝体在审美的诸多方面有着契合之处,这是客观存在的。十四行体与我国传统诗体存在审美的契合性已经成为我国诗人的共识。早在 20 世纪 20 年代初,闻一多就在《律诗底研究》中认为律体是中国诗体的代表,而"英诗'商勒'颇近律体"。以后,又有多位诗人、学者对两种诗体之关系做过分析。如梁实秋

---

① 收入《冯至全集》第 5 卷,河北教育出版社 1999 年版,第 208—209 页。
② 刘立军、王海红:《西方十四行诗或源于中国律诗》,《河北学刊》2013 年第 6 期。
③ 赵元:《西方文论关键词:十四行诗》,《外国文学》2010 年第 5 期。
④ 王金凯:《十四行诗研究的误区》,《信阳师范学院学报》1997 年第 4 期。

说，在"中国诗里，律诗最像十四行体"①。屠岸比较了两种诗体后说："十四行诗在某种意义上颇似中国的近体诗中的律诗，特别是七律。"②陈明远曾经"把欧洲近代流行的商籁体跟我国唐宋以来的五七言律体作了透彻的全面的对比"，他还费了许多心力将郭沫若的一些旧体诗翻译成十四行诗，"在改写和反复加工的过程中"，他"逐渐发现了古典的五七言律诗跟现代的十四行颂内体之间，具有惊人的相似性和对应性"。③诗体具有双重性特征。它作为一种已被创造出来的形式，具有图式性结构的特点，即具有形式的抽象性，它使人们往往认为它就是一种形态；它作为创作的形式，又具有结构的具体性，是一种具有内容性的形式。据此，我们由外及内探讨十四行体与中国传统诗体的契合处。中国传统诗体以律诗为代表的，闻一多说过："学者万一要遍窥中国诗底各种体裁，研究了律诗，其余的也可以知其梗概。"④

  一是外形的均齐。均齐，是十四行体外在形式的黄金律，从诗的节奏单元到诗行，再到诗节诗篇，处处呈现着均齐的特质。西方十四行诗讲究诗行音节的格。诗格主要有三类，一是希腊拉丁语十四行诗，每行固定长短格音步数；二是英语十四行诗，每行固定轻重格音步数；三是法语十四行诗，每行固定顿数。三类诗始终贯串着均齐的原则，由均齐的节奏单元扩大到诗行均齐，再到诗节诗篇的整齐。因为西诗中的"格"无法用汉语来翻译，我国诗人就常用音组（或顿）来替换西方十四行中的音步（或音节）。这确是对等的译法。受此影响，我国诗人创作十四行诗，多数追求外形的绝对或相对整齐，包括节奏单元、诗行形态、分段组织和韵式结构等都体现着均齐匀整的审

---

① 梁实秋：《谈十四行诗》，《偏见集》，（南京）正中书局1934年版，第270页。
② 屠岸：《十四行诗形式札记》，《暨南学报》1988年第1期。
③ 郭沫若、陈明远：《新潮》，中国文联出版公司1992年版，第301页。
④ 闻一多：《律诗底研究》，《神话与诗》，华东师范大学出版社1997年版，第317页。

美特征。均齐虽是十四行体的外在形式，但它对内容起制约作用。外形均齐，落实到语言上，就是韵律节奏的整齐；落实到图底上，就是视觉形象的规则；落实到构思上，就是进展秩序的圆满；落实到内容上，就是意义情调的匀整。均齐也正是中国传统诗歌的美学特征。中国律诗每首八句，每句五言或七言，节奏结构分别为二二一或二二二一，中间两联还对仗，全诗外形和节奏无不呈现均齐的美。刘大白在《中国旧诗篇中的声调问题》中说："形体底排列，既然整齐而对称了，声音方面的排列，自然也跟着整齐而对称了。形体、声音，既然整齐而对称，最后，意义方面，自然也渐渐发生整齐而对称的运动了。"① 闻一多认为，我们的祖先生活的山川形势位置整齐，早已养成其中正整肃的观念，加以气候温和，寒暑中节，又铸成其中庸观念，于是影响到他们的意象，染上了整齐色彩。因此，"中国艺术中最大的一个特质是均齐，而这个特质在其建筑与诗中尤为显著。中国底这两种艺术底美可说就是均齐底美——即中国式的美"②。

二是结构的圆满。闻一多强调十四行体结构的起承转合，认为"一首理想的商籁体，应该是个三百六十度的圆形，最忌的是一条直线"③。梁实秋也认为，尽管十四行体在欧洲变体多，"然起承转合的规模，大致不差"④。邹建军认为十四行诗在艺术上最为重要的是两点，一是韵式上的讲究，二是艺术结构上的起承转合讲究，层层上升又层层下降，反反复复，曲曲折折，有一种玲珑精致之美。一首理想的十四行诗，从起点到终点并不处在同一水平上，也不是一条直线，而是一个圆形的进展，终点是在新的层次上仿佛回到了起点。试以梁

---

① 刘大白：《中国旧诗篇中的声调问题》，郑振铎编《中国文学研究》上册，上海书店1981年影印版，第3页。
② 闻一多：《律诗底研究》，《神话与诗》，华东师范大学出版社1997年版，第309页。
③ 闻一多：《谈商籁体》，《新月》第3卷第5、6期（1930年5、6月）。
④ 梁实秋：《谈十四行诗》，《偏见集》，（南京）正中书局1934年版，第269页。

宗岱译莎士比亚诗之四十六首为例。开头的四行,诗人陷入痛苦的矛盾中:爱情人的仪表美,还是爱情人的心灵美,这是"起";接着的四行,眼和心各不相让,矛盾深化,这是"承";第三个四行,"思想"出来协调,作出判词,矛盾解决,这是"转";最终的判词如下:"你的仪表属于我的眼睛,而我的心占有你心里的爱情。"中国传统诗也具有圆满的美。中国律诗的各部分名称是首、颔、颈、尾联,又曰韵脚,曰诗眼,曰篇脉,"古人默此之为一完全之动物矣"。"无论以具体的格势论,或以抽象的意味论,律诗于质则为一天然的单位,于数为'百分之百'(hundred per cent),于形则为三百六十度之圆形,于义则为理想,乌托邦的理想 Utopian ideal。此其所以能代表吾中华民族者四也。"① 如李白的十四行的诗《赠别王山人归布山》,全诗就分为四段。第一个四句组为起,说王山人要归布山了;第二个四句组换韵,承说王山人要走,我也想走;第三个四句组又换韵,诗意转折,想象王山人回到布山的情景;最后两行以讲述自己的愿望结束全诗。对这种构思布局起承转合的圆满特征,闻一多在《律诗底研究》中认为它是我国民族审美意识的表现,"圆满底感觉是美底必要的条件。圆满则觉稳固,稳固则生永久底感觉,然后安心生而快感起矣"。而这种圆满性又是基于我国的自然条件:"我国地大物博,独据一洲。在形势上东南环海,西北枕山,成一天然的单位;在物产上,动植矿产备具,不须仰给于人而自赡饱。故吾人尝存满足观念。"② 我国诗人对于这种结构圆满特别钟情,理解也是极其深刻。如肖学周就这样说:"对一首十四行诗来说,最后一节尤其重要,特别是经过莎士比亚改造后的英体十四行诗,最后两句就是一个总结,中国古人称为'合',意思更丰富,既有总结的意思,又有照应开头,聚拢全诗的意

---

① 闻一多:《律诗底研究》,《神话与诗》,华东师范大学出版社1997年版,第314—315页。

② 同上书,第314页。

味，是意义的深化点，也是结构之环的闭合点。可以说，十四行诗的这种结构模式对我影响很大，我的许多十四行诗以及某些非十四行诗都使用了这种起承转合的结构：用起开头，用承确定一个方向，再用转开辟一个和承相反的方向，从而使承与转充满张力关系，最后使它们交织于一点，即合。所以，合既是对承与转的聚拢，也是对起的回应。"① 这段话把十四行体尤其是英体的构思特征说得极其透彻，这是中国诗人对此审美原则接受的重要原因。

三是音韵的协和。在十四行体中，作为外在的构成因素，乐段、尾韵是表现内在思想和情绪的外在的美，它与内在思想情绪辩证地渗透、依存和转化，从而构成全诗的浑然的美。十四行诗的乐段和尾韵安排同诗思诗情的进展是一致的。从纵向看，十四行诗的进展是一个360度的圆形，每一诗行、每一乐段都是弧形进展中的一个段落，而诗韵则把这些段落巧妙地组织起来，让全诗成为一个整体。从横向看，由于尾韵在诗中充分显示其音韵旋律和关上粘下的功能，因此好像一个闪光的网，可以把整首诗紧紧网住，把每一句、每一意象都网在一起，十四行体各乐段协调和谐，如意体前八行是由两个对等的四行组成，后六行是由两个对等的三行组成。这符合美学上的对称原则。英体前十二行是由三个对等的四行组成，末两行由一个对句组成，也呈现着各自的对称美。就诗的整体说，起承转合的结构、交错回环的用韵，无不呈现着协调和谐的美。中国律诗同样具备了这种内外协和的浑然美。律诗韵法简单，第二、四、六、八句必有韵脚，有起句入韵者，亦有起句不入韵者。规律的用韵而且统一用韵，同诗句整齐、两句一联、平仄互协，以及构思圆满结合，同样造成整体的协和的美，浑然的美。程文、程雪峰在《汉语新诗格律学》中对此做过

---

① 肖学周（程一身）：《答木朵问：有何新意可言？》，新浪博客 http：//miniyuan.com/read.php？tid=769。

分析:"对汉语诗来说,最常用的就是这种隔行韵。这种韵式最适宜于使用两行一句传统句法方式的诗节,而这种句法方式的诗节所形成的句逗状态同这种韵律式的脚韵的出现恰好平行,'逗句逗句'与'＊韵＊韵'是同步进行的,韵脚都规律地落在偶行(句行)之尾,因此,韵显得十分自然和谐。"① 可以说,我国这种传统句法与传统韵律方式是自然的天作之合。闻一多在《律诗底研究》中说:"律诗具有紧凑之质。既说紧凑,则其内含之物必多。然律诗不独内含多物,并且这些物又能各相调和而不失个性。"②

四是内容的单纯。吕惠正在《形式与意义》中认为,五绝诗主要表现了永不停息的生命之流的本质,形成绝句对生命的"本质主义"的观照。七绝诗由于其流动性大于滞动性,往往造成刹那间的感觉印象,形成了这种体裁的"印象主义"。五律较之五绝,虽多了四句,聚集了较多印象,但由于中间四句两两相对的整齐性,从而被限制在固定的框架之中,使诗仍趋向于本质的追求,因而"接近'本质主义'绝句追求的境界"。但七言律诗中的印象构成很明显,所以"正是结合中国人本质主义与印象主义的最佳形式"。③ 无论是本质主义或是印象主义,中国古代律绝体在叙事抒情方面都呈现单纯的特点。中国有的古体诗篇章规模较大,含情丰富,但那些短小的律绝体等抒情诗,却具有内容单纯的特点。在内容单纯这点上,西方十四行诗也类似中国传统抒情诗。十四行诗讲究单纯,容纳不下复杂意义。再进一步说,十四行体是一种容量恰到好处的诗体,如屠岸从自身创作经验中引出如下结论:"我认为十四行诗在行数上是比较合适的,太长则冗,太短则仄。由于文言凝练,使用八句,作为律诗很恰当;而相对

---

① 程文、程雪峰:《汉语新诗格律学》,(香港)雅园出版公司2000年版,第333页。
② 闻一多:《律诗底研究》,《神话与诗》,华东师范大学出版社1997年,第312页。
③ 吕惠正:《形式与意义》,《抒情的境界》,台湾联经出版事业股份有限公司1983年版,第30—32页。

自由的白话选用十四行就是恰到好处了。"① 我国有多位诗人从自己的创作中，都领悟到白话汉语的十四行体和古代汉语的律体就其容量来说大致相当，是现代抒情诗的长短适宜的诗体。如诗评家朱子庆认为："新诗只是由于在体式建设上，较旧诗稍逊风骚，所以才有呼吁精进的现实需要。马莉的十四行体给我们的启示是：'在一定的尺寸上燃烧'（梁小斌语），适度的形约能使创作自由。十四行体在建行上，约为旧体诗五、七绝（均为极成熟、发达的格律形式）的两倍，容量加大，又修短适中——统计学也许会告诉我们，这个规模或许是中外抒情诗创作在建行上，使用频率最多、处于均量区位的一个诗体建制，亦即最适脚的'诗歌鞋子'。西方有所谓'商籁体'，应非偶然。"② 这种基于创作实践的精彩概括是值得我们重视的。

五是创作的精严。由于十四行诗的外形均齐、结构圆满、音韵协调、内容单纯，因此，它是一种精严的诗体，要求创作者用精严的态度去创作。这一点也同中国传统诗体尤其是近体诗的创作要求相同。雁翼认为，十四行体"正如中国的古诗词一样，有着严格的限制。但诗人正如画家和剧作家一样，兴趣就在于在一定的限制中发挥自己的艺术能力，或者说没有建筑形式的限制，也就没有艺术创作"③。现代一些诗人既要想继承中国律绝体精严的美学特征，又要克服用白话写律诗的困难，就去写作十四行诗。这种格律严谨的精严，对于锻炼诗人创作时的情思和语言有着重要作用。徐志摩肯定十四行体，就是认为"商籁体是西洋诗式中格律最谨严的"④。因此，许多创作十四行诗的诗人都乐意接受诗体的束缚，如吴钧陶就认为："'十四行诗'这种

---

① 吴思敬、屠岸：《关于十四行诗的对话》，屠岸《幻想交响曲——屠岸十四行诗240首》，（香港）雅园出版公司2014年版，第317页。
② 朱子庆：《读马莉的〈金色十四行〉诗歌札记》，《诗歌月刊》2007年12月下半月刊。
③ 雁翼：《十四行诗和我》，钱光培编《中国十四行诗选（1920—1987）》，中国文联出版公司1990年版，第371页。
④ 徐志摩：《白朗宁夫人的情诗》，《新月》第1期（1928年3月10日）。

形式大可洋为中用，作为新诗的格律的一种。"十四行体规范必然给写诗的人带来一些限制，所以反对格律的人就称它为"镣铐"，闻一多予以反驳，使用的比喻是"戴着镣铐跳舞"。吴钧陶认为："只要掌握得好，它就是一种工具，而不是一种束缚。"① 屠岸曾经说过："写严谨的十四行诗在开始时确是'戴着镣铐'，但等到运用纯熟时，'镣铐'会自然地不翼而飞，变成一种'自由'，诗人可以'舞'得更得心应手，潇洒美妙。吴钧陶在论及十四行诗时说，'写诗用格律并不是戴着镣铐跳舞。我觉得更恰当的比喻是按着音乐的节拍和节奏跳舞，它可以使舞姿更美。'这个比喻是精确的。这也是十四行体能够吸引众多诗人的原因之一。"② 青年诗人马莉创作了数百首十四行诗，编成《金色十四行》《时针偏离了午夜》诗集出版，朱子庆认为，马莉把所有的自由都掌控在十四行所编织的诗网中，"马莉自运用十四行体，创作进入了黄金时期：她才思喷涌，佳作迭出，感到'特别自由，创作的空间和张力突然扩大了'（马莉语）。她觉得在她的汉语十四行的建构中，她找到了表达自己的内在节奏与韵律，她命名为金色，这是东方的色调，她仿佛'找到了有跳跃节奏的新鲜空气'（马莉语）"③。这是在限制中的自由，在自由中的精严创作。

综上所述，西方十四行体与中国传统诗体存在许多契合之处。中西文化背景差别很大，但十四行体却能跨越这差别而移植中国，其原因在于十四行体同中国传统诗体所呈现的"这节奏，这旋律，这和谐等等，它们是离不开生命的表现，不是死的机械的空洞的形式，而是具有内容，有表现，有丰富意义的具体形象。形象不是形式，而是形式和内容的统一，形式中的每一个点、线、色、形、音、韵，都表现

---

① 吴钧陶：《剪影·冥想录后记》，《剪影》，花城出版社1986年版，第108页。
② 屠岸：《中国十四行体诗选·序》，许霆、鲁德俊编《中国十四行体诗选》，人民文学出版社1996年版，第3页。
③ 朱子庆：《读马莉的〈金色十四行〉诗歌札记》，《诗歌月刊》2007年12月下半月刊。

着内容的意义"①。人类的生命活动有相通之处，十四行体和中国传统诗体具备抒情诗的共同特点，如外形均齐、结构圆满、内容单纯和创作精严等。任何诗体都是一种把握现实生活的艺术形式，是人们某方面审美欣赏长期积淀的产物，反映的是文学发展之最稳固的本质的倾向。现代审美人类学的研究成果已经揭示，日常经验是获得审美的重要基础，可以说，审美就来自对日常经验的感性把握。鲍姆嘉通将美学理解为一种"感性学"，认为感性的完善是美的，感性的不完善是丑的。经验性与感性构成了审美的基本要素，人类通过日常的经验与感性，可以成为所谓"审美的人"。这就是东西方人类的审美形式能够沟通的重要理论基础。由于人类审美具有普遍性，而十四行体与中国传统律体是西方与东方人类长期审美积淀的典型范式，都是人类的一种"生命的形式"，因而存在多方面的契合之处就不足为奇，它正好证明了两种诗体同样都是优秀的抒情诗体。

二 十四行体与中国传统律体的差异性

十四行体之所以能被移植到中国，就在于它对我们民族来说具有审美的契合性也就是可接近性，即相近相和性。但是与此相关的是另一个比较文学的重要问题，那就是真正"可接近性"的文学之间必然具备相距相异性，也就是移植的对象能够提供异质，内在地具备为其他民族借用的东西。文体交流和移植，也正是在于这种具有可接近性中所内含的必要性和必然性，否则任何的交流和移植都没有必要发生，可接近性也就成为空话。如果十四行体同中国传统诗体仅有相同之处，我国诗人也就没有必要远涉重洋去加以移植了，这也就从根本

---

① 宗白华：《艺境》，北京大学出版社1987年版，第222页。

上取消了十四行体相对我国新诗的"接近性"。事实上，中国诗人成功地实现十四行体汉语移植，就在于正确处理了两种诗体的相近相和性和相距相异性的关系。邵洵美认为："'十四行诗'是外国诗里最整严精练的题材，正像中国的'绝诗'一样，'麻雀虽小，五脏俱全'，它自身便是个完全的生命，整个的世界。去记录一个最纯粹的情感的意境，这是最适宜的。它比中国的'绝诗'更多变化，用它来练习新诗的技巧，可以得到极好的成绩。"① 邵洵美的话就指明了两种诗体的契合性，也指明了两种诗体的差异性，突出强调的是差异是"更多变化"，正是在此意义上，他强调了可以借鉴十四行体来推进新诗体和新诗语的建设。

虽然从美学特质上说，十四行体与中国传统律诗体有着契合之处，但在具体的格律形式方面，两者还是存在差别的。十四行体讲究格律，但并不固定，既有正式，又有变式，可以单篇抒写，也可以写成组诗。诗行和诗篇的规模也大于律绝体，更能表现现代生活内容，语言方面也契合现代汉语的特点。十四行体与中国传统诗体的这种相异性，决定了它在新诗创格过程中被接受的可能。屠岸在《十四行诗形式札记》中一方面肯定十四行体与中国传统诗体的契合性，另一方面又说到两种诗体的差异性：

> 十四行诗与律诗对格律的要求都较为严格。从节律上说，十四行诗讲究格与音步数，律诗则讲究平仄与字数（音数）。从韵式上说，十四行诗的韵式对每行都有脚韵的规定，而律诗则只规定第二、第四、第六、第八末字必须押韵，七律则往往第一行末字起韵。在这点上，十四行诗对用韵的要求比律诗更严。此外，律诗是一韵到底，而十四行诗则不断转韵，变化比律诗多。但律

---

① 邵洵美：《〈诗二十五首〉自序》，上海时代图书出版公司1936年版，第9页。

诗的颔联和颈联讲究对仗，有时首联或尾联也出现对仗，这却是十四行诗所没有的。在这点上，律诗又具有中国格律诗（古典的）独有的特色。①

在同中国传统律体的比较中，屠岸概括了我国律体与十四行体形式规则的四点不同：第一，十四行体节律是建立在音步基础之上，而律体是建立在平仄和字数基础之上；第二，十四行体用韵变化较多，而传统律体用韵变化较少；第三，十四行体建行讲究格式，而传统律绝体讲究平仄；第四，十四行体不讲对仗格律，而传统律体则讲究对仗。这四个差异性特征，其实正好说明了十四行诗的格律因素更适宜于白话新诗的创作，我国五四以来新诗形式探索其实都在寻求解决这样四个重要问题。具体陈述如下：

——新诗不应以音数而应以格建行。孙大雨、闻一多等都把西诗的音步改称"音组"，主张以音组（也就是中国传统诗歌的"顿"）而不以音数建行。屠岸说自己的创作"遵循每行有规定的音组数原则"。他觉得这比每行规定音数更自然流畅。徐志摩、朱湘等人则看重了"行"的均齐，从"行的匀配"角度思考新诗的建行问题，从而在新诗创作中确立了"行顿"节奏单元的概念，正如卞之琳所说的："梁宗岱先生译莎士比亚十四行体诗，则试按法国格律诗建行算'音缀'即今我国语言学改称的'音节'（syllabe），也就是汉语的单音字，探求诗行的整齐，这又合闻（一多）先生主张的整齐、匀称的一个方面。"②"这种诗歌的韵律并没有同语言材料分离开来；在这种诗歌中，诗节的作用取代了诗行的作用，诗行（句法单位）本身变成了韵律的

---

① 屠岸：《十四行诗形式札记》，《暨南学报》1988年第1期。
② 卞之琳：《完成与开端：纪念诗人闻一多八十生辰》，《人与诗：忆旧说新》，生活·读书·新知三联书店1984年版，第13页。

组成部分，而且诗行的长短变化形成了一定的节奏。"① 我国的十四行诗还以意顿对称来对应移植十四行体的音步概念，从而从传统诗律中解放出来。

——新诗不应以平仄确定节奏。"定声"是传统律体的重要格律，即规定每字的平仄声律，从而建立起自身的声调平仄律。这在现代汉语诗中无法继续实施。李国辉在《比较视野下中国诗律观念的变迁》中，归纳了现代汉语与平仄的矛盾。首先，现代汉语中的平仄会发生变化，"白话里的平仄，与诗韵里的平仄有许多大不相同的地方。同一个字，单独用来是仄声，若同别的字连用，成为别的字的一部分，就成了很轻的平声了"②。其次，平仄在现代语音学中的失效，读来感受并不明显。平声的音最为平实，上声的音最高，去声的音最为曲折，入声的音最短，这四声的音不但在音长、音高上有所区别，而且具有平实和曲折的不同，这在朗读中没有共同的鲜明的标准。再次，现代汉语的变化不允许平仄规律。现代汉语基本以双音节词和三音节词为主，在使用这些词时就很难恰巧符合平仄的规律。③ 最后，就是声调的高低是相对的，是因人因时而异的；同时，音高的升降总是由一点滑到另一点，中间要经过无数过渡的阶梯，不像演奏钢琴时那样从一个音阶立刻跳到另一个音阶。以上种种矛盾，就使得平仄律难以构成节奏，因此新诗在发生期就提出了舍平仄的要求，而西方十四行体就没有讲平仄的格律要求，也就更加适合现代汉语的新诗创作。

——新诗的用韵应该更多变化。我国传统诗韵式单一，而十四行体的韵法复杂多变，把它运用到新诗中有利于丰富新诗韵律。卞之琳

---

① ［英］罗吉·福勒：《现代西方文学批评术语词典》，袁德成译，四川人民出版社1987年版，第114页。
② 胡适：《谈新诗》，《星期评论》纪念号（1919年10月10日）。
③ 李国辉：《比较视野下中国诗律观念的变迁》，中国社会科学出版社2011年版，第235—240页。

认为，押韵方式中西有所不同，一般来说，西方的较为复杂，但是"我国旧诗词以至今日真正的民歌里，换韵是常用的，也有交韵和抱韵，西方格律诗更常如此，只是更复杂一点"①。卞之琳正面提倡新诗用韵复杂的格律要求："今天写诗的人几乎一律通篇采取一韵到底，忘记了按照我国古典诗格律以至民歌（除了大鼓等）创作的习例，换韵是正当的办法。……交韵或'抱韵'在《诗经》和《花间集》里都常用，阴韵在《诗经》里也并不少见。这些韵式虽则在过去因时代变化而废弃不用了，今天在又变化了的时代，在借鉴我国古典诗律以及西洋诗律的基础上，再拿来试用到新诗上，难道就算违反我国传统吗？"②从西洋诗和古典诗中借鉴，引出新诗应该较为复杂地用韵。

——对仗是中国律诗的优良传统。传统律体规定了对仗的位置、对仗的方式和对仗的格律，如律诗的颔联和颈联讲究对仗，有时首联或尾联也出现对仗，这在现代汉语新诗创作中难以完全严格地贯彻到底。因此新诗不能把对仗作为创作定规予以照搬不误。西方十四行的形式规范中并不讲究字句粘对和诗行对仗，但移植过程中如果需要，诗人也可适当地使用字句粘对和诗行对仗，这样对于新诗包括中国十四行诗创作提供了诸多方便和自由。同时又要看到，在汉语十四行诗中适当运用对仗，其实也是符合该种诗体整齐匀称建行分段的基本原则的。郑铮就指出："十四行诗（主要是英体）很适合使用对仗的手法，并因此会使十四行诗更接近我国的民族风格，富有我国的民族色彩。"③这样看来，在同中国传统律诗的比较中，十四行诗所具有的这种格律形式，对我国新诗创作有重要启示作用。

除此以外，由于现代人使用白话写诗，现代人的生活和思想较古

---

① 卞之琳：《新诗与西方诗》，《人与诗：忆旧说新》，生活·读书·新知三联书店1984年版，第191页。
② 卞之琳：《今日新诗面临的艺术问题》，《诗探索》1981年第3期。
③ 郑铮：《试论十四行诗的移植与继承》，《上海师范大学学报》1989年第2期。

人丰富，因此每行由五言七言扩大为十言左右（或自由安排），每段由上下句扩大为三、四行，每首诗由八句扩大为十四行，是顺理成章的。尤其是，同律绝体不同，十四行体不像我国律绝体那样戒律森严，它既有正式，又有许多的变式，在每行的音数、音步的长度、用韵的规律，以及组诗的运用等方面，都可以根据内容需要而自由掌握，这就给创作提供了方便。同时，十四行体的行数不是四行或八行，而是十四行；每行不是五七言，而是可长可短，长的可达10多字；音顿不是固定三四个，调式主要为双字收尾的说话式。这就更适合表达现代生活内容，也更符合现代口语的特点。尤其是更加符合新诗采用现代汉语写作，使用散文式语言写作的要求。现代汉语同古代汉语相比，最为明显的演进就是双音节化与句法的严密化。关于双音节化，王力阐明了汉语发展的本质规律是单音词向双音词变化的倾向，其主要途径是词组的凝固化，结果使得新诗保持古诗的平仄格律成为不可能，使得新诗无法保持等量建行，难以保持一种上下对称的句式，难以采用传统诗律形式。关于句法严密化，王力认为，通过定语、行为名词、范围和程度、时间、条件、特指、动词情貌、处置式等，不但使得汉语语法"朝着严密、充实、完全方面发展"[1]，而且使得汉语使用不能像古人那样灵活，而要求在语句的结构形式上严格地表现语言的逻辑性。现代汉语句式复杂化，句子成分一般都是齐全的，陈述句、感叹句、祈使句、独字句、排比句等需要自如进入诗行，复杂谓语、倒装句、修饰成分兼容，句子结构完整严密，这就使得诗的等量音节分顿难以实现。当新诗使用现代汉语创作，突破传统音律规范创建新的音律规范就成为一种历史担当呈现在诗人面前。而在这方面，由于西方的十四行体是建立在白话口语基础之上的，使用的是散文式的语言，因此能够给予新诗解决诗语问题提供借鉴。梁实

---

[1] 王力：《王力文集》第11卷，山东教育出版社1990年版，第1—2页。

秋在20世纪30年代说到过这种现象,即中国白话文学运动之后,新诗人一般不作律诗,而英国华兹华斯一面提倡白话文学,一面仍作十四行诗。其原因是:"中国的白话和古文相差太多,英国的白话与文言相差没有这样的多。"①梁实秋的分析是有根据的。中国传统诗体使用的是文言,是一种以单音字和双音词为意义单位的诗,因此对仗、平仄、音数建行、五七言八句这类形式正合规范;而现代新诗使用的是白话,是一种词与词组的诗,因此写白话诗就要改变一些传统诗律规范。但这种改变绝非完全抛弃传统。正确的态度是:"文学诚当因时代以变体;且处此二十世纪,文学尤当含有世界底气味;故今之参借西法以改革诗体者,吾不得不许为卓见。但当改者则改之,其当存之中国艺术之特质则不可没。"②由此出发,诗人们就去写作十四行诗,因为十四行体是一种出色的抒情诗体,同中国传统抒情诗体有共同的美学追求;同时,这种诗体的格律形式,通过诗人改造后又能敷现代白话新诗创作之用。

除了格律形式方面存在差异性外,十四行体与中国传统诗体的差别更表现在审美心理结构方面。任何成熟的诗体,构成形象的结构和展开想象的途径都有心理定式。我国传统诗体的想象定向是一种超稳态结构,最典型的审美规范是情景交融,追求的是意境。在诗的审美心理结构中,往往避免形象间逻辑结构的过分明确,省略有助于逻辑推理的连接词以及明确语法关系的介词。在传统诗体中,句与句、词与词之间的语法关系省略,它往往成为提高形象和情感密度的重要表现手段,因而不重具体物象的刻画,未臻最高的纯雕刻风味的境界。对此,20世纪20年代的闻一多在《冬夜评论》中有详细的分析。他认为,古典诗词的"音节繁促则词句必短简,词句短简则无以载浓丽

---

① 梁实秋:《谈十四行诗》,《偏见集》,(南京)正中书局1934年版,第271页。
② 闻一多:《律诗底研究》,《神话与诗》,华东师范大学出版社1997年版,第317—318页。

繁密而且具体的意象。——这便是在词曲底音节之势力范围里，意象之所以不能发展的根由"[1]。白话新诗要有新的审美心理结构，就应该突破传统诗体的审美心理结构。我国新诗人突破传统的审美心理结构，就需要借鉴西诗创作经验。西方的十四行诗使用的是散文式的韵语，并不回避形象间的逻辑结构和语法关系，必要时长句跨行跨段，只求淋漓尽致地表达情思，无论从行、段还是篇章看，其容量都要比中国律绝体来得大。这就促使一些新诗人写作十四行诗。为了理解这一点，我们来比较一下。郭沫若有这样一首旧体诗，题为《游金刚山》："同上金刚幸有缘，胸中秀色几回旋。仙姿瘦削摩天日，佛相庄严历劫年。霜叶醉酣酥雨里，银河拜倒彩霞边。海云后约期先践，统一江山事必然。"后来，郭沫若和陈明远把它译成了现代汉语的十四行诗，题为《金刚山》：

年轻时错过了，没能见面/金刚山啊，仙姿丽影/早就在我胸中回旋——/一直是梦寐以求的幻境：/云纱缠裹着天女/衬托她清秀的身段，/半隐半现的烟雨/渲染出佛相的庄严。

银河倾泻万道流星/红叶的烛光里，腾跃赤龙；/笑谈中我与众仙约定：/有朝一日，携手相从/登上那海云台的绝顶——/锦绣河山全收入眼中。

译诗的行句组织以及由此造成的形象和意境，都与原作有很大的差别，原作不敷彩色而神韵骨气已足，译作抒写精细，应物象形，随类赋彩。而其更深刻的差别是两诗在审美心理结构方面的不同，原作以简洁的笔法透入物象的核心，直接表达生命情调，译作物我相对，通过对抒写对象的逼真细写，表达诗人特有的情趣。正因为如此，从深层文化心理说，新诗人模仿十四行诗体，既能接续中国传统诗歌的美

---

[1] 闻一多：《冬夜评论》，《闻一多论新诗》，武汉大学出版社1985年版，第30页。

学传统，又能使我国新诗有新的美学追求，同白话诗体的审美心理结构相契合。

中国新诗是在以反对文言文、提倡白话文为重要内容的文学革命中产生的，新旧诗的本质差别就在于：旧诗是建立在文言（古代汉语）基础之上，新诗是建立在白话（现代汉语）基础上。现代白话的口语化、精确性、散文化的诗语，不同于古代文言天然具有的"去口语化""喻意象征性""声韵特性"，与诗体语言以情绪性、含蓄性、感受性、暗示性等为本体诉求的诗体语言相去甚远。初期新诗出现的诸多问题根源，是在白话文学语言使用上的先天不足，这种不足严重影响了诗歌文体独特审美价值的实现。进入20世纪20年代中后期，我国象征诗人提倡纯诗，重在诗的暗示方面，而新月诗人提倡创格，重在诗的格律形式。在新诗进行形象和声音的探索中，西方的十四行诗体恰巧可以给予直接的借鉴。闻一多早就意识到十四行体是一种抒情性的典范诗体，具有诗语简约性、诗绪单纯性和结构圆满性特征，而且十四行体的格律形式和行句结构是建立在现代口语基础之上，因此它对于新诗人解决白话的"诗性"（形象的和声音的）问题具有重要参考价值。徐志摩在提倡汉语十四行诗时就说：它"正是我们钩寻中国语言的柔韧性乃至探捡语体文的浑成、致密，以及别一种单纯的'字的音乐'（Word—music）的可能性的较为方便的一条路"[①]。这就是我国诗人在为新诗创格过程中，移植十四行体由创律到创体转变的根本动因。因为西方的十四行体完全可以为白话新诗创立新诗体提供直接的借鉴，为新诗解决好在现代汉语基础上呈现"诗性"提供直接的借鉴。

当新诗人冲破旧诗格律后，但尚想保存中国艺术的特质，其具体途径一是写自由诗，参以传统诗的语言节奏和韵律艺术，二是写作新

---

① 徐志摩：《〈诗刊〉前言》，《诗刊》第2期（1931年4月20日）。

格律诗,借鉴中西诗律敷用者创造新诗体。新诗人借鉴和改造十四行体,把它作为新格律诗体,从而接续传统,又面向世界。不错,十四行体是种固定诗体,为写作者设置了多方障碍,但它内含着许多美质,使深浓之情感注入一完整之范畴而成为一艺术品。它以高难度向诗人技术挑战。差的诗人当然时常遭遇失败:他不得不用不必要的词语来填补诗行,或为押韵而使用不妥当的字词。可是好诗人却在挑战中感到英雄有用武之地;十四行诗能使诗人想到在其他情况下不易想到的概念与意象。他将征服他的形式而不为形式所窘。诗体形式规范也有积极的审美功能,它将生活内容和诗人情感改造成特定状态,最大限度地呈现其内在意蕴,并使其获得艺术审美的生命力。新诗人运用十四行体创作,也在于这形式帮助他们完成艺术作品,并在创作中获得征服工具的快感。

三 中国诗人移植十四行体的创造性

均齐外形、构思圆满、音韵协和、内容单纯和创作精严,这首先是我国律体的审美特征,而律体是我国传统诗歌的代表,其中处处都有一个中国人的人格在,积聚着中华民族的审美精神。而在彼时彼地诞生并发展数百年的十四行体,它是欧洲民族最为重要的格律抒情诗体,但却同样具有这些重要的审美品格,有着诸多重要方面的契合性,这是一个非常有意思的现象。它充分说明了人类审美具有普遍性。荷兰范丹姆的《审美人类学:视野与方法》揭示了这种普遍性的存在。他认为神经系统层面是多种审美经验的基础,即"任何更高级或更复杂的事物,都要建基于相对低级或基础的事物之上"。在这种观念下,人类的审美不仅与神经元一样,而且也将这种审美能力的获得追溯到人类的诞生之初。

由这种研究得出的结论是：因为"无论不同时期、不同地区中，生产和使用艺术的个人和群体在社会和文化上有多少差异，他们都有且始终拥有相同的生物属性"。同时，审美来自对日常经验的感性把握，而人类的日常经验具有相同性，它成为形成人类审美普遍性特征的基础。同时，我国传统律体与十四行体之间存在差异性，这种差异性反映了人类审美的差异性。范丹姆使用了"偏好性"来揭示其产生根源。他认为人类审美偏好受文化的限制，"美学中的文化相对主义可以表述为，不同的社会文化理想导致不同的审美偏好"。引起美感的刺激物随文化差异而有所不同，从某种意义上，审美经验本身也具有偏好性，所以在不同的文化传统语境中会产生多种审美经验。① 以上就是我国律体与西方十四行体存在契合性和差异性的一种理论说明。面对两种诗体存在的这种特殊关系，我们用"可接近性"原理来论述十四行体汉语移植，认为契合性即表明移植的对象能够为我所用，具有相近相和性，即被移植的对象内在地包含着各民族相通的东西，认为差异性即表明移植的对象能够提供异质，具有相距相异性，即被移植对象内在地具备为其他民族借用的东西。前者使移植得以在原有基础上保持优良的东西，后者使移植在原有的基础上充实新质，而其共同目标指向是移植为我所用，建设中国现代新诗体。在此基础上，我们还要提出比较文学的另一个重大问题，那就是中国诗人在移植过程中的独特创造性。因为无论是考虑相近相和性还是相距相异性，都是着眼于两种诗体的内部关系。在这种考虑中，其相近相和性的契合是着眼两种诗体共有的本质审美性，而相距相异性的差异是着眼两种诗体不同的独特审美性，其最终都没有离开两种诗体的审美性。事实上，中国诗人在移植十四行体过

---

① ［荷兰］范丹姆：《审美人类学：视野与方法》，李修建、向丽译，中国文联出版社2015年版。

程中，还有着自身的独特创造性，即超越了十四行体的审美性。希腊人借鉴其他民族文明成果时，善于把外来文化变成自己的东西，用柏拉图的话来说，即"我们把一切从外国借来的东西变得更美丽"。发展希腊文化，当然需要多方引进域外文化，但"借来"不等于盲目照搬，它需要消化、吸收和创造，烙上自己的特征。只有这样，方能使它"变得更美丽"。若把域外文化遗产喻为"种子"，希腊人的可贵之处是把它移植到希腊土壤，经过一番筛选、淘汰与改进，使之萌发、成长、开花、结果。斯塔夫里阿诺斯揭示了文化交流与移植的原则，即移植不能照搬，而应该采取扬弃的态度。中国诗人移植十四行体的过程中应该充分注意到自身的创造性。

我国诗人在推动十四行体中国化的过程中，立足传统诗体与十四行体的契合性和差异性，同时又在此基础上进行创造性的接受和改造，把契合的普遍性和差异的偏好性有机地结合起来，从而形成了多种具体的格式，这些格式都是诗人创作实践的产物，都包含着中西诗式的审美原则。它们已经不再是简单的传统格式，也不再是单纯的西式规范，而是面向现实生活、面向特定情思的一种新的创造，是融合中西以后产生的新的东西（新质）。肖学周说自己"写的都是变体十四行，是综合西方十四行与中国律诗的产物"。雁翼说到自己创作的十四行诗时说："我写的十四行诗就不是原来意义的十四行诗了，当然，也不是宋词和元曲。它只是一个混血儿，一个脱离了母体而存在的新生命，一种叫作雁翼的十四行诗的十四行诗。"[①] 也如邹建军所说："用汉语写作十四行诗，不可能像英语十四行诗那样讲究；况且英语的十四行诗也是多种多样的。莎士比亚的十四行诗因为影响大，许多人认为那是西方标准的十四行诗，其实，并非如此。因此，我之十四行诗是用汉语来写的，读者没有必要将其与英语的十四行诗相比

---

① 雁翼：《〈女性的十四行诗〉代跋》，花城出版社1991年版，第111页。

较;如果这样的话,也许我的诗并不符合英诗的格律。如果将20世纪中国诗人所写的十四行诗与我的十四行诗进行比较,指出各自的特点,批评各自的缺点,我认为是可以接受的,从学理上来说也是可行的。"[1] 肖学周、雁翼和邹建军以自己的创作说明了诗人创作十四行诗的创造性。以下我们再列举数例来加以说明。

一是朱湘式十四行诗。这是一种以借鉴为主的创造,所呈现的创作保持了两种诗体共同的美学特征,但在具体格式上则更多地借用了同传统诗体不同的差异性特征,表现为明显的欧化倾向性,可以称为欧式十四行诗。朱湘十四行诗的建行打破行句统一的传统方式,采用了化句为行,多用跨行,每行音数一般统一形成均行。如《意体之3》:

我把过去摔在地上,教它:
你泥沼里去罢!本来泥沼
是你的老家;你不要再吵
闹在耳边……它却仍旧哇哇
作癫虾蟆的笑声;它紧抓,
紧抓住我的脚,两目奸狡
如蛇的钉住我。我不能跑。
我不是懦夫;我也咬起牙,
歪下头去看……我一阵寒噤:
因为这个丑物已经变作
我的模样,正在一套,一套,
变着各种的形……这时,遍身
我出汗,怒抖,整颗心像割;
我晕了……它又钻进了心窍。

---

[1] 邹惟山(邹建军):《〈时光的年轮〉后记》,长江文艺出版社2012年版,第322页。

这里统一规定每行10言。朱湘的十四行诗一般以等量来规定每行的音数，当然也有例外的，如《英体之1》前三个诗组12行，单行9音，双行10音，末个诗组两行9音，通过诗行高低排列标志。首先就建行说不以句为单位，而以行为单位，实行行句分裂的西诗方式建行。结果是：第一，有的诗句结束在诗行中间，上例中第二、三、四、五、七、八、九、十、十二行中都有分号或省略号或感叹号来表示断句；第二，一行中包括两个或两个以上短句，如第八、九、十一、十二行，都用标点并列分句；第三，有的诗行跨行，如第三、四、七、十一、十三行都有上行诗句跨入。化句为行增加了诗行的弹性，相比以句为行来说给诗带来更多的自由变化，免去一些单调和生硬，同时也能确保全诗的均衡节奏和调式。其次就组行说是行的统一，音数相同。朱湘没有采用西诗通过固定"音步"数来建行的方式，也未用孙大雨式固定音顿数来建行的方式，而是以每首字数（即音数）一致原则来处理诗行匀配问题，即全诗十四行的每行音数一致（当然也有少数例外）。这样写出的诗每行字数一致，可以切成规则的方块（往往被人称为"豆腐干"诗），在图底关系中具有建筑的美，只是因为行内有标点占格或有意空格，所以实际呈现着的外在诗形仍有参差。

朱湘在十四行诗中实践的节奏方式，即通过控制和统一诗行音数建构节奏体系，是直接从西方十四行体的等量音缀中移植过来的。人们一般把它称为"计音主义"，它由新韵律运动中的饶孟侃、徐志摩和朱湘创立，其基本特点是把诗行作为节奏单位，通过行的独立与行的匀配来形成格律新诗节奏。对于这种欧化移植，历来的批评意见认为朱湘诗的这种节奏方式是"体式的迷误"，即"朱湘未曾顾及汉语言与英语和意大利语的本质不同，单纯追求字数一致，以获取古典律诗的体式效果","字数与格律成了窒息诗思的紧身衣"。① 其实这是一种误解。朱湘的十四行诗每行规定音数就难免会出现凑字句现象，这种现象在朱湘诗中也有，但是数量很少，他的十四行诗从语言来说总体上呈现着自然自由的特点，抒情语调自然流畅。另一种批评意见是认为汉语是以音组不是以音为基本节奏单元的，以音数建行就落入计音误区，造成了外形上的任意跨句断行，加剧了对诗体内在距离组织的破坏。这是一种陈旧的观念，因为西方现代诗早就探索了行顿节奏而且取得成功。我们认为，如若新诗诗行较短，相同音数的诗行整齐排列，尤其是每个行末押韵停顿，同样也是可以造成形式化和口语化结合的节奏效果的。其实，由闻一多、孙大雨开创的音顿节奏体系和由徐志摩、朱湘探索的音数节奏体系，完全可以并行发展，事实上我国汉语十四行诗（包括整个新诗）创作中更多采用的是后一种节奏体系。柳无忌在《为新诗辩护》中就认为新诗创格有两条线索，一条是以轻重音的分别和音组拍数来创格，另一条是"主张新诗还不如从本国的旧诗那边学一点乖，每行可有一定的字数，每诗有个整齐的格律。这就成了有名的所谓'豆腐干诗体'。这类诗并不像一般人所想象的那样拘束与单调，因为作者可以自由地界定每行的字数，依照诗中的情感或思想而变化着。同时，作者不一定一行内写着一句，他可以在一行内写着几短句，或者可把一长句带到另一行内结束。在这里面尽有很多的自由，可以免去拘束，有很多的变化，可以免去单调与生硬。"然后，柳无忌举出了朱湘的《女鬼》即《意体之8》为例，认为"十四行诗是很容易束缚而变成单调与生硬的体例，但是这诗却一点儿也没有那些弊病，它是新诗中最可诵读的一首好的作品"。接着，柳无忌得出结论："倘使新诗要有格律，或者被讥为'豆腐干'式的诗是个妥当的试验。这种做法是相当的吸收了西洋文学的影响；它似

---

① 方李珍：《朱湘十四行诗：体式的迷误》，《福建论坛》1996 年第 6 期。

乎比整个的吞下了英诗的构造法，要在中文诗中用轻重音而忘却了中英文字根本不相同的一般论调为高明一些。"① 柳无忌在音顿连续排列说和诗行字音匀配说两套新诗节奏体系中，明确地肯定后者，特别强调的是使用后种节奏方式写作自由，诗的音节依照诗中的情感或思想而变化，改变了格律体新诗往往存在的字句语调单调与生硬的弊病。这种观点值得重视。

当然，我们在充分肯定朱湘进行新的节奏方式探索中所取得的成果后，也需要指出的是，朱湘采用音数等量建行有时也会出现偏差，这就是有的诗出于合律要求而移行太多，某些诗行组织同我国读者欣赏习惯相距太远。如为了诗行押韵和字数统一，诗人把"崇拜""吵闹"拆开，把"拜""闹"字抛入了下行，这显然同读者的欣赏习惯存在距离，其实诗人完全可以重新进行句式或用词的调整，避免这种过于生硬的欧化现象出现，从而使得跨行抛词同诗的情调和语调契合。在十四行体中国化进程中，我们认为分裂词语跨行（不是指一般的正常的跨行）弊多利少。"从语言学角度来说，汉字是一种视觉性很强的文字，以字形表意为造字的首要原则。汉语句子的词法、句法和语言信息的大部分不是显露在词汇形态上，而是隐藏在词语铺排的线性流程中：分裂词内部之间的黏合关系的跨行，显然会扰乱或破坏读者从词语铺排的线性流程中获取正常的信息链。从阅读欣赏的心理角度来说，读诗应该是一种'非常时刻'，欣赏者在阅读过程中会暂时切断自身与周围世界的联系而进入一种'我思故我在'的境界，阅读之后往往能给周围世界重新赋予意义。因此好的诗歌应该赐予读者美丽的诗行形式，给读者创造良好的欣赏氛围。可是那种拆词跨行却使欣赏者因为视线需不断转移而会影响获取意义信息和谐感。"尽管如此，我们同意这样的结论："我们也许没有充分的理由问罪于十四

---

① 柳无忌：《为新诗辩护》，《文艺杂志》第 1 卷第 4 期（1932 年 9 月）。

行这种形式，朱湘的十四行诗毕竟是试作和探索性的。要求一种舶来诗歌体裁的运用，在短短的几年内就达到民族化、汉语化的程度，只是一种良好的愿望而已。"① 朱湘的探索包括新的建行方式和节奏方式的探索，对于中国十四行诗发展的贡献是历史性的。

二是骆寒超式十四行诗。这是一种以改造为主的创造，所呈现的创作保持了两种诗体共同的美学特征，但在具体格式中更多地移用了我国传统诗体的民族审美性特征，表现为明显的归化倾向性，可以称为汉式十四行诗。在诗体方面，骆寒超说自己"爱在这个容量里翻出种种新花样——用各种章法结构、各种声韵节奏来写我的十四行"，这就是"汉式的十四行"②。骆寒超不仅提出了创造"汉式十四行诗"的目标，而且在创作中较好地进行变体创作。骆寒超的汉式十四行诗创作无论章法、句法和构思如何变化，始终遵循着诗的抒情进展的圆满精神。这也正是十四行体中国化始终坚持的诗体基本要素。在坚持基本精神的基础上，骆寒超等人对于十四行体的段式、行式和韵式进行了有效的改造，用各种章法结构、各种声韵节奏来写汉式十四行诗，探索十四行体中国的发展道路。

先说章法结构。骆寒超说自己尝试过"四四四二""四四三三""四三四三""三四三四""七七""二四二四二""二三四三二"等型号的诗节组合，甚至还尝试过全首诗不分节的，但不管章法如何变化，始终讲究组织的匀称，以达到平列强化、对比烘托和收尾呼应等进展结构。如《河姆渡》就采用了二三四三二的结构，读后感觉到这种结构也自有其精彩之处，第一段是一个重要的时代画面，第二段应该是起，写河姆渡人的生活，第三段"于是"开始应该是承，三段诗完成了一个较为完整的河姆渡原始生活的抒写，这里有背景的叙述，

---

① 周云鹏：《十四行体汉语化发展态势论》，《鄂州大学学报》2001年第1期。
② 骆寒超：《〈三星草 汉式十四行三百首〉序》，浙江文艺出版社1997年版，第13页。

有人类的活动，有人类社会的发展。在此基础上就是第四段的转，由河姆渡写到亚细亚文明，由"血斑斑踏动了我的心魂"自然引出第五段，然后在设问中作结，把我与河姆渡联系在一起，想到同样应该为中华文明做出贡献。这诗所显示的就是一个自然的进展过程，思绪逐渐有序地集中又有序地展开。诗人在具体创作中没有严格遵循十四行体构思和段式的格律，而是根据诗的表达需要和民族审美进行了新的尝试，分段格式依据诗情进展而定，其所谓"平列强化""对比烘托""转折递进"等结构，体现的正是民族的诗歌审美心理。但是，尽管骆寒超十四行诗的分段没有规律，但较多的还是分成四段，而且相当数量还是四四四二或四三四三结构。较为容易引起争议的是他的一批"７７式"十四行诗，诗人把诗的十四行分成上下两段，每段七行，而且其中有相当数量是两段完全对称结构的诗，如《鹧鸪天》：

给我苎萝村口的芳邻
浣纱滩碧水流藻
五月风里的鹧鸪天
绿遍古原草
呵，烟霞烟柳，春情春潮
江南的鸠声唱彻
故家的春晓

给我琴妮湖边的鲜花
圣母院钟声飘瓦
孤帆影里的鹧鸪天
情断珊瑚沙
呵，远山远水，古堡古塔
异国的鸠声唱彻

春晓的故家

这首诗的诗情诗意都好,尤其是明显地具有中国古代词曲体的音节,读来声律优美动听。但若从十四行诗的结构来说,类似词的上下两阕,具有了反复回环的复沓结构,不符合十四行诗体的结构要求。所以这诗一般认为不是十四行体诗,而是一般的抒情诗,但这却是骆寒超的有意创造,应该也是中国化的一种探索。这类诗在骆寒超的《鹧鸪天》集中有一定数量,有人统计了《鹧鸪天》集中有26首之多,大致分成五种类型:(1)与《鹧鸪天》一样,使用同样"诗节格律形式"的,还有《浪淘沙》《凉州词》《霜天晓角》和《蒙娜丽莎》;(2)使用两个四顿十音、三个三顿七音、一个四顿九音和一个三顿八音等四种长短诗行,配合其他多种基本格律因素构成的诗,有《生之歌》《风景》《苦楝树》等;(3)使用一个四顿十音、三个三顿八音、一个二顿五音、一个五顿九音和一个一顿三音等五种长短诗行,配合其他多种基本格律因素构成的诗,有《玫瑰花雨》《梦思》《空山灵雨》《蓝色的相思》等;(4)使用两个四顿十音、两个三顿七音、一个三顿六音、一个一顿三音和一个三顿九音等五种长短诗行,配合其他多种格律因素构成的诗,有《苏堤春晓》《平湖秋月》《雷峰夕照》等;(5)除了以上15种外,其余11首都属于"个律",即每首诗自己各用一格。在分类后有人就把它统一称为"七七式参差体十四行诗",并认为其美学特征是:"说它是欧洲的十四行诗、又不完全是欧洲的十四行诗,同时又充满了汉诗作风;说它是蕴涵着《诗经·伐檀》和宋词的意象、气质、语汇和音韵,又明显地具有现代口语新诗的语言、风味和格调。因此感到它是融古今中外格律诗特色于一身的别树一帜的新诗体。"[①] 这种分析是符合诗的形式特征的,可能这也就

---

① 程文:《网上诗话》,(香港)世界文化艺术出版社2010年版,第170—172页。

是骆寒超所要追求的汉式十四行诗审美品格。如他所说，是移植了词曲的诗性音节，也化用了词曲的语言意象，承袭了词曲的意象组合策略，用来抒发现代生活情感。

再说音顿组织。西方十四行诗每行长短以音步计算，而每个音步可以包含二到四个音节，也就是说，十四行诗的每行音节数可以是不固定的。但在一般情况下，意大利语十四行诗的每行包含十一个音节，英语十四行诗的每行包含十个音节。这就是王力所说的"音数不整齐的只是极少的例外"[①]。骆寒超的汉式十四行诗基本特征，第一是用汉语的音顿来对应替换西方十四行体的音节或音步，汉语的音顿内部没有高低、长短的抑扬，只有音节组合以后的时长，它的本质是声音的时间段落，这是由中西语言差异性所决定的诗歌节奏单元划分。这种节奏单元基本"等时"，即每一音组是从形式上划分出来的时间段落，包含大体相等的音，朗读时占据一定的时间，而基本等时的节奏单元的排列，在朗读中音顿间的停顿必然呈现着等时或基本等时的节奏。第二是骆寒超"对诗行顿数的规范要求很严，音组型号竭力控制在三字音组，四字音组之内，很少越轨"。第三是音顿建行，有的是全诗各行音顿数量完全相等，从而形成等量音顿排列的整齐诗行，类似西方十四行诗整齐音步诗行排列。如骆寒超《长巷》每行都是四个音顿，诗行长度分别为十一音或十音；有的是音顿组织是段内音顿数并不一致，但对应诗段之间的音顿数却是完全相等，在诗段层次上形成整齐匀称结构。如前引《鹧鸪天》上下两段的诗行音顿数和音数相对称，即每段都是九音四音顿—七音三音顿—八音三音顿—五音两音顿—九音四音顿—七音三音顿—五音两音顿。以上两种建行方式，都保持了十四行体的原本精神，即追求诗行的整齐或匀称，从而形成有规律的节奏效果。由于骆寒超主张

---

① 王力：《现代诗律学》，中国人民大学出版社2004年版，第142页。

新诗的语言吸取古典诗词的语言特点，尽量少用散文句式，句子结构也不复杂，所以其语言确实通过现代汉语与古代汉语的双向交流，达到了现代汉语的诗化。

还有用韵方式。骆寒超主张"一节一韵，不搞交韵、抱韵、随韵，每节又必须换韵"。这既突破了传统诗歌一韵到底的方式，又突破了十四行体频繁换韵的方式。中国传统诗歌往往全诗一韵，把它用到十四行诗创作中，往往就会显得单调，诗人就借鉴了十四行体较多换韵的优势，创作中采用了换节换韵，而且强调了"必须换韵"，在相当程度上改变了用韵的单调呆板；同时，诗人也没有直接照搬十四行体频繁换韵的方式，而是在一个诗段中使用相同诗韵；这样就实现了中西两个诗韵传统的交融，从实践来看，这种用韵方式较为自由，所受束缚较少。骆寒超汉式十四行诗富有诗的音乐美感，产生这种朗读效果，首先是采用纯化的现代汉语来写，诗句结构单纯，散文句式减少，渗入了古典词语、句法；其次诗人"反对诗歌中让叙述、交代和说明性的语言存在；凡这些也都坚持用意象来提示"，有时则移植了词曲的音节，承袭了词曲的意象组合，来抒发现代生活情感。[①] 最后是诗人较少采用交韵和抱韵，而是较为密集地采用了同韵相押，上例七行中有六行末押着相同的韵。

三是吴钧陶式十四行诗。这是一种以借鉴和改造并重的创造，所呈现的创作保持了两种诗体共同的美学特征，在具体格式中较好地兼容着两种诗体的不同审美特性，表现为明显的欧化和归化相融的创造性特征，可以称为吴式十四行诗。吴钧陶写诗比较注意形式制约，在他看来，"灵感与乐感联袂而来"（《剪影》），"格律并不是镣铐，只要掌握得好，它就是一种工具，而不是一种束缚"。他尝试过不少现代

[①] 骆寒超：《〈三星草　汉式十四行诗三百首〉序》，浙江文艺出版社1997年版，第13页。

诗式，但就规模和深度而论，则集中表现在他创作中国十四行诗的贡献上。吴钧陶认为："'十四行诗'这种形式大可洋为中用，作为新诗的格律的一种。"① 吴钧陶对于十四行体的运用，王宝童先生在《吴钧陶的诗和译诗评析》中作过具体剖析。王宝童认为："在国际文化交融中，一些诗人由不自觉到自觉移植异域诗体是很自然的事。但在移植时应该注意两点，一是要保持外来诗体的某些'原汁原味'，例如骚昵体一般要由十四行组成，要有起承转合的发展脉络，要有舒张有致的节律和较为稳定的韵式等。二是要让这种新诗体适合译入国读者口味，这样它才能在新的文化土壤里扎根，才会有新的生命力。"② 这种观点其实正是十四行体（王宝童称为"骚昵体"）中国化的两个要点，即既要保持移植诗体的原本精神，又要适合本国读者的语言习惯。具体来说，吴钧陶的十四行诗较为严格地遵循了诗体的构思、分段和建行规则，体现出欧化的倾向，同时又在音韵方式上进行大胆改造，体现出归化的倾向，其创作的成功就在于能够把二者较好地融合起来，从而形成了富有自己特色的诗体形式。王宝童把吴钧陶十四行诗体探索成果称为"吴体"，并对其体式特征作了如下归纳：

（1）在节奏上，吴体顿（即音组）数的安排很整齐，每行均为五顿，每顿二至三字（三字顿不要多于二字顿，并且最好不在行末出现），四字顿可以偶用，以生变化，这样读起来非常优美流畅，自然贴切地表达了诗人的真实情感。这样就在中西语言诗律的转换中，对应移植了英语十四行诗的抑扬五步格，格律规范。如吴钧陶的《记得》的一节：

记得/我们/相逢在/和煦的/夜晚

---

① 吴钧陶：《〈剪影〉后记》，花城出版社1986年版，第108页。
② 王宝童：《吴钧陶的诗和译诗评析》，吴钧陶《幻影》，河北教育出版社2001年版，第424—431页。

绿色的／月光／映照你／绿色的／衣裳。

万花／丛中／你的眼睛／多么／明亮，

好像／晶莹的／露珠／烁烁／闪闪。

分析这节顿式，计得二字顿十三个，三字顿六个且都不在行末，四字顿一个夹在第三行两个二字顿之间恰到好处，这种安排使内容和形式达到和谐的统一，体现出诗人的匠心独运。

（2）在语言上，吴体坚持规范的现代汉语，避免生硬的欧化句法，每行意思基本独立，不用 enjambment，不搞断行排列（即把一行诗在中间断开，下半行另起后置，这种做法常见于英语诗剧），更不搞跨诗节流动，不使逗号和无标点（因要与后文意连）出现在诗节末尾，西诗常用的诗行内加括号的方法也基本不用。这样就使吴体十四行诗非常适合汉语读者，读来自然流畅，并不觉得这种诗式是"舶来品"。

（3）在用韵上，吴体不用已经定型的西方十四行体韵式，而是以汉民族喜闻乐见的韵式。据统计吴钧陶的 46 首十四行诗，有明显东方特色的韵式比例就达 66.5％。吴钧陶说："在押韵方面，我觉得外国诗的抱韵、交韵方式，如果照搬在创作里，似与我国欣赏习惯不合，不能起到预期的效果。因而我试用了'一韵到底的十四行诗'。在其他几首里，如果难以一韵到底，则采用四行一换韵等尽量合乎我国习惯的押韵方法。十四行发祥于意大利，传到英国便产生了变种。我想我们把它国产化也是可行的，而且是必要的。"[①]

在具体剖析诗体规范后，王宝童这样归纳吴钧陶十四行体诗（音译为"骚昵体"诗）的形式规范：

---

① 吴钧陶：《外国诗影响浅谈》，吴钧陶《幻影》，河北教育出版社 2001 年版，第 368 页。

吴钧陶先生在长期的创作实践中，已经形成了一种新的骚昵体诗式，这种诗式的特点是：以五顿诗行为主，每顿二至三字；每首诗按四、四、四、二结构安排；使用规范的现代汉语，避免跨行、跨诗节、断行、加括号等西式章法；用汉语读者喜闻乐见的韵式。这种新的诗体虽源于西方，却植根于中国文化，有着明显的中国特色。它独立于意体、英体之外，是中国诗人创造的一种属于自己的骚昵体式。既然如此，我们仿照"莎士比亚体"或"斯宾塞体"的命名法，把这种新的骚昵体诗式称之为"吴钧陶体"或"钧陶式"，是否合理呢？[1]

这种概括是符合吴钧陶探索十四行体中国化所取得的成果的，是对西方十四行体有意识改造的结果。屠岸对吴式十四行诗的归纳包括：在段式结构上都是采用英国式（即莎士比亚式），即四四四二分段；除个别诗行外都是每行五个音顿（或五个音组），经常出现的是二字顿和三字顿，偶尔出现四字顿或一字顿，音顿与意顿相统一；结构上讲究起承转合的发展程序；而在韵式上既不采用英国式也不采用意大利式，而是用他自己喜欢的韵式。[2] 这种归纳同样指明了吴钧陶十四行诗的体式探索注意到了中西融合，讲究格律规范。

再如邹建军创作了数百首富有自己特色的十四行诗，他说这是"向西方大家学习的一种结果"，"这是我诗歌写作的最新阶段，体现了我对诗歌文体的最新探索"。[3] 他对于自己的十四行诗在创体方面有着系统的总结，大致可以归纳成七个方面：（1）题材。邹建军认为

---

[1] 王宝童：《吴钧陶的诗和译诗评析》，吴钧陶《幻影》，河北教育出版社2001年版，第424—431页。

[2] 屠岸：《吴钧陶诗歌的视野——〈幻影〉序》，吴钧陶《幻影》，河北教育出版社2001年版，第5页。

[3] 邹惟山（邹建军）：《〈时光的年轮〉后记》，长江文艺出版社2012年版，第321—322页。

"不是所有的题材都可以进入十四行诗这样的诗体,正如不是所有的题材都可以进入五律与七律一样"。他关注的是自然题材、山水题材、爱情题材、人生题材与艺术题材。(2)韵式。邹建军认为"在音韵上有它特定的结构,不仅是完整的而且是变化的,总是会形成那样一种相对性、对照性"。他的诗一般采取 ABAB ABAB ABAB CD 韵式,但也有变化,有时采用 ABCA ABCA ABCA AA,这与古典律诗韵式接近。如他选编的《汉语十四行试验诗集》收诗 82 首,所用韵式大致有三类。第一类是三三四四分段,韵式为 AAA AAA XAXA XAXA,通篇一韵到底,如《流浪》《天问》《大隐》等组诗,后两段变化较多;第二类是四四四二分段,韵式为 ABAB ABAB ABAB XB,通篇使用交韵,如《洞庭》《北上太原》《江汉朝宗》《十二生肖》等组诗;第三类是三三三三二分段,韵式没有固定格式,用韵更多变,如《空谷幽兰》《年的仪式》等。而且不少诗篇采用了近韵相押,如 en 与 eng 音相押。(3)音节。邹建军讲究音节整齐,"形成一种和谐的节奏,适合于朗诵"。诗行音节不是划一规定,若句子长则音节多些,若句子短则音节少一些,但在同一首诗中,每行的音节数基本相等或完全相等,而且并不讲究诗行的音顿安排,采用的是均行等音节奏方式。(4)结构。邹建军认为构思的圆满是十四行诗最为突出的审美规范,他的诗"从开头到结尾,考虑了几个关节点,以形成一种起承转合,有一种曲折反复的艺术效果"。因此诗中常有反复句式,或者常有反复词语,分别在组诗的不同位置出现,以形成一种回环往复的艺术结构,形成层层上升而又层层下降的进展曲线。(5)意象。邹建军认为,"英语十四行并不讲究意象,意象却是中国古典诗歌最重要的特点,因此,我许多时候先是讲究意象的呈现,而不是讲究音韵的构成"。意象和意象群的经营使邹建军的十四行诗呈现出更多审美风姿和诗意蕴含,更多中国特色和地方色彩。(6)色彩。邹建军坦陈自己"更欣赏张若虚《春江花月夜》那样的富有色彩的诗",他的诗讲究意象本身的色彩，同时更讲究色彩词的搭配。(7) 组诗。邹建军说自己没有写出过一首一首的十四行诗，一写就是一组，每组有着整体艺术构思。每个组诗有一个大主题，中心意象就是组诗的灵魂和核心。每一组诗在艺术结构上都意脉相连。他说："也许这正是我与从前的诗人们在十四行诗的创作上最大的区别。显然，组诗的容量相当于长诗，也可以说是由一首一首短诗组合起来的长诗。"① 邹建军对于十四行体中国化的系统性追求，其目标指向也是创立富有自己特色的中体十四行诗。在此过程中，他还注意到继承、借鉴和创新三者融合，"学习、借鉴了西方的十四行诗，同时又加以改造创新，在韵式、结构方面多有变化，并且把中国文化尤其是楚文化和楚骚传统融于其中，从而'熔中西于一炉'，'师西方之长技而力求创新'。"② 对于邹建军以上种种富有创造的诗体探索成果，尽管我们可以赞成或不赞成，但却无法否定其探索中的开拓创新精神。

　　以上列举的朱湘式、骆寒超式和吴钧陶式十四行诗，以及邹建军关于创体的系统思考，都是我国诗人在推进十四行体中国化过程中，充分利用中国传统律体和西方十四行体审美规范的契合和差异，进行创造性的借鉴和改造从而创体的成果，这种种探索为我国建立十四行的"中体"奠定了坚实基础。屠岸说得好："十四行诗是格律诗的一种。严谨的格律规范使得采用它的人要克服相当的难度。中国十四行诗诗人在努力创造'属于自己的诗形式'，这种努力应予肯定。""这种诗体衍化为汉族的'客家'不是偶然的。它标志着中国文化向世界文化接轨、汉族文明同人类文明熔铸的一个方面。"③ 正是十四行体同

---

① 覃莉：《关于汉语十四行诗的写作与翻译——邹建军先生访谈录》，邹建军网站"中外文学讲坛"。
② 曾思艺：《楚骚之苗裔——读〈邹惟山十四行抒情诗集〉》，《邹惟山十四行抒情集》，长江出版社 2013 年版，第 259 页。
③ 屠岸：《〈中国十四行体诗选〉序》，许霆、鲁德俊编《中国十四行体诗选》，人民文学出版社 1996 年版，第 4 页。

我国传统诗体本身具有的契合性和差异性，以及我国诗人通过自己的创造性探索把两种诗体有效地进行对接融合，从而基本完成了十四行体中国化的使命，为世界文化发展做出了重要贡献。

四　移植诗体中的"可接近性"原理

在借鉴中改造，形成中国十四行体的形式规范；在创作中创体，形成中国十四行体的多种体式；这是我国诗人在十四行"中体"创建中的经验总结。在这两个方面，始终存在的是异化（接受域外诗体因素）和归化（融入传统诗体因素）的交融，这就有了异化与归化的关系问题，有了借鉴与继承的关系问题。在此问题上，我国诗人在百年十四行体中国化进程中进行了积极探索，其中体现了中西诗体移植的重要原理，这就是可接近性原理。

丹麦伟大的文学史家奥尔格·勃兰兑斯在他的文学批评巨著《十九世纪文学主流》中，非常注意各国文学艺术的接近和交流。他引用了拉封丹的著名寓言，形象地阐明了各国文艺可接近性在交流和移植中的重要意义。他写道："就文学而言，迄今为止各国之间相隔仍然很远，以致从彼此的成果中得到的好处非常有限。要形象地说明现在或过去的状况，我们不妨回想一下《狐狸与鹳》这个古老的寓言。谁都知道狐狸请鹳吃饭时把美味的食物放在平平的盘子里，使长嘴的鹳啄不起多少东西来吃。我们也知道鹳是怎样报复的，它把它的佳肴都放在细长颈子的高瓶子里，它自己吃起来很方便，而狐狸尽管嘴尖，却什么也吃不着。长期以来各国都在扮演狐狸和鹳这样的角色。"① 由

---

① ［丹麦］奥尔格·勃兰兑斯：《十九世纪文学主流》第一分册"引言"，张道真等译，人民文学出版社 1997 年版，第 1—2 页。

此我们可以从中引出中西文学交流的一个基本原理,就是"可接近性"。如果一个民族的某种文学式样只适合自己,其他民族都无法"饮用",即缺乏"可接近性"的条件,那么这种文学式样就难以被移植。"可接近性"成为中西文学交流中的重要原则,已经引起了学者的注意,美国学者斯塔夫里阿诺斯教授在《全球通史——1500年以前的世界》中就已经使用了"可接近性"(accessibility)这一术语来说明希腊文明勃起的历史原因。他指出:"如果其他地理因素相同,那么人类取得进步的关键就在于各民族之间的可接近性。最有机会与其他民族相互影响的那些民族,最有可能得到突飞猛进的发展。"① 我国文学要尽快地跻身于世界,就必须更多地从各国、各民族的成果中吸取营养,并且经过我们的努力把一切从外国借来的东西变得更美丽。在一个民族的文学发展中,从国外移植文体是经常发生的,在新时期我国文学工作者就大量地从国外移植各种文体,并在这基础上进行大量的文体实验和创造。这是值得肯定的。正如王蒙所说:"归根到底,文学观念的变迁表现为文体的变迁。文学创作的探索表现为文体的革新。文学构思的怪异表现为文体的怪诞。文学思路的僵化表现为文体的千篇一律。文学个性的成熟表现为文体的成熟。文体是文学的最为直观的表现。"② 但是要知道,"一个民族的典型的文学形式,要在另一民族的语文中表达得恰到好处,确是不容易的"③。就拿诗式来说,它是种语言的诗化秩序形式,而各国的语言形式和诗律规范差距甚大;诗式反映的又是一种音律,它"在感染上就会在一个集团中产生大致相同的情感上的效果。换句话说,'同调'就会'同感',就会

---

① [美]斯塔夫里阿诺斯:《全球通史——1500年以前的世界》,吴象婴、梁赤民译,上海社会科学院出版社1999年版,第57页。
② 王蒙:《文体学丛书》"序言",云南人民出版社1994年版,第1页。
③ 施蛰存为戴望舒译洛尔迦抄写的编后记,《戴望舒诗全编》,浙江文艺出版社1989年版,第457页。

'同情'"①。因此我们在对外移植诗体时,要从《狐狸与鹳》的故事中获得启示,注意诗体移植和实验中的"可接近性"原理。

"可接近性"原则从接受影响者角度说,有正题与反题两个方面。

正题就是移植的对象能够为我所用,具有相近相和性,即被移植的对象内在地包含着各民族相通的东西。细长瓶子是鹳饮用的利器,狐狸就没有必要借用;同样,鹳也没有必要去照搬狐狸手中的平平的盘子。在我国20世纪20年代,新诗革命运动中一些诗人提出"增多诗体",途径是自创和输入。因此当时从国外输入了各种诗体,其中有国外的固定形式,如三叠令、回环调、八行体、商籁体,还有日本的和歌、俳句等,结果其中不少诗体经过实践证明,他们同我国新诗创格和现代汉语的要求缺乏相近相和性,无法在我国诗坛生存。如20年代不少人把日本的和歌和俳句移植中国,没有获得成功。因为和歌固定为5、7、5、7、7共31音,俳句更只有5、7、5共17音,这就造成创作上的两个困难:一是现代汉语独立表意的词音节比古代汉语多,以那么少的音节,要写出抒情的诗句是有困难的;二是那种固定的铸型早已为我们破除,和歌和俳句的五言七言句式类似律绝体,这正是新诗人要冲破的。因此,成仿吾在《诗之防御战》中明确地指出:和歌、俳句"是日本文特长的表现法,至少不能应用于我们的言语"。"抒情诗的真谛在利用音律的反覆引我们深入一个梦幻之境,俳句仅一单句,没有反覆的音律,他实在没有抒情的可能。"② 相反,商籁体(sonnet)虽然也是欧洲的传统诗体,却已经成功地被我国诗人移植到汉语中。原因在于这诗体的可接近性。第一,这种诗体在一定程度上积淀了东西方文化中某些共同相通的审美因素,适宜表达某些沉思或静思的思想感情,而且在表现领域的空间拓展方面有着较大弹

---

① 朱光潜:《新诗从旧诗能学习得些什么》,《光明日报》1956年12月24日,第3版。
② 成仿吾:《诗之防御战》,《创造周刊》第1号(1923年5月13日)。

性。屠岸多次论述过十四行体的表达领域宽泛,但面对金波的十四行体儿童诗,还是禁不住要说:"我确实很惊异,十四行诗形式有着如此宽泛的包容性。""请读金波的十四行诗,那里有儿童所特有的精神世界。在那里,儿童心理学和儿童美学找到了恰当的诗歌表现形式,这是一次世纪的邂逅,历史的幸会。"① 虽然中西处在两种不同的社会和文化语境中,但人类的生命活动和审美心理相通,西方的商籁体既是欧洲又是整个人类审美心理合式的表现,因此能够输入中国作为创建中体十四行诗的借鉴。因此冯至后来在《十四行集》"前言"中说这形式帮助了他,"它正宜于表现我所要表现的事物。它不曾限制了我活动的思想,只是把我的思想接过来,给一个适当的安排"。第二,商籁体在构思、语言、格律等方面能较容易较自然地为我所用。我国古代律绝体积淀了民族审美心理的美质,是传统诗歌的范式。李思纯、闻一多最早指出商籁体同律绝体有相通之处,以后又有多人作过论述,如唐湜就说:"十四行体就它整齐的行列、多变的音律与浓郁的色彩说,有些近于中国的律诗。"② 可以这样说,商籁体之所以能被移植到中国,就在于它对于我们民族来说具有可接近性,即相近相和性。相近,指的是可以接近,可能接近;相和,指的是可以融入,可以进入。而判断其是否具有相近相和性,就应该注意民族的审美品格、语言形式以及表达需要。如果抛弃了这些因素,就无异于硬要狐狸去长颈瓶子中、鹳在平盘子中饮用食物一样,结果必然失败。人为地照搬某种文学样式注定要失败。如土耳其民族原有种俗体诗,在接受伊斯兰教后,搬用了阿拉伯诗的音步,形成所谓宫体。但土耳其语语根很长,用阿拉伯音步是削足适履,所以宫体虽因宫廷倡导盛行多时,但在19世纪以后就湮灭了。其中的教训值得

---

① 屠岸:《十四行诗找到了儿童诗诗人金波》,《诗刊》2005 年第 11 期。
② 唐湜:《〈幻美之旅 十四行诗集〉前记》,宁夏人民出版社 1984 年版,第 2 页。

我们汲取。

　　反题，就是移植和借鉴的对象能够提供异质，具有相距相异性，即被移植对象内在地具备为其他民族借用的东西。这也是"可接近性"原则的题中之意。相同事物的结合，这是归类，绝不是接近。"接近"的哲学含义中就包含有差异的统一，世界上只有相异相距甚至相对相斥的事物才能在一定的条件下相互吸引接近，相互和谐统一。"可接近性"的"可"，内在地包含着这种接近的必要和必然的意思，只有同而无异的事物就没有结合或接近的必要和必然。这正是事物发展的辩证法。文体交流和移植，也正是在于这种可接近性中所内含的必要和必然性，否则交流和移植就没有必要发生，可接近性也就成为空话。如果商籁体同中国传统诗体仅有相同之处，我国诗人也就没有必要远涉重洋去加以移植了，也就从根本上取消了"接近性"。事实上，商籁体同中国传统诗体的差别在于：商籁体不像律绝体那样戒律森严，既有正式，又有许多变式，在每行的音数、音步的长度、用韵的规律，以及组诗的运用等方面，都可以根据内容需要而自由掌握，这为创作提供了方便。同时，商籁体的行数不是四行和八行，而是十四行，每行不是五言七言而是可长可短，长的可达15言左右，音顿不是固定三四个，调式主要为双字收尾的说话式。这就更适合表达现代生活内容，也更符合现代口语特点，体现了新诗探索新形式的方向。更重要的是，商籁体作为整体的内外结构的"圆满"，是十分宜于抒情的，梁实秋在《谈十四行诗》中就突出地说道："用十四行去写一刹那的情绪，是正好长短合度的"，它使"深浓之情感注入一完整的范畴而成为一艺术品"。① 尤其是，解志熙教授指出："说了归齐，新诗与旧诗在节奏建行问题上的根本差别就在这里——旧诗之音组成行成句是以文言句法或者说韵文为准的，新诗的音组成行成句是

---

　　① 梁实秋：《谈十四行诗》，《偏见集》，（南京）正中书局1934年版，第272页。

以口语或散文的句法为准的!"① 因此，写作现代格律诗必须使用现代汉语，表现现代生活，而梁实秋在《谈十四行诗》中，就明确地指明了传统律诗的格律限制是建立在古代汉语基础之上的，而十四行体的格律限制是可以活在现代白话基础之上的，因此我国诗人可以不作律诗却可以写作十四行诗。审美人类学认为，人类的审美具有偏好性，这种偏好可以用言语表达出来，即我们对审美进行具体表达时，表达方式与表达言语就包含了对于审美的偏好。由审美偏好就会形成不同诗体的审美差异性。正是传统律体与十四行体之间存在这种种或根本的差异，就使得十四行体成为中国诗人具有可接近性而加以移植的诗体了。

在实践中，有一个正确理解相距相异性的问题，而且是理解多少就会直接规定着创作中借鉴多少。正因为移植的文体同传统的文体存在差异，人们往往用"欧化"去予以指责。如中国传统诗讲究"行的独立"，行句一般是统一的。而近代西诗却大量地运用跨行法，打破行句统一的格式。虽然这些跨行法同我国的诗体表达差异很大，却是我们可以接受的，即具有可接近性。因为跨行能够增加诗行的弹性和韧性，有利于内容的充分表达；跨行能够改变诗行的单调和简单，可以在放松行列严格性的同时突出有关内容的表达；跨行法能够形成诗行的规范格律节奏。虽然新诗史上始终有人对此非议，但事实上跨行却已经存活在我国新诗中。移植中总是存在着欧化的成分，异域化和本土化是对立的统一。在吸取异域文体的同时，要注意民族化和本土化，还是卞之琳说得对："从语言问题说，一方面从西方来的影响使我们用白话写诗的语言多一些丰富性、伸缩性、精确性。西方句法有的倒和我国文言相合，试用到我们今天的白话里，有的能融合，站住了，有的始终行不通。引

---

① 解志熙：《序言：精心结算新诗律》，刘涛《百年汉诗形式的理论探求——20世纪现代格律诗学研究》，人民出版社2013年版，第10页。

进外来语、外来语法，不一定要损害我国语言的纯洁性。"①这充分说明，"可接近性"原则在文体移植中的极端重要性，它既可以为我国文学增加新质，又可以使我国文学避免恶性欧化。

"可接近性"原则的正题和反题其实应该结合起来考虑，即被移植的对象同我们移植者之间的相近相和性和相距相异性，前者使移植成为可能，后者使移植成为必要。前者使移植得以在原有基础上保持优良的东西，后者使移植在原有的基础上充实新质。相近和相距、相和和相异，在移植中矛盾统一。因此，相距相异性和相近相和性在移植文体时应该统一起来考虑。其"统一"在于：为我所用，建设中国现代新文学，使之更好地汇入世界文学发展大潮中。从总体上说，我国移植异域文体基本是站在这一基点上的，而且在这基点上的移植也是成功的，从而造就了现代文学的辉煌成就。进入新时期以后，我国更重视对于域外文体的模仿和横移，有些人甚至说我国20世纪80年代中期以后进入了文体实验的时代，而这种实验的真正意义就是横的移植。实验诗、实验电影、实验小说、实验戏剧，都给我国现代文学的发展注入了新的活力、新的因素。但是，我们也清醒地看到，当代有一些横移后所从事的实验，并不是立足在建设中国现代新文学的基点上，而是一味地求新奇逐怪异，那些实验文体也并不能为我国读者所接受。如当今诗坛的诗作越来越叫人看不懂。对此，无数的理论家总是说，欣赏这类先锋型的作品不能说懂与不懂，而且也根本不应该产生懂与不懂这样一个幼稚的问题，只要读了之后自己有一个感觉（不论什么感觉）就可以了，就达到欣赏的目的了。其实这样的作品究竟有什么意义呢？它的存在不也就成问题了吗？在这种情况下，我们重新读一下勃兰兑斯所讲的《狐狸与鹳》这个古老的寓言还是有意思的。狐狸与鹳是用只能供自己饮用的器具去捉弄对方，是不可取

---

① 卞之琳：《人与诗：忆旧说新》，生活·读书·新知三联书店1984年版，第189页。

的，而如果我们还硬要把本来就不适合自己饮用的器具照搬过来捉弄读者，那就更不可取了。在文体移植中，"可接近性"原则是绝对必要的，它所涉及的相近相和性和相异相距性应该统一起来考虑，如果只是从异和距方面着眼，一味地追求时髦，完全不顾我国所处的时代和特有的文化背景，我国新文学的使命和语言，一句话就是建设中国现代新文学的需要，那就会在实践中碰壁。

参考文献

胡适：《胡适论十四行体》，《胡适全集》第 27 卷，安徽教育出版社 2003 年版。

李思纯：《诗体革新之形式及我的意见》，《少年中国》第 2 卷第 6 期，1920 年 12 月。

李思纯：《抒情小诗的性德及作用》，《少年中国》第 2 卷第 12 期，1921 年 6 月。

闻一多：《评本学年〈周刊〉里的新诗》，《清华周刊》第 7 次增刊，1921 年 6 月。

郭沫若：《〈雪莱的诗〉小引》，《创造季刊》第 1 卷第 4 期，1923 年 2 月。

闻一多：《律诗底研究》（1922 年），《神话与诗》，华东师范大学出版社 1997 年版。

饶孟侃：《再论新诗的音节》，《晨报副刊·诗镌》第 6 期，1926 年 5 月 6 日。

徐志摩：《白朗宁夫人的情诗》，《新月》第 1 卷第 1 期，1928 年 3 月 10 日。

曹葆华：《〈寄诗魂〉序》，《寄诗魂》，（北平）震东印书馆 1930 年版。

闻一多：《谈商籁体》，《新月》第 3 卷第 5、6 期，1930 年 5、6 月。

徐志摩：《〈诗刊〉序语》，《诗刊》第 1 期，1931 年 1 月 20 日。

梁实秋：《新诗的格调及其他》，《诗刊》第 1 期，1931 年 1 月 20 日。

柳无忌：《致曹葆华》，《清华周刊》第 34 卷第 10 期，1931 年 3 月 30 日。

闻一多：《致曹葆华》，《国立清华大学校刊》第 278 号，1931 年 3 月 30 日。

徐志摩：《〈诗刊〉前言》，《诗刊》第 2 期，1931 年 4 月 20 日。

梁宗岱：《论诗》，《诗刊》第 2 期，1931 年 4 月 20 日。

罗念生：《十四行体（诗学之一）》，《文艺杂志》第 1 卷第 2 期，1931 年 7 月。

胡适：《通信》，《诗刊》第 4 期，1932 年 7 月 30 日。

柳无忌：《为新诗辩护》，《文艺杂志》第 1 卷第 4 期，1932 年 9 月。

塵鸥：《十四行诗三首·后记》，《商兑》1933 年第 1 卷第 3 期。

李唯建：《〈祈祷〉小序》，《祈祷》，（上海）新月书店 1933 年版。

梁实秋：《谈十四行诗》，《偏见集》，（南京）正中书局 1934 年版。

罗念生：《〈龙涎集〉自序》，（上海）时代图书公司 1936 年版。

邵洵美：《〈诗二十五首〉自序》，（上海）时代图书公司 1936 年版。

郭沫若：《诗歌的创作》，《文学》第 2 卷第 3 期，1941 年 4 月。

梁宗岱：《莎士比亚的商籁》，《民族文学》第 1 卷第 2 期，1943 年 8 月。

柳无忌：《〈抛砖集〉后记》，（桂林）建文书店 1943 年版。

毕基初：《五十五首诗——刘荣恩先生》，《中国文学》1944 年第 3 号。

梁宗岱：《试论直觉与表现》，《复旦学报》（文史）第 1 期，1944

年10月。

李广田：《诗的艺术：论卞之琳的〈十年诗草〉》，《诗的艺术》，开明书店1944年版。

李广田：《沉思的诗：论冯至的〈十四行集〉》，《诗的艺术》，开明书店1944年版。

周煦良：《介绍吴兴华的诗》，《新语》1945年第5期。

冯文炳：《十四行集》，《谈新诗》，人民文学出版社1984年版。

戴望舒：《〈恶之华掇英〉译后记》，《恶之华掇英》，上海怀正文化社1947年版。

朱自清：《诗的形式》，《朱自清全集》（二），江办教育出版社1988年版。

冯至：《〈十四行集〉序》，《十四行集》，上海文化生活出版社1948年版。

郭沫若：《论写旧诗词》，《文艺报》1950年第4期。

安旗：《雁翼同志是怎样走上了歧路》，《红岩》1958年第12期。

王力：《商籁》（上）（中）（下），《汉语诗律学》，新知识出版社1958年版。

郭沫若：《"就当前诗歌中的主要问题"答〈诗刊〉记者问》，《诗刊》1959年第1期。

修文：《从"十四行"说开去》，《四川文艺》1962年第10期。

安旗：《从"十四行"说到多样化——答修文同志》，《四川文艺》1962年第12期。

杨宪益：《译余偶拾》，《读书》1979年第4期。

彭邦桢：《〈彭邦桢自选集〉后记》，黎明文化实业股份有限公司1979年版。

唐湜：《〈海陵王〉附记》，《海陵王》，江苏人民出版社1980年版。

杨牧：《诗的自由与限制》，《禁忌的游戏》，（台湾）洪范书局 1980 年版。

茅于美：《十四行诗与中国的词》，《文艺研究》1982 年第 6 期。

周启付：《谈莎士比亚十四行诗的翻译》，《外语学刊》1983 年第 1 期。

冯至：《诗文自选琐记》，《新文学史料》1983 年第 2 期。

杨宪益：《试论欧洲十四行诗及波斯诗人莪默凯延的鲁拜体与我国唐代诗歌的可能联系》，《文艺研究》1983 年第 4 期。

林子：《谈谈〈给他〉》，（香港）华南图书文化中心 1983 年版。

周绵：《论冯至的十四行诗》，《河北师范大学学报》1984 年第 2 期。

唐湜：《〈幻美之旅 十四行诗集〉前记》，宁夏人民出版社 1984 年版。

卞之琳：《〈雕虫纪历〉自序》，人民文学出版社 1984 年版。

罗念生：《评朱湘的〈石门集〉》，《二罗一柳忆朱湘》，生活·读书·新知三联书店 1985 年版。

唐湜：《关于建立新诗体——我的格律试验与体会》，《文学评论丛刊》第 25 辑，中国社会科学出版社 1985 年版。

卞之琳：《吴兴华的诗和译诗》，《中国现代文学研究丛刊》1986 年第 2 期。

许霆、鲁德俊：《十四行体在中国》，《中国现代文学研究丛刊》1986 年第 3 期。

唐湜：《迷人的十四行》，《东海》1987 年第 2 期。

曾凡华：《〈北方十四行诗〉开头话》，《解放军文艺》1987 年第 3 期。

杨匡汉：《诗人琴弦上的 Sonnet 变奏——〈屠岸十四行诗〉读后》，《读书》1987 年第 12 期。

唐湜：《〈遐思——诗与美〉前记》，漓江出版社1987年版。

钱光培：《论朱湘"石门"期的新诗创作》，《现代诗人朱湘研究》，北京燕山出版社1987年版。

屠岸：《十四行诗形式札记》，《暨南学报》1988年第1期。

张祖武：《论英国十四行诗与中国格律诗》，《安徽大学学报》1988年第1期。

邹绛：《一点体会和一点希望》，钱光培编《中国十四行诗选（1920—1987）》，中国文联出版公司1990年版。

王晓华：《灾难的历程与"幻美之旅"》，《当代浙江文学概观1986—1987》，浙江大学出版社1988年版。

冯至：《我和十四行诗的因缘》，《世界文学》1989年第1期。

郑铮：《试论十四行诗的移植与继承》，《上海师范大学学报》1989年第2期。

唐湜：《一条舒展、开阔的探索道路》，《江南》1989年第2期。

魏家俊：《辉煌与黯淡：爱的欢乐与幻灭——孙大雨两首十四行诗赏析》，《名作欣赏》1989年第5期。

陈观亚：《十四行诗的源头到底在哪里》，《信阳师范学院学报》1989年第4期。

许霆：《十四行体的借鉴与改造》，《江海学刊》1990年第2期。

谢冕、陈素琰：《论林子》，《文艺评论》1990年第2期。

唐湜：《在现实与梦幻之间》，《诗刊》1990年第2期。

宁建新、陈观亚：《"五四"以来十四行诗的轨迹》，《信阳师范学院学报》1990年第3期。

陆钰明：《十四行诗源流初探》，《上海大学学报》1990年第4期。

钱光培：《交代与自白——写在〈中国十四行诗选〉出版时》，《文艺报》1990年10月6日。

钱光培：《中国十四行诗的昨天与今天——〈中国十四行诗选〉

序言》，钱光培编《中国十四行诗选（1920—1987）》，中国文联出版公司 1990 年版。

雁翼：《十四行体和我》，钱光培编《中国十四行诗选（1920—1987）》，中国文联出版公司 1990 年版。

钱光培：《中国十四行诗的历史回顾（上）》，《北京社会科学》1991 年第 1 期。

钱光培：《中国十四行诗的历史回顾（下）》，《北京社会科学》1991 年第 2 期。

朱春丽：《十四行诗的起源》，《殷都学刊》1991 年第 3 期。

许霆：《唐湜十四行诗抒情艺术》，《温州师院学报》1991 年第 4 期。

李彬勇：《〈十四行诗集〉后记》，百家出版社 1991 年版。

许霆、鲁德俊：《十四行体的移植》，《新格律诗研究》，宁夏人民出版社 1991 年版。

许霆、鲁德俊：《十四行体的新成果》，《新格律诗研究》宁夏人民出版社 1991 年版。

雁翼：《诗形体小议》，《女性的十四行诗》，花城出版社 1991 年版。

夏宇：《十四首十四行·小序》，《腹语术》，（台湾）自印本 1991 年初版。

许霆、鲁德俊：《再论十四行体在中国》，《中国现代文学研究丛刊》1992 年第 2 期。

许霆、鲁德俊：《十四行体在中国的几个问题》，《中外诗歌交流与研究》1992 年第 3 期。

孙大雨：《格律体新诗的起源》，《文艺争鸣》1992 年第 5 期。

许霆：《把视野转向更广阔的天地——新时期十四行诗的发展》，《重庆日报》1992 年 8 月 4 日。

陈明远：《郭沫若与"颂内体"》，郭沫若、陈明远《新潮》，中国文联出版公司1992年版。

张惠仁：《〈新潮〉的艺术表现和形式格律》，郭沫若、陈明远《新潮》，中国文联出版公司1992年版。

宗白华：《〈无价的爱情〉序》，中国文联出版社公司1992年版。

鲁德俊：《中国现代第一抒情十四行体长诗——论李唯建的〈祈祷〉》，《吴中学刊》1993年第2期。

许霆：《论十四行体音步移植八式》，《洛阳师专学报》1993年第2期。

许霆：《十四行体移植中国的途径研究》，《渝州大学学报》1993年第3期。

许霆：《浦薛凤与中国第二首十四行诗》，《文教资料简报》1993年第3期。

薛明秋：《十四行诗可能是一曲东西合璧的奏鸣曲》，《嘉兴学院学报》1993年第3期。

冯光荣：《法中十四行诗沿革及其结构要素比较》，《外国语文》1993年第3期。

孙大雨：《莎译琐记》，《中外论坛》1993年第4期。

鲁德俊：《屠岸十四行诗概论》，《理论与创作》1993年第6期。

杜荣根：《艰难的选择——论十四行诗》，《寻求与超越——中国新诗形式批评》，复旦大学出版社1993年版。

许霆：《意识流 性格史 变格体——唐湜〈海陵王〉的创作特色》，《中外诗歌研究》1994年第1期。

许霆：《十四行体与中国传统诗体》，《中国韵文学刊》1994年第2期。

孙琴安：《关于十四行诗在中国的演播》，《中文自修》1994年第6期。

金丝燕：《李金发诗歌节奏的西化与变形》，《文学接受与文化过滤》，中国人民大学出版社1994年版。

陈本益：《十四行诗的节奏形式》，《汉语诗歌的节奏》，（台湾）文津出版社1994年版。

许霆：《中国十四行诗的题材拓展》，《社科信息》1995年第1期。

丁芒：《〈十四行体在中国〉序言》，《常熟理工学院学报》1995年第1期。

汪剑钊：《在中国现代主义诗歌的转折点上——冯至〈十四行集〉论》，《求是学刊》1995年第5期。

许霆：《说说十四行体的中文译名》，《写作》1995年第5期。

王泽龙：《论冯至的〈十四行集〉》，《贵州社会科学》1995年第6期。

余小刚：《蹁跹人生植被的彩蝶——评颜烈诗集〈蝴蝶梦〉》，《汕头特区报》1995年12月11日。

鲁德俊、许霆：《十四行体在中国大事记（1914—1994年）》，《文教资料》1995年第12期。

许霆、鲁德俊：《十四行体在中国》，苏州大学出版社1995年版。

冯中一：《中国味的十四行诗——致唐祈同志》，《新诗品》，山东教育出版社1995年版。

陈观亚：《文学之根：析三首特殊的十四行诗》，《郑州大学学报》1996年第2期。

向雨：《反传统与传统——白朗宁夫人与林子创作比较的一个角度》，《辽宁教育学院学报》1996年第2期。

徐丽松整理：《读郑敏的组诗〈诗人与死〉》，《诗探索》1996年第3期。

李赋宁：《甜蜜的十四行诗》，《名作欣赏》1996年第3期。

欧阳红：《十四行诗（sonnet）评述》，《渝州大学学报》1996年第4期。

方李珍：《朱湘十四行诗：体式的迷误》，《福建论坛》1996年第6期。

周云鹏、钟俊昆：《论中国十四行诗的发展历程》，《赣南师范学院学报》1996年第4期。

屠岸：《〈中国十四行体诗选〉序言》，人民文学出版社1996年版。

许霆、鲁德俊：《"十四行体在中国"钩沉》，《新文学史料》1997年第2期。

粮诗曳：《冯至诗歌研究述评》，《南京师大学报》1997年第3期。

王金凯：《十四行诗研究的误区》，《信阳师范学院学报》1997年第4期。

骆寒超：《〈三星草 汉式十四行诗三百首〉序》，浙江文艺出版社1997年版。

方平：《〈白朗宁夫人爱情十四行诗集〉新版序言》，上海译文出版社1997年版。

方平：《情诗赏析》，《白朗宁夫人爱情十四行诗集》，上海译文出版社1997年版。

周云鹏：《中国现代十四行诗的主题形态》，《湘潭师范学院学报》1998年第2期。

黄泽佩：《〈"十四行体在中国"钩沉〉之钩沉》，《湖北三峡学院学报》1998年第4期。

屠岸：《关于十四行诗的通信》，《诗探索》1998年第4期。

许霆：《十四行体移植中国的文化分析》，《诗探索》1998年第4期。

朱徽：《中英十四行诗》，《诗探索》1998年第4期。

唐宓：《英国十四行诗体的演进及其在我国的移植》，《楚雄师专学报》1998年第4期。

许霆：《闻一多与十四行诗》，《洛阳师范学院学报》1998年第6期。

黄泽佩：《不同凡响的十四行诗——严人杰〈蜕变〉评赏》，《阅读与欣赏》1998年第8期。

奚密：《现代汉语十四行探微》，《现当代诗文录》，（台湾）联合文学出版社1998年版。

刘开富：《试论中国近体诗与西方十四行格律》，《楚雄师专学报》1999年第1期。

尹青：《雁翼的十四行诗》，《四川大学学报》1999年第1期。

陈世杰：《中国十四行诗体的形式特征综述》，《中州学刊》1999年第3期。

张崇富：《十四行诗体的节奏移植及其语言学考察》，《东方丛刊》1999年第3辑。

李春林、臧思钰：《辉耀中西文化的"三星"——评唐湜、岑琦、骆寒超的汉式十四行诗集〈三星草〉》，《淮南师范学院学报》1999年第4期。

赵文书：《W. H. 奥登与中国的抗日战争——纪念〈战时〉组诗发表六十周年》，《当代外国文学》1999年第4期。

黎志敏：《中国新诗中的十四行诗》，《外国文学研究》2000年第1期。

黄泽佩：《郭沫若十四行诗补阙》，《郭沫若学刊》2000年第2期。

北塔：《论十四行诗式的中国化》，《中国现代文学研究丛刊》2000年第3期。

李晓玲：《唐湜十四行诗的多样化实验》，《重庆教育学院学报》2000年第3期。

陈观亚：《移植的生命——谈中国的十四行诗》，《郑州大学学报》2000年第4期。

周云鹏:《论朱湘的十四行诗》,《理论与创作》2000年第5期。

汉乐逸:《中国十四行诗:一种形式的意义》(The Chinse Sonnet: Meaning of a Form),雷登大学CNWS出版社2000年版。

唐湜:《蓝色的梦幻之旅》,《一叶诗谈》,广西教育出版社2000年版。

林庚:《新诗断想:移植与土壤》,《新诗格律与语言的诗化》,经济日报出版社2000年版。

周云鹏:《十四行体汉语化发展态势论——从朱湘、冯至的十四行诗谈起》,《鄂州大学学报》2001年第1期。

李飒飒:《英十四行诗与中国词的艺术特色比较》,《池州师专学报》2001年第1期。

陈尚真、赵德全:《十四行诗的英国化进程》,《燕山大学学报》2001年第4期。

许霆:《马安信:真诚的爱的独白——读马安信十四行情诗》,《当代文坛》2001年第5期。

刘继业:《一颗为我们遗落的明珠——丽尼〈梦恋(sonnet)八章〉解读》,《名作欣赏》2001年第6期。

王宝童:《吴钧陶的诗和译诗评析》,吴钧陶《幻影》,河北教育出版社2001年版。

屠岸:《吴钧陶诗歌的新视野——〈幻影〉序》,吴钧陶《幻影》,河北教育出版社2001年版。

许霆:《十四行体由欧洲向中国的转徙》,李岫主编《二十世纪中外文学交流史》,河北教育出版社2001年版。

周云鹏:《十四行与二十世纪中国新诗》,《佳木斯大学社会科学学报》2002年第1期。

高岩:《与心安处——谈苗强的诗》,《诗潮》2002年第5期。

黄仲明:《关于十四行诗》,《中学语文教学》2002年第12期。

江弱水：《〈线装的心情〉自序》，《线装的心情》，中国文联出版公司 2002 年版。

卞之琳：《介绍江弱水的几首诗》，《线装的心情》，中国文联出版公司 2002 年版。

苗强：《〈沉重的睡眠〉后记》，黑龙江美术出版社 2002 年版。

王岳川：《从生命边缘升华出诗歌意义——评苗强的〈沉重的睡眠〉》，《中文自学指导》2003 年第 4 期。

陈思和：《探索世界性因素的典范之作：〈十四行集〉》（上）（下），《中国现当代文学名篇十五讲》，北京大学出版社 2003 年版。

骆寒超：《论岑琦的诗歌创作（代序）》，《岑琦诗集》，浙江文艺出版社 2003 年版。

唐湜：《幻美的旅者——唐湜论》，《九叶诗人："中国新诗"的中兴》，上海教育出版社 2003 年版。

唐湜：《唐祈在 40 年代——唐祈论》，《九叶诗人："中国新诗"的中兴》，上海教育出版社 2003 年版。

唐湜：《怀念唐祈》，《九叶诗人："中国新诗"的中兴》，上海教育出版社 2003 年版。

李红慧：《秋风里飘扬的风旗——论冯至〈十四行集〉的形式建构》，《经济与社会发展》2004 年第 1 期。

舒奇志：《文化视域中的中西诗歌文体比较——以中国律绝和英国十四行诗为例》，《湘潭大学学报》2004 年第 6 期。

江义勇：《十四行诗的起源、衍变和翻译》，《陨阳师范高等专科学校学报》2004 年第 6 期。

肖学周：《北大十四行》"自序"，中国文联出版公司 2004 年版。

沈弘、郭晖：《最早汉译英诗应是弥尔顿的〈论失明〉》，《国外文学》2005 年第 2 期。

王添源：《十四行诗的起源与发展》，《幼狮文艺》623 期（2005

年11月)。

余旸：《张枣诗歌中元诗意识的历史变迁》，《新诗评论》2005年第2期，北京大学出版社2005年版。

屠岸：《十四行诗找到了儿童诗诗人金波》，《诗刊》2005年第11期。

江弱水：《商籁新声：论现代汉诗的十四行体》，《中西同步与位移——现代诗人丛论》，安徽教育出版社2005年版。

覃志峰：《论权力话语与十四行诗译介》，《天津外国语学院学报》2006年第5期。

浦丽琳：《〈给玳姨娜〉，中国第二首十四行诗》，《文汇读书周报》2007年3月30日。

高黎：《十四行诗的起源、兴起与流变》，《陕西广播电视大学学报》2007年第2期。

惠远飞：《别样纯粹的爱情——读郑海军先生"爱的十四行诗"系列》，《各界文论》2007年第4期。

徐腾飞：《英汉诗歌语篇结构对比研究——以莎士比亚十四行诗与李商隐七律为例》，《广西教育学院学报》2007年第4期。

谭桂林：《论现代诗学中的十四行体式的理论建构》，《广东社会科学》2007年第5期。

倪丽、刘燕：《凡庸生活中纯净爱情的溃退——浅析王佐良的〈异体十四行〉》，《现代语文》(文学研究版)2007年第5期。

覃志峰：《十四行诗在中国的译介及其影响》，《哈尔滨学院学报》2007年第6期。

聂珍钊：《英语诗歌形式导论》，中国社会科学出版社2007年版。

兰志丰：《十四行诗在中国译介的文化语境》，《电影评介》2008年第3期。

任岩岩：《从十四行诗与中国律诗的比较看建立新诗格律的必

要》,《宜宾学院学报》2008 年第 4 期。

马永军:《冯至〈十四行集〉与里尔克》,《学术交流》2008 年第 11 期。

屠岸:《"呼痛"的诗的记录——序沈泽宜〈西塞娜十四行〉》,沈泽宜《西塞娜十四行》,漓江出版社 2008 年版。

沈健:《苦难的慈航 沈泽宜论——以〈西塞娜十四行〉120 首为中心》,沈泽宜《西塞娜十四行》,漓江出版社 2008 年版。

沈泽宜:《〈西塞娜十四行〉后记》,漓江出版社 2008 年版。

唐湜:《我的诗艺探索历程》,《一叶的怀念》,中国戏剧出版社 2008 年版。

郭珊珊:《英诗汉译中的美感移植——试析莎士比亚十四行诗及其汉译》,《广东技术师范学院学报》2009 年第 4 期。

许霆:《中国诗人移植十四行体格律论》,《中国比较文学》2009 年第 4 期。

许霆:《中国诗人移植十四行体的文化意义》,《文艺理论研究》2009 年第 5 期。

刘立军、王海红:《十四行诗与中国新诗体系的理论建构》,《河北学刊》2009 年第 6 期。

吴钧陶:《从〈中耳炎〉到〈恶之花〉——记译友钱春绮》,《传记文学》2009 年第 8 期。

钱春绮:《〈十四行诗〉序言》,上海文艺出版社 2009 年版。

鄢冬:《谁审判了"我"——读〈命运的审判者〉》,瞿炜《命运的审判者——瞿炜爱情十四行诗选》,九州出版社 2009 年版。

黄乐琴:《十四行诗》,《中国现代分体诗批评与鉴赏》,广西师范大学出版社 2009 年版。

张崇富:《汉语十四行诗对英语十四行诗的移植》,《长江学术》2010 年第 2 期。

李小平：《外国十四行诗在我国现当代的形式变化》，《时代文学》2010年第2期。

许霆：《中国诗人移植十四行体论》，《江苏社会科学》2010年第3期。

李文静、王华民：《英汉格律诗的结构与意义——五七言律诗与十四行诗的对比研究》，《边疆经济与文化》2010年第4期。

赵元：《西方文论关键词：十四行诗》，《外国文学》2010年第5期。

程光炜：《"薇"的哲学——评陈陟云的〈新十四行：前世今生〉第五章》，《诗歌月刊》2010年第5期。

何清、孙良好：《十四行诗内在变革倾向探讨——从朱湘的〈十四行英体·六〉谈起》，《名作欣赏》2010年第14期。

金波：《〈常常想起的朋友〉后记》，江苏少年儿童出版社2010年版。

钱光培：《写在中国第一本十四行儿童诗集出版之际》，金波《常常想起的朋友》，江苏少年儿童出版社2010年版，

钱芳：《中国十四行诗在儿童诗领域开拓的成功——论金波的十四行诗》，金波《常常想起的朋友》，江苏少年儿童出版社2010年版。

赵飞：《论张枣"言志合一"的诗歌写作向度》，《江汉大学学报》2011年第6期。

李杰：《中国律诗的韵律特征与语篇特征——与英语十四行诗比较》，《山东省农业管理干部学院学报》2011年第6期。

王红升、郑欣欣：《雁翼对十四行诗的改造与创新》，《河北学刊》2011年第9期。

杜雪琴：《评邹惟山组诗〈九凤神鸟〉》，《文学教育》（上）2011年第10期。

施颖洲：《译诗的艺术——中译〈莎翁声籁〉自序》，《莎士比亚

十四行诗集》,译林出版社 2011 年版。

曾艳:《三类十四行诗的语言学比较分析》,《贺州学院学报》2012 年第 2 期。

郭红:《融合和新生——雁翼十四行诗体的个性化探索》,《文艺理论批评》2012 年第 2 期。

张一池:《十四行诗与唐诗格律管见》,《课程教学研究》2012 年第 5 期。

袁甲:《50—70 年代中体十四行诗创作特征研究》,《长城》2012 年第 6 期。

周思缔:《真爱独白,真情释放——试论马安信十四行情诗的艺术追求》,《当代文坛》2012 年第 6 期。

王钰哲:《卞之琳的十四行体的译与作》,《淄博师专学报》2012 年第 6 期。

陈观亚:《民族之魂:中英两首十四行诗之比较》,《名作欣赏》2012 年第 18 期。

朱国荣:《十四行诗和南朝乐府》,上海书店出版社 2012 年版。

邹惟山(邹建军):《〈时光的年轮〉后记》,长江文艺出版社 2012 年版。

邱景华:《郑敏〈诗人之死〉细读》,《诗探索》2013 年第 1 期。

胡茂盛:《心为形役:拟古话语下的商籁和十四行诗之名》,《唐山学院学报》2013 年第 2 期。

袁甲:《文革时期汉语十四行诗创作的精神价值》,《甘肃广播电视大学学报》2013 年第 2 期。

袁甲:《文革时期汉语十四行诗创作概述》,《阿坝师范高等专科学校学报》2013 年第 3 期。

刘立军、王海红:《西方十四行诗或源于中国律诗》,《河北学刊》2013 年第 6 期。

陈俐：《曹葆华十四行诗创作的场域和独特价值》，《中华文化论坛》2013年第12期。

邬冬梅：《〈十四行集〉：中国十四行诗的民族化》，《华章》2013年第31期。

曾思艺：《楚骚之苗裔——读〈邹惟山十四行抒情诗集〉》，《邹惟山十四行抒情诗集》，长江出版社2013年版。

颜红菲整理：《十四行诗在当代中国的最新实验——读者热议邹惟山先生汉语十四行抒情诗》，《邹惟山十四行抒情诗集》，长江出版社2013年版。

鲁德俊：《中国诗人对十四行体段式的移植》，《诗的格律与鉴赏》，中国书籍出版社2013年版。

程国君：《大化·空灵·圆形——〈十四行集〉的化转意识、时间体验与诗美建构》，《南开学报》2014年第1期。

白阳明：《圆融和美，上善若水——邹惟山十四行诗管窥》，《世界文学评论》2014年第2期。

袁甲：《文革时期汉语十四行诗创作的审美意蕴研究》，《阿坝师范高等专科学校学报》2014年第3期。

覃莉：《关于汉语十四行诗的写作与翻译——邹建军先生访谈录》，邹建军网站"中外文学讲坛"。

周亚芬整理：《十四行诗：美丽的圆环与神秘的声音——邹建军教授访谈录》，《文学地理学与当代中国的研究生教育：邹建军教授访谈录》，世界图书出版公司2014年版。

白天伟：《〈汉语十四行试验诗集〉的音韵艺术》，《世界文学评论》2014年第2期。

颜培芬、马雷：《唐诗与十四行诗中貌离神合的意象初探》，《安徽文学月刊》2014年第10期。

屠岸：《〈幻想交响曲——屠岸十四行诗240首〉跋》，（香港）雅园出版公司 2014 年版。

吴思敬、屠岸：《关于十四行诗的对话》，屠岸《幻想交响曲——屠岸十四行诗 240 首》，（香港）雅园出版公司 2014 年版。

郑敏：《论屠岸的十四行诗》，屠岸《幻想交响曲——屠岸十四行诗 240 首》，（香港）雅园出版公司 2014 年版。

江弱水：《言说的芬芳：读张枣的〈跟茨维塔伊娃的对话〉》，《今天》2015 年春季号。

张柠、李壮：《秘密世界的结石——读马莉诗集〈时针偏离了午夜〉》，《南方文坛》2015 年第 1 期。

徐江：《"执念"与诗——马莉和她本土"十四行诗"》，《文艺争鸣》2015 年第 2 期。

罗振亚：《有限空间内的精神"飞翔"——评马莉的诗集〈时针偏离了午夜〉》，《文艺争鸣》2015 年第 2 期。

张德明：《马莉诗歌的艺术嬗变》，《文艺争鸣》2015 年第 2 期。

虞云国：《请读钱春绮的"文革"十四行诗》，《中华读书报》2015 年 4 月 22 日。

汪少川：《坚守在山水抒情诗格律实验的麦田》，《中国诗歌》2015 年第 4 期。

曾琮琇：《汉语十四行诗的现代转化——以李金发、朱湘、卞之琳为讨论对象》，《汉语言文学研究》2015 年第 4 期。

许霆：《十四行诗中国化的百年进程》，《中国社会科学报》2015 年 10 月 26 日。

许霆：《论徐志摩对十四行体中国化的历史性贡献》，《台州学院学报》2015 年第 5 期。

许霆：《论骆寒超对于汉式十四行诗的探索》，《星河》2015 年冬季卷。

后 记

1996年我和鲁德俊老师在人民文学出版社出版了《中国十四行体诗选》。屠岸先生为《中国十四行体诗选》写了"序言",就十四行体中国化问题发表了重要的意见:"中国十四行体诗——或者叫作汉语十四行体诗——作为一个品种,同中国新诗几乎同步诞生。这是一种从西方引进的具有严格格律规范的诗歌体裁。它在中国的大地上扎根以来,经历了七十多年的风风雨雨和甘露艳阳,已经与中国的民族心理、文化传统、审美情趣熔铸在一起,成为现代中国诗苑里的一株奇葩。"

"'舶来品'变成地道的国产货,十四行诗并不是唯一的例子。大家都没有忘记:自由诗并不是我们固有的'国粹'。话剧、电影、交响曲、协奏曲、油画、芭蕾……都已成为中国本土的艺苑之花。断言十四行诗为'已经僵死了的西欧贵族和资产阶级的诗歌形式','已经随着产生它的时代和阶级一去不复返了',这是历史的误会。产生于一千三百多年前中国封建社会的古典诗歌形式七言律诗,可以被现代中国诗人'拿来',产生出像'惯于长夜过春时'或'红军不怕远征难'这样反映现代革命者的义愤或豪情的结构;那么,成熟于六百多年前欧洲资本主义时期的'索内'(音译sonnet,即十四行诗),不也能被现代的中国诗人'拿来',改造成抒发现代中国人喜怒哀乐的弦琴吗?事实上,它已经'拿来'了。"

"十四行诗这种诗歌体裁在世界范围内的广泛传播是一个十分特

殊的文学现象。……到了二十世纪，它又在亚洲——中国的汉语里扎根、发芽、开花、结果。汉语十四行诗的诞生，使十四行诗的流行范围突破了印欧语系的范畴，进入了汉藏语系的领域。这，我以为，标志着十四行体已经成熟为世界性的诗歌体裁；同时，也标志着十四行体自身实现了又一次历史性飞跃！"

"只要不存在偏见地作一番认真的比较，那么，把中国十四行诗中的优秀篇章放到世界诗坛上，我们可以肯定地说，它们毫无愧色！人们常说今天中国诗要'走向世界'。我想，开放的中国诗本来是世界的一部分，无所谓'走向世界'。作为中国新诗一部分的中国十四行诗早已立足中华大地，也就是立足于世界之上。也许今天它们还没有受到外国朋友们足够的重视，但这不是中国十四行诗自己的过错！这是历史造成的隔阂，也是某些偏见造成的隔阂。我深信，包括中国十四行诗在内的中国新诗总有一天将会以自己绚丽的民族风采、非凡的艺术特色和深沉的哲学内涵赢得全世界读者的赞叹！"

以上屠岸先生的论述已经精辟地阐明了十四行体中国化的实绩及其世界性的意义，也已经显豁地阐明了我们研究这一课题的重要价值。正是基于对此课题的意义和价值的认知，我们坚持在此课题上持续耕耘。近期完成了国家社会科学基金项目《中国十四行诗史稿》的写作，现在又完成了《十四行体中国化论稿》的写作。尽管我们的研究还是初步的、肤浅的，但却表明我们对此课题的重视，并已经在此课题上倾注了许多精力。

在百年十四行体中国化进程中，我国诗人写出了数以万计的汉语十四行诗。这是汇入中国新诗海洋的一条不可忽视的河流，也是汇入世界十四行诗的一条不可忽视的河流。百年十四行体中国化大致以1928年为界分为两大阶段，之前是不自觉的中国化阶段，尽管是不自觉的，但汉语的作品翻译、理论介绍和新作创作无可回避地在做着十四行体中国化的工作；之后正面提出了创体（即建立中国十四行体）的历史性要求，诗人就自觉地推进十四行体中国化进程，虽然其间受到过种种干扰，但创体的工作始终没有中断。经过了数代诗人的努力，终于大致完成了十四行体由欧洲向中国的转徙，由印欧语系向汉藏语系的转徙，这是中国诗人对世界十四行诗发展做出的重大贡献，是中西文化交流的重要成果。

十四行体中国化课题研究的难度相对较大。我们确定研究思路和逻辑框架的依据是"中国化"概念的定义。"中国化"的"化"的词典意思是："加在名词或形容词之后构成动词，表示转变成某种性质或状态。"这里揭示了"中国化"主要涉及三大问题：第一，中国化是一个过程，它是在时间中发生的转变；第二，中国化是一项转化的工作，它需要持续地行动实践；第三，中国化是一种转化后的结果，它是在转变中获得的新质样式。本书根据以上三个方面的概念内涵，建构了自身的理论逻辑框架。"绪论"交代了著作的基本内容、论题界定、课题价值和理论观点。主体部分共十三章，包括四个方面的研究内容。

首先是十四行体中国化的进程研究。第一章把十四行体中国化视为一个连续进展的历时性过程，在参考十四行体英国化进程的基础上，结合中国化特点把这一过程分成四个时期，即早期输入期、规范创格期、变体探索期和多元发展期，并把这一分期与自由的十四行诗、格律的十四行诗、变体的十四行诗，以及三种十四行诗并存的主导创作倾向对应起来，呈现出了清晰的十四行体中国化演进线索和基本面貌。

其次是十四行体中国化的转借研究。这是"化"的主要途径研究。一种文学样式的跨语系移植，一般都要经过原样式拿来、中介物沟通和新样式诞生，而中介物沟通具体来说就包括了三项主要工作，即作品翻译、理论介绍、作品创作。这就是第二、三、四、五章的主要内容。其中第二章是综论,接着的三章就分别论述翻译、理论和创作。在论述中注意了转借的过程呈现,注意了转借的工作呈现,也注意了转借中的理论争鸣。

再次是十四行体中国化的成果研究。第六章提出了"十四行体规范与反规范"问题,这是从总体上说明"化"的本质问题,也就是说,中国化就其本质来说是一个规范与反规范的互动问题,换句话说就是接受规范与改造规范的问题。而且,这章也说了十四行体形式规范的主要内容,这就有了第七、八、九章的三个方面转化成果分析,涉及节奏转化、乐段转化、诗组转化(本书把诗组视为诗的体制)等内容。第十章是谈"中文译名"的问题,其实这也是一种移植转化成果的研究。第十一章是谈十四行体对新诗建设的多重意义,展示十四行体在转化成我国新诗固定形诗体和现代性诗语方面的成果。以上数章的论述,是想说明通过我国诗人近百年的中国化探索,十四行诗体规范已经转变成了新质样态。

最后是十四行体中国化的经验研究。第十二、十三章基于中西文化交流和诗式跨语系移植的视野,对于十四行体中国化的规律、经验和启示进行多角度多层次的梳理。在中西文化交流中,诗式移植的难度相对较大,十四行体中国化汇入中西文化交流的时代潮流,成为中国现代精英文化积累的重要成果,其规律、经验和启示值得我们认真总结。在论述时,我们注意导入一些理论观点,如社会文化语境的观点,文化心理促动的观点,异化和归化并存的观点,移植中可接近性的观点,价值目标指向性的观点,创作实践首要性的观点,人类审美普遍性和偏好性的观点,审美心理定式作用的观点等。

本书目前的研究也仅仅是初步的,更多的理论问题和实践问题需要我们在今后的研究中深化。我们认为,这一课题研究应该引起更多的人重视。这是因为我们课题研究涉及的诸多问题都是具有理论价值和现实意义的，同时也因为，我们同意屠岸对于中国十四行诗的发展前景展望，即"我们并不期望中国诗人都来跳十四行舞，这没有可能，也没有必要。但我们相信，十四行舞曲的音波将不会在中国大地消失；不，它将永远鸣唱下去，并且将传遍世界！"